2018

中国小说学会
排行榜

中國小說學會 Chinese Fiction Institution 评选

中共兴化市委宣传部承办

上

作家出版社

2018中国小说学会排行榜

短篇小说

名次	作品	作者	发表刊物或出版社
01	《等待摩西》	莫 言	《十月》2018年第1期
02	《变脸》	范小青	《人民文学》2018年第7期
03	《魔王》	慢先生	《花城》2018第6期
04	《如在空中，如在水底》	弋 舟	《人民文学》2018年第3期
05	《双黄蛋》	麦 家	《收获》2018年第3期
06	《中年妇女恋爱史》	张 楚	《收获》2018年第2期
07	《旧铁轨》	夜 子	《十月》2018年第5期
08	《泊心堂之约》	潘 军	《人民文学》2018年第1期
09	《听一个未亡人讲述》	裘山山	《青年作家》2018年第1期
10	《天上的后窗口》	秦 岭	《芙蓉》2018年第3期

中篇小说

名次	作品	作者	发表刊物或出版社
01	《候鸟的勇敢》	迟子建	《收获》2018年第2期
02	《一粒微尘》	王祥夫	《山花》2018年第9期
03	《海里岸上》	林 森	《人民文学》2018年第9期
04	《岛叙事》	鲍 十	《钟山》2018年第1期
05	《现实顾问》	李宏伟	《十月》2018年第3期
06	《罂粟，或者加州罂粟》	二 湘	《江南》2018年第5期
07	《九重葛》	郭 爽	《收获》2018年第4期
08	《恶水之桥》	易 康	《上海文学》2018年第4期
09	《有人将至》	朱文颖	《钟山》2018年第4期
10	《小花旦的故事》	王占黑	《山西文学》2018年第6期

长篇小说

名次	作品	作者	发表刊物或出版社
01	《牵风记》	徐怀中	《人民文学》2018年12期
02	《应物兄》	李洱	《收获》2018年秋、冬季号
03	《黄冈秘卷》	刘醒龙	湖南文艺出版社，2018年6月
04	《山本》	贾平凹	作家出版社，2018年4月
05	《捎话》	刘亮程	《花城》2018年第4期
06	《外苏河之战》	陈河	人民文学出版社，2018年8月

目 录

中篇小说

长篇小说（书评）

序 言

我们的文学共同体

汪 政

随着社会与经济的发展，人们的生活观正在发生全面而深刻的变化，与物质生活期望同步提高的就是精神生活的期望指数。过去被认为是少数人才能拥有的生活方式已经融入大众的日常生活，许多过去需要花费巨大学习成本才能拥有的技艺随着教育程度的提高与学习环境的建立也变得平常而容易，而随之得到开发的是人们对精致生活的体验与欣赏能力。这样的现实应该得到社会管理部门、专业团体与专业人士的重视，成为社会建设与公共管理的日常内容。类似的想法也不知起于何时，但随着这几年中国小说学会与兴化市人民政府的合作，它在我心中变得越来越清晰，越来越强烈。

兴化已经是"小说之乡"，这样的称号与评价是建立在兴化这座苏中小城的小说传统与小说现实的基础上的，中国古典四大名著就有三部与兴化有关，特别是《水浒传》的作者之一施耐庵就是兴化人，在《水浒传》中可以看到许多这片土地的影子与人们生活的痕迹。说兴化是小说之乡，不仅是它有着傲人的小说传统，更因它不凡的小说现在。兴化的小说现在不仅是从这里走出了毕飞宇、朱辉、梅国云、庞余亮、刘仁前、顾坚等小说名家，更有在本土创作的无以计数的业余小说家们，夸张一点说，读小说、编小说、写小说已经成为兴化人的生活方式之一。这样的生活方式并不因为前些年所谓的文学的边缘化而萧条，相反，却越来越繁荣，越来越普及。人们不应该忘记唯物主义的一条根本的规律，即物质与精神的关系，就是随着人们物质生活水平提高的，必然是精神生活水平的提高，而不是人们所想象的，将物质与精神对立起来，以为人们都去追求物质了，将精神扔在了一边。所以，兴化现在提出从"小说之乡"走向"文学之城"，不仅显示了兴化社会建设的智慧与远见卓识，也是社会发展的必然，是民众对美好生活向往的体现，是地方文化诉求的凝聚。我们看到，2018年的兴化，毕飞宇工作室持续开展活动，更大规模、更加系统、更加多样、更加有效的文学活动穿过了这个城市的春夏秋冬。第三届施耐庵文学奖评选活动成功举办。兴化文学发展研讨会也在秋天举行。这个研讨会不是对兴化既有作家作品的研讨，不是成果的展示，而是论道、是探讨，探讨一个城市的文化气质与文化资源，探讨文学会给这个城市带来什么，特别是会给这个城市的人民带来什么，它会以怎样的方式、在多大程度上提升一个城市的品质，又会给民众带来多大的幸福指数与文化参与上的获得感。文学在兴化，不是修辞，不是装饰，是实实在在的一种社会生活。兴化的文学人口正以不可想象的幅度增加，兴化人正在成为文学人。

中国小说学会的专家们有幸见证了这样的变化。近年来，兴化的文学生活就变得如此的普及、深入，它让我们看到了一个地方的文学共同体。这个文学共同体是开放的，有着海量的文学吞吐量，四面八方的文学人士来到兴化，兴化的文学在走出去的同时不断得到外力的支撑与审美的供养。这个共同体又是丰富的，政府、企业家、民众与专业人士为了文学走到了一起。以中国小说学会而言，它对兴化文学是深度介入的，兴化对学会又是高度认同的，许多原先的合作构想已经成为现实，专家们带给了兴化新的文学理念和文学教育，而兴化的文学生活也给专家们提供了不可多得的动态的、常新的研究样本。中国小说学会与兴化的合作只是这个共同体运行的个案，更多的方式和案例值得我们去调查、研究、总结和推广。我相信，它会有助于我们思考新时代多样的文化共同体的建设。

长篇小说："百科全书"式、"史诗性"与"现代型"

王春林

从文体的角度看，2018年度的长篇小说创作大约可划分为"百科全书"式、"史诗性"与"现代型"三种不同的艺术类型。所谓"百科全书"式的长篇小说，更多地与中国本体的艺术传统相关联，乃至成为一种具备海纳百川包罗万象的阔大气象，类似于具有"百科全书"性质的长篇小说。所谓"史诗性"长篇小说，我更多地采用洪子诚先生的说法："史诗性是当代不少写作长篇的作家的追求，也是批评家用来评价一些长篇达到的思想艺术高度的重要标尺。……'史诗性'在当代的长篇小说中，主要表现为揭示'历史本质'的目标，在结构上的宏阔时空跨度与规模，重大历史事实对艺术虚构的加入，以及英雄形象的创造和英雄主义的基调。"至于所谓"现代型"，则是我自己的一种真切体认，从其基本的美学艺术追求来看，这一类型的长篇小说不再追求篇幅体量的庞大，不再追求人物形象的众多，不再追求立体全面地涵括表现某一个时段的社会生活。在篇幅体量明显锐减的同时，这样的小说极有可能具有深刻、轻逸与快捷的思想艺术品质。这种类型的长篇小说很明显与现代生活，与现代主义的文学观念相匹配，所以，我更愿意把它界定命名为一种"现代型"的长篇小说。

李洱80多万字的《应物兄》，可以说是一部被作家酝酿打磨了好多年，称得上是"板凳能坐十年冷"的优秀作品。这部作品所具有的正是一种突出的"百科全书"性质。为了这部长篇小说的写作，李洱前前后后耗费了13个年头。如此一个漫长的构思写作过程，也正是李洱对于他所表现的数十年知识分子生活及其复杂的精神世界进行悉心观察与揣摩的过程。唯其如此，这部作品才能够如黄德海所说："作者自觉启动了对历史和知识的合理想象，并在变形之后妥帖地赋予每个人物，绘制出一幅既深植传统，又新鲜灵动的知识分子群像，完成了对时代和时代精神的双重塑形。"依照我自己的理解，就叫作"乃始有一部足称充沛丰饶的知识分子之书"。

相比较来说，具有突出"史诗性"特点的，是贾平凹聚焦20世纪二三十年代中国历史的长篇小说《山本》。这部作品无论从中国当代长篇小说创作的整体格局来看，抑或从贾平凹自己的小说创作历程来看，都有着不容忽视的重要意义和价值。这部史诗性特征特别明显的厚重巨作，既有对秦岭颇具神韵的细致描写，也有对以革命为中心的一段复杂历史景观的精准呈现；称得上既是一部死亡之书，也是一部生命之书；既是一部呈现苦难之书，也是一部满怀悲悯之书。贾平凹之所以能够做到这一点，正与他对秦岭这一特定地域以及那段特定历史的熟悉程度紧密相关。《山本》之外，另一部同样具有"史诗性"特点的，是刘醒龙以故乡为书写对象的《黄冈秘卷》。虽然说在《黄冈秘卷》的书写过程中，刘醒龙很明显地征用了自己所归属的那个家族的生存经验，但这部作品却不能简单地被认定为是一部家族小说。作家借助刘氏家族中的若干人物而嵌入历史的纵深处，进而对充满着吊诡色彩的20世纪中国历史提出尖锐的质疑与反思。从这个角度看，这部明显征用刘醒龙家族生存经验的长篇小说，与他那部曾经产生过重大影响的鸿篇巨制《圣天门口》，事实上有突出的异曲同工之感。

另外三部作品，皆可以被纳入所谓"现代型"的长篇小说行列之中。年已九旬的老作家徐怀中旨在书写战争的《牵风记》，既有对于战争残酷性的真切展示，也有对于将士爱情生活浓墨重彩的描写，但尤其难能可贵的一点，却是一种人道主义思想价值立场的强力凸显。同样是聚焦于历史的长篇小说，刘亮程《捎话》的"现代型"特质也非常明显。作为一部思想蕴涵丰富的现代长篇小说，刘亮程在进行深度文化冲突表达的同时，更是对与文化冲突紧密相关的、具有极端自我分裂性质的现代精神世界进行了具有突出原创性的实验性探索。同样的道理，如果说作家的现代反战思想更多地通过他笔端的史密斯这样的美国军人的形象表现出来的话，那么，陈河的《外苏河之战》与其他战争题材小说最引人注目的区别处则在于，他通过对若干中国军人形象人性世界的深度挖掘与塑造，格外精准地捕捉并表现出了战争背景下人性与政治意识形态之间的尖锐激烈的碰撞与冲突。

以上，笔者挂一漏万地对2018年度中国小说排行榜的6部长篇小说做了一番不失粗疏的盘点。一个必须引起高度关注的思想艺术命题是：不管你是怎么样的一个作家，要想写出真正优秀的具有思想艺术原创性的文学作品来，恐怕都既少不了对生活与人性的深入理解与认识，更少不了一种艺术构型能力的具备。

中篇小说：新时代的"自我"面向

刘阶耳

2018年度中国小说排行榜遴选的10部中篇小说，出自名家之手的有之，也不乏新人新气象。其中林森的《海里岸上》、鲍十的《岛叙事》所提供的叙事"增长点"绝对新鲜而且必要。《海里岸上》平行展示"海里""岸上"迥异的生活景观，并置着一位老人的驾航出海、过往沧桑，及其生活的小镇被打造成观光景点后的斑怪乱相。林森的小说中以老人的视角综合摄取的思考，极其超迈。小说结尾对"出海"仪式隆重叙述，从饱满的、写实的日常景观中寄寓的昂扬的象征意涵，不啻为奋进的民族魂续写新的乐章。相形之下，《岛叙事》则略显朴拙，这或许是因为它过于偏重对"岸上"异样的日常景观的叙事打造，过往的悲欢与诗意的栖居相折冲，轻逸或空灵自然跟不上，又不能不说是个遗憾。

用科幻小说的叙事模式，思考现实呈现下中国经验的李宏伟的《现实顾问》，属于另一类的轻逸。某家"超级现实公司"通过其产品，意图将使用者终生拴死在其系统上，扩张的野心与白条湖的原居民发生了矛盾，主人公受命处理这个难题。小说以由此引出的资本借助高科技对日常生活无所不在的渗透的文化隐忧，将不可逆转的"拟象"世界全面屏蔽的人性刻奇化、马赛克化的真相给予委婉的揭示。完美的"现实呈现"与大地栖居者获得的存在感显然须臾不可分离。想象拼图荒诞，诗意关爱贴切，类似的文化情怀，到了迟子建的笔下更是一骑绝尘，气象妍妍。

用地方志缀结中国故事的叙事拼图依旧被《候鸟的勇敢》所沿用，

可其活色生香通幽处锐不可当。对候鸟栖息地的开发与保护，是执守者的信念所系，是面向天空和大地的历史与人性的原罪般的救赎意志的激昂展示，是诗意悲悯的潜伸与回转；于是，萦绕绿水青山间的幸福愿景，反衬出"候鸟人"随性迁徙的颠顸或轻慢；自由与爱赋予的存在的一种德性之美，接近于"知识考古学"式的发问，实为2018年度中篇小说极其珍贵的收获。

朱文颖的《有人将至》深入婚恋心理的幽微层面，显示了日常化叙事的别异境界。它就"私人诊所"大夫介入其病人生活空间的角度，将个人感情的困扰与生命孕育、呵护亲情联系在一起，不失温情地慨叹当代人精神困顿的现状，分寸拿捏精准。新时代的"自我"面向见于其他的上榜作品，更是各怀禀异，奇葩竞呈。

作为"90后"的文学新锐，王占黑的《小花旦的故事》意义不容低估。它所关注的大都市里弄庸常人生，让久违的市井气在日益繁盛的都市景观中弥漫开来，有助于抵消物质化外表炫示，及外乡人凝视之类同质化的叙事模式。纵使它看到的是都市繁华下的寒碜，可也不失为是对城市中国崛起的日常景观的严肃谛视。小说以"异故事叙述"的方式，统摄生活底层者平庸的生活甘苦，又显然在"启蒙"叙事"含泪的笑"之外另辟蹊径；毕竟物质性生活得到基本保障后，个体丰盈的精神需求才不致落于虚诞。王占黑娴熟的写实笔调，保证了人物"偷着乐"的饱满个性，蕴涵着极为丰厚的现实质感。

王祥夫《一粒微尘》中精微的写实笔调令人过目不忘。小说活灵活现地对大量琐细的日常器物进行适时勾勒，使得过往的生活氛围与人物挣扎的心灵拥有巴尔扎克般写实的精准度，围绕着主人公向组织交代早年的"糗事"，小说将平庸者的"恶"抖搂得淋漓尽致，显然不复像以往对"落难"知识分子那样予以美化，实在难得。

此外，以越南、阿富汗、美国为背景展开战争与人性思考的二湘的《罂粟，或者加州罂粟》，结构并置自不待言，视野开阔，叙事品质尤其豁人耳目。郭爽和易康的叙事意义又何尝不是这样呢？表面上看，前者的《九重葛》接近还乡的叙事模式，但由于偏重于两代人30余年沧桑交集的回顾与审视，"80后"一代及其父辈荣辱不一的际遇、命运，于是兼杂着成长叙事、反腐叙事那样的复调；当这般纷繁的故事枝蔓，由一个地方风物意象——九重葛——得以象征性贯穿，小说诉诸"地方志"的空间收拢，则不致出乎意料。后者的同样精致，师心使气处，先锋的叙事元素采用得恰到好处，不能不让人刮目相看。

一场凶杀案的目击人与受害者，出入故事"内""外"，饶有兴致地议论着凶杀案现场另一位当事人；"一日长于百年"式的叙事演进，将那位被议论的女士的悲情一生撮合在一起，以期突出她困于欲望而毫无所得，"看""被看"成就了《恶水之桥》的一条叙事"主线"。与此同时，小说还并置着另一对萍水相逢者（中年男子/美眉）在案发现场的另一处（咖啡店）莫名其妙的交往。小说分层叙事繁复穿插，"词"与"物"产生奇妙的想象关联，使得《恶水之桥》分明在"元叙事"的挪用上，增添了审视时代异样的哲学风调，先锋性探索格外机智。

新时代"自我"面向所开启的宏大叙事，无论涵淡、澎湃，总之有其多样化的神思理路可供选择，各自界临的叙事迷津，为文学提供了丰饶的探索可能。2018年度中篇小说为"中国好故事"踵事增华的实绩，稳定中求新，从容别致，若隐若现。

短篇小说：文学如何"凝聚"我们的生活

段守新

与许多观察者所称道的2018年是一个长篇小说创作的"大年"相比，本年度的短篇小说创作，未免显得有些平淡。相对于中长篇，短篇小说的"边缘化"趋向日益显明。这里当然有着诸多复杂的原因，但是，除了那些外在的社会文化原因，我更愿意强调短篇小说自身艺术品质的下滑，对于它的现实境况所负有的不容推卸的责任。格非曾说："在所有的文体中，只有短篇小说能够让人产生叙事可以接近完美的期待。"这确实是一种迷人的诱惑，然而，同时也是一种折磨人的挑战。可惜的是，在当前的短篇小说中，我们已经很少能再看到这样的激情和志向。更普遍的，则是一种疲沓的、慵懒的、软滑的和机巧的惯性写作。

在弋舟笔下，我能触摸到某种稀少的"硬度"——因为精神对现实世界的抵拒而带来的紧张感、倔强感、锐利感。弋舟笔下的人物，往往有那么一点或隐或显的"病状"。而就其精神底色而言，他们其实大都是现实世界的疏离者、不感应者和不适者。《如在空中，如在水底》里的蒲唯也不例外，他和程小玮重返十八年前的旧地，花了十多天的时间，只为等待那时一个朋友的许诺：十八年后，她会寄一封信给这里。虽然这封信最终没有等到，但是这并不重要，重要的是，他们"试着靠近过那道光，从而和一些有希望的东西再次发生了联系。为此，他们前仆后继，不惜涉险——即便那莫须有的事物宛若捕风捉影，即便它如在水底，如在空中"。时间与生命、期待与失落、挫败与希望、形而下的生活与形而上的哲思，以及写实与神秘等，缠绕在作者充满诗性和感伤意味的叙述里，使小说的意蕴丰厚而又空灵。

范小青对现代化过程给我们带来的各种变化，始终保持着超高的灵敏度，且传达得又那么迅捷和得心应手。借助于一个个习见的，然而又释放着强烈的时代信息的物事，比如名片、手机、电子邮件、车位、房产等，她近乎全方位地实现了对我们变动不居的现实的无缝式"对接"。《变脸》瞄准的是日益普遍的"刷脸"技术给人造成的困扰。艾老师因为机器无法识别他的脸，不能买房，也不能买手机，生活变得一团糟。基于日常细节的观察，戏谑化的叙述风格，以及不无荒诞意味的主题，三位一体式地构成了范小青这一系列小说的叙事基石。

确实，"变"（变动、变革、变故），已经成了我们不变的生活主题，我们刻骨铭心的现代性经验。正是在这一时代共名的笼罩下，不同的作家，基于不同的人生阅历、精神体验和文化立场，发出了不同的艺术变奏。邓一光的《香蜜湖漏了》、秦岭的《天上的后窗口》、徐则臣的《兄弟》等，或写城市或写乡村，或写底层或写中产阶级，或对自然生态表达追怀，或对传统文化进行"复魅"，又或致力于对人的心灵孤独的关怀，不一而足。

正值改革开放40周年，社会各界纷纷举办了纪念活动。而一些文学作品，也恰恰与之不谋而合。比如莫言的《等待摩西》、张楚的《中年妇女恋爱史》、王手的《平面玻璃》，都力图在一个更宏阔的历史跨度里，描绘改革开放以来社会文化的变迁，以及个人命运的沉浮、情感的悲欢。其中，值得特别提及的，是慢先生的《魔王》。小说的题目泄露出它与舒伯特的同名音乐作品的某种互文关系。只是，在后者那里，儿子之死，来自神秘的命运的力量，他的父亲对此无能为力。而在前者那里，则是来自父亲内心的魔鬼。小说故事本身浓重的悲剧性，与叙述语调的克制和内敛，构成了强烈的张力，令人有撕心裂肺之痛。

现实经验的表达一直是21世纪小说的主流叙事。在此之外，历史叙事则作为一条重要的支线，与之始终相互伴随彼此激荡。2018年度，有关"当代史"的文学书写，就其涵容、分量以及力度而言，仍然有精彩的表现。麦家的《双黄蛋》讲述的是"文革"中一个普通家庭的悲剧，社会的混乱与人心的邪恶互为因果，由此所爆发的破坏力，着实令人瞠目结舌，惊心动魄。石舒清的《凌伯的故事》通过一个老志愿军战士的口述实录，重现了战争的惨烈和悲壮。战争亲历者的个人视角，以及口语体的叙述方式，既使历史不再冷凝，融解为一个个真切鲜活的细节，有着强烈的现场感，也有着时过境迁之后对历史与人的沉思、咀嚼。肖克凡的《特殊任务》，写"大饥荒"时期小人物如何竭尽所能相濡以沫，特殊的时代氛围、心理状态以及扎实绵密的历史细节，也自有其独特的历史价值。

其实所谓"综述"的真正意义，与其说是为某年度的文学创作绘制一幅巨细无遗的地形图，毋宁说在于经由一些具有特别的文化和美学意义的坐标，一窥我们的文学如何凝聚了我们的生活，以及什么样的生活，包括它所抵达的前沿和高度。有鉴于此，遗珠之憾往往在所难免，这是需要特别说一声抱歉的。

等待摩西

莫 言

一

柳彼得是我们东北乡资格最老的基督教徒，他孙子柳卫东是我小学同学。我们俩不但同班，而且同桌，虽然也打过几次架，但总体上关系还不错。

柳卫东原名柳摩西，"文革"初起时改成了现名。当时，他不但自己改了名，还建议他爷爷改名为柳爱东。他的建议，换来了他爷爷两个大耳刮子。学校里的红卫兵头头也反对，因为他爷爷是批斗的对象，批斗假洋鬼子柳彼得，感觉上很对路，但如果批斗一个名叫柳爱东的人，就觉得不对劲儿。

批斗柳彼得时，柳卫东特别卖力。他带头喊口号："打倒洋奴柳彼得！打倒帝国主义走狗柳彼得！"他还跳上土台子，扇柳彼得的耳光，揪柳彼得的头发，往柳彼得脸上吐唾沫。柳卫东扇柳彼得耳光时，柳彼得并没有遵循上帝的教导把另一边腮帮子送上去，而是张嘴咬断了他一根手指。柳彼得为此差点被红卫兵揍死，柳卫东也因此赢得了信任，成了大义灭亲的英雄。

1975年，我当兵离开家乡，临行之际，见过柳卫东一面。他很羡慕我，因为对当时的农村青年来说，当兵是一条光明的出路。他也报过名，但最终还是因为他爷爷柳彼得的基督教徒身份受了牵连。我记得他当时悲愤地说：我这辈子，就毁在柳彼得这个老王八蛋手里了。我很虚伪地劝他，说了一些诸如"农村是一个广阔的天地，在那里也可以大有作为"之类的话。他苦笑着说：是啊，是够广阔的，出了村就是白茫茫的盐碱地，一眼望不到边儿。

我到部队不久，柳卫东就给我写了一封信，说他马上要跟马德宝的闺女马秀美结婚，希望我能送他一顶军帽，结婚时戴上神气一下。我回信告诉他，新兵只有一顶军帽，确实不能送他。他没回信，从此我们就没联系了。

得到他将与马秀美结婚的消息时，我感到很意外。因为马秀美比柳卫东大五岁，马秀美的爷爷的妹妹是柳卫东的父亲的爷爷的弟弟的妻子，论辈分柳卫东该叫她姑姑。所以这场恋爱多多少少还有点儿乱伦的意思。早就听说马秀美跟一个东北的林业工人订了婚。她竟然解除婚约嫁给柳卫东，这背后的故事令我浮想联翩。

二

我当兵第二年，得到了一次出差顺路回家探亲的机会。不用专门打听，柳卫东和马秀美的恋爱故事扑面而来。大家都说，柳卫东其貌不扬，家境也一般，但他勾引女人确有高招。详细问下去，也没有精彩情节，但事实就是，本来已经连去东北与那林业工人结婚的车票都买好了的马秀美，突然翻悔了，任那保媒的于大嘴威胁利诱，任她的父母寻死觅活，她是铁了心不回头。那林业工人见煮熟的鸭子竟然飞了，恼怒至极，便开列了详细的账单，向马家索赔，连某年某月某日为马秀美买过一根冰棍的钱都算上。这一算，让马家几乎倾家荡产。马秀美的三个哥，都是出了名的混账角色。老大娶了媳妇，还稍微安分一点。老二老三两个光棍子，本来就是提着拳头找架打的主儿，这下可算逮着个理直气壮的打人机会。他们把柳卫东弄到村东老墓田里，拳打脚踢，逼他与妹妹断绝关系。柳卫东宁死不屈，表现得很像条汉子。据说二马毒打柳卫东时，村里很多人围着看热闹。刚开始人们都认为柳卫东该打，不少人添油加醋、煽风点火，二马俨然成了正义的化身、为民除害的英雄。但看到柳卫东被打得头破血流瘫倒在地时，人们的同情心被激发出来。有人谴责二马下手太狠；有人说柳卫东谈恋爱不犯法，但打死人要偿命。尤其是当马秀美大哭着跑来，将奄奄一息的柳卫东抱在怀里时，许多眼窝浅的人，竟然流下了同情抑或是感动的泪水。

我本来是想去柳卫东家看看的，但父亲劝我不要去。父亲说柳卫东结婚后就被他父母撵了出来，两口子在村头搭了个棚子暂住，日子过得很凄惨。我回部队那天，在村后公路边等公共汽车的时候，遇到了他们夫妇。

两年没见，柳卫东头上竟然有了很多白发。他的左腿瘸了，背也驼了，嘴里还缺了两颗门牙。他穿一件掉光纽扣的破褂子，腰上捆着一根红色的胶皮电线。马秀美原本是我们村里最漂亮的姑娘，现在已经不像样子。她已经怀了孕，看样子快生了。她穿着一件油脂麻花的男式夹克衫，肚子挺着，脸上有一道道的灰和一片片蝴蝶斑，眼角夹着眵，目光悲凉，头发蓬乱，身上散发着烂菜叶子的气味。看样子，为了这场恋爱，两个人都付出了沉重的代价。

三

等我再次回家探亲时，已是80年代初期，改革开放了，农村发生了翻天覆地的变化，农民的生活也有了巨大的改善。这时候，柳卫东已经成了我们东北乡的首富，成了一位据说经常与县里领导在一起喝酒的头面人物。

王超是村里开小卖部的，消息灵通人士，我听说过的有关柳卫东夫妇的传闻，多半出自他之口。

我去小卖部打酱油时他告诉我：柳总昨天去深圳了——我感到他把柳卫东称为"柳总"带着明显的讽刺意味——猜猜看，柳总如何去深圳？坐飞机！——80年代初，农民坐飞机还是一件新鲜事儿——柳总坐飞机可不是第一次了，听说过些天柳总还要去日本呢！也是坐飞机去。

我去小卖部买烟时他对我说：别看你是小军官，但你抽的这种烂烟，柳总连看都不看！柳总抽英国的"555"，美国的"良友"。柳总抽烟，那派头，不亚于电影明星——王超用右手的食指和中指夹着一支粉笔，模仿着柳总抽烟的姿势。

我去小卖部买酒时，主动问他：柳总肯定不会喝这种烂酒，柳总喝什么酒呢？——他愣了一下，哈哈大笑起来。然后神秘地对我说：听说柳总要跟他老婆离婚呢！我说：这不可能吧，他们可是真正的自由恋爱，真正的患难夫妻啊！他说：此一时彼一时也，柳总现在身份变了，马秀美带不出门嘛！

四

我去乡政府东边那条街上的理发铺里理发时，遇到了柳卫东。我进去时，理发的姑娘正在给他吹头。只有一张椅子，理发姑娘让我坐在墙边的凳子上等候。我看到镜子里柳卫东容光焕发的脸。他的头发乌黑茂盛。我进去时他大概睡着了，等我坐下时他才睁开眼。我说：

"柳总！"

他猛地站起来，接着又坐下，大声说："你这家伙！"

"柳总！"

"呸！"他说，"骂我？你这家伙，太不够意思了吧？！回来也不来看我。"

"你是大忙人，一会儿深圳一会儿海南的，"我说，"我到哪儿去找你？"

"少找借口，"他说，"我如果欠你一万元，躲到耗子窝里你也能找到我。说说吧，回来干什么？噢，对，听说弟妹生孩子啦，你是回来伺候月子的吧？请了多少日子假？"

"是。"我说，"一个月。"

"官差不自由。"

"我索性转业回来跟你干吧。"

"讽刺我吧?"他说,"你是军官,现在是排长,过两年是连长,再过些年是营长、团长、师长,一级一级升上去,荣华富贵一辈子。我算什么?倒腾点物资,赚点小钱,现在高兴说你是企业家,过几天一翻脸就是投机倒把分子。"

"应该不会再折腾了,"我说,"你就放开手脚干吧。"

"但愿如此。"

理发姑娘放下电吹风,搬起一面镜子,照着他的后脑勺,问:"满意吗,柳总?"

他抬起手轻轻按按蓬松的头发,说:"还行吧。"

"满头秀发。"我说。

"又骂我,"他说,"染的嘛!在外边混,不拾掇得体面点还真不行。没听人说过?我一出村头就满口普通话。"

"这个没听说,"我笑着道,"但听说你要跟嫂子离婚。"

"谁说的?"他站起来,抖抖衣襟,说,"一定是王超那张臭嘴胡咧咧!这小子,捕风捉影,他的小卖部就是一个谣言散布中心。"

"不是他说的。"我说,"你千万别去找他。"

"其实,"他说,"背后糟蹋我的也不是王超一个。你只要混得比他们好一点,他们就巴不得你倒霉。红眼病嘛!老子是赚了钱,但老子也没捆着你们的手不让你们赚啊!"

"也不光他们这样,"我说,"天下人皆如此吧。"

"就是,可以理解,所以,随他们说什么,不嫌累他们就说去吧,老子就这样,越说坏话我干劲越大,"他指了指供销社门前空场上那一堆绿油油的竹竿,说,"那就是我刚从江西弄来的,正宗的井冈翠竹,盖房子当檩,一百年不烂!这批货出了手……"他举起左手食指对我晃了晃——我马上想到了他那根被咬掉的右手食指。

"一千?"我问。

他没回答我,从衣兜里摸出厚厚一叠钱,抽出一张,放在镜子前,对理发姑娘说:"甭找了,连他的。"

"这怎么能行?"我说。

"你跟我客气什么?"他说,"改天我请你吃饭。"

他的门牙补上了,银光闪闪,看着提神。

五

两天之后，有一个小丫头出现在我家院子里。

"你找谁呀，小姑娘？"我洗着尿布问。

"是柳卫东的女儿，叫柳眉。"我老婆把脸贴到窗棂上说，"柳眉，来啊，婶婶问你话。"

"俺爸爸让你快去。"柳眉不理睬我老婆，大眼睛盯着我说。

"好吧，你先回去吧，叔叔待会儿就去。""俺爸爸说让我领你去。"她执拗地说。她的眼睛像马秀美，嘴巴像柳卫东。

我跟随着柳眉，翻过河堤，到了柳卫东家的新居。

这是五间新盖的大瓦房，东西两厢，圈了一个很大的院子，黑漆大铁门上用红漆写着对联："忠厚传家久，诗书继世长。"进门是一道用瓷砖镶了边的影壁，影壁正中是一个斗大的红"福"。院子里拴着一只狼狗，对着我凶猛地叫唤。

马秀美迎出来，手上沾着面粉，喜笑颜开地说："快来快来，贵客登门，卫东这几天老念叨你呢！"

我看着她挺出来的肚子，问："什么时候生？"

她忧心忡忡地说："主保佑，这一次但愿是个带把儿的。"

我看着他们家墙壁上挂着的耶稣基督像，知道她已经成了他的信徒。

"快来！你这家伙！"柳卫东叼着烟卷，从里屋出来，说，"咱俩先喝几杯，待会儿公社孙书记也来。"

我们坐在沙发上，欣赏着他的十四英寸彩色电视机，四喇叭立体声收录机，这是当时乡村富豪家的标配。他按了一下录音机按钮，喇叭里放出了他粗哑的歌声。他说："听听，著名男高音歌唱家柳卫东！"

马秀美进来给我倒茶，撇着嘴说："还好意思放给别人听？驴叫似的。"

"你懂什么？"他说，"这叫美声唱法，从肚子里发音！"

"从肚子里发出的音是屁!"马秀美说。

"你这臭娘们儿怎么这么烦人呢?"柳卫东挥着手说,"滚滚滚,别破坏我们的雅兴。"

"柳总,"我说,"能不能换盘磁带?"

"想听谁的?"他说,"邓丽君的,费翔的,我这里都有。"

"不听靡靡之音,"我说,"有茂腔吗?"

"有啊,"他说,"《罗衫记》行吗?"

"行。"

六

回家后我对老婆说:"王超说柳卫东要与马秀美离婚,瞎说嘛,我看他们两口子关系很好嘛。"

"可我听别人说他在温州还有一个家,那个女的,比马秀美年轻多了。"老婆说,"男人有了钱,必定会变坏。"

"可男人没有钱,老婆就嫌他没本事。"我说。

七

1983年春天,我回乡探亲,听很多人跟我讲柳卫东失踪的事。正月里,我带着孩子去供销社买东西,看到那堆竹竿还放在那儿。数年的风吹日晒,竹竿上的绿色消失殆尽。我在集市上遇到了马秀美,她扨着一个竹篮,里边盛着十几个鸡蛋。从她灰白的头发和破烂的衣服上,我知道她的日子又过得很艰难了。

她眼里噙着泪花问我:"兄弟,你说,这个王八羔子怎么这么狠呢?难道就因为我第二胎又生了个女儿,他就撇下我们不管了吗?"

我说:"大嫂,卫东不是那样的人。"

"那你说他能跑到哪里去了呢?是死是活总要给我们个信儿吧?"

"也许,他在外边做上了大买卖……也许,他很快就会回来……"

八

现在是2012年，柳卫东失踪，已经整整三十年了。如果他还活着，已经是六十岁的老人了。三十年来，他的老婆一直等待着他。刚开始那几年，村里人多数认为柳卫东在外边又找了女人成了家，但随着时间的推移，大家都认为这个人早已不在人世。有人认为，他其实就是在县城里被人害死的。早已进城开超市的王超，偶然与我在县城洗浴中心相遇时，在桑拿房里汗流浃背的他对汗流浃背的我神秘地说："三哥，你那个老同学，三十年前就被县城的四大公子合伙谋害了……"但马秀美一直坚信他还活着。据说柳卫东失踪之前，已经欠下了巨额的债务，柳失踪后，讨债的人把他家值钱的东西都给拿走了，只给这娘儿三个留下了一口烧饭的锅。马秀美靠捡破烂收废品把两个女儿抚养成人。大女儿柳眉初中毕业后到帆布厂做工，在那里与一个黄岛来的青工谈恋爱，后来结婚，随丈夫去了黄岛，现在已经是两个孩子的母亲。小女儿柳叶，学习很好，考上了山东师范大学，毕业后留在济南工作。这两个女儿都要将母亲接去养老，但她坚决不去。她守着那个曾经很气派、现在已经破败不堪的房子等待着丈夫的归来。在她家前边，十年前就建了一座加油站，来往的汽车都在这儿加油。马秀美每天都会夹上一摞寻人启事，提上一小桶糨糊，往那些大货车上贴寻人启事。说是寻人启事，其实是她请人写给丈夫的一封信：卫东，孩子他爹，你在哪里？见到这封信，你就回来吧，一转眼你走了快三十年了，咱的外孙盼盼都上小学三年级了，可他连姥爷的面还没见过呢。卫东，回来吧，即便你真的在外边又成了家我也不恨你，这个家永远是你的……我把家里的电话和女儿的手机都写在这里，你不愿理我，就跟女儿联系吧……

很多司机听说过这个女人的故事，所以，他们都不制止她往自己的车上贴寻人启事。

九

现在是2017年8月1日，我在蓬莱八仙宾馆801房间。刚从酒宴上归来，匆匆打开电脑，找出2012年5月写于陕西户县的这篇一直没有发表的小说（说是小说，其实基本上是纪实）。我之所以一直没有发表这篇作品，是因为我总感觉这个故事没有结束。一个大活人，怎么能说没有了就没有了？生不见人，死不见尸，这不合常理。我总觉得白发苍苍的马秀美这样苦苦坚持着往货车上贴寻人启事，总有一天会有个结果。中国戏曲的大团圆结局模式符合我们的心理需求。当然从理论上说，柳卫东被人害死的可能性是存在的，他跑到一个人迹罕至的地方自杀了的可能性也是存在的，他失足掉进河里被鱼吃了的可能性也是存在的，他掉进山涧粉身碎骨的可能性也是存在的，他的失踪成为一个死谜的可能性也是存在的，但我和马秀美一样待着奇迹的发生。也许，当马秀美提着一棵大白菜、拄着拐棍从集市上回到家门时，会看到门槛上坐着一个人，他双手捂着脸双肘支在膝盖上，只能看到他满头的白发。当他听到马秀美的询问抬起低垂的头时，马秀美一下子就猜到了而不是认出了他是谁。马秀美手中提着的大白菜会掉在地上吗？不会的，对一个过惯了苦日子的女人来说，即便跌倒在地，她也不会放开手中提着的东西的。马秀美会晕倒在地吗？不会的，如果晕倒就不是马秀美了。那她会怎么样呢？我回忆着读过的文学作品里的类似情节，回忆着那些当事人的表现，似乎都安不到马秀美身上。但我必须解决这个问题，必须给出一连串的描写，来展示这个苦难深重、苦苦期盼的女人突然看到失踪三十多年的男人坐在自家门槛上时内心的感受和外部的表现，似乎怎么写都不过分，似乎怎么写都不能令人满意，似乎怎么写都会落入俗套。

如果不是在酒宴上遇到了柳卫东的弟弟，我就不会打开电脑来续写这部作品。我早就知道柳卫东的弟弟柳向阳生意做得很大，我们村集资修建村后那座大桥时，出资最多的就是他。东北乡的基督教徒修建教堂时，捐款最多的还是他。他的爷爷柳彼得是我们东北乡最早的基督教徒，活了一百多岁无疾而终。教徒们常以柳彼得的健康长寿为榜样，劝说群众信教。有人皈依，也有人反唇相讥，说柳彼得在集市上吃炉包喝酒，他的孙媳妇马秀美带着孩子在集市上捡菜叶子，那孩子看他吃炉包，馋得流口水，他却视而不见，只管自个儿吃。旁边的人看不过去，说：老柳，看看你那重孙女馋成什么样子了，你少吃一个，给她一个吃嘛。柳彼得却说：我不能够，她们正在承受该她们承受的苦难，然后才能享平安。

一个人，只要能对自己违背常理的行为，给出一个冠冕堂皇的理由，别人还真不好说什么，何况是借着上帝的名义。由此我也想到：马秀美之所以能够忍受着巨大的痛苦坚持到最后，是不是也是因为她的信仰？尽管她的文化水平很低，无法自己阅读《圣经》，但对教义的理解有时候并不需要借助文字，有很多心灵感应的东西，是很难用常理解释的。我听我的一个信仰基督教的外甥说，东北乡所有的教徒中，没有比马秀美更虔诚的了。每次做礼拜，她都热泪横流，失声痛哭。她跪在耶稣基督画像前，往胸口画着十字，嘴唇翕动着，嘴里念叨着：主啊，保佑他吧，保佑这个迷途的羔羊吧……而我这个外甥每次对我说起马秀美的虔诚时，也都是眼含着热泪。

1975年我应征入伍，成了原内长山要塞区蓬莱守备区三十四团新兵连的一个新兵。四十二年后旧地重游，与几位老战友见面，设宴叙旧，宴席摆在八仙酒楼，喝的是"醉八仙"酒。最亲不过战友情，四十多年不见，当初血气方刚的小伙子，如今都成了齿摇眼花的老人，抚今忆昔，感慨万千，"何以解忧，唯有杜康"。酒酣耳热之际，一服务小姐对我说：先生，有您一个老乡想见您。我说：让他进来。一会儿，只见一个彪形大汉，挺着肚子，摇摇摆摆地进来，对我说：三哥，你一定不认识我了。我上下打量着他，说：看着面熟，但的确想不起来你是谁了。他说：我是柳卫东的弟弟柳向阳，小名叫马太。我娘说，我没出生时就挨了你一砖头。我不由自主地跳了起来，往事历历如到眼前。我说：马太！怎么会是你呀！我当兵时你才是个小瘦孩呀！柳向阳说：三哥，你也不想想你当兵走了多少年了！是啊，当兵离家四十二年，柳向阳也是五十多岁的人了。我很感慨，忙对我的战友们介绍他。在座的战友们，竟然多半认识他，不认识的，也知道他。他是本地最大的房地产开发商，我的好几个战友就住在他开发的楼盘里，当面夸他的楼盘质量不错。几个有意买房的战友赶紧着跟他扫微信。我说向阳这都是我的亲战友，一个新兵连训出来的，你可要给他们优惠。他说，三哥您就放心吧，我老丈人就是原守备区的副政委，我对军人有感情。我说太好了，快坐下，喝两杯。我说你怎么知道我在这里喝酒？他说三哥您这张脸，太有个性了，您一进酒店我就知道。我说你就直接说我丑不就得了，还文绉绉地跩啥呀？他说，三哥，您不丑，您是咱高密东北乡的美男子，我们单位有几个小伙子想整成您这模样呢。我说马太，你这是跟谁学的呀，骂人不带脏字儿。他说，三哥，我说的句句都是真话。好了，我说，坐下，罚你三杯。我还有话问你。我的一个战友问，柳总，没出生就挨一砖头是咋回事儿？他说，你问我三哥。我说：好汉不提当年勇啦。

我小时淘气在我们东北乡是有名的。看了《水浒传》系列连环画中没羽箭张清那本后，不禁心迷手痒，幻想着练出飞石神功横行天下，于是见物即投掷，竟然练出了一点准头。一日，放学回家，见一乌鸦蹲在路边槐树上叫唤，即从书包里摸出一块石子，扬手飞石，乌鸦应声坠地。正逢村里人散工回家，有目共睹，众人齐声喝彩，令我膨胀不已。又一日，放学蹿出校门，大街上正嘻嘻哈哈走着一群下工的妇女，其中就有挺着大肚子的"摩西他娘"。那大肚子里孕着的，就是这个柳总。摩西他娘口大舌长，爱说爱笑，大老远儿就听到她的笑声。我与摩西他娘无仇无恨，怎会无端飞砖打她？事情的原委是：摩西他娘从东而来时，正好有一条与我有仇的黑狗从西而来，它对着我龇牙狂叫，我书包里没有现成的石子，只好弯腰从地下捡起一块碎砖头，对着那黑狗撒了过去。因砖头较大，形状又不规则，所以就偏离了我预设的轨道，斜着飞到摩西他娘肚子上。这也实在是太巧了，为什么数十个妇女走在一起，偏偏击中摩西他娘？而摩西他娘身高马大，为什么偏偏击中她的肚子？这就叫是福不是祸，是祸躲不过。与其说是摩西他娘命中该当有这一劫，不如说她肚子里的孩子该当有这一劫，与其说这腹中婴儿该当有这一劫，不如说我命中该当有这一劫。当时摩西他娘惨叫一声就捂着肚子坐在了地上。众妇女愣了一下，紧接着就围了上去。立即有人飞跑着去摩西家报信，那时摩西的父亲在村子里担任着大队长的职务，是头面人物。立即有人飞跑着到我家去报信，说我闯下了滔天大祸。立即有人飞跑着去卫生所叫医生。很快，摩西的父亲气势汹汹地跑来了。很快，我的父亲脸色蜡黄地跑来了。很快，卫生所的医生背着药箱子跑来了。我眼前一阵黑一阵白，一阵红一阵黄，我没有害怕，只是感到有一股冰冷的气体，在身体内钻来钻去。我后来听人说，我父亲一脚将我踢出了三米多远。摩西的父亲严肃地对我父亲说：老管，我想不会是你指使的吧？我父亲说：兄弟，如果摩西他娘有个三长两短，我让这小兔崽子偿命。正在我最危急的关头，仿佛是从地下冒出来的柳卫东（那时他还没改名字），站在我的面前，像个大人一样对我父亲说：大伯，我跟你儿子是结拜兄弟，我们虽不是同年同月同日生，但我们发誓要同年同月同日死！众人都被柳卫东这番话给镇住了。后来我父亲说：这个摩西，人小口气大，长大了必定是个大人物。摩西他娘站起来，摸摸肚子，说：我试着没有什么事，管大哥，不许你打孩子了，这是碰巧了的事儿。好了，没事儿了。摩西他娘临走时还拍了一下我的头，说：今后别手贱，嘴贱讨人嫌，手贱惹祸端。世界上很多金玉良言我都忘记了，但摩西他娘这两句话，我刻在脑海里。不久后，摩西他娘顺利产下一个大胖小子，这个大胖小子就是眼前的柳总。我没对我的战友们详说往事，我只是说：柳总啊，听到你顺利出生、身体健康的消息，这个世界上，最高兴的人，是我。

从回忆的噩梦中解脱出来，心有余悸，我端起一杯酒，说："战友们，弟兄们，我们能坐在这里喝酒，就说明我们都是有福的人。来，为了过去的一切，为了现在的一切，为了未来的一切，干杯！"

柳向阳说："大哥，你出来一下，我有几句话对你说。"

"在座的都是兄弟，有什么话你就说吧，搞那么神秘干什么？"话是这么说，但我还是站起来，跟他到了门外，听他说："我哥回来了。"

我愣了一下，兴奋地说："我就知道他没死！这家伙，三十多年了，跑到哪里去了？"

"问他，他支支吾吾，云山雾罩的，一会儿说在黑龙江，一会儿说在海南，一会儿说在一个荒无人烟的小岛上，一会儿说在深山老林里，总之，没有一句话可信，"柳向阳无奈地说，"连手机也不会用，信用卡也没见过，思维还停留在80年代。"

我问："他现在在哪里？我要见他。"

"前天还在我这里，要我投资他的'讨还民族财富'计划，我没搭理他，昨天气哄哄地走了，说是要到黄岛他女儿家。"

"什么叫'讨还民族财富'计划？"我问。

"换汤不换药的骗局呗！什么末代皇帝在美国花旗银行存有三亿美元的巨款，加上利息超过三百亿，但需要一笔资金启动啦，国家出面不方便，委托民间办理……老一套，连傻瓜都不信，但他信。"

"我要见见他，你把柳眉的手机号给我，这几天我正好要到黄岛去。"

"你见他干什么？我觉得他的脑子出了问题。"柳向阳说着，从手机里翻出了他侄女的手机号码，报给了我。

"我就是想知道，他这三十五年到底躲在什么地方？"

"你自己问去吧，问明白后别忘了告诉我一声，"柳向阳略带嘲讽地说，"但是我要提醒你，三哥，你可千万别让他给忽悠了，我已经给柳眉和柳叶打了电话，让她们提高警惕。他手里那些文件，制作精美，凹凸纹，水印，嵌着金属线，简直比真的还像真的。而且，你不知道他的口才有多么好。"

十

黄岛还叫胶南。胶南还归昌潍地区管辖时，我曾经来过一次。那时我与柳卫东都刚学会骑自行车，我们跟着村子里的能人方明涛去赶王台集买红薯干。王台镇北有一道土岭，一条公路翻岭而过，坡很陡。如果从岭顶上骑车下来，即便脚闸手闸一起制动，车速也快得惊人。那天我的自行车前后闸都坏了，又不愿意推着自行车下大坡，于是斗胆骑车下岭。车速起初还不太快，几分钟后便如风驰电掣。耳边只听到呼呼风响，路边的树木齐刷刷地往后倒去，路上的行人、车辆都被我甩到了后边。为了不发生碰撞事故，我杀猪般地吆喝着：让开啊让开啊——我的车闸坏了——那些马车、牛车、自行车、行人，都大老远给我让路。我目不斜视，紧紧地攥着车把，一冲到底。最快时，我感到车子载着我腾空而起，风穿透我的身体，发出尖厉的啸声。等巨大的惯性消耗殆尽，我连人带车，倒在路边。过了一会儿，柳卫东和方明涛也到了。他们跳下车子，把我扶起来。柳卫东对我伸出大拇指，说：好样的！我一向瞧不起你，把你看成一个懦夫，想不到你还有这样的胆略！方明涛也说：真是蔫人出豹子，想不到你还有这胆量。柳卫东说：下次再来赶集，我也要撒开闸过把瘾。方明涛说：那你就回不去了。

柳眉和丈夫在自己开的"渔人码头"酒店的最豪华包间接待我。包间装修得金碧辉煌，土豪气十足。虽然我不喜欢这样的房间，但对他们夫妇在能容十几个人的大包间里招待我一个人，还是十分感动。我说柳眉啊，耽误你们做生意了，其实一个安静的小房间我们说说话就行了。她说：叔，您是稀客，如果不是我娘的面子，我们用八抬大轿去抬，您也不会来的。柳眉的丈夫剃着光头，下巴上蓄着一撮山羊胡子，胳膊上刺着一条青龙，脖子上挂着一条金链子，很像影视剧里的黑社会人物。柳眉对我解释道：叔，知道您看着不顺眼，其实他是个大老实人，开饭店，混码头，不容易，留胡子刺青龙，是自我保护。我说我明白。尽管我说我只要一碗海鲜面就行了，但他们还是上了螃蟹、大虾、海参、鲍鱼、海胆……满桌子海鲜，二十个人也吃不完。我说太浪费了，太浪费了。柳眉说，叔，你好不容易来一次，般般样样的都尝尝，吃不了也浪费不了，待会儿给服务员吃。听说浪费不了，我心里稍微安宁了点。我与他们夫妇碰了一下杯，说：柳眉，不说你也知道，我来这里，主要是想见见你父亲。柳眉说：他根本就没到这里来。他怎么有脸到我这里来？他来了我也不会认他。他把我们娘儿仨扔下，三十多年，我们吃了多少苦？受了多少委屈？我记得我妹妹三岁那年，发高烧，我娘也发高烧，没钱去医院，在家里等死。我去求我老爷爷给我钱，老爷爷就说：主啊，饶恕他们吧。我去求我爷爷奶奶，爷爷奶奶关着大门不见我。我在大街上哭喊：好心的大爷大娘们，大叔大婶们，我娘病了，我妹妹也病了，可怜可怜我们吧，借给我几个钱，让我去买点药给我娘和我妹妹治病，我娘和我妹妹要是死了，我也就没有活路了……柳眉抹着眼泪说，村子里的人怕得罪我爷爷——我爷爷一直认为是俺娘勾结人把俺爹害了——只有您家俺婶婶，把我领回家，给我喝了一碗白糖水，送给我五块钱，让我赶紧给俺娘和俺妹妹买药。那年我才六岁，我六岁就担起了重担，我去了乡医院，在那儿哭晕了，医生护士都哭了，院长也被感动了，派人将我娘和我妹妹接到医院，治好了她们的病……

柳眉的丈夫拍了一下桌子，红着眼圈说：行了，叔好不容易来一趟，你唠叨这些陈谷子烂芝麻干什么？叔，我敬您一杯，今后您要是来黄岛，无论如何要进来坐坐。我说，好，一定。我说，柳眉，看到你们生活得很好，我感到很欣慰。我跟你父亲是好朋友，听到他还活着，我发自内心地高兴。当年他悄然蒸发，定有难言之隐，所以，我希望你和你妹妹还是要接受他。

柳眉说，叔，走着看吧，感情的事勉强不得。让我叫一个我恨之入骨的人为"爹"，我做不到。我说但他的确是你的爹呀。她说，叔，您的好意我明白，我会把您的意思跟我妹妹说说。不过，我妹妹比我的态度更坚决，她说只要这个男人到她家，她会立即报警。

那你母亲是什么态度呢？我小心翼翼地问。柳眉叹一口气，道：叔，还用我说吗？您自己想想吧。

十一

我能想象出马秀美对抛弃了她和孩子三十五年后又突然出现的柳卫东的态度吗？我想象不出来。想象不出来，又很想知道，那怎么办？很简单，去问。

马秀美家的，不，应该是柳卫东家的房子和院落，并没有我想象得那样破败。我看到房顶上的太阳能感光板和墙壁上悬挂着的空调机，知道马秀美在柳卫东回来之前，在两个日子过得很好的女儿帮助下，生活水平是与村子里最富裕的人家同等的。这让我多少感到了欣慰。

我一进大门，马秀美就摇摇摆摆地迎了出来。我想象中她应该腰背佝偻，骨瘦如柴，像祥林嫂那样木讷，但眼前的这个人，身体发福，面色红润，新染过的头发黑得有点妖气，眼睛里闪烁着的是幸福女人的光芒。我知道我什么都不要问了。

"主啊，您又显灵了……"她往胸口画了一个十字，嘴里嘟哝着，又说："大兄弟啊，还真被摩西说中了，他说这两天必有贵客上门，果不其然，你就来了……"

我问她："卫东呢？"

她悄声说："他已经不叫卫东了，他叫摩西。"

我问："那么，摩西呢？在家吗？"

"在，正在跟几个教友谈话，你稍微等会儿，我给你通报一下。"

我站在她家院子里，看着这个虔诚的教徒、忠诚的女人，掀开门口悬挂的花花绿绿的塑料挡蝇绳，闪身进了屋。

我看到院子里影壁墙后那一丛翠竹枝繁叶茂，我看到压水井旁那棵石榴树上硕果累累，我看到房檐下燕子窝里有燕子飞进飞出，我看到湛蓝的天上有白云飘过……一切都很正常，只有我不正常。于是，我转身走出了摩西的家门。

《十月》2018年第1期

还乡者的关切与悲悯

——评《等待摩西》

毕光明

　　莫言在2012年获得诺贝尔文学奖之后，歇笔了几年，2017年重又开始发表作品，有诗歌、戏剧和短篇小说，为人谈论得最多的还是小说。这组小说，堪称故乡人物志，是从记忆中调取的高密东北乡的奇人轶事。这些普普通通的乡村小人物，一个个都是不普通的性格，在他们的身上，都留有历史风云与人性合力雕刻的痕迹，让人过目难忘，每个故事因而都透着沉重的沧桑感。2018年发表在《十月》上的《等待摩西》，就是有代表性的一篇。

　　《等待摩西》采取的也是还乡者的视角，以第一人称来讲述故事。故事的主角是"我"的发小柳摩西。柳摩西的爷爷叫柳彼得，是东北乡资格最老的基督徒。早在19世纪90年代，山东等地就有美国美南浸信会的牧师来此传教，先有高第丕牧师，后有崔怡美、毛尔根、高如辰、纽顿等牧师，高密东北乡一带不乏信教者。20世纪出生的柳彼得就是在这样的背景上成为了主的信徒，在民国时代的乱世里得到了教会和宣教士的保护。新中国成立后，美国成为中国人民的头号敌人，在讲政治的年代，柳摩西的教徒身份在政治运动中就被视为帝国主义的走狗，不仅本人遭受磨难，还要殃及子孙。就是因为这样的家庭出身，柳摩西失去了当兵的资格，走了一条与发小"我"截然不同的人生道路。"我"1975年参军，从此平步青云，在体制内端着铁饭碗，时不时衣锦还乡。而在"文革"中就已改名为柳卫东的柳摩西，虽然不知凭什么本事娶了本村的漂亮女子马秀美，还在改革开放之初搞个体户率先发财，成了乡村富豪。但是，很快就不明不白地失踪，活不见人，死不见尸，抛下妻女让娘儿仨受尽了人生磨难，直到三十年后这个不称职的丈夫和父亲，才两手空空地突然归来，被苦等了他三十年的发妻接纳，把名字改回柳摩西，在虔诚信教的妻子的庇护下，继续从事他骗人的勾当。作为发小，"我"对失踪三十年的柳卫东从来没有放弃关注，在得知他已归来之后，还专程来看望，想要问清他这三十年到底跑去了哪里，可是待走到他家的门口，发现三十几年留给老房子及其主人的创伤已然无痕，"我"只好扭身自嘲着离去。

不管怎么看，与"我"比起来，故事里柳摩西（柳卫东）的人生是失败的且有几分荒诞。然而叫局外人感到奇怪的是，已经脱离故乡的"我"，为什么总是放不下与自己早已分道扬镳，况且行事乖张的发小。或许，只有跳出虚构的故事，我们才能理解农村出身的作家莫言，对于在乡村挣扎了几十年的同龄人，和生活着这种人的故乡为何难以释怀。足有大半个世纪，历史风云变幻，亲历过乡村苦难的一代，最难放下的恐怕还是关于乡村的历史记忆。当重拾记忆中的故乡人事，莫言不再简单地把人的命运推诿给历史和政治，而让人的个人秉性来承担其自我表演的后果。历史戏剧有自己的特点，演员与角色同一，演出是一次性的，没有修改的可能。谁把自己演成悲剧，那就只有交给上帝去悲悯。文学可以讲述历史戏剧，成功的讲述需要讲述者有上帝的情怀。现在的莫言，叙述起故乡人事，既无比关切，又拉开了距离，这是成熟的作家才有的艺术态度。以这样的态度讲出来的故事，内涵更为丰富，观看者被激起的情感也更为复杂。所以对于柳摩西，我们说不清他的为人到底是好是坏，他的落难是外力所致还是咎由自取，"我"对他的态度是同情还是责难。在《等待摩西》里，柳卫东这个形象是纯属虚构还是有原型，我们也不得而知。但是，莫言通过让叙述者"我"与作者身份的重合，增强了人物塑造的真实性。出生于高密东北乡的莫言，的确是在1975年当兵入伍离开家乡的，在部队被提干，后来成为著名作家，幸运地成为体制内的一员。当兵期间探亲和当了专业作家后偶尔回故乡躲在某处写小说，对他来说都是实有其事。有了作者和叙述者的统一，小说里的人物也就似乎实有其人。既然他兼有亲历者和见证人的身份，那么，叙述者对人物的态度也似乎是作家莫言对故乡人事的态度。在这样的叙事机制里，柳摩西—柳卫东这个形象的典型性便不容置疑。

柳卫东到底是幸还是不幸，他的幸运和不幸由谁造成，我们无法从故事中找到答案。柳卫东终生为农，完全非其所愿，是社会政治剥夺了他跟他发小一样获得另一种人生的机会。如果不是要看家庭出身，凭他的能耐，他不是没有混进体制旱涝保收的可能。如果不是底层人崛起风险太高、代价太大，他在奋斗到成为东北乡首富之后，招来官二代的嫉恨和联手对付，他也不会弄丢到手的一切，远走他乡，隐姓埋名。但是，柳卫东一生的成败以及贻祸亲人，在很大程度上，又是他的禀赋及为人品性所致。柳卫东不仅有过人的聪明，身上还有几分英雄气。他能说会道，在关键的时刻不含糊。比如，"我"在儿时因淘气练飞石神功，误砸中柳卫东母亲怀着孩子的大肚子，闯下大祸，差点要被自己惧怕权力的父亲打死，在最危急的关头，是柳卫东挺身而出，解救了"我"。又如，他不顾乱伦之嫌，靠着真诚和爱的能力，爱上大他五岁的马秀美，导致马秀美与林业工人悔婚，让马家赔得几乎倾家荡产，马秀美的两个混账哥哥把他弄到村东墓田里打了个半死，但他宁死不屈，赢得了马秀美不顾一切且终生不渝的爱。然而，在高密东北乡的舞台上，柳卫东的劣迹也很明显。他的最大的性格缺点就是投机。在"文革"中，为了逃避政治压力，他不仅自己把名字改成柳卫东，还建议他的爷爷柳彼得改名为柳爱东，气得爷爷给了他两个大耳刮子。红卫兵批斗柳彼得时，柳卫东特别卖力。"他带头喊口号：'打倒洋奴柳彼得！打倒帝国主义走狗柳彼得！'他还跳上土台子，扇柳彼得的耳光，揪柳彼得的头发，往柳彼得脸上吐唾沫。"如此悖逆人伦，无非是为了自保。改革开放到来，他能抓住机会，发了横财，不能不说是善于投机的结果。遁逸三十年归来，把名字改回柳摩西，似乎皈依了基督，实则既享用了马秀美这个善良而坚贞的女性用数十年的苦难换来的生活条件，也利用了教会的人脉来做他的传销生意，投机的秉性终生难改。

无疑，作为文学地理的高密东北乡，是乡村中国的缩影。对于离开了农村而又不断在精神上还乡的小说家，故乡的现实总是让他的期待落空。在一个没有真正的信仰的世界里，像柳摩西这样的性格，别说拯救他人，连自我救赎的资格怕也没有。那么，等待摩西的意义又是什么？小说的叙述可谓语气嘲谑但满含启示，它告诉我们：如果失去了灵魂，就没有谁能引领你走出苦难。中国的乡村匮缺的不只是物质，而是人的责任意识。丧失了对己对人的责任感，无异于迷途的羔羊，令关切者不胜悲悯。

变脸

范小青

　　我和我老婆，老夫老妻。

　　有好多夫妻，有了第三代，相互间就不再以名字相称，而是按着孙辈的叫法来称呼对方，我可以喊她奶奶，或者外婆，她则喊我爷爷、外公。好多人家都这样。

　　可惜我们还没有那么老，虽然老夫老妻，但是第三代还没有到来，总不能抢先就喊对方爷爷奶奶吧。

　　既老又不太老，是个尴尬的年纪，还像年轻时那样喊名字，甚至是爱称、昵称之类，感觉就有点怪异了。回想那时候，总会让人起一身鸡皮疙瘩，明明人家名字有三个字，却只舍得喊出其中的一个，更有甚者连名字中的一个字也舍不得喊，只喊一个"心"，或者"小心"，或者"肝"，呵呵，这个真的有。

　　现在年轻人好像有个什么"么么哒"，也不知道啥意思，反正上了年纪的，都不这么喊，别说心呀肝的，连原先好好的名字，喊起来都觉得怪不自然了，干脆就扯着嗓子连名带姓一起喊。但是如果真这么喊，人家又会觉得你们家生分了，像外人了，也不够文明礼貌呀。

　　所以我们的婚姻生活中有那么一段时间，互相间的称呼有些奇怪，经常没来由地就变了，一会儿喊小名，一会儿是大名，又或者是连名带姓，一会儿又是"喂""哎"，总之怎么喊都觉得不顺，拗口。

　　还好，这样的尴尬时间并不长。

我老婆姓曾，在小区门口的超市做收银员，大家都认得她，喊她曾阿姨，我听到了，觉得曾阿姨这个称呼还不错，就跟着喊，时间一长，她就是曾阿姨，再也不是我当初穷追到手的曾优美了。

自从喊上曾阿姨以后，真是顺口多了，一点也不觉得别扭了。

差不多与此同时，曾阿姨也找到了我的新称呼，她喊我艾老师。

我不是当老师的，但是我比较好为人师，喜欢指点江山，什么事情我都能说上一二，还能掰扯得头头是道。

大家都觉得我比较老油条，就喊我艾老师。

曾阿姨立刻跟上大家的口径，喊我艾老师，和我喊她曾阿姨一样，她觉得艾老师这个称呼非常顺口。

于是，在往后的日子里，我们一口一个曾阿姨，一口一个艾老师，和周围所有亲戚朋友同事邻居喊的一样，连我们的子女，也觉得这样好，不再喊爸爸妈妈，改口喊曾阿姨艾老师。

艾老师，水开了。

曾阿姨，青菜咸了。

真是一个潇洒自在的时代。

后来我们也要与时俱进了，我们要旧房换新房、旧貌变新颜了。

问题是买新房卖旧房的这段时间，我正好要闭门造车，不能到买卖现场去验明正身，可是买卖房子必须夫妻双方都到场，如果一方到不了，就得委托另一方，要有公证处公证过的委托书。

所以我和曾阿姨就到公证处去了。

现在办事都很规范，首先是核对本人和本人身份证。曾阿姨把身份证交过去，由那个核对的机器对着她的身份证照片和她现在的脸一对照，咦，不对呀，只有百分之四十八的匹配度。

工作人员问曾阿姨，是你吗？

曾阿姨说，当然是我。

工作人员用肉眼看看照片，再看看曾阿姨的脸，感觉还是蛮像的，把曾阿姨的头稍作调整，再试一次，好了，曾阿姨可以了，她的匹配度达到了百分之五十三，涉险过关。

我嘲笑曾阿姨，我说，你是不是瞒着我们整过容了，把自己整剩下百分之五十三了？

曾阿姨不服，说，你别笑话我，你先看看你自己吧——

真是乌鸦嘴。

我的匹配度是多少，你们猜得着吗？说出来你们别笑哟。

百分之十三。

曾阿姨笑了，笑得肚子疼，说，喔哟哟，喔哟哟，你没有整容，你是毁容了，毁得只剩下十三了，十三点啊。

我一向自认长得还可以，而且并不见老，我对工作人员说，你们这东西，是山寨货。

工作人员说，不可能，我们是正规渠道进的货，不可能山寨。

我反驳说，那你们的意思，你们不山寨，我山寨喽？

工作人员并不和我多嘴，他们见多识广，每天要面对许许多多匹配度不够的人，他们已经懒得解释，只是说，你确定身份证上的照片是你本人？

我油嘴滑舌，说，不是我，难道是曾阿姨的前夫？可惜她没有前夫，我们是原配。

工作人员说，再试。

于是再试，这回提高了一点，达到了百分之二十一。只是离百分之五十那个数，还差得很远呢。

再试。

还是不行。

工作人员好像也对机器失去了信心，开始用肉眼观察了，他看看我，又看我的身份证照片，说，确实不像。你看看你的头发，照片上是小包头，现在倒有了刘海儿，你也是奇怪，人家都是年轻时留刘海儿，老了才梳得溜光……

当然，我知道他不是对我的刘海儿感兴趣，他是为了工作。最后他说，你这样，你把头发按照这照片上的搞一下，再试试。

我憋住笑，把挂在眼前的头发推上去，用手按住，我说，现在包头了，可以了吗？

还是不行。

曾阿姨在一边笑得花枝乱颤。虽已明日黄花，笑功却是大增。

工作人员再又看我的脸，再拿身份证照片比对，研究了半天，又出招了，说，身份证照片上你的姿势是这样的，你现在做个这样的姿势再试试。

我做了个骄傲的小公鸡的姿势，挺胸，昂头，下巴往上抬，把曾阿姨笑得眼泪鼻涕都挂下来了。

我一边做姿势，一边问，匹了吧？匹了吧？

还是不匹。

工作人员拿我没办法了，他又不能赶我出去，他们的工作态度，真是好到没话说，我老是不匹配，我都觉得对不住他们。

这个工作人员本来以为他自己能搞定，现在搞不定，他又去叫来另一个工作人员。他们互相使了个眼色，就对曾阿姨说，阿姨，能不能请你先回避一下？

曾阿姨早已经笑得没有了原则，好的好的，哦哈哈哈哈。她一边笑一边走到工作人员指定的另一间屋子里去回避了。

这边两个工作人员围着我，态度依然很和蔼，但是我分明感觉出他们要搞我了，我似乎有点心虚。

我心虚什么呢？

难道我真的不是我？

难说哟。

工作人员问我第一个问题，你夫人叫什么名字？

我啊哈一声笑喷了。我想不到自己居然也像曾阿姨一样，笑点变得这么低这么浅，好贱哟。

我笑，工作人员并不笑，他们很认真，他们又语气严正地说了一遍，请你说出你夫人的名字。

他们很认真。何况他们是为我的事情在认真，我怎么好意思再跟他们搞笑？可是，他们问出这样的问题，当我"二五"还是"三八"呢，我老婆的名字不就在我的嘴边吗，所以我脱口而出：我老婆曾阿姨。

工作人员疑惑地皱着眉，又重新看了一眼曾阿姨的身份证，立刻指出，你再想想，你确定你夫人叫这个名字吗？

我顿时反应过来了，一反应过来，我又忍俊不禁了，我又笑了，啊哈哈，啊哈哈，笑煞人了，曾阿姨。

工作人员也反应过来"曾阿姨"是什么，肯定不是我老婆的名字叫

"阿姨"，他们认真地对我说，别开玩笑了，你夫人的正式名字到底叫什么？他扬了扬我老婆的身份证，并不给我看，只是说，你夫人，身份证上的名字？

我一张嘴，我肯定应该脱口而出的，可是曾阿姨的名字到了我嘴边，却消失了，我怎么也想不起来了，满脑子里只有"曾阿姨"。

工作人员的态度开始起变化了，我心想，坏了坏了，我连自己老婆的名字都说不出来，我还会是我吗？

我感觉这样下去肯定会出问题的，所以我也认了真，我认真地赶紧地想呀想呀，哈，终于让我给想起来了，曾优美。

工作人员也不说对还是错。他们换了一个问题，那你岳父呢，你岳父叫什么名字？

我被难住了。

老家伙的脸一直在我眼前晃动，可我怎么就想不起他的名字了呢？想了半天，灵感突然而至，我激动地说，我想起来了，他姓曾！

曾什么？

曾什么我实在想不起来了。

因为当年我们的孩子一出生，他的名字就是"外公"，这"外公"都叫了二十多年，哪里还记得他的原名、真名？

现在，工作人员觉得他们已经基本判断出来了，从他们的眼神中，我看出了他们对我的鄙视和怀疑。

我很心虚，我感觉自己是个第三者。

甚至，是个骗子。

为了排除我的这种不祥的感觉，我和工作人员据理力争，我说，你们用脚指头想想就知道，我如果不是曾阿姨的男人，我敢如此明目张胆地过来冒充吗？

我自己都想好了该怎么反驳我。

冒充一个男人算什么，有人冒充乾隆还得逞了呢。

呵呵。

现在这社会，真是五彩缤纷。

工作人员才不和我一般见识，他们都懒得和我辩论，他们已经无话可说了，因为，这事情进行不下去了。

我不是我，我怎么能委托别人替不是我的我办事呢？

曾阿姨已经从回避处被放了出来，她知道我无论如何也无法匹配成功，她又想笑，工作人员阻止了她，严肃地对她说，阿姨，你别笑了，你难道不需要反省一下吗？

曾阿姨文化知识不够，听不太懂，说，反省？什么反省？

我是老师，我懂，我说，他们的意思是，你生活作风有问题。

曾阿姨又要笑了，看起来她是要把几十年憋着的笑，通通放掉。她笑着说，你们的意思是，艾老师不是艾老师，而是、而是我的、是我的，呵呵，是我的——

她还不好意思说出口呢，到底是老派人物，脸皮要紧，我替她说吧，我是你的第三者。

工作人员也笑了笑，说，我们没这么说啊。

我跟他们计较道，你们嘴上虽然没有这么说，但是你们明摆着不相信我是艾老师。

他们仍然态度和蔼，说，不是我们不相信你，是机器不相信你。

我赶紧说，既然你们是相信我的，那委托书是你们办的，又不是机器办的，你们就办了吧。

他们立刻重新严肃起来，斩钉截铁地说，那不行，匹配不上，是绝对不可以办的。

我说，你们怎么这么死板，一点也不人性化？你们明明看出来我们是原配，就不能灵活一点？

工作人员耐心地告诉我，不是我们死板，是机器死板，我们是很人性化的，但是就算我们愿意帮你办，机器也不同意，你匹配度不达百分之五十，下面所有的程序操作，我们是搞不定的，全是机器搞定的。

我喷他们说，那要你们干什么呢？

工作人员说，因为现在机器还不会和你对话，所以还需要我们和你对话，告诉你为什么你不是你，告诉你为什么不能为你办理手续，以后等机器升级了，它会和你对话了，就不需要我们存在了。

就这样七扯八扯，磨了半天，还不行，我真有点毛躁了。我说，事情都是你们搞出来的，拍身份证照片也是你们搞的，现在你们说我不是我也是你们搞的。

工作人员并不因为我的态度不好而改变他们的态度，他们仍然和和气气地说，身份证照片不是我们搞的。

我简直无路可走了，我说，你的意思，我要想恢复我就是我，得从身份证的源头上去纠正，那就是要重新拍身份证照片，重办身份证？

工作人员说，这个我们不好说，也不好胡乱建议，这个事情不归我们管，我们只管匹配的事情。只要匹配上了，我们就给你办委托公证。

尽管他们语气平和，我的火气却终于冒起来了。我说，他娘的，老子不匹了，老子不干了。

曾阿姨又不明白了，她着急说，你什么意思，老子不干了，是什么意思？不买房了？

工作人员大概怕我和曾阿姨吵起来，赶紧劝说，别急别急，你们过几天再来试试。

我倒奇怪了，我说，难道过几天我就是我了？

工作人员说，以前倒是有过这样的先例，不过我们也不知道什么原因，反正那个人当天没有匹配上，过两天再来，咦，行了。

我说，那我说你们机器山寨，你们还不承认。

工作人员一点也不生气，还说，如果你觉得我们机器山寨，你可以去投诉。

我听出点意思来，他们好像在怂恿我投诉呢。

我才不上他们的当，我和曾阿姨回家了，换房子的事，我们等得起，反正也没到人生最关键的时候，说不定迟一点换反而比早一点换更合适呢。

谁知道呢？

反正我不想再去公证处证明我是我了。

我毅然放弃换房子，也就不用证明我到底是不是我。可是过了不久，我又碰到事情了，躲也躲不过。换房子的事，可以暂时等一等，忍一忍，可是现在碰到的事情，是不能等、不能忍的。

我的手机被偷了。

手机可是比房子要紧多了，房子你可以今天不买明天买，今年不买明年买，手机你能吗？

当然不能。

手机已经是我们身体的一个最重要的组成部分，一个器官，不可以片刻分离的。所以我的手机刚刚被偷，我就发现了，因为它在我身上，是有温度、有脉动的，一失踪我立刻就能发现。我一发现手机没了，顿时浑身瘫软，感觉心脏要停跳了。那还了得！

我以最快速度到了我家附近的手机营业厅，先挂失，以减少损失，再用老号码办新手机。

你们懂的，问题又来了。

还是需要我的脸和身份证照片匹配。

只有匹配了，才能办理手机业务。

我坐到机器面前，让机器检查我是谁。

你们猜得到：我仍然不是我。

我没有想到办手机和办公证一样严格，我气得不厚道了，我嘲笑营业员说，喔哟哟，就是办个手机而已，又不是买豪宅，又不是取巨款，你这么顶真有意思吗？

营业员说，不是我要顶真，是程序规定的，你不匹配，就办不了你的手机。现在都是实名制，你不是你身份证上的这个人，就不能办。

我说，你们这种程序，存心是捉弄人啊。你不知道人手机丢了有多着急吗？

她说，我怎么不知道，我比你还着急呢。

我一着急，打电话让我弟弟来帮我解决困难。我弟弟比我横，说不定他有他的办法。

我弟弟迅速赶来。因为我在电话里口气比较着急也比较愤慨，他以为谁欺负我了，见了我就问，人呢？狗日的人呢？一边还伸拳撸臂。

我指了指自己的鼻子说，人在这儿呢，可惜此人已经不是此人了。

等我说明了事由，我弟弟一身的劲儿没处去了，十分无趣地说，喔哟，就这事啊，无聊，拿我的身份证办就是了。

真是小事一桩。

可惜我弟弟没带身份证。

我们两兄弟面面相觑。

眼看一桩生意要泡汤，营业员也着急呀，她嘀咕说，匹什么配呀，是就是，不是就不是，有什么大不了的，办个手机而已。

原来她是我们一边的。

她的眼光渐渐暗淡下去了，她对我彻底失望了，她的眼睛从我的脸上挪开，挪到我弟弟那儿。就在那一瞬间，她忽然眼神闪亮，精神倍增，大声说，咦，咦，你，是你。

她把我弟弟的脸拉去和我的照片匹配，额的个神，匹配度百分之六十五。

够了够了，超过五十了，可以办了，营业员高兴地喊了起来，来来来，你挑一下手机，你看中哪一款？她喊我弟弟过去，一边显摆各式手机，一边又朝我弟弟看了几眼，说，你自己早一点来就不会这么麻烦了，非要找个人冒充，你看，搞到最后，还是得你自己来。你唬得了人眼，唬不过鬼眼。

我不在乎她把我弟弟当成我，反正我可以用我的名字办手机了。现在已经进入数据化时代，不用实名制办手机还真不方便。我只是没想到，我弟弟的脸一出来，竟然就万事大吉了。

其实这事情想想也是奇怪，居然是用了我的名字和我弟弟的脸确认了我的存在。我对这件事表示怀疑，怎么我不是我，我弟弟倒成了我？荒唐。我问我弟弟，为什么你的脸能管我的用？我弟弟诡异一笑，指了指自己的耳朵，又指了指我的耳朵。

我看了看我的身份证照片，两只耳朵确实不太对称，右耳朵大，左耳朵小，小到只能看到一条边，难道刚才匹配拍照的时候，身体摆得有偏差，耳朵和耳朵对不起来了？

我不服。难道一个人的相貌，是由耳朵决定的？难道只是因为耳朵没有摆对，我就不是我了？我想拿我的耳朵重试，营业员急了，说，不是你，不是你，你别捣乱了好不好？好不容易匹配上了，你再一捣乱，我今天唯一的一单生意也要被你搞掉了。

我弟弟也很配合她，责问我说，你什么意思？你不是要办手机吗？不是要用你的名字办手机吗？现在不是可以办了吗？你还出什么幺蛾子？你还想哪样？

我被他们教育了，想想也对，就不再计较了。我弟弟说得对，只要能办手机，谁的脸和谁的脸，都无所谓啦。

不过我也想到了一些连带的问题，我对我弟弟说，你虽然变成了我，不过你可不要睡到你嫂子的床上去哟。

我弟弟说，喊，你以为曾阿姨很有样子呢。

他这是什么话，是不是说，如果曾阿姨有样子，他还真干？

呸。

我和我弟弟离开手机营业厅的时候，营业员在后面欢送我们，她说，慢走啊，艾老师。

我一听她喊我"艾老师"，顿时头皮一麻，我回头说，咦，你认得我？

营业员说，我当然认得你，你是艾老师，大名鼎鼎的，这条街上谁不认得你？

我气得说，那你假装不认得我，还为难我？

营业员说，艾老师，我可不敢为难你，但是我认得你是没有用的，系统不认得你，机器不认得你，我就办不了。

她说得真有理。

我办了新手机，号码还是老的，不算太麻烦，至少经济损失不算大，但是原先手机通信录里存的号码都没有了，这有点费事。好在微信还是在的，我就在朋友圈里发了微信，我说，我的手机被偷了，请朋友们打我电话，或把手机号码发给我，好让我重新拥有手机通信录。

于是朋友们纷纷来电来信，送号码还顺带安慰，有的还随手发个红包。真是谢谢了，我的手机通信录重新又满起来了。当然，也有的朋友不认同我的要求，他们认为我在和他们开玩笑，而且是很无聊、很没有创意的玩笑。更有甚者，他们认为发朋友圈的那个人不是我，是一个骗子，盗了我的微信号。他们骂道，该死的骗子，又来这一套。

我还手贱，有事无事就把新手机拿来搞一搞，手一滑，同样的内容就发出去几遍。有一个奇葩，收到我三次求号码的信息，起念想了。我年轻时曾经追求过她，不过没有和她结婚的想法，只是玩玩的，结果她看到我的微信，跟我说，怎么，好马要吃回头草啦？你现在对我有想法啦？

总之，丢失手机的事情就这么过去了，有惊无险，有麻烦但不算大。

经过了这两件事情，我觉得挺有意思，因为我甚至可以对别人说，喂，你们注意了啊，我不是我了。人家说，那你是谁呢？我说，我不知道我是谁，反正肯定不是"我"，我也可以是"我弟弟"。所以大家都可以表示出对我的怀疑，别说我的那些一肚子坏水的同事，我的弟弟，我的子女，甚至连曾阿姨，都话里话外，有意无意地表示出她的猜想。

我记得有一年你出去了好多天，大概有一两个月吧，你回来以后跟换了个人似的。

她这话什么意思？难道我出去后把自己杀了，然后另一个我回来了？

我还记得有一次你乡下的表弟到我家来，喊你表叔，我们说他喊错了，他坚持说没有错，你不是他表哥，而是他表叔。

她这话又是什么意思？难道是我隐瞒了辈分和年纪，扮嫩，想干吗？

她又说，还有那天，你连我的名字都忘记了。

我还能说什么？

我只能说，如果我不是我，你岂不已经是二婚了？你太合算了，嘿嘿。

曾阿姨呸了我一口。

还好，反正我们早就分床而卧，不存在晚上可以验明正身的可能。

其实我们去委托公证时，曾阿姨还只是觉得好笑，但是随着时间的推移，曾阿姨似乎对我越来越不信任，有事无事，她都离我远远的。有时候我偷偷地观察她，发现她也一直偷偷地观察我，眼神又凌厉又警觉，看得我浑身一哆嗦，吓出了一身冷汗。

我赶紧去照镜子，还好，并没有发现自己有多大的变化，我才安逸了一些。

不过你们别以为我安逸下来又要去买卖房子，才不，不是我不想换新房子，是因为我又碰到事情了。

我要去银行取钱。

可能你们会觉得奇怪，现在不都已经无纸化了吗，支付宝微信都行，最老土的就是刷银行卡了，难道还有比这更逊的吗？

有呀。我家儿子相亲了，得带上彩礼呀，什么东西你都可以拿手机支付，彩礼你能吗？不能吧？你看到亲家就把手机朝他（她）面前一竖说，你扫我还是我扫你？喊。

还是带上现钱比较靠谱一点。

我带上银行卡和身份证，到了银行，才发现银行变样了，从玻璃门往里看，里边一个人也没有。我以为银行今天休息呢，那门却自动打开了，我走进去一看，确实没有人，连个保安也没有。我东张西望，感觉十分心虚，好像我是进来干坏事的。忽然看不见保安了，心里还真不踏实。

就在我左顾右盼的时候，我面前的一台机器突然说话了，把我吓了一跳，赶紧听它说：欢迎光临。取款请按1，存款请按2，办理挂失请按3，还有什么什么请按456789。

我心想，我就是取个款，听它那么多干吗？我按了个1，按照机器的指示，我把银行卡塞进去，输入了要取的数额，又输入密码，只等那红色的大票哗啦啦地吐出来。结果机器并没有吐钱出来，它又说话了：信息核对有误，请重新核对信息。

我说，难道我的脸又不行了？可是不对呀，我明明是刷了脸进来的，怎么到了取款机这边，脸又不对了呢？

机器说，请重新核对信息。

我生气地说，你个蠢货，什么也不懂。

机器说，请重新核对信息。

我正没有办法对付这蠢货，旁边突然冒出一个人来，他必定也是刷了脸进来的。他站到我的取款机前，脸一伸，钱就哗啦啦地吐出来了，他收起厚厚的一沓钱，也不数，回头朝我笑笑。

我蒙了一会儿，才发现他取走了我的钱。我赶紧对着取款机大喊，不对不对，是我，是我，你看清楚了，我是我，他取走的是我的钱！

机器说，欢迎下次光临。

我想找人帮忙，可是没有人呀，连个鬼也没有，我急得大喊起来，打劫啦，打劫啦，快来人哪，打劫啦！

曾阿姨推醒了我，一脸瞧不起的样子，说，你也不嫌累得慌，睡个午觉，还做梦，你要打劫谁呢？

我一下子清醒过来，吓出了一身冷汗，我拍着胸脯说，还好，还好，是个梦。我把可怕的梦境告诉了曾阿姨，曾阿姨冷笑一声说，恭喜你，你的梦已经实现了。

曾阿姨把手机竖到我眼前，我看到一条惊人的标题：巨变！巨变！银行巨变——无人银行正式开业！

《人民文学》2018年第7期

轻喜剧中的沉重话题

——评《变脸》

汪 政

对文学来说，写什么永远是个问题，而且是首要的问题。就作家而言，大概每个人一辈子都在寻找，寻找主题，寻找题材，寻找人物。这些问题的解决方案有许多，其中重要的一个途径就是深入生活，贴近时代。这样的话因为说得多了，几乎成了标语式的套话，麻木了，没人再往心里去。其实，它还真是在写作上颠扑不破的真理。它的要义就是一个作家只要与生活保持紧密的关系，就可能有取之不尽的写作内容。而它内在的逻辑就是生活永远在变化，人不可能两次踏进同一条河流，太阳每天都是新的。我们只要与生活保持同样的节律，生活就会带给我们新的事物、新的人物和新故事。在这方面，范小青的写作具有相当的典型意义。她自己也说："现实不是静止的，不是固定的，它是运动的，前行，或者后退，跌宕起伏。……我的小说，也就是这样运动着，变化着。"范小青是一位对生活非常敏感的作家，也是一个十分热爱生活的作家，生活中的一切新鲜的事物都是她感兴趣的，并且，她有着将这些新生事物文学化的能力。

这在范小青近年来的创作中十分明显。手机、电脑、互联网、私家车、物流、购房以及我们城乡生活中许多新的行业、新的生活方式、新的技术、新的人群，都成为她小说的表现对象。她总是想方设法去接触生活，去了解生活中那些新生事物，并进一步去琢磨它们对我们生活的影响，去思考它们对我们社会的改变，它所包含的深层次意蕴。

《变脸》也是范小青这方面的一个值得解读的小说样本。这篇小说的创作缘起于范小青本人真实的遭遇。这些年来，身份证变得越来越重要，一个证件甚至比证件所代表的人更重要。而就在这一两年，人的脸也变得非常重要。在许多场合，验证与"验脸"是同时进行、缺一不可的，比如乘高铁、住旅馆，等等。据说，范小青在现实生活中就曾遇到过这样的尴尬，刷脸就是刷不过。《变脸》就是在这样的生活经历的基础上加工创作而成的作品。

　　小说讲一对老夫妻因刷脸而引起的啼笑皆非的遭遇。先是去卖房，妻子的脸差点与身份证比对不成功，而丈夫的脸则怎么也通过不了，房子竟然因此交易不成。接着是丈夫换手机，他的脸同样比对不了，而具有戏剧性的是丈夫弟弟的脸居然通过了。其实，电信营业厅的服务员是认得丈夫也就是"艾老师"的，但认得没有用，用营业员的话说："我认得你是没有用的，系统不认得你，机器不认得你，我就办不了。"生活的荒诞就这样产生了，艾老师说："我不是我了。人家说，那你是谁呢？我说，我不知道我是谁，反正肯定不是'我'。"文学显然不能止于复制生活，或者述说生活中偶然的笑话，而是在生活停止的地方开始思考。就这么一个短篇，就这么个本来只增谈资的笑料，却成为范小青对现代生活的反思，说得轻一点是人与技术、人与机器关系的颠倒，人宁可信任技术、信任机器也不信任人本身。就这么一个生活中的轻喜剧、小幽默，可能隐藏着大变迁、大格局、大道理，说穿了，许多年前预言的人创造的机器、人发明的技术将反过来控制人的恐怖已经在不知不觉间就成为了我们的日常经验，而这将在我们不经意间构建出新的人类社会的伦理。说得更重一点、更形而上学一点就是人的异化，人的存在。在象征的意义上，范小青思考的是现代主义的终极提问——"我是谁？"人的觉醒，人的主体性的确立本来是人类社会的重大进步，但这一进步的时间并不长就遭到了颠覆，人类重新迷失自我了。自现代主义文学的书写开始以来，这便成为一个重要的主题，范小青从生活现场出发，举重若轻，为其表达找到了新的故事载体与思考媒介。

魔王

——献给我的父亲

慢先生

青海省歌舞剧团的大院里，孩子们正在楼下抓羊拐玩儿。孙国宏颤颤巍巍地爬上了苏联专家援建的剧院大楼。他攀上一个高塔，把拐杖撇了，冲下瞧着。终于他开口喊了："小朋友！都走开！小朋友！都走开！"孩子们嘟嘟囔囔地四散开来，玩儿么，不咋呼就没劲，咋呼了可就得挨训，他们总被到处赶。孙国宏持续地喊着，都走开都走开。那是他作为一个前著名指挥家最后的一次所谓"调度"了。孙国宏一跃而下，结结实实地将自己拍扁在地面上。

静了场了，只有喇叭还在唱"两山迢迢隔大海，两家苦根紧相连"。人们纷乱但一言不发地围拢上前，看守孙国宏的小将们挤了一两个过来，他们面面相觑。

孙国宏的儿子孙东旭正是在这时走进了院子。他插着兜，脏脏的衣服上遍布脚印，显然是刚跟别人打过架，但他也没什么所谓，正兴致极高地向人群走来，准备仔细地凑个热闹。唱京剧的李玉声看见了他，就大喊："给摁住咯，别让到跟前来！"院里的其他老街坊就要冲上去，预备将孙东旭摁住。他一见有人要捉他，抹头就开始跑，他惹的事多极了，也是自己心虚，回头笑骂："老几个还想逮我嘿？疯了心啦！"

孙东旭就没能见着他爸孙国宏最后一面。

孙国宏说是摔破了脑袋壳儿了，浆子淌得哪儿哪儿都是。当天虽然都铺上煤渣儿给铲走了，但是还是保不齐有没收拾到的，有人走夜路就会踩着了，觉着脚下滑，就吓得嗷嗷叫唤。孙东旭蒙着被子还是能听个真着，他爸又让人给踩了。

孙东旭这会儿已经没妈了，他就这么成了青海省歌舞剧团的孩子。谁家都给他口饭吃，但是没一家邀他住下，毕竟自己也还抹排不开呢。还是老青衣李玉声让他住了下来，李玉声的男人头了在北京的时候就给收拾死了，她在青海自己单过，想着添双筷子添个碗的就能把孙东旭养活大了。可孙东旭不争气呀，他老病。不是矫情，真是往奈何桥上蹿的那么病。李玉声就抱着他去医院，一夜一夜。老李那点破家底儿早就给糟践完了。老李眼瞅着没米下锅，只能冲他哭问："你是个鬼么？讨债的鬼么？"孙东旭急了，以为老李不要他了，就挣扎起来："奶奶，我不是啊，奶奶。"他下床磕头，李玉声也不揽他，自己捂着脸，并不言语什么。

孙东旭但凡不病，就练身子，还没桌子高那会儿，就知道在院子里跑圈儿。饿得眼冒金星还是跑圈儿。一老一小就这么两相凑合着活，李玉声到底是把孙东旭拉扯大了。

1979年孙东旭终于参加高考去了西安音乐学院，大院里的街坊用竹竿挑了他的录取通知书放了三四挂的鞭炮，孙东旭和李玉声都有些激动，孙东旭哭得尤其厉害。他觉得自己熬到头了，等毕了业就能调动走了，离开青海，离开这片涂满他父亲遗骸的院子。

当然，日子不能全遂了你孙东旭的愿啊，你算老几？孙东旭毕业后，省大分办（大专及以上学历毕业分配办公室）的一把手看了他的成绩单和履历，用他鼻音浓重的天水口音高呼起来："这是个人才么！不可多得的人才！"孙东旭算是栽了，省上不放人，哪儿来的回哪儿去。那句天水话伏魔真言一般地给他钉了个死死的。

孙东旭的儿子孙科生在一个冬天。那一年冷极了，都冻透了。临产时大夫问孙东旭："一会儿万一出事了是保大人还是保小孩？谁来签字？"孙科她妈蔡思源，别看平时蔫歪歪的任嘛也不干，水都得喂到嘴里，这会子一个打挺坐起来，惊叫道："保大人！保大人！我来签字！"这段故事孙东旭常常演给孙科看，逗得他哭得死去活来。蔡思源就骂孙东旭，说他嘴里闲出鸟味，挑唆事儿。他们屋热闹极了，李玉声算是有福了，院子里别的老人都说："老李积德，老李家人齐了。"

孙东旭在地下室那个和地面平齐的窗户上挂了个棉布帘子，从早上五点起，他家的半地下室里就会传出练钢琴的声音来。孙东旭当了民族交响乐团的指挥，但是他心思并不在乐团上，他从早到晚地盯着孙科练琴。他一直向孙科重复着那么几句话，"好好练琴，考柴可夫斯基音乐学院去，完了回来，全国的剧团，愿去哪儿去哪儿"。

孙东旭总是在给孙科出题，考听力。孙科在看动画片，美国的，俩动物玩儿命追，腿儿都跑成轮子了，一会儿，一个动物终于撵上另一个了，怀里掏出一八百斤的大锤来，李元霸似的，给另一个捶成纸片那么薄的，揭走了。孙科就乐，咯咯的。孙东旭上来，把电视闭了。拿出纸笔，让他把刚才的背景音乐谱子给默下来。错了也不挨揍，但是孙东旭显然有些失望的意思。

从此，孙科看动画片就多个心了，他很少再笑，小脸蛋上映着荧屏的光，闹出多大动静也就是那样，不笑。他只是等待着，有时孙东旭过来，闭了电视。孙科就立刻抄起纸笔，开始默写谱子。

孙科从小就被看得死死的，没什么人跟他玩儿，他放风出去玩儿的时间都是分钟计的，孙科被放出来，也就是看着大家玩儿，研究似的那种眼神，有比他大的孩子靠过来，他就吓得赶紧缩回单元里去。他太少露面了，院里孩子总以为他是别的院子的，在那个年纪，乱闯院子罪过大得跟偷渡似的，抓着了，往死里打。

钢铁厂东区的产能已经全面关停，盘根错节的管道自大雾的一头发端，拧几个花儿复又生长去浓雾的另一端了，它们偶尔叹出微弱的白烟，钢厂成为亡故巨人尚有余温的尸体。孙科常奔跑于其间，他爹总念叨长跑的好处，长跑好！有病能治病没病能强身，跑步就行了，去他妈的同仁堂。孙东旭常常将孙科拖到厂区外，自己穿厂而过在另一端抽着烟等他，直等到那个小人，头顶喷着热气穿过浓雾过来，就将他放到后座上，拉去上学。孙科奔跑在半废弃的厂区，煤山似乎影影幢幢起伏在黏稠的雾里；孙科奔跑在半废弃的厂区，厂房大极了，他如同跑过一座废弃的史前神殿一样。他吓唬着自己，想象有人在雾的遮挡下要追杀他，他常把自己吓得惊叫起来，复又大笑，弄出带有回声的极大动静来，这是他每日不多的放纵。

孙科终于是长到了练琴和念书无法兼顾的年纪了。孙东旭烟雾缭绕地自己跟书房里捂了好几天，他决定，就退学吧。孙东旭和孙科一起坐在教务处门口的长凳上，等待着教务主任的接待。孙科突然拧过头来，他隐约感觉到这个决定的重要，他问孙东旭道："爹，这样能行么？"孙东旭第一次感到了十足的压力，他说："没问题诶，宝贝！"孙东旭作为一个文艺口的混子，他撒这个谎的时候觉得脸竟然有些僵，这么刃对刃地问，他对这个问题的答案竟然心虚起来了。

什么行当都一样，拼到尖儿上那一撮了，光是玩儿命卖力气怕是不够的。孙科似乎没有想象中的那么有天赋。孙东旭带他去他爷爷孙国宏在北京的老哥们儿那里弹一曲，那位老前辈就留下了"还行，能听吧"这么一句话来。孙东旭心里生生疼出血来，"还行，能听吧"可是上不了柴院的，"还行，能听吧"是大年初二在亲戚家露一手的标准。

孙东旭急眼了，但是效果甚微。孙科应该是弹疲了，他缓慢地向着那个急迫的目标靠近着，他永远差那么一点。孙东旭不傻，他在地下室门外听得真真儿的，这孩子弹钢琴不会断句，背谱子死弹，没有任何感情，应该是对这个毫无兴趣了。他速度和准头儿都有，大曲听着也热闹极了，但是他人并不在这里，跟他看动画片似的。

在越来越频繁的罢弹和暴揍以及李玉声以自尽相要挟的制止之间，这个家庭几乎熄灭了。锅冷灶凉，人们对任何事情都丧失了兴趣，只是迟滞地活着。转眼就是新年了，孙科早已没了看电视的资格，他只在春节联欢晚会的时候被获准看一两个小品。小品已经完了，他仍然无动于衷地坐在原处，母亲蔡思源开始敦促他："披上件衣服，弹琴去吧，快，一会儿你爸又该急眼了。"孙科不为所动。劝到最后蔡思源终于还是没压住火："当年就应该交罚款，生他妈两个，现在也不至于抓这个瞎。"这并没有刺激到孙科："我但凡有个兄弟姐妹，你们能去照着他使劲的，我早跳楼了。"听到跳楼，孙东旭如遭电击，他把酒瓶掷向电视，跳闸了。人们在黑暗中坐着，浑身发抖，直到万箭齐发的烟火把房间照得通亮，它将每一个人的面孔标亮。他们对彼此的厌恶与自己的丑陋，在此刻都无处躲藏。孙科从烟缸里摸出一个烟蒂来，大大方方地将它点着。

第二天，生活照旧，孙东旭将孙科拉到钢厂，他在另一端等待孙科的到来，等跑完了他就拖着孙科去练琴去。他点上烟，默默地站着。两根半，孙科一般就来了。三根见了底，他还是没能听见孙科的脚步。他朝远处打了一眼，看到孙科站在远处就这么看着他。他们对视良久，孙科背过身去，往别的地方走了。孙东旭丝毫没有追的意思，他落了烟头，踩灭了，依旧站在原地。

孙科是打出牌子不学了。孙东旭叫他搬出去，上李玉声那儿住去。老李全然无所谓，爱学不学呗，天塌下来，我重孙子吃饭能吃两碗就行。李玉声九十年代重新评了职称，退休金能养活四五个人，在团里算是老资格，还不能随便安排个差事么？孙科就算考不上柴院，在你民族歌舞团随便弹个曲儿，也不叫委屈你们团吧？退一步，不要编制了，开班教小孩弹钢琴还能吃不上饭了？老李想得很简单，六○年要是没饿死，以后就再也不应该饿死了，怎么还能活不下去呢？孙科最后当了个话剧团舞美的学徒工，做些什么道具，画画布景板之类的，他说最近几年不想再碰钢琴了。

孙东旭从半退休状态重回交响乐团的时候吓了大家一跳。在这之前他几乎是全职盯着孙科在练琴，而现在孙科是靠不住了，要走出青海，走出海石湾，只有靠他老孙自己了。上北京拿奖去，拿了奖，就能调动出去。这个目标十分明确，但是艰难到让人发笑。孙东旭重新列了演出大纲，排练曲目也换了个遍。团里现在大部分是新人，看见这些曲目就怵了，也许能玩得动的乐团成员也都是挂名吃饷的放养状态。孙东旭去一个一个地叫，人家不乐意了，合着你老孙想半退就半退，您老来了精神就要遛我们？那是门儿也没有啊。孙东旭不急，排练的时候大门敞开了演，谁不来座位就给他空着，排练的场子可是在文化厅对面啊，领导们来来去去，有的抽个冷子进来瞥一眼，看见乐团跟豁牙老太太啃过的玉米似的，当天就骂到团长脸上去了。孙东旭是个横不要命的主儿，他不过好了咱们谁也过不好的名声算是跟团里立住了。

孙东旭必须全力以赴，机会最多给你一次就顶破天了。领导选送你去北京演出，你自己机灵点儿，兴许就能调动出去，演砸了给省上现眼了，那苦日子可就不是一天两天了。团里有位歌唱家，国家二级演员，领导来看她演出，决定选送事宜，据说还有中央的老几位。她也是自己活到头了，那会儿汽水还是新东西，她老想来上一瓶。她向所有人描述汽水的美妙："甜着甜着！气泡撒，激着你，辣着辣着！"临上台她给自己好好地来了两口，然后在一首描述盛世繁荣的高音主旋律歌曲中打出了一个美声的嗝，一个经由胸腹腔共鸣后"从眉心抛出去！让最后一排也能听见"的嗝。你还能怎么狡辩？"咱家这是改良呼麦？"除了冷宫，你还能去哪儿？

孙科就不一样了，他全面地放开了。这些年亏的，他都要玩儿回来，西宁的歌舞厅里全是他，不要命地玩儿。他也坏，常给话剧团捣乱。一出戏，刽子手，念"推出午门斩首"之类的词，民族英雄就要死了，很悲惨的事情。孙科发坏，在道具圣旨上画了个双乳及地的裸女。刽子手打开圣旨就愣住了，这没词儿啊，再一紧张就想笑，越紧张越想笑，嘴唇都快给咬下来了，大腿上一块肉生生拧成了辫子。最后文天祥怒斥刽子手，并质问道："人生自古谁无死？"刽子手终于憋不住了报以朗声大笑。文天祥蒙了，仰天大笑是我的戏啊，这还有抢的？那现在咱俩该谁砍谁？

孙科就跟着瞎胡闹，每晚玩儿到天蒙蒙亮。他一身酒气回来的时候常是孙东旭去排练场的时候，两人碰上并不说话，错身各走各的。

孙东旭要排《魔王》，舒伯特的《魔王》，他要玩儿个邪的，藏语的《魔王》。那时候德国给奖最敞亮也愿意发邀请，艺术团体稍微有点意思的，德国都掏钱给请过去。只要能去北京，这个就能吸引德国人的目光，他孙东旭就能拿奖，就能调动。他算是魔怔了，从团员到后勤，从歌手到门口树上的鸟，没有他不骂个狗血淋头的。他要从石头里挤出奶来，他疯了。

白面儿比汽水儿可进来得晚，西宁最早的毒品一般是大麻和鸦片，毒品一进来最遭殃的是自行车，那时候老城里一辆自行车十块，正好是一小包白面的价钱，自行车成了硬通货了，就差找钱给你俩轮儿了。两三年不到，犯了瘾的偷儿闹得全城一辆自行车也没有了，最后谁也不买了谁也不骑了。你今天去看，西宁还是没几辆自行车的。孙科就碰上白面儿了，舞厅么，什么新鲜玩意儿都从这里先过一遍。孙科坐在卡座上，歌厅里雷鸣电闪地打着光，他面前摆着白面儿，周围坐着很多人。有一个大姐姐，他中意很久了，波浪卷，飞眼影，那时候飞眼影可是招口哨的打扮。大姐姐人傲，眼神里是看谁都不待见的意思，少年人总容易对比自己年长一些的女性流露出全然不得体的痴迷来，这很正常。孙科觉得不能尿了，要跟上，人大姐姐看着呢，不能跌了份儿了。他埋下头去，照着之前人的样子吸了起来。

孙科想起小时候跟人打架来了，一拳打眼上了那种感觉。整眼都亮了，光斑四散，如同九球桌上谁开出了一杆儿，静了场了。可能有人拍他，也可能没有。他久违地平静了下来，松弛了。现在的快乐是可以享受的，长久的，不会有人来打断你，递上一个本子，让你默下听到的旋律。没有旋律，操他妈的没有旋律，静极了，所有最沉重的雾都注入这一个厂房里，雾沉重低垂和冰冷，如同罪人的灵魂。他看到了原野，火焰茂密地生长着，鲸鱼缓慢地翱翔于天空，人类亡国了，他们缓缓地在两个太阳间流浪。

孙科躺在厕所里，脑袋仰面置于蹲式便坑中。他的表情不可捉摸，仿佛顿悟。

人与人的体质并不相同，孙科显然是易成瘾的那一群。再也不需要什么大姐姐了，去他妈的，瞧你丫那操性！李玉声死后整个房子就过户给了孙科。很久都没有人知道孙科有了个新的爱好。

孙东旭的节目快成型了。他成了孤家寡人，舞台上的暴君。他常在厕所里蹲下就能听见进来的人对他进行的最为恶毒的咒骂，他们把所有父子间的离心离德全部推给他。"老独逼"这是他的绰号，他知道。他们对他的指挥风格也很不满意，说他是僵尸，是"一次长达五十年的心梗发作"。孙东旭无所谓，这些比起他小时候作为孤儿挨的骂来说简直能称得上温柔。他目的性明确极了，他要走，他要逃离生活，没什么能让他分心的。

除了孙科。

全院都知道孙科吸毒了，他自己的房子也租出去了，睡在当年他练琴的地库。人们说他开始偷东西了，后台的很多东西他都拿去卖了，他再这么下去一定会丢了工作。孙东旭气极了，他感到胸腔以下的身体都凝成了一块儿，他找了歌舞团的几个壮劳力要把他拿到戒毒所去。

整个抓捕过程令所有人心碎。孙科在院子里大呼小叫，他呼唤着窗口每一个看客的名字，祈求他们谁能施以援手。他躲闪着，将所有能够拾起的东西掷向靠过来的人。孙东旭几乎看见了他小时候的样子，那时候他要揍他，孙科也是这个德行，他怕疼好咋呼。但是那时候他可没有双腮凹陷，并且手臂布满针眼，像是褪了毛的鸡。孙东旭疼极了，他蹿出去，几乎是哭喊着将套野狗的绳杆下到了他的脖子上。孙科就咒骂他，多少年没有说话了，那个有些熟悉的声音在夕阳里叫骂着，跟骂谁都一样，他言语里没有任何特指或别的什么不同，孙东旭甚至疑心他那会儿认出了自己没有。

送去戒毒所，该走的都走了，孙东旭没走。他在戒毒所围墙外一直站着。每一个号房里都传出瘾君子的哀号，管教敲打着牢门，大声呵斥。那是一种在重重捆绑之下的绝望哀号，是造物主能够谱下的最为痛苦的歌声。纵然是他孙东旭，也无法听记下这种旋律。他甚至无法分辨出自己儿子的声音。

孙科回来了，母亲蔡思源接他回来同住，但是依然没有什么用，一个不留神他就走了。他不回来便罢，一回来身后还常跟着要债的。孙科清早就把自己锁在地库里，钥匙给雇来的一个小孩，早上来锁他，晚上吃过饭再给他放出来。收债的来敲门，他就给自己打一针，任外边洪水滔天，直到有次失手把地库给点着了。

人们疯狂地砸着门并听着里面的哀号，不断有中午歇班回来的人加入拉窗的队伍里。他们终于打开了地库的铁窗。孙科踩着几乎与他同岁的钢琴爬出来，蹭出几个荒诞而急促的滑音。

他毁了容了，气道也受了伤。大夫无法确定他在未来还能否发声。孙东旭觉得孙科也许是吸毒吸傻了，他真的是看谁都一个眼神。毁容之后他干脆半疯不疯，人们说戒毒所本该用替代性药品戒毒，硬戒就会变成这样，更糟的还可能会把人戒死了。孙东旭根本无从考证这个说法的真实性，他人生中最重要的演出就在眼门前了。一年一度，省上选文艺团体进京汇报演出，听说了孙东旭的项目，就一定要过来看看。

人们纷乱地落座，各级领导也到位了。孙东旭感到紧张，这种紧张感甚至让他产生了抽离与陌生的体验。他的手在抖，他将指挥棒放在谱夹上，能听见快节奏的低语一般的击打声。所幸一切都在他的掌控之中，整个团他训得服服帖帖。在他的演出过程中，后台甚至不许有人，没有人可以在后面发出任何声音来，孙东旭这样安慰自己。

后台传来一声巨响，全团的人都打了一个寒战。他们担忧孙东旭的发作。他强压怒火，冲着观众台微笑，走去后场查看发生了什么。

幕布后，孙科仰面倒在地上，手里攥着金属的遮光板，他可能爬上脚手架预备摘了去卖钱。兴许是今天全院的人都来看演出了，没人能看见他从后门进来吧。血从他的后脑涓涓地流出来。他急剧地喘着气，依然不能发出任何声音。孙东旭赶忙跪下，将他的头扶起，孙科看着他，那张丑陋扭曲的脸转向他，但是眼睛还是他的眼睛，是那双看到你表演"保大人，我来签字"时就会充满泪水的眼睛。孙科的眼睛这会儿有神了，孙东旭的脑袋中鸣叫了起来，此时此刻他知道孙科能认出他来，毋庸置疑，就是这个眼神，如同没有一丝恨意与苦难横亘其间，孙东旭和孙科互相注视着，就那么一瞬间，孙科歪过头去，双眼暗淡了下来。

孙东旭重新回到台前，扫视着观众。他很困扰，这有什么意义么？他感到手中的湿润，那是孙科的血。他突然想起了站在这里的目的，他要离开这里，离开这个葬送了他一半家人却假装无辜如羔羊的险恶地方。时间应该开始了，如同雨水应该离开天空，飞鸟应该离开大地一样，他不应该错过这个机会，无论如何也不应该。

台下有人问他："孙老师，怎么了？"

他答道："没事，可能是配重的沙袋落下来了，我没有仔细看。"

他扬起手，灯光昏暗下来，所有看客都隐没在寂静的黑暗里。

音乐起。如同他所计划的那样，每一个动作已经化为肌肉记忆。他不再思考，那种真诚纯粹的悲伤，自然而然地流淌起来，没顶在场的每一个人。

孙东旭在西钢的东门抽烟，这是第三根。孙科还是没有过来，他只是远远地站着。孙东旭熄了烟准备离开，"他再也不会来了"，孙东旭这么想。然而孙科还是迈步了，他在定音鼓的轰鸣和宏伟的弦乐阵里启动了，他走了过来，灵巧地爬上后座，给了孙东旭一个愚蠢的微笑。孙东旭一骗腿儿上了车。疯狂的尖叫和掌声响了起来，而后一切都戛然而止，自行车轴承滚动的钢珠在静谧的清晨里欢快地响成一片。

那一年，孙科还小，任嘛儿乐器都不会，数学还不好。

《花城》2018年第6期

"每一代人应该充分地讨论和理解不幸"

——评《魔王》

何　平

　　慢先生在 2018 年贡献了"90后"最突出的小说，他的《魔王》可以从很多方面去阐释，比如个人和时代的关系；比如家族创伤记忆和成长；比如文学和救济、疗愈，等等。

　　因为父亲六七十年代从江南来到了青海，在此安家生息，慢先生的童年是在西宁度过的。苏州和西宁的双重生活开拓出东与西双重文学景观的对照记。他的《魔王》是献给父亲和记忆中的西北。他认为西北是一个叙事上更为广阔的舞台，人和人的距离更近，更针对，矛盾和冲突也比较激烈。他几乎不在西部风俗志背景下写人，而是小说风格学和修辞学意义上的"去往西天取经"汲取西部大开大阖的精神气质。

　　更重要的是，西部是空间的，也是时间的。慢先生感应到"改写"和"变"。在这里，王蒙的《在伊犁》《这边风景》、张承志的《黑骏马》《心灵史》、张贤亮的《绿化树》《男人的一半是女人》、阿来的《尘埃落定》《空山》、次仁罗布的《祭语风中》等小说开创的直面当代西部现实和创伤记忆的传统被慢先生的《魔王》等小说接过来，这使得广义的"伤痕文学"在当下青年写作时代得以被记忆、书写和传递。"每一代人应该充分地讨论和理解不幸，而不是避而不谈，然后竭尽所能地阻止不幸传递下去。"我们的文学应该以"不能避而不谈"作为起点，去命名无以名状的时代，虽然最终的结果也许可能还是"无以名状"，但命名过程中的固执、决绝，甚至被伤害、被毁灭等等本身都是有意义的，所谓的哀伤应该是这些之后的。

　　"每一代人应该充分地讨论和理解不幸"，慢先生把自己对中国"当代史"的观察和理解贡献给他的同时代人，这个"当代史"在《魔王》是"孙国宏—孙东旭—孙科"的"家族史"。小说开始的历史时刻是孙国宏的自杀，这是有着当代"史志"意义的"不幸"。慢先生小说讨论和理解的"不幸"不只是《魔王》祖辈父辈的"不幸"，但必须指出的是，祖辈父辈的"不幸"首先是一个源头和起点，这种生命源头和起点对一个青年作家而言，应该是一个渐次辽阔的拓展过程——从一己之身出发，凿穿生命的秘径和迷津。这些秘径和迷津通向的是家庭、家族、国族，甚至更宏大的文明史，也正是通过这种凿穿和通向，青年写作者才有可能建立自己可靠的文学背景。每一个后起的写作者——不只是写作者，扩大到每个生命个体都应该毫不回避地追问："我从哪儿来？"而事实上，我们今天的青年写作并不缺少失败和不幸的人生图景，缺少的只是"充分地讨论和理解"这些失败和不幸。缘此，我希望《魔王》可以成为讨论青年写作的一个重要起点。

如在空中，如在水底

弋舟

　　八月，蒲唯收到妻子的母亲的来信。西北夏日的黄昏迟迟不肯退场，晚上九点天边依然挂着刺眼的余光，仿佛苍穹的边缘被谁敲破了，撒下一地的碎玻璃。他下楼去经常光顾的那家小酒馆，酒馆位于小区外立交桥的荫蔽处，可能算是违章建筑，但多年来也像西北夏日的晚霞一样，顽强地不肯退场。

　　他在自己的老位置坐下，开始读信。

　　我知道，你和我一样，依旧在思念她，蒲唯妻子的母亲写道，但是我必须鼓励你走出这件事情，我不想看到你继续为此而受苦，我知道这也不是我女儿所希望的。

　　蒲唯妻子的母亲退休前是位中学语文老师。手机时代，她选择写一封信给蒲唯，可能不仅仅是为了以示郑重。蒲唯的妻子生前也在中学教语文。他自己在一所中等职业学校就职，当然，也是教语文。

　　酒馆老板不用多问，照例端上来一盘羊肉饺子，离开时还拍了拍蒲唯的肩头。蒲唯想对他说今天不吃饺子了，他想来壶酒。

　　是的，我必须走出这件事情，他想，可是，我为什么"必须"要走出这件事情呢？蒲唯并不能立刻找到一个理由，一个充分的理由，好让自己"必须"走出丧妻的痛苦。也许是这痛苦并没有达到压倒性的程度——他依旧在黄昏的时候吃羊肉饺子，依旧偶尔想喝上壶酒——那么，就没有"必须"的必要了吧。可是，什么样的痛苦程度，才能算是压倒性的呢?

最后,蒲唯的目光落在了信的末尾,妻子的母亲在落款处写下了时间:大暑。

嘴里咬着半个饺子,盯着那两个字,蒲唯记起了一个遥远的承诺。于是他迫不及待地拨通了程小玮的手机。

"大暑了啊!"他的声音不免有些兴奋。

"大暑?"程小玮迟疑了一下,才应承道,"噢,是啊,热。"

"不是,我不是这个意思,"蒲唯急切地提醒他,"入暑之后是什么?"

"是什么?"程小玮反应不过来。

"是什么节气,嗯?"蒲唯不得不提醒他,"小玮你还记得吗?"

程小玮一定是在盘算,没准儿还去翻了翻日历,过了会儿才回答道:"是立秋吧?"

"不错,是立秋啊⋯⋯"说了一半的话戛然而止,蒲唯咽下了涌到舌尖的话头。

这让他说出的前半句话在语气上显得很突兀,还有些冒傻气,像是无端地对着一件小事在大发感慨;程小玮显然并没有想起那件事,面对健忘的朋友,蒲唯倏忽失去了重提往事的兴趣。他想,那其实也没什么好说的。

"老蒲你没事吧?"程小玮察觉到了他的异常。

蒲唯继续吃着饺子,说:"没事,我没事。"

程小玮说:"改天我过去看看你。"

蒲唯说:"行,有空就过来吧。"

回到家后,蒲唯开始翻找老相册。还真被他找到了,那是他们三个人的合影:蒲唯,程小玮,还有汪泉。在蒲唯眼里,今昔相比,照片中的汪泉自然还是当年的汪泉,因为如今的她无从参照;其次,是与今相比已经有些难以辨认的程小玮;最陌生的,反而是照片中那个过去的蒲唯——他是蒲唯吗?太不像了。照片里,汪泉永葆青春,程小玮狡猾地躲闪着时光,只有他蒲唯,是再造了一般。

尽管旧照只能让人和过往变得更加疏离,但看了会儿照片,蒲唯心里还是感到了隐隐的不适。他难以确定丧妻不久的自己这样追念另一个女孩子是否恰当,他并不因此自责,他只是有些理不清这里面的关系,被某种"缺乏正当性"的暗示所困扰。尽管,他明确地知道,此刻自己对汪泉的追念丝毫不带有那种男女之情,那么,蒲唯对汪泉带有过那种男女之情吗?可能连这点都是没法肯定的。

吞下两片褪黑素,蒲唯早早上了床。睡意尚未来临,程小玮的电话打进来了。

"老蒲我想起来了,"程小玮说,"的确是十八年了。"

"是啊,"蒲唯在黑暗中欣慰地笑了,说,"小玮你还记得。"

"你正放暑假是吧?"程小玮问。蒲唯说:"是啊。"

程小玮说了声"好",手机就挂断了。

并不能算是梦境,但蒲唯也难以将之视为清醒的回忆,他在黑暗中混沌地睁着眼睛,闭上眼睛时,脑子里又是一片夏日的明亮。十八年前的夏天,刚刚参加完高考的他们一同去了人迹罕至的所在。那地方叫冶木峡,距离省城不足两百公里,可对于当年的他们而言,确实可算是一次遥远的旅途。三个人在层峦叠嶂的山区住了两晚,每天听着村民吹响羌笛,算是完成了一个别致的成人礼。

在山里,面对着那面湖泊,汪泉宣布道:"十八年后,我要写一封信寄到这里!"

所谓"这里",是他们落脚的一家村民旅馆。

事后蒲唯认为,当时汪泉的这个宣言有可能只是一时兴起,她并没有经过认真的谋划,那只不过是少女在大自然中身不由己地做了一个深呼吸。

"收信人是谁呢?"程小玮却当真了。

"你。"汪泉指指程小玮。这个答案出乎蒲唯预料,他还以为汪泉会将那封未来之信寄予此间山水呢。难道不是吗?看上去,那更符合女孩子浪漫的情怀。继而,蒲唯便迅疾地品尝到了失落。好在汪泉又转过身来,对着他说道:"还有你。"

安慰感于是来得像失落感一样不可理喻。两个少年面面相觑,心头流转着从未领受过的情绪。

"那么,"程小玮小心翼翼地求证道,"你要写什么内容呢?"

"到时候你们读信不就知道了嘛。"汪泉轻描淡写地说,她可能并没有料到自己的一个深呼吸会导致这么一连串棘手的问题。

"可是，没准儿那时候这里已经不再是一个有效的收信地址了。"蒲唯说。他在努力抑制着什么，并且为自己突发的理性感到不解。

这个理性的问题破坏了气氛，也令原本带有游戏性质的笑言一下子变得正式起来。汪泉不说话，她好像生气了，不得不直面人为制造出的这个麻烦。蒲唯站在她身后，她裙领子下面那两根单薄的肩胛骨在蒲唯看来总觉得像是一对跃跃欲试的翅膀。

过了会儿，她转过身来，信心满满地说："如果真是那样，这封信不就显得更加宝贵了吗？"

蒲唯心中其实已经在默默地为她措辞了，她说出的这句话和蒲唯所能想到的差不多，只不过在蒲唯的心里，赋予那封信的是"神秘"这个词，而她，选择了"宝贵"。这当然不是一回事。

"对，"程小玮附和道，"一封失去了收信地址的信……"

"也不知道收信的人那时还在不在。"蒲唯想不到自己又说出了这样的话，这让他看上去都有些像是在故意刁难人了。

当然不是，他无意冒犯长着一对翅膀的女生。当年的蒲唯并不是一个悲观的别扭少年，但那一刻，一种新鲜的、宛如森林气息一般的惆怅突然在他心中弥漫开。也许是那一刻置身的环境使然，森林，湖泊，少男和少女，还有其他什么，是这一切的组合，令他滋生出一种化学性的迷茫。

"老蒲你是怀疑自己活不了下一个十八年吗？"程小玮推了他一把。

"不会的。"汪泉沉着地打着手势，肩胛骨更像是一对翅膀了，她像说出预言似的说道，"我相信那时候，你们俩都会活蹦乱跳地来这儿等着收信！"

看上去朋友们似乎是在鼓励蒲唯，似乎，他真的像是一个需要被鼓励的人一样。蒲唯于是笑起来，大声说："那说好了，十八年后我俩准时到这儿来收信！"

"对，准时，要有个准日子，我们总不能没头没脑地在这儿瞎等啊，这儿吃得又不好。"程小玮热烈地响应。

"立秋吧，我们出门时不是刚刚过了大暑吗？"汪泉说，"时间我会掌握的，我会在这两个节气之间发出那封信，确保就在立秋前后寄到，我不会让你们瞎等的。"

就像是跟祖国的邮政打了个赌，就像是跟荏苒的时光与不可预知的未来打了个赌，约定便这样达成了。而"十八年后"，是十八岁时的他们所能想象的最遥远的未来。

一大早程小玮就来了，坐在客厅的沙发里等着蒲唯洗漱。他还带来了早点，油条和豆浆。两个男人对坐着默默地用完了早餐。

"走吧，带件厚些的衣服，山里还是会凉。"程小玮说。

蒲唯从衣柜里找出件薄夹克，随后他们就出了门。

程小玮的车停在楼下，上车后蒲唯问他："不会耽误你做生意吧？"

程小玮做着古玩生意，在市里最大的古玩城有着一层楼的铺面。

"不会，"程小玮说，"我的生意不就是赌运气嘛。"

这个回答别具深意，蒲唯一下子不知该怎么接他的话。

当年遥远的旅途如今完全被高速公路贯通了。坐在副驾驶的位置上，蒲唯发现，从侧面看程小玮的发际线已经后退得相当厉害，现在差不多只有半个头顶被稀疏的头发覆盖着。蒲唯想，此刻程小玮的感受一定和自己差不多：眼里所见的与内心看到的是两幅迥然不同的画面——笔直的道路就在眼前，而内心却跋涉在昔日崎岖的山路上。

十八年前他们的那次旅行，一路颠簸，坐着破旧的长途客车。

那时候，出了城便是山，如今，城似乎永远出不去了。城市在车轮下没完没了地向着远方扩张，天的尽头仿佛都将铺满干硬的水泥。

"你说，当年汪泉的爸妈怎么就那么开明？"蒲唯想说点儿什么，一时又找不到话题，只好结合自己如今的感受发出一个疑问。"他们怎么就会允许汪泉到山里去住两天呢？"蒲唯问。以他现在的从教经验，如今女孩子的家长会教导女儿像防狼一般地防着男孩子。

"还是信任吧，他们信任自己的女儿，相信那会是一次纯洁的旅行。"程小玮说，"越是有教养的家庭，相互间越是信任。你别忘了，汪泉的父母都是大学教授。"

蒲唯表示同意，不可避免地想到了自己的妻子，还有妻子的母亲。

"老蒲，"程小玮叫了他一声，说，"早想陪你出来散散心了，这下正好是个机会。"

蒲唯感到被一个发际线严重后退了的人叫作"老蒲"有些荒唐，尽管程小玮在中学时就这么叫他了。

"陪我？别忘了，那封信是写给我们两个人的。"蒲唯说。

并非是不甘示弱，蒲唯只是不愿沉溺在那种完全被预设了的同情中。从妻子去世那天起，他就时刻这样提醒着自己。

"没错！"程小玮拍一下方向盘说，"咱俩是搭伴儿踏上寻梦之旅。"

蒲唯觉得"寻梦之旅"这个说法也有些滑稽，但是立刻在心里谴责起自己的苛刻。

"你说，汪泉现在会在哪里呢？"他空洞地问着，其实并不指望得到回答。

十八年前，蒲唯考到了湖南的一所师范大学，汪泉考上了北大，程小玮落榜了。大学四年他们相互还有些联系，但谁也说不清，是从什么时候联系变得少了，又是从什么时候，汪泉就彻底没了音信——似乎是举家去了深圳，然后又移民去了加拿大，但这些消息并不确凿，如今几乎都想不起是出自何处。时光易逝，一切就这样不知不觉消散。蒲唯望着车窗外想，这就像程小玮无法准确地感知他头顶的发际线是如何一个毫米又一个毫米地后退那样吧？总有些重要或者不重要的阵地在接二连三地沦陷，可你压根儿顾不上搞清楚究竟是怎么失守的。

"这还用说嘛，她当然会在给我们写信的地方。"没想到，程小玮竟然给出了一个答案。他专注地看着前方，脸上半带着微笑。

这个答案一瞬间令蒲唯震惊。闭上眼睛，他无法确认自己突如其来的情绪源自何处。汪泉只不过是曾经的一个女同学，骨骼精致，有着一对翅膀般的肩胛骨，总是衣着整洁——这差不多是他所有的记忆了，这些微弱的记忆完全不足以撼动成年男人的心肠。可程小玮给出的这个答案，就是这样一击而中，不知道洞穿了他胸中的哪块靶心。

车子在山洞里疾驰，应该是在一路向上，因为那个要去的地方海拔更高一些。

蒲唯说："老程，你说得没错。"

"老程？"程小玮转头看他，哈哈大笑起来，"对，老程老程，我等着你这么叫我等了十几年了。

蒲唯不由得也笑了，他自己都没意识到怎么突然就对程小玮换了称呼。

"叫了你这么多年小玮，"蒲唯说，"便宜也占够了。"

当年辗转了一整天的路，如今不足三个小时就跑完了。

进山的路却没了，被那面湖泊所阻断，算不上沧海桑田，但地貌的确改变了。

有专门的渡口和停车场，进山的人只能弃车登船。停车时周围车主的议论让情况明朗了——改天换地，当地政府人为地扩大了湖面，于是水路成了进山唯一的通道。于是，收费停车，收费乘船。

每个人上船时都要表达几句不满，好像牢骚就是船票。对此，蒲唯和程小玮倒没什么抱怨的。从早上出门开始，他们就运行在一种随波逐流的态势里，一切都是无可无不可的。安之若素，他们并没有一个明确的、不能被变更的路线需要来贯彻。

万顷碧波，渡船上写着"冶海一号"。想必"冶海"就是这面高山湖泊的名字了。当年它也被称为"海"吗？蒲唯想不起来了。他想应该不会，否则他会记得的，身在高原的人会对任何一块以"海"命名的水域保持住牢固的记忆。

船舱是铁皮的，座椅是铁皮的，乘客们被要求套上了橘红色的救生衣。这导致了一阵议论——水很深吗？——就算你是个潜水运动员也得把救生衣套上，这是规定！

从舷窗望出去，两侧的山峰也泛着生铁般的青褐色，犹如铁铸。

船头有三位搭乘的喇嘛在做法事，宽袍大袖迎风鼓荡，向湖面抛撒着谷物。不一会儿就被赶回了船舱，船头不允许站人，这也是规定，哪怕你是个做法事的喇嘛。有乘客跟着向湖里抛掷硬币。据说心诚者投入的硬币不会沉入湖底，遗憾的是，眼前并无硬币浮在水面上，以违背物理定律的奇迹来佐证人心的虚假。水面很干净，船舷的浪花清澈极了。

程小玮也在口袋里摸来摸去。后来他将拳头伸在蒲唯眼前，慢慢张开，让他看一样东西，是一枚古币，直径大约两厘米，布满斑驳的绿锈，呈不甚规则的圆形。

蒲唯问："你打算扔进湖里吗？"

程小玮看他一眼说："想祭湖我会专门准备些硬币的。"

蒲唯说："这不也就是一枚硬币吗？"

程小玮瞪了他一眼，无奈地说："对，也算一枚硬币。"

"有什么特别的吗？"蒲唯问，"这是不是很值钱了？"他想起来了，程小玮如今是位古玩商。

"还好吧，值个一两万。"程小玮说，"这不是关键。"

蒲唯说："那你还是别扔湖里了。"

"我说了，这不是关键！"程小玮急了，把古币塞在蒲唯手心，要求他，"给你看看，上面是什么字？"

蒲唯并不能辨认出古币上的字迹。那四个字即便不经过岁月的磨损，在他这个中等职业学校语文老师的眼里，也形同天书。

"算了，你闭上眼睛。"程小玮命令道。他用两只手捂住蒲唯捏着古币的手，掰开他的食指，让指尖在那四个篆文上反复摩挲。

黑暗中有灵光乍现。运行在盛夏的湖水之上，蒲唯的指尖于一片蒙昧之中，触摸到了虫咬一般有着些许疼痛的灵感。

他舒了口气，张开眼睛说："泉。"

程小玮也嘘了口气，说："了不起。"

蒲唯定睛端详古币上那个唯一被自己触摸出名堂的字——原来它的笔画最简单，当你一旦确认出它，它就像脑筋急转弯后那个浅显的谜底，令你有种轻微的羞耻之感。蒲唯想，这其实没什么了不起，"钱"通"泉"，这对于一个学过古汉语的人而言，几近常识。与其说他是摸出了这个字，不如说是潜意识里的经验给了他指尖以灵感。

然而程小玮继续说道："泉，汪泉的泉。"

这个强调令蒲唯又一次感到了吃惊。他惊讶于自己的麻木，惊讶于程小玮竟会如此细腻。你瞧，在他的潜意识里，不过是教化而来的"钱"通"泉"，而在程小玮那里，却是"泉，汪泉的泉"。

船身一阵剧烈的颠簸，舵手在喇叭里介绍："这儿就是著名的湖洞，所有的船经过时都要抖三抖，算是诸位登岸前向圣湖磕头了。"

当年那家村民旅馆还在原地，只不过规模必然地扩大了数倍。现在，它由数栋联排的木楼组成。先前通往湖岸的卵石小径也改为了木质的栈道，一直从建筑延伸到水里，让旅馆远远看上去宛如矗立在湖水中一般。

登记的时候，蒲唯动念想要住在当年住过的房间，但这个念头只是一闪而过。显然，旅馆的格局早已今非昔比，况且连他自己也无从确切地还原当年的记忆。

房间不大，墙壁、地板、屋顶全部是新鲜的松木板，卫生间里二十四小时有热水。可以肯定，当年他们来到这里时住宿条件远没有眼下的好。但现在蒲唯站在房间里，还是感到了昔日重来。他推开窗子向外眺望了一会儿，空气如此透明，事物之间仿佛不再有物理的距离，浮云，山峦，乃至偶尔的声响，六合之内的一切，只要你愿意，伸出手就能抓住。山水依然，时光混淆，从前与现在是浑然的，不分彼此，遑论好坏。

　　稍事休息，两个人下楼用餐。餐厅有露天的位置，他们选择坐在户外。举目张望，可以从这块原木构筑的观景台上看到很大的一片湖面。湖面上漂着警示的浮标，黄色的三棱柱体在阳光下像水里伸出的牙齿，有几个游客在规定的水域里游泳，男男女女，从体形上看，好像清一色都是笨拙的中年人。

　　程小玮点了牛排和烤饼，提议喝一杯，蒲唯点头表示赞同。那枚价值不菲的古币一直攥在他手里，他的指尖总是不由自主地在那个"泉"字上摩挲。后来他有了新的发现，将古币放在餐桌上对程小玮说："你瞧，这个'泉'字的造型，像不像中国铁路的标志？"

　　程小玮拿起来看了看，说："是挺像。"

　　白酒上来了，程小玮表示要共同干一杯。

　　"祝什么呢？"程小玮问。

　　"祝健康吧。"蒲唯随口敷衍。

　　的确，人生今日，祝酒的词都已变得贫乏。酒杯很大，一杯大约就有二两，蒲唯平时是没什么酒量的，他并不明白自己为何会喝得如此轻易，也压根儿没有想要追究的意思，就那么仰头喝了下去而已。程小玮在桌面上拨弄着那枚古币。

　　"这钱，叫'凉造新泉'。"他说。

　　经他一说，蒲唯马上便觉得古币上天书般的字迹变得一目了然。那四个字原本简单，但是不知所以的时候，你就是无从辨认，这里面好像有着无从说明的奥秘。

　　"凉造新泉。"蒲唯跟着重复了一遍，汉语独特的语境令他心生浮想。

　　一边吃着牛排，一边喝着酒，程小玮向蒲唯讲授起古币知识："这是古代中国第一枚以国号为钱文的圆形方孔钱，'凉'就是东晋十六国时期河西一带政权的国号……"

山中无大暑，空气薄凉，溽热全消。一切都似是而非，连烈酒都像是白开水。蒲唯几乎都要想不起自己和程小玮为什么会在此对饮。不是吗，此行的目的经不起推敲——他们这是要干吗？真的是要等待一封十八年前承诺过的来信？至少，蒲唯对此是没什么把握的，他想程小玮恐怕也和他差不多吧。老实说，并没有一个显而易见的理由足以构成他们行为的说明。所以，他们相互之间压根儿不再提那封信，甚至还有些刻意回避，好像一旦提及就会让人羞愧难当。

于是，不如就说说古币知识吧。

后来程小玮将"凉造新泉"弹向空中，大张着嘴，看着它从空中下落。蒲唯还以为他是准备要用嘴吞下去呢，结果他却是用双手接在掌心。原来他要以猜正反面来跟蒲唯赌酒。程小玮的确热衷于赌运气，而且看来很在行。十有九输，蒲唯很快就被酒意压倒了，心想这就是游戏的凄凉。

于是山中的第一日就这样过去了。

早晨蒲唯爬上露台时程小玮已经坐在餐桌旁用餐了。

"我没叫你，想让你多睡会儿。"程小玮说，抖动着手里正在翻看的报纸。

蒲唯说："好久没睡得这么踏实了，一眨眼感觉好像才睡了一分钟。"

程小玮把桌上铁壶盛着的酥油茶给他也倒了一杯，再一次抖抖报纸说："《甘肃日报》，三天前的，邮局的人每隔三天进山来投递一次邮件。"

蒲唯听出了他的弦外之音。

"刚刚我问过前台了，这儿十几年来邮政地址都没变过。"程小玮继续补充道。

蒲唯依然只是点了点头，他不知道自己该说些什么。

吃过东西，两人各自回房间加了件外套，然后一起去爬山。

山上植被繁茂，森林比十八年前显得更具原始气象，这给人造成一种错觉，仿佛一路逆行，他们不但走回到十八年前，而且继续回溯，还能走到叫亘古的起点。不远的山坡上有煨桑台，霭霭烟雾不动声色地渲染着一方天光，最终成为天色的一部分。风中松柏燃烧时飘来的气味成了他们的方向。

走近后，程小玮向一位正在祈福的藏族汉子讨要了几根五彩绳。他将其中的一根系在了经幡的长绳上。经幡在微风中居然猎猎作响。

双手合十，闭着眼睛默默地站了一会儿后，程小玮回头对蒲唯说："为女儿。"

说着他的手下意识地在齐腰的高度虚晃了一下，让人相信他是在意念里抚摸了一下女儿的头顶。继而他的意识回归，悬空的手贴回大腿，并且紧张不安地在裤腿上蹭了蹭，好像瞬间做回一个父亲，这滋味既让他感到甜蜜又让他感到无法承受。

程小玮有个七岁的女儿，如今跟着他前妻住在墨尔本。

蒲唯也过去系了根，闭上眼睛时，他心里默念着亡妻的名字。

睁开眼睛，蒲唯看到桑烟中漫天飞舞的风马。

后来他们找了一面避阳的山坡，仰天躺下，双双陷入一种无喜无悲的冥想状态。没错，城里的生活让你觉得自己和世界之间总是隔着一层毛玻璃，严重的时候你会觉得自己是一名汽车修理工，而且没有升降机，你只能躺在汽车底盘下干活，就像是一起事故的遇难者。但在这儿，两个男人暂时卸下了一些东西，就好像放下了什么家当，然后就可以待一辈子了似的。

待到中午，他们下山吃饭。

吃饭时蒲唯面向着湖面，他提醒程小玮也回头看看：一艘渡船正在靠岸，几个游客的身后跟着一名身穿绿色制服的邮递员，他背着一个帆布包。直到这名邮递员进到旅馆的前厅，程小玮才叼着啤酒瓶回头向蒲唯意味深长地笑了笑。

此行好像都是程小玮在主导，蒲唯只是个跟从者。现在，蒲唯觉得自己也该做点什么了。他放下筷子，从露台上下去，绕进了旅馆的前厅。那个邮递员正坐在椅子上喝水，一沓邮件放在前台的柜面上；蒲唯过去装作随意地翻了翻。几份报纸，两本旅游杂志，有一封信，是那种信封中间用玻璃纸镂空透明的信函，应该是一封保险公司的告知书。

他的举动被柜台里的女服务员误解了，随手递给他一沓明信片，说道："如果你要寄的话，正好桑吉可以收走。"

于是重新回到露台时，蒲唯手里多了两张明信片。

他坐下递给程小玮一张，说："寄一张给谁吧，桑吉下次来的时候可以带出去。"

程小玮问："谁是桑吉?"

蒲唯说："邮递员。"

邮递员桑吉是个藏族小伙子，皮肤黝黑，普通话说得不标准。他也不清楚程小玮那张写着英文地址的明信片该如何结算邮资，说回去搞清楚了先帮他贴上邮票发出去，下次来时再付他钱好了。

蒲唯的那张没什么问题，明信片自带的邮资就足够了。蒲唯在这张印有"冶海风光"的明信片上写下了妻子的名字。面对这位藏族小伙子，蒲唯庆幸自己头天夜里没有在明信片的收件地址上写下"天国"那样的话，小伙子恐怕要比看到一长串的英文地址更感为难了。蒲唯写下的是自己家里的地址，他想，等他回去时，这张写给妻子的明信片就会躺在自家楼下的邮箱中了，那就仿佛收件人还在楼里。他还有些迟疑，考虑是否应该也给妻子的母亲寄一张，用以告诉她自己正在遵嘱走出"那件事情"。但他还是放弃了，他不想如此触动老人的心弦。

邮递员桑吉以三天出现一次的频率第三次到来时，蒲唯与程小玮已经完全适应了山里的日子。他们天天都会爬山。午睡后，多半是在露台上无所事事地坐到黄昏。

其间在旅馆老板的鼓动下他们还下湖游了一次泳。旅馆老板醉醺醺地向他们强调，禁止游过隔离浮标，否则后果自负。因为黄色浮标的另一面就是神秘湖洞的范围，水下有诡异的漩涡，劲道十足，能将人瞬间吸入水底。这家旅馆的老板有一张宿醉不醒的脸和一双愤怒的小眼睛，因此好像不常现身，貌似一个躲在幕后的暴君，这让他发出的警告听上去更具威力，也颇像一个蛮横的恫吓。不过反而激起了他们的兴趣。

他们在一个午后下到了湖里，不约而同，竟然一起朝着禁区的边缘游去。夏日当头，湖面亮得让人睁不开眼睛，让人感觉自己就是掉进了一片灼亮的水银之中，将头埋入水里的一刻，光的强度依然在水下闪烁不已。几分钟后，那条黄色浮标连成的界线就在眼前了，它们在水中被一条粗绳相连。蒲唯先游到了，趴在绳索上借着浮力休息，程小玮紧随其后，也照样趴在浮绳上。强光灼眼，两个人只能眯缝着眼睛。他们感觉到了水底挂着的那道网，同时也感觉到禁忌带给人的那种强烈的诱惑力。身后有个女人在向他们喊：不要越界!

这些日子，除了程小玮向蒲唯讲授古币知识，他们之间好像再无其他话题。没错，他们不提远在墨尔本的女儿，不提远在另一个世界的妻子。那都没什么好说的，而且谁都知道，说了也改变不了什么。在这个空气新鲜的地方，他们体验着一种真空般的与世隔绝的存在感。

那枚"凉造新泉"被程小玮用五彩绳系在了脖子上。他喜欢光着膀子坐在露台上，很快，他胸膛的肤色就和古币的颜色相近了。有时蒲唯会故意吸引他更换朝阳的角度，为的是能够让他的身体晒得更均匀一些。

"'凉造新泉'存世量太少，目前泉界对它的研究存在不小的困难，因为新莽至十六国的三百多年间，河西四郡割据政权的史书资料至今多已散佚，现有的史籍无从查考……"

蒲唯在他头头是道的讲述中昏昏欲睡，往往再次清醒时，看到的会是此番情形：世界像是被装了消音器，而一个像是被烤过的胖子裸着上身坐在你面前，胸膛宛如青铜，肚子鼓凸，脑袋低垂，打着呼噜，稀疏的头发在阳光下有一层烧卷了似的毛茸茸的光晕。面对此情此景，蒲唯每每都需要惺忪片刻才能恢复对于世界的理解。

"船过湖洞时，放在船头的一包邮件掉到水里了。"邮递员桑吉用生硬的普通话说，"今天船上的人坐满了，我只好把邮包放在船头。"

他是在跟前台的服务员解释为什么今天的报纸没了。

同样的话，程小玮听到后上到露台转述给了蒲唯。他还模仿着小伙子的发音。

"没了。"说着他摊摊手，想必这也是小伙子做过的手势。

蒲唯竟被他逗笑了，倒了杯啤酒递给他，低头继续用刀子分割一块羊肉。过了一会儿，蒲唯漫不经心地说："老程，今天立秋了。"

程小玮正弓腰坐在椅子里，一只手捏着另一只手走神，闻声抬头看看蒲唯，不经意间暴露出了无助的表情。他就像一个受了委屈的儿童，或者刚刚挨了妻子耳光的丈夫。不过他迅速做出了调整，扭了扭脖子，说道："那就再等三天吧。"

这是进山以来他们第一次说到了"等"。之前他们都在规避这个无法完满解释的意图。他们说不出"等"的理由，他们也羞于承认在等，更何况他们所等的，看起来又是那么地没谱。两个男人并不想直面自己精神的幼稚。

"好。"蒲唯说，"就再等三天。"

他也在努力装出若无其事的样子。可"等"的意图一旦被正视，心中不免立刻凝重起来，那种对于某个事物的盼望之情开始盈满在意念里，以至让他感到了隐隐的焦灼。

晚餐程小玮要了一整只烤羊腿：他好像把立秋当作一个节日来过了。节气在山里呈现得格外分明，是夜，气温骤降，明显比前一天要凉了许多。但程小玮依然光了膀子，一边大口啃着羊腿，一边不时做几个扩胸的动作。

旅馆后面的空地上有一群旅客在围着篝火跳锅庄舞，后来程小玮也跑去加入了。蒲唯趴在露台的木栏杆上，看着火光中的程小玮夸张地把自己跳成了夜晚的主角。

这些日子以来，都是程小玮先起床用餐，对此蒲唯已经习惯了。但第二天早上，蒲唯没有在露台的餐桌边看到程小玮。

蒲唯去敲程小玮的房门，里面没有动静，心想也许是昨晚闹得太晚了，程小玮还在睡觉。到了中午，依然不见人影，蒲唯就有些担心了。他去前台要了房卡，自己动手打开了程小玮房间的门。人在房间里，蒲唯以为他还在睡觉，不料刚刚关上门就听到他哼哼了一声。

"老蒲你去给我弄些碘酒和纱布来。"程小玮哼哼着说。

凑近一看，蒲唯倒抽了一口气。程小玮全身赤裸着躺在床上，房间的窗帘是拉着的，光线昏暗，但蒲唯还是在一瞬间感觉自己像是看到了一个祭坛。程小玮浑身是伤，仿佛祭坛上被剥光了的祭品，整个身躯好像也比平时膨胀了不少，就像是被水泡肿了一样。

跑到楼下向服务员要了纱布和碘酒，蒲唯重新回到了程小玮的身边。他开了灯，那些伤口愈发狰狞起来，有青有红，更多的是惨白的绽肉。

程小玮像一条被人用鞭子抽了一顿的伤痕累累的大鱼。他双手抱着脑袋哼哼个不停，但就是拒绝回答蒲唯的问题。问急了，他才讪讪地说一声："喝多了。"

这显然不仅仅是喝多了的事，蒲唯后悔昨晚自己早早睡了，把程小玮一个人丢在夜里。继续追问下去，程小玮不情不愿地回答道："掉进了一块荆棘地里。"

"掉进了一块荆棘地里?"蒲唯重复这句话。

起初脑子里还在想旅馆的周围何来这样一块地方，但旋即他就被这句话神秘的意绪引向了恍惚。

他用纱布将程小玮捆成了一只粽子。

蒲唯在下午三点的阳光里走入了湖水。

立秋之后的水温截然不同，湖面上已经没有其他游客的影子了。他一步步从湖岸蹚进水中，感觉不是湖水，是寒冷，在将自己一寸一寸地淹没。渐渐地，他的身体适应了水温，下水前他喝了几大口白酒，此刻酒劲儿也开始在体内发挥出了效力。

蒲唯匀速向前游去，感觉自从妻子死后，自己从未像此刻这般目标明确过。

那道界线很快就触手可及，蒲唯游到后趴在浮标的绳索上反复调整了几次呼吸，然后翻身越了过去。

水温是另一种冰冷，那道界线真的隔离出了两块不同的时空。蒲唯却并未感觉到艰难，相反，他觉得自己的身体越发地自如起来了。

十几分钟后，他看到自己的身下飘过一条修长的蓝光，也许是紫色的，他还没来得及凝神，它就下潜到湖水的深处去了，仿佛天空中一道稍纵即逝的霓虹在水里反射了一下。可能是某种鱼类？但蒲唯想起旅馆的服务员对他说过，湖中只有小鲵，别无其他水下动物……就在此刻，他开始感到水中的暗流了，像一匹布柔韧而有力地卷裹着他。他不做抵抗，顺势向着水底沉了下去。

第一次，沉到一半的时候，他觉得已然用尽了肺部的氧气，这时那道卷裹着他的力量恰好翻转，他差不多是被弹出了水面。他的头钻出湖水，大口呼吸，同时看到已伸在空中的胳膊有几道翻开的口子。那一定是被水里的什么东西刮破的，但他却并无觉察，没感到一点儿痛。

再一次，他重下潜。他的脚不断地向下探索，自问是否能够踏到湖底，或者这湖是否真的有底。终于，他感到脚底下就是铺满淤泥和砾石的河床，他在水中翻转身体，伸手触摸，或许因为这一切都是在静默中发生着，他感到已完全身在一个不真实的梦境里。每一次伸出手，水的阻力都让他仿佛是捕捉到了不具形体的珍贵之物；每一次伸出手，都像是一次与熟悉事物的邂逅，那是一种饱满的徒劳之感，又是一种丰饶的收获之感。

有一个瞬间，他的意识里浮现出这样一幅清晰的画面：某个遥远的地方，在大暑与立秋之间的日子里，一个女孩子正坐在窗前写信，窗帘被微风吹拂着舞动……

他甚至看到了那封信的内容，女孩子以娟秀的字体写道：亲爱的小玮，亲爱的老蒲……

后来，他的脚踩在了一层滑动的小块金属上，身体因此失去了重心。他猜那是祭湖者投下的硬币。他尝试着微微睁了一下眼睛，惊讶地发现，原来水底并非漆黑一团，而是有着晦暗不明的光线。看来程小玮所言不虚，那真的是一块荆棘地——无数枝杈纵横在身边，上面挂满了不知何物的沉水品，但是他看不到一只邮包。幽暗中亦有灵光乍现，他几乎完全靠着直觉和本能向着虚空打捞了一把。

重新浮出水面时，他已精疲力竭，臆想自己正在被不可避免地抬高到了世界的顶端，仿佛一碗盈满的水，就要流泻到世界的外面。

在湖面上没有意识地漂浮了一阵，他感到有力气可以转头游回去了。

即便已经立秋，西北的黄昏依然迟迟不肯退场。但是当蒲唯返回到安全的水域时，天色一下子发生了逆变，也许是他游了太久，当他翻过那道黄色浮标的一刻，湖面倏然一片辉煌的通红。水天一色，宛如霞光在一瞬间跌入了湖水之中，也宛如他在一瞬间游到了天际。

脚踩到了湖岸时，出水的蒲唯发现自己泡皱的双手除了挂着水草，右手食指上还缠着根五彩绳，绳子上系着的，可不就是那枚"凉造新泉"？对此他一点都没有感到意外，好像他探入水底，就是为了把什么丢失了的再找回来似的；好像只要他伸出手去，必定就会有什么重要的东西将重新被攥在手心一样。

他一步一步从水里蹚出来，浑身的划痕，唯一能做的就是忍住不发抖。他的腿在抽筋，肌肉一阵阵跳动着痉挛。不管昨晚程小玮经历了什么，他可不愿意被人拖上岸，他对自己说，好吧，我来过了，沉下去了，伸出手了，现在，我"必须"走出来了。

然后他就看到那个暴君般的旅馆老板挥舞着拳头气急败坏地向着他东倒西歪地跑来。

立秋后的第三天他们出山返城。他们也没法继续待下去了，挨个儿犯禁，已经让他们被视为制造麻烦的人了，如果不是受伤，被旅馆老板抓了现行，当天他们就被赶走了。

邮递员桑吉放下旅馆的邮件，和他们同船离开。

在船上，说起旅馆的暴君老板，桑吉说："他呀，没人能认识他，因为他总是会不停地变成和你认识的那个人不一样的人，他老要拉住你告诉你他是谁，可他究竟是谁也一直在变。"

程小玮用裹着纱布的手挠着正在变秃的头顶，和蒲唯对视了一下，用眼神询问蒲唯是否听懂了这番话，蒲唯还给了他同样的眼神。程小玮问蒲唯进城去哪儿吃饭，蒲唯说先回家吧，心里想着的是那张明信片应该已经寄到家好几天了。那枚古币已经重新挂在程小玮脖子上，他晒黑了的皮肤把白色的纱布衬得触目惊心，多日未刮的胡子看上去比头发还要密。

西风凄清，太阳正在落山，山岚中飘荡着煨桑的秤味。湖面上有一层薄薄的雾气浮动，仿佛湖泊的灵魂正向着夕阳飞升。经过湖洞时，渡船开始动荡。

在发动机的怒吼声中，蒲唯对身边的邮递员桑吉说："我在这儿看到过一道光。"

"扎西德勒！"小伙子热切地盯着蒲唯说，"老哥你看到了圣光！"

重新将目光投向湖面，蒲唯的心情又一次跃入了水中。水面扩散着亿万道细碎的波纹，像是释放着大自然亘古以来难以穷尽的隐秘的痛苦，尽管蒲唯知道那道光不会常现，但心里还是如同水面一般涟漪涌动。没错，蒲唯想，他真的可能有幸目睹过一道圣光，它如在水底，如在空中。有那么一会儿，蒲唯变成了他不自知的观察者，他看到这些天里，两个生活中的受挫者怀着羞于启齿的等待之情，在"写信的人如今就在写信的地方"那样一种宽泛而朴素的理解力下，试着靠近过那道光，从而和一些有希望的东西再次发生联系。为此，他们前仆后继，不惜涉险——即便那莫须有的事物宛若捕风捉影，即便它如在水底，如在空中。

《人民文学》2018年第3期

一篇称得上"美文"的小说

——评《如在空中，如在水底》

黄万华

　　小说而能被称为"美文"的，需要语言上的种种功力，不仅能融合叙事、抒情、议论等手法，还会让其语言世界呈现饱满的诗意、丰厚的意蕴。弋舟的《如在空中，如在水底》就是一篇称得上"美文"的小说。

　　小说题目是一句比喻，整篇小说呈现的是一个丰盈的隐喻世界。小说中的三个十八岁同龄人在参加完高考后同往一个弥漫着世上最新鲜之感的山区，女同学汪泉突发奇想，十八年后她要往此时之地写一封信，收信人就是同行的男同学蒲唯和程小玮。十八年后，蒲唯为了走出丧妻之痛，与程小玮来到当年之地，一处依然如十八年前那样"从前与现在"浑然不分、遑论好坏的山水之地，等待十八年前的承诺，但会否"物是人非"……故事的展开不是让人猜测这少年时的承诺在人到中年时能否实现，又如何兑现，而是以语言的力量抓住人去想象、思考，那"如在空中，如在水底"的隐喻世界指向何处。

　　蒲唯是个清寒的语文教师，程小玮则是位"赌运气"的古玩商，他们俩身处犹如"能走向亘古的起点"的密林深山，陪伴他们俩的是一枚市场价值不菲的西晋时期古币……这些安排都充满了叙事的张力，而小说由此串起种种"水底"和"空中"的意象。前者从"像是释放着大自然亘古以来难以穷尽的隐秘的痛苦"的"水面波纹"等壮观意象，到犹如稍纵即逝的"圣光"闪过等幽微意象；后者从西北夏日"迟迟不肯退场"的晚霞等自然意象，到汪泉"像是一对跃跃欲试的翅膀"的"单薄的肩胛骨"等人物意象。这些意象处于事物的不同端，投射出迥然相异的意义，原本甚至互不关联。然而，伴随着蒲唯和程小玮回到少年时代无瑕的信任、朦胧的期待的行程，这些各个不同的"水底""空中"意象不断相遇、碰撞、呼应；每到"关键"时刻，又总是"水天一色"，人可以一瞬间从眼下的湖中游到"天际"，"湖泊的灵魂正向着夕阳飞升"。由此，一个水天相隔又相连的世界豁然浮现，隐喻在此时发挥出其独特的力量，将这些意象从各自的修辞意义层面提升至小说整体上的"象征"意义。这种意义你可以理解成：生活中的多少期盼、情感，就"如在空中，如在水底"，追寻它虽如捕风捉影（水中之影）那样劳而无功，但它让人与人、人与有希望的事物再次"相遇"，而"相遇"才是生活的契机、希望。自然，你更可以理解成别的一种意义，但无疑，小说的隐喻世界已经打开，等待你去收获。

《如在空中，如在水底》再次显示了弋舟出色的语言能力。小说中随处可见诗意丰满的抒情、言简意赅的议论与情节的展开丝丝入扣，三者甚至水乳交融。例如，蒲唯在得知程小玮闯入神秘湖洞寻找藏族邮递员失落湖中的邮政袋失败后再次闯入禁区湖底，神秘禁区异常得如另一个时空的水温，不时柔韧而有力地裹卷他身体的暗流，"荆棘地"一般的湖底……这些都构成种种凶险，蒲唯在潜向水底时却身体伸展自如。尽管此次出行是"那么的没谱"，但他"感觉自从妻子死后，自己从未像此刻这般目标明确过"，"每一次伸出手，水的阻力都让他仿佛是捕捉到了不具形体的珍贵之物；每一次伸出手，都像是一次与熟悉事物的邂逅。那是一种饱满的徒劳之感，又是一种丰饶的收获之感"……"饱满的徒劳"和"丰饶的收获"比邻共存，这种奇妙的感觉却是人生行程的希望所在：寻找、等待有形之物，捕捉到的却是无形的珍贵之物。不乏紧张的情节，在抒情、议论融为一体的叙述中展开，让人在情感、思维的世界里都享受到美。

《如在空中，如在水底》讲了一个蛮有意味的故事，人物亲切得如同就生活在我们之中，使得小说在语言的隐喻世界中所呈现的一切会被各种读者所接受。这恐怕也是小说有如美文，但又不同于散文、诗歌的写法吧。

双黄蛋

麦家

大河不一定大，小镇笃定是小的。里镇的小又是过于小了，单一条街，弄堂一样窄，长不过一里路，盛不下镇小和镇中联合出动的游行队伍。镇小五个年级，十个班；镇中两个年级，六个班；加上老师，总起来，七八百人，一支大队伍，挤在窄街上，呼口号，浩浩荡荡的样貌，烽火似的，时常吓得天上的麻雀抱头鼠窜，逃进山林；阴沟里的老鼠狗急跳墙，仓皇在街头，运气不好，要被乱脚踏死。老鼠剥了皮是可以吃的，据说比麻雀肉香：主要是肉多。镇上最臭的是人，地主，富农，反革命，坏分子，破鞋，流氓，臭老九，都臭气熏天的：比烂的尸体要臭。最香的当然是肉，一镬子搭配陈皮香菇的红烧油肉，香气可以从镇东头飘到西边。

不过这是难得一遇的，比遇到游行难。游行有时一天可以搞两三回，一口镬子是无论如何不可能一天烧出两锅红烧肉的。镇上的镬子都缺少油水，跟学校里的老师肚子缺少墨水一样。中学开地理课，老师姓张，国内，不知道洱海是个湖；国外，不知道新加坡的首都。新加坡是个国家，国家总有首都吧，首都在哪里？张老师说，这个我还真不知道呢，查地图也查不到。

张老师，女，一米五刚出头的个头，黄头发，大嗓门，方屁股。她有五个孩子，前三个都是千金，丫头片子。里镇说是镇，实质是农村，农耕文化，重男轻女。三个女儿，几乎抵得上一个罪，低人一头。便求菩萨，盼儿子。菩萨显灵，生下一个"双黄蛋"：双胞胎。方屁股就是双黄蛋撑的。这是解放前一年的事，那一年，她屁股像蒸笼里的发糕一样胀开，耷落来，收不拢。大嗓门是游行呼口号练的。她是游行积极分子，而且因为人矮，总走在队伍前面。前面的人要领头呼口号：打倒×××！打倒×××！再三下来，嗓门像屁股一样撑大，也是收不拢，上课像在街上游行，下面嗡嗡嘤嘤，上面铿铿锵锵，隔壁教室都听得到。

她一对宝贝双黄蛋，曾经也在某个教室里，一个叫毕文，一个叫毕武：谐的是"比文比武"的音，也是"文武双全"的意思。毕文是哥，毕武是弟。两人除名字有别，其他的如长相、声音、说话腔调、看人眼神、走路姿势，用放大镜照，也寻不见纤丝不同，包括膝盖上状若宝岛台湾的粉红色胎记，也是一个图章盖的。讲他们是一个模子压出来的，并不贴切，因为模子压的只是形似，表象。他们芯子和血液里都像，吃奶一样爱咬奶头，睡觉一样要磨牙，从小爱睡懒觉，扁桃体爱发炎，打架爱咬人，生气爱翻白眼——而且很爱生气，经常翻白眼，结果两人长大都有些轻度斜视。家里是母亲当家——同在学校一样，小个头的张老师非但嗓门大，脾气更不小，把丈夫训得像学生一样服帖。丈夫在农机站上班，会修拖拉机，两个小家伙经常跟父亲去上班，有时顺手牵羊，偷个螺帽、弹簧回家，偷的东西都是一样的。

两人一样怕母亲，不怕父亲，一样对母亲撒谎，对父亲撒娇。从小，两人总是一起伤风感冒，头痛腹泻。七岁时，两人一夜醒不来，高烧不退，医院确诊是急性脑膜炎，差点烧坏脑筋成傻子。十一岁时，放暑假，两人例行去乡下外公家过假，十三岁的表哥带他们去水库游泳。水库不大，几十米宽，表哥扎几个猛子，已经在对岸。两兄弟跟在后头，头挺着，手扑着，正宗的狗刨式。刨到一半，毕文小腿抽筋，叫救命。表哥回来救，刚搭上手，毕武也抽筋，更大声地叫救命。表哥转身又去救他。两个人死死拽着表哥一只手、一只脚，把表哥扎猛子的本事撕得粉碎，也喊救命。亏得管山的人正好路过，否则三个人早做了水鬼。

最出奇的是，两人做作业，写作文，错别字都是一样的；考试经常两个人的试卷，像一个人答的。没有最出奇的，只有更出奇。十五岁那年，夏天，两人在同一天夜里遗精，把裤头弄脏。他们不知道这是遗精，以为是家里的猫撒的尿，当稀奇在早饭桌上讲。猫是多么谨小慎微的，怎么可能在人身上撒尿？母亲给他们洗裤头，看样子，闻气味，就知道是怎么回事。尽管十几年来她已经看够了发生在两人身上的种种匪夷所思的现象，但这件事还是震惊了她，甚至让她害怕。

着实，天下的双黄蛋多了去，镇上也有三对——她在书上看过，双黄蛋的比例是百分之一，其中一半为同卵。同卵是一分为二，既有分，总有别。世上没有两片相同的树叶，但她觉得自己这对双黄蛋是同的，不但同卵，也同体、同心。他们不是一个模子压出来的，而是镜子照出来的，是一对断开的连体儿。小时候她有意给他们买一样的衣帽、鞋子、玩具，为了炫耀他们是双黄蛋。后来，她有意给他们买不一样的衣裳、鞋子、文具，因为她要分清他们谁是谁——实在分不清啊！甚至，他们自己也分不清，因为别人经常把他们搞混，也因为他们都从对方身上看到了自己——像从镜子里看到自己一样。

就这样，双黄蛋一岁岁长大，小的里镇因为他们的长大平添许多谈资、趣闻、笑料。他们从街上走过，像一道风景，一个故事，一出戏，人们不免要多看一眼，议论一些，猜测一些。小些时候，风景的意味要浓厚一些，两兄弟穿一样的衣裳，剃一样的发型，迈一样的步伐，叫毕文，毕文应，叫毕武，毕武答，乖巧可爱。大一些，两人开始调皮捣蛋，存心扮戏演，叫毕文，毕文把毕武推出来，说：叫你呢。毕武便以哥自居，对路人说：是的，他是我弟，可他老想当我哥呢。哥哥笑，弟弟跟着笑，露出来两嘴巴一模一样的四环素牙。路人甲说：你看，两人牙齿发霉了，也霉成一样，真稀奇。路人乙问兄弟俩：你们有什么是不一样的？兄弟俩经常同时答：我们将来的老婆是不一样的。

但他们没有迎来有老婆的日子。

"文化大革命"开始时，他们十七岁，是县中高二毕业班学生。那时小学是五年制，初中高中都是两年制，他们七岁上学，按理头一年该毕业，只为成绩差，差到底，留一级，拖到这一年。虽然起的名是要"文武双全"，但两兄弟一向偏武废文。小时候母亲一边烧着饭一边教他们《三字经》，他们嘴上在背，手上在打；打着打着，经句吞到肚子里，嘴上也打起仗来，吐口水，骂脏话。母亲气煞，打他们，一边耳光，一边巴掌，一点不手软。上学后，他们上课打瞌睡，下课打同学，称王做霸，耍威风。母亲专门有两根教鞭，一根放在学校教学生，一根留在家里教他们，最后只教会他们打人。

镇上的孩子没一个不怕他们的，两兄弟利用父亲农机站的工具，做出来的弹弓既漂亮又实用，时不时可以射下停在电线上的麻雀——可以想见，如果射人必是弹无虚发。一根粗铁丝，他们七捣鼓八捣鼓，会绞成一根麻花型的抽鱼鞭，手柄如剪刀柄，缠着细麻线，握着牢靠，挥舞起来，呼呼响；往溪水里使劲一抽，水花溅得比人高，几条鱼可能就此成为他们盘中餐。他们还会用弹簧和铁片做弶，弶黄鼠狼，弶野兔。每次他们拎着这些野物——包括麻雀和鱼——回家，母亲总是歇斯底里骂他们：你们两个小畜生，我要你们读书！读书！

不管母亲怎么教训，读书就是不行，求神拜佛不行，暗中搞鬼才行。初中毕业考，母亲把试卷偷回家，他们才考到名额，去县城读高中。高中的大门是这么敲开的，留级也在所难免，而且留级似乎也没派上用场。两兄弟有自知之明，比文的路子笃信走不通，今后只有去比武。比武也要高中文凭！母亲下死命令，一定要他们为毕业而战。眼看毕业季临近，两兄弟毫无起色。母亲担心又不甘心，准备故伎重演——用鬼把戏把他们送进去，再用鬼把戏接出来。在老师母亲看来，世界很大，但文凭最大；文凭可以让世界变小，小到一个算盘，可以盘算。手持高中文凭，回到小的里镇，便是鹤立鸡群，便有大的阳光道。开春以后，张老师便时常盯着家里的两只老母鸡发呆，同时感到小腹以下隐隐地痛。戳到痛处了！鬼把戏是痛心的。

到五月，形势翻天，一股革命的洪流从上而下席卷，轰轰烈烈。一天夜里，两兄弟箍着时髦的红袖套，踏黑回家，翻椅角旯旮，找出当初自制的剪刀柄的抽鱼鞭，在堂前屋里呼呼地试来练去，一派豪情，一脸春风。母亲问他们要做啥，双黄蛋相继作答——文说：县里在我们学校成立了造反司令部，教我们体育的吕老师当了副司令；武说：他提拔我和哥都当了队长，要我们带头造当权派的反，革他们的命。文说：学校是革命的摇篮；武说：妈，你也带头造反吧。当妈的问：怎么造？当哥的说：贴大字报，想骂谁就骂谁，把坏人恶霸揭发出来；当弟的说：然后发动学生罢课、游行，把他们揪上街批斗。哥补充：批臭斗死！让他们翻不了身，做不了人。弟响应：对，只能做牛鬼蛇神。天乌乌黑，贫血苍老的电灯昏昏欲睡，没有母亲的目光亮。这么多年来，她第一次觉得双黄蛋是令她自豪的，兄弟俩的激情把她的目光刮得亮晶晶。

以后，将近一个多月时间里，县城鸡飞狗跳，里镇鸡犬不宁，大字报铺天盖地，游行队伍病毒似的繁殖，祸水一样肆虐。眼看着，好人一个个变坏，"坏人"一个个被抓挨打。双黄蛋的抽鱼鞭沾满血迹，这是他们革命的成绩单、功劳簿。副司令吕老师看在眼里，喜在心头：像看恋人，越看越欢喜，欣赏的目光绽放着胜利的芳香。作为奖赏，他给兄弟俩各发一套虽然褪色却依然神气的绿军装，后来又加配一根标着大五角星的褐色武装带，风姿飒爽的样子真正是鹤立鸡群。

与此同时，在两个儿子的鼓动和激励下，当妈的也在自己学校为革命奔波操劳，晚上集人开会、写大字报、书标语，白天带队游行，领头呼口号，累得方屁股瘦了，喉咙哑了，嗓门大了。这是与儿子遥相呼应的意思。可她非但没有领到奖赏，反而遭人出卖暗算。有人贴出大字报，有凭有据，揭发她曾经偷试卷回家，为双黄蛋儿子上高中欺骗党和人民，犯下滔天罪行。双黄蛋闻讯后紧急赶回家，用血书表明这是对他们的诬陷，同时严正声明，血债要用血来还。

谁的血？

母亲——张老师——报出一个名字，是他们学校教务处的一个人，笃定！

此人年轻时在省城艺校读过一年书，因为吃酒打人被开除。解放后这成了他的荣耀，因为被国民党虐待过。解放初期他一度在县政府当过什么组长，后来又因吃酒打人，被下到里镇当乡干部。其间他与镇上一个女青年谈对象，结果被对方举报，说他是流氓，不但亲她的嘴还偷看她妹妹洗澡。从此，他沦为半个酒鬼半个流氓，在小的里镇声名狼藉，被塞到学校教务处打杂，成了张老师同事。好在他读过艺校，写得一手好字，写写标语、刻刻试卷，这类杂活是他拿手的。至少表面上很称职，私底下其实也是不称职的，否则张老师怎么偷得到试卷？

张老师清晰地记得，那天她向他要试卷，他爽直得很，约好，晚上去他家里取。去到他家，他露出流氓本性，要摸她的方屁股。她逃开，严肃警告他：你不要再犯老错误！他拿起试卷，要撕的样子，一边说：那你走吧，这是犯法的。她不走，他上前，把试卷往她胸口里塞，一边摸她奶。她浑身瑟瑟抖，他嘻嘻笑，说：你都是下过双黄蛋的人啦，怎么还像个小姑娘？她继续抖，他继续摸，从上面摸到下面。她看他要把那家伙掏出来，又警告他：只能摸，不能那个。他嘴上答应，但最后还是那个了，不那个就要撕试卷，很流氓的——一个彻头彻尾的流氓！

想起这些，张老师就掉眼泪，恨死他，骂他王八蛋——那么就叫他王八蛋吧。王八蛋是最欢迎革命的，他从曾经到如今，一落千丈，潦落到底，四十多岁还是光棍一个。他把革命当老婆待，革命的动力、热情、时间、忠诚都不在张老师之下。革命是复杂的，开始形势不明朗，两人本着革命的需要，攻守同盟，一致对外。对她，是不计前嫌的意思；对他，是想趁机同她重温旧情的意思——当然这是不可能的，张老师恨不得撕掉那可耻的一页，怎么再续新篇？两人逐渐分裂。后来革命结出胜利的果实，两人都想当家做主，分裂便白热化，互相贴大字报。她揭发他是流氓。这是老调重弹，老得烂掉的东西，如泥牛入海，一个浪花都没激起。没人理会，视若无睹。而他揭开的黑锅——她的罪行——偷试卷，像她偷男人被人在床上按住一样，一下激起千层浪。一夜间，里镇人都对她恶眼相看，是千夫所指、罪该万死的架势，她走在街上感觉被扒光衣服一样，怯懦得要死。双黄蛋就这样紧急回来扑火，救场。形势一边倒，母亲孤军奋战，需要他们来力挽狂澜。

经历过县城大革命洗礼的人，而且是功臣，英雄，抽鱼鞭的血迹，勋带一样亮着他们的功勋，也攒着他们的勇气。何况到小的里镇，何况面对的人，是一个臭名昭著的败类。两兄弟受令出门时，心里没有半丝杂念，是满当当的信心，胜券在握的从容。母亲交代他们，这是一只恶狗，你们要小心。两兄弟嘴上应着，心里烦着，觉得母亲太不了解他们。乌鸦都是黑的，狗都是恶的，这一个多月来他们什么恶黑没见过？我们见过的恶狗比你教过的学生还多，两兄弟几乎同时对母亲说。母亲立在门口目送他们走远，消失在夜色里，却一直没分清谁是文谁是武。他们穿一样的军装，系一样的腰带，提一样的鞭子，迈一样的步伐，即使是白天她也不一定分得清。

熟门熟路到王八蛋家，踢开门，王八蛋正在犒劳自已：喝酒。你们想干什么！两兄弟二话不讲，经验十足，分左右夹攻，左一鞭，右一鞭。他们一以贯之的战术是，先鞭打，后脚踹，然后再辱骂。打蛇打七寸，打人要先灭掉对方气焰，所以开始出手必须威风，狠！这叫下马威，也是杀手锏。在他们以往打人的经历中，这一套战术屡试不爽，经验已成宝典。果然，两鞭子下去，王八蛋抱头呻吟，败象毕露。下一步是上前用脚踢，哥一脚，弟一脚，猛踢，把他踢翻在地，然后用脚踏住：是踩扁的样子，也是插红旗的意思。这时再开口骂，目的是要叫他求饶讨好。两兄弟一致认为，听敌人求饶讨好，比听最动听的歌声还要悦耳：是心花怒放的景象，像筷子插到红烧油肉里一样。

一脚！

二脚！

三脚！

第四脚踢一个空，因为王八蛋已经四脚朝天，倒地。因为踢空，人就扑出去，被惯性拽着，撞飞一只热水瓶，又撞翻一张板凳，最后撞到墙角的洗脸架。这是毕武，架子倒在他身上，脸盆扣在他头上，有点滑稽。竹壳热水瓶在飞行途中撞到八仙桌的桌沿，落地，砰的一声响，像枪声。其实只是瓶胆爆破。开水流了一地，也有些许向空中飞溅，至少有两滴溅到毕文脸上。毕武要感谢脸盆，要不是有它扣在头上，他的脸兴许会被烫伤。但现在两兄弟几乎毫发无损，只是略微受惊而已。毕文下意识地摸一把脸，爆一句粗话，上前当胸一脚踏住王八蛋，准备开骂。这是多次实战过的，经验告诉他，战斗已进入尾声，接下来是光荣的受降时间。他万万没有想到，激战尚未开始。

几乎是不可思议的，他们打过那么多人，从不见谁敢还手，王八蛋居然不仅还击而且十分凶蛮。他用摸过他们母亲屁股的双手，老虎钳一样死死钳住踏在他胸膛上的脚，然后使劲一旋一掼。毕文感觉自己像那只竹壳热水瓶一样飞起来，飞行的姿态极为难堪，叉着八字腿，举着投降的手；先跌在长条凳上，翻出去，撞到墙上，最后滚倒在大门前。毕武摔掉脸盆——缺乏经验，没有将它当武器朝王八蛋摔——看到哥遇袭，求胜心切，不操家伙——鞭子其实就在屁股下——赤手空拳扑上来，想把刚坐起身的王八蛋扑倒。王八蛋练过似的，左手挡，右脚劈，带招有式，手脚麻利，把他劈进桌子底下。转眼毕文又扑上来，毕武没看见是怎么回事，只听他啊哟一声叫，跪在地上。

开始毕武以为毕文只是吃了一拳，连忙从桌底下钻出来助战。他和王八蛋几乎同时站起来，只见对方手上挺着半截酒瓶子，迎接着他。小畜生，要死就上来！王八蛋大吼一声，声波震得倚墙悬立的脸盆滚起来，闹鬼似的。革命一个多月来，身经百战的英雄第一次感觉害怕，盯着酒瓶子，心怦怦跳，不敢上。那玩意儿豁着口，呲着一圈尖锐，滴着酒，仿佛也滴着血，也仿佛真的把他变成小畜生——黄嘴鸟——不敢轻举妄动。他瞟眼去看毕文，希望他从背后袭击王八蛋，却见他一手撑在地上，一手捂着肚子，血从白皙的指缝间渗出来——果然出血了！

　　哥，你没有事吧？哥以痛苦的呻吟作答，一呼一吸间，血水汩汩地冒着，像捂着一只拧开的水龙头，眼看着开关越开越大，血水成线，呈抛物线状喷射。小畜生毕竟小，不知道出大事了；大畜生一看就知道，肝脏破了。小畜生看哥帮不了忙，操起条凳准备拼死一战。王八蛋一声断喝：快把他送医院！要死人啦！话音未落，毕文似乎是为表明王八蛋没说错，一头栽下去，血像倒出来，一下在水泥地上漫漾开来。王八蛋摔掉酒瓶子，脱下衬衣，想用袖管当绷带去扎住他伤口，不料背后挨了一凳。这是一个吓破了胆的十七岁少年的一击，事后王八蛋对人说：他打在我头上，我连个包都没起，死人都比他有劲。同时王八蛋也说：真没想到，杀个人是这么容易。

　　这是晚上九点多钟的事，里镇的人大多上床睡觉。街上没有路灯，只有少数人家开着电灯，其中一盏是张老师开的。尽管心疼电费，但她更担心儿子，黑暗会放大她的担心；她用电灯壮胆，鼓励自己，双黄蛋一定会凯旋。她数着数，熬着。突然，镇上的狗像接到口令，统一汪汪起来，口令是由毕文的血发出的——第二天，将有许多人说在路上看到一路血迹。现在，张老师被一阵由远及近的狗叫声叫得心烦意乱，她隐隐觉得不对头，打开门，想出去看看。开了门，又有点不想出去，怕沾上晦气。狗这么疯癫地叫，像中了邪，总不是好事，兴许有晦气鬼在游荡。这么想着，她连忙关上门。就在门合拢的一刹那，她清楚地听到儿子很远地在叫她妈。

　　不管什么时候，只要不当面，两个儿子叫她妈，她总是分不清是谁在叫。相貌可以通过衣裳来区分，声音是没有任何办法区分的，这是她一辈子都解决不了的问题。但这回她分清了，是毕武，不过也是事后分清的。当她打开门，探出头，循声看去，老远看到一大团黑影朝她趺趺撞撞冲来，那身影，那步伐，都不像一个人，像一头发疯的巨兽。她怀疑刚才是不是出现幻听。犹疑间，那黑影越发近来，发现是两个人叠在一起；再近了，发现是她两个儿子，双黄蛋，一个背着另一个。她不知道是谁背着谁，只知道自己一个儿子受伤了。她本该出门去迎接，但这个可怕的事实把她吓成一个废物，钉在原地；毕武本该继续往医院赶，但他实在太累太累，一头钻进屋，想歇个脚。

母亲看到儿子背着儿子钻进家里，而且两身绿军装也看不见血色，以为儿子受的只是轻伤。可当扶儿子从儿子身上下来时，她发现摸到哪里都是湿的，黏的，红的，才意识到伤得不轻；当看到儿子两张脸，一张像刚从蒸笼出来，汗流满面，红彤彤的，头发冒着热气；一张像发过酵的面团，又白又大，摸上去冰凉，眼睛撑得比嘴巴大，嘴巴张得可以塞进她的拳头，她知道这个儿子完蛋了。她想叫他，呼救，却不知他是谁，抬头朝毕武吼：你是谁！毕武回答后，她才号叫：毕文！你醒醒！毕文！你醒醒！毕文呼着气，嘴巴越发大，可以塞进他父亲的拳头。她的号叫声吓得所有狗都不敢叫，镇上所有人在毕文断气前都知道他死了，包括王八蛋。

从此，里镇人多了一个谈资：双黄蛋，一个死了，另一个还能不能活得了？因为他们实在不是寻常的双黄蛋啊，他们是镜子照出来的，是分开的连体人。这一点众所周知。当然最知晓的自是双黄蛋家人：全镇人的知加在一起也抵不上这家人的晓！尽管他们闭口不谈，避而不听，却是欲盖弥彰的意味，闭上眼都看得见，捂着耳也听得见：像幽灵，神出鬼没，钻进心思里，潜入睡梦里，明里暗地求神拜佛也赶不走，驱不散。王八蛋也像幽灵，镇上时不时冒出他的传闻、影踪，甚至在毕武刨掉他的祖坟后，他还来贴过亲笔写的大字报，诅咒毕武死。

这个王八蛋！他摸透毕武及其家人的恐惧心，火上浇油，想借鬼杀人，把毕武吓死。只是有些不该，想不到，吓死的人是里镇人都爱戴的毕师傅。其实也是可以想到的，这个老实巴交的农机师连老婆都怕煞，总归是懦怯的，怎么可能受得了死鬼活鬼的日煎夜熬？这年冬天，他用一根电缆线吊死在农机站的车床棚里，车床曾经是他养大五个孩子的田地，留着他太多的汗水，最后留着他的遗书。遗书是写给毕武和老天爷的，说：毕武，不要再去找那个王八蛋，我死了会找他算账的。老天爷，我是代毕武死的，我死了，求你放过他，让他帮我传香火。落款是一个蘸血的拇指印。

遗书不放家里，放单位，公开，说明它也是写给里镇人的。这里指的老天爷，实际也有里镇人的含意，恳求乡亲施恩，饶了毕武，别咒他死。从此，里镇人又多了一个谈资：毕师傅蘸血的话会灵验吗？

《收获》2018年第3期

恶的旋涡吞噬一切

——评《双黄蛋》

段守新

与时下短篇小说越写越长臃肿松散的坏习气相比，麦家的《双黄蛋》实在算得上是一篇难得的佳作，结实、短促、有力，令人有眼前一亮精神一振之感。小说讲述的是"文革"期间一个小镇（里镇）上的悲剧故事。有关于"文革"的叙事，文学史上曾经蔚为大观，且至今不绝如缕，而《双黄蛋》尚能踵事增华，添上新的独特的一笔，的确是难能可贵。

"文革"作为一场狂热的社会/政治运动，我们对于它的历史批判和反思，一般都是强调上层政治应该负有的责任。但是，正如埃里克·霍弗在《狂热分子》中所指出的："一个群体的性格和命运，往往由其最低劣的成员决定。"因为，"历史这个游戏的玩家一般都是社会的最上层和最下层，占大多数的中间层次只有在台下看戏的份儿"。这里所谓的"最上层"不难理解，但是"最下层"，还是需要有所说明。即，它并不全属于经济意义上的"底层""穷人"，事实上，还包括相当程度的其他"失意者"或"心怀不平者"——为此，埃里克·霍弗列举了10种类型的人群——出于各种原因的对生活和自我的不满，他们迫切希望投入任何一场可以改变"现在"的群体性运动中，由此而成为"狂热分子"。

在《双黄蛋》的几个主要人物的身上，都有着这样的心理动因。比如双胞胎兄弟毕文毕武，因为学习不行，自知难以拿到高中文凭，因此"今后只有去比武"。而"文革"的爆发，适逢其时地给他们带来了绝佳的机会。从此，他们义无反顾地加入到校造反司令部，成为其中的干将。"双黄蛋的抽鱼鞭沾满血迹，这是他们革命的成绩单，功劳簿。"而在他们的鼓动和激励下，他们的母亲张老师也在自己的学校，掀起了造反的狂潮，"晚上集人开会、写大字报、书标语，白天带队游行，领头呼口号"。同样，那个声名狼藉，潦倒到底，四十多岁还是光棍一个的"王八蛋"，也是"最欢迎革命的"，"他把革命当老婆待，革命的动力、热情、时间、忠诚，都不在张老师之下"。如果说，狂热者是鱼，那么，混乱就是水。正是在旧秩序的坍塌中，在无政府主义的极端状态下，他们摆脱了那个无能的"自我"，并迎来了一个空前"解放"的革命嘉年华。因此，在我看来，《双黄蛋》的精警之处、洞见之处，恰恰在于它从群众运动心理学、发生学的角度，演绎和阐释了"文革"之所以造成那么浩大的群众基础，那么酷烈的民族灾难的一个重要原因。而这一问题，在以往的"文革"叙事中是较少涉及，一直被遮蔽的。可以说，这是《双黄蛋》的非常独特而又重要的思想价值。

确实，社会的极度混乱给这些"红旗下的蛋"满足自我的私心、野心，带来了无穷多的可能性。但是，这也是一只潘多拉的魔盒，一旦打开，恶的洪流和旋涡足可以吞噬一切——不只包括那些无辜的人，甚至也包括那些邪恶的人、败坏的人——因为一个完全失控的社会，实质上无异于一个彻底的修罗道场，它只遵守弱肉强食的丛林法则。所以我们看到：张老师和"王八蛋"可以相互利用，可以攻守同盟，转瞬也可以反目成仇，相互攻讦、揭发。毕文毕武兄弟凭借暴力，固然可以风光无比，然而一旦遇到比自己更狠辣的角色，却也只能白白断送了青春的生命。

只是，在一个互害型社会里，施害者、作恶者后来又成为受害者，虽然发人深思，却不足以引人同情。而一个善良、本分的人的死，却不免令人心有戚戚。我指的是，在小说的结尾，突然出现了一个突兀的事件：双胞胎的父亲毕师傅悬梁自尽，企图以自己的死，为剩下的唯一的儿子"换命"。也是在这里，我们才能看出作者在布局谋篇，在叙事题旨上，有其不动声色的巧妙用心。与双胞胎兄弟等人始终居于小说的矛盾和冲突的中心不同，毕师傅几乎毫无"存在感"。作者只在开篇不久，以寥寥几字，提及他在这个家里，没有什么话语权，"当家"的是张老师，把他"训得像小学生一样服帖"。然而，这个影子一样的人物，在最后却具有了金石一样的分量。他使小说的主题，得到了进一步的拓展。一方面，毕师傅的死，可以被理解为一个社会悲剧，他是让这个恶性充溢的社会吓死的、逼死的："这个老实巴交的农机师连老婆都怕煞，总归是懦怯的，怎么可能受得了死鬼活鬼的日煎夜熬?"而另一方面，他也是主动地、自愿地献出了自己的生命，幻想用这种不可思议的"一命换一命"的方式拯救儿子。他在遗书里向这个世界所发出的哀告是：希望儿子（毕武）不要去复仇，也希望"老天爷"（其实是里镇的居民）放过他的儿子，不要再咒他的儿子死。无论他的祈求能不能实现，我们都非常清楚，这几乎是一个善良的人，一个父亲，所能为儿子做到的全部，奉献的一切。他以他的死，让我们见证了在恶的旋涡里，一息尚存的人性之光，卑微而又高贵，柔弱而又强大。

是的，要冲出恶的黑暗，靠的不是更凶暴的恶，而是爱，伟大的爱。一如雅典娜女神在潘多拉的魔盒的最下层，放下的是：希望。

中年妇女恋爱史

张 楚

一九九二年

无疑，茉莉是班上最细的女生，也是最白的女生。她是从清河镇考到县城来的，可一点不像个乡下姑娘。冬天裹件细腰桃红假羊绒大衣，袖口磨起了球，在一群灰头土脸的学生当中晃着，像株没发育好的樱花树。

高宝宝对茉莉说，你有些驼背呢。茉莉哼了声，用手捂住他的嘴。他身上总有种雪花膏的味道，如果没猜错，大抵偷偷搽了他母亲的"郁美净"。

不过高宝宝委实长得好，桃花眼，希腊鼻，还是"商品粮"。他父亲在粮食局当主任，母亲是中医院的针灸师。茉莉倒也没想过太多，只觉得他漂亮，这就够了。茉莉喜欢一切漂亮的东西，比如家里那一大丛蔷薇，盛夏了铺天盖地，恨不得淹吞了整个庭院；比如邻家的那只鹿犬，吊眼细腰，看人时总晃着短尾；还比如村里张家的那个傻子，傻是傻，不言语时浓眉朗目，宛若戏台上的评剧小生。当然，她觉得自己也是美的，但美得不够，头小，比巴掌宽些，笑起来眼角附条细纹，另外，就是平胸。可在高宝宝眼里，大抵再无茉莉这么美的女孩。他每天清晨给她带个富士苹果，晚上会扒着茉莉她们班的窗户不停招手。茉莉通常装作看不见。同桌甜甜用胳膊肘怼她，她也装作毫无知觉。直到高宝宝用手指急叩着玻璃窗，音儿脆脆的，她才朝那边不经意地瞅一瞅，顺势笑一笑。

能去哪里？冬天了，可好俏不穿棉，高宝宝只套条牛仔单裤，皮夹克里裹件跨栏背心。两个人沿着学校的那堵外墙往南走。高宝宝攥着她的手，直到手心沁汗。那时的冬天，通常下无数场雪。夜雪初霁，荠麦弥望，整个县城都没了响动，只间或一两声棉花枝被雪压折，断音从黑魆魆的田野深处传来，仿佛野魂灵的鼾声。那一次他们走得累了，不知怎么就在墙根处喘息着搂抱在一起了。他踮着脚不停地朝她耳朵边吹气，茉莉咯咯地笑。高宝宝说，等她高中毕业了，他们就结婚。茉莉说，我比你大三岁呢，你父母会同意？高宝宝说，他们要是不同意，我们就离家出走，我有个表哥，在天津康师傅方便面厂当工头呢。茉莉说，你舍得？你是"商品粮"，我是"农业粮"。高宝宝说，这辈子我只爱你一个人，要是我骗你，就遭雷劈。茉莉忙堵住他的嘴，身上的毛孔仿佛都炸开了，玫瑰香气顺着毛孔延灌。她知道那不是风。她也知道，他的声音是真的，别的都是假的。

他毕竟只有十五岁。或许他还没有发育呢。他甚至还没来得及长胡须。

她跟高宝宝的事，甜甜、老甘和小五都知道。反对的只有甜甜。甜甜家是县城的，但也是农业粮。她个子比茉莉矮点，眼比茉莉大，有些漏神。平日里老喜欢从家里给茉莉带各种零嘴，凉糕啊、西瓜子啊、花生豆啊、芝麻糖啊，上课了才从兜里掏出来一把把塞给她。吃吧，吃吧，她总是喃喃着说，你那么瘦。多年后茉莉想起她，难免先想起那些食物的气味，譬如花生的黏香味儿，西瓜子略苦的涩味儿，或者芝麻糊香的甜味儿。当这些气味盘旋起时，甜甜的脸庞才慢慢从那虚无之境凸显出来。

她还记得，甜甜的声音很小，说话时总东瞅西瞅的，唯恐旁人偷得一字。她说，你傻呀，这么小的男生也信？她指了指茉莉的太阳穴说，动动猪脑子吧，哎。日后茉莉还常想起当时谈话的场景：她和她站在教室外的那棵白杨树下。冬天的白杨树像根水泥柱，冷，糙。茉莉靠着树，看着浅暗的阳光打着她的牙龈，忽而厌烦起来。或许她只是妒忌自己有了男朋友，条件又这么好。怎么从来没人追她？这么想时，茉莉拍了拍她脸颊，笑着说，姐，我是只母老虎，不会吃亏的。甜甜也笑了。甜甜知道自己有对尖虎牙。

一九九二年暮冬，茉莉她们忙得四脚着地。学校要组织迎新春联欢会，班长让她们代表文科班出个节目。老甘建议跳现代舞，她龇着牙说，冲吧美少女们！身上披金挂银，霓虹闪闪烁烁，妈呀，光是想想就美抽巴了！

跳就跳吧，反正小五的姐姐在县文化馆，找个舞蹈老师不是难事。要紧的是不用上自习课，不用做数学题，更不用背"澶渊之盟"。舞蹈老师有三十七八岁，短发，还吸烟。这是茉莉第一次见到吸烟的女人。女人说话的腔调，是完全把她们当成了幼儿园的孩子。茉莉想，这个岁数的女人，打心眼儿里怕是不稀罕她们吧？茉莉小腿格外长，她妈平日里常骂，你以为长了只仙鹤腿就能飞上天！女舞蹈老师对茉莉指点得要多些，胳膊没展成水平线，屈腿时略外八字，踢腿时脚尖没绷直，啰里啰唆，嘴里的烟味比蒜味还呛人。

待到演出那日，还是遇到了意外。先是音乐莫名卡带，她们刚好做霹雳舞动作，手臂机器人般弯曲，腿尚未来得及迈太空步，动也不是，不动也不是。舞台底下喧闹起来，男生吹口哨，浪叫，嘘嘘。这时音乐莫名响了，她们顺势动起来。或许因了刚才的停顿，接下来的动作倒显得吊诡流畅，尤其是白腿亮晃晃踢出时，台下瞬息变成了精神病院。那些满脸粉刺终日喝着烂白菜粉丝汤的男生何时见过如此阵仗？掌声伴着叫好声，简直要将餐厅屋顶掀开。茉莉的屁股就扭得更猛烈，连平日训练时常做错的动作都天衣无缝地衔下。正在此时，音乐声忽而又停，但见一个老男人蹿上来，攥着麦克风嚷道：下去！你们下去！成何体统！

是校长。他本就瘦矬，站在舞台中央恍若老农。他鞠了个躬，说，下面我给大家拉奏一曲二胡《奔马》。台下一阵嘘声，先是弱，后来就汇成巨大旋浪，要将人淹死似的。

那是她们最辉煌的演出吧？茉莉后来再也没有在那么长那么宽的舞台上跳过舞。舞台上还荡着蒸馒头的碱香。她们被校长赶下了舞台，可一点都不难过。她还记得老甘在后台叉着腰说，别理会那个老古董，什么玩意儿！明天我们去一中跳！他想一手遮天，门儿都没有！

　　老甘的父亲是局长，母亲也是局长，至于是什么局的局长，都是无所谓的。反正老甘说话嗓门总是很大。她声音粗，旁人听起来瓮声瓮气，往往忽略了说话的内容。平时都靠着墙角睡觉，睡醒了就唱歌。她最喜欢王杰。茉莉觉得，一个女孩喜欢王杰的歌，难免有些奇怪，女孩子应该喜欢林忆莲，应该喜欢梅艳芳，最次也得邝美云吧。老甘不管这些，她的T恤衫上印的是王杰的头像，作业本上抄的是王杰的歌词，好吧，连发型也像王杰。老甘跟小五同桌。小五不喜欢王杰，小五喜欢齐豫。她唱起歌来也是齐豫那种颤音，颤得人几乎要流出泪。那次，她们都没有反对老甘。老甘的初中同学是一中某班的文艺委员，还正式给她们发了邀请函。

　　县一中的学生看起来都傻，黑乎乎，男生女生似乎都不洗脸。当他们目瞪口呆地看着茉莉她们穿着健美裤蝙蝠衫跳完现代舞，似乎都有些羞赧，竟忘了鼓掌。只一个男生犹豫着站起，环顾下四周，啪啪地拍起手，掌心都要击破似的。茉莉瞥那人一眼，高，瘦，眼贼亮，脖子很干净。

　　那晚，茉莉、甜甜、老甘和小五在学校外的小吃部吃了顿牛肉大葱馅饺子。老甘还要了两瓶啤酒，牙齿都冰掉了。那是茉莉第一次喝酒。店里本就没什么人，开着台黑白电视，电视里正在播放领导人在珠海的讲话。她们将电视声音调小，叽叽喳喳，声响难免大些，空荡荡的，在油腻腻的房间里倒有些喜庆的意味。老甘说，等来年夏天，高三也不念了，去上班挣钱。反正也考不上大学，不如早到社会上闯荡闯荡。你跟我去开店吧，老甘搂着小五说，我肯定不能亏待你！小五只是笑。小五最喜欢笑。小五笑起来有梨涡。茉莉其实一直觉得，跟自己心最远的，就是小五。她不怎么说话，当然，说起来声音很甜，不是蜂蜜的甜，是大粒白糖的甜。小五有个男朋友，在县财政局当司机。但茉莉从没见过那个男人，据老甘说长得又黑又胖，大兴安岭的熊瞎子似的。

　　她们慢慢地吃着饺子，小口小口地抿着啤酒，后来又小声地哼唱着歌。烧着炉子，火旺，毕毕剥剥，渐渐就暖起来。茉莉盯着她们三个，似乎隔着雾气，眉眼一时疏离模糊。想，她们都在县城，只有自己是村里的，大学是考不上的。可她们都无所谓，都有父母帮衬，找个好工

作，嫁个好男人，都不是难事。可有谁能帮自己？难道像姐姐那般早早
嫁个木匠，生窝泥孩，整日泡屎尿堆里？难免鼻子酸涩，连眼眶也湿掉
了。甜甜不停拿胳膊肘撑她。撑就撑吧，八成是高宝宝来了，来就来
了，又能指望上他什么？过完年才十六岁，连声音都是女孩般。

　　抬头去看他们，才发觉在老甘身后站着个男孩。有点面熟，想了
想，就是在一中表演时鼓掌的那位。他怎么来了？只有老甘不意外，她
拍着男孩的肩说，喏，这个帅哥是我初中同学，高一亮，篮球队的。

　　那个叫高一亮的，直勾勾地看茉莉。茉莉有些慌，不禁去拉甜甜的
手。甜甜挠了挠她的手心。再去看他，他已拽了板凳径自坐下，慢声慢
语地说，咦，老甘，请人吃饭，就这么寒酸？师傅，再来盘熘肝尖。

1992年大事记

　　1月18日到2月21日，邓小平"南巡"。

　　9月30日，美国将它在海外的最大军事基地——苏比克海
军基地移交给菲律宾。

　　★★★★★★银河系科瑞娜星（距离地球一百二十万光年）阿
兹哥特人最伟大的诗人格伦所斯在朗读其新作《献给仲夏夜早
晨我在腋窝里找到的一小坨绿色垢泥的颂歌》时，一千三百二
十一名听众死于脑颅出血。据悉此事件被认为是五十年来银河
系最惨烈的群体性死亡事件。

一九九七年

　　热死了，你在车里等着吧！茉莉对高一亮说，把吊纸给我。

　　来的人不多，巷口只停着几辆双排座。灵车还没到。断断续续地听
到哭声。茉莉知道甜甜夫家人不多，据说跟外界也并无往来。老甘和小
五已经在巷口等她多时。老甘白她一眼说，你呀，真是肉死了，等半天
了都。

　　这是茉莉第一次参加同学的葬礼，同学也不是别人，是甜甜。去年

年初她结了婚，找的是港口的一个装卸工。婚后她急遽地肥胖起来。有天茉莉在斯大林街看到她，简直不敢认了。她套条孕妇穿的肥裙，笑眯眯的，虎牙又白又尖。那时她还没有怀孕。是从何时起往来就寡淡了？一年也打不了几个照面，只过年时姐妹们吃顿饭，去卡拉OK厅唱歌。通常不到九点，装卸工就骑着摩托车来接她，也不上来，只在楼下拼命地按着喇叭。听别人说，她今年春天生了个女孩，不过两个月就死了，医生诊断是先天性疾病。孩子死后她忽然走路老是摔跟头，那么胖的一个人，倒在地上都爬不起来。丈夫陪她去北京看病，住了半个月。昨天，丈夫抱着骨灰盒回来了。

茉莉盯着灵床上的那个骨灰盒和照片。照片是高二那年夏天照的。甜甜那时还很瘦，盯着茉莉。茉莉不禁打个寒战。她恍惚闻到了五香花生米的味道。她跟着老甘和小五在厢房随了两百块钱的礼，从进屋到离开半句话都没说，只是嘴唇不停哆嗦。她听到老甘埋怨道，装卸工连哭都没哭，只是见谁就跟谁诉苦，说自己倒了八辈子霉，一年内死了孩子又死了老婆。小五轻声轻语地说，还有什么舌头可嚼的？人都没了，说别的都是假的。说完小声抽泣起来。茉莉只是死死咬着嘴唇。如果不是老甘搀扶着她，她早晕倒在地上了。

那天她们一起吃的午饭。她们很久没有一起吃饭了。老甘开了家鞋店，每个礼拜要跑市里进货，大包小包的；小五呢，在一家美容院给人做护理，常常忙到夜里。反倒茉莉最清闲，在家里煮煮饭，到街上逛逛，再喂喂猫喂喂狗，一天也就没了。

七月一号跟高一亮完的婚，日子她选的。高三那年她最喜欢听艾敬的歌，脸面清白的女孩总是俏皮地唱着，"让我去那花花世界吧，给我盖上大红章。／1997快些到吧！八百伴究竟是什么样？／1997快些到吧！我就可以去HONG KONG。／1997快些到吧！让我站在红磡体育馆。／1997快些到吧！和他去看午夜场……"那时候感觉香港很远，一九九七很远，可唱着唱着也就到了。高一亮没什么异议，大多时候，他仿佛是个哑巴。世界上怎么有这么不爱讲话的人？仿佛在那个寒冷的冬夜，小酒馆里，他把半生的话都讲尽了。

娘家对这门亲事甚是满意，虽说高一亮在城乡接合部，也是农业粮，好歹说起来是县城的，人长得清俊，又在县轧钢厂上班。对于嫁妆，茉莉起初并未介意。按当地风俗，嫁女儿是要陪"五大件"的：冰箱、彩电、洗衣机，外加空调和摩托。茉莉跟旁人打听了下，大抵如此。不过转念一想，家里没多少压箱底的钱，可毕竟是嫁到了县城，千万可不能让婆家小瞧，就跟她母亲商量，除了"五大件"，还想要一万块钱的陪嫁。母亲一愣，没说什么。茉莉晓得母亲定是为了难，可仍觉得委屈，晚上哭了半宿，嘤嘤嗡嗡，算是哭给母亲听的。翌日母亲出了门，说是去天津的姨妈家报喜信。茉莉更不遂心，眼看婚期到了，被褥虽缝制好，但杂七杂八的琐事也是一箩筐，还有闲心去姨妈家小住？想到不久前听小五计划的结婚仪式，要一水儿桑塔纳，电器都是"海尔"的。自己呢，电视是"红梅"牌，冰箱是"新飞"，婚车全是"夏利"，这心里就猫爪挠心。

　　不过三两日后，母亲从姨妈家归来，说结婚那天，姨妈家的哥哥姐姐都要来。茉莉想，那些满口天津话的连兄连姐能来，也算是给自己撑足了门面，又特意打电话问了问，是否能带些麻花和狗不理包子。虽说新亲们很少给男方带礼物，不过要是到时候狗不理包子上了宴席，那还真是够排场。姨妈很委婉地说，包子有什么好吃的，全是猪油，腻得慌。茉莉难免失望，觉得姨妈真是小气。临嫁那夜，她正坐在炕沿上看着嫁妆发呆，母亲蹑手蹑脚过来，塞她手里个红包。茉莉惶惑着打开，却是齐整整的一万块钱，新的，冒着油墨气。她想问些什么，却什么都没敢问，只摸了摸母亲手掌里的老茧花。

　　高一亮呢，对她也是真疼。她本来在步行街那家李宁专卖店当收银员，好好的，被他硬是逼着辞了。他不善言谈，对她的好也都体现在床笫。毕竟是体育队练过篮球的，常常一闹就是整宿，仿佛那玩意儿是铁打的钢锻的，只会越使越光亮。她喜欢他宽阔的肩膀，可肩再宽，总不如钱袋子宽些心安。就对他说，钢铁厂累死累活不过一千多块钱。不如把工辞了，贷款买辆大货跑新疆吧。你没听说镇上跑大车的，每年挣个十来万都是毛毛雨？

　　高一亮没吭声，不过第二天就去找他父亲要钱了。他父亲就这么个儿子，骨髓都砸出来，又从银行贷了十五万，这才买了辆大货。茉莉又说，你一个人跑新疆，我也不放心，不如找个知根知底的哥们儿，换着开，按月给他开工资就好。高一亮想了想说，黎江。

这个叫黎江的跟高一亮是发小，一块儿穿开裆裤长大的。话比一亮多，个儿比一亮高，腰比一亮粗，眼也比一亮大。或者说，他就是大一号的高一亮。两人就联系了配货公司跑新疆，去时拉着土豆、茄子和钢轨，回时拉着棉花、哈密瓜和葡萄。反正路不能白跑，油不能白烧，过路费不能白掏，一个来回要五天六夜，回来时眼白也是红的。多爱干净的人，现在浑身臭烘烘，脚也懒得洗，在茉莉身上动着动着就安生了。茉莉摸着他的腰身，刚想说说话，鼾声先就响起。想刚认识那些年，精瘦如狗，眼亮如贼，如今也是腰里赘肉一把。

这样跑了四个月，就年下了。算了算，不到半年赚了五万块。茉莉跟高一亮说，不如来年我们换楼房吧。平房冬天烧炉子，又脏又不安全，你不在家，我中了煤气咋办？高一亮"嗯"了声，茉莉说，老甘买了条金项链，戴着人都发光。高一亮说，买。茉莉说，人家黎江跟你忙活了小半年，任劳任怨的，明天我炒俩小菜，你请他来家里喝两盅。高一亮啪摸着她乳头说，中。

翌日茉莉早早就去超市买菜，烹虾炖肉，弄了满桌子菜。黎江跟高一亮一人喝了一瓶白酒，喝着喝着黎江从裤兜里掏出个盒子，说，嫂子啊，这是我从乌鲁木齐大巴扎买的玉镯，人家说是和田玉，也不贵，该过年了，算是兄弟的一份心意。茉莉去瞅高一亮，高一亮笑了笑，茉莉遂接过，说，难得你有这份儿心，嫂子敬你喝盅。黎江用眼风去扫高一亮，高一亮笑着说，喝。两人就干了。茉莉从来没有喝过白酒，忍不住咳嗽。黎江慌忙着帮她捶背。他手很大，不过拍在背上，轻柔得很。茉莉说，没事没事，真是让你见笑。顺手捏了镯子盘眼打量。玉镯在白炽灯下烁着青光，透明如膏，茉莉就意意思思戴上，抬起胳膊晃了晃，问高一亮道，你觉得咋样？是不是太贵了？又定定看着黎江说，不如，你还是送给弟妹吧？黎江比高一亮小，可结婚早，孩子都两岁了，老婆是县第一小学的老师。黎江忙荡开茉莉的手，嫂子啊，值不了几个钱，况且我也给她买了。茉莉搓弄着镯子，有点凉，久了，就温了。黎江说，嫂子，你也别在家老闷着，会闷出闲病。等哪天让我哥带你去趟巴音布鲁克，那个美呀，说实话，一看到湖泊里的白天鹅啊，我就想到你。

年底前，小五结婚了。茉莉向来跟小五不亲。男方不是那个长得像熊瞎子的财政局司机，而是司法局的一名干部。小五只是高中文凭，也没什么正经职业，竟找了个国家干部，茉莉怎么琢磨怎么觉得哪里不对劲。小五是长得好，可跟自己比还要差上半截。自己只找了个城乡接合部的而已。不过，还是坐了公共汽车到市里的新华书店，挑了套齐豫的CD。又问老甘，小五结婚，你给多少钱？

老甘瞥她一眼说，你真是贵人多忘事，你结婚我给了五百，她当然也五百。茉莉嘻嘻笑着掐了掐她耳朵说，我以为你跟她要好，礼钱会多些呢！老甘说，你这个人，心比比干还多一窍。你们俩，是我这辈子最好的姐们儿，秤砣哪儿能轻一个重一个？茉莉有些走神，说，也不知道甜甜，在那边过得怎样？老甘想了想说，她那么乖巧懂事，大概在菩萨身边端茶倒水吧。再不济，托生个北京户口，住个四合院，将来嫁个部长啥的。

茉莉很郑重地给小五包了红包，里面裹了六百块钱。新郎长得比高一亮帅。

1997年大事记

7月1日，中国政府对香港恢复行使主权。解放军进驻香港。

8月31日，法国时间凌晨4点，戴安娜王妃因车祸死于巴黎。

★★★★★★仙女座星系食双星（这对双星的地球人编号是M31VJ00443799+4129236，两颗星分别是明亮且酷热的O型星和B型星，共有的行星索亚星球上的阿莫担人（他们的形状是类似地球动物黄鼬的八头生物，常年生活在水晶石山区）科学研究委员会，在经历了十八万年的探索后，终于得出结论，数字7的后面是8。

二〇〇三年

你俩怎么这么磨蹭?! 茉莉对着手机嚷，黎江欺负我，婊子欺负我，连你们也欺负我！

小五嗫嚅道，我跟老甘在斯大林街的劳保商店买线手套呢，马上就到。你别急，这种事着急顶用吗？

没错，着急有屁用。茉莉在停车场寻了个台阶坐下，越想越憋屈。她蹿起来，像专业运动员赛前热身般转腕、劈腿、捻脚、扭腰，最后屏住气，照着黎江的奔驰就是一脚。报警器刺耳地响，响得茉莉也心慌起来。她从花圃里捡了块石头，对着玻璃比画半晌。后来仔细盘算了下4S店的费用，石头又被她扔回花圃。花圃里缩着只瞎眼流浪狗，她就对它吼，滚！看什么看！流浪狗摇了摇尾巴，转眼窜入蓟草里去了。

她决计没想到，黎江会搞自家饭店的小姐。不仅搞了，还搞得这么专一。

一晃跟黎江结婚也四年，女儿都会唱《Super Star》了。当年她跟黎江也算是县城里的新闻人物。茉莉从未料到，自个儿会以这样一种方式成为人们茶余饭后的谈资。有天深夜，高一亮从库尔勒跑车回来，把她跟黎江堵在床上。反正传闻是这么说的。反正这么传了，人家也就信了。有人问老甘是咋回事，老甘说，能有屁事！黎江去茉莉家送东西，正赶上茉莉吃饭，就喝了两盅，嫂子跟小叔子喝酒还有毛病？喝多了就眯了会儿，有啥可嚼舌头的！有人问小五是咋回事。小五说，清官难断家务事，还是关心关心你老婆吧。还有种传闻说，每当黎江休假高一亮跑车，黎江都去睡茉莉。睡了也不是一年半载，堵床上是迟早的事。

那段时间茉莉很少出门。婚是离了，高一亮还算有良心，没让她净身出户，分了她二十万。她都住老甘家。老甘新买的房，眼看也要结婚了，对象是国税局的科员，人比老甘还漂亮，是从部队转业的，在部队是文艺骨干，会唱《康定情歌》，会跳蒙古舞。老甘对茉莉说，你愿意住多久就住多久，你是我妹子，住一辈子也没关系。茉莉抱了老甘哭，哭也哭不出来。反正这种事，任谁也扯不清，张口就是错。黎江找过她几次，说也离婚了，要是她同意，他们俩就去民政局办证。茉莉想了三天，三天后跟黎江说，嫁就嫁吧，不过，我要办一场豪华的婚礼。当"豪华"两个字吐出来时茉莉一愣。怎样的婚礼才是豪华的婚礼？她也搞不清。黎江摸着她的肩胛骨说，茉莉，我听你的，我现在听你的，婚后也听你的。我一辈子都听你的。

那的确是场豪华的婚礼。黎江不晓得从哪里租用了架小型直升机，把茉莉从她清河镇的娘家空运到了洞房。据说没有得到航空管制机构批准，被罚了五万块钱。茉莉穿着婚纱打开飞机舱门缓缓走下来，脖颈细长，风吹着白纱，倒真像是巴音布鲁克湖泊里的天鹅。那段时间，他们的名字简直比县委书记的大名还火，就像半年后，高一亮跟黎江前妻的名字被人们的舌头和牙齿咀嚼般。高一亮竟然跟黎江前妻结婚了！听到这则消息时，茉莉的瞳孔都绿了。

婚后黎江又跑了一年大车，当然是跟别人跑。茉莉说，别跑了，在县城里干点啥吧。饭店这么火，你也开一家。黎江算了算，大抵要投个七八十万。茉莉想了想说，我手里有三十万，你拿去用，钱在手里攥着，永远都是死的。黎江愣了半晌后才说，他妈的，我能娶到你，真是祖上积了八辈子德！

茉莉只搂住他，一句话都没说。

如今茉莉也是一句话都说不出。初次听到黎江和小姐的传闻，她根本就没信。先是老甘说，茉莉啊，你长点心，我听人家说，黎江老带小姐去吃花酒，搂搂抱抱的。她只是笑了笑。男人风月场中事，向来做戏罢了，女人要认真，山西的醋厂也全都得倒闭。后来小五也给她打电话，支支吾吾说，亲眼看到黎江跟女人去了宾馆，车就停在外面。茉莉这才觉得不对，赶紧找了黎江的司机喝茶。

黎江的司机是茉莉亲戚，以前在县汽车站上班，后来下岗卖水果。饭店越开越火，黎江常常陪酒，茉莉不放心，就将亲戚找来开车。她瞅着亲戚，半晌才说，我妈跟你妈，可是亲表姐亲表妹。亲戚什么都招了，又解释说，之所以没及时向茉莉汇报，是怕茉莉伤心。再说这种事，亲戚赔笑道，不像前几年见不得光，被人骂被人笑话，现在啊，是笑贫不笑娼呢。你呀，睁只眼闭只眼算了，男人嘛，裤腰带都松得很。茉莉说，我眼睛小，闭不得，日后有了风吹草动，要是你不告诉我……她用水果刀将火龙果的肉片片削下，红汁顺着指缝滴答，落在雪白的纸巾上。亲戚的汗就出来了。

今天亲戚报信，中午一点半，黎江陪银行的客人喝完酒后，跟女人又去了酒店，不是快捷酒店，是四星级的。茉莉寻思半晌，将老甘和小五唤过来。老甘手劲大，腿粗，当年的舞蹈老师说的。小五嗓子尖，喊起来整栋楼都能听到。她还特意叮嘱她俩每人戴副线手套，这样打人，即便骨头折了筋断了，单从皮肉也辨不出，派出所的也瞧不出来。她自己呢，只带了把剪子。王麻子牌，有些钝，她特意让后厨的大师傅磨了磨。

老甘她们终于来了，身后还跟着个小伙。老甘得意地说，这是她堂弟，在县电视台上班，他有台小录像机，正好可以派上用场，将来也能当证据。茉莉点点头，亮了亮手里的房卡。

他们打开房门。一个男人正将头埋在女人身上。那是茉莉再熟悉不过的身体，他总是自豪地说自己是公狗腰。男人和女人大抵太投入，竟没发觉房间里又多了几名看客。小五的脸先就红了，忍不住咳嗽了声。男人这才猛然扭头。在昏黑的房间内，黎江的脸看上去油腻腻的。他盯着茉莉，良久才颤抖着问，你……咋来了？

你要是难过，就哭吧。小五抚着茉莉的手细声细气地说。茉莉不吭声，她只是将头斜靠在小五肩上。小五肩窄，有种薰衣草的香味。哭出来就好了，人就这样，泪干了，就想开了，想开了，也就无所谓怨恨。小五说，你呀……当务之急还是想想，日后怎么办吧。茉莉仍是不吭声。

这是年后第一次来KTV。她们好久没唱过歌了。给我唱王杰的，茉莉说，老甘，给我唱王杰的。老甘就拿了麦克风在那里号，什么《一场游戏一场梦》，什么《红尘有你》，号完了盯着茉莉，不言语。这么多年了，她的声音还那么干，裂开了般，听上去像坏掉的音箱。

……骗子……他从来没亲过我那儿……我真该拿剪子把他剪了……没良心的王八羔子……

这年春天，茉莉和黎江离了婚，老甘跟税务局的公务员结了婚。老甘的婚礼仪式有些简单。除了新郎新娘，几乎所有人都戴着白口罩。除了发喜糖，还给每位来宾发了十袋板蓝根冲剂。电视里说，这种叫SARS的严重急性呼吸综合征，光是在北京，就夺走了一百二十四条生命。广东人再也不敢吃果子狸了。

2003 年大事记

3月20日，伊拉克战争爆发。

4月1日，香港乐坛天王张国荣因抑郁症复发于文华酒店坠楼，终年四十六岁。

　★★★★★★银河系共瑞普星上的法瑞克人经过2的18次方实验（他们的飞行器是一种类似英国伊丽莎白时期的银质圆盘），终于发现地球人的灵魂（生前身体质量－死亡后身体质量－其他不可控因素质量）是制造顶级香水的最优质原料。

二〇〇八年

　　清晨送女儿去学校，都能碰到那个姓姜的男人。应该是个公务员吧？穿着夹克皮鞋，人有点黑，黑枸杞的那种黑，不过眼亮，玻璃球的反光一般。女儿上小学二年级，男人的儿子也上小学二年级。有次男人拉住茉莉问，我儿子说昨晚没留英语作业，是真的吗？茉莉看了看女儿，女儿就说，你儿子是个小骗子。你儿子不光骗你，还骗我们老师。男人的脸有些红，问道，小美女，他怎么骗老师啦？女儿嘟着嘴巴说，他跟老师说，他爸爸是县长。茉莉就捂了嘴笑，又去瞧男人。男人嘿嘿笑了两声，问女儿，你觉得我长得不像县长吗？女儿说，如果你是县长，我妈妈就是省长了。

　　男人看着茉莉，说，每天都是你来送，真够辛苦的。

　　茉莉望着路上来往的车辆，半晌才道，习惯了。

　　跟黎江离婚后，孩子判给了茉莉。带了半年就有些烦，干脆扔回清河镇，让她母亲看管。母亲能说什么，被人指着脊梁骨说三道四的日子也惯了，也不会在乎村里长舌妇围着外孙女再盘东问西。女儿七岁了，才正式接到县城来。那几年茉莉没闲着，卖起了松花粉。松花粉是珍品，男人吃了肾好，女人吃了暖宫，她总是微笑着向顾客解释。顾客基本上是熟人，或熟人的熟人，松花粉好不好也不打紧，反正吃了也不死人，倒是有个经常失眠的中年妇女，食后每日酣睡十多个小时，变得又胖又水灵。没事了她就去老甘店里坐坐。老甘的店由一家开成了两家，由两家又开成了三家，税务局的丈夫也被她一咬牙换掉。按照她的说法，她实在受不了一个男人比她还温柔。第二任丈夫是县职教中心的体育老师，个子都快赶上姚明了，若不是大学时伤了脚踝，说不定就进了国家队。茉莉觉得老甘老了，女人只有老了，才会变成话痨，才会拉着你的手不停絮叨着吃喝拉撒睡、公公婆婆小姑子。小五那边倒也安生，只不过听闻男人不让人省心，好赌，据说输了五六十万也有，已卖了处楼房还债。还有传闻说，男人停薪留职，去东莞当鸭子。小五从不说家里长短，也许会对老甘说吧。

汶川地震后，政府号召捐款。茉莉她们松花粉协会也筹了银钱，托茉莉捐到民政局。在民政局门口，便遇到了姜姓男子。男人见到茉莉，忙整了整衣领，又悄悄紧了紧裤带，这才笑问道，你来这里有何贵干？茉莉说，我们协会捐了些钱物，让我送过来。男人说，你呀，不晓得我在这里上班吗？打个电话过来，我开车去拿好了。茉莉说，这点小事哪儿敢劳烦您呢？再说了，我也没你的联系方式。男人忙不迭地将电话拨过来，又将了捋额前头发，叮嘱道，快存上，以后这边有事，尽管吩咐我好了。

茉莉当然知道男人对她有心思。不过这几年，对她有心思的男人也多了。条件都差不离，不是离婚的就是丧偶的，年龄普遍比她大上四五岁。她最中意的是公安局刑侦队的一个副队长，见了三两次面，不过后来对方也不太热心。心想，肯定是听旁人说了什么闲言碎语，初次见面，是恨不得扑上来的。对于男人，茉莉自认为脉还摸得准，就像这个姜姓男人，那点小算盘在她眼前打起来委实可笑，又有些可爱。还好，长得算标致，没像这个年龄的男人，肚子驮着一袋米，臀上驮着一袋面，况且皮鞋又总是擦得那么亮。

过不几天就有人来提亲，照片拿出来时茉莉歪嘴笑了。正是民政局的男人，原来叫姜德海。他老婆去年得癌症死了，自己拉扯着儿子。家原本是农村的，县城里也有房子。茉莉就跟老甘说了，老甘白了她一眼，说，都三十七八了还是个科员，能有什么奔头？再说了，你愿意当后妈？后娘打孩子，那可是早一顿晚一顿。茉莉沉默了会儿说，他长得还不错。老甘冷笑一声，顶个屁用？你以前的男人，哪个丑？茉莉又去跟小五说。小五正在给客人修眉毛，她一直听茉莉在那里叨叨，后来她直起身去洗手，洗着洗着才骤然想起茉莉，恍惚着问道，姜德海赌钱吗？姜德海找小姐吗？茉莉摇摇头。小五说，只要男人不嫖不赌，嫁谁都是嫁。要是不想嫁，就找个相好的对劲的，暖不了心，暖暖脚也好。

就一来二往了。有时姜德海住在她这里，有时她住在姜德海那里。姜德海儿子是个鬼精灵，见了茉莉都是"妈呀妈呀"地叫着，叫得茉莉心里毛茸茸。女儿跟他也能玩到一起，极少拌嘴。那天在床上问姜德海，你存了多少钱？姜德海亲了她一口，说，孩子他妈活着时，是个过日子的人，这些年，也攒了小二十万，刨掉看病的钱，手里还落个十三四万。茉莉没吭声。姜德海说，等我们结婚了，我会把钱如数都交给你，你呀，就是我家里面的局长。茉莉说，算了吧，我不要你一分钱，各花各的，大事小情的，你出。姜德海犹豫着说，一家人还用算这么细？茉莉说，今天是一家人，谁能保证明天呢？姜德海呼哧带喘翻身上来，你说得对，你说得对，他咬着她的脖子吮吸。茉莉说，我先把钥匙给你一把，你想过来了提前打个招呼。姜德海覆住她，喉头嗯嗯着。茉莉闻到了他口中一缕一缕酸腐的气味。

婚礼定在了九月初八。茉莉还是喜欢秋天。秋天的风不冷不热，花儿也开过，空气中都是炒栗子的煳味。庄稼也都收了，骡子马的啃着青草，一切都那么肃静。老甘对姜德海一直不太满意。你还想我找什么样的啊？茉莉对着镜子说，你看看，你看看，眼角都有皱纹了。老甘啐道，装什么啊装，你十八岁时皱纹就满天飞。茉莉就俯过身去拧她皮肉，老甘嘎嘎叫着闪躲，躲着躲着忽然说，茉莉，我前几天看到高宝宝了。茉莉一愣，许久才仿佛想起来一般，说，他呀，都十六年没见了，现在哪里高就呢？老甘说，听说大学毕业后留在了北京，搞影视。茉莉不说话了。茉莉不说老甘说，他到现在也没结婚，没准儿心里还惦着你呢。茉莉呸了声，说，狗嘴不吐象牙，他——过得还行？老甘说，你要想见啊，我倒可以帮你约一约，你也知道，他跟我弟弟是同学。

还真就见了一面。人挺多，有老甘和茉莉，还有老甘弟弟及一众同学。酒也喝了不少。高宝宝几乎还是以前的样子，娃娃脸，漂亮得像瓷器，虽只比茉莉小三岁，仍是少年模样。他坐在茉莉身边，两个人不咸不淡地聊着。他好像对茉莉过去的事情一知半解，但又忍着没有盘问。他说，茉莉啊，你可把我害惨了，暗恋你这么多年，如今连个女朋友都找不到。老甘一旁说，你是明恋好不好，记得那时你俩呀，老是钻黑树林。高宝宝说，要是有黑树林就好了，我们都是在雪地里乱走一通，那个年代的雪，下得那叫一个大。那才是真正的雪呢。又扭头问茉莉，哎，我哪里比不上高一亮呢？茉莉这才挤出点笑，说，你哪里都比他好，我才觉得配不上你。高宝宝说，这就胡扯了，胡扯了，要不是我中途转学，一直跟你耗着，早住进精神病医院了。茉莉端了杯白酒说，宝宝啊，你注定不是池子里的鱼虾，你是大海里的鲸鱼，我们都留不住你的。高宝宝扑哧笑了，说，没错，我就大海里的一条海带，批发价还不如大白菜。茉莉拍了拍他手背，没再言语。

酒喝到尽兴处，就乱了。酒桌上总会有那么个时候，冷静的人们倏尔疯狂，吆五喝六，猜酒划拳，再文静的人也会撸起袖子灌酒。高宝宝似乎也喝多了，他喋喋不休地讲着北京，讲着他拍的电影，讲着那些国际电影节。茉莉一部都没有看过。高宝宝也不介意，只是拉着她的手说，我们出去走走吧，热死了，我一点不喜欢夏天，夏天总是让我心烦意乱。

茉莉就拉了他偷偷离席。两个人先沿着斯大林路走了一圈。高宝宝提议去学校南墙那边走上一走，他说这辈子最难忘的事，就是在墙角跟她接吻。茉莉说，哪里有接过吻，你个子那么矮，只及我眉梢。高宝宝说，你呀，最是心狠，我也不怪你，漂亮女人都是毒品，碰不得。茉莉嗔怪道，我哪里有你狠心，我只是跟高一亮散了散步，你又是绝食又是割腕，我那么小，可真就吓坏了，更不敢见你。高宝宝沉默不语，和茉莉就顺着马路走，走着走着就到了茉莉家。孩子去姥姥家了，屋里热得很，茉莉开了空调，打开电视。电视里正在直播奥运会开幕式。两个人就并排坐在沙发上。

看了会儿茉莉才恍然大悟道，今天是八月八号吗？高宝宝说，也许是吧，他妈的，一年年过得真快，竟然北京奥运会都开幕了，说着说着不禁去搂茉莉的腰。茉莉犹豫着掸开他的手，说，喝牛奶吗？冰镇的。高宝宝将她拽过，呢喃着说，喝什么牛奶，我想喝你的奶……说罢就将茉莉箍他怀里。茉莉有些发蒙，有那么片刻，她觉得自己似乎又回到了若干年前，她跟他，在墙壁上慌乱地拥抱，高宝宝不停朝她耳朵吹气，又热又痒。她还猛然想起甜甜曾经跟她靠着冰冷的杨树说话，劝诫她跟宝宝分手。你们是没有结果的，甜甜说……在高宝宝粗重、携带着麦芽糖气味的喘息中，她看到对面镜子里的门被打开了。姜德海抱着个西瓜站在门口，愣愣地盯着沙发上的两个人。当西瓜掉到地上时，红艳的瓜瓤四处滚将开去，一朵一朵的，仿佛他们家暮春时，落在庭院里的单瓣蔷薇。

2008 年大事记

　　5 月 12 日 14 时 28 分，四川省汶川县（北纬 31 度，东经 103.4 度）发生八点零级地震。

　　11 月 4 日，奥巴马当选美国第 44 任总统。

　　******天狼星系索尔贡星球的玛雅塔釜人（气态生物）国会经过一百光年的起草、讨论、研究以及 658512358 次会议，终于做出裁决，非水质和蛋白质和脂肪和无机物生物，不可与非同类灵魂交媾并繁衍子嗣。此裁决被认为是一百二十光年来天狼星系最耻辱的裁决。在索尔贡星球首都玛丽安爆发了建立帝国以来最大规模的示威游行，十八名玛雅塔釜人聚集在国会外的蒙达利克峡谷，制造了直径一万九千八百七十六公里的圆形云层，导致首相大人没能如愿观看一光年一遇的狮子座流星雨。著名歌星蒙妮在巨鳄蛋广场发表了名为《虽然我是一团雾但并不妨碍我跟金属男妓与有机男仆深夜畅谈维特根斯坦关于宇宙所有质数之和的猜想》的演讲（据传，内容实为蒙妮情夫、单句作家沈之连耶夫斯基代笔）。据悉，此演讲深受银河系总指挥部副指挥长激赏，并将演讲实况以电磁方式在 986 个恒星系统发行。此演讲极有可能获得该年度"博格利特英雄勋章"。

二〇一三年

　　许多年后茉莉还能想起那晚姜德海的样子：他躺在一堆西瓜瓤中不停打滚号哭。他的白衬衣立马就被汁水染红了，他并不在意。他可能只在意别人是否能听到他的哭声。他不光哭，嘴里还不停地叨咕，他的哭泣声太过磅礴，茉莉听不清他在骂什么。她也没过去劝，反倒是高宝宝跟跄着过去，握着姜德海的手问，你怎么了，大叔？姜德海愣了愣，哭得就气力更大。高宝宝看着茉莉，茉莉说，你不用管他。姜德海听到茉莉这么说，从地上爬起来，还没站稳就摔倒了。高宝宝想去搀扶他，姜德海一把打掉他的手，慢慢地、慢慢地站立起来。后来他一步一滑地挪到窗户前，猛地一下拉开窗户，自己蹲到窗台上。茉莉喊道，你疯了吗姜德海！快下来！姜德海怪笑两声，这才朝着天空喊，我老婆偷人了！我老婆偷人了！我老婆给我戴绿帽子了！我×他们妈的！茉莉将高宝宝拽到门口，说，你走吧。高宝宝说，这个人疯了，我怎么敢走？万一……这时姜德海扭过头对茉莉说，你想得美！我才不会跳楼呢！我马上要当副科长了，才不会为你断送了前途！

　　每当老甘拿这件事开茉莉的玩笑，最后都会配上她的破锣嗓子喊句，我马上要当副科长了，才不会为你送了前途！茉莉也不恼，抹搭着眼将手中的牌稳稳抛出，不忘说句，和了！

　　通常是星期五晚上，茉莉、老甘、小五和蔡伟，在茉莉的房子里打上整宿麻将。蔡伟是小五的表弟，麻将打得好，往往是赢家。不过即便赢了钱，也不会得意，只是叼着香烟说，在茉莉姐家，我是从来不会输的。老甘问为啥，蔡伟乜斜她一眼说，茉莉姐旺夫啊。茉莉就拍他一巴掌，说，小兔崽子，没学会拉屎先学会了占人便宜。老甘嘎嘎笑着说，可不是，茉莉可比你大一轮，再这么胡说，让茉莉真睡了你。蔡伟边点钱边说，茉莉姐那么漂亮，这有啥不可以的呢？

　　这孩子是安监局的司机，女儿刚上幼儿园中班。眼白多，总是什么都不在乎似的。宽肩乤背，还有双桃花眼。一坐到他身边，茉莉的脊椎骨就像被谁抽了一鞭子。也不敢有什么想法，毕竟自己不惑之年了，即便闻着他的气味有星星点点的乱，还是能稳得住。蔡伟也没正经盯班，现在不许单独给领导配车，他闹个自在，间或在单位晃上一晃，再正经忙自己的事情。他能搞什么？不过是放些高利贷。那次茉莉问小五时，小五眼也没抬地说，这个孩子，最大的优点就是不务正业，游手好闲，拈花惹草。你可小心了。

　　光小心是不行的。每次蔡伟来，茉莉都去买盒好烟，烟灰缸也洗得干净，摆他左手边。她倒喜欢他抽烟，跩跩的，随时起身去干大事的样子。那晚打到凌晨三点，都晕乎乎的，老甘和小五挤一张床，她自己一张床，蔡伟睡沙发。半夜起来如厕，见蔡伟只穿了内裤睡着了，就拎了被单盖他小腹上。没承想他眼睛忽就睁开，在夜里也是两瓣桃花。他什么都没说，只是将她猛拽过去，裹在身下。未及挣扎，嘴唇早被他鳄鱼叼食般堵住。茉莉盯着老甘和小五的房间，唯恐有什么动静，自己连大气儿都不敢出，隐隐约约地，闻到他身上传来一脉一脉的松树油脂的香味。

翌日醒来，人全走了，她一声不吭地收拾着客厅，下面有些疼，想起他无耻勇猛的样子，脸一阵红一阵白。吃了片安定，才睡了会儿。

不承想那晚蔡伟打来电话，约她吃牛排。说是台湾人开的，味道跟别家的不同。她说晚上还有个饭局，脱不开身……没等她讲完，他有些不耐烦地说，快下来吧！我在楼下呢。扯什么扯！

等她洗完澡化好妆下楼，蔡伟只是从车窗里盯着她看。她知道他在看，捋了捋头发，又装作寻找车子，眯着眼东瞅瞅西瞅瞅。这时蔡伟打了个响亮的口哨，她才恍然发觉他般，羞怯地笑了笑，迈着碎步撵过去。蔡伟说，姐啊，你穿旗袍，真有民国范儿，特像《花样年华》里的女主角。茉莉说，你这孩子，家里是开蜂蜜厂的吗？蔡伟盯着她看，上上下下，左左右右，嬉皮笑脸地说，姐的眼睛，真是勾人呢。茉莉说，去你的，小小年岁油腔滑调，长大了可怎么好？蔡伟说，×，我还小啊？

吃完牛排，蔡伟又非要送茉莉回家。茉莉说，今晚孩子要回来。蔡伟说，不是上私立初中吗？今天又不是星期五，骗我啊？茉莉就拧着他耳朵说，你个小家伙，什么都瞒不过你。蔡伟哎哟哎哟叫着，说，姐姐一碰我，我就酥掉了。茉莉咬着牙说，酥了才好。蔡伟说，你这么一讲，我又硬了。茉莉唉了声，不晓得如何接话了。

其实也觉得荒唐，她自己倒好，独身，孩子也懂事了。可他呢，也没听说家里如何如何，跟自己这么着，无非是图个新鲜罢了。男人是如何的德行，她一清二楚。久了，够了，腻烦了，拔腿就走。这种事情，女人总是吃亏的，可是，倒也无所谓了。

那蔡伟倒来得勤。老甘他们四个打麻将，他仍是从前德行，旁人一点瞧不出他跟茉莉有何瓜葛。倒是茉莉看他时，难免有些慌。茉莉想压住，可越想压住，越显得拙，越觉得哪里露了破绽。茉莉知道早晚瞒不过老甘和小五，可也不愿捅破这层纸。纸在，多少自在心安些，真破了，保不齐被她们笑话上几年。以前给蔡伟买二十块钱的黄鹤楼，现在倒是四十五一包的苏烟了。

一个礼拜三四晚都住茉莉这里。茉莉喘息着问，你怎么跟老婆交代的？蔡伟说，你关心这些屁事干吗？我待你这里一天，就是真的一天对你好。茉莉说，我是真心盼着你走，你走了，我才省心。蔡伟闷头干活，一句话也不愿多说。

那天要去老甘店里，车水箱坏了，蔡伟开去修了，还没好，干脆打了辆三轮车。上了车，司机戴着口罩，也没吱声，到老甘店前，她给司机钱。司机沉着嗓子说，算了。她说，那怎么行呢，你们也不容易。司机又说，算了。茉莉这才听得真切，心里一惊，不是高一亮又能是谁？她老早就听说高一亮跑车赚了钱，又去市里开饭店，后来又投资钢铁厂，结果赔个底朝天，跟老婆也离了婚。倒真想不到他开三轮车。她想说点什么，可看着他黑色的眼袋，还真是哑了。高一亮摆摆手，头也没回就走了。坐在老甘店里，茉莉想到那年去他们班里演出，他拼命鼓掌的样子，他贼亮贼亮的眼，就不好受。跟老甘说，给我拿个镜子。

每天都要照的。镜子里的女人无疑是中年妇女了，再如何打扮，用什么牌子的眼霜，都有些力不从心的疲态。又想到蔡伟，到底麻麻悠悠的。

蔡伟这几天来得寡淡些。问了问，却倒是催账去了。茉莉忍不住问了句，利息怎么样？能收回来吗？蔡伟说，是银行的五倍，你说高不高？黑社会的兜底，你说钱收回收不回？茉莉想了想，说，我那里倒有几个小钱，方便的话也帮我去放利息好了。蔡伟说，放高利贷是有风险的，都是非法手段，你不要掺和这些，不定哪天出了岔子。茉莉点点头。蔡伟说，不过还有更稳妥的法子，你知道县里的线厂吗？茉莉说当然知道，都是私营的，不过听说利润不好的厂子，一年也四五百万手里稳攥着。蔡伟说，我的意思是，我能把钱拿到线厂投资，利息是银行的三倍，比不上高利贷，好歹稳当些。

茉莉想了半晌说，我这里有八十万，你明天拿走吧。

蔡伟瞪着眼说，×，你攒得还真不少！

茉莉说，养老钱总是要备的吧。蔡伟就搂了她，亲她脖颈。她怎么就想起来，黎江说她像巴音布鲁克的天鹅。这么多年，她从来没去过那里。问蔡伟说，你喜欢新疆吗？喜欢的话我们去那里旅游。

蔡伟说，这样吧，我给你打个欠条。利息呢，每个月付一次，我让他们直接打到你银行卡上面。

茉莉柔声道，你要是有空，我先把机票订了啊。

蔡伟说，到哪里找这么好的小绵羊呢。

原来竟是那么远，先坐火车去北京，从北京坐飞机去乌鲁木齐，再从乌鲁木齐坐飞机到伊犁，最后还要报个团，坐了一天大巴。等他俩到达巴音布鲁克，都晚上六点了，导游先安排吃手抓羊肉和烤包子，又安排他们看土尔扈特回归歌剧。两个人都觉得冷，偷偷回了蒙古包，又是半宿未眠。凌晨起夜，茉莉盯着床上的蔡伟，不禁伸出手指摸他喉结，摸他胡须和眼窝。他哼哼两句翻身过去，她就从背后搂住他，摸他没有一丝赘肉的小腹，摸他宽阔光洁的脊背。她想，如果这样一辈子，她也愿意的。

翌日两人去了天鹅湖又去了九曲十八弯。天鹅湖里不光有天鹅，还有无数只白色水鸟，不远处的草原衬着更远处的雪山，让茉莉恍惚起来。在九曲十八弯两人骑了汗血宝马，回到住处，都有些筋疲力尽。茉莉说我洗个澡，蔡伟说，正好，我接个电话。洗完澡出来，却不见了蔡伟，以为出去买香烟了，也未在意。不承想半个时辰都没回来。打他手机，老是占线，天这么凉，只穿件单衣出去，别再冻出个好歹，就披了绒衣出了毡房找寻，无果，又打电话，却关机了。这个小冤家，又玩什么把戏？嘟嘟囔囔回帐篷看电视，电视里演了什么是不知道的。思来想去难免心慌，联系了导游，导游也是跟着一通乱找，却连个人影都没有。到了凌晨三点，仍关机，人也未归。茉莉就赶紧联系小五。毕竟是他表姐，没准知晓些什么，也顾不上小五是如何度想了。小五呢，大概正睡得香，听茉莉在电话里一通呜啦呜啦，也没反应过来，半晌才闷闷地问道，你跟蔡伟，出去旅游了？你们怎么会在一起呢？

茉莉对着电话，不晓得从哪里说起。饮了口大麦茶，冰牙，颤颤巍巍地说，松花粉协会搞的活动，多个名额，蔡伟闲得很，就跟着一块儿来玩了。小五说了些什么，她没听清。窗外那么黑，只有不远处的雪山顶是白的，似乎伸手就能摸到。她忍不住打开窗户，风硬，吹得她晃了晃。

就这么着失踪了。五天后小五陪着蔡伟的老婆去报了警。回来跟茉莉说，人不会有大事，他一个大老爷们，又比谁都精明，估计是生意上出了纰漏，跑路了。又说，你放心，你跟他的事，我不会跟任何人说。茉莉抱住了小五，浑身哆嗦。她从没觉得瘦小的小五，身子是这么暖和。又想到自己的那八十万块钱估计打了水漂，终于还是忍不住，没的声息哭了起来。

你他妈是咋地了？老甘看到茉莉头不梳脸不洗，整日里穿着件皱巴巴的睡衣在客厅里望着楼下，不禁骂道。

老牛是老甘的丈夫，上任体育老师也被老甘休掉了。茉莉呆呆地盯着老甘，觉得老牛该是她最后一任了。你有什么想不开的？老甘说，长得好，有房有车有女儿，男人也不缺，还想咋地？比我和小五的命好多了。小五呀，哎……茉莉挑起眼皮看了看老甘。老甘说，小五她男人，赌钱红了眼，挪用公款被查，跑路了。小五呀，还死撑着不离婚。这个傻女人，比驴都倔。听说前些日子，自己攒的私房钱，也都被蔡伟骗走了。唉，怎么会喜欢上这个渣男。

茉莉一愣，问道，啥？老甘讪讪地说，×，秃噜嘴了，唉，你也不是外人，说也没事，小五啊，跟蔡伟好了两年了。这事就你知我知，千万别跟别人讲。小五要是知道了，非把我剁成肉酱不可。茉莉说，你胡扯什么！蔡伟可是小五表弟。老甘瞥她一眼说，你激动个屁啊。表弟就不能跟表姐好？他们可都出五服了。

茉莉浑身都起了鸡皮疙瘩，一个趔趄差点从高脚凳上跌落。老甘说，你们这些傻闺密啊，都不让我省心，我怎么命就这么苦。渴死我了，有水果没……茉莉就去厨房切西瓜，半晌才切好端出来，木木地递给老甘一块。老甘瞄她一眼，想问什么，终是未问。两个人就面对面在客厅里啃起西瓜来，彼此能听到槽牙咀嚼瓜瓤的声响。

2013年大事记

★★★★★★银河系共瑞普星上的法瑞克人决定于2138地球年进攻地球，殖民银河系最低等的单细胞动物，并将生产银河系和法塔索尔星系最昂贵的香水（据悉一瓶香水的价格将足以在宇宙尽头最奢华的么觅她餐馆享受零点一光年的颢叶脑按摩）。

《收获》2018年第2期

俗世经验成为艺术品的可能

——评张楚《中年妇女恋爱史》

林 霆

对于一首好诗的解读，有时会使诗显得乏味，同样，对于一篇有趣的短篇小说的阐释，也不是一个令人信心蓬勃的愉快过程。面对张楚的《中年妇女恋爱史》，真是只愿享受阅读时的美妙，而不愿面对后面条分缕析的剥食。

然而，这是一部注定要引起关注和评说的作品，其叙事的精妙、信息的饱满度和小说空间的巨大张力，都在提示我们去思考短篇小说的作为究竟可以多大。这当然不仅在于，小说能在短篇的容量中把几个女人从少女到中年的感情经历，诡异又自然地呈现出来，把极其丰富的个人信息和社会信息压缩进狭小的篇幅中，更在于这部小说在提升文学作品的艺术品性和思考力方面的卓越贡献。

某种程度上，这是一部化腐朽为神奇的小说。如果不是张楚，我们无法想象这样几个略显庸俗和虚荣的女人，她们的人生有被演绎为艺术品的可能。张楚的才华在于，他能把司空见惯的事实擦亮，让平庸的现实散发出诗意，使低贱的人生得到尊重，这也是他偏居北方县城，在一个封闭狭小的物理空间中，却能持续写出小说佳作的原因。这个从少女到中年，始终都处于恋爱中的女人茉莉，让人想起包法利夫人、安娜·卡列尼娜，如果用世俗的标准去衡量，她们都不懂珍惜眼前，一味被自己的任性和某种非理性的力量所驱使，最后不得一个好下场。然而，小说中出现的这类人，和在现实中也能看到的那类人，会引发人们非常不同的心理感受。小说中的人物会令人生发出悲悯和宽容，还有一点对自身缺点的将心比心的告慰，而现实中的真实人物，却会引来批评、指责，和批评者说不清来由的优越感，甚至隐隐的快意。

引发这两种不同感受的源头是伦理，是现实伦理和小说伦理的差异。两相对比会发现，现实伦理遵循的是道德尺度，是来自社会的价值判断，而小说伦理源于小说家正视人类自身全部真相的勇气和诚实。不论外界道德如何评判，小说家要向世界表达他们对人类最彻底的了解。因此，正是小说伦理的不慕虚荣、不虚张声势，照亮了人性的黑暗地带，拓展了人性的宽度。

这也正是张楚的小说最令人感动和难忘的地方。这个叫茉莉的女人，对于爱情的要求既务实又浪漫，她既能在少女时期就考虑到经济基础、县城户口等现实问题而放弃纯真的初恋，又能在有了稳固的家庭和体贴的丈夫时，又略显轻浮地和其他男人上床。最后，更是输给了欲望，被一个比自己小十多岁的男人骗财骗色。对于这个看似虚荣肤浅、自作自受的女性，作家却给予了最大程度的理解，没有任何操控，也没有丝毫的评价，甚至在价值尺度上，都和人物保持一致。就像张楚自己所说："我的写作，跟我的文学观和眼界有关系。一个人坐在地上跟站起来的时候，看到的世界是不一样的。我对我作品里的人物是平视的，我们都是平等的。我的小说里，只是最大限度、最真实地呈现困境，以及人们面临困境时的挣扎、微笑以及渺茫的失意。"因此，张楚看待这些县城小人物的态度，和他仰望星辰时的姿态和感受是一样的——理解我们所不能理解的，这是文学对人性最伟大的敬意。在小说中穿插的历史大事记，以及宇宙中的荒诞事件，正是在提示着小人物的悲喜命运和人类大历史是同等重要的，宇宙中的生命没有等级之分。

与这样深刻的思考力相匹配的，是作家精妙的叙事能力。茉莉随波逐流的曲折人生，被巧妙自然地布局于小说之中，小事带动着故事的转折，人物每一次选择和他们的相遇都被设计得合情合理，既合乎生活常识，又不违人情逻辑。

此外，张楚塑造人物的精湛功力，在这部小说中得到充分的展示。他使用了相当传统的白描技法，三言两语勾画出一个人的形貌特征，传神之至。语言节制而指向丰富，特别擅长使用细节揭示人物心理，比如茉莉第一次出场时穿着"细腰桃红假羊绒大衣"，这"假羊绒"一词，不动声色地暗示了她的经济处境和不甘于这处境的心态。小说就是在这样的外部观察中去书写人物的命运，对于她的心理不着笔墨，但却让人从她一次次令人惊异的人生转向中，品味出她内心的欲念与盼望。

　　这部短篇小说以多重对立，如俗世空间与宇宙空间、个人的小历史与公共大历史、清晰可辨的事件和隐而未现的心理、卑微虚荣的人性与对这人性黑暗部分的尊重和敬意，共同造就了小说单纯又丰富、传统又现代、卑微又伟大的复杂意味，茉莉与其情人们的极简史在巨大的叙事张力中，被凝固为艺术品。

旧铁轨

夜子

1

潘金程在晚上九点多接到的电话，是贾姗姗打来的。

当时，他正光着膀子在单位附近的路边吃烧烤，和几个哥们儿喝得酒兴正浓。贾姗姗说，我被拘留了，河东车站派出所，你来保我。

潘金程骂了句，妈的！

贾姗姗又说，拿五千块钱来。

潘金程气急败坏地把手机往桌子上一扔，给自己倒了满满一大杯啤酒，啤酒呼呼地往外冒着，流到桌子上，他闷头一口气喝光，接着又倒了一杯，又光了。刘宝说，准是那个绿指甲又惹祸了，你别拿她当个宝了，早就让我上过了，张红也上过。

潘金程慢慢地又倒满一杯，一扬手，泼了刘宝一脸。刘宝没防备，眼睛被泼得一时睁不开。

常胜对着刘宝说，找的吧，每次喝点酒，你这个嘴就不把门。你胡咧咧别的也就算了，这事哪有胡咧咧的？刘宝脖子一梗说，我没胡咧咧。

潘金程又倒上一杯，自己干了。天气闷热，像是要闷场大雨。

常胜去里屋结账，回来说，喝得差不多就算了。刘宝这会儿倒要来劲，骂骂咧咧地说，喝，喝死几个。潘金程站起来，拿起手机就走。走远了，又折回来，他招呼常胜，大哥，你过来下。常胜本来也打算散局，就起身离开饭桌。刘宝坐在那里没动，继续自己喝。常胜跟潘金程走了几步，见潘金程又不说话了，就问，有事？潘金程说，借我五千。常胜说，我身上只有两千，咱去银行支去，我带着卡了。常胜又转头冲刘宝说，走不走？刘宝说，我打车走，你走吧。常胜说，那我先走了。于是，他开车，拉着潘金程一起向最近的银行驶去。

　　路上车辆不多，车子跑起来很顺利，他们很快就到了一家银行。潘金程下了车，在车旁吸烟，常胜去自动柜员机上支了钱，回来把钱递给潘金程。潘金程一手将吸了半截的烟扔到地上，狠劲用鞋底碾灭，一手接了钱。

　　两人上了车，潘金程说，把我放到车站派出所。常胜问，怎么啦？潘金程说，姗姗让人家逮住了。常胜说，为什么？潘金程说，大哥，我瞒着你了，其实我跟她认识是因为她坐台。常胜说，我觉得不太对劲呢，你说她有工作，又不说在哪个单位，我还以为你为她保密，刘宝知道她坐台？潘金程说，他知道，我第一次认识她还是刘宝领着去的，她陪着吃饭，陪着喝酒。第二次是我叫张红一起去的。第二次，喝完酒，我就去她家了，张红自己走了。常胜说，怪不得东北口，不是本地人吧。潘金程说，是东北人。常胜沉吟了片刻，这种人，你玩玩还可以，少跟她们往近里走，省得麻烦。

　　潘金程半天没说话，忽然有点难为情地说，已经不远啦。大哥，你放下我就走，别让你裹进来。

　　常胜说，车上正好有两盒烟，你带着。不一会儿，就到了派出所附近，他放下潘金程就走了。夜色中，潘金程在下车的地方，点燃了一根烟，他抽完一根，没有动地方，又点了一根，抽完还没有动地方，他就这样抽了一盒。然后，似乎下了狠心，扔掉最后一个烟头，用脚使劲碾了一下还没熄灭的火星，这才大步向派出所院里走去。门卫截住他问了几句话。他跟门卫喊了声大爷，并且递给一根烟去，说，"来办个手续"。"去吧，去吧，再晚了，就办不成了。"

2

车站派出所的协勤比较多，工资开得少，他们经常找点这样的事，靠罚款混饭吃。潘金程刚一进去看见贾姗姗的时候，她的眼睛一亮，还冲他微笑了一下。

潘金程环顾了一下四周，问道：那个人呢？贾姗姗说，哪个？

潘金程阴阳怪气地说，别给我揣着明白装糊涂。这时，一个二十多岁的工作人员不耐烦地说，快点快点，要不是等你，早关门了。潘金程忙赔着笑脸，递给他一盒烟，说，你受累了。然后回头冲贾姗姗说，就该让你待上几天。贾姗姗说，一会儿再跟你说。

保释的过程倒很快，交上钱就可以走人了。

出了门，贾姗姗往他身上靠，一只胳膊伸过来挎他。他则推开她。

她赶紧又靠过来，一边走一边说，我就知道你会来。潘金程说，你说错了，我压根儿就没想来！怎么想到给我打电话？

贾姗姗说，我就觉得你是有情有义的人。潘金程就不说话了。

贾姗姗靠近他，他也不理。

贾姗姗说，打完电话后我心里一直害怕，我怕的不是你不来，我怕的是我没脸见你。一下让你拿出这么多钱，你一个月挣一千五，何况还要交给家里，何况还是为了这事。

潘金程还是不理她，埋头往前走。贾姗姗又说，我知道，就你对我好。潘金程还是没说话。

贾姗姗说，那个男的早就被释放了，是他的一个哥们儿来了交上钱领走的。我一看这就是个雏，遇到这事完全傻了，本来我一口咬定是谈对象的，可是他一被吓唬就吓唬出来了。贾姗姗说到这儿，赶紧又补了一句，不过，没真事，刚到家里，就被盯上了。咱这家得重租个地方，离车站派出所太近，这里没好人。但是，只有这里的房租便宜。

潘金程气愤地哼了一声。

刚走到大道上，忽然刮起狂风，雨紧接着下起来，雷电交加。他们慌忙等出租车，但一时半会儿没有。

这时，一辆车停了过来，夜雨中，潘金程认出来了，是常胜的桑塔纳。他马上拉开车门上了车，没有拽上贾姗姗，贾姗姗自己赶紧跟了上来。

大哥，你怎么回来了？常胜说，我根本就没走。

潘金程肯定是感动了，一时不语。

贾姗姗说，还是大哥好。自打我认识你们那些哥们儿起，我就觉得大哥跟他们不一样，大哥是好人，是贵人。

潘金程说，闭嘴，大哥是你叫的？

贾姗姗似乎没有意料到，她一时惊讶于潘金程的低吼，扭头看了看夜色中他的脸，没敢继续说句什么。潘金程连眼皮都不冲她抬一下。车子颠簸了几下，意味着车轮正在跨过一个已经废弃多年的火车轨道。这条旧铁轨，有年头了，无人途经的轨道上长满了高高的荒草，荒草中夹杂着几朵盛开的紫色喇叭花。旧铁轨虽然被废弃了，但它横穿一条马路，这条马路是通向市中心的必经之路。只要走这条马路，就得在铁轨上走一段。过了旧铁轨，也就意味着马上要到达贾姗姗的住处了。

下车后，贾姗姗急忙往家走，她本想跟大哥打个招呼，但想了想潘金程的脾气没准儿，就没打。她跟这位大哥还不太熟悉，只偶尔见过一面，好像在一个饭局上，当时，潘金程他们都在。

潘金程随后也下了车，他对常胜说，大哥，我进去一下就出来。

贾姗姗见潘金程跟过来，就放慢了脚步，似乎在想尽办法讨好他。她说，你也知道，我跟他们是没办法，我没把他们当人，我心里只有你，只有你一个。你相信我吧，你对我那么好，我心里记一辈子。

屋里就一张床，一把椅子。一进屋，贾姗姗就抱住了潘金程。潘金程推开她，眼睛直往床上看。

床上铺着一个大红花的褥单，单子褥子凌乱，一个红花枕头放在中间，地上扔着几团皱巴巴的卫生纸。这肯定是贾姗姗被带走之前来不及收拾的场景。

看到这儿，他反身抓住贾姗姗。贾姗姗顺势抱住他，但平时惯用的这一招，今天不管用，潘金程推开她，铁了心，不吃这一套。他一把揪住她的头发，迫使她跪下去，脸冲着地面，两膝着地，她的额头随着潘金程的上下用力，使劲在地上磕着，地面上不一会儿就有了血迹。

此刻，雨小了，风息了。

常胜车没熄灭，就拿出手机，回复刚才没顾得回复的短信。短信是夫人来的，夫人问，今晚回家吗？他发了：回。他不会多发一个字，对于跟夫人的交流，这些年，他能用一个字说清的决不用两个，一句话能说清的决不用两句，可以说是语言精准，决不啰唆。他写了另一条长长的短信，给另一个名字，可是想了想，他又删掉了。

他放下电话，看了看贾姗姗住的地方，很简陋的一片平房，砖瓦破败，无人维修，平房有三排，前后过道狭窄，路面在雨中泥泞不堪。

这时，他听到女人的尖叫。

是从刚才潘金程进去的院子传来的。是贾姗姗吧。两个人打起来了。他笑了一下，潘金程不揍她才怪。他没拿这当回事，可是，贾姗姗的声音不对了，从尖叫弱下去，弱到令人害怕了。他犹豫了一下，虽然熄了火，但没有下车。他觉得这种关系打架，越有外人参与，越容易激化。他就坐在车里，耐心等待。

等了一会儿，他怕出事，就下了车进去看看。

进了屋，潘金程正在磕贾姗姗的脑袋，常胜见状，马上飞身上去，冲潘金程的脸上连扇了几巴掌，潘金程这才松了手。常胜又矮又瘦，潘金程又高又胖，他知道自己拉不住潘金程，所以情急之下，只有出此下策。潘金程也没料到常胜会这样，他马上松了手。这一松手，给了贾姗姗可乘之机，她一把从潘金程的脸上从上往下一挖，指甲里塞满了肉丝，她的绿指甲很长，很硬，修得尖尖的。就这一下，潘金程的脸上五条红道子立刻出来了。

潘金程又马上去揪她的长发。她个头矮，比潘金程灵巧，一下跳到常胜的背后，嘴里骂着潘金程，你不就是个……你不就是个斯闹（馊）馒头嘛，又不招人稀罕，你敢打我，你他妈的敢打我。她骂着骂着就哭了，放声大哭。

常胜冲潘金程说，快滚。潘金程用手摸着脸，咬着牙说，你等着，我非弄死你。

常胜调整了一下站姿，离贾姗姗不远不近，他说，别哭了，看看有事不？

贾姗姗马上不哭了，去照镜子，见只是磕破了皮肉，就说没事，家里有创可贴。大哥，是你救了我一命啊。

常胜没多说话，就赶紧走了。

潘金程在外面等着。两个人一起上了车，行驶在夜雨中。

3

贾姗姗在他们走后，收拾了一下屋子躺下，夜色中躺在床上，眼睛瞪着房顶，心里反复想的是，他也打人，他也一样打我，他凭什么打我啊？

以前他没有打过她啊，没有，所以，她觉得他还不错，有时还会感慨，到底是城里人，再粗鲁也不会动手打她。所以她才一直维持着这层关系，时不时地两个人约一下。

她不图他钱，他没有钱，他在石油库工作，一个月挣一千多，每个月开工资时，都被媳妇领走。论长相，他长得也不好看，年龄嘛，比她大十一岁，但是，人到底是需要有个能说说话的人。

在这里，她几乎就是隐姓埋名，没有亲人，没有知心朋友，所以当潘金程最初靠近她时，觉得心里暖烘烘的，总觉得万一有个什么事，可以有依靠，生活中因为他的出现，多多少少心里有了点底气。两年多的交往，她也没完全放弃她的工作，虽然，他不希望她继续她的工作，但又没其他收入，总不能断粮呀。就算一直在找其他工作，也不是那么好找的。她没有学历，没有一技之长，容貌除了白皙之外，年龄除了青春之外，也没有其他优势，扔到女孩堆里，就被淹没了。

他又不是不知道她的这种工作，有时心情好的时候，还会百般打听她跟别人和跟他有什么不同。那这次，是为什么打她，难道就是因为他给拿了钱？

她恨恨地说，我会还给你的，一分也不会缺你的，不欠你的。一会儿，潘金程打来了电话，她把手机放在耳朵上，按时间猜测，他应该到了自家门口，还没进屋，那个大哥肯定放下他后就走了。

听口气，他是在外面，没在老婆身边。他恶狠狠地上来就是那句，你等着，我准会弄死你，我不弄死你，省得别人也弄死你。她也恶狠狠地说，谁弄死谁还不一定呢。她一反常态，拣着最难听的脏字骂了一句，话一出口，自己也惊讶了，她用的是地地道道的此地方言，用得非常流利。她不是故意的，而是因为生气而忘了伪装。

潘金程也马上发现了这个问题，惊讶地问，你到底是哪儿的？不是东北的？刚才我就发现你说话不对，你说"你不就是个斯闹（馊）馒头嘛"，有一次你说梦话，我就怀疑过你，但没多想。难道你的名字也是假的？也难怪，你们这些人都是假名。她一时哑口无声，然后沉默了一下说，我在这里待了好几年，熏也熏成这地方的人了。

别糊弄你爷爷了，自己招了吧。

贾姗姗意识到自己牵扯了新问题，不想跟他过多交涉。本来想着以后在合适的机会告诉他，可经历了这次挨打，她不想说了。

现在不想了，也没有以后了，本来这种关系也不会长久，她挂断电话。

他那边丝毫不放弃，又打过来，挂断，又打过来。她关掉手机。

有一只蚊子在她的耳边聒噪地叫着，她双手朝着空中击掌，蚊子不叫了，她翻了个身，一会儿，蚊子又叫了起来，不知是那只还是另一只。她又伸出双手冲着叫的空中使劲拍击了一下掌心。蚊子不叫了，不知是出于狡猾，还是真的拍死了。

远处传来狗吠的声音。不一会儿，就听到摩托车的声响。

除了潘金程不会是别人。小城镇没有多大，他想来，是会很快的。一开始，她还要着性子，不去开门，但到底不忍心让那咚咚的敲门声不绝于耳。她打开门，雨已经停歇。潘金程两手托着后腰，身子弯曲着，瘸着一条腿，虽然不敢大声，但还是一个劲儿地哎哟哎哟着，不时地骂句"破铁轨"，似乎疼得受不了。过旧铁轨时，路滑，不小心摔倒了，当时坐在地上，动不了。大概伤着尾骨了。

两个人，一个盘腿坐着，另一个躺着，将疼痛的一条腿抬高垫在枕头上。就是在这样一个特殊的夜晚，贾姗姗讲述了她的经历。

她说，到现在也没什么好隐瞒的了。她点燃了一根烟，顺手也给潘金程点了一根。两个人没有开灯，在夜色中吐着看不清的烟雾。烟火忽明忽暗。

两个人自从认识以来，还没有像现在这样正经地说过话。

她说，她的家其实就是这里的，是王黄村，离这里三十里地。她没有父母，只有一个哥，嫂子是东北人，嫂子进门后，就急着把她嫁了，那年她十七岁，嫁到东北延边那边去，一个跟朝鲜交界的地方。那个男的一开始还可以，后来就经常打她，她打不过他，但依然反抗，越反抗，越挨打。说来可笑，她的力气就是这样练出来的。有一个夜晚，她装作出来倒第一遍洗发水，就趁机逃跑了，当时，因为他发现她萌生了逃跑的念头，就时时刻刻看着。那是个冰冷的冬天，她上身只穿着一件秋衣洗头，然后，穿着秋衣出去倒水，她不能添加衣服，这样才不会引起他的怀疑。她一出那个院子，就撒开两腿，像个吓惊的野马一样疯跑，冷风把她的湿发结上了冰。那一次，她就像流浪的乞丐，受够了饥饿和寒冷。

寒冷的冬夜，她差点被冻死，幸亏跑到一个还算讲点情谊的姐妹家，她不敢久留，慌忙借了点钱和一件棉衣，就逃离了那个小城镇。临来时，那个姐妹还好心给介绍了一个在这边打工的姐妹投靠。她不想回家，也不想让家里的人知道她在这儿。

贾姗姗说，她稀里糊涂就走到了一个岔道口，不知该去哪里落家。

4

天终于亮了。睡着了的潘金程，胖嘟嘟的脸往一侧歪着，五官挤在了一起，鼾声吵得贾姗姗心烦意乱。她在想怎么样能把他清理出去。

没想到这个难题一会儿就被来敲门的常胜解决了。常胜说，他这一关机，弄得我一夜没睡好。贾姗姗脸上似有疑惑，但没有多问。他进了里屋，把潘金程推醒，快给你媳妇打个电话，就说，打麻将了，打了一宿。潘金程觉得有必要，马上按大哥吩咐的去做。

潘金程的伤严重了，已经走不了路，疼痛难忍。

常胜分别给刘宝和张红打了电话，叫他们马上过来。这两个人倒很快，一会儿就到了。几个人把潘金程弄到车上，一起去医院，贾姗姗小声说，我跟着去行吗？她是征询常胜大哥，大哥说，去吧。

常胜放下他们就急着走了，医院里人很多，像赶大集似的。贾姗姗紧紧尾随在他们仨后面，一会儿靠前给潘金程擦擦汗，一会儿又跑过去，提前撩开前面的门帘。骨科门诊，有两个大夫坐诊。旁边有几个实习生站着，见患者坐好，都围在周围记笔记。这时，贾姗姗发现其中一个穿白大褂的很面熟，原来是王黄村的小多，他俩从小学到初中都是同学。她悄悄绕到刘宝的身边，这样正好遮住小多的视线。再说小多只顾看医生和患者，没有马上认出她来。这时，她的手机响了，一下引来小多的视线，他轻轻地走过来，欣喜地叫道：仁素花。

　　贾姗姗似乎没听到，拿着手机接听着，就出去了。

　　过了一会儿，小多见她还没进来，可能是怕对方走掉，就忍不住出来看。他找了找，没看到，就关门进去了。

　　贾姗姗在拐角处的椅子上坐着等。她有意躲着小多，其实，她对小多印象还不错，但是她不愿意被家乡的人发现。

　　潘金程的检查结果是尾骨摔裂。

　　养了两个多月才算好。这两个月，潘金程在家养病。贾姗姗还是照旧过日子。她时常接待一些男人，多数令人讨厌，脏的脏，没钱的没钱，有钱的又很变态，变态得简直让她不敢相信。她那些姐妹中有一对双胞胎，她跟其中的一个比较好，就是她投奔的那个姐妹，叫小敏。小敏说，她见过的更变态，因为她跟妹妹长得一模一样，有的男人非要她们一起陪，一开始，难免会尴尬，但是习惯了，也就无所谓了。她和妹妹后来学精了，遇上这样的客人，就狠要钞票。

　　贾姗姗记住了这句话，狠要钞票。结果，这天来了一个人模狗样的人，他确实变态，她就按小敏说的多要钱，没想到挨了一顿暴揍。这时，她想起了潘金程，如果他在，如果她能把他叫来，他肯定会为她出气。所以，她会想他。所以，当潘金程伤好后，再来找她，她就半推半就地两个人又和好了。并且潘金程提出，两个人定个协议，贾姗姗再不能去挣那个钱。贾姗姗同意了。

　　日子几乎还算在风平浪静中度过，并且接下来的时光过得很滋润。潘金程一反平时的小气，每次消费都大大方方地掏钱。贾姗姗就说，怎么这么爽了？潘金程就拍拍自己的大肚子说，男人嘛，就得男人样。贾姗姗就高兴地说，我给你包饺子去。贾姗姗最拿手的就是包饺子，皮薄馅大，反正潘金程觉得，她包的饺子比哪个饭店的都好吃。所以，贾姗姗一高兴就说，我给你包饺子去。

这一天，两个人像对小夫妻似的在一起喝酒吃饺子。潘金程的电话响了，是他老婆，他没接。贾姗姗说，接呗。他索性关掉手机，他怕电话打扰到他们的兴致。

过了一会儿，贾姗姗的电话响了，居然是常胜的号码。她手机上存了他的电话，但从来没有相互联系过，是以备急需用的。贾姗姗放在耳朵上听了一下，就直接把手机给了潘金程。

电话里问，你们单位的加油枪是你偷的？他回答，是。偷了几个？他回答，四个。单位上都要开除你了，你知道不？他回答，爱怎样就怎样。那你关机干吗，你自己的事别总让老婆给挡着，单位管不了你就跟你老婆讲，你老婆又找不到你，钱呢？他回答，花没了，还剩五百。你们冯主任说扣你工资，每月都扣，一直扣完为止，你说怎么办吧。他回答，那可不行，我闺女的学费怎么办。你自己去挡啊，让一个女人去交涉算什么。潘金程最后急了说，我揍他去。常胜说，别整没用的。

贾姗姗听明白了，原来他们这些天吃的是四个加油枪。

潘金程自己去找了冯主任，先是主动认了错，求得原谅，然后又说，我的工资一分都不能少。冯主任说，可以，但是得值夜班。潘金程说，咱们科有专门值夜班的，好歹我也是老员工了，没这个先例。冯主任早就恨死了这个人，他说，领导班子会上公布了，把你调到保卫科去。潘金程一瞪眼珠子说，我不去！冯主任慢条斯理地说，可惜你没资格讲条件了，不开除已经不错了。

调到保卫科的潘金程要值夜班了。第一天的时候，他烦恼透了，长夜漫漫，令人困顿不堪，尤其是时间熬到深夜的那种死寂清冷，让他觉得似乎一下被所有人扔掉了。还好，第二天，他就找到了个好办法，自己一个劲地感叹，天无绝人之路啊。

5

每轮到他值班时，他就下半夜去贾姗姗那里，天亮之前再赶回单位。这事得逻了三个月，三个月后的一天，他像之前一样天亮前赶回单位，没想到大铁门从里边锁上了。他没有办法，只好从铁门上边跳过去，结果铁门因为常年风吹雨淋得有点糟了，平时不显，他这一攀爬，身体又重，铁门一下倒了，顺势砸在他身上，身体倒没有大碍，但是脸被划破了。

第二天，一上班，他才知道，原来是保卫科科长来查岗，见他不在，就故意在里边锁上了门。自此，他值夜班的好日子暂告一段落。

这事传到他老婆丁红敏的耳朵里，丁红敏叫了自己妹妹和女儿，去打贾姗姗。没想到，去了之后，不但没打了人家，三个人反倒被人家打了。不但如此，人家倒有理似的天天来他家门上找事。丁红敏怕邻居知道丢人，就约了她一起去咖啡馆谈。

咖啡馆的光线很暗淡。两个各怀心事的女人按约定时间准时到达。落座后，两人都要了拿铁，都表现出非常熟练地用小勺搅动咖啡，实际上，都很笨拙，一看就知道彼此都不是咖啡馆的常客。两个人不动声色地互相打量，显然，来之前，都精心打扮了一下。贾姗姗捏着小勺的手嫩白嫩白的，指甲长长的，涂着绿绿的指甲油，一看就是被专业修理过。丁红敏注意到这里，就把自己那只青筋暴露的手松开小勺，慢慢撤到桌子底下。她觉得，这没有什么可比的，以前，自己也有一双好看的手啊。

贾姗姗先开口打破了沉默，她说，你说吧，找我干什么？

丁红敏说，你是怎么打算的？贾姗姗反问，你呢？

丁红敏说，他死活不离婚，又不让人清静。贾姗姗喝了一小口咖啡说，你管住他就好了。

丁红敏盯住她的绿指甲说，你管住自己就好了。

贾姗姗说，我图他什么？除了挨打。

他打你？

贾姗姗笑了，你知道我为什么打得过你们仨了吧？我练出来了。

本来，丁红敏也挨打，但她故意得意地说，他在家可从来不打人。

贾姗姗说，你把裤子脱下来，我就信。

潘金程跟贾姗姗说过，他经常打老婆的屁股，因为她太瘦，只有屁股上还禁打。

丁红敏说，你打算怎么样？

贾姗姗语气中带着挑衅说，没打算。

丁红敏看得出，她确实没打算。这里说的打算，就是她想不想让他们离婚。

接下来，就是沉默。

两人咖啡没喝完，就草草走人了。走的时候，丁红敏发现了贾姗姗的脚趾上也涂了绿指甲油，她暗骂了一句。丁红敏付了账。不知为什么，此后，丁红敏不再为他们的事烦心，也很少再生气，她自己都搞不清楚为什么默默地认了这事，并且懒得过问。

潘金程渐渐地不再打她。也不再打贾姗姗。两个女人对此很满意，甚至像捡到便宜一样窃喜。潘金程还是在值夜班的时候常去贾姗姗那儿过夜。白天就很少去。这天中午吃饭后，他睡了一会儿，去交电话费，看到路边新鲜的桃子，就买了些，顺便去看贾姗姗，贾姗姗不在。这时，刘宝给他打来电话，说了几句闲话后，很随意地说，贾姗姗最近干吗了？没干吗，在家待着。噢，那我是看错了。什么？刚才我看着有个人像贾姗姗，在绿荫歌厅的包厢里，就是一闪，看不清，准是看错了。潘金程说，不是，我在她这儿呢。

6

歌厅外面有一个大院子，院子里有个荷花池，荷花开得正旺。贾姗姗从歌厅里飞奔出来，后面跟着追赶的潘金程。眼看就要抓住了，贾姗姗灵机一动，跳进荷花池。潘金程没料到这一招，竟然气乐了，贾姗姗在水里也哈哈哈大笑。她现在学精了，能躲就躲能跑就跑否则挨死揍。潘金程说，滚上来。你不打我，我就上去。有几个男男女女正从外面进来，往这边看。潘金程说，快滚上来。

太阳无精打采地忽隐忽现。两个人一前一后走，快走到旧铁轨时，走在前面的潘金程忽然改变了路线，转身往回走，并四下里张望，然后他冲着一个写有"如家"的饭店走去，贾姗姗也慢慢地跟在身后。正在这时，潘金程在躲闪车辆的过程中，看见了常胜的车，车正在不急不缓地往前行驶，他冲车上招了招手，示意看到了大哥，大哥当然也看到了他，也看到了跟在他身边的贾姗姗，然后，大哥的车子既没有减速也没有摁响喇叭就走了。

潘金程知道，这位大哥虽然对他一直不错，他也私下处理一些大哥不便出面的事，但终归不是一个圈子里的人。人家大哥在市里是有头有脸的人，偶尔还会上电视，对于他那么有地位的人来说，也许很避讳别人知道他的生活里还有这帮人。如果单是自己也就罢了，偏偏还有贾姗姗跟着。

不过，他又想，也许大哥并没有看不起的意思，有一次喝了点酒，大哥可能喝多了还劝他说，既然和贾姗姗分不开，就要好好相处，其实有钱没钱不是关键，关键是可以按照自己的心愿去活，再苦再难只要有希望，就有劲，就有精神。那次，大哥还提到他自己的婚姻，说早就名存实亡了，现在有些家庭，其中包括他的几个朋友，不知道为什么，有的都成了空壳，许多巨变造成的夫妻间的差异，无论怎么努力也根本无法沟通，暗地里只能是各过各的，但对外还要维护一种他妈的所谓体面。

潘金程要了五瓶啤酒，点了三菜一汤。贾姗姗看了眼怒气未消的潘金程，忙殷勤地为他拆开封包的碗碟，倒上一杯热水，一杯啤酒，然后自己也倒上，说，敬你一杯，道个歉，我不该去唱歌。说到此，拿眼一瞅，见他更恼了，就又赶紧说，我用词不当，自罚一杯，是陪唱，不该去陪唱！他拿白眼翻她。她说，咱们心平气和地说，不生气，不吵架，我保证。

他说，回去再说。

从他的语气里，她以经验推测，回去后，没有好果子吃。

反倒可以放松了，她既然知道说好话没用了，就不用说了。大口吃菜大口喝酒。喝完五瓶，她又要了六瓶。两人轮流去厕所小便。喝下去的酒变成了液体，也有的变成了发酵素，把各自内心的结，发酵，膨胀。他一句话也不说。她也不说。

吃完，潘金程埋单，带头走，刚走了几步，就听到一个异样的声响，然后紧跟着是服务生的尖叫，服务生就在他的后面。他回头去看，只见，服务生满脸的惊诧，正面对着贾姗姗。

贾姗姗其实并没跟他一起走，她还是坐在自己的那个位置，绿色酒瓶子还在她的手上，头部流着黏稠的血。

他气愤地跳过来，你怎么不砸死，砸死算了！他骂完，就拨打常胜大哥的电话，但是刚打出去，就马上掐断了。他改成打了120。

到了医院，医生给缝了十六针。

缝毕，贾姗姗说，一点也不疼。

《十月》2018年第5期

底层生存状态的冷峻谛视与书写

——评《旧铁轨》

王春林

我关注河北作家夜子的小说创作，可谓时日久也。从2010年登上中国小说排行榜的那部中篇小说《田园将芜》算起，迄今也已经走过了差不多十个年头。她后来的一些小说作品，尽管也发表在诸如《十月》这样的文学大刊上，但坦诚地说，曾经写得一手好诗的夜子，在由诗歌文体向小说文体的转型道路上，行走得其实格外艰难。但这一次，她的短篇小说《旧铁轨》，却带给了我眼前一亮的惊艳感觉。虽然肯定也还需要有更多的类似作品做强有力的支撑，但我却初步认为，夜子似乎的确已经寻找并触摸到了小说创作的某种艺术门径。这其中，一个非常重要的方面，就是客观化特征的确立。阅读《旧铁轨》，我们无论如何都很难从中感觉到有主观性痕迹的存在。如果说诗歌是一种典型的主观化文体，那么，小说就肯定是一种更多带有客观化特征的文体。由此可见，《旧铁轨》在夜子的文学创作文体转型过程中，其实有着非同寻常的重要意义。

问题首先在于，一篇旨在描写表现底层人生存状态的短篇小说，为什么要被作家命名为"旧铁轨"呢？其中的奥秘，一定潜藏在这样的一段叙事话语中："车子颠簸了几下，意味着车轮正在跨过一个已经废弃多年的火车轨道，这条旧铁轨，有年头了，无人途经的轨道上长满了高高的荒草，荒草中夹杂着几朵盛开的紫色喇叭花。旧铁轨虽然被废弃了，但它横穿一条马路，这条马路是通往市中心的必经之路。只要走这条马路，就得在铁轨上走一段。过了旧铁轨，也就意味着马上要到达贾姗姗的住处了。"一方面，这段旧铁轨确实已经被废弃，但在另一方面，它却并未完全从生活中退出，不仅横亘在去往市中心的必经之路上，而且男主人公潘金程后来也是因为绊倒在这段旧铁轨上而腰肌受伤的。从故事情节的基本走向来看，其实并没有必要去专门描写这样一段已然被废弃了的旧铁轨。依我所见，夜子之所以一定要腾出笔墨去关注这一段旧铁轨，很显然是要赋予它一种强烈的象征意味。象征什么呢？象征男女主人公同样处于被废弃状态的艰难生存境况。

先让我们来看女主人公贾姗姗。贾姗姗是一位迫于生计而卖身的风尘女子。按照小说中的描写，贾姗姗原名仁素花，本来是当地王黄村人。由于父母早逝，唯一的哥哥嫂子，狠心把年仅十七岁的她嫁给了嫂子娘家东北延边的一个男人。没想到，过门之后，没有过几天好日子，那个男人就表现出了极端的家暴倾向，总是没头没脸地殴打并折磨她。贾姗姗实在无法忍耐下去，只好在一个寒冷的冬日冒着生命危险从家里逃了出来。虽然在几经周折后辗转回到了故乡，但哥哥嫂子的那个家她却回不去。万般无奈之下，必须讨得一碗饭吃的贾姗姗，只好依靠出卖自己的肉体为生了。好在由于她在东北生活了一段时间，基本上学会了东北话，由此才得以在那个特殊的行当里假冒东北人而不被轻易识破。作为一位以卖身为生的风尘女子，在日常生活中，贾姗姗遭遇到的几乎全都是所谓的逢场作戏。唯其如此，一旦遇到潘金程这样一位能够给她带来些许温暖感觉的底层男人，她才会特别珍惜："以前他没有打过她啊，没有，所以，她觉得他还不错，有时还会感慨，到底是城里人，再粗鲁也不会动手打她。所以她才一直维护着这层关系，时不时地两个人约一下。"在这里，夜子实际上已经不无犀利地明确揭示出了风尘女子贾姗姗的某种内心情结。具体来说，令她无法释怀的一种情结，就是原来在东北时曾经一再被殴打被家暴。倘若不是因为这个缘故，她也不可能变身为风尘女子。虽然是风尘女子，但贾姗姗却也有着自己的精神生活需求，正如同小说中所说，"人到底是需要有个能说说话的人"。贾姗姗原本以为潘金程就是这样一个难得的精神知己，没想到，偶然的一次破费为她赎身，就彻底打破了这样的一个简直如同肥皂泡一样的人性幻想。如此一种幻想的彻底破灭，就使得贾姗姗再度堕入了绝望的深渊。

然后，是同样艰难度日的男主人公潘金程。他们的相识虽然是在情色场所，但这却绝不意味着潘金程日常生活的优裕。事实上，在石油库工作的他，不仅月收入只有一千多元，而且也还都在每个月开工资时，就被媳妇全部领走。小说中，有两个细节足以说明潘金程日常生存的困窘。一个是，在猛然间接到贾姗姗的电话，需要五千元赎金时，万般无奈的他，只能向常胜开口借钱。再一个则是，他那一段与贾姗姗在一起看似无忧无虑吃香喝辣的生活状态，其实是他偷偷地倒卖了石油库里的四杆加油枪的缘故。一个普通的石油库工人，不仅肆意殴打自己的老婆和情人（某种意义上，我们完全可以把贾姗姗看作是潘金程的情人。他们之间的关系，绝不应该被理解为嫖客与妓女之间的关系）。而且他竟然私下倒卖单位的工作器材。从潘金程这一人物形象身上，我们即不难见出夜子在面对底层题材书写时的一种难能可贵之处，就是一方面固然写出了底层民众的艰难生存困境，但在另一方面，却不仅没有把底层与苦难神圣化，而且还真切写出了他们精神世界中的负面因素。

一方面，我们必须承认，当下时代的中国社会正发生着日新月异的变化，但在另一方面，与日新月异的社会生活相比较，如同贾姗姗和潘金程这样的底层民众，真的就如同那段被废弃的旧铁轨一样，其生存状况显得特别艰难与绝望，简直看不到丝毫亮色。尤其难能可贵的一点是，在处理这种底层题材时，夜子的书写姿态异常冷峻。既非声嘶力竭的哭诉，也非言词肤浅的煽情。质言之，能够在极端冷峻的一种书写姿态中潜隐某种不无犀利的批判锋芒，恐怕正是夜子这篇《旧铁轨》思想艺术上最值得我们肯定的地方。

泊心堂之约

潘军

一

周末牌局是早就约定了的。应局者三男一女，男人们年届六十，女人大约四十五。女人叫林晓雪，是当地有名的京剧演员，工程派青衣。这些年京剧团不景气，除了偶尔被借出去唱两折，这个风韵犹存的女人就像一幅画那样挂在家里——这是老季的话。他是一个画家，专事版画，凡事爱跟画扯到一起。老季叫季春风，年轻时还追过一阵林晓雪，但春风不得意。老季得过不少小奖，却没有挣到大钱。版画这东西好比公章印戳，你要我就盖，没有唯一性，所以只能在拍卖市场外面溜达——文化局长出身的老任开起玩笑也是高屋建瓴。老任叫任大华，至今还残存几分帅气，从前大家爱叫他任达华。老冯说，如今的老任是披挂一身闲职，实则退居二线。老冯叫冯悦，写过几十本书，后来做导演拍电视剧，集编导于一身，颇有些名气。客居京城多年的老冯，今年春天突然间连人带车回到了故乡。老冯这次回来不住酒店了，而是直接搬进了江边的一幢三层的别墅。老冯说：现在只能算是本宅了。这话初听奇怪，再一琢磨就觉得意思明显——作家这次回来，就没打算走了。沈从文说过，一个战士不是战死沙场，就是回到故乡。老冯不是战士，北京也不是沙场，但这座古城肯定是他的故乡，生于斯长于斯。他还曾经在这个城市工作过，同学同事一堆。老冯把三楼的露台做成了阳光房，于是老季很快就送来了一台麻将机。

这是天然的棋牌室嘛，老季说，你看这景色，这光影，现成的一幅丝网套色水印！

老冯当初一眼看中这处房子，就因为面前一条长江。画家这么一夸，作家就不无感慨：凭栏眺望，大江一横，水天一色，江南峰峦一带，江面帆樯几点……

刚进来的老任马上就接道：这不是张陶庵的《湖心亭看雪》吗？

老冯笑道：算是剽窃了。我这叫"泊心堂望江"——这个斋号如何？

老任连声称是。不过，老任又说，听起来有点不大吉利呀，这心要是停泊下来，人可就报销了。

三个男人哈哈大笑。笑声中，女人到了。

林晓雪是那种一眼看上去就是演员的女人，穿着打扮讲究而得体。她一来，屋子里就有了人气，似乎顿时亮堂了许多。林晓雪把房子上上下下看了个遍，结论是：房子不错，装修不行。

林晓雪说话还带着京剧念白的腔调，很悦耳：瞧您这么好的房子，装修这么不讲究，荒腔走板，没个碰头彩，太素了呀。

老季听成了"太俗"，就有点不屑，叼着小烟撇撇嘴，眼镜后面的小眼睛贼亮，意思是你懂什么，这叫格调。

女人是敏感的，就碎步冲到老季面前，竖起兰花指：季春风，我说的素，是朴素的素，不是庸俗的俗，别拿这双贼眼睛瞧我！

老季赶紧拱手作揖：是我庸俗，我庸俗。二十年前你就这么告诫过我……

林晓雪说知道就好，幸亏当初没上你的贼船——听起来像贼床。

老冯正忙着为朋友沏茶，听那二人打情骂俏，便放下手里的紫砂壶，像想起什么重要的事情似的，先把眉头紧了，然后又一笑：我们这四个人，名字各取一字，正好是风、花、雪、月。这风、雪，是现成的……

老任反应快：花华通假，月悦同音，还真是！

林晓雪不明白：花华能一样吗？怎么通啊？

老任就解释说：古字里，这花和华是可以通用的。比如春华秋实，意思就是春天的花，秋天的果实。

林晓雪说：原来是这么个理儿！

老季暗自想着，男人有点学问如同女人有点姿色，到哪都管用。

林晓雪拿老任开玩笑：任局长，以后我就叫你任大花得了！

大家哈哈大笑，于是，一场风花雪月的麻将就此开始。

二

麻将的规则自然是大家一起议定的。输赢怎么算，诈和赔多少，手机要静音，饭局要抽头，如此等等。用老季的话说，这是一场没有硝烟只有香烟的战斗，诸位既是指挥员，又是战斗员。怎么打，完全自己说了算，无须看人脸色。老季凑近老任，给后者点烟：这比你在局里讨论一件事麻利多了吧？我那个画展，从你上任谈到你退休，也没见到一个结果。

老任说：那是文联的事，我们只是协助，你别怨我。我现在跟你一样，平头老百姓一个呢。

林晓雪说：老季，这事真的不能怪任局长，市里画家那么多，给你办了，其他人怎么办？摆不平的。

老季打着阴腔：我看你倒是可以接老任的班，这么有政策水平。

见二人抬杠，老任便及时扭转话锋：老冯啊，你这场子打牌实在太好了，安静，优雅，晒着太阳，看着风景。在这样环境里打牌，用古人的话说，是手挥五弦，目送归鸿。老冯，你这次回来是不是有大部头要写呀？

对老冯突然回到故里定居，老任至今不甚明白。是嫌北京空气不好，人多车多不方便，还是人近六十想叶落归根？

老冯说：我已经十多年不写了。

老季说：那是你改行做导演挣大钱去了。

老冯说：我也不想再拍了。

林晓雪就噘起嘴：别介，冯老师呀，我在您戏里还没露过一回脸呢，您突然就宣布不拍了，岂不白认识一场？

老冯一边给大家倒茶一边说：一介书生，年近花甲，如今无非就是找个清静的地方读读书而已。当然，还有麻将，以牌会友。梁任公说过，只有读书可以忘记麻将，也只有麻将可以忘记读书。

老季就问：梁任公？谁呀？

林晓雪说：梁启超。

老任对老季挤了一下眼，意思是：你看，连人家林晓雪都知道，还自居艺术家呢。

老季不接老任的眼光，而是转过脸看着林晓雪：原来你也这么有学问啊？难怪当初追不上你。

林晓雪说：我演过他老婆。那台《戊戌风云》好几年前就排好了，可就是不让上演。任局长你知道是什么原因吗？

老任说：那台戏是省厅抓的，具体原因我也不是很清楚，估计应该还是本子问题吧。对了晓雪，今后别叫我任局长了，我已经退了，叫老任。

林晓雪也一笑：那我就像以前那样，喊你任达华吧。不对，叫任大花！

大家又笑起来。老任却叹息道：我这辈子最遗憾的事就是没花过。现在想花也没有资格了，老了。

老季不以为然：你呀，也别把自己洗刷得太干净，六十岁还有回头骚呢。

老任说：狗嘴就是吐不出象牙！

老季扶扶眼镜：我懒得跟你较真。我们这一代——晓雪不算，挺不容易的啊！长身体的时候没的吃，五岁那年吃树皮的味道到现在都记得。想念书的时候要下乡。好不容易恢复了高考，成绩又不行，大学考不上，只能上中专……

林晓雪说：那人家冯老师和任局长是怎么考上大学的？

老季说：我哪能跟他们比。他们是凤毛麟角，我是牛毛牛角。

林晓雪说：才不是，别啥事都怨时代，就像打牌，手气背也不能怪社会。自古寒门出高士，古戏文里这样的例子多了去了。你呀，就是成天吃吃喝喝，不干正事儿。

老季说：让你说对了。我年轻的时候成天就是想着吃，第一个月工资到手，想到的不是买书，买绘画材料，而是下馆子，一个人点了四菜一汤。

林晓雪扑哧一笑：真是个吃货！

老季接着说：后来钱多了点，就想着喝上几口——酒嘛，搞艺术的好酒是正常的，不喝没有灵感。老冯，是不是这样？

老冯说：我不善饮。

林晓雪说：你看，人家冯老师这么大的名人也没借酒摆谱。

老季说：我这哪里是摆谱啊！一九五九年傅抱石被请去为人民大会堂作画，顿顿茅台，周总理特批。那是什么年月？人家老先生那才叫摆谱！

说着眼睛就放光了，羡慕之情溢于言表。

林晓雪逗趣说：老季你谈吃说喝，接下来是不是就该讲嫖了？

老季一本正经：我季某人从来不搞这些名堂。

林晓雪说：刚刚还说人家任局长呢，现在又慌着替自己洗刷……

老任走过来插话：我说句公道话，老季这方面还是靠得住的。他不会去干那种下三滥的事，也舍不得花那种冤枉钱，对吧？

老季点点头：还是老局长了解我。

别忙着夸我，我话还没说完呢。老任喝了口茶，接着说，老季是艺术家，和异性交往的手法自然也是相当艺术。比如说，去年还向我们尊敬的冯老师要了一套文集，再一本本地送给一个姑娘……

林晓雪睁大了圆眼睛：那套文集有十卷，一本本送，来来去去，可就是十回呀！现在是什么节奏，谁经得起十回呀？高手啊，季春风！

老季不好抵赖，就哧哧笑着，用手指着老任：你这家伙太不厚道了！

老任说：这是不是事实？冯老师可以作证的。

老冯说：书是要了一套，还让我签了名，本本都签。那姑娘叫什么来着？想不起来了。不过今天我们聚在一起，主题是一个赌字，小赌怡情。麻将这东西就是很奇怪，一玩就容易上瘾，一上瘾还戒不掉。

林晓雪说：冯老师，你在剧组闲下来的时候也玩牌吗？

老冯摇摇头：从来不玩。剧组太忙了。

林晓雪说：你是导演呀，手底下那么多人，怎么可能会这么忙呢？

老冯说：片场上，导演也就是个民工头而已，风光的是明星。当然，不玩是因为没有对手。

林晓雪问：人家打不过你，怕你呢。

老冯又摇头：不是不是，麻将主要是靠手气，所谓的牌技是起不了多大作用的，更与身份无涉，不会因为你是导演你就能赢，他是场记就老输。

老季接话：对嘛，这就叫公平，运气是老天爷给的。

老任喝了口茶说：我明白老冯的意思。其实赌这个字，按六书，属于会意，左为贝，就是说你得出点血，少了不行，多了也不行……

老季问：那你说多少才行呢？

老任回答得掷地有声：把你打痛。不痛你不负责，太痛你受不了。

林晓雪说：那右半边的"者"作何解释呢？

老任把身子往后一靠：者，就是参与者嘛，就是老冯所言的对手。打麻将是要看人的，不对脾气的人一起玩，岂不是受罪？老冯你是这个意思吧？

老冯点点头：我们今天就来个泊心堂之约，今后在这个城市里，不与外人玩牌，如何？

一致表决同意。

说着，老冯就拿出了一条本省产的最高级的香烟，千元一条，拆开来，给老任和老季各递了一包。

老季说：这又是哪个演员送的吧？

老冯说：是小区物业主任送的。昨天去交物业费，他要和我照相，说他看过我拍的几部谍战剧。

老季就说：你看，还是你混得好，到哪儿都有粉丝送烟。

老冯就自嘲一笑：我写了三十几年，书出了六十几本，从来没有人拉我照相，更谈不上送烟送酒。几部破电视剧，却让我十几年不买一包烟。你们说，我是该高兴呢，还是不高兴呢？

林晓雪说：您呀，也别瞧不起电视剧。没有电视剧，您一个写书的能买得起这么好的房、这么好的车？真是站着说话不腰疼！

老冯似乎有些无奈，两手一摊：是啊，这就是我的无耻了。明知不可为而为之。

老任说：无耻也要生活嘛。

说着就把手里的东、南、西、北扣下一摆：摸风吧！

三

这城市近几年没见到多大发展，麻将却是与时俱进。传统的那种清一色、一条龙早就取消了，改得越发简单，除了保留十三不靠，基本上就是推倒和、点炮买单、自摸翻倍。不过，越是简单的事情越复杂，这种牌其实并不好打。老冯一开始还不太适应，上手连点三炮。

老冯紧紧手说：好家伙，下马威呢。

林晓雪说：没事，麻将服新手，最后的赢家还是您呢。

打牌的过程中，老冯一直暗里观察着林晓雪的手——她抓牌的手势也是兰花指，很优雅，很迷人。多年前冯悦写过一部叫作《梦中的手势》的长篇小说，为此，他还专门赶回来拍了一组女演员的手。那时候林晓雪还不满三十，模样正好。林晓雪就有些好奇，说人家都爱拍脸，你却只拍手，我的手好看吗？冯悦就说好看，非常好看，像罗丹的雕塑。林晓雪嘻嘻一笑说：那回头我请人用石膏打一只手模送给你。那是他们最近距离的一次接触，却没有跟进。这些年，冯悦有时会想起这情形，甚至会自问：为什么当初没有和这个林晓雪谈一场恋爱呢？当时他已经离婚了，林晓雪也还是单身，为什么不呢？是因为面前这个任大华吗？其时他是文化局的艺术科长，经常跑剧团，这个已婚的男人曾经对他说过，和林晓雪很谈得来……

冯老师，该您出牌了。林晓雪说，想什么心事呢？

老冯笑笑：好久不玩，手生了，七筒。

林晓雪说：吃。边七筒不能不吃。东风——

碰！老季碰了牌，得意地说：我的天，你这只东风捏得也太紧了，我是碰了东风就听牌。

林晓雪鼻子一皱：告诉你老季，我是不听牌不打东风！

老任看看二位，说：这么快就听牌了？

林晓雪说：那是。

老任就淡笑道：听牌早未必好，接下来，没准儿就等着点炮了。

林晓雪说：瞧你这话说的！

老任说：我没说错啊。你听了牌，就得摸什么打什么，你知道哪张牌不会点炮呢？除非你弃和，跟着打。

老季说：狗屁逻辑，难道因为怕点炮就不听牌？

老任不禁一声长叹：人生从来就是机会跟风险结伴而行，这麻将就是人生啊。所以奉劝二位，千万别高兴得太早。

老季摸了几圈，还是没有摸到，迟疑地打出一张三万。

老任对老季嘿嘿一笑，把牌推倒：门清边三万。

老季摇摇头：真是会咬人的狗不叫啊，起早的遇到了不睡觉的！

老任说：这叫螳螂捕蝉，黄雀在后。

这场面让老冯有了莫名的激动。这样轻快而又紧张的气氛实在是久违了。这就是麻将的魅力。在作家看来，麻将之所以好玩，就在于这种轻快与紧张。一方要三方成全，又要与三方为敌。你既要蒙骗上家，又要压制下家。你要的牌，人家不打，你不能吃碰，就难以听牌。但是你又不希望打出别人需要的牌，让人占了先机。一张好牌，先打出去，担心下家会吃；可要是打迟了，就可能点炮。正是这种焦灼与矛盾让人精神亢奋，乐此不疲。这些年走南闯北，老冯熟知各地的麻将，比较起来，还是觉得故乡的牌好玩儿。其中这上下手的关系，就很特别。倘若下家吃你三口，你们都必须自摸。下家和了，你就得加倍给钱。反过来如果是你摸了，下家就得再翻倍，带有惩罚性。故乡的麻将再改，这一规则是不变的。一圈打完要重新摸风，上下手的位置变化。第一圈老季和老冯输了，现在风向变了，换了位置，老任坐到了老季上手。牌刚起，才一轮打过，老季就拿出红中补牌，但是杠上没开花。

老任就问：老季听牌了？

老季一副严肃的样子：实话告诉你，差一点门清天和一杠！

下家的林晓雪就说：得，这回跟着你打了。

老冯说：消极，岂能坐以待毙？进攻是最好的防守，晓雪，你得让我多吃两口。

林晓雪说：摸到是他的运气，我一弃和，您再吃我三口，这赔本赚吆喝的事儿我可不干。

老任环视一周，说：看来，还是我点了算了。老季面前花也不多，几个小钱而已。老季，你想要什么？

老季点了根烟，说：你在我上手，你就是点了，我也不会和的。这回我肯定要自摸！

老季这回和的是二五八条，牌又听得早，自然是信誓旦旦。

果然，老任就把八条打出来了。

老季正迟疑，下家的林晓雪就说：碰！

老季立即就把牌推倒，嘻嘻一笑：她碰我就要和了。

林晓雪不屑地说：瞧你这点出息！刚刚还说要自摸呢！

老任摇摇头：他这人，一点信誉都没有，本性难移啊！当初帮他张罗画展，他说有家做酱的企业赞助十万，说得有鼻子有眼，结果一毛钱也没见到，弄得我到处给他擦屁股。

老季说：这事不能怪我，人家企业变卦了，我能怎么样？其实，市里就算是资助我季春风十万块也不算过分吧？我参加过四次全国美展，市里有第二个人吗？

老任说：那你怎么不直接给市长写信呢？哦，又没这胆子了。

林晓雪说：又来了，专心打牌好不好？

正说着，女人的手机震颤起来，她看了一下来电显示，就说：不好意思，我得出去接个电话。

就跑了出去，跑下了楼，去了外面。

老季吐出一口烟，嘀咕一句：什么电话，还得跑出去接？

老任说：这也正常嘛，谁能没有点隐私呢？

老季说：那我也去打个电话吧。我不下楼，就隔壁。

四

一下走了两个人，屋子就显得静了。老冯起身给老任续了点茶，问：晓雪还是和那个男人在一起吗？

老任反问：你说的是哪个？

老冯说：不就是深圳做生意的那个吗？曾经投过她一台戏的。

老任说：哦，那个早散了。

老冯说：后来的事我就不知道了。你们走得近。

老任说：哪里呀，虽说在一个城市，现在联系也少了。上次见她还是在政协团拜会上。如果不是你回来，我们是很难聚到一起的。

老冯把椅子拉近，问：我一直觉得，她看不上老季，对你还是一往情深的。其实你也一样，你刚才在牌桌上说的，我能听出弦外之音，什么机会与风险结伴而行……

老任的脸色就变得凝重，叹息道：都过去了，过去了。如果这辈子我没走上这条官道，或许还有那种可能。她年轻的时候可以说是光彩照人，哪个男人见到都会动心。我也会，可是不敢啊！我们确实谈得来……有一次评职称，她想不开，和我在江边上走了一晚上，说了很多心里话，可是又能怎么样呢？

老冯一笑：她给你机会，你却担心风险。

老任也敷衍着笑了笑：城市就这么大，稍有不慎，就会满城风雨。再一想，就是和她这样的女人走到了一起，又能怎么样呢？

老冯点点头：倒也是。

老任叹息道：这辈子就这样了，得过且过，不能过也得过。你呢？这回真是决定落叶归根了？要不怎么取了这么个斋号？

老冯说：也不算。

老任问：电影不拍了？

老冯说：一直想拍呀，前几年你不还陪着我去皖南看过外景吗？

老任就好纳闷：怎么就拍不成呢？本子我看了，很有深度啊，拍出来肯定有阿巴斯的味道。

老冯显得很无奈：这部电影，从剧本到筹备，前后整十年了。可是今天这样的片子，有脸面，但不会有票房。没有票房，就不会吸引投资商。这要脸的事也和风险结伴而行。

老任说：不拍也罢，毕竟这个年纪了，做导演是份体力活。

老冯又说：原想等女儿留学回来，一起在北京住着。去年她在洛杉矶成家了，也拿了绿卡，我就没有理由剩在北京了。京城虽大，却找不到几个可以说话的人。

老任问：没想过再找一个伴？

老冯摇摇头，笑笑：一个人过了二十几年，过独了，也过惯了。和一个人朝夕相处，不是件简单的事，有可能是件恐怖的事。

老任说：你这种生活，我是虽不能至，心向往之。

老冯就感叹道：有时候想，这男人和女人的关系，无非就是个精神和肉体。孰轻孰重？是分不大清楚的。我曾经和一个电视主持人好过，死去活来，前后也就是两年光景，结局还是不欢而散。早知如此，何必当初？与其这样，还不如不在一起……

老任说：现在和谁都可以在一起了，无非就是打一场风花雪月的麻将嘛。

两人呵呵一笑。

笑过，老冯有些茫然地看着不远处的长江，接着说：你今天来的时候说起张岱的《湖心亭看雪》，巧的是，我这次回来，随身就带着一册《陶庵梦忆》。我开了十几个小时的车，一路上都在想，人这辈子，说长不长，说短不短，应该和有趣的人在一起。喜欢张岱，不是喜欢他多么雅致，而是喜欢他骨子里那份情趣——无论是夫妻、情侣、朋友，都得有趣。到了我们这个年纪，一不能再做无趣的事，二不能再交无趣的人。

老任首肯：说得太对了！

这时候林晓雪回来了。女人的表情看上去没有多大的变化，但肯定是去洗手间补了一下妆。女人像没事似的说：接着来呀，老季呢？

话刚落音，隔壁书房里就传出了老季的大嗓门：这个月的钱我已经打过去了，物业费水电费我也代缴了，你还要我怎么样？

林晓雪不禁叹了声：这个老季，跟老婆闹了一辈子，何必呢？不如离了，像冯老师这样多好。

老冯说：我又能好到哪里去呢？像苍蝇那样飞了一圈，最后不还是飞回来了？

老任说：那不一样。就是苍蝇，那也是一份自由。晓雪你有吗？

林晓雪停顿了一下，说：以前没有，现在有了。不过，我不做苍蝇，我是蝴蝶——从前男人是蝴蝶，围着我转悠，现在也该轮到我做一回蝴蝶了。我林晓雪不会让任何男人养我，他们也养不起我。再说了，有些东西不是钱可以买得到的。

女人说得很冲动，在老冯看来，等于是把刚才电话里的意思透露了。电话那边的男人听了会是什么滋味呢？这么想着，心下便对这位青衣生出了一分敬意，站起身给女人续了杯热茶，双手递过去，越发觉得那双手好看。

老任看在眼里，就说：晓雪，冯老师这是给你敬茶呢。

林晓雪便使了舞台上身段：不敢当啊，奴家这厢有礼了！

老季也气冲冲地回来了，嘴里还在嘟囔着"简直不可理喻"。老任就说算了，谁家都是一笔糊涂账，你带着这个情绪打牌，肯定要点炮的。

老季说：我这辈子扫兴的事情见得多了，来吧，谁的庄？

老任说：你自己的呀，没有信誉的家伙。

于是接着打，几轮一过，老季就吃了老任两口。

老任看看老季：什么意思呀，想搞三口啊？告诉你老季，我这回可是起手听牌！

老季冷冷一笑：我又不是吓大的。

说话间林晓雪打出一张东风，老季立即叫道：碰！

林晓雪说：你又碰了我的东风啊？

老季说：这叫小楼昨夜又东风！

林晓雪说：行啊，季春风，又听牌了不是？

老季说：没有，我还得吃老任一口，天和！

老任就很不屑地一笑：你这人呀，就是心太大，当初画展要是在市里办，不就办了？非要拿到省里去……

老季说：莫啰唆，出牌！

老任就凑近看看老季面上的牌，心下做了分析，这才小心打出一张二筒。不料老季毫不迟疑：吃！卡二筒，三口！

老任说：看不出啊老季，打五筒吊二筒，你这是给谁挖坑呢？

老季毫不含糊：你不是说，机会和风险同行吗？

说着，就打出一张三条。如此一来，他手里就剩一张牌了，大吊车。

老任看看老季：你是吊二条还是四条呀？实话告诉你，我手里可都是成对的。

老季说：成牌只要一张。

林晓雪说：你们二位都得自摸了，不如打给我和冯老师和了算了。

老冯说：我还没听牌呢。

老季活动了一下身体，说：人哪，有时候就要逼自己一把，背水一战，绝处逢生。就像我们的冯老师，当初如果不是只身闯京城，能有今天吗？

老冯忙说：别拿我说事好不好？那时候我可是一只丧家之犬，没有一个单位肯要我的……

老任说：老季也就是在牌桌上猖狂，有本事回家试试。你刚才隔壁喊那几句，我都怀疑是已经把电话挂断了，嚷给我们听的。借你一副胆，你也不敢跟老婆叫板。

林晓雪说：哟，闹了半天是在演戏呀？

老季说：我是画画的，你才是演戏的。

林晓雪听出老季话里有话，脸上顿时就有些不悦：是啊，我是演戏的，可我这辈子只向观众演戏，不会对朋友演戏，更不会对自己演戏。

老季一见对面的女人生气了，就赶紧布上笑容：晓雪，你别多心，我可没别的意思……

老冯也忙着调和：不说了，我们今天聚到一块，是有趣的人做有趣的事——四万。

碰！老任说着，就把手里两个四万摆出来。

老季说：你这家伙，才听牌呢！

老任笑着说：牌桌上没有真话，三条。

老季看着老任：任先生莫非是成一四七条？

老任笑而不答。

老季摘下眼镜擦了擦，又搓搓手，故意把这个时间拉长。

林晓雪嚷起来：哎，打不打呀？

老季说：莫急，好饭不怕晚。机会来了——

说着就撸起袖子，慢慢伸到牌前，再用香烟熏黄的中指一搓，脸上顿时就变了颜色：上碰下摸，单吊四条——天和！

大家都看傻了。

林晓雪说：季春风，你今天交了狗屎运呢！

老季无比得意：这叫有志者事竟成。

老任沮丧地把自己的牌推倒，说：你们看看，我就是成一四七条，竟被这家伙单吊了四条，有什么理可讲啊？

老冯说：这就是麻将。

五

很多天后，老冯回忆起这个周末的牌局，就觉得，自己的手气其实不差，但是很多牌打错了。明明是一手好牌，却弄巧成拙，反倒给别人点炮，画虎不成反类犬。明明是可以做成的大牌，却因求胜心切，把格局做小了。明明是可以自摸的，却失去了应有的自信和勇气，急功近利地把牌推倒了。如果不是最后一把的绝地反击，这场牌局会让老冯输得狼狈不堪。

最后一把，老冯拿到的是一手烂牌——没有一铺牌，连个像样的牌架也没有，不是边张就是卡张。打十三不靠，又只有两个风头。但是，老冯发现，面上打出来的风头不多，其他三家拿出来补牌的中、发、白也很少。于是他就想往十三不靠发展了。说起十三不靠，本地的麻将术语叫"打三不打四"，意思是，你要是三张废牌，可以打；四张就很难。现在老冯需要打出五张才能听牌，难度可想而知。并且，按规则必须自摸。

这十三不靠，如果东、南、西、北、中、发、白齐全，叫"七星归位"，算天和。眼下老冯只有东风和北风。好的是，老冯第一张就抓起了一张南风，等他打出一张七万，上家的老季一碰，他又得到了一张红中。

红中本属于下家老任的，他的手指都已经触到牌了。见老冯没有把红中摆出来补牌，就说：老冯你这是在打十三不靠啊！

老冯承认：华山一条路，别无选择。

精明的老任看看桌面，说：出来的风头不多，中、发、白也不多，你这回打成了，我们都没听牌呢。

他的潜台词是：我不能让你打成。

林晓雪说：我是一上一听，任局长你手别太紧，我在你下家，吃不到也碰不到。

老任说：那我就放生张了。九万！

碰！林晓雪眼睛一亮：奴家听牌，就等亲爱的冯老师点炮了。

老冯说：不要的牌我都打，我是不会半途而废的。

老任说：牌桌上，该放弃的还是要放弃。

老季说：这话我不同意，该冒险就要冒险。晓雪面前就三个花，小牌。点了又怎样？

林晓雪说：怎么着季春风，你面前倒是开着一排的花呀，可和了才算数，你听牌了吗？

老季笑笑：早着呢。

老任就说：冲着老季这句话，他肯定是听牌了。

林晓雪说：没错，这人年轻时张嘴就是瞎话。

老季说：你干吗老挤对我呢？任局长不是说了，牌桌上没有真话嘛。

林晓雪仍是不依不饶：你是牌桌下也没有。

几轮下来，老冯松了一口气，终于是听牌了。他肯定是最后一个听牌的，但是只能成六筒和白板。六筒面上已经打出了两张，白板也出现了三张，所以，能和的概率极小。不过，倘若摸到那最后一张白板，他就做成了天和。

又一轮下来，老冯摸到了一张一筒，这就意味着，如果把手中的三筒打出去，他可以和四筒、五筒和六筒，再加白板，和牌的概率增加了几倍。可是，面上虽有六筒，但没三筒，一张也没有。而一筒是有的，这张三筒打出去极有可能点炮，岂不前功尽弃？

想了想，老冯还是把一筒打了出去。

老任看了看老冯：十三不靠一筒可是好张，怎舍得打出来呀？

老冯一笑：有舍才有得嘛。

老任说：看样子你是打听了。

老冯一笑，不再接话，感到心跳加快了。

老任又打出一张生牌，六条。对面的老季就大喝一声：杠！

四张六条摆放得整整齐齐，结果没杠到。

老任放出生张的动机，是希望自己点炮了事，免得被老冯自摸。可是上家这么一杠，就让下家的老冯捷足先登了。老冯喝了口茶，抓牌，就觉得手指下面一滑——他摸到了最后一张白板，七星归位，天和。

老冯把牌推倒，得意一笑：不好意思。

老任就无奈地摇着头，说：你这手牌，全靠老季帮忙啊！

林晓雪对老季瞪眼：成事不足败事有余！

老季干笑着，一语不发。

老冯看看三家的牌，不禁倒吸了一口凉气——老任听的是边三筒，老季听的是三六筒，林晓雪听的是三筒五万对倒。如果他那张三筒打出来，那就是一炮三响，可谓杀机四伏！不能说不险，不能说不侥幸，也不能说不精彩。

作家在当天的日记里只写了这么一句话：麻将是好玩儿的。

《人民文学》2018年第1期

"不要温和地走进那个良夜"

——评《泊心堂之约》

鲁 艳 王 侃

　　小说《泊心堂之约》围绕着古城中四位老友的周末牌局，讲牌事、讲情爱、讲家庭、讲官场。四位老友的名字串在一起颇有意味，分别是"风"（季春风）、"花"（任大华）、"雪"（林晓雪）、"月"（冯悦）。四人打年轻时相识，些许龃龉，些许暧昧，年已五六十重聚古城，相约牌局。本应是平淡消遣，然而四方牌桌一经摆好，人生大戏便要次第上演。这其中，有风花雪月的前尘过往，亦有暗流涌动的众生世象。一座苍茫古城，配合着四人的暮年心绪，在沉沉黄昏中走向最后的胜负。

　　终局未到，杀机静伺。如何在听牌之际突出重围？小说借人物之口亮出一点，人生如同麻将。如此，则生死未定，终须一搏。总之，"不要温和地走进那个良夜"。

一

　　小说着重记叙了四人的一次周末牌局。借着几轮麻将与人物对话，交代清楚了四人的生平与性格，还隐约透露出一些前尘纠葛。行文至此，小说不疾不徐地吐出一句，"这麻将就是人生啊"。有人拿到好牌，有人拿到烂牌；有人顺风打出大势，有人不顺只能蛰伏。牌局的顺逆际遇亦如人生的高低起伏。上下家的风水轮换也像是世态人情的冷暖恩怨。四位老友身在局中，概莫能外。对于文中的"风花雪月"四人而言，年届六十，人生已经开始走后半程。离任的离任，转行的转行。在他们各自的人生牌局中，似乎都已经走在了略显焦灼的逆风口，只能一任命运的听牌。然而按照牌局的道理，在终局到来之前，还须应对四伏的"杀机"。

从小说不时透露的话语机锋中，我们可以读出"杀机"所在。表面上，四人大多已功成名就，承袭旧日辉煌，在落日余晖中漫步人生的后半段。实际上，话里话外，时代终究不同了。那些随着时代起舞的资本/权力/市场，已将他们轻轻抛下，转而投奔一个若隐若现的"新世界"。留给他们的，大概也只有"旧时光"了。耐人寻味的是，老冯们无可奈何却又心甘情愿地困居于其中。在那旧日时光里，有年轻时的未竟理想，有遗憾的风月情债。"新世界"的洪流滚滚向前，而他们无论从生理还是心理，都已经属于行动迟缓的一类。既然如此，不追也罢。

小说在行至结尾之前，始终弥漫着一种看似惬意实则忧伤的情绪。这种情绪的来源有许多：人近暮年的感慨；旧日时光的追怀；等等。种种情绪在"古城"这一空间中持续发酵。小说重复着一个问题：老冯为何回到故乡古城？我的理解是：或许，这种为时间所弃的伤感，在故乡古城中，会显得更加悠远绵长；或许，这种伤感，与古城会有共鸣。古城不也是在旧时光中步履蹒跚着么？如此，老冯们离开异乡，选择归来，为疲惫心灵寻一处停泊之所，即谓"泊心"。

但是，如果小说只是沉溺于伤感情绪而没有别出机杼，则顶多算是一篇略显伤感的平庸之作。小说的结尾，在重重"杀机"中，亮出了真正的点睛之笔。

二

有意思的是，小说的行文走笔也如同打了一场麻将一般，"轻快与紧张"。从一开始的洗牌，到中段的厮杀，再到最后的听牌和牌。配合四位老友的说话走势，观者如入局中，好似打了一场牌局。按照打牌的经验，所有的牌局都在等待最后的和牌时刻，类推到小说中，读者也在屏息等待结尾时刻的揭晓。于是，小说通篇仿佛酝酿着一股劲儿，直到最后，一记点炮，大招乍现。

小说结尾很是精彩——牌局最后，老冯拿到一手烂牌，人在局中，无奈只能静伺杀机。然而身处险境，凭着几分孤勇，竟然冒险打出了天和。按老冯的说法，"不能说不险，不能说不侥幸，也不能说不精彩"。行文至此，境界大开，之前的积郁也伴随着一扫而空，忽而变得澄澈明朗起来。

这一结尾的处理，让我想到去年在《文汇报》上读过的一篇文章，孙小宁的《不要温和地走进那雪夜》。孙小宁描绘了日本札幌的大雪还有大雪背后的"杀机"。雪景虽美，却也有吞噬性命的凶险。人行走于雪地之中，不可一味往下沉，应当有着一股反击的劲头，在胸中暗自埋伏。文末，孙小宁感叹，"我也到了对岁月绝地反击的年龄"。可谓平地一声雷。文章题目取自英国诗人狄兰·托马斯的名句，"不要温和地走进那个良夜"。诗人借着这句诗激励自己病重的父亲，"在日暮时燃烧咆哮"，向命运作最后的抗争。这种暗自的狠劲，在《泊心堂之约》的结尾，也可读出一二。

《泊心堂之约》中的老冯们相继步入了人生的"良夜"。于他们而言，一方面是身体的衰弱，生老病死，终究没入漫漫长夜；另一方面，夹在"新世界"与"旧时光"中，更为可怕的是心灵的缴械。"新世界"光怪陆离，"旧时光"却也不是终极的乌托邦。让鲜活的心灵停泊于旧日时光中，只能换来长夜将尽的寥落散场。文末，小说借"作家"之口感叹，"麻将是好玩儿的"。如果对应文中的逻辑，其实就是在说，"人生是好玩儿的"。对于老冯们而言，人生的牌局还未到最后的时刻，在山穷水尽的逆风处，如能振作勇气，尚且可以奋力一搏。而如果只是单纯地认命，恐怕只会跌至更深处，更不必说险胜的快意了。

小说取名《泊心堂之约》，与张岱的《湖心亭看雪》颇有渊源。此外，小说的确有着晚明小品文的气质。一方面，小说于平淡琐碎的日常生活中挖掘了别样的乐趣与可能，从一张麻将牌桌便生发出无穷的世间况味与人生智慧，可谓"独抒性灵，不拘格套"；另一方面，仔细想来，《泊心堂之约》与《湖心亭看雪》的写法也有异曲同工之妙，赋事抒情，轻逸自如，淡妆素描，文短意长。

听一个未亡人讲述

裘山山

这次真的避不开了。

前两天在路上遇见过，詹月很远就看到她了，于是迅速遁入路边一家超市，避开了。这回可是碰了个正着。这么频繁的相遇，她是搬回来住了吗？她不是在那边定居了吗？

电梯里，还有好几个人在。詹月和女人之间隔着一个男人，但她们已经看见了彼此，互相点头。詹月先开口说，你回来了？女人回答，回来好几天了。从她的目光看，她并不知道詹月曾躲开她，眼里是久别见面的单纯笑意。毕竟，她们曾经是邻居。

詹月想，等会儿出了电梯，她肯定会聊一会儿的，不如自己先主动。于是一出电梯，身边人一走开，詹月就低声说，你们怎么没通知单位呀？我们一点儿都不知道，知道的时候听说后事已经办完了。女人说，这是老廖的意思，他说不要打扰单位，一切从简。哦，这样啊。詹月说。其实她心里是暗暗高兴的。如果通知了，她真不知道怎么前去吊唁。听说连骨灰都没带回来，安葬在那边了，真洒脱。

那你还过去吗？詹月说的"过去"是指去澳大利亚，他们女儿在那里读博士，他们夫妻俩这些年一直在陪女儿，所以他是在悉尼过世的。女人说，要去的，我回来处理一些事情，过一个月就回去。女人晃了一下手里的大信封：我刚才就是去办手续，挺麻烦的。

詹月莫名地松了口气。女人又补充说，我们女儿已经结婚了，女婿就在那边工作，买了房子。

哦，那挺不错的。詹月说。看来她是要彻底离开中国了。真是快，她女儿竟然结婚了，她最后见到那孩子时还在读中学，穿件蓝白相间的校服，大垮垮的，走路也没个样子，正处于成长中的尴尬期。

女人说，你有空吗？我想跟你说说他后来的情况。

詹月说，好的呀。我正想问问呢。但她还是有意地看了一下手机，表示自己是有安排的，勉为其难的。

女人说，那去我家吧。詹月有些意外，为什么不站在那儿聊呢？去她家，是要坐下来长谈，还是他给她留了什么？这后一点让她略微有些紧张。不会吧？

女人解释说，家里有网络，方便些。詹月还是不明白，谈话为什么需要网络，也只好跟她走。好在她知道她家不远，就在院子里。

早些年他们曾经为邻，是老式楼房，詹月住六层她家住三层。后来单位修了电梯公寓，他们就搬了。詹月因为是单身所以没有分到房，继续爬六楼。再后来她嫁给现在的丈夫，就搬出去了。

女人年轻时是出了名的美女，单位好事者评选大院里的五朵金花时，女人名列其中，甚至入了前三。现在虽然老了，五官依然好看，高挑的个子也没有弯腰驼背。当然，他和她很般配，高大帅气。夫妻俩走在一起就像影视剧里的夫妻。

詹月不喜欢这个女人，这种不喜欢并不是因为他，是女人本身。这女人俗气而缺乏教养，詹月有一次上楼，女人正打开门扫地，很自如地将家里的垃圾扫到走廊上，然后拍拍扫把就进屋了。还有一次走在路上，女人在前，詹月目睹她将一口痰吐在地上。这样没教养的女人詹月最厌烦，五官再美也是暴殄天物。詹月甚至在他面前吐过槽："她这样也有损你形象呢，你要说说她。"他苦笑一下说，唉，刚结婚时我没少说，这么多年了也没纠正过来。

其实这些还属于小毛病，女人的大毛病是经常背着丈夫收受礼物。他在单位算个中层干部。女人虽然背着他收，送了礼的人哪肯做无名英雄？肯定是要告诉他，指望他办事的。他一直很谨慎，所以反复告诉她不要收，你这样是害我，懂吗？但她还是忍不住，而且她还酷爱打麻将，在麻将桌上，也没少捞油水。

在詹月看来，女人实在配不上他。他几近完美，长得帅不说，气质也很儒雅，开会不啰唆，不打官腔，说话有内涵，还风趣。最重要的是，他眼里有那么一点忧郁。单位里的年轻女性说他像陈道明。因为这个，詹月原谅了自己，充当了那样一个角色。

进门，女人招呼詹月在饭厅的桌边坐下，自己也随之坐下，并没打算去倒杯水什么的。这样也好，詹月想，说完好赶紧走人。茶几上丢着盒抽纸，一个吃了一半的手撕面包。现在又增加了一串钥匙、一个零钱包。墙角放着两箱矿泉水、一塑料袋水果，显然是才买的。整个房间弥漫着一种随时要被抛弃的寂寥气息。

詹月环顾了一下客厅，看到了沙发上方挂着的大幅照片，是他们夫妻二人的，不知何时拍的，年龄不老不少，笑容和装束都是标配。他站着，她坐着。千千万万个中国家庭都有类似的照片。

女人拿出自己的手机，开始翻微信，一边翻一边说，我给你看看照片。有好多照片，有老廖住院的，还有后来举行葬礼的。

难怪需要网络，她要翻微信。詹月一方面松了口气，一方面感到好笑。她的手指一个劲儿划拉，找到她们家的微信群，进入，继续用指头朝上划，使劲儿划。一边划拉一边说，我给你看，有好多照片。

詹月建议说，其实你可以把那些照片存到手机里，这样就不用每次都打开网络找了。她似乎没听懂，说，我女儿已经保存在手机里了，我不需要保存了，我进到我们家群里就可以看到。

詹月知道这女人比自己大十二岁，刚好一轮，但从现在这个细节看，她对手机使用的陌生程度像个老年人。詹月心里撇撇嘴。

她还在划拉手机屏幕，用指头去翻越过往的日子。一想也是，他去世已经大半年了，这大半年，一家人不知又聊了多少天，积压上去多少日子。詹月扭过脸去，看到了墙上的他，连忙转过来。当时听到消息，她一阵心悸，一个人偷偷跑到河边走了很长时间。接下来好几天，心里都隐隐难受，再后来，就淡了。不淡也得淡，日子如水时时冲刷着，什么都冲淡了。

她的指头还在屏幕上划拉着，詹月忍不住再次建议，其实你可以把照片下载保存在手机里，这样每次想看的时候就不用翻微信了。

詹月很想把她的手机拿过来替她操作。女人依然没听明白，重复说，我女儿保存了的，我不用存。詹月放弃了，让她去翻吧。她看着女人，女人的五官真的很好，即使皮肤松弛了，但那双眼睛还是丹凤眼，鼻子还是高挺的，岁月并没有让它们走形。年轻的时候她肯定像明星一样美。所以，无论多么俗、多么贪心，他还是娶了她。

曾经有一段时间，他下决心要离开她，不是为了詹月，是他自己受不了了，他说他宁可净身出户。事情的起因是女儿，女儿要去外地上大学了，女人就到处通知他的部下还有亲戚。当时他正面临职务调整，需要小心谨慎，她这么做很让他窝火。他说她，她却不以为然，收下的东西坚决不肯退。

最终，却不了了之。

终于，女人翻到了大半年前的照片，将手机递到詹月面前，当然并没有交给她，只是举着给她看。詹月一眼就看到了他。他老了，真的老了，头发花白，不过笑容依然是亲切的熟悉的。一刹那，往事堵住喉咙，詹月觉得鼻子发酸。其实他们分开已经快十年了，远远超过了他们在一起的时间。尤其这三年他去了澳洲，几乎完全断了音讯，为什么还会难过？

这是我们刚到悉尼的时候拍的，女儿带我们出去玩儿。女人用快进的方式划过那些他们游玩的照片，悉尼歌剧院，海边，公园。突然，她在某一张照片上停住了：看嘛，这是老廖第一次去医院检查的时候拍的。

一个像公园一样的环境，他站在干净的阳光下，一手插裤袋，一手拿烟，这是他的习惯动作，但看上去气色已经有些差了。

詹月问，他到底是什么病？

女人说，起先是肺气肿，我们之所以去澳大利亚，就是想那边空气好嘛，去那里检查发现已经是肺癌了，但他不愿意做手术，因为医生说，手术的成功率也不高。他不想挨那一刀，我们就尊重他的意思。

詹月想，是的，他胆子小。

女人说，我们女儿给他联系了一个专家，特别厉害的，做放疗。他们的放疗水平很高，针对性很强，没什么副作用，而且每次做放疗，医院都会为他找一个翻译，一小时五十澳元，其实就十几分钟的事情，但是要按两小时算，两小时就一百澳元呢。不过虽然贵，但那个翻译很尽

职，每次都提前到，他一句英语也不会，女儿又没时间陪他，他一个人像哑巴一样，

詹月想，你为什么不陪他？

我晕车，去一次难受两天。女人仿佛猜到詹月心思似的说，反正有车送他，但是他的嘴太笨了，去了三年一句英语没学会，去超市买东西，女儿不在的话全靠我，哪家店搞sale（大减价），哪些商品是buyone get one（买一送一）。刷卡、退货什么的，我都没问题。

女人很顺溜地蹦出两句英语，看来她的语言能力的确不错。

一张她和他在超市的照片出现，两人推着手推车，显然是女儿拍的，车里堆满了东西，詹月注意到有一大袋橙色的胡萝卜。

女人指着胡萝卜道，我们女儿对爸爸太好了，她打听到一个偏方，说每天打胡萝卜汁喝，一天喝一公斤，可以消除癌细胞。他就坚持喝了两个月，真的有好转，但是胃受不了了，开始胃痛，他就不肯喝了。我们女儿对她爸爸真的太好了，一般人都做不到，每天一早要去学校，为了给她爸爸打胡萝卜汁，早上五点半就起床，打好胡萝卜汁才去上课，坚持了两个月呀。

詹月想，那你在干吗？让你女儿那么辛苦。

詹月再次确认，她的确是个被丈夫宠坏的女人，就因为漂亮吗？他们在一起时他时常跟詹月发牢骚，说她文化不高，做了几年售货员，商场倒闭就不再工作了，成天在家待着，可也不喜欢做家务，一无聊就逛街买东西。

我简直没法跟她说话，一句都说不到一起。他这么抱怨过：她要么唠叨，要么就听不懂我在说什么。除了打麻将逛街去美容院，其他什么兴趣都没有，不要说看书，连看肥皂剧的兴趣都没有。唉。

又出现一张照片，他在院子里给花草浇水，装模作样的，朝镜头笑着，整个人都松垮下来了，岁月毫不留情地丑化了他。

女人说，他做放疗后有一年都挺好的，但是去年下半年复查，医生说转移了，要他住院。他不想住，我劝他，他跟我发火儿，声音好大，简直是咆哮，把隔壁邻居都吓到了，过来敲门。

他还会发火儿吗？詹月说，他在单位上脾气很好的。

哪里呀，他脾气才不好，在家经常发火儿，发火儿的时候，还用脚

踢门，还朝我扔东西。特别是你们单位出事的时候，更吓人。有时候我看他下班回来脸色不好，就赶紧去打麻将，或者去逛商场，逛到晚上要睡了才回家，免得他找我的茬。

詹月很是意外，脑海里浮起那张总是微笑的脸。他真的会那么暴躁？难以想象，也许是她夸大了、渲染了。跟所有妻子一样，黑丈夫是一种本能。

后来还是我们女儿做他的工作，他才去的，他就是听女儿的，女儿是他的上帝。

女人又翻到一张照片，他靠在床上，面露微笑，居然还比了一个剪刀手，傻傻的，也许是想给自己打打气？其实算起来，他还不到六十岁，怎么会生这样的病？真的是抽烟太多的缘故？他抽烟实在厉害，即使和她一起，也控制不住。

女人继续说，哎呀，那个医院条件之好，太好了。不光是伙食好，每天还有两餐水果。老廖说比他在国内住高干病房的条件还好。医生护士说话都细声细气的，帮他洗澡换衣服，还帮他解手，不管做什么，不管多复杂的事情，都不让他感到有一点儿疼痛。他心满意足的，说中央首长也享受不到这样的待遇。他那个病房里的墙上贴了张图，是疼痛指数，从1到10。他疼的时候，医生问他到了哪一级？他就指9。医生笑了，说9是女人生孩子的疼痛，很难忍的，看他那个样子，应该没那么厉害，大概是4级。

女人笑起来，詹月也忍不住笑起来。他的确是个怕疼的人，有一次他们单位的运动会，他作为领导要带头，不得已参加了拔河，接下来的几天，他都跟她说，胳膊好疼，腿好疼。

女人滔滔不绝地夸赞医院，语气里的满足让她的声音提高了不少，青黄色的脸也略略有了些暖意。

跟着，一张摆满菜肴的照片出现了，接着是七八个人的合影。

女人说：今年春节前他出院回家了，他姐姐一家也在悉尼，我们两家一起过的年。当时大家都感觉他好多了，医院检查也发现各项指标都在好转，他天天闹着出院，我们就接他回家了，我们谁都没想到他会那么快就走了。

春节刚过，还没到元宵节，那边已经很热了，女人说，那天早上我们女儿起床，去跟他打招呼（难道他独自睡吗），发现他脸色很差，说胸口有点儿闷。我们女儿很警惕，一边让他躺在沙发上不要动，一边马上打了急救电话。

詹月想，没想到女儿这么孝顺。

詹月一直对他女儿不以为然，有一次他们约好下午在星巴克见面，他却突然打电话说来不了了，女儿在学校肚子疼，要他送卫生巾去。她惊讶得说不出话来，学校附近就可以买到这东西，至于要老爸跑一趟吗？他解释说女儿只用那个牌子，小店没有。她妈妈呢？这种事情不是该妈妈做吗？"她妈妈去美容院了。"

詹月不由同情起他来，一个娇懒的老婆就够受了，又来个娇气的女儿，看上去一个英俊潇洒的男人，在家却像个仆人。

不过对这个女儿的不以为然，今天了结了。

急救中心二十分钟就到了，真快，一直开到我们门口。女人说。

詹月在女人的手指下，看到了几个穿橙色衣服的人抬着担架，一辆救护车停在一栋楼前面。女人指头继续滑动，出现了好几张同样场景的图片，担架，救护车，医护人员。

詹月好奇，那种情况下，是谁拍的照片？如此淡定。

女人说，一分钱都没要我们出，就把他送到医院去了，还是他原来住院的那家，条件之好。

詹月忍不住问，后来呢？

女人说，送医院的路上他就昏迷了，到医院没抢救过来，当天夜里走的。我们哪个都没想到，他说走就走。他一直是肺的问题，最后还走到心脏病上。我们哪个都没想到，真的，太突然了。

女人这样说，声音略略有些哽咽。

詹月想，毕竟还是老夫妻。她安慰说，这样也好，免受折磨。

女人点头，是，他倒是痛快。

她继续滑动手指，屏幕上出现了堆满花圈的房间，中间是他的大幅照片，这照片詹月很熟悉，应该是他的标准照，单位的橱窗里也挂过。头发黑黑的，脸上的笑容似有似无。他好像看见詹月了，嘴角微微动了一下：也来不及跟你告别。

詹月努力发声，不让自己陷入痛苦：那个，那边也要开追悼会？

女人说，不是，就是一个告别仪式。我女儿给他办了一个特别好的告别仪式，还做了幻灯片，那天来了好多人，女儿的同学、老师，我们小区的邻居，我们小区华人很多。他这个人跟谁都笑眯眯的，人缘好，不过我的人缘也好的，我们收到好多鲜花，没有送假花的，都是鲜花。后来摆不下了，我们只好租一个大房间来放。他住院一分钱没花，我们就给他买了块很好的墓地，连同葬礼，一共花了三十万元人民币，那个墓地很上档次。

这是她第二次说他住院没花钱了，詹月注意到了，便问，住院没花钱，是因为你们买了医保吗？女人没有回答，继续说葬礼。

你看嘛，葬礼特别先进。女人用了"先进"这个词，给她看视频。

詹月只好看视频，一具黑色的棺木被升降机缓缓送入坑内，然后，周围的人一一上前放入鲜花。接下来盖土，还隐隐传来钟声，那应该是丧钟吧？丧钟缭绕，众人离去，真的跟电影一样。

他独自留在了泥土里。

接下来，会腐烂，消散，最后杳无踪迹。詹月脑子里莫名其妙出现一段话：热力学第二定律真是一个残酷无情的东西：宇宙中所有的事物无限趋向于混沌。人从出生、成长，到衰老、死亡，无限地趋向于解体、腐烂，在土中或空中消散；树和草也是这样，就连石头沙子也不能幸免。你可以想象这个过程像一场巨大的泥石流，摧枯拉朽，把一切可以称为美的东西消灭得干干净净，杳无踪迹，就像它们从未存在过一样。所以，各位没必要太在意那些貌似很重要的东西，它们迟早都会消散的，包括我们自己，消散得无影无踪。我们只存在于过程中，享受过程就好。

这是某一次开会时他说的，当时单位评职称，有点儿刀光剑影的气氛，他温和地奉劝大家。詹月就是因为这段话爱上他的也说不定，甫入社会就遇见那么一个有学识又帅气的领导，让她毫无抵抗力。

那个墓地很高档，女人的声音把她拉了回来。一般人都不选那儿，嫌贵，如果是普通墓地，一两万澳元就够了，但我们女儿说，就是要让爸爸享受高档待遇。

是双墓穴吗？詹月脑子冷不丁冒出这个问题，但没有让它出口。

他就这样留在了异国他乡，算高档待遇吗？他的亲人同事朋友，包括詹月，连去墓前合十悼念的可能也没有了。是他本人的意愿吗？估计不是，他没料到自己会忽然走掉。

这些念头，也没有说出口。

但詹月知道，他退休的时候是失落的，曾经有段时间都在传闻他要提升，却不料没戏。他在那个位置上蹲了整整十年。他不让家里通知单位，也许是心里有些怨气吧。

女人的手还在屏幕上划拉，是一部分朋友发给她的唁电和悼念短信，其中有几位詹月都认识。显然他们一直保持着联系，不像詹月，断得那么干净，连逢年过节的短信也没有了。她注意到女人的手指在某一条短信处停留了很长时间，嘴里反复说，好多人发短信，看嘛，好多人，但手一直停在那一条上。詹月定睛一看，原来是夸她的：你的女儿孝顺懂事，你的妻子美丽贤惠……

听完全部情况，詹月觉得自己必须说几句了，说几句女人想听的话，否则这场汇报会结束不了，于是表达了如下意思：

他临去世能得到这么好的治疗护理，也是不幸中的万幸了。女儿这么孝顺，你又对他这么好，他应该感到很安慰。

女人连连点头。

詹月又加了一句：他是个好人，也算是有一个好报了。

女人又点头，然后说，就是自己被折磨得够呛，瘦了很多，差点儿病倒。

真的，我被折磨惨了，这半年才刚刚缓过来。她反复这么说，詹月才意识到，女人确实消瘦不少。

你确实瘦了。詹月用肯定句安慰她。女人说，他倒是一走了之，一点儿罪没受，罪都让我受了。唉，本来以为他退休了，不当那个狗屁官了，我可以过几年舒心日子，哪知道一退休他就查出病来了，一天好日子也没过。要不是为了他，我根本不想去澳洲的，那边一点儿都不好玩儿。

女人开始抱怨，好像写鉴定写到了末尾，必须写几条缺点。

詹月忽然说，他一直对你很好。

女人撇嘴：哪里好啊，脾气暴躁得很，在外面笑眯眯的，在家总是秋风黑脸的，什么都要依着他，连吃面条还是吃米饭都要依着他，他从来不陪我逛街，不陪我打麻将，他这种老公，就是个名分。

詹月感到诧异。

詹月最后一次见到他，是那次大地震之后。最初的慌乱一过去，她就拼命给他打电话，却总是打不通。要么占线，要么无人接听。这让她感觉很不好。当然，她知道他们这个城市没有大碍，只不过在那样的时刻，就是想听到他的声音，或者也想听见他安慰自己，问一句，你没事吧？还好吧？

第二天她从父母家返回单位，单位里乱麻麻的，他不在办公室。以前詹月是不去他办公室的，他们两个好了那么多年都没传出绯闻，全靠双方小心谨慎。但那个时候她顾不上了，见人就问，有没有看见廖局？她跑到他家那栋楼附近转悠，楼下的花园里支起了很多小帐篷，五颜六色的，显然，昨晚大家都没敢在房间里睡觉。忽然，她看到了他。他头发蓬乱，坐在一个白色的小帐篷外面，还用手掖了掖帐篷边缘，好像怕风钻进去似的。那个帐篷太小了，显然只够一个人躺下。那里面，百分之百躺着他老婆。

她直直地看着。他发现了，赶紧站起身走了过来，眼泡浮肿，眼角竟然还有一小粒眼屎，青黄的脸色上，散落着惶惶不安的神色。已经完全跟陈道明不沾边了，就是一个半衰的老头。

他浮起讨好的笑容，有些结巴地说，她，她一晚上没睡，刚刚睡下。你还好吧？

詹月说，怎么不接我电话？

他说，那个，手机落家里了，今天早上才拿出来，又没电了。

詹月想，显然他从没想过要给自己打个电话、发个短信，他从没想过问问她是否还好，关键时刻，他最关心的还是老婆。

那一刻，詹月竟有些如释重负的感觉，她终于不用再纠结了，可以松开这个保持了三年关系的男人了。

她转身离去。

让她不解的是，他竟然也在那之后不再与她联系了，是知道她生气了，还是？他们再见面，就是彼此无感地点头，好像大地震震断了那根纽带，而且断得整整齐齐，一丝纤维也没连着。

想到此，詹月笑着对女人说，我记得大地震的时候，他让你睡在帐篷里，他守在帐篷外，就跟父亲一样。

女人稍稍愣了一下，笑起来：哎哟，别提大地震了，你都不晓得他当时有多狼狈。

女人眉开眼笑：那天我刚午睡醒来，一摇晃我晓得是地震了，就大声喊他，他没答应，我以为他上班去了，起来一看，我们家大门敞开着，一只拖鞋在门外，一只皮鞋在门里，我就晓得他刚跑。我回去拿了手机，拿了钥匙，关了气，关了电闸，然后拎着那只皮鞋，从楼梯一层层走下来。有啥好怕的嘛。我走下楼的时候，看见他坐在门前的空地上，靠着树，一只脚拖鞋，一只脚皮鞋，脸色惨白惨白的。我忍不住笑了，他一点儿也不笑，呆呆的。我走过去叫他，他不动，好像吓傻了。我拖他起来，他马上又坐下去，整个人像堆泥巴。没办法，那天下午我一个人跑来跑去的，先去他父母家看他父母，父母都没事，然后去买帐篷买水买干粮。到天黑他缓过来了，还是有气无力的，我只好搭起帐篷，让他躺到里面去睡。我坐在外面，天快亮的时候他醒了，好像回过神来了，特别不好意思，叫我进帐篷里去睡。我简直没想到他会吓成那样，我也知道他胆子小，但没想到会小成这样，基本就是没胆子，哈哈，笑死我了。后来他生气了，我不敢再笑他了。不过也是奇怪，那次地震后他像变了一个人，很少跟我发火儿了，还主动陪我逛了两次街，也好，也好。

女人边讲边笑个不停，笑完了又抹了一下眼角，眼角是湿的。她居然黑丈夫黑出了感情。

詹月一路听下来，有些发蒙，好像又经历了一次地震。晃，晃。但她觉得自己必须说点儿什么才是。

说点儿什么呢。

她干笑了一下说，好快，马上就要十年了。

《青年作家》2018年第1期

一次"短兵相接"的偶遇

——评《听一个未亡人讲述》

卢　翎

裘山山擅长女性心理刻画。在《听一个未亡人讲述》中，温婉细腻的笔触于日常生活的细微之处缓缓铺陈开来，人物微妙的情绪变化、内心的层层涟漪一一尽现于我们的面前。于是，一次平淡的偶遇、一个有些俗套的故事，变得风生水起，于"短兵相接"处蕴含了耐人寻味的意味。

如果把小说中詹月的内心独白视为一种讲述的话，那么，詹月既是听众也是讲述者。由此看来，裘山山在此设置了两位讲述者：未亡人和詹月，她们分别讲述自己与逝者的故事。一个高调炫耀、不断抱怨丈夫、无知无觉、自话自说甚至有些聒噪；另一个则低调隐忍、深情回忆，继而暗中旁敲侧击针锋相对。于是逝者、未亡人在这双重讲述中显露双面性：自私冷酷怯懦与"儒雅风趣""有学识又帅气"，美好得几近完人；委曲求全与"俗气而缺乏教养"，自私贪婪一无是处。这种强烈的反差性使偶遇具有了短兵相接的气氛。

在这扑朔迷离的关系中，孰是孰非？同情，抑或谴责？裘山山仿佛不急于做出一个简单明了的判断，她始终保持着一种缄默，以巧妙的布局与设计故事的走向来实现意义。

裘山山钟爱欧·亨利式的结局。有力的逆转并非仅仅在于制造出奇不意的效果，更为重要的是在这一逆转中生发出的不可言传的意味。小说中，地动山摇的瞬间，詹月与真相"短兵相接"，我们与我们的内心"短兵相接"。在这个瞬间，我们也随着詹月"晃"了"晃"，我们不得不面对我们内心所有的软弱，我们意识不到的欲望，我们幽微至深的疯狂，我们不承认的失败和我们幡然悔悟的心意。这是比现实来得更为真实和深阔的图景，我们内心的所有隐秘和人性的全部真相。

其实，小说是要对人性发言，探究"可能性"的。裘山山知晓了这个世界的秘密、人性的幽微、每一个生命所承受的创痛。她怀着同情关注那些最为柔弱之处、无法看清的幽暗之处，关注个体生命的诡谲与疼痛，阐释人性的晦暗、复杂与无以名状的精神之痛，细心地呵护脆弱的人性。这"短兵相接"的偶遇是作家对"真正的文学是体察、体谅和尊重每一个个体生命"的追求，是令人感佩的一种勇气与担当。

天上的后窗口

秦 岭

1

看天，是看云哩；看云，是看水哩；看水，那才真个是看自个儿的日子哩。你可以不懂天，但不能不懂后窗口。"天上的后窗口。"村里的老话了。

天不会告诉你啥时来云下雨，但后窗口能让你晓得水在哪里。从后窗口不光能俯瞰到不远处的水爷庙，还能眺望到咱尖山村所有的边边角角。同样，你无论在村前还是村后，无论在自家屋檐下还是巷道里，只要一仰脖，首先看到的是天，然后是后窗口。据我大讲，当年我祖爷爷盖土坯楼时专门开了这个后窗口，那想法如今听起来有点像遥远的传说：看水。哪条路上有人找水挑水，哪条路上没人找水挑水，一览无余。说是找水，和游击队打仗一个路数。你要找水，只能选择没人挑水的路，这样才有可能知己知彼百战不殆。真个慢不得的，慢半拍，娃屁蛋大的几碗水就会被先期到达的人舀个精光，更何况，满山饥渴的黄羊、狐狸、野狼也要靠水过日子呢。鸡叫头遍那阵，我大就早早守在后窗口，居高临下，眼睛像雷达一样扫描通往前梁后坡、左沟右壑的羊肠小道。明明是肉眼凡胎，身子却像是泥塑了，雷打不动，稳稳当当。你若从院外回望后窗口，我大又活像镶嵌在镜框里的一张老照片。窗里窗外、一上一下的对话——不！是对喊，开始了：

"娃他伯哎——麻烦你看看，我该走哪条路？"

"走野雀湾那条吧——"我大回应。"老哥哎——我该走哪条路？"

"走苦水沟那条吧。……不！苦水沟那边有人了——走牛背梁吧——"

"兄弟哎——我该走哪条路？"

"唉！哪条都不能走啊——挑担拎壶的，都有人呢。"

……

如今回想，当年的我大一定比天水城里守在十字路口的交警还要神气。交警那是在地面上指挥交通，可我大被认为是站在天上的，他不光指挥人，还指挥水。高高的后窗口聚拢了村里所有人的目光，目光的焦点集中在我大的脸上，脸上，有一双干燥的眼睛和一张同样干燥的大嘴。一双加一张，像天上的三个泉眼儿。

找水的日子，我从来不敢拿我家的后窗口显摆，后窗口分明超过水爷庙的意思了，你能说水爷庙是你家的吗？除非晴错了草，变驴了。

水爷庙，顾名思义便是祭祀水神的庙，这也算咱尖山的一奇呢。四邻八乡供奉的都是四海龙王，唯独咱尖山供奉的是水爷。常言道："飞禽走兽龙王身。"一条龙，角是鹿角，颈是蛇颈，眼是龟眼，鳞是鱼鳞，掌是虎掌，爪是鹰爪，耳是牛耳，可水爷和土地爷张福德、门神爷秦琼尉迟恭、文财神爷比干、武财神爷关羽一样也是一张人脸。都传，水爷的模样儿源自唐代天宝年间咱尖山一位德高望重的求雨师。近些年水爷庙墙体开裂，房顶塌陷，门扇洞开，裹在水爷泥身子上的衣饰早被山风卷走，裸露的泥体千疮百孔，面目全非，沾满鸟屎。"要不是你大，水爷庙恐怕早就没了。"有人曾对我感慨。

当儿子的，我当然亮清这一点。印象最深的是两年前那次，有人看好水爷庙独一无二的位置优势，想拆掉建一个漂亮气派的加油站，我大横身子一挡，大骂："你们一帮不肖子孙，早先缺水时，把水爷当你家亲爷爷哩，如今家家户户有自来水了，就翻脸不认账了。谁想拆水爷庙，先把我这活身子抬进坟里去。"近些日子，水爷庙正在迎来迟到的热情，用城里技术员的话讲："重修水爷庙，那是千年文物，可以让人们不忘过去干旱缺水的历史，还可以发展成为一个旅游景点。"话是这么说，但令人意想不到的难题接踵而来，要恢复水爷庙，首先得恢复对水爷庙完整的记忆。人们这才发现，恢复记忆比大动土木要麻缠多了。记忆，让工匠们在许多要命环节上一筹莫展，比如，早先庙门上的对联写的是啥？忘了。

可我大这个地地道道的大文盲竟能随口吟来：

"春耕夏耘秋收冬藏万物育焉鬼神之为德，雷出地奋云行雨施百室盈止膏泽下于民。"

惊着了大家不是！大吃的可不是一惊，二惊三惊都有了，大吃几惊也包括我这个当儿子的。咋会呢？人们窃窃私语："这老秦，还是人吗？"还有哩，工匠们用铁丝、竹片重新扎绑的水爷骨架初步成形，却在塑头像时犯了难。水爷当年啥模样儿？工匠们急得抓耳挠腮。

又是我大。我大给工匠们比比画画了好几天："眉眼，嗯，这样；嘴鼻，嗯，那样；耳朵，嗯，不是这样，是那样……"到底这样是哪样？那样又是哪样？工匠们大眼瞪小眼，谁也没能耐把我大的比画变成水爷的一张脸。我大憋得一脸通红，最后空留一声叹息："我自个儿如果是个匠人，就好了。"

在咱尖山，我大这个水保员的话从来都是一言九鼎的，唯独在水爷模样儿的事情上，说一千道一万，说九鼎，不如一片木屑。

水爷到底显没显过灵，谁也没亲眼见过。但水爷就像流在全村人身体里的血，谁也不敢说它就不在日子里。缺水的年份，杀猪宰羊、高举火把祭水爷的事，谁家落下过？印象最深的要算这么一件事——添水。水是往两只木桶里添，木桶就安放在水爷庙内水爷塑像脚下的香案前。记忆中，前往水爷庙添水的男女老少一年到头络绎不绝，有端碗的，掌杯的，拎壶的，无论天旱到啥地步，也要把一口水送到水爷庙里去。即便家家户户的水缸里、木桶里干成了底朝天，可水爷庙里的木桶总是满着水的。我自个儿到底添过多少次水，我家祖祖辈辈到底添过多少次水，那肯定像麦场上的麦粒儿一样数不清。小时候，我问过我大："咱自家的水都不够用，为啥要孝敬水爷哩？"我大说："孝敬水爷，就是孝敬水。"他还不忘补充："你以为你喝的是啥？喝的是命！"在村里，人们有两怕，一怕水爷，二怕我大。这事是有说头的，说是早些年"破四旧"那阵子，咱村的年轻木匠牛岁年当了"造反派"头头，摩拳擦掌要砸水爷庙，当晚他家的两只木桶就不见了踪影，害得牛岁年一家断水三日，有米难下锅，有锅不见火。气急败坏的牛岁年领着一帮人挨家挨户搜，最后就搜到了我家。我大泰然自若，圪蹴在门槛上吸旱烟。牛岁年说："老哥，对不住了，我家的木桶……"我大把旱烟锅在门槛上"笃笃笃"地磕了几下，烟灰四溅。"老弟，你再琢磨着砸水爷庙，保不准连扁担也没了。"牛岁年折回家一瞅，扁担果然不翼而飞。牛岁年第二次是偷偷摸进我家的。脸色蜡黄，结结巴巴："老哥，你……你……咋晓得的？"

"你先别急问这个，三天没见水了吧，先喝一口。"我大递上一个大瓷碗。

牛岁年接碗，一仰脖。"……我懂了。"

"解渴吗？"

"……嗯，解。"

"那好！就看你敢不敢给水爷磕头。"

"……敢。"

第二天牛岁年就放了话，原计划改了路数："水爷庙不能拆，留着，当反面教材……"至今没几个人晓得，我大递给牛岁年的大瓷碗，是空的。

一个人的立场是不会轻易掉个儿的，何况像牛岁年这种抡过斧子、攥过凿子、拉过锯子的犟牛。没人晓得牛岁年肚囊里转了些啥道道，反正传言多了。最神的说法是当晚我大领着牛岁年到水爷庙磕了头，这才开腔："跟我走，莫回头。"出村五里的北洼里，牛岁年果然找到了扁担和木桶。两个木桶里盛满了清亮亮的水，扁担横搭在木桶上，分明在期待它的主人。也有另外一种说法，比如有人怀疑扁担和木桶一定是我大事先耍的把戏，但谁也不敢明着比画，你的嘴要犯贱，那就不是找人的茬儿了，是找水的茬儿。你敢找水的茬儿？

"桑木扁担椿木桶"，这是挑水人引以为豪的搭配，其他材质的扁担和桶子都不如桑木扁担和椿木桶结实耐用、漂亮大气。木桶尽管比铁桶笨重、笨拙，却要比铁桶经摔、经磕、经用，更重要的是成本低，只要找个三流木匠，"咔嚓咔嚓"一阵斧头、锯子加凿子，一天就可以出手好几个上等的木桶来。咱那里把制作木桶叫打木桶。大凡挑水、找水的汉子和媳妇，扁担的两头晃悠的多是牛岁年的手艺。木桶的命运掉个儿，完全和自来水进村有关。自来水是十几年前从二十里开外的前川里一站一站又一站引上山的，那是千年等一回的事儿，千年等一回的还有被誉为"一水定乾坤"带来的变化，至于咋变的，我咋表述也比不过报纸上的说道，比如土路变沥青路、农民工返乡发展养殖业种植业、"农家乐"吸引城里人什么的。尖山人的钱多了，谁能想到火气也会跟着来呢？先是水爷庙断了香火和供奉，进庙添水的人越来越少，木桶没几天就耗成了瞎子。人是不进了，猪呀鸡呀狗呀的倒是进了，又是拱又是屙的。后来，人们的愤怒转移得更加具体，开始无比夸张地斧劈自家扁担，然后塞进灶火门儿。泛潮的木桶不能当柴烧，就大卸八块，塞进炕洞化成了炭。烧，烧，烧，往死里烧，分明想让不堪的记忆灰飞烟灭。

不记得哪年的事儿，水爷庙的木桶不翼而飞。谁还愿意记得呢？你不下手，自有人下手。你不当这个贼，有人当。不！不是当贼，是为民除害。

谁说我就不是省油的灯哩？可我刚刚对着我家的木桶举起斧头。我大却疯子一样扑过来："你敢？"我大夺过木桶，一声不吭，径直拎着木桶往院外走，到了门口却锁住了脚步，一脚门里，一脚门外。他朝水爷庙方向瞅了瞅，一时六神无主，举棋不定，像被一种史无前例的抉择拦住了去路。最后瞅了水爷庙一眼，猛回头，朝我一瞪，转身回来，登梯子上楼。原以为我大要把木桶像杂物一样储存起来，可他偏偏把木桶恭恭敬敬地摆在了后窗台。

"大，你这不是让全村看笑话嘛。"我这是吼出来的。我不能不吼，这不是我平时对待长辈的态度。我不止一次听到人们背地里咬牙切齿地诅咒："老秦家的土坯楼，啥时候倒了就好了，倒了，后窗口就没了，没了，就剩天了。"

"笑话？我就要让全村人天天看。"

还不光是个这，他从此天天都给木桶添水，完全是给水爷庙里的木桶添水的那一套，唯一的区别是：当年是集体行为，如今是个人主张。我大添水的全过程既大方又夸张，像戏台上的某个角儿，一举一动都是亮相的意思，毫不保留地展示在观众的视野里。窗外的人喊："娃他伯，你这是干啥哩？"

"添水哩。"我大的回应大言不惭。

"这如今……添水干啥哩?"

"老先人咋添的,我就咋添。"

"你是不是把你家土坯楼当水爷庙了?"

"当就当,你小子要咋的?"

……

添就添吧,有时还把我也捎带了,不忘提醒:"上去瞅瞅,木桶里的水耗下去多少?"天,一如既往地旱着,日头像傻子一样放火,木桶里的水不到一天就能耗下去两寸。他用大瓷碗对着水龙头接了水,就开始使唤:"快!端上,添!"

还是当年的那个大瓷碗。流行不锈钢的时代,全村恐怕找不到第二个像这种既笨重又不实用的大瓷碗了。只是,当年我大递给牛岁年的是空碗,如今给我的,装满了自来水。我每次现身后窗口添水,就像被活活架到众人目光的高压电网上,火烧火燎的感觉,分明是烤全羊的意思,皮焦了,骨酥了,肉散了,血干了。摊上这样的大,当后人的亏死都没地方去验伤。

好在我儿子远在镇子读初中,住校,一周才回家一次。我和我女人给牛岁年的"农家乐"打工跑腿,隔三岔五才回家一趟。牛老板的"农家乐"越火,我和女人回家的次数就越少。我要说的是,如果女人娃娃天天在家,可不天天被我大"捎带"了。儿子一句气话,我至今忘不了:"啥叫阻碍社会发展的旧势力,就是个这,我爷。"

中学生这样感慨的时候,端着大瓷碗的手,在抖。

2

我大的身架子比实际年龄要老得快,不像大,像爷了。他早就成了高血压的俘虏,走平路一摇三晃,爬梯子头晕目眩。用他自个儿的话说,都是"长年累月挑水、找水累的"。他几乎每天都要颤巍巍爬几趟阁楼,我原以为是为了瞅木桶,后来发现他的目光常常穿过木桶之间,俯瞰整个村子。嘴里念念有词:"好!张长球家的砖楼盖到了三层,还建了个车棚。"

"哇！刘锤子家新楼打地基了，看来是搞'农家乐'的架势。"

"我天！牛岁年家的'农家乐'门口停了那么多城里人的小轿车，看来昨夜都没有走。"

"啊哟……"

听得我耳垂子直发烫，像被拖家带口的饿蚊子叮了。多数人家在大拆大建，买车买电脑，可我家的土坯楼至今纹丝不动，够丢脸的了。早些年咱村像我这样的一茬人都外出打工挣钱，只有我围着承包地转圈圈，说穿了在等我大的水保员位子。将来当上水保员，有多没少，日子该是全村最滋润的了吧。可我万万没有想到，自来水如此之快地让尖山人有了新活法儿，家家户户的日子齐刷刷从我头顶跨了过去，我就像我家的土楼，寒碜得像凤凰群里的一只鸡，鸡是要打鸣的，你敢打吗？一打，无非证明你就是一只鸡。尖山有老话："鸡是刨食吃的。"如今我和我女人在牛岁年那里"刨食"，够贱！贱就贱吧，再贱，也贱不过添水的贱。

我大每次选择上楼的时辰，要数鸡叫头遍那阵最多，谁不晓得那个要命的时辰呢？其实不叫选择，倒像定了时的闹钟。时间到了，不由得不闹。

和早先唯一的区别是，窗里窗外没有了一问一答，这使我大独守后窗口的模样儿活像一个背气的孤鬼。前些日子吧，楼上突然传来一声喊："走野雀湾那条吧——"我从梦中惊醒，上楼一看，我大倒卧在后窗口下，鼾声如雷，当他又一次喊出"走苦水沟那条吧——"时，我叫醒了他。

我大后来爬阁楼费劲，每逢山风呼啸，就支使我上去瞅瞅木桶还在不。有时不信，非得让我扶他亲自上去验证。简直把木桶当他大了。他大——我爷爷死得很早，据说只身一人进苦水沟挑水时，被几只口干舌燥的狼当血桶子饮了。人们大呼小叫拎赶去的时候，我爷爷只剩下一身空空瘪瘪的皮囊。狼他妈的真比人有福。人又渴又饿，狼哩？不饿，只是渴。

我大倒是和我对上话了："木桶好着哩吗？"

"好着哩。"

"真的好着哩吗？"

"真的好着哩。"

"那好，不要忘了添水。"

……

像极了秦腔戏中一老一小之间的对白，这样的对白隔三岔五就来一次，我大郑重其事地问，我敷衍着回答。我早已火冒三丈，那三丈的高度全窝在心里，比后窗口还要高，窝得我心里一片旱象，天地龟裂。

"你够能忍的了。"这是邻居对我的评价。"是不是……老年痴呆症的兆头呢？"

"……"

在全村人的冷嘲热讽中，我大在日子里的老相像大滑坡似的，"刷刷刷"地老，像六十瓦的灯泡变成了四十瓦，四十瓦的灯泡变成了十五瓦……没人愿意当面招惹我大，他好歹是村里的水保员，收水费、修水管的活儿都在他手上捏着呢。何况我大身上还有些说不清道不明的东西，就拿全村人用水来说吧，早先是一水多用的，半盆水，先是洗菜淘米，沉淀后再洗锅刷碗，再再沉淀后洗衣裳，再再再沉淀后洗脸，再再再再沉淀后饮牲口……消灭了扁担木桶之后，很多人家索性在水龙头上接了管子：洗车、冲院子、搞喷泉……那简直就是报复性的，反正不差那点水费。比如洗车吧，你城里人能洗一次，我他妈的就洗三次。

我大终于放话了："就不怕水爷降罪？"

"老哥的话，大家得信。"附和我大的，只有牛老板。

二月二龙抬头的先一天，全村突然停水。停水给习惯了自来水的全村造成了怎样的影响和损失，那简直是无法形容的。据说城里停一个小时的自来水，居民就急得像热锅上的蚂蚁，非得讨个说法维个权什么的，够矫情的了。尖山的自来水一停，仿佛一眨眼工夫回到了十几年前，所有的日子、产业像是瞬间断了气，那真个是时光倒流、地球停止运转的意思。一小时，两小时，半天，一天……全村几百个水龙头仍然是干窟窿。为了查明原因，村长和牛老板亲自到乡上请来了技术员，从水泵机房到地下管网查了个底朝天，愣是找不到原因。

"去，上楼，添水。"我大把大瓷碗递给我。

我大给我的是空碗。

"你这啥意思嘛！大，我又不是当年的牛岁年。"

"你当然不是牛岁年。"

"没水，你让我咋添？"

"上去，添！"

我只好硬着头皮，端空碗上楼。站在后窗口，我发现了多年来难得一见的场景，许多村民不约而同地朝我这边——不！朝后窗口眺望，他们有的圪蹴在自家小楼的露台上，有的在街心花园那边驻足不动，有的把脑袋伸出文化站的窗口……那眼神既熟悉又陌生，像久违的回眸。木桶像两只安详而硕大的眼睛，对接着人们无所适从的目光，木桶里的水已经耗下去足有一寸半，水面在日头的照射下，浮泛着一层莫名其妙的如纱似雾的水汽。尖山的水，仿佛都在这里了。

木桶像刚刚自天而降似的，吸引着越来越多的目光。其实，这对冤家，一直在的。

我一时手足无措，逃离似的从楼上溜下来。空碗忘了带，留在了后窗口。

龙抬头的当天，我大给村民们说："给水爷跪一次吧！"

还用跪……可真的齐刷刷跪了。这是多年来全村人面对水爷庙的第一次下跪。这一跪，当天半夜就来水了；这一跪，跪出了一个节约用水的文明示范村。

这事够诡异的。下跪的当天晚上，有人曾亲眼瞅见牛老板扛着只有我大才使用的工具包，像一只狡猾的老狐狸一样在玉米地里出没。是不是贼喊捉贼，没人敢去证实。龙抬头，千百年的风俗了，你敢证实个啥？

"天上的后窗口……"喃喃自语的是我儿子，他突然问我，"大，这叫法，多少年了？"

3

木桶是我亲手扔掉的，我选择夜色做掩护，不光防我大，也有遮羞的意思。

我至今清晰记得扔掉木桶的过程。那天吃过晚饭，我就悄悄摸上阁楼，拎桶，下楼，倒水，出村，大步流星。我像手里攥着两个瘟神的钟馗。两个瘟神，终于被我从天上抓到了地上。月亮走，我也走，我送瘟神出村口。村子已被甩出老远，我还在走。月亮在云层里时隐时现，我长长的影子时有时无。我和月亮一上一下，像两个心照不宣的贼人，不，是英雄！晚归的麻雀聚满枝头，一片聒噪，也不晓得是往死里看笑话哩，还是为我歌唱？

影影绰绰中，撞上一个村里人，狡黠的目光睃着木桶："咋了？这是去找水吗？"简直是调戏女人的口气。

"是找水，咋了？"我以牙还牙。

走更远，碰上的就是外村人。"我天！这年头，还有木桶啊？你拎着去干啥？"

哪里扔都是扔。当我登上高高的鸡咀崖时，才意识到是奔崖下的苦水沟来的。真是要命了，咋就偏偏选择了苦水沟呢？苦水沟太深太长了，当年沟底还有一条弯弯曲曲的小路，像一条历经磨难的蚯蚓，盘曲在沟底的荆棘和乱石之中。小路是祖祖辈辈的村里人挑水踩出来的，从早到晚都有人挑担爬行。从鸡咀崖往下看，挑担子的人像一只只饥渴的蚂蚁。这条沟，我爷进过，我大进过，我进过，我娃也是进过的，只是，我娃这代人恐怕早就忘记了。我当年进沟挑水时，我娃就在我屁股后边跟着，沟里野物多，我娃手里攥着一根打狼棍，跟得很紧，就像我小时候跟我大，就像我大小时候跟我爷，就像我爷小时候跟我祖爷。几代人，小的跟大的，大的带小的，家家户户都这么过来的。跟着跟着，就自己挑，挑着挑着，就长大了，长大了就有力量了，学会使力气的第一件事既不是割麦碾场，也不是坡上放羊，而是挑水。那些年，全村人像呵护血管一样呵护着那条路，无论刮风下雨，总有人进沟修修补补。自来水进村后，泉眼儿先是荒了几天，后来一场雨，就冲没了。路呢，早被山洪冲得七零八落，影儿都没了。嶙峋的怪石张牙舞爪，足以割破最坚硬的牛皮，深沟恢复了原始的野性和样貌。缺水的日子，到我娃这辈，截了，止了，没了。我娃曾撂过一句话，让我伤心了好几天，你猜他咋说的："自来水不挺好嘛！当年为啥找水哩？"这代人啊，有知识有文化，可偏偏就把日月给颠倒了！

夜幕下，我伫立了好久。两只木桶——

这全村最后的扫帚星，此刻桶口张得溜圆，一看就是大口大口咽气的货色。为了扔得远一些，我扒拉了一些黄土装进木桶，做了一个深呼吸，憋足劲儿，抡圆胳膊。"嗖——嗖——"两个木桶在夜空里划出悲壮而阴暗的弧线，飞了出去。

"哐——哗啦啦——哗啦啦——"深沟里传来一连串沉闷而尖锐的撞击声和碎裂声，这是木桶与沟底的石崖、树杈、土坎连续冲撞的惨叫。

那一刻的感觉，咋说呢？我居然想到拧了把儿的水龙头，自来水在心房里"哗哗哗"地流淌，然后向周身的血管里奔涌。一个紧锁、尘封多年的无形中的大门被打开，一种积郁多年的沉重和压抑，在释放，在泄洪……整个大山、整个世界、整个人间像是被洗刷一新。我大吼一声。我一没吼秦腔，二没吼秧歌，三没吼天吼地，我吼出的一句话居然是："我家早就有自来水了！"

可我万万没有想到，我这自认为天衣无缝的勾当，第二天就被我大察觉了。

"木桶，该添水了吧。"我大的目光，像老狼的眼睛里发射出来的。

本来想装聋作哑的，我浑身一哆嗦，只好吐了实话："扔进苦水沟了。"

"你个混蛋，去！给我找回来。"我大用拐棍指着我的鼻子，一声大吼。

"大，都自来水时代了……""啪——"回应我的是拐棍，挨打的是屁股。

好歹也是三十好几的大男人了，我当场就有些蒙："大，你疯啦。"

我大又一次用拐棍回应。拐棍刚刚举过头顶，我大的身子晃了晃，就要倒下了。这是高血压犯了的征兆，一急一气，就倒。他在修水泵、查管网、收水费期间跌倒过多少回，我早已记不清。有那么几次，他是被村里人背回家的，不是脑袋上被摔了个大包，就是把身子磕破了皮。我赶紧上前扶住，连声保证："放心，我马上找回来。"

给我大配好了药，我立即出门。那时日头已经老高。晚上，我空手而归。"大，我进沟里找了好几遍，木桶早就不见了。"我准备了十足的理由，"保不准被野物叼去垫窝了。"我大瞅了我一眼，一言不发。我大又瞅了我第二眼，仍然没有吭声。这样的态度到底是妥协呢，还是就此罢了，我说不准。尽管我大不再搭理我，可我记着他常说的一句话"过去的事就过去了"，这是他为人处世的法则，这样的法则也深深影响了我。该过去的不该过去的，总该都得过去吧。

只有鬼才进沟哩。我那天只是到村里绕了一圈，就去牛岁年的"农家乐"忙乎了。有捡木桶的工夫，还不如使劲儿挣钱呢。我大也说过："你再不跟牛岁年学着点，咱这个家就永世翻不过来了。"每次拖着一身的劳累回家，正睡得香呢，我大就催："鸡都叫了，快！快去挑……啊啊！不，快去牛岁年家。"有时，我常瞅见他呆呆地盯着水龙头，自思自叹："你早来就好了，早来就好了。"我亮清他的雄心壮志，自来水如果早来，他岂止搞"农家乐"，他想用水打天下。反过来的意思似乎是：小的不行，老的行。

"后窗台的木桶咋不见了？"提出这个问题的居然是牛老板。

"……"

窘得我面红耳赤。我赶紧换了话题："牛伯，您做'农家乐'，咋就那么有路数哩？"

"因为，每天能看到天上的后窗口。"

"……您不也把木桶塞进炕洞子里了吗？"

"这就是我不如你大的地方。"

"……"

答非所问。牛老板到底是戏耍我大一根筋的脑瓜呢，还是埋汰我这个打工仔呢？人在屋檐下，我宁可不再接他的话茬儿。

几天后回家，我大不但没有表现出啥地方不一样，反而像早先那样拄着拐棍早出晚归，这使我心里踏实了许多。一把年纪的人，真是娃娃脾气。就像咱山里的天气，阴时，晴得快；晴时，云却来了，尽管尚未多云转晴，却也比没有一丝云彩要好些。

高高的后窗口变得空空荡荡，敞亮了许多。朝外望去，水爷庙重修工程有了新进展，最热闹的仍然要数那几家"农家乐"，楼上楼下，亭里亭外，一些衣着时尚的男男女女有说有笑，歌声不断。我习惯了这样的场合，可这一切从后窗口望下去，却让我坐卧不宁。

——把后窗口给封了，这个想法来得突然，也来得结实。眼不见，心不烦。可如今连用得上的土坯都不好找了，如果用马赛克，那分明是金鞍配毛驴，太扎眼。我想到了后院的土坯老墙。用几块，我拆它几块。后窗口有三尺高两尺宽，用五十多块土坯，就可以封得密不透风，把外边的世界挡回去。

我如饥似渴地期待着某个雨天，利用这样的天气拆掉老墙的土坯，再用草泥扪上，天晴后，我大休想看得出来。

4

我大却躺倒在了炕上。昏暗的灯光下——我大习惯了低瓦数的灯泡，他用被子死死地封了身子。我还没来得及封后窗口呢，他倒从头到脚把身子给封了。"你咋了？大。"我试探了一下。"没事没事，老毛病，你不是不晓得。"话是从被子里冒出来的。我试图掀开被子，我大却从里面牢牢揪着被角。

"大，您如果不让我看，我就不走了，那边的活儿还多着呢。"

我大这才把脑袋搬出来。我的天！我看亮清了。我大的脸上多处紫一块，青一块。第一时间，我想到了村里的宠物狗，如果是检查管网，磕碰不到这种成色。早些年，村里人养的多是看家护院的土柴狗，人熟狗，狗熟人，人狗一村亲。可这些年，土柴狗慢慢不见了，倒是城里人家常见的那种宠物狗多了起来，这些家伙娇贵得根本不把自个儿当狗，当人了，当皇上家的公主了，当员外家的小姐了，每天只晓得围着主家摇头摆尾那点事儿，一点儿乡村观念都没有，一出院门，习惯了追老人，像追孙子似的。我大一定是被谁家的宠物狗玩上了。

"这宠物狗在大山里不习惯，远不如土柴狗实在。"我安慰我大。

我大长叹一声："这狗日的狗啊！"

"谁家的狗？我找主家去。"

"不用，只是狗追疯了，我以后躲着就是了。"我大吃力地摆摆头，这是打发我的意思。

给我大买来了药膏，他非得自己搽抹，死活不让别人插手。前半夜，我不敢合眼，隔墙窥听那边的动静。后半夜还是迷迷瞪瞪睡着了，可一个噩梦又把我吓醒，我梦见全村的自来水突然就没了，一个个水龙头像干巴巴的柴火棍儿，蜘蛛网一样的地下管网像干巴巴的血管裸露在大地上。过去常见的那种旱象又来了，日头毒花花的，满山满洼晒秃了，山洼里好不容易发现一个小小的泉眼儿，人、牲口、狼、狐狸、黄羊一拥而上，厮打、撕咬在一起……苦水沟里的那点稠泥水，又成了比油还金贵的宝贝。沟底有个遍体鳞伤的青年人，一手扶着肩头的担子，一手挥舞着镰刀左右开弓，披荆斩棘，艰难摸索，两个木桶晃悠着，钩链发出"吱吱"的叫声。青年人后边跟着一个光屁股娃娃，那个娃娃……哦哦……娃娃原来就是我。真是哪壶不开提哪壶，咋就倒退着梦？一梦就退到了三十几年前。说啥也得往前梦啊！比如将来的苦水沟。牛老板早就说了，他要打造什么田园一体化，苦水沟将成为生态旅游开发的重点。将来的苦水沟是啥样子，我想象不到，想不到难道梦不到吗？

梦醒时分，起身去堂屋探望究竟，发现我大呼噜声声，他的梦话仍然是老一套："走苦水沟那条路吧！不，那条路有人哩，你看那扁担闪的，你看那木桶晃的……"也是绝了，两代人，梦啥不好，偏偏就同时梦到了苦水沟。

一不做，二不休，我加快了实施封堵后窗口的战略计划。那个夜深人静的夜晚，我开始悄悄往阁楼上扛土坯……

我的天哪！天哪!!后窗台，早已被两小堆红椿木碎片捷足先登，强行占领。

月光下，木片被铁圈儿箍出的印痕清晰可见，锈迹斑斑的铁圈儿断裂成段，其中有个铆钉的钉帽上刻有"牛"字样，那代表尖山首富牛岁年早先的身份。

当我确信眼前的一切不是做梦，立马惊得肠子拧了几拧，像是打嗓子眼儿里伸进了几根井绳，绞在肚子里了。扛着土坯的肩膀像快要塌陷的地埂，软得玄乎，身子仿佛变成了稀松的泥石流，那真个是魂飞了魄散了气断了的感觉。木木的我和后窗口之间像有一根缰绳，死拽，我哪是呆若木鸡？木驴了。木桶，才是碎木片的前世，如今像两堆生命的废墟。碎木片，一片不多，一片不少，刚够两只木桶。

后窗口完全是一副事不关己高高挂起的样子，挂到啥成色？分明是离地了，过树梢了，破云层了，上天了。我有一种被绑架到苍天之上的感觉，看不到彩云追月，脑子里一片混沌。后窗口全然不顾我木驴的模样儿，忘乎所以地敞开怀抱，接纳着从村东村西"农家乐"奔来的光亮。夜晚的"农家乐"灯火通明，像一群群扭动着秧歌的火凤凰，表情亢奋，光线扇动着翅膀直扑后窗口，给堆放的杂物罩上了一层光怪陆离的碎影。

从木片非常明显的干湿反差看，不像一次性堆放到后窗台的，至少三四次或者五六次了吧。话说到这里，我真的无须赘言什么谜底了。碎木片，是我大从苦水沟捡回来的。他咋进去的，咋出来的，我已无从得知，因为我大没几天就……就走了。当时他的一双眼睛并没合上，像两只低瓦数的小灯泡，钨丝，从里面断了。给他老人家套寿衣时，我们才发现他遍体鳞伤，没有一块像样的皮肉……

他临终最关键的遗言却是说给牛老板的："水……水……水保员这个差事，还是你捎带上干……"

"我懂，我还想要老哥一样东西，留个念想。"

"那个……不能给你。"

那个到底是哪个？现场的人一头雾水，包括我自己。

日子里，后窗口仍然是后窗口，木桶仍然是木桶，一如既往的样子，仿佛啥事情都没发生过。让木桶恢复原貌依然是牛岁年的手艺，当时我主动提出给他打下手，他却说："还是加上你儿子吧，咱三代人，一起……"

说这话的时候，我儿子紧紧地把大瓷碗抱在怀里，一动不动，生怕不留神被谁抢走似的。我当时就想，牛老板的所谓念想，是不是大瓷碗呢？我突然意识到，我既无法理解牛老板，也无法理解自己的儿子。儿子像一棵倔强的树苗，他好像蹿高了不少。

天照样是旱天，可木桶里的水从来没断过。添水的除了我和我女人，还有儿子。儿子每当周末回家，第一要务就是爬上阁楼添水。牛岁年有时来我家串门，也会端水上楼。每次不忘提醒："大瓷碗在哪里？我要用它添水。"

那天——我指水爷的塑像即将完工那天，所有人的眼神都慢慢变得错愕起来，连工匠们也歇了手，面面相觑。大家的目光时而聚焦在水爷塑像的脸上，时而又眺望我家的后窗口。苍天旷远，万里无云。后窗口就像真的在天上一样，那里的两只木桶，平静而安详。尽管望不到木桶里的水，但水被阳光折射出的两道五彩斑斓的光芒，摇曳多姿，生机盎然，把镜框一样的后窗口装点得像一个空中花园。只是，后窗口曾经常常有一张脸的，如今那张脸不见了，可是……

我也惊得目瞪口呆，水爷的那张脸，咋那么像我大哩。

时至今日，没人敢用自个儿的嘴说出这个真相。

《芙蓉》2018年第3期

"信仰"的建构

——评《天上的后窗口》

藏　策

　　这篇小说从表面上看，写的是特定的传统地域性文化（水爷崇拜）在当代乡村生活中的遗失与重建，而从更深的意义层面上说，探讨的其实是这种地域性文化的特定民间信仰是如何被建构起来的。也就是说小说探讨的是关于信仰的信仰问题。

　　首先，水爷崇拜肯定与缺水干旱的特定地域环境有关，就如妈祖崇拜一定与出海的渔民有关一样。不同人群的生存环境，建构了不同的生活方式，从而产生了不同的地域性文化，并限定了特定人群的生命体验，铸造了他们的希望与恐惧，直至又由内心而外化为某种特定的民间信仰……小说中的水爷崇拜自然更不例外。

　　就如所有的萨满教信仰中都需要有一个巫师一样，乡村中的水爷崇拜也需要有一个承载此特定功能的人物。在小说中，这个人物就是"我"——第一人称叙述者他"大"。只不过这样一个人物在当代被赋予的社会角色叫"水保员"。巫师的一个重要职能，就是维护并传承其特定的信仰，其终极之途则是成为自身也成为信仰的一部分。正如小说中所交代的那样，水爷像的原型其实来自一位曾经的求雨师（巫），这其实就已经暗示了这种民间信仰的建构性。而这篇小说则又重新展示了此种民间信仰在当代生活中所遭遇的挑战及其再建构的过程。首先，这种民间的水爷信仰，在当代遭遇的第一个挑战，是"文革"的除四旧。当年村里的造反派牛岁年要拆毁水爷庙，身为水保员的巫师虽然在村里一向一言九鼎，但与这股史无前例的"革命浪潮"相比，毕竟太过微不足道，那么如何才能成功地保护水爷庙呢？唯一的办法就是唤起潜藏于当地人们心中的原始恐惧——对干旱的恐惧。于是通过对牛岁年家水桶的戏法般幻化——神奇的消失与神奇的出现，让牛岁年不仅打消了拆毁水爷庙的念头，而且由此成为了维护水爷信仰的"助手"。

水爷信仰的真正危机，其实源自小说中的第二次挑战——乡村的现代化进程——这才是真正的挑战。现代性的一个重要功能，就是祛魅。当自来水进入乡村之后，缺水就不再是人们所恐惧的事情了，人为的技术改变了自然环境，于是水爷崇拜的根基坍塌了，作为承载着巫师功能的水保员，也不再受到人们的尊重，转而成为嘲笑的对象了。最后就连他自己的儿子，也都忍无可忍了，偷偷地扔掉了那具有神秘象征性的水桶……然而就在水爷信仰陷入深度危机之时，恰恰由当年曾想拆毁水爷庙的牛岁年，担当起了重建水爷信仰的重任。牛岁年的方式与当年的水保员如出一辙，那就是唤起人们潜意识中蛰伏的缺水恐惧。那么为什么在自来水已经进入乡村的今天，这种对缺水恐惧的召唤仍具有效力呢？这其实是一个值得我们深思的问题：人类的现代性进程，真的可能改天换地么？人类对大自然的认知难道真的足以支撑其傲慢与自负么？如果不能的话，人类对大自然的深层恐惧便永无彻底摆脱之日。于是水保员的面容便替代了当年的求雨师，成为了新一代的水爷……

这是一个人与自然深层互动的故事，这是一个民间信仰如何建构及重建的故事。

候鸟的勇敢

迟子建

第一章

早来的春风最想征服的，不是北方大地还未绿的树，而是冰河。那一条条被冰雪封了一冬的河流的嘴，是它最想亲吻的。但要让它们吐出爱的心语，谈何容易。然而春风是勇敢的，专情的，它用温热的唇，深情而热烈地吻下去，就这样一天两天，三天四天，心无旁骛，昼夜不息。七八天后，极北的金瓮河，终于被这烈焰红唇点燃，孤傲的冰美人脱下冰雪的衣冠，敞开心扉，接纳了这久违的吻。

连日几个零上十三四摄氏度的好天气，让金瓮河比往年早开河了一周。所以清明过后，看见暖阳高照，金瓮河候鸟自然管护站的张黑脸，便开始打点行装，准备去工作了。而他的女儿张阔，巴不得他早日离家。她怕父亲像往年一样，十天半月地回城剃头，又会神不知鬼不觉地现身家里，带来意想不到的尴尬和麻烦，所以特意买了一套剃头工具，告诉他可以让管护站的周铁牙帮他剃头。

"剃头得去剃头铺，周铁牙又不是剃头的。"张黑脸拒绝把剃头用具放入行囊。

"那就让娘娘庙的尼姑帮你剃，反正她们长出头发也得剃，又不差你这颗头!"张阔说。

张黑脸把手指竖在嘴上,轻轻嘘了一声,对女儿说:"轻点,让娘娘庙的听见,可了不得。"

张阔撇着嘴,腮边的肉跟着向两边扩张,脸显得更肥了,她说:"隔着一百多公里呢,她们要是听得见,阎王爷都能从地下蹦出来,上马路指挥交通了!"

"嗨,哪朝哪代的尼姑给酒肉男人剃过头?那不是肮脏了她们吗?使不得。"张黑脸咳嗽一声,把剃头工具当危险品推开。

张阔急了,她喊来七岁的儿子特特,让他背朝自己,给父亲演示如何剪头。剃头推子像割麦机似的,在特特头上"咔哒——咔哒——"走过,特特的头发,便秋叶似的簌簌而落,她一边剪一边高声说:"瞧瞧呀老爹,就这么简单,傻子都会用!周铁牙和尼姑不能帮你的话,你对着镜子,自己都能剃!"

张阔没给特特罩上理发用的围布,剪落的头发楂儿落入他脖颈,扎得慌,他就像被冰雹拍打的鸡鸭,缩膀缩脖的。他不想受这折磨,抖掉发屑,溜出门外。太阳正好,泥泞的园田中落了几只叽叽喳喳的麻雀,正啄食着什么。特特觉得它们入侵了家里鸡鸭的领地,十足的小偷。反正爱鸟的姥爷在屋里与母亲说话,目光没放在他身上,特特便捡起房山头的两块石子,撇向它们,教训这群会飞的家伙。受惊的麻雀噗噜噜地飞起,像一带泥点,溅向那海蓝衬衫似的晴空。

张阔见父亲不肯带剃头用具,不再强求。自打十一年前他被老虎吓呆后,脑子就与以前不一样了。他感知自然的本能提高了,能奇妙地预知风雪雷电甚至洪水和旱灾的发生,但对世俗生活的感受和判断力,却直线下降,灵光不再。父亲以前性格开朗,桀骜不驯,而现在话语极少,呆板木讷,似乎谁都可对他发号施令。像今天这样能与女儿争执几句,在他来说已属罕见。

张黑脸带的东西,是换洗衣物、狍皮褥子、锅碗瓢盆、洗漱用具、常用药品、蜡烛火柴、各色菜籽、手电筒、望远镜、刮胡刀、雨衣、蚊帐、烟斗、军棋、渔具等往年用的东西。张阔发现父亲没带黄烟叶,就说:"带了烟斗不带烟叶,你吸什么?西北风吗?"

张黑脸有些慌张地说:"可不是,我咋忘了烟斗的口粮呢?"

张阔灵机一动，对父亲说："老爹啊，其实你不带剃头推子也行。现在男人都爱留长发，有派头！这两年来咱这里的游人，我没见一个男人是秃瓢，他们的头发大都到耳朵边，有的留得更长，还有扎成马尾辫的，看着可潇洒呢。"

张黑脸一边用旧报纸包裹黄烟叶，一边"哦"着，似在答应。

张阔备受鼓舞，说："老爹要是能把头发一直留到秋天，一定比电视里那些武林大侠还帅！"

张黑脸"嘿嘿"笑了两声。

张阔凑近父亲，推进一步说："到时好莱坞电影明星也比不过你！"

女儿这一凑近，张黑脸闻到她身上一股达子香的气味，他抽了抽鼻子，嘀咕道："你上山采花了？"

没等女儿解释，电话响了，张阔忙着接听，是周铁牙打来的，他说："告诉你那呆子老爹，今年开河早，让他赶紧收拾收拾东西，明天一早我开车接他，去管护站！"

"他都收拾好了，现在走都没问题！"张阔说。

周铁牙说："给他多带几包卫生纸，这呆子不舍得用纸，老用树叶和野草擦屁股，也弄不干净，跟他在一个屋檐下，就像住在茅房里！"

"管护站又不是没钱，您也不能抠门到连几卷卫生纸都不给买吧？才几吊钱啊。"张阔毫不客气地说。

周铁牙说："那钱都是给候鸟买粮用的，谁敢乱花？"

张阔嘻嘻笑了，说："周叔，谁不知道您当了管护站站长后，烟酒的牌子都上了一个档次？您捏脚的地方，也不是街边小店了，是大酒楼的豪华包间了！"

"谁他妈背后瞎传的？"周铁牙不耐烦地说，"我得修修车去，不跟你啰唆了。你要是不给你爹带卫生纸也行，让他今年在家待着吧。反正这城里闲人多，找个喂鸟的还难吗？！"

"老爹爱鸟，咱这半个城的人都知道吧？您想找比老爹呆的，听话的，懂行又敬业的，好找吗？"张阔带着威胁的口吻说，"站长呀，这几年里，您偷着从管护站带出来的野鸭子，卖给了哪家酒楼和饭庄，我都知道，虽说您有后台，但这事要是被捅出去，您这候鸟管护站成了候鸟屠宰场，滥杀野生动物，都够坐牢的啦！"

周铁牙在电话那头恨得直咬牙，说："谁他妈这么栽赃我？老子还要告他诬陷罪呢。候鸟那都是我的亲爹娘，我恭敬还来不及呢。我带回的野鸭，都是病死的，有林业部门证明的。不就几包卫生纸嘛，瞧你当闺女的这个小气，不用你买了，我给你老多备足了，够他擦三辈子屁股的！"

"周叔，这就对了嘛。"张阔眯着眼乐了。

张黑脸把黄烟叶捆好后，想着烟斗对应的是黄烟叶，自己都给落下了，别再忘带啥东西，所以他在打点的物品中，一样样地找对应点，他自言自语道："锅碗盛的该是米面油盐，哦，这个归周铁牙置备；钓鱼得有鱼饵，管护站那儿的曲蛇多，一锹挖下去，总得有一两条吧，不愁；雨衣和蚊帐是盾牌，要抵御大雨和蚊子这些长矛的，现在花儿还没开，不急呢——"他的话说得有条理，又有兴味，把女儿逗乐了，她放下电话对父亲说："刚才来电话的是周铁牙，他让你准备好东西，明早接你去管护站！"

张黑脸说："这么说他也听见候鸟的叫声啦？"

张阔没有好气地说："他哪像你把长翅膀的都当成了祖宗，他是听见银子的叫声了！"

金瓮河候鸟自然管护站的管理方是瓦城营林局，按照规定，只要开河了，候鸟归来，自他们进驻管护站那天起，就会下拨第一个季度的管护经费，周铁牙瘪了一冬的腰包，又会像金鱼的眼睛鼓起来了！

第二章

张黑脸和周铁牙到达管护站时，金瓮河的波光中，已有飞回的夏候鸟游动了。周铁牙下了车，先奔向木房子，看看一冬过后，有没有野生动物闯入，房屋是否有损毁而需修葺之处。张黑脸则张开双臂，以拥抱的姿态，扑向河边。他沿着开河的那段顺流而下，走了一百多米，终于看清了最早回家的，是六只绿头鸭，两雄四雌。绿头鸭的雄鸭比雌鸭要漂亮多了，它们不惟个头大，嘴巴是明亮的鹅黄色，而且脖颈是翠绿的，有一圈雪白的颈环，好像披着一条镶嵌着银环的软缎绿围巾，雍容华贵。雌鸭就逊色多了，它们是黑嘴巴不说，羽毛也不艳丽，主体颜色是黑，是褐，是白；羽翼点缀少许蓝紫斑纹，给人萧瑟之感。张黑脸心想，这正是鸟儿求偶的时节，两雄四雌，说明雄的选择余地比较大，难怪它们骄傲地迎着朝阳，游在前面呢。

然而现实画面，很快发生了改变，从空中又飞来几只野鸭，落在河面上，它们中绿脖颈的居多——真是雌雄无定，瞬息变幻啊。新飞来的一只雌鸭，大概与先前的一只雄鸭已私订终身，它的翅膀一触着水面，游在最前头的雄鸭，猛地调转头来，激动地飞向它。它们展开羽翼，互打招呼，缠脖绕颈，耳鬓厮磨，似在诉说无尽的相思，看得张黑脸耳热心跳的，手臂也跟着一扇一扇的，似在起舞。

这时周铁牙气咻咻地扛着一把铁锹，来到河边，他对着与野鸭共舞的张黑脸说："我说傻伙计，先别管鸟了，河里有它们爱吃的淤泥和小鱼，人家守着大粮仓，也不用支锅灶，啥时都能开饭。咱俩要想中午不饿肚子，得赶快搭灶。他娘的也不知是野猫还是黄皮子进去了，愣把咱的灶台给弄塌了！你赶快挖点河泥，从房山头搬几块红砖，把灶修起来！"

"咋会这样——"张黑脸看着周铁牙说，"咱秋后走时，不是特意在门外给野物留了几块猪皮，让它们过年打牙祭的吗？"

"你这一说我明白了，肯定是那几块猪皮惹的祸！人家没吃够，就蹿进房子找，咱在屋里没留别的东西，它们啥也没翻到，贼不走空，野物也是一样的，就故意弄坏咱的灶台，带块碎砖头走，心里也是解气的！"周铁牙恨恨地骂着，把铁锹撇给张黑脸，然后热辣辣地看着河面的野鸭，吧唧一下嘴，说，"妈的，个个肥呀，这一路飞回来，也没累着它们。"

金瓮河候鸟自然管护站设在中游，是一幢平层的木刻楞房子，与金瓮河一样东西走向，近两百平方米。它有三间住屋，一间粮仓，一个储物间，一个灶房。灶房进门就是，因为张黑脸和周铁牙个头都高，所以灶垒得也高，这样做饭时不会因过于低头而累着腰。但这也带来了一个问题，就是费柴火。有时一锅野菜饺子下锅了，可是火却上不来，饺子就煮成片汤了。张黑脸想趁此把灶台弄矮，这样省了烧的不说，火舌吐出，刚好舔着锅底，饭也好做。可周铁牙不同意，他说："山里又不愁烧的，灶大，说明咱管护站的人肚量大，多吃点柴火算啥，灶台跟人一样，能吃说明身体健壮；再说灶高运旺，不走霉运，还不用低头哈腰的，谁做饭一副孙子相啊！"

张黑脸点了点头，他听站长的。

一冬未住人，木房子又冷又潮，还有股难闻的气味，好像什么东西发霉了。不过只要灶火一起，可以带动两面住屋的火墙热起来，屋子一暖，潮气冷气也就散了。而再刺鼻的气味，只要门窗大开，阳光和暖风一进来，就会充当消毒剂，把坏气味给驱散了。

张黑脸修灶时，从灶坑的黑灰中，看见了动物留下的爪印，是人掌似的五指爪印，便明白这是黄皮子干的事儿了。去年他们养了几只鸡，黄皮子大清早的就敢偷鸡来吃，惹恼了周铁牙，他做了个大号捕鼠夹，放在鸡窝旁，拍死一只。都说黄皮子的肉不能吃，臊性，但周铁牙不信邪，他剥了它的皮（说要卖给皮货商做毛笔用），然后给它油红的尸体抹上盐，用一根桦树枝，从头到脚地将其穿透，放进灶坑火烤，美美地吃了一顿。张黑脸喜欢黄皮子黑亮的眼珠，也知道黄皮子报复心理强，所以没碰它的肉。当时周铁牙还嘲笑他，说他真是个没胆儿的男人，连黄皮子都不敢吃。

张黑脸怕他修好灶台后，黄皮子还会来搞破坏，所以他一边给红砖抹泥，一边低声念叨："黄大仙，菩萨心，别再怪罪了，以后有了好吃的，咱不忘了孝敬您。"

周铁牙所住的东南间，是三间住屋最大的，二十多平方米，屋里有一铺能睡三人的炕，一个带镜子的衣柜，一张八仙桌和两把圈椅。张黑脸修灶的时候，他就收拾自己的屋。他先将带来的行李打开，放在炕上，然后把衣服往柜子里搁。他拉开衣柜门时，发现柜底有只死鼠，心想难怪屋子有股难闻的气味呢。他怕沾手晦气，就唤张黑脸把它清理出去。

张黑脸答应着，放下手中的活儿，用一块引火的桦树皮，做老鼠的裹尸布，将其拾起。周铁牙嘱咐他远点扔，扔近处的话，再招来乌鸦，听它呀呀地叫，叫人心烦。

已是上午十点多了，太阳正好。飘荡的阳光宛若五彩丝线，开始给大地改换颜色了。它最钟情的色调是绿，当草和树叶变绿后，阳光才在绿色基调上，吹开野花的心扉。这里最早开的是河畔草滩上的耗子尾巴花，之后就是林子里满山满坡的达子香了。张黑脸闻到空气中有股淡淡的草香，知道小草发芽了。山林从一个黄脸婆，要蜕变成俊俏的姑娘了！

张黑脸捏着死鼠，走了半里路，才处理掉它。他向回走时，听见一阵"笃——笃笃——"的声响，循声望去，见一只白色斑纹的啄木鸟，像林中侦探，正用铁锚似的灰爪，钳着一棵碗口粗的松树，那尖利的嘴跟掘土机似的，发掘着树皮下的虫子。张黑脸心想我们的灶还没修好，你们却吃上了，真是羡煞人也。鸟儿吃饭，全凭运气，啥时有食儿，啥时就是饭点。

这只啄木鸟白肚皮，屁股有一抹鲜艳的红色，但枕部黯淡，没有红色点缀，说明是只雌鸟。它喜欢把蛋产在树洞里，那些不会爬树的走兽，休想伤及它的宝贝。但对于善爬的黑熊来说，啄木鸟无疑是在树洞里，给它们预备下了春天的小点心。

啄木鸟吃了虫子，飞向另一棵树了。它飞起的时刻，张黑脸心跳加快，他太喜欢看鸟儿张开的翅膀了，每个翅膀都是一朵怒放的花儿！啄木鸟黑白纹交错的羽翼，在展开的一瞬，就像拖着一条星河。它很快在另一棵松树上站住脚，不过这棵树不待见它，它啄了十几下，一无所获，又飞走了。这次它飞得远，脱离了张黑脸的视野。

张黑脸知道，去南方过冬的鸟儿陆续归来后，像飞龙、野鸡和啄木鸟这种不迁徙的留鸟，要与候鸟争食了。他觉得这对熬了一冬的留鸟来说，有点不公平，所以他通常给候鸟投谷物时，不忘了在留鸟出没之地，也撒上一些。

张黑脸回到木屋，修好灶，把各屋又彻底打扫了一遍，然后和周铁牙一起，将货箱式小货车上载来的东西搬下来，该放哪屋就放哪屋，一切打理完毕，已是中午了，他的肚子咕咕叫了，周铁牙也饿了，他吩咐张黑脸赶紧点火，削两个土豆，拨拉点面穗，做锅土豆条疙瘩汤。张黑脸答应着，把枝丫填进灶坑，当他拿起桦树皮要点火的时候，忽然想这刚修好的灶台，泥巴未干，火燃起来，会将它烧裂的。要是灶台裂了，冒烟，还得重修，于是他跟周铁牙说："不是带了烤饼和罐头吗？吃那个吧。晾它一天，等灶台干透了再烧火。"

周铁牙说："罐头先留着，又坏不了。猫啊鼠啊的窜进来，纵使有铁齿钢牙，馋得它们满嘴淌哈喇子，也启不开。咱中午吃个烤饼垫补垫补吧。"

张黑脸说："那还不如到娘娘庙吃斋去。"

周铁牙"嗬——"了一声，龇牙咧嘴地说："你是想德秀师父了吧？"

张黑脸说："我是想给她们送点雪里蕻，让她们炖豆腐吃。"

"刚回来就想看她们，还送腌菜，娘娘庙的人可真有福气！"周铁牙说。

"在夜里不用点灯的人，了不得哇。"张黑脸感叹着。

周铁牙一愣，他发觉今春回到管护区的张黑脸，与往年似有不同，有自己的主见了。他想万一张黑脸的脑子跟万物一起复苏，精灵起来，他将想方设法开掉他，因为他要的是没脑子的人。

第三章

从管护站去娘娘庙，要经过一座木桥。它百米长，弓形，像一弯月牙，镶嵌在金瓮河上，人们便叫它月牙桥。过了河，再翻过一座平缓低矮的小山，就望见娘娘庙的山门了。也就是说，娘娘庙和管护站，在金瓮河的一左一右。娘娘庙在北侧，管护站在南侧。由于小山的阻挡，它们相距不远，却无法相望。但它们是相知的，望得见彼此的炊烟。管护站的人知道娘娘庙的尼姑在夏天喜欢几点吃斋，娘娘庙的尼姑也知道管护站的人，爱在什么时辰做晚饭。但炊烟也会隐遁，比如雾大的时候，烟与雾融为四海一家的兄弟，你就是有千里眼，也辨不出炊烟的痕迹；比如白云飞得低的时候，它一出烟囱就被云给卷走了；再比如风大的时候，炊烟会倒灌回烟道。所以这样的时刻，张黑脸是不看娘娘庙的炊烟的，因为他曾上过白云的当。有天早晨，他没看见娘娘庙的炊烟，以为出了事情，也没跟周铁牙说，赶紧过桥翻山去看。到了近前，白云散了，他见炊烟悠然升腾着。正当他要调头回返的时候，又一片白云低低掠过，炊烟又消失了，他这才明白它是被白云裹挟了。

候鸟更多地栖息于管护站这边的灌木丛，以及河畔的广阔湿地。娘娘娘庙地势高些，候鸟去不去呢？也去的。有一年白腰雨燕还在娘娘庙的前殿，做了个窝。结果它孵出小燕后，做母亲的却失踪了，巢里的小燕饿得直叫，德秀师父赶忙过来求助张黑脸，问，这些小燕该咋办？吃些啥好？张黑脸说："吃啥好？虫啊鱼啊，最对它们的胃口啦。"德秀师父说出家人不杀生，虫和鱼她们是不碰的。这样张黑脸就一早一晚地捉了虫子和小鱼，去娘娘庙喂它们。他本来要把巢穴搬到管护站的，又怕小雨燕的母亲回来寻子不得，会急坏的。但直到小雨燕会飞了，能自己找吃的了，它们的母亲也没见回来。张黑脸想它可能是在给孩子们觅食时，遭到了天敌的袭击，比如凶猛的雕。到了秋天，翅膀硬了的雨燕，飞向南方了。张黑脸特别担心它们没有母亲的引导，初次迁徙，会不会在途中迷路。这两年他也养成了习惯，只要发现白腰雨燕的身影，他就要停下来仔细瞧瞧，是否是他喂养过的呢？雨燕一旦冲他抖翅膀，打转，鸣叫，或是遗落下一片羽毛，他都激动万分，以为是在和他这个老熟人打招呼。

像以往一样，周铁牙背着手走在前面，张黑脸提着腌菜和周铁牙的茶杯，走在后面。两人个子高，步幅大，很快过了桥，越过山。以往只要周铁牙咳嗽一声，张黑脸就得快走两步，赶到他前面，递上茶杯。这回因为没生火，张黑脸提的茶杯是空的，周铁牙这一路，也就没咳嗽，他想着在娘娘庙讨热茶喝，然后再灌上一杯。

张黑脸走在后面时，得留神别踩着周铁牙的影子，周铁牙忌讳，说影子是人的魂儿。张黑脸一琢磨，心想是啊。因为人停尸时，还能借着太阳或是灯火，透出活生生的影子，可人却是再不能说话的了。张黑脸还搞不懂影子为啥左右不定。上午在西边，下午就跑到了东边。有时影子比自身要长两三倍，有时却短得没自己一条胳膊长，看来太阳是很会捉弄人的。所以他跟周铁牙一起走，喜欢阴天的时候。没有太阳的日子，大地上就看不到什么影子了。他曾想试试踩了自己的影子后，会像周铁牙说的那样，有倒霉事吗？可他几经尝试，无论是阳光下还是月光下，他投映到大地的影子，自己总是踩不着。他问周铁牙，这是为啥？周铁牙大笑着说："为啥？因为你的魂比你死得早。"这句话他想得脑瓜都疼了，也没弄懂。但凡管护站来了人，周铁牙介绍张黑脸的时候，都会把此事当成一个节目来渲染，说："他最爱琢磨，一个人为啥不能踩着自己的影子。你们说说看，狐狸就是再能耐，能叼着自己的尾巴吗？"听者无不开怀大笑。

娘娘庙其实是瓦城人对它的俗称，这座尼姑庵是有名字的——松雪庵。只因里面住的是尼姑，后殿又供奉着送子娘娘，所以人们都叫它娘娘庙。

娘娘庙依山而建，坐北向南，砖木结构，灰瓦黄墙，殿堂不高，面积也不大，每座殿只有六七十平方米，敦厚朴实，更像一个大户人家的四合院。它有三重殿，加上山门、禅堂、斋堂、寝堂和法物流通处，共八间屋。从山门到后殿，建有一人高的院墙，将松雪庵围起来。因为院墙涂成明黄色，好像给它围了一条炫目的长围巾。庵里的门窗和梁柱，都是樟子松木的，透出松脂的气味。所以即便不点香，这里也始终洋溢着香气。而松雪庵的布局，与大多寺庙也有不同。庵里供奉的菩萨，是瓦城宗教局依据当地老百姓的喜好而设置的。

松雪庵山门的门柱，由整根的樟子松木做成，未做雕饰。山门匾额上印着三个镏金大字"松雪庵"，门柱悬挂一副木质对联：朝霞披袈裟，溪流送禅杖。是松雪庵的住持慧雪法师题写的。进得山门，沿着一条短短的水泥甬道向上，是前殿弥勒佛。笑容可掬的大肚弥勒佛端坐殿中，左右护持的是四大天王。出弥勒殿，经过一个放生池，便是中殿大雄宝殿，这里供奉的是释迦牟尼佛、药师佛和文殊菩萨。因为是正殿，它是三座殿中举架最高的，殿前殿后设有青铜香炉。出中殿行二十米，经过两块菜地，便是后殿，也就是三圣殿。那里供奉的是西方三圣，阿弥陀佛头戴宝冠居于正中，右位大势至菩萨，左位就是当地信众喜爱的——观世音菩萨化身的送子娘娘了。送子娘娘前的蒲团，磨损最厉害，包裹着蒲草的黄色绒布，被香客们跪出裂缝，透出蒲草的本色，好像有天光从中溢出。

松雪庵的菩萨造像，均为泥塑彩绘，形象生动朴拙，色彩艳而不俗，给人亲切之感。香客们来松雪庵，在前殿的弥勒佛和四大天王前祈求快乐平安；在中殿的药师佛前祈求身体安泰、百病不染，在文殊菩萨前祈求金榜题名，在释迦牟尼佛前求官、求财、求寿；在后殿的送子娘娘前祈求子孙兴旺。总之，人们求的大都是世俗生活的阳光雨露。有没有人为尘世的自己和已故亲人求清净和超脱呢？极少。所以娘娘庙每年中元节为往生者办的超度法会，都很冷清。

在前殿与中殿之间，两侧偏殿是法物流通处和禅堂，在中殿和后殿之间，相对应的左右偏殿，是寝堂和斋堂。除了两片菜地，寝堂和斋堂后面的围墙前，还有两处柴垛。堂前屋后，遍种花木，它们都移植自山上，像大雄宝殿前的樟子松、榆树、野百合和达子香，后殿环绕的白桦树，以及山门前的鱼鳞松。两片菜地的边角，也有杂花点缀，好像给菜地镶嵌了花边。这些花儿不是移植的，而是庵里的师父在种菜的时候，随意撒下的花籽，虞美人、孔雀草、扫帚梅、手绢花等，哪种花出苗多，开得旺，就看它们的造化了，所以每年开在菜地的花儿，色彩都有变化。

松雪庵常住的尼姑有三位，她们的法名是慧雪、云果和德秀。因为慧雪是住持，虽说她比云果和德秀年岁小，人们为了区别她们，还是尊称慧雪为师太，称云果和德秀为师父。她们三人中，慧雪和云果是瓦城宗教局从外地恭请来此护法的，她们都是受了具足戒的，慧雪是在五台山削发为尼的，云果师父的出家地说法就不一了，有人说是河南，有人说是山东。从口音来辨别，应该是河南。因为瓦城山东后裔多，人们熟悉那儿的口音。一旦有香客问她来处，云果师父总是一挑眉毛说："出家人只有去处，哪有来处？"虽然她说得禅意深厚，但因她爱挑眉毛，香客们说她修行不深。德秀师父是瓦城人，也是松雪庵最年长的尼姑，她的遭遇尽人皆知。她嫁了三个丈夫，头一个病死，第二个外出打工时犯下死罪被毙了，第三个丈夫是个离异者。他与德秀师父结婚后，哪怕只是头疼脑热的，吃饭噎着了，走路崴了脚，他都疑心自己会死。因为人们说他老婆克夫，她克死两个了，克他自然不在话下。他活得战战兢兢，总觉得老婆提着把看不见的屠刀，随时会刺向他心窝，最后他甚至不敢跟她睡一起了。德秀师父怕他吓死，主动提出离婚。她离婚后，日子过得清贫孤寂，不过有女儿在身边，心底也有寄托。女儿是她与第二个丈夫生的，貌美如花。她高中毕业后报考戏校落第，便去南方打工。不出一年，领回一个比自己大二十岁的男人，说是她恋人。这男人有过两次婚史，在温州开了三家鞋厂，虽外貌不济，但性格随和，也算忠厚。德秀师父见女儿已怀了他的孩子，只好成全他们。谁料婚后他们刚从东南亚度完蜜月回国，这男人有天与生意上的朋友聚会，在酒桌旁突发脑溢血死了。女儿打掉孩子，回到瓦城跟母亲决裂，说她找了算命的，人家说她的不幸皆因是她女儿，母亲的命被上了诅咒，跟她沾边的人，都没好结局，必须跟她脱离母女关系，永不相见，才能摆脱厄运。女儿把户口迁走，彻底离开瓦城后，德秀师父大病一场。她说本想进山，找棵树吊死，但她听说自杀的人去了另一世，不得超生，她害怕了。那时瓦城政府部门为了带动旅游，刚好在金瓮河候鸟自然管护站对面修建姑子庙，正愁庙里尼姑少，知道她的遭遇，又知道她逢人就说活够了，便动员她去庙里。德秀师父对佛教懵懂无知，并不知道菩萨在哪里，但她在生活中遭遇难处时，爱在心里念一句"阿弥陀佛"，可真要跨进它的门槛，内心还是不甘的。她闭门两天，水米不沾，苦思冥想了四十八小时，最终难耐饥渴，还是喝了水，吃了一听午餐肉罐头。她想既然自己没勇气死，那么进庙门也算个出路，无非把"阿弥陀佛"念出声来，把荤戒掉而已。她就把家里的房子卖掉，捐给庙里，带着可用的物件，来到松雪庵，出了家。张黑脸记得慧雪师太为德秀师父剃度的那个晚上，他在月下劈柴，听见河畔传来嘤嘤的哭声。原来德秀师父落了发，心底不平静，溜出松雪庵，到金瓮河畔，跟水中的月亮诉苦来了。张黑脸问德秀师父哭啥。她说："没了头发，这辈子就再也做不回女人了！"张黑脸说："你剃了光头，身上轻快了，该高兴哇。"德秀师父忍不住笑了。张黑脸忘记很多事情，但他记得那晚德秀师父的笑声，比哭丧还要瘆人的笑声。

快到松雪庵时，张黑脸想起德秀师父那夜的笑声，忍不住问周铁牙："女人要是笑得比哭还难听，咋回事呢？"

"要么是她心死了——"周铁牙停下脚步，回身对张黑脸说，"要么是她遇见鬼了。"

张黑脸瞪大眼睛，说："我不是鬼。"

"这么说你私会女人了？"周铁牙说。

张黑脸摇摇头，说："遇见。"

周铁牙眼睛亮了，问："谁呀？"

张黑脸想告诉他是德秀师父，可他说出的却是："天黑，没瞅清。"

张黑脸多年不会撒谎了，这次谎话脱口而出，他有中彩的感觉，手舞足蹈地，忍不住打了声口哨。

第四章

张黑脸和周铁牙进得山门，最先看见的是云果师父。她向来喜欢在素色的僧衣上，以各类佛珠增光添色。云果师父穿一件灰色齐腰棉袍，古铜色荷叶形禅裙，黑布鞋，颈上环绕着一串星月菩提念珠，左腕戴的是红玛瑙手串，右腕是明黄色蜜蜡手串，好像春天先爬上她的手腕了。她提着一把铜质油壶，刚从弥勒殿添灯油出来。

云果师父与周铁牙虽说男女有别，一高一矮，但有点兄妹相，都是四方脸，挺直的鼻梁，小眼睛，薄嘴唇。不同的是，周铁牙眉毛粗短如螺蛳，云果眉毛细长如柳叶。

"云果师父好哇，我们刚回管护站，惦念着师父们，赶紧过来看看，顺便讨碗粥喝。"周铁牙拱手问候。

"你们也来化缘啦?"云果俏皮地应话。

"是啊。"周铁牙笑笑，说，"今儿好像没啥游客?"

"有两个，上去了。"云果说，"这时节青黄不接的，来的人少。等树全绿了，花开了，候鸟人来了，拜佛的就多了。"

"冬天时人多吧?"周铁牙说，"我听说去年来看雪的人多，瓦城机场每天都有几百游客拥进来。"

"人家奔的都是滑雪场，来这儿的人不多。"云果说。

"滑雪倒是比烧香有意思得多啊——"周铁牙感慨道。

云果没反驳，但她挑起了眉毛。周铁牙自知在庙里说这话大不敬，于是做出掌嘴的手势，云果的眉毛这才像出鞘的剑，落了下来。周铁牙发现女人没了头发后，眉毛就突出了，成为脸部的旗帜了。她们的内心感受，都凝结在眉毛上了。你看慧雪师太，她那好看的新月眉，总是那么矜持，就像绣在眼睛上似的，无论遭遇什么，都不会有大的波动。不悲不喜，不怒不嗔，慧雪师太的眉毛就告诉大家了。而德秀师父，她虽不像云果爱挑眉毛，但她蹙眉的时候常有。

他们边说边向上走，经过大雄宝殿时，果然看见一男一女在上香。云果进殿添灯油，周铁牙和张黑脸则穿过殿外小路，直奔斋堂。路过菜地时，他们发现地已翻过，肥沃的黑土在阳光下散发着特有的幽光，看来她们已做好播种的准备了。

德秀师父正在斋堂切土豆，这个冬天她发胖了，面色红润，长脸快成圆脸了，腰也粗了，先前的灰布围裙，扎着显小了。她见着管护站的人，放下菜刀，说了声"阿弥陀佛"，用抹布擦着手，说："前殿的台阶上，前几天落了不少鸟粪，俺就想候鸟都回来了，你们咋还不见影儿呢？俺昨晚和今早，朝你们那儿望啊望啊，烟囱哑巴似的，也没个动静，敢情人都回来了。"德秀师父大嗓门，但以前因声音暗哑，即便动静大，也给人弱的感觉，可现在她声音洪亮。

"张师傅惦记你们，这不赶紧过来送他自己腌的雪里蕻嘛。"周铁牙说。

德秀师父从张黑脸手中接过雪里蕻，看了看，嗅了嗅，说："菩萨保佑，你们这么善心！都开春了，这雪里蕻还油绿油绿的，看来去年秋天腌时，是用大粒盐搓的，没加一滴水，还用瓷坛封了口，放在阴凉处！不然一冬下来，早就熬黄了脸，馊得不能吃了。"

张黑脸瞪大眼睛，吃惊地看着德秀师父，证明她说对了。

斋堂有两口灶，一高一矮，各走各的烟道。矮灶焖了一锅芸豆米饭，高灶烧着水，快开了，德秀师父说她正准备炖土豆海带。她说他们来了，得加个菜，豆豉炒萝卜。周铁牙和张黑脸渴了，德秀师父待水开了，先给他们泡茶。两个人坐在斋堂前的长条凳上喝茶时，德秀师父开始炖菜了，炝锅的油香气飘出斋堂。

周铁牙悄声说："她们炝锅也不搁葱姜蒜，菜味却不错，德秀师父手艺就是不一般啊。可惜她男人无福消受，害得她当了姑子。"

张黑脸嘿嘿笑了两声。

周铁牙问："你笑啥呢？"

张黑脸告诉他，他想起德秀师父刚来庙里时，因不习惯不能吃葱姜蒜了，口里没味，还揣着俩馒头，去管护站的菜地里，偷着拔葱就馒头吃的事呢。记得她被他们发现后，很伤心地说："不吃肉倒也罢了，因为杀生实在是罪孽，可你们说葱姜蒜又不是荤腥，佛家怎么就忌讳这味儿呢？"那时周铁牙还逗她，你要是后悔了，就还俗，爱吃啥就吃啥。德秀师父说："再怎么着，我也不回人间了。"听她的口气，庙里就不是人间了。

周铁牙对张黑脸能记得那天的事，吃惊不已。为了试探他能否回忆起更多的事情，他故意编了个瞎话试探他，说："还记得去年咱回管护站的路上，走到半道，一个姑娘想搭咱车的事吗？"

"对呀——"张黑脸梗了一下脖子说。

"最后你说深山老林出来个姑娘，恐怕是狐仙变的，不让我停车，咱就没理她。"周铁牙进一步引诱说。

张黑脸又梗了一下脖子，说："对呀——"

周铁牙放了心，这至少说明，张黑脸脑子还是糊涂的，从他附和他的话来看，他意识中对他依然是服从的。

德秀师父炖上菜，提着茶壶出来给他们续茶。她说自正月起，瓦城人采达子香花快采疯了，近处的山采没了，都采到庙这儿来了。说是有商家收购达子香，运到大城市高价卖掉。一束达子香七八支，能卖二三十块呢。这花儿又没成本，家家都想捞一笔，野生达子香花快被扫荡空了，看来今年的春色，不比往年好喽。

周铁牙说："也怪这花命太硬了，你说它们大冬天的站在雪里，花心也不死。把它们采了呢，运到山外，十天八天的不喝一口水，也不枯萎。只要进了买家的门，得了温暖，喝上水，就美了，啪啦啪啦地开花了，你说它要是不这么皮实，能被人往远处卖吗？"

"你不说采花的人有罪，倒说花儿命硬！"德秀师父气得手抖，差点儿把茶壶摔了。

周铁牙明白德秀师父为啥恼了，因为瓦城人说她命硬克夫，他说达子香花命硬，她听了自然不快。周铁牙赶紧拱手道歉，说："凡是命硬的，开的花儿都不凡俗啊。"

德秀师父的面色这才平和了，她反身进斋堂，放下茶壶，看了看锅里的菜和灶里的柴，换了条围裙，又出来了。德秀师父新穿上的围裙簇新簇新的，蓝地粉花，围裙边缘还镶着肉色的蕾丝流苏。这条围裙她穿着照例紧巴，且花围裙与她的气质，极不相称，连她自己都不自信，很局促的模样，看上去像一只被缚住的野鸡。

"穿着这条围裙美气呀。"周铁牙违心说着，转头冲张黑脸眨了一下眼，说，"你说是吧？"

张黑脸用舌头舔了一下嘴唇，说："还是灰布围裙更受看。"

德秀师父说："张师傅说的是真话。我就说么，俺戴不了花围裙，可云果过年时进城，给我买了一条，不穿还觉着可惜了。"说完进了斋堂。

"云果师父这是把她往丑里打扮呢。"张黑脸说。

周铁牙狠狠地瞪了张黑脸一眼。

德秀师父再出来时，把灰围裙又请回身上了，她说："俺听说现在公安局和资源监督办抽调专人，在各路口检查采达子香的。你说近山的都快被采空了，这花的花期也到了，现在才管，不是晚了三秋吗？该赚钱的赚了，你能从人家腰包把钱掏出来？"

周铁牙附和说："就是，不干正事，总是马后炮。"

德秀师父似乎憋了好些话，要与他们倾诉。她说上个月她在庙外拾柴，碰见一个采达子香花的男人，她劝他不要采了，留着花儿给菩萨看吧。可那人傲慢地说："老尼姑，我问你，菩萨长着眼睛吗？要是长眼睛的话，为啥正道人没好运，干邪门歪道的人却发财？我再问你，为啥和尚的戒律少，二百五十条，尼姑的多出快一百条？在庙门里还不平等呢，还说什么六根清净、四大皆空，骗你们自己吧。菩萨要看花，百姓就不看花了吗？"

周铁牙心里觉得那男人说得没错，可他当着德秀师父，不得不谴责那人，他瞪大眼睛说："他也不怕风大闪了舌头？！"

"男人要都像周站长这样，女人的日子就好过了。"德秀师父说这话时，目光是放在张黑脸身上的。

张黑脸以为她看他，是让他对周铁牙的话，发表意见，他就对德秀师父说："站长一瞪眼睛，说的都是假话。"

"我刚才瞪眼睛了吗？"周铁牙眯缝着眼，凶巴巴地问他。

张黑脸一脸天真地说："瞪眼了，就像猫头鹰的眼睛那样，瞪得溜圆溜圆的呢。"

德秀师父"咳——"了一声，说："别说呀，这时候咋看不见猫头鹰啦？也不像冬天似的，总听它们叫。"

张黑脸说："亏你是瓦城人，这都不知道？猫头鹰到了夏天去比这更北的地方孵蛋去了，它们冬天才飞回来。"

"也就是说别的鸟儿从南方飞回来时，它得给人家腾地方？"德秀师父说，"是不是它们长得难看，就得挪窝？"

周铁牙说："这跟丑俊没关系，它不是冬候鸟吗？"

德秀师父叹息着，说："咱这还不够凉快？还往北飞，那不是飞进冰窟窿里去了吗？"

张黑脸说："估摸着是它毛太厚了，夏天怕捂出痱子。"

德秀师父笑了，周铁牙也笑了。张黑脸不觉得他说的话可笑，他嘟囔着："快开斋吧，肚子叫了。"

第五章

候鸟回到金瓮河自然保护区后，候鸟人也陆续到了瓦城。

候鸟迁徙凭借的是翅膀，候鸟人依赖的则是飞机、火车和汽车等交通工具。每到初春时节，瓦城的小型机场、火车站和客运站，便人满为患。

夏季回到瓦城的候鸟人，大抵由两部分构成：本地人和外来人。其中外来人以南方人为主。

能够在冬季避开零下三四十摄氏度的严寒，在南方沐浴温暖阳光和花香的瓦城人，要有钱，也得有闲。瓦城人普遍认为，如今的有钱人，一部分是凭真本事、靠自己的血汗挣出来的，另一部分是靠贪腐、官商勾结得来的不义之财而暴富的。在他们没有发案时，可以过着锦衣玉食的日子。在老百姓眼里，这一部分人的比例要高，也最可憎。就拿根在瓦城的候鸟人来说吧，他们选择的冬季栖息地，多在沿海和经济发达地区，三亚、海口、珠海、北海、深圳、广州等。那些地方的房价和房租，始终是涨潮的海水，一浪高过一浪。他们买得起房，付得起房租，并能在那样的城市消费得起，其金钱来源多不是正路的。他们中要么是瓦城各级领导的父母和兄弟姐妹、七大姑八大姨等；要么是与官员关系密切，从而包揽各种市政建设工程的商人。他们深秋从瓦城带走各类土特产，去南方一住就是半年，直到瓦城春暖花开，南方也热了起来，他们才带着新鲜的热带水果返回。另一部分夏季来此避暑的候鸟人，多是生活在南方各火炉之地的老年人或自由职业者，他们生活上相对富裕，这些人很少在瓦城买房，以住旅店和租房为主。所以瓦城的旅游餐饮和房屋租赁市场，随着冰雪消融，生意也回暖了。

周铁牙年轻时当过伐木工，爬冰卧雪让他落下了老寒腿的毛病，一到冬季，膝关节又痛又痒，苦不堪言。他想趁着外甥女在瓦城林业局做副局长，无人敢动他，他在这个岗位多捞一些，再过几年，六十岁了，也能在冬季去南方避寒。

周铁牙和张黑脸回到管护站一周了。来到金瓮河的夏候鸟，多了一个品种，就是东方白鹳。它们站在金瓮河边，白身黑翅，上翘的黑嘴巴，纤细的腿和脚是红色的，亭亭玉立，就像穿着红舞鞋的公主，清新脱俗。他们观察了几天，总共发现六只东方白鹳，它们分三对行动。有一对喜欢在河畔湿地梳理羽毛，另两对爱去树丛。爱在树丛流连的两对，把巨大的巢，都坐在了树木顶端的树杈间，只不过一对选择了白桦树，一对选择了柳树。爱在水边嬉戏的那对，巢在哪里，他们还没寻觅到。总之，金瓮河飞来国家一级保护动物，他们都很兴奋。周铁牙高兴的是，此事上报后，管护经费将增加，他从中渔利的比例也高了；张黑脸激动的是，他终于见到日思夜想的恩人了。

张黑脸第一眼见到在金瓮河畔舞蹈的东方白鹳，就惊叫着跟周铁牙说，当年守护着他的大鸟，就是它啊。

熟悉张黑脸的人都知道，他当年在山中扑打山火，自称与主力扑火队员失联后，在一条长满稠李子的溪谷旁，遭遇到一只虎。饥饿加上恐慌，他昏了过去。等他苏醒时，天在落雨，可他的脸并没被浇着。他眼前有一把巨大的羽毛伞，黑白色，伞柄是红色的，是他此生见过的最华美大气的一把伞。他仔细一看，原来是一只白身红腿黑翅的大鸟，站在他胸腹处，展开双翼为他遮雨。张黑脸说，他一时以为，自己是到了天堂。他伸出双手，左右拂了拂，谁知左手碰到的是一株樟子松幼苗，右手触到的是一个娇嫩的桦树蘑——他把桦树蘑的伞盖给打掉了。张黑脸双手沾染的樟子松和桦树蘑的清香气，让他明白他还在大地上，因为他的手拂到的不是空中的云。他侧身一望，乌云正在他头顶翻滚呢。他苏醒后不久，雨停了，那只叫不出名字的大鸟，收缩翅膀，一跳一跳地消失在密林深处。他吃力地坐起来，眺望天空，在彩虹现身之处，发现了那只腾空飞起的大鸟,它就像去赶赴一场盛宴,姿容绚丽,仪态万方。

从此之后,张黑脸就爱上生有翅膀的鸟儿。

他艰难地走出森林,是与扑火队失联后的第六天。据第一个撞见他的采野果的山民回忆,张黑脸看见他,说的第一句话是:"这是阳间吧?"得到肯定的答复后,他古怪地笑了两声,昏了过去。

他再次醒来时,忘记了很多事情,比如他单位的全称、他结婚的日子、他的年龄甚至他的名字。他本来叫张树森的,可他非说他这一段,一直在一个没有太阳的地方当判官,那里人都叫他张黑脸。他那年四十八岁,却说自己满六十了。他家的邻居姓秦,可他却说人家姓阎。好在他记得老婆孩子,知道老婆叫常兰,女儿叫张阔。他告诉别人,自己在山中碰到老虎,它挓挲着胡子奔向他时,他吓昏了。等他醒来,发现一只神鸟站在他身上,为他遮风挡雨。当时人们都以为他瞎说,瓦城野生动物以棕熊、堪达罕、猞猁、狍子、野猪、灰鼠、雪兔为主,哪有什么老虎的踪迹?可是张黑脸被吓呆后的第三年,一支森林勘察小分队在那一带山里,发现了野生东北虎的踪影,并拍到照片,成为轰动一时的新闻,人们这才相信,张黑脸当年确实遭遇到老虎。可是他所言的神鸟,大家认为那是他对仙鹤的想象,并不存在,毕竟他被吓呆了,说点胡话也正常。

张树森成为张黑脸后,他所在单位防火办的领导,见他痴傻了,不适合做扑火队员了,就给他办了病退,每月领取一千多块钱,成了闲人。他老婆常兰与他恩爱,丈夫这一病,仿佛回到了童年,她有带小孩子的感觉,得处处照应他。怕他闷在家里脑子会更糟,常兰春夏时节,把菜园中种的菜,每日摘取一些,让他用箩筐挑了,担到东市场去卖。收取市场管理费的人同情张黑脸的遭遇,从不收他摊位费。事实上他也没固定的摊位,今天喜欢炸麻花的甜香气,就把担子放在炸麻花的摊位前;明天喜欢葱花油饼的气味,就把担子放在那儿。摊主们也都喜欢跟他挨着,生意不忙时,可逗他解闷。他们还常赏他吃的,麻花、油饼、玫瑰油糕、干炸豆腐圆子、卤蛋、烤鱿鱼等,他卖菜时嘴上很少亏着。张黑脸不像其他摊贩,他卖菜不吆喝,不用秤,不定价,别人说给多少是多少。所以他担来的菜大抵是一种命运,贪图便宜的人会围聚过来,丢下块八角的,一抢而光。当然也有个别好心人看他可怜,多给他一块两块的，他也不知那是多给了，只管把钱收起。无论他赚多少回家，常兰从不埋怨，总是热汤热水地伺候着。

东市场的业主，都爱逗弄张黑脸。他在哪儿，哪儿就是免费的戏台。人们知道他遇险生还后，最爱有翅膀的鸟儿了。卖活禽的就说，鸡鸭鹅也有翅膀呀，从今往后，你就不吃它们了吧？一提到鸟儿，张黑脸的脑袋就不那么木了，他说，鸡鸭鹅又不能飞，是人养的，没灵气，咋不能吃！大家就笑，说鸡也能飞呀。张黑脸说，它也就飞个篱笆，一人多高，算球，真正的鸟能飞到彩虹里去！有人反驳他，说女人发脾气时，常扔鸡毛掸子和鹅毛扇子，力气大的，能扔过房顶呢，这不说明鸡和鹅也能飞得高吗？张黑脸一拍脑袋，说：也是啊，莫不是鸡毛鹅毛附着翅膀的魂儿？听者无不大笑。

最令东市场业主们捧腹的一件事是，有一天卖鱼的老王跑到他摊位前说，张黑脸哇，你还不回家看看，你在这儿卖菜，你老婆在家养汉呢，都被人瞅见啦！张黑脸信了，挑起担子就往家赶。老王说，你挑着担子，那得多耽搁工夫呀。张黑脸用手拍着扁担说，我不挑担子，哪有家伙揍人？老王追着他问，你是用扁担打你老婆呢还是打那个睡你老婆的？张黑脸愣了，说那得问问法官，判我打哪个就打哪个，他挑着担子奔法院去了。

张黑脸病退的次年，张阔要跟个开装修公司的人结婚了。常兰请了个会看黄道吉日的，为女儿择婚日。人家定了一个，张黑脸一旁听了，说那日子没太阳，大暴雨。常兰只当丈夫说傻话，说难道你比神仙还灵，知道半个月后的天气？张黑脸抽抽鼻子，没有吭气。结果张阔结婚的前日还晴朗如洗，可到了大婚的那天，乌云滚滚，电闪雷鸣，新娘入洞房时大雨如注，瓦城一片汪洋。事后常兰后悔没听丈夫的，她担忧那样的天象，会使女儿未来的生活遭遇暴风雨。张黑脸难得说一句安慰话，他对老婆说："闺女多有福气啊，她成亲，老天都出动了，劳神费力打闪电，那不是给她放焰火吗？"

常兰在特特周岁时，突发心梗去世了。没了老伴，张黑脸伤心了好长一段日子，说女人没长翅膀，但尽干些长翅膀的才干的事儿，说飞就飞了。每到年关，按照习俗，人们会给死去的亲人上坟，到了此时，张阔就是再忙，也得领着父亲上坟。因为他单独去了两次，被其他上坟的人看见，他上错坟了。一次他把鸡鸭鱼肉等供品献给了一个癌症去世的姑娘，一次是跑到墓主是个老汉的坟上。张阔这才明白，父亲不认得墓碑上的字了。她埋怨他上错坟的时候，张黑脸说，坟都是一样的，人都是埋进了土里，又没埋进云彩里，供谁不是供？

常兰死后，女儿一家搬来与父亲同住。张阔就手把位于城中心的楼房出租，到了夏天，候鸟人一来，轻松赚上一笔。她还把父母所拥有的这处位于城郊的平房，也部分改造成家庭旅馆，能容五六人入住。这样父亲和他们自己的住屋也就狭小了。张阔觉得在享受的问题上受点委屈值得，因为这样钱才能大方地进来。

父亲去了管护站后，春夏时节，她把他住的那间小屋，也租给候鸟人。她的个人生活，与候鸟人密切相关。除了做点野生山产品的收购生意，候鸟人活动频繁的季节，她就经营家庭旅馆。她爱吃，厨艺好，再加上爱干净，喜欢打扫卫生，她家的旅馆很受欢迎，回头客多。只是她在个人情感生活上，并不如意。张阔的男人近年挣了些钱，手上宽绰了，就常去洗头房和捏脚屋泡妞，很少碰她了。她想你忙活别的女人，让我闲着，我得多给你戴几顶绿帽子，才算对得起自己。她也找男人，不过不固定。今天是修汽车的，明天是开茶馆的，后天又可能是个在她家居住的候鸟人。在她想来，不固定的关系是玩，固定的关系往往要互负责任，闹不好就是你死我活，她可不想在婚姻上伤筋动骨，还想和她男人过，毕竟他们有共同的孩子。所以父亲去了管护站，她非常开心。一则她掌握的父亲的退休金卡里（当然户头名字还是张树森），每月会多出一千两百元的进项（张黑脸在管护站月收入是两千两百块，另外一千块，周铁牙按月给张黑脸现金，做他的零用钱）；二来她更自由一些。所以父亲在管护站期间，她一点也不希望他回城。她与人偷情，常在父亲的那间小屋。一次张黑脸回来撞见她和男人在床上，他皱着眉嘀咕一句，特特他爸咋变这模样了，转身出去了。他回来通常是去城中心的平安大街，这条商业街热闹非凡，他去那儿，就是两件事：剃头和吃饺子。所以平安大街理发店和饺子馆的店主，都熟悉他。

东方白鹳来到金瓮河后，布谷鸟、鹌鹑和夜莺也回来了。张黑脸起得比平素更早了，他朝圣似的，每天洗干净脸，刷完牙，穿得齐齐整整地去岸边投食。那对不知巢穴在何方的东方白鹳，是他观测的主要对象。看它们自哪儿飞来，又向哪儿飞去。他观察了几天后，告诉周铁牙，那对东方白鹳，一定是把巢筑在了娘娘庙附近，它们来去都是那个方向。候鸟没有不爱河里的鱼虾的，所以张黑脸投在岸上的粮食，消耗不多。它们也真是有本事，扑棱着翅膀似立非立于水面上，眼观水下，瞅准目标，利爪就是鱼钩，扁平的喙就是鱼漂，腿就是鱼竿，总能眼疾手快地把鱼拖出水面。

金瓮河完全脱掉了冰雪的腰带，自由地舒展着婀娜的腰肢。树渐次绿了，达子香也开了，草色由浅及深，这天清晨，张黑脸没有像平素那样在该醒的时刻醒来，他沉沉睡着。

周铁牙发动汽车，载着偷猎的野鸭回城了。

第六章

管护站成立几年来，一到夏候鸟飞回的时节，候鸟人回来了，周铁牙就得伺机逮上几只野鸭，带回城里，打点该打点的。

而他逮野鸭的前夜，必定犒劳张黑脸，用午餐肉和野菜做馅，蒸一锅香喷喷的包子给他吃。当然烧酒是必不可少的，烧酒里要兑上安眠药，这样才能保证张黑脸不会起夜，一觉睡到日上三竿的时辰。周铁牙趁他昏睡，将捕猎工具备好，下到金瓮河畔。

飞回金瓮河的夏候鸟，以各类野鸭居多。除了绿头鸭，还有斑背鸭、青头鸭、花脸鸭、凤头鸭等，这些鸭子一来就是一群。它们清晨和傍晚时，喜欢来河里找吃的。它们的巢穴，不像东方白鹳坐在高处的树杈，而是在草滩或灌木丛。瓦城林业局按照上级指示，停止采伐后，林地植被迅速恢复，野生动物也多了起来。所以野鸭的巢穴，常遭到动物们的破坏，尤其是产卵时节，对野生动物来说，找到一窝野鸭蛋，就是得到了最甜美的点心。因而野鸭孵化期间，雌鸭和雄鸭轮流守巢，生怕有闪失。

野鸭生性机敏，它们在河上嬉戏，总有一只野鸭，游弋在靠近岸边的一侧，为同伴放哨。任何风吹草动，都会令其紧张。只要负责警卫的野鸭发出预警信号，它们就扑棱棱飞起。所以逮野鸭对周铁牙来说，也是个智力活儿。林业局为管护站特别配备了一杆砂枪，以防野兽的袭击，周铁牙的枪法也不错，但他只在头两年用砂枪打过野鸭，此后改用他法。一则砂枪动静大，会惊扰其他候鸟，它们会把金瓮河视为危险之地，不再回来。没了候鸟，他的管护站也就不复存在了。还有就是对岸有了娘娘庙，对周铁牙也是无言的威慑。砂枪声传过去的话，等于告诉列位菩萨，他杀生了，周铁牙怕遭报应，所以捕鸭用自制的铁丝网笼了。

这个网笼与捕鸟的粘网不同，不是悬挂在树间，而是放置地上——离野鸭巢穴较近之处。其形态类似捕鱼的须笼，葫芦形。他在笼子入口处投放的诱饵是野鸭爱吃的玉米糁子，当然如果运气好，能打上一些杂鱼做饵，那就再好不过了。野鸭闻到腥味，会热情洋溢地靠拢过来。周铁牙设计的笼子也参照了捕鸟的滚笼，野鸭奔着食物进来后，网笼受到震动，悬着的门会自动弹下来，将它们关在里面。他做了六只这样的网笼，张黑脸问他这是干啥用的，他说是捕鱼的，可它们一次也没下过水。周铁牙对野鸭下手，通常在夜深时分，将网笼分别放在不同的地方，凌晨起来，一出木屋，听见野鸭在哪儿叫得冤屈，那就是它们在哪儿入牢笼了。循声而去，就能看见网笼里怨女似的它们了。

周铁牙随缘，只要逮着不少于两只，对他来说就够用了。当然有时他运气差，一只也逮不着，这时张黑脸就惨了，还得再被烧酒和安眠药折磨一回，直至野鸭"入瓮"。

今年周铁牙运气不错，逮着四只野鸭，全都活着，毫发无损。而他有一年逮的野鸭，被野猪给吃掉两只，落了一草丛的鸭毛，把他心疼坏了。野猪的獠牙很厉害，能把铁丝笼撕裂。周铁牙想着野鸭被野猪生吞活剥了，心也抽搐，他想野鸭若有魂灵，一定恨死下网笼的他了。从那以后，他再下网笼，会彻夜守候着，以防野兽捷足先登，掠人美味。

像以往一样，周铁牙把野鸭从笼中取出，用黑胶带粘住它们哨子似的扁平嘴，再用麻绳把腿绑住，这样汽车在经过瓦城森林检查站时，不会发出任何声息而引起检查人员的怀疑。事实是，检查站的人看见管护站的车，看都不看，拉杆放行。周铁牙把野鸭分装在两个麻袋中，扔在货箱中。怕它们窒息成了死鸭，于是敞着口，这样它们能抻出脖颈。放好野鸭，他把网笼清理干净，放进储物间，看了一眼睡得四仰八叉的张黑脸，暗笑一声，关上门驾车而去。

周铁牙在林间驾车，只要不是冬天，总把车窗敞开，更真切地感受花香鸟语，微风阳光，在他眼里，这是大自然赐给人类的糖果，分享时无比愉悦。天空晴朗，看着充满生机的森林，想着此次捕获甚丰，可匀出一只野鸭，去福泰饭庄卖个好价，他忍不住哼起小曲。

瓦城森林检查站设在城外十公里处，那里一共四个人，分两班轮流执勤。检查站不像候鸟管护站，到了冬天就关了，它常年有人值守。他们主要查猎捕野生动物的、偷伐林木的、防火期进山带火种的，以及像今年这样疯狂盗采达子香的。周铁牙认得每个人，他们知道他有来头，也当他是同行，对管护站的车辆，从不检查。

然而今天周铁牙的车出现时，横在检查站前的红白杠木杆，并未像往常那样拉起。站在检查站岗楼前的两个人，一个是他认识的手持手机的老葛，另一个是个陌生人，穿公安制服的小青年。

周铁牙只得刹车，满脸堆笑，掏出香烟，对着一脸痦子的老葛说："兄弟，还没吃早饭吧？来，先抽支烟开开胃！"

老葛双手一挡，给周铁牙使着眼色，说："老周客气啦，空腹抽烟我就没胃口吃早饭啦！咋的，进城给候鸟上货？"

"我这是进城报喜去，今年飞来了十来只仙鹤呢！"周铁牙夸大着来到金瓮河管护站的东方白鹳的数量。

"仙鹤？"老葛龇着牙说，"骗谁呢，我只在年画里瞅见过。"

"学名叫东方白鹳。"周铁牙说，"跟仙鹤长得一个样。"

"那你们在管护站就是过着神仙日子了？"老葛说。

周铁牙说："哪如你们检查站好呀，离城近，手机有信号能联络人，还能收听广播。我在管护站拿着手机，跟搂着个木头美人一样。再干两年，我就得跟张黑脸一样成呆子了！"

"你们对面不是娘娘庙吗？"老葛挤眉弄眼地说，"晚上找她们唠嗑去呀。"

"跟吃素的姑子住邻居，我都快成和尚了！她们把心里话都变成经，念给菩萨听了，跟我们臭男人哪还有话说呢。"周铁牙示意老葛把木杆抬起，放他过去。

老葛便对那个年轻人说："小刘警官，这一大清早的，你查了不少辆车了，歇歇吧，这次我上车检查，你准备拉杆放行。这是管护站的车，跟咱们算是一行的，肯定没问题，不过按照规定，也不能放过它。"
说完笑笑，跟周铁牙介绍小刘，说他是公安局森保科派来的警官，政法
大学毕业的高才生，去年公安系统招录干警，考到瓦城的。

周铁牙知道，大学毕业生很难考上大城市的公务员，所以有些人选
择报考边远地区一些系统内招，为的是先有一份工作，解决吃饭问题。
这类人中，通常是家庭拮据而无背景的青年才俊。周铁牙见老葛执意检
查，想他就是看到野鸭，也不敢刁难他，于是大大方方地跳下驾驶室，
将后厢门打开，对老葛说："上去查吧，查不到东西，可别哭啊！"

老葛说："瞧您说的。"

周铁牙表面装得坦荡满不在乎的，内心还是有点胆怯。老葛上车后，
他生怕小刘跟上去，主动靠近他，递上香烟套近乎，说："来支烟？"

小刘一脸严肃地说："这是禁烟区。"

"嗨，瞧我这臭记性，把规章都忘了！"周铁牙讪讪地把香烟揣回裤
兜，说，"一进管护站忙起来，我这脑袋就昏了！"他故意拍着小刘的肩
头说，"这么帅的小伙子，一定有一群女孩子追你吧？"

小刘到底年轻，不知这是周铁牙在恭维他，他实心实意地说："哪
里，原来有女友的，都处了三年了，这不看我考到边远山区了，就跟我
吹了。"

"现在的女孩子咋这么势利眼？！"周铁牙故意大声说，"瓦城怎么
了？瓦城就不能活人了？我跟你说，这两年名贵的候鸟，都往这里奔
呢，说明啥？说明这里是人间天堂！你要是能在瓦城扎根的话，就凭你
这小伙儿，女孩子都得疯抢！"

与人说漂亮话，永远是遇卡时最好的通行证。不等老葛下车，小刘
已乖乖拉起木杆，准备放行。

周铁牙见小刘不构成威胁了，赶紧吆喝老葛："老伙计，我说你咋
还没查完？厢箱是空的，难道你在里面遛弯儿？"

老葛应着"就来——"一分钟后，他握着手机跳下车，故意抽着鼻
子，摇着脑袋，做出一无所获的沮丧样。

周铁牙连忙把后厢门"嘭——"的一声关上，说："咋样？"

"刚上去明明看见一只小狐狸。"老葛装着哭腔说，"可是一眨眼它
就不见了。"

"它变成花姑娘溜走了。"周铁牙笑着说，"晚上等着吧，她就来陪你守夜了。"

老葛和小刘都笑了。

周铁牙表面也笑着，可心里笑不起来。他蹬驾驶室的脚踏板时，腿软得踏了两次才上去。老葛看出他内心的慌张，找话跟他说："你这小货车也用了好几年了，换一台吧，现在新出产的，后厢都装了液压托板，能托起两三吨的货物呢，你们装货卸货就不用那么挨累了。"

周铁牙说："只要轱辘还能转，能给公家省点就省点吧，凑合着用，反正张黑脸喜欢卸货。"

周铁牙驾车过了检查站后，心先是轻松了一刻，即之沉重。老葛看到野鸭而没刁难他，这等于欠下一个大人情，得还。还什么呢？周铁牙想到了烟酒，但一想烟酒挥霍后，老葛会忘记他还了人情，不如买件能常伴他的东西送他，电动刮胡刀，或是一件抗风的夹克衫，他见老葛终年穿着的蓝夹克，袖口已磨破了。老葛家境不好，一直过着爬坡的日子，总是一副疲态。他所在的检查站隶属林业公安局，编制上属于协警，他比正式警察，每月少开一千多块钱，医疗待遇也低。老葛的老婆没正式工作，在家政公司做计时工。他们节衣缩食所赚的钱，都贴补到儿女身上了。老葛的儿子在长春一所大学读大二，正是用钱的时候；女儿大学毕业后，应届研究生和公务员都没考上，心灰意冷回到瓦城，目前在一家私人幼儿园当幼教。

周铁牙觉得自己比起老葛，日子好过多了，他和老婆的双方父母，只有岳父还在，跟他小舅子过，无老人的拖累。他的独子在天津读军校，是个优等生。老婆虽没工作，却很温顺，身体健康，操持家务是把好手，常去他那做了副局长的外甥女家，帮着干点活儿。周铁牙清楚，老婆这么快成了外甥女家的义务仆人，也是为了他。只是有次他在她家，见到老婆跪在地上擦地板，外甥女却偎在沙发上吃燕窝红枣羹，心被刺痛，再见外甥女时，有股说不出的嫌恶。

周铁牙与往年春天偷着带回野鸭一样，进城后先给领导进贡。他用麻袋拎着两只野鸭，先去了林业局邱德明局长家。局长的父亲邱老，刚从三亚回来，保姆打开门，他正咳嗽着，一见着周铁牙，立刻两眼放光，边咳边说："我估摸着、你、该来了，半年、没见，咋、咋瘦了？"

周铁牙笑着说："肉吃得少，就瘦了。"

"咋了？你在管护站、还亏着、嘴上了？等德明、回来，我告诉他、多给你、拨点经费。也不能、让候鸟吃香的喝辣的，素着你吧？"邱老越说，咳嗽得越厉害。

周铁牙问他，这是咋了？邱老说在三亚一待半年，虽说在瓦城生活了大半辈子，直接从那儿飞回，还真有点不适应这儿的气候了呢。以后要学候鸟，一路迁回，边走边歇，就不会出现不适了。明年他会在中途停留一周，选择那些能游玩的城市，比如洛阳、天津、青岛。

周铁牙一边跟邱老说着话，一边按保姆指引，把野鸭搁在厨房。他敞开麻袋口，见野鸭还都活着，松了口气。它们抻着脖颈，看着这个陌生之地。也许因为愤怒吧，周铁牙觉得野鸭的眼珠是血红色的。

"嗬，两只鸭，看上去、都挺肥呢。"邱老跟到厨房，看着野鸭，心花怒放的。

"是您老有口福哇。"周铁牙撒谎说，"我把逮着的，都给您老带来了！您可以先宰一只，过两天再宰另一只。不宰的那只放在阳台，给点杂鱼，养一个礼拜都没问题！"

邱老夸他的主意不错，他指挥保姆，先宰杀那只斑嘴鸭。说是开河的野鸭，天下第一美味，他晚上要好好喝壶酒。他说在海南岛过了一冬，让海鲜把胃给整寡淡了，他要让一锅浓油赤酱的野鸭，给他的胃弄高兴了，把病赶跑！

周铁牙出了邱局长家，又驾车到城南的外甥女家。他从后厢取出一只花脸鸭，塞进一只黑胶塑料袋，提着叩门。

不出所料，是周铁牙的姐姐周如琴开的门。她今年六十七了，矮个，枯瘦，头发稀疏灰白，目光黯淡，气色倒是不错。周如琴丈夫死得早，他们育有一儿一女。怕儿女受欺负，她没有再嫁。如今儿子在深圳做生意，女儿在瓦城林业局当副局长，儿女都出息，她的晚年生活也就人见人羡。依据候鸟的习性，她暑来寒去，半年跟着儿子在深圳，半年跟着女儿在瓦城。

女儿女婿上班了，外孙上学去了，只周如琴一人在家。虽然姐姐去深圳这半年，周铁牙给她打了几个问候电话，但姐弟俩毕竟半年未见了，少不了叙些家长里短的事情。他们说话时，周如琴始终抱着心爱的泰迪犬。它每年跟着主人，南来北往的。周如琴乘坐飞机，就把它放进宠物箱中托运。所以一到春天，候鸟人迁回时，瓦城机场的行李传送带上，常传来猫狗的叫声。若是主人喊它们的名字，它们叫得就格外起劲。

周如琴对弟弟说，现在不比从前，做官要处处谨慎了。她告诫弟弟在外不可仗着外甥女做官，任意妄为。水满则溢，月满则亏，不要说大话，为人低调些。以后野鸭也不要送了，不能因贪口腹之欲，铤而走险。话虽这么说，她对野鸭还是表示出热情。周铁牙知道，尝鲜加之特权享受带来的优越感，是姐姐钟爱野鸭的原因。周如琴吃野鸭从来都是清煮，不加调料，慢火宽汤，炖两三个小时，然后把鸭肉捞出，只留两三碗的浓汤，加少许的盐喝汤，说这才是真正的尝鲜。而捞出的鸭肉，她会为女儿罗玫做干锅鸭肉。这位瓦城林业局最年轻的副局长重口味，喜欢水煮鱼、麻辣小龙虾、香辣蟹、火爆鸡丁、熘肥肠，所以干锅鸭肉里要放足麻椒和辣椒，才称她意。这也是罗玫每年开春，最盼望出现在餐桌的一道菜。

周铁牙想像往年一样，帮姐姐把鸭子宰了，收拾干净再走。因为周如琴小心谨慎，不信任外人帮忙。可周如琴却对弟弟说，女婿和罗局长今晚各有聚会，不回家吃，外孙放学后会去吃他喜欢的麻辣烫，然后去家教家补课，所以鸭子要等到明天再杀。听到姐姐管外甥女叫"罗局长"，而不是"玫玫"，周铁牙心里很不舒服，起身告辞。走前周如琴送他一样东西，说是从深圳带回的，香港造的电动按摩棒。但凡腰颈不适，通上电后用它按压，舒经通络效果极好。周铁牙嘴上说着还是有姐好，心里却想自己半年时间在管护站，那里没电，送这个礼物给他，只能冬天使，看来姐姐并未真正把他放在心上。

周铁牙怅惘地出了姐姐家，去了福泰饭庄，顺利地以四百元的价格，卖掉了最后那只野鸭。处理掉野鸭，等于排除了所有地雷，周铁牙不怕上路了，他去了自己的单位营林局，让局长看他拍到的金瓮河上的东方白鹳照片。

局长蒋进发五十八了，正处于退休前的工作懈怠期，上班晚，下班早，每天喝茶看报，棘手的事情一概往后推。他为迎接自己的退休生活，选择了一门爱好——风光摄影。他置办了一套高级摄影器材，随身携带，常在清晨、傍晚，驱车去林中拍日出日落。拍得多了，他总结了一套人生哲学，说是人生就是两步棋，日出和日落。走完了日出，就得下日落这步棋。以前他对在文联工作的人嗤之以鼻，说那儿的人半疯，现在却乐得加入疯人的行列，参加他们组织的瓦城风光摄影大赛，作品还拿过金奖呢。

蒋进发看到金瓮河上东方白鹳的照片，不由得啧啧赞叹："美哉，美哉！"他当即喊来办公室主任，让他写个追加管护经费的情况说明，他要多批给管护站一万五千块钱，周铁牙自是喜出望外。蒋进发还喊来常务副局长，说是上头有精神，领导该多下基层，他明天早晨要去管护站做实地调研，待个三两天。周铁牙知道，他是奔着摄影去的。以往蒋进发去，只是打个转，这次去说要住下，周铁牙又喜又忧。喜的是伺候好了领导，经费还会增加；忧的是万一东方白鹳挪窝了，飞出保护区，蒋局长会失落。领导一失落，他失落的就可能是银子。

周铁牙表示，等他给候鸟买了粮食后，立刻返回管护站，做好接待准备。蒋局长说不必了，他这次不坐专车，就乘坐他的厢式小货车，明早出发。周铁牙说，他还从没让张黑脸一个人在管护站过夜，这呆子万一惹出麻烦就惨了。

蒋局长说："他还能把房子点着咋的？"他拎起平素签字的金笔，豪迈地说，"他要真是烧毁了房子，你也不用担心，我给你批钱，咱再盖新的！"

周铁牙只能听命了。他想在城里住一夜也挺好的，中午回家让老婆给他做手擀面，下午去粮站给候鸟买粮食，空闲时间可以喝个茶，捏捏脚，泡泡妞。当然，还得去趟服装市场，给老葛买件便宜点的夹克衫，堵他的嘴。由夹克衫，他突然想到蒋局长要住在管护站，闲置的那套被褥不干净了，得给他买床新被子。

第七章

德秀师父拎着禅杖走到管护站时，是上午八点多的光景。

她过月牙桥时，特意停了一刻，看了看管护站的木房子。她发现烟囱没冒烟，以为他们起得早，吃过饭了。看过烟囱，她就看桥下波光荡漾的金瓮河。阳光铺陈在水面上,她望见不远处有一对野鸭在波光里凫游,翅膀忽而热情张开,忽而紧张地闭合,也不知它们是梳洗呢,还是有意撩拨水面的阳光。

望着那对相依相伴的野鸭,德秀师父忍不住叹了口气。出家人无喜无悲,可她的叹息还是多。她怕慧雪师太和云果师父听到她的叹息,所以很想叹气时,她就走出娘娘庙,找一个对象叹气,比如一朵花、一团雪、一棵树、一片云,甚至叶脉上的一颗晨露。

德秀师父叹过气,越过桥,走向管护站的木房子。她故意走得动静大,脚踏地时"嗵嗵——"的,还不时用禅杖敲地,想让他们知道来人了。可是直到她走到门口,也没人迎出来。她敲了敲门,无人应答。她想他们也许去灌木丛喂鸟了,就将禅杖杵在墙根,坐在门前的木墩上,边歇边等。坐了一刻钟,仍不见人影,她觉得口渴,想着门也没锁,干脆进去先找碗水喝。

德秀师父拉开门,走向灶台,拎起水壶,晃荡一下,听到的不仅是水声,还有西南屋子传来的鼾声。她蹑手蹑脚走过去,悄悄拉开门,见张黑脸躺在炕上,睡得呼呼的。不知是昨夜炕烧得太热,还是他身上火力过旺,蓝花被子被他蹬在一旁。他穿着黄背心、绿裤衩,仰着头,又着腿,摊开胳膊,像只大青蛙。那腿和胳膊肌肉发达,透出红松色,一点看不出是快六十岁的人了。

德秀师父除了自己的三任丈夫,没见过其他男人的睡姿。猛一眼看见这样的张黑脸,不自觉地联想起她那三个男人,他的躯体竟比他们都好。好在哪里呢?是肤色好,还是健壮,抑或他憨憨的样子惹人怜?似乎都是,又都不是。德秀师父觉得她这样看张黑脸犯戒了,在心里叫了声"阿弥陀佛——"赶紧出去了。她也没敢喝水,怕弄醒张黑脸,彼此尴尬。她再坐回木墩上时,脸热心跳,口更加渴了,但她只有忍着,等他自然醒来。

又过了半小时,九时许,木屋终于有了响动。先是脚步声,随之是咕咕的喝水声。德秀师父连忙起身,抖了抖僧袍。因为她这一坐,僧袍长了皱纹似的,弄出了许多褶痕。

张黑脸推开门,先抬眼看了看太阳,然后又看了看手表,很困惑的模样。当他收回目光,发现德秀师父立在一旁,吃惊不已,后退一步,指着她说："你是娘娘庙的师父，还是影子？"

德秀师父叹息一声，说："你这个人啊，咋大白天的冒鬼话呢？"告诉他自己来了有一会儿了，以为他和周铁牙去喂鸟了，便坐等他们。

张黑脸挠着头说："噢，影子不能说话，你是真的德秀师父。"

德秀师父说："俺倒希望是个假的，真的就不在娘娘庙里了。"

张黑脸一脸狐疑地望着德秀师父，他没听明白她的话。他说自己也不知咋了，一觉把太阳睡得这么高了。往常太阳没出，他就起来了。

德秀师父说："春困秋乏，也是常理儿。"

他们说话间，几只云雀"啾啾——"叫着飞过，张黑脸仰头看时，其中有调皮的，趁机投掷"炸弹"，把屎遗在他脸上。德秀师父见张黑脸满面狼狈的样子，忍不住笑了。

张黑脸对德秀师父说，他憋了一夜，得马上去干云雀刚干完的坏事了。德秀师父摆摆手，示意他行他的方便去。

张黑脸出了茅房，先打了盆水，把脸上的鸟粪洗掉。他对德秀师父说，停在木房子后面的小货车不见了，看来周铁牙进城了。

德秀师父说："他进城也不跟你打招呼？"

张黑脸说："进城跟拉屎撒尿差不离，平常事，用不着说。"

德秀师父说："那你刚刚去茅房，不是也跟我说了吗？"

张黑脸道："你是客人，我去哪儿得跟你知会一声。"

德秀师父觉得张黑脸说得在理儿，她赞许地笑笑，问张黑脸早饭想吃点什么，她帮他做。

张黑脸说："你可不能碰这儿的灶台，净是荤腥，肮脏了你们娘娘庙的人，那可坏了。"

德秀师父说："你这是打发我回去了？那你也不问问，平白无故的，我干啥来了？"

"对呀——"张黑脸拍了一下自己的脑门，问，"娘娘庙出了啥事？是不是白腰雨燕又回来坐窝啦？"

"你能记着白腰雨燕坐窝的事，看来记性又发芽了！"听德秀师父的口气，张黑脸的记性是枯树，现在它返青了。

张黑脸愣了一下，咕哝着："我的记性死了吗？俺咋不知？我记着这些年见过的很多翅膀呢，白的、黑的、绿的、蓝的、粉红的、金黄的，俺的记性就没不活过。"

德秀师父呵呵笑出声来，说："你咋跟俺一样，说自己时，一会儿是'我'，一会儿是'俺'，你到底是'我'还是'俺'？"

张黑脸让她给绕迷糊了，嗫嚅着说："我还是俺，俺还是我？"最后他似乎厘清了，一拍手说，"我是俺，俺是我嘛！"

德秀师父也跟着拍了一下手，喝彩似的叫了一声"对呀——"然后切入正题，说："今年来的不是白腰雨燕，是一种俺从没见过的大鸟！"德秀师父张开双臂，比画着，"它白身子，黑翅膀，腿脚红色，腿都快赶上俺胳膊长了，脖子也长，飞起来怪吓人的，带着风声。它们一共两只，一天到晚忙活坐窝。你猜它们把窝坐哪里了？"

"是白腰雨燕相中的地方？"张黑脸说。

"才不是呢。"德秀师父撇了一下嘴说，"它们猴精，把窝坐在了三圣殿顶的烟囱旁。你想啊，那里是娘娘庙的后身，清净，在烟囱旁还能避风遮雨，它们的后身就是山，哪棵树上有虫子都瞅得清，它们等于待在暖窝，守着大粮仓呢。"

"真是不假啊。"张黑脸说，"今年来了三对白鹳，有两对的窝，我都找到了，就这对没发现把窝坐在哪儿。看来俺猜对了，它们把窝坐在你们那儿啦！"

"你聪明啊，咋猜出的呢？跟俺说说。"德秀师父眨了一下眼睛。

"它们到河里吃喝玩乐时，是从你们那个方向过来的，走时又朝你们那儿飞去。这就跟你在娘娘庙一样，你每天从那里进出，铁定就是住在里面的人嘛。"张黑脸说。

德秀师父有点不高兴了，说："我从那儿进出，就是那儿的人了？"

"那是一定的。"张黑脸果决地说。

"那你每天进出茅房，难不成俺就得猜你住在那里？"德秀师父故意强词夺理，她想趁着周铁牙不在，探探张黑脸的智商是否回升了。

张黑脸生气了，沉着脸回敬道："要是猪这么猜我，我不和它计较，你这么猜，我和俺，都不高兴！猪和人，咋能是一样的脑子呢？"

德秀师父受了奚落，反而欢欣鼓舞的，眼睛洋溢着愉快的光泽，语气也温顺了。她比画着告诉张黑脸，白鹳坐的窝，从三圣殿下面望去，比脸盆还大呢。这鸟真有力气，衔来的筑巢东西中，不仅有树枝、苔藓、败草和湿泥，还有小石子呢。它们的窝，比白腰雨燕的要牢靠多了！现在的问题是，它们老在三圣殿顶交尾，还发出"嘎——嘎嘎——"的叫声，实在是对佛的不敬。她们进出三圣殿时，都得等它们离巢才行。还有，它们竟吃让人作呕的老鼠。有一天云果去三圣殿添灯油，看见其中的一只衔着老鼠回窝，恶心得她直吐，灯油也洒了，不敢再去三圣殿了。她是想来问问，他们能不能帮个忙，给这大鸟挪个窝？

"慧雪师太让你来的？"张黑脸问。

"云果让我来的。"德秀师父实话实说，"慧雪师太说来者皆是缘，不驱赶，也不刻意留，随它们来去。话是这么说，可她也不怎么喜欢它们吧。以前她每日早晚，各殿都要走一遭的，现在她也不怎么去三圣殿了。你说这刚刚是春上，游人还不多。等过一段进香的人多了，三圣殿香火又是最旺的，看见它们这样，成什么话！"

张黑脸明确告诉德秀师父，这大鸟当年救过他的命，是神鸟，它身上的每片羽毛都有来历，不能端它们的窝。它们把窝坐在三圣殿，是这座殿的造化，菩萨心底喜欢，才会招来它们。鸟儿和人一样，造个窝不容易，他可不想做野蛮的拆迁者。再说它们一起睡过了，估计就要产蛋孵蛋了，他更不能让它们的后代，居无定所。

德秀师父听到他说"它们一起睡过了"，脸红了一下，她用手掸了掸僧袍，说："既然这么着，就算我白说。俺们出家人，本也不该管鸟儿的七情六欲。它们又没出家。"

"鸟儿咋出家？"张黑脸说，"它们要是剃了头，等于让人拔了毛，那多瘆人啊。"

张黑脸对德秀师父说，他得去喂鸟了。他撂下她，去粮仓舀了一盆谷物，端着去河畔了。德秀师父望着他坚实的背影，听着他"咚咚——"的脚步声，心底不知怎的涌起一股柔情，尽管张黑脸说不用她做早饭，但她很渴望为这个男人做顿饭。她进灶房，喝了碗隔夜的凉白开，生起火来。她察看了一下灶房的吃食，米面油盐一样不缺，北侧墙角的阴凉处，有鸡蛋、土豆、洋葱、萝卜和一把芹菜。德秀师父最会做疙瘩汤了，她切了洋葱，舀了一碗面，放在面盆中备用。然后用面碱，把铁锅刷得干干净净的，烘干，倒油，油七八分热时，加入洋葱爆香，添了一瓢水。她盯着北侧墙角的那些蔬菜，觉得它们不够新鲜，就把灶膛的火向外撤了撤，出了门，拎起禅杖，去桥下采刚长出来的水芹菜。她刚才路过时，看见了一片。

德秀师父还没到走路需要拐杖的年纪，但她只要独自出娘娘庙，就要拎着禅杖。禅杖于她来说，用途多了。雨水大时，山间会涌现溪流，她蹚小溪时，可试水的深浅；走路若遇见蛇和野狗，能做捕蛇器和打狗棒；看见高处够不着的稠李子，能将其打落枝丫，轻松吃到野果；还有，万一碰到心怀不轨的人，可把它当武器。还有，她觉得慧雪师太赐她的禅杖，法力无边，如遇危难，能逢凶化吉。

德秀师父采水芹菜时，远远望见了张黑脸。他蹲在河畔，看着河面的野鸭。等她采完野菜，两只白鹳从娘娘庙方向飞来，她想这一定就是在三圣殿坐窝的夫妻了。它们悠然落在金瓮河上，不用说，那样的翅膀扑打出的涟漪，会像礼花一样绽放。

张黑脸喂完鸟回来时，德秀师父已做好了疙瘩汤。她打了两个鸡蛋兑在面里，所以搅和的面穗，既筋道又漂亮，像一颗颗琥珀。德秀师父把疙瘩汤盛在海碗放在灶台上，唤他吃饭。张黑脸客气了一句，抓起筷子，呼噜呼噜，很快把它消灭了。吃完舔了舔嘴唇，忽然抱着头呜呜哭了。德秀师父从未见他哭过，吓了一跳，她用禅杖敲了敲地面，说："做得不好吃，你也犯不着哭呀。你说我何苦给你做这顿饭，惹你伤心呢？"

张黑脸抬起老泪纵横的脸，抽抽噎噎地说："俺好多年没吃过女人做的饭了，真是好吃得让人受不了啊。"说完，哭得更凶了。

德秀师父听了他的话，又喜又怕。喜的是他认可她的厨艺，女人被男人夸饭做得好，就跟他们夸自己好看一样受用；怕的是张黑脸过于感动，万一非礼她，毕竟他的脑子和常人不一样。德秀师父没说什么，她用禅杖轻轻叩了一下张黑脸的背儿，算是安慰和道别，放开大步回娘娘庙了。在过桥的时候，她停顿了一刻，反身望了一眼管护站，叹息一声，这次她的叹息对象，是木房子中哭泣着的张黑脸。

张黑脸哭够了，洗了碗筷，又洗了脸，给水缸压满水。管护站和娘娘庙的洋井，都是专业的打井队打的。洋井的井头和压杆的形态，特别像一只单脚立着睡觉的白鹳。因为采用活塞式抽水机，每次压水前，得先向井头注些清水来引水，这样深处的水，随着压杆的运动，会从铁管中直线上升，喷涌而出。管护站的洋井，打了七八米就见水了，而娘娘庙的洋井，据说打了十多米才有水。越深处的水越好喝吧，张黑脸每回在娘娘庙喝水，总觉得那儿的水，比管护站的甘甜。

德秀师父走后，张黑脸突然觉得有些孤单，以前他是没这感觉的。他想多找些事情做，打发时光。他先淘了茅房，将粪肥用土培上，预备追肥用。回到管护站后，他已将茅房旁开出的那片地，种了各色蔬菜。现在菠菜和小白菜已经出苗了，前日泡在碗里的花豆角籽，也要发芽了。他淘完茅房，便用镐头刨了两条垄，预备种豆角。做完这些活儿，他仍觉心里没着没落的，就把自己胡乱卷起的被子，重新叠了一遍，将炕和地，都扫了一通，又将木屋前的空地扫了，然后盯住德秀师父坐过的木墩，凑上前去。那是个半米直径的榆树墩，好几十年的树龄了，木墩被磨得光滑平整，但它的年轮清晰可见。仿佛这里也有鸟儿飞过，那一圈环绕着一圈的年轮，就像水面泛起的涟漪。张黑脸抚摸着木墩，不知是太阳晒的，还是德秀师父身体的余温犹在，木墩热乎乎的，令他想入非非。但他很快意识到这样对待一个朋友不好，这不等于摸人家的屁股吗？连忙离开木墩，继续找事做。

张黑脸去了储藏间，打算拿须笼去河里捕点杂鱼，晚上炸鱼酱吃。他进了储藏间，看见周铁牙做的网笼，心想也不知它们下水后，能不能逮着鱼，打算试试运气。他拎起网笼的时候，一片浅褐色的羽毛，像林间秋叶一样飘落下来。他一眼认出，这是斑背鸭的羽毛！难道周铁牙用它捕了野鸭？想想他刚才去河畔喂鸟时，发现今日出现的野鸭，确实比往日少，而且瞅着也不那么活泼，他的心阵阵下沉。

张黑脸走出木屋，攥着鸭毛，坐在木墩上，等着审问周铁牙。他没想到，这一坐就是一夜。

第八章

周铁牙载着蒋进发经过检查站时，是早上七点的光景。他们一起在平安大街的口口香饭庄吃的早点，那儿的油条和豆腐脑、烧饼和羊杂碎汤，以及芥菜咸菜，价廉物美，把半城人的胃给拴住了。瓦城很多上班族，都喜欢去那儿吃早点，吃完顺路就上班了。

平安大街的前趟街是福照大街，瓦城林业局党委和政府、公安局、法院和检察院，以及财政局、建设局、水利局都在这条街上。而平安大街后趟街的七星大街，也是显赫的一条街。人大政协、民政局、社保局、司法局、营林局、教育局、农委、瓦城一中和瓦城人民医院，均设于此。夹在这两条街道之中的平安大街，就像汉堡包中间的肉饼或香肠，备受青睐。

平安大街有四家商业银行的业务网点和两家邮局，这里商铺林立，饭店、旅馆、药房、照相馆、干洗店、五金店、服装店、首饰店、鞋铺、食品店、理发店、按摩院、洗脚屋、房屋租赁中心、婚庆公司、装修公司、电脑维修中心、汽车修理铺等，应有尽有。这条烟火气十足的街，也成了瓦城人气最旺的街。初来的候鸟人到了瓦城，想买什么东西却不知去哪里买，向当地人问询时，他们多半会说，去平安大街吧，那里要什么有什么！

周铁牙在平安大街花一百二十元，给老葛买了件藏蓝色夹克衫。路过检查站时，本想给他，可老葛不当班。过了检查站后，他想幸亏老葛不在岗，万一给他夹克衫，势必引起检查站其他人的怀疑，揣测他们之间有猫腻。再说蒋局长在旁，他送礼物给一个值岗的，他也得怀疑他有短处被老葛攥着。管护站的短处能是啥？脱不开野生动物的干系。这样一想，觉得休班的老葛真是甜和他，他打算下次回城时约他喝点小酒，顺便把夹克衫送了。周铁牙心生愉悦，忍不住歪头冲蒋进发笑了笑。

蒋局长见他如此开心，问："啥事让你这么高兴？"

周铁牙说："领导光临管护站指导工作，我脸上有光啊，您没看太阳笑着，达子香花也笑着，我估摸今天金瓮河上的各种鸟儿，知道您去，肯定一早也打扮上了，我能不笑吗？"

蒋局长说："周站长真是越来越会说话了，你外甥女，哦，我该叫罗局长的，她那么会来事，随你吧？我看她不像她妈，前两天我在早市碰见你姐，跟她打招呼，她只是点点头。"

"咳，她就那么个人，打小脸上就没个笑模样。不爱笑到底是不好啊，老早成了寡妇，子女再出息有啥用？心里是孤苦的。别说是你了，我知道她该从深圳过完冬回来了，昨天回城特意抽空去看她，她跟我也没几句话。不知道的，还以为她仗着闺女当官，跟人爱理不睬的呢，其实她天性就这样！"周铁牙说。

"是啊，罗局长就不这样。漂亮不说，脾性还好。见着我们这些比她长一辈的下级，也从来都是不笑不说话的，特别亲民。她是瓦城最年轻的副处级干部，大家说她很快能提到正处。到了正处，再上一步，是轻松的事！都说市委方书记特别赏识她，咱瓦城一把手去市里汇报工作，都得跟秘书预约排队，可罗局长去方书记那儿，从来不用打招呼！方书记秘书出来都说，罗局长一去，方书记能高兴好几天！"蒋进发说完，才意识到这样拍马屁等于揭人疮疤，赶紧往回收，说："外人传的话，也未必准。还说罗局长去市里时，晚上陪方书记去看专场电影，谁信呢?!"

周铁牙看了一眼蒋局长，面有愠色地说："嘴长在别人身上，谁不怕说瞎话烂嘴就说去吧！玫玫可不是那种人，她和丈夫好着呢。"说完，按了几下喇叭，似在抗议。

蒋局长没想到自己连说错话，看来真是老糊涂了，该退休了。他也奇怪，自打这两年爱好上风光摄影，太钟情于大自然吧，他与人交往时常冒傻话，连他老婆都说他现在脑子坏了，建议他去医院做个脑核磁共振检查，看看是不是脑萎缩了。

蒋进发嘲讽自己，说："我真是该早点回家了，现在脑子一团糨糊，快成张黑脸了吧！"

"张黑脸今年脑子可比往年活泛多了。"周铁牙说。

"怎么讲?"蒋局长饶有兴味地问。

"他知道给尼姑献殷勤了。"周铁牙说，"这次回管护站，还特意带了自己腌的雪里蕻，送给她们炖豆腐吃呢。"

"人类的自然属性使然啊。"蒋进发慨叹着说，"这两天我在管护站，也想顺路拜拜娘娘庙呢。你想啊自古以来，不论是当官的还是做百姓的，哪有不磕头的呢?"

"就是。"周铁牙说。

蒋进发又说："说起张黑脸来，他闺女可不像他那么窝囊，张阔太厉害了！你们在管护站，不知道前几天她大闹公安局的事情吧?"

周铁牙一愣，说："昨晚也没听我老婆说起，咋回事呀?"

蒋进发说，春节后盗采达子香的行径屡禁不止，进山的检查站形同虚设，人们从山中小道绕过它，照采不误。检查人员无法追查源头，就去物流公司排查，看看是哪些人把达子香批量运往外地。结果发现最大的单，都来自张阔。擒贼先擒王，公安局森保科的人，就去她家把她带走了。张阔怎么着？她接受询问时，说花是她收购的不假，但不是她采的。也就是说，如果采达子香的人犯罪了，她顶多是包庇罪。警方让她说出是哪些人采的达子香，张阔拒不交代。理由很简单，她说采达子香的，都是生活中最穷困的人，有钱有势的，谁会挣这点辛苦钱？还不够人家塞牙缝的呢。她还说采达子香运往大城市，这是扶贫。大城市人看上去光鲜，可过得不痛快，精神空虚，这也是贫穷。他们没养过这样有生命力的野花，所以对达子香有需求。山里人抚慰了城市人的灵魂，是不是扶贫呢？她还指出最关键的一点，说在《野生植物保护条例》里，只说不能采集珍贵野生树木，以及林区内草原上的野生植物，可它并没有说达子香不能采，既然法律没明确规范，采它就不违法。总之她认为自己是个遵纪守法的公民，被公安局带走，侵犯了她的公民权。森保科的人被她噎得没反击能力，最后想低调处理，罚她两千块，让她走人。可张阔说她没违法，罚她没依据，坚决不从。再说她和丈夫都没正式工作，还要养活孩子，属于政府该救济的人群。森保科的人知道碰到难缠的人了，就降了一千块，说罚她一千元，结果怎么着？她将绒衣和胸衣唰唰脱掉，露着两个大奶子，说她身上最富裕的就是它们了，看它们能值多少钱，割去抵钱！这一着可把所有审她的人，都吓得快成她多张黑脸了，没一个不呆的。她的乳房又大又白又嫩又挺，审她的人傻傻地看了好半天，才一个个走出审讯室，唤一个女警去帮她穿上衣服，把她放了。不放咋办？她啥招儿都敢使啊。张阔没事了，可审她的两个男人，家里就不太平了。他们回家说与老婆，说同样是女人，人家张阔咋就那么像女人呢，你们咋这么干瘪呢？结果他们的老婆闹起来，说丈夫是流氓，她们找公安局的领导，说工作场所成了色情表演场所，领导得负责任。这次行动没治了张阔，公安局自己倒添堵，这事传出来后，老百姓乐啊，都夸张阔有能耐呢。

蒋局长讲完故事，叹息一声说："以前我还以为干公安的男人，荤素不吝，这件事让我明白，他们还真挺素的，没开过大荤呢。就说张阔那样的奶子，在瓦城的按摩院和捏脚屋，不难找吧？"

"他们哪有蒋局长见多识广——"周铁牙嘻嘻笑了。

蒋进发一拍大腿，说："你看，我跟你说真话，你倒又把我绕进去了。我也是听说，那些地方我是不去的。我就是不约束自己的话，官职也约束着我呢。再说这小城又不大，去那里谁认不出你来？"

周铁牙说："所以啊，人家说你们这些当领导的，最喜欢出差了，在外地进个洗浴中心，叫个特殊服务啥的，没人知道你是谁。"

"就你懂得多！"蒋进发赶紧转移话题，问，"说说你咋叫周铁牙的？最开始大家以为这是你的外号呢，谁想本名就是这。"

"我的名是我娘给起的呢。我娘也是个命苦的人，她怀的第一个孩子是男孩，刚生下不到一礼拜，就死了。第二个才是我姐，也就是罗玫她妈。生了我姐之后呢，我娘再怀一胎，六个月时流产了，又是个男胎。所以她平安生下我这个带把儿，怕阎王爷再把我收了去，就叫我'铁牙'。意思说我有铁齿钢牙，什么小鬼来了，都会把它们嚼得稀巴烂！"周铁牙说完，故意咧着嘴，让蒋局长看他的牙，说，"我娘这名字取得也真灵，我这五官还真没出彩的，您看啊，小眼睛，肿眼泡，薄嘴唇，眉毛又浅，不好的我都占全了，就是这口牙，我是又抽烟又喝酒的，又爱吃甜食，可它们全是我的心腹，一颗不缺，没有虫蛀，嚼石子都不在话下，颜色还白，您说奇不奇呢？"

早晨往来的车马少，阳光照得人心里又暖，砂石土路虽说偶有坑洼，但二百多里的路并不算长，他们一路谈笑，两个多小时后，到达管护站。张黑脸拈着一片鸭毛，正坐在木墩上。见到熟悉的车子停下，他沉着脸走过来，也不顾蒋进发在旁，把鸭毛插进周铁牙的鼻孔，郑重宣布，以后管护站的站长不姓周，姓张了。周铁牙被罢免得莫名其妙，拔出鼻孔的鸭毛，嘲讽地说："你这是犯病了吧？让不让我做站长，蒋局长说了算啊，你可没权免我。"

张黑脸喘着粗气说："俺等你一夜了！储藏间网笼挂了鸭毛，谁都知道，那间屋窗户和门都关着，野鸭飞不进来。网笼是你做的，俺没用，你用它干了啥，你说说看哪！我和俺，不能答应你这么干！你不是站长了，哪儿有站长晚上不回管护站的！"

周铁牙心里的鬼被张黑脸捉住了，脸色就很难看，难道自己没清理干净网笼？好在张黑脸精神异常尽人皆知，他说的真话，在别人听来也一定是胡话，所以他回避张黑脸富有杀伤力的前半句话，只对后半句做出回应，说："不是我不想回管护站，是蒋局长不让啊。"他转而对蒋进发说："局长大人，您瞧瞧，我说夜里不回来不行吧，房子倒是没点着，可张黑脸不认我这个站长了！"

蒋进发笑眯眯地说："那就让张黑脸当站长！张站长，你先给我们烧壶水，泡点茶，走了一路口渴了。"

张黑脸"唔——"了一声。

周铁牙见他答应了，并没有像他想象的，做了假想的站长后，就不听吆喝了，心下舒了口气。周铁牙又追加吩咐："泡完茶，赶紧卸货。今儿拉回了候鸟最爱吃的东西，还有咱们的美食！"

张黑脸问："是啥？"

"候鸟除了粮食，还有小鱼、小虾！一会儿它们还不得抢疯了？"周铁牙接着说，"蒋局长慰问咱们，带来的好吃的好喝的多了去了，高粱酒、啤酒、烧鸡、烤鹅、熏鱼、香肠，还有豆腐干、皮蛋、杏仁饼、豆沙包、麻花、糖饼，两三天咱都不用做饭！你只需采点野菜，焯了蘸酱做配菜，不然没素的，太荤了也不行！"

张黑脸很没出息地用舌头舔了舔唇，问："他来住几天？"

蒋进发正往木屋走，听见他问，回头逗弄张黑脸，说："你现在是站长了，张站长让我住几天，我就住几天！你要是不乐意我住这儿，晚上我卷着铺盖去和候鸟睡嘛。"

张黑脸把玩笑话当真了，他郑重其事地说："那可不行，人家候鸟可都是一对一的夫妻，正是下蛋的时候，你掺和进去，万一下个隔路的蛋，孵出来的东西，人不人，鸟不鸟的，那可咋办？"

蒋进发笑翻在门槛边，磕着腿了，"哎哟——"叫着；周铁牙笑得右侧颞颌关节似乎脱位了，他哼哼着，用手托着下巴，嚷着："噢，我的挂钩，我的挂钩可别废了！"

张黑脸见他们笑成这样，以为他们没听明白他的话，进而教育蒋进发，说他要是和候鸟睡了，那等于拆散一对有情人。

蒋进发扶着门框颤巍巍地站起来，说："就是，老话说得好，宁拆一座庙，不毁一桩婚。卑职谨记。"

"婚不能拆，庙也不能毁！"张黑脸面有愠色，说，"娘娘庙的尼姑，到时去哪儿住呢？她们出了家，庙就是家了。没了家，她们咋办？"

周铁牙忍着痛，也忍着笑，好不容易把挂钩推上去了。他快走几步，把蒋局长扶进屋，搬来管护站最好的一把榆木靠背椅，狗一样蹲下来，用衣袖将椅面擦了擦，请局长坐下歇歇，自己赶紧生火烧水。从灶坑看出，张黑脸所言不虚，他真是在外面守了一夜，因为灶灰是冷的，看来早晨没生过火，他还没吃早饭呢。周铁牙生起火后，先把那片鸭毛烧掉。以他对张黑脸的了解，没有这片鸭毛撩拨，他对网笼的疑虑，将很快消除。

蒋局长跟周铁牙说，他看春晚的相声和小品，也没这么快活过。跟张黑脸待在一起，乐子多，管护站又清静，空气好，有好风景可拍，他打算多住几天。

周铁牙说："您就安生住着，我给您当伙夫！张黑脸给您当服务员，叠个被褥，洗个衣服啥的，他做得都好！"

张黑脸抱着几块劈柴进来了，他见周铁牙干了他该干的活儿，有点不知所措。周铁牙说："张站长，不用你烧水了，你去卸货吧。是不是早饭还没吃？"

"从昨天到现在，我就吃了一顿疙瘩汤，德秀师父做的，那个好吃啊。"张黑脸无限陶醉地说。

"啥——?"周铁牙瞪着眼睛，站起身说，"灶也没坏，你咋又去娘娘庙吃斋了？"

"是德秀师父来这儿找俺，神鸟在娘娘庙坐了个大窝，她们想让我去给挪个窝，俺没干。饭是她主动做的。"张黑脸如实说。

"她除了做饭，还干啥啦？"周铁牙不怀好意地问。

"没干啥，她做完饭就回了。"张黑脸顿了片刻，回忆起了自己因饭而感动落泪的事儿，可他没把这段讲给周铁牙。

张黑脸去卸货，周铁牙和蒋局长一边说话一边烧水，待水沸了，泡了茶，半小时后，喝足了茶，却没见张黑脸出现，更没听见门外动静。蒋局长摆弄照相器材时，周铁牙赶紧出去，一探究竟。

厢式小货车的后厢门开着，周铁牙走近时，听见了呼噜声。他跳上货厢，发现张黑脸仰面躺在厢板上大睡，他满嘴酒气，正做着美梦吧，不时发出快意的叫声。他的旁边，是一堆啃得光光的肉骨头、蛋壳碎屑以及空酒瓶。周铁牙察看了一下，他喝掉了一瓶高粱烧酒、两瓶啤酒，吃掉了一整只烧鹅、两个皮蛋和三个豆沙包。周铁牙想烧鹅是蒋局长的最爱，他将整只吃掉，实在可恶！周铁牙恼怒地踢了他一脚，骂："猪，起来——！"

张黑脸哼了两声，放了一个响屁，算是回答。

第九章

蒋进发在管护站待了四天了。不用上班，不用应对各种文件和会议，他逍遥自在，无比舒畅。太阳成了他的令牌，他的行动依它而行。他凌晨四点多起来，洗漱完毕，守在金瓮河畔，拍日出和候鸟。早饭后喝过茶，就去溪流、草塘、沟谷、林间，拍溪流中的游鱼，草塘中的野鸭、白鹳，沟谷里摇曳的野花，林间的各色树木，以及出现在他视野中的多姿多彩的鸟儿。到了黄昏，太阳离去之际，他仿佛是与情人离别，万般不舍，把它每个下坠的瞬间，都抢拍下来。夕晖散去，他和他的镜头被送入黑夜，他这才回木房子吃饭歇息。几天下来，已拍了五百多张数码照片。管护站不能充电，他又喜欢在相机中回看作品，所带的三块电池，两块能量耗尽，最后这块也奄奄一息了。他打算着去娘娘庙拜拜菩萨，拍拍三圣殿上白鹳的巢穴后，就回城了。毕竟单位还有一摊子事，他在管护站考察时间过长，也恐遭人非议，他可不想退休前惹麻烦。

周铁牙陪了蒋局长几天，疲累至极，想到还得专程送他回去，所以蒋局长去娘娘庙，他唤张黑脸陪同。

蒋进发也喜欢与张黑脸同行，他太有趣了。张黑脸见蒋进发的镜头始终追逐日出日落，对月亮不感兴趣，便说他这是怕老婆，万一拍了光溜溜的月亮回去，给她看见，还不得闹翻天啊。在他的意识中，月亮就是女人。再比如他跟着蒋进发一起看相机里的候鸟图片，看得多了，他就很担忧，说相机里圈了这么多的鸟儿，要是它们都飞出来，是不是会把相机撞碎了？

张黑脸去娘娘庙前，特意换了衬衫和袜子，还采了一篮野菜提着，想让娘娘庙的师父们焯了蘸酱吃。可他们刚要出发，一辆救护车驶入管护站。车停下后，三个幽灵似的人走出来。他们穿白服，戴白帽，脸上遮着严严实实的口罩，吊孝似的，没开腔时，都辨不出男女。

"蒋局长怎么也在啊——"其中一个高个子说话了，瓮声瓮气的，是男声。蒋局长从声音、眼睛和身形上，认出他是卫生局的副局长郭顺。

"顺子咋到这来了？还武装成这样，怪吓人的。"蒋局长说。

蒋局长与郭顺的父亲郭奎是老相识，郭奎刚从瓦城林业局党委副书记的岗位退休。退休前他利用权力，将一儿一女都提拔了，女儿在瓦城二中当校长，儿子郭顺在卫生局做副局长。所以郭家在瓦城，是风光之家，也是被老百姓诟病之家。

三人下了车，只向前走了几步就停住了，没靠近他们。

郭顺先是介绍与他同来的另两人，防疫站的小王和医院传染科的小李。他说瓦城发现了疑似感染高致病性禽流感病毒的患者，正在医院隔离抢救。初步调查，与患者接触过迁徙的鸟类有关。所以政府紧急下令，对管护站进行暂时封闭。

小李问管护站的三个人，有无不适症状？诸如发热、咳嗽、头痛、胸闷、肌肉酸痛等。蒋进发先说他一切正常，腰腿倒是有点酸痛，那是因为这几天他在管护站周边走了走，累的。周铁牙也说自己没生病的感觉，早餐还吃了两碗面条呢。轮到张黑脸，他说自己昨晚出去撒尿，回屋时头撞在门框上，有点头痛。

接下来的是防疫站的小王，询问候鸟有无异常和死亡情况的发生。蒋进发、周铁牙同声说没有，张黑脸想了想，说今年候鸟爱往人脑袋上拉屎，他已被击中好几次，看来鸟儿学坏了。他的话虽然可笑，但大家都笑不起来。

来人都是男性，他们初步了解情况后，开始将消毒水之类的防疫品搬下来，告诉他们如何配比和使用。他们还给管护站的人配备了口罩和体温计，让他们每天三次测量体温。交接物品的时候，郭顺反身从一棵杨树上，掰下数棵细小的枝丫，将它们连成一条直线，横在地上，说是分界线，在隔离期间，他们不可越界。投送物品，就放在这条线上。他们考虑得也算周到，带来的物品除了消毒水、体温计、常规药品，还有方便面、饼干、火腿肠之类的食品。

蒋局长被他们这阵势搞得有点紧张，他说自己视察完工作，该回城了，可否搭他们的车回去？就是隔离的话，他在家自行隔离不好吗？郭顺很认真地回答他，现已启动突发公共卫生事件的四级响应预案，疫源地人员，在隔离期间，一律不许外出。不仅是这儿，就是娘娘庙，这期间也不许人员流动，已有另一台车去那儿防疫了。这几天他们会守候在此，一旦候鸟和人有异常情况发生，他们会及时上报，做应急处置。他宽慰他们，说不必过于紧张，也许三五天后，警报就解除了，他们权当是在疗养。

周铁牙说："你们都不敢靠近我们，这病有那么邪乎吗？消毒应该是你们防疫人员该做的事吧？"

"我们可以帮助你们消毒，不过你们得拎来一桶水。"小王说。

蒋局长说："看来你们就得住在外面了？"

"是的——"郭顺说，"有任何情况就喊我们。"

张黑脸吐了一口痰，说明后两天有雨，住在外面会挨浇。

郭顺问张黑脸："这里收听不到广播，你咋知道要有雨？"

"他是张黑脸嘛。"周铁牙说，"你不会没听说过他吧？他闺女张阔，我记得和你是同学呢。他不用看天上是不是有钩钩云，不用看水缸冒不冒汗，不用听蛤蟆白天叫不叫，就能知道雨来不来，服气吧？真的气死气象站做天气预报的人。"

郭顺说："有雨的话也没事，我们住救护车里。"

周铁牙说："其实管护站有两铺炕，一铺炕能睡两三个人呢，挤下你们没说的。可你们怕我们有传染病，那就不强求了！"

"这也是出于安全考虑嘛。"郭顺嫌喘气不匀吧，或是为了表达诚意，他摘下口罩，露出一口黄牙，说，"把疫情降到最低，感染人数越少越好。"

蒋局长问："现在有多少人感染了？有死亡的吗？"

郭顺说："多少人感染禽流感，数字我还说不太清。死亡嘛，目前还没有，但这是随时可能发生的事。"

"是谁让候鸟给传染上病菌了？"蒋局长再问。

"是啊，我也想知道，谁得了这病了？"周铁牙担忧地说，"这个鬼地方不通电话，家人就是出了事我们也不知道。有没有我们的亲人和朋友呢？"

郭顺显然不想把实情说与他们，含混地说："都是候鸟人。"

"候鸟人啊——"蒋局长摊开双手，无所谓地说，"跟咱没关系。"

郭顺"嗯——"了一声。

蒋局长说："对了，你爸退休后，冬天不也去海南岛了吗？他也是候鸟人呀，没事吧？"

郭顺说："没事，他刚飞回来，在那儿天天泡海澡，快成黑人了！"

周铁牙听说，蒋局长虽没随潮流，像郭奎之类的官员在南方沿海之地买房，但他女儿在秦皇岛结婚后，他在那儿也有房了。别人问起，他总说那是女儿女婿孝敬他们的。但知情人说，蒋进发女儿的婚房和他自己的那套，都是蒋局长掏的腰包，只不过为安全起见，登记在女儿名下而已。他女儿女婿都是工薪族，大学毕业没几年，哪来积蓄购房呢？瓦城老百姓也看得清楚，当地那些有点实权的领导退休后，很少就地养老，纷纷南飞，似乎不在外地拥有一套住房，在官场混了一遭，就是旧时代的妓女揽不到嫖客，好没脸面似的。他们买房的钱哪里来？大家也都心知肚明。所以瓦城的官衔在某种意义上，快成了房产的代名词了。

不能去娘娘庙，又不能回城，蒋局长只好回屋喝茶，百无聊赖地睡了一觉。他醒来后，闻到一股浓烈的消毒水气味，出屋一看，周铁牙戴着口罩，正喷洒着消毒液。蒋进发问他，张黑脸哪儿去了？周铁牙说防疫站的人说茅房容易滋生病菌，是危险的传染源，让他去给茅坑垫生石灰杀菌。张黑脸一开始嫌这活儿脏，周铁牙便喊了他一声"张站长"，说危难关头，领导总是冲在最前面的，张黑脸听了受用，和颜悦色地去了。

蒋进发叹了口气，说："呆人总是好糊弄的。"

太阳明媚地照耀着山林和河流，空中不时传来鸟鸣，一切都是那么和谐安详，看不出疫病的迹象。但院子里那条用杨树枝丫做成的分界线，却分明告诉他们疫病的存在。杨树叶在早晨还青翠欲滴的，像一颗颗心形的翡翠，现在太阳把它们照得蔫软，像褪掉了翅膀的蝶儿。

蒋进发本想把相机中最后那点电量消耗掉，去河畔再拍一些候鸟嬉戏的照片，但他现在不敢涉足那里，怕它们真的携带病菌。再说如果隔离时间长的话，极其无聊时，他可回看一下自己的作品，得把电当救命的干粮存着，用在关键时刻。他开始骂电力和通信部门，全是吸血鬼，在管护站建立之初，他们就协调这两大巨头，希望把电网和通信网延伸到这里，可他们提出建设成本实在太高，实在负担不起。蒋局长以为松雪庵建成后，这两大难题会顺势而解，因为没有电力和通信的保障，很难吸引香客，可他最终还是失望了。他听说松雪庵的住持慧雪师太，还很喜欢这样的环境呢，说这才有庙的气象。他想出家人早已修炼得能把黑夜当黎明，把风声当美乐来欣赏。而他一个俗人，没那么高的境界。比如眼下，他想的就是个人安危，万一疫情蔓延，自己不幸被击中，一命呜呼，那可太冤啦。因为他提心吊胆贪来的钱所购置的房子，还未及享用呢。

周铁牙喷洒完院子，又去给木房子喷消毒液。他见蒋进发眉头紧蹙，一脸愁苦，心下同情，从储藏间找出一只风筝，说："人不能越界，风筝可以啊，谁能在天上划界呢。去院子放放风筝，散散心吧。"

"我要是去放风筝，在它飞得最高时，就把风筝线剪断，给它自由！它想去哪儿就去哪儿。"蒋进发说。

"风筝一自由，就是死了，可不能把它的线剪断了。"张黑脸已经垫完茅房回来了，他戴着口罩，头发蓬乱，额头上全是汗。见蒋局长因他的话而一脸疑惑的样子，他解释说，断了线的风筝，哪儿有好命的呢，不是挂在树梢上，就是落到沟谷和河流中，反正就是个死。而它们不脱离风筝线板，才会活着。

蒋局长说："照你这么说，有线牵着，反而安全？"

张黑脸嘿嘿笑着，点头认同。

周铁牙听见张黑脸和蒋进发的对话，跨出门槛，说："他说得倒有道理，我冬天回家上网，整天在网上瞎逛。看新闻的时候，发现各地抓的贪官，有好多是退休后的干部呢。原以为离开了工作岗位，万事大吉，现在看来可不是啰！退了休，没了关系网，倒是不行哇。"

蒋进发没有好气地说："放个风筝，你们咋那么多联想？！"

周铁牙这才意识到失言，他摘下口罩，想给蒋局长一个笑脸，可他送去的笑很干瘪，蒋进发瞪了他一眼。周铁牙尴尬地戴回口罩，回屋接着干活去了。

候鸟的勇敢 / 迟子建　　225

张黑脸端着谷物去喂鸟时，蒋进发先是阻止，说候鸟身上可能携带病菌，万一感染了，大家都遭殃。见张黑脸置之不理，只好让他去，怕他嫌闷摘下口罩，叫了他一声"张站长"，夸他戴口罩英俊，告诫他身为领导，在疫区戴口罩是以身作则，千万不要摘掉，张黑脸"哦"了一声。蒋进发又嘱咐他不要靠近候鸟，投完谷物就回来。

　　蒋进发还是少年时放过风筝，当他轻摇风筝线板，看着苍鹰形态的风筝徐徐升空，竟有一种回到童年的感觉。微风助力，风筝越飞越高，像真的苍鹰在展翅翱翔，这也让一些鸟儿发出惊恐的叫声。蒋进发心想，天空也不是绝对的自由，鸟儿中也有霸主，谁越凶残，谁越能拥有广阔的天空。待风筝飞到半空，他掏出指甲剪，剪断风筝线。他在心里跟自己打了个赌，如果断线的风筝落在地上，说明他安然无虞，不会染上疫病；如果它不幸落在树梢上，半空吊着，就要想方设法逃离这里。他的目光追逐着断线的风筝，它先是飘飘摇摇地飞得更高了些，接着发了高烧似的，迷迷糊糊地下坠，最终离地面越来越近。蒋进发祈祷它落在草地或是金瓮河上，谁知一阵疾风，把它吹回管护站，跌跌撞撞地落在救护车上。待在里面的人感觉车棚受到冲击，以为地震，纷纷下车。蒋进发告诉惊慌失措的他们，是风筝落在上面了。郭顺批评他，说是风筝升空，与飞鸟有接触的可能，这是危险行为，切不可再做莽撞之事。蒋进发火儿了，说，你们本该配合我们防疫的，可现在你们成了看管罪犯的警察，就差给我们戴上镣铐了。我们真要发病的话，以你们的冷漠和自私，是不可能把我们送进城里救治的，那么是不是你们怀揣了私心，一旦我们染病，就让我们死在这里，把我们和管护站一把火烧掉，毁尸灭迹，以保瓦城的安全？

　　郭顺被蒋进发的话吓着了，他慢慢走向蒋局长，伸出手来，试图握手的样子，可他走到树枝做成的分界线时，还是站住了，手也收了回来，他说："蒋局长，相信科学，这只是防疫，万一你们真的染病，我咋能见死不救呢？候鸟活动的地方，除了这儿，还有娘娘庙，您说我们就是敢烧了这儿，谁敢下令烧庙呢，那不是触犯天条，干了让自己下地狱的事吗？"

　　蒋进发想想也是，有时防疫部门因医疗条件差，或是怕疫情扩大被行政问责，对突发传染性疾病反应过度，也是可以理解的。郭顺劝他好好休息，缺什么就召唤他们。蒋进发仍然疑惑，说，你们不用管护站的炉灶和茅房，吃喝拉撒自行解决，是不是确认管护站已不是安全之地？

郭顺笑了两声，说："蒋局长，我都说过了，就是一种防疫形式，不算啥！您看，天不是很蓝吗？我见鸟儿也都挺快乐地飞来飞去，应该没问题的。只是上头有精神让我们这么做，我们执行就是了。要是快的话，也许三天就解禁了。"说完，嘱咐同伴戴上手套，将救护车顶棚上的风筝取下来扔掉。

蒋进发说："要是候鸟能传染疾病的话，你们咋不阻止张黑脸去喂候鸟？"

郭顺说："他去了吗？我们嘱咐他这几天不能去的，他也答应了。"

"他是呆子，你让他移山，他都能学愚公，立马就去劈山！"蒋进发说，"要是他传染上疾病，再传染给我，回去跟你们没完！你们躲在救护车里，是不是在喝酒打牌？这叫渎职！"

郭顺显然不高兴了，他不敢跟蒋局长叫板，刚好张黑脸回来了，就把一肚子气撒在他身上，说："哎，告诉你不要去喂鸟，你怎么还去？！不懂人话吗？再这么干，我就把你绑起来了！"

蒋进发从郭顺的态度上，感觉到疫情重大。所以他回到木房子后，也不管周铁牙怎么想，把罐头、饼干和瓶装矿泉水，搬进自己住的屋子，打算在隔离期间，少与他们接触。他还想幸亏自己没吃野鸭，前天周铁牙私下跟他说，等张黑脸睡熟了，逮只野鸭给他炖了吃。他虽馋野味，但不想有把柄落在下属手里，再说他知道张黑脸爱惜鸟儿，万一夜里他醒来发现他们杀野鸭，也许会抢起斧头，劈得他脑浆迸裂。张黑脸精神异常，是不负刑事责任的。以蒋进发有限的医学知识，他想瓦城的禽流感既然与迁徙而回的候鸟有关，那么一定是有杀戮行为发生。会不会是周铁牙偷运候鸟进城，致使食用者感染了疾病呢？蒋进发想探问一下周铁牙，但想他真这么干的话，也不会说实话，反倒引起他的怀疑和恐慌，大可不必。他批评自己，不该跟断了线的风筝打赌，那个赌不能算数。他在心里暗暗打了另一个赌，对保护区的所有候鸟做出承诺：如果你们不传染给我禽流感，我安然回城，管他谁的亲舅把持这里，一定要把威胁你们生命安全的隐患排除，给这里增加疼爱你们的人手，多个给你们放哨的，让你们摆脱被杀戮的命运。

太阳落山后，天果然阴了起来。蒋进发泡了个方便面吃下，也没洗漱，早早躺下。周铁牙来敲门，问他明天早餐想吃什么。

"我有罐头和饼干就够了。"蒋进发隔着门说，"明天多睡会儿，不用喊醒我。"

周铁牙说："手电没电池了，张黑脸在您门口给您放了一盏马灯，他说后半夜会下雨，您起夜时别忘了点灯，外面湿滑，您千万提着灯走路。床头柜的抽屉里，有两盒火柴。"

蒋进发答应着，摸黑拉开床头柜的抽屉，摸着火柴，试着划了一根。火柴杆托起一团小小的火，就像地平线升起的太阳。

第十章

两日阴雨后，天放晴了。住在木房子的三个人，体温正常，身体无不适症状。蒋进发每日除了吃和睡，戴着口罩上几趟茅房，就是摆扑克牌。张黑脸一旦做好饭，周铁牙会劝他出来吃点，说是热乎的总比罐头、饼干强。可蒋局长总是隔着门说他血脂高，趁此减肥，坚决不与他们同坐。周铁牙无所事事，就和张黑脸下军棋解闷。张黑脸常用自己的连长来吃他的军长，还让司令去抠自家的地雷，带给他片刻欢乐。而张黑脸每到饭点，会准时点起烟斗，到院子站站，抻着脖子朝娘娘庙方向张望，一看到小山那边炊烟飘荡，他会眉头舒展地说："哦，姑子们吃斋呢。"他将烟斗抽得吱吱响，无限陶醉的样子。

到了隔离的第四天早晨，一辆警车驶入管护站，宣告隔离解除。

瓦城本无神话流传了，但这起荒诞的禽流感事件发生后，它不仅成为瓦城人的话题中心，而且演绎了多个版本的神话，口耳相传。而神话的主角，是候鸟。

原来被误诊为瓦城首例患有禽流感的患者是邱老——林业局局长邱德明的父亲。他吃了周铁牙送的两只野鸭后，咳嗽不止，胸闷异常，高烧不退，陷入半昏迷状态。家人将他送进医院急救，医生为他做了全身检查，发现他痰中带血，肺部大面积感染。瓦城医院的实验室，还没有鉴定禽流感的能力。但医院根据邱老血常规报告中白细胞数值的急剧降低、三十九度以上的持续高烧，以及邱老家人说他到过宰杀候鸟的场所（至于这场所在哪儿，邱老家人当然没说），院方给出的初步诊断是邱老得了禽流感。他们立即对邱老实施隔离救治，并对与患者密切接触者实行居家隔离观察。所以那几天瓦城林业局办公室，是看不见局长邱德明的。与此同时，院方采集邱老血液和鼻咽分泌物的样本，专人送至两百多公里外的市医院，请求上一级医院技术上的鉴定，做病毒分离。

　　邱老疑似患了禽流感，邱局长一家隔离观察的消息，是投向瓦城春天的一枚重磅炸弹。感到危机的，是暗中吃野鸭的人，当然他们对外都不敢说是周铁牙带来的野鸭。先是罗玫副局长带着母亲周如琴去医院就诊，谎称她母亲一周前去管护站探望弟弟，接触过候鸟。很奇怪的是，周如琴也开始咳嗽，低烧，而罗玫嗓子哑得说不出话。跟着是福泰饭庄的老板庄如来，被担架抬到了医院。他说有人卖给他一只野鸭，他食用后头痛难忍。他体温正常，但自称浑身发热，肌肉酸痛，视物模糊，无法走路。

　　庄如来在瓦城是个有钱的主儿，除了福泰饭庄，还拥有一家歌厅和一个屠宰场。他与瓦城历任公安局局长，都能结为铁哥们儿，所以他开的歌厅涉毒涉黄，也无人敢查。庄如来在海南岛的琼海和东方，都有房产。而且，他明目张胆养了个"小"，这个"小"，与他法律意义上的老婆，相处安然。庄如来出国旅游，身边总是带着两个女人。他喝醉时，常与人炫耀他的两房太太所谓的和谐。庄如来贪恋珍稀野味，狍子、野猪、野鹿、野兔他常食，他还吃过熊肉、猞猁和狼肉。都说开河的野鸭美味，所以每年春天，夏候鸟迁徙而归，周铁牙总要搞几只给他。当然，他会付给他钱，说是给他的酒钱，实际是买的托词。而周铁牙拿野鸭给他，明明是卖，也不说卖，只说送给朋友尝鲜。庄如来食肉之猛，在瓦城也是出了名的，盛传他吃烤串，一顿能吃五十串羊肉、二十串鸡肉，外加十串腰花。他吃猪蹄，一次能吞下十只。他不爱吃青菜、水果，他身边的两个女人，为了他的健康，练就了炒青菜和榨果汁的好手艺，哄小孩子似的喂他。庄如来一米七二的个子，体重却有一百八十斤，患有高血压和心脏病。他说一定要在医院隔离观察，万一在家发病，不会得到及时救治。

　　听说邱老、周如琴和庄如来先后入院，可能感染了禽流感，检查站的老葛慌了。他明白周铁牙带进城的野鸭，是被这些人享用了。而他当初登上厢式小货车，与野鸭也有过密切接触。因为他用手机偷偷拍摄了视频，想以此要挟周铁牙，求他找罗玫副局长，给女儿安排个正式工作，否则将其在网络公开。谁知计划未行，风云骤起。当防疫部门将候鸟保护区内的管护站和娘娘庙，列为暂时隔离区时，老葛甚至以为这两个地方的人，都已往生。若周铁牙死了，他掌握的视频资料，也就毫无价值了。老葛觉得自己太倒霉了，他不敢去检查站上班了，请了病假，怕进医院花钱，将实情说与老婆，在家自我隔离。他庆幸这段时间女儿住在幼儿园，无被传染的风险。

老葛与老婆各居一屋，他滥服中药，什么板蓝根、桑菊片、牛黄解毒片、六神丸、鱼腥草胶囊，一把一把吞服，吃得作呕，一天恨不得测二十次体温。他通过微信，先是得知了邱老的死讯，接着是庄如来。这两个有头有脸的人物之死，让他觉得自己在劫难逃，他准备立遗嘱。当他写完"遗书"二字后，突然发现自己对这个世界无甚交代的，他没有遗产，有的都是麻烦。女儿工作无着落，也没对象；儿子大学未毕业，将来若留在城市，也买不起房，该如何生活；他老婆倒是强壮，极少生病，五十多的人了，做计时工攀高擦玻璃，从未有过闪失。有时她去有钱的单身男人家干活，老葛就很吃醋，总是拿话敲打她。他老婆直肠子，会说你瞎琢磨啥呀，我的手跟锉刀似的，皮肤又糙，满街的水灵姑娘，谁会拿个半大老太婆寻开心？老葛较劲，说你这把岁数了，奶子还那么挺实，我能不担心吗？有钱人睡惯了水灵姑娘，就像仙桃吃腻了，换换口味，啃啃老甘蔗，咋没可能呢?！老葛想他万一死了，以老婆的温顺、吃苦耐劳和好体格，一准能再找一个不错的人。这样一想，觉得他不能死，不能让老婆成了别人的。而令他心理失衡的还有，当他告诉她自己可能会死，她没哭不说，也不慌张，老葛怀疑她对自己的忠心。不过他吩咐她买什么药，她还是立马去药店。

老葛在假想的死亡线上苦苦挣扎之际，禽流感警报解除，他就像霜打了似的，精神头顿失，一头扑倒在床，蒙头大睡。醒来后奔向灶房，老婆已为他包了一盖帘儿韭菜饺子。他就着烧酒，吃了一盘饺子后，呜呜地哭。她问他，哭啥？他说写遗书时，发觉他对这个世界没啥可遗留的，作为男人，是个废物，觉得悲哀。老葛质问老婆，为啥她知道实情后，一点也不为他的性命担忧，难道她盼着他死吗？他老婆淡淡地说，周铁牙干的是坏事，可你偷拍人家，干的也是坏事，咱闺女不能靠这个去找工作，让人戳脊梁骨。她声称干了坏事的人，死不足惜。老葛听了她的话，汗毛直立。

老葛本想跟老婆辩驳，在这世上，由于他无财富的根基和权力的荫庇，虽然看似和周铁牙是一个阶层的，实则不是。他的卑鄙和周铁牙的卑鄙，性质不同。那类人的卑鄙深入骨髓，他的卑鄙是被逼无奈。可对有重生感的他来说，活着最重要，不想计较什么了。

老葛不自觉地加入了瓦城人宣扬候鸟功德的行列。

邱老疑似感染禽流感病发后，邱德明与罗玫私下通话，他们认定是周铁牙送的野鸭惹的祸，怕疫情扩大而失控，被追究领导责任，便将候鸟活动区域的管护站和娘娘庙，作为隔离场所，派专人前去防疫，并启动公共卫生事件四级响应预案。谁料市里传来的邱老送检生物样本的检测结果，并未分离出禽流感病毒，但邱老病情持续恶化，陷入重度昏迷，最终不治。而庄如来脑干大面积出血，也未能抢救过来。这两个人，一个死于重度肺炎并发多脏器衰竭，一个死于脑出血，与候鸟毫无瓜葛，所以他们很快解除警报。周如琴出了院，邱德明低调处理了父亲的丧事。

邱老仰仗儿子的权势，多年来随候鸟节奏迁徙，过着富贵日子；庄如来身家过亿，平素在瓦城呼风唤雨，很少有摆不平的事情，这两个人的去世，让那些底层的平民，尤其是非候鸟人窃喜，他们相信是候鸟杀了他们，禽流感真实地发生过。

也不知从何时起，拥有漫长冬季的瓦城，阶层的划分悄然发生了改变，除了官人与百姓、富人与穷人这些司空见惯的划分，又多了一重——候鸟人与留守人的划分。瓦城本来有一条平静流淌的大河，可是秋末冬初之际，这条河陡然变得一半清澈一半混浊，或是一半光明一半黑暗，泾渭分明。生活在本地的候鸟人纷纷去南方过冬了，寒流和飞雪，只能鞭打留守者了。都说乌鸦叫没好事，所以这黑衣使者很不受瓦城人待见。但那些莺歌燕舞的鸟儿秋日南飞后，乌鸦却不离不弃地守卫着北方。留守人知道乌鸦是留鸟后，对它万分怜惜。而乌鸦也不惧怕人了，它们冬季找不到吃的，常到居民区的垃圾堆觅食。好心人会故意撒些甘美的垃圾，面包渣、碎肉皮、鱼骨、玉米之类的款待它们。留守人与乌鸦建立了亲密关系，近些年瓦城上空的乌鸦也就越聚越多，一群一群的。它们冬季爱去居民区的垃圾堆，夏季则追逐着路边烧烤摊，因为食客饱餐之后，人潮散去，它们总能在寥落灯影里，找到丰盛的夜宵。

候鸟人春夏回到瓦城消暑时，抱怨这小城怎么被乌鸦环绕了；留守人会反唇相讥，说乌鸦咋了，乌鸦不嫌贫爱富，生在哪个窝就在哪个窝过活，不挪窝的鸟才是好鸟！

留守人因此而不喜欢迁徙而归的候鸟，觉得它们是一群贪图享乐的家伙，只知流连温柔美景，是鸟中的富贵一族。然而邱老和庄如来的死，让留守人爱上了有着漂亮羽毛和美妙音色的夏候鸟，据说这两个人的死，是因感染了它们携带的病菌。为什么它们会袭击邱老和庄如来？毫无疑问，候鸟是正义的使者。

演说这类候鸟神话的，是东市场的各色业主，是平安大街出苦力的人——颠勺的、剃头的、修鞋的、卖油的、扎纸花的、炸油条的、做棉活儿的，是城郊低矮破败的平房中久病的人、落魄的人、有冤难诉的人。他们在杂乱的市场、肮脏的小巷，三三两两地聚集在一起，叽叽喳喳传播着候鸟"惩恶扬善"的动人故事。在这样的故事里，候鸟有时是白鹤，有时是野鸭，有时又是天鹅。但它们在传说中，一律是神派来的光明使者，它们的翅膀，是扶贫济困、匡扶正义的旗帜。它们牺牲自己的肉身，以疾病为利剑，刺向人间恶的脓包，铲除不平。

他们歌颂候鸟的羽毛，是月亮神亲手缝制的吉祥袈裟；他们歌颂候鸟的尖爪，是太阳神培育的稀世花朵；他们歌颂候鸟的嗓子，是风神赐予的完美歌喉；他们甚至歌颂候鸟之遗矢之物，是天庭撒向人间的糖果。以前他们议论，说人生本来是冷暖交织的，可候鸟怕热又怕冷，冬天飞走避寒，春夏飞来避暑，十足的孬种，可现在他们却逢人赞颂候鸟的勇敢！

无论如何，生命的逝去总归让人伤感，哪怕死者曾作恶多端。瓦城留守人对邱老和庄如来之死，表现出的这种近乎狂喜的言语，令所有的候鸟人感到恐慌。他们发现，他们再去街上时，投向他们的目光不再是羡慕，而是鄙夷。候鸟人买东西时，小商小贩随意加价，若与之讨价还价，他们会讥讽说，留着那钱能花着吗？别像邱老和庄如来似的，人死了，钱一堆，没处花了！

候鸟的神话广泛传播的时候，庄如来活着时相安无事的妻子和情人，打起了遗产分割官司，一时成为人们议论的中心。两个人相互告对方，大老婆说她是正牌的，所有遗产应归她和孩子所有；小老婆说她虽没跟庄如来领证，但为他偷着生了个男孩，都八岁了，由娘家母亲带着，要求做亲子鉴定，分走一半的遗产。这出闹剧，无疑比电视剧还夺人眼球。人们说庄如来的名字改得不好，以前他叫庄来顺，嫌其土气，改为庄如来。庄如来胆大包天取了这个名字，贱命担待不起，就是作死。在某个版本的候鸟神话中，一只野鸭化身一个绝色美女，半夜出现在庄如来床前，陪他睡了三天三夜，耗尽他的气血。瓦城中传颂这类神话的，多半是女人。而男人们更愿意相信另一个版本的神话，一只天鹅带来了天河的美酒，庄如来是贪杯醉死的。

第十一章

老葛还是没有听从老婆的劝告，当禽流感风波过后，周铁牙有天驾驶小货车经过检查站时，他说有要事禀报，约周铁牙去平安大街的如意蒸饺店吃顿饭。

周铁牙正闹心，蒋进发回城后，说金瓮河飞来珍稀的东方白鹳，说明候鸟保护成果显著，应该增加专业人手，更好地建设管护站。他很狡猾，怕与瓦城林业局沟通，罗玫副局长会从中作梗，这次他亲自跑到市营林局，协调解决。也是巧了，市营林局正与一所大学合作，做一个东北候鸟群的研究项目，所以很顺利成立了一个"金瓮河候鸟研究站"的机构，人财物垂直管理，专项经费已经下拨。市营林局合作方的大学，派来一位刚留校工作、学此专业的博士生，先期开展工作。

蒋进发做这一切，当然源自他暗中发的那个誓言。其实本无难，可他认为逃过人生大劫，应该兑现承诺，否则难以心安。

来筹建金瓮河候鸟研究站的是个二十六岁的小伙子，名字叫石秉德。他住在木屋的客房，也就是蒋局长隔离时住过的屋子，他研究候鸟的生活习性，做观察笔记。蒋局长根据要求，在木房子西侧，差人拉来建筑材料，建了一座一百多平方米的棚屋，作为候鸟研究站基地。受伤的候鸟，以及它们没有孵化成功的蛋，都是石秉德救助的对象。研究站配备了小型发电机、孵蛋器、各类用于治疗候鸟疾病的药物，以及刀剪等医疗器械，可给受伤的候鸟做手术。

石秉德高高的个子，国字脸，鼻梁挺直，戴一副琥珀色镜框的近视镜，肤色微黑，看上去一表人才。他随和周到，总抢着干活，烧火、做饭、刷碗、扫屋子，似乎没有他不会做的活儿。不管他多出色，周铁牙还是反感他，嫌其碍眼。

周铁牙郁闷之时，谁邀他喝酒，谁就是帮他解忧。反正醉了，夜里不回管护站，也不怕没个正常人守候着。所以老葛约他，他虽看穿了他的心思，还是一口答应了。

如意蒸饺店以经营各类蒸饺为主，兼做一些卤菜。它的驴肉馅蒸饺和酸菜馅蒸饺，是其招牌。它铺面不大，五十平方米的门面，灶房和餐区并未间隔开来，所以客人坐在桌前候餐，看得见白案的师傅手上的动作。客人多半喜欢大馅饺子，他们若发现馅打少了，会嚷着多打点馅呀！有的男人甚至开玩笑，说馅少的蒸饺，是老女人干瘪的奶子，有啥吃头？若这时店里有女食客，就会反唇相讥，说你那玩意儿老了，不也是蔫茄子吗？关于这家小店，流传的类似笑话很多。近年驴肉价格一路飙升，店主为了保证蒸饺馅大，只能提价。提价以后，生意一度衰落，但很快又回潮了。人们抗拒不了自己的胃，认准了这儿的美食，多花点钱最终也是认的，这家店因而开得红红火火。

求人办事肯定得早到一步，再说候鸟人回来了，拥进这家店的不在少数，不好占座，所以老葛下班后，骑着自行车，早早就到了。还好有两张闲桌，刚好有一张，就是他最想要的靠近灶台的两人小桌，那里始终被水蒸气萦绕，雾蒙蒙的氛围，适合他干敲诈的事。他点了半屉驴肉蒸饺和半屉酸菜蒸饺，还有一碟卤煮花生米和一盘卤大肠。酒嘛，就是当地小烧，纯粮酿造的。

周铁牙来了，他一来老板娘就快步笑脸迎上去，说贵客好久不来啦，真是大忙人啊！今天想吃啥馅的蒸饺，让大师傅把馅给你打得鼓鼓的！周铁牙指着老葛说，今天他请我，客随主便，他点啥我吃啥。老板娘瞟了眼老葛，说："哟，您刚才进来也没说请周站长呀。"这话让老葛心里很不是滋味，他也算店里的老熟客了，可他进来时，老板娘只是淡淡招呼一声，没这么热情。老葛想天下人都成势利眼了，更觉得他今天要干的事，没什么好羞愧的。

周铁牙认识的人多，他也就一边跟各路人打着招呼，一边坐到老葛对面。他一落座，老板娘便亲手送上一壶茶，跟着差服务员赠了两碟卤菜：鹅头和鹌鹑蛋。周铁牙拎了只口袋，里面装着他给老葛买的夹克衫，还有一瓶北大仓。他先拿出酒来，启开，然后把夹克衫递给老葛，说是自己逛街，发现这件夹克衫很适用，又不贵，帮他也买了一件。老葛满脸堆笑地道谢，说难得周站长还惦着我的冷暖。

周铁牙带了酒，老葛也不客气，把他点的小烧退掉了。他叫的菜和蒸饺渐次上来，两个人开始推杯换盏，吃得满面红光，满嘴流油。灶台上的蒸笼始终在工作，水蒸气也就不绝如缕地播撒开来。包蒸饺的师傅们边干活边热烈地说着什么，食客们享受美食的同时，也大声说笑。灶上灶下，一团热闹。老葛和周铁牙说话，也就得开足马力，加大嗓门了。

老葛为了将话题引向他偷拍的视频，先做铺垫，讲候鸟的神话。说有一只北归的大雁，是个转世的沙场英雄。它厌恶贪婪和不劳而获的人，春回大地之际，将两只翅膀，一只别上弓，一只别上箭，飞临瓦城，射中一个民愤极大的人，翩然离去。

周铁牙猛喝了一口酒，敲了下桌子，面露愠色，说："老葛，咱喝酒归喝酒，你要是像别人似的瞎说八道，可别怪我给你把桌子撤了！我实话告诉你，邱老和庄如来的死，跟候鸟半毛钱的关系都没有！邱老这把年岁了，年年去海南过冬，不适应瓦城的气候了，回来就不舒服，他大意了，早进医院就没这事了，他是肺炎并发症死的，明白吗？感冒都能要人命的，何况他这七十来岁的人了！再说庄如来，谁不知道他平时爱吃肉，常年的高血压？他伺候两个老婆，生意上一摊子乱事，身体能不亏吗？这样的人再怀疑自己得了禽流感，整夜不睡，加上医生处置不当，脑出血死了也算正常吧？咱不说别处，单说瓦城的两家医院，哪家的太平间闲着了？月月死人，周周死人，火葬场从建起，那可真叫青春常在哇，女人到了一定年龄还停经呢，你见它的烟囱停过烟吗？不会停的！咋就这两人的死，这么让人稀奇呢？他们也是人，也不易，你们有啥解气的呢？老葛呀，听兄弟一声劝，积点德吧，别随大流，借着候鸟说死人的不是啦！"周铁牙演说家似的慷慨陈词，挥舞手臂，惹得灶房的师傅偷眼看他。

老葛有做贼被捉的感觉，很窘，他红着脸，缩着手，说："我也是听人这么传，跟你不见外，才说给你听嘛。以为你管着候鸟，说候鸟的好话，你会高兴呢！"

"不要以为候鸟都是好鸟儿，凶猛的欺负温顺的，大的欺负小的，为争一条小鱼互掐的，我见多了！"周铁牙嚷着，"喝酒喝酒，不说这些没意思的事！"

老葛为了给自己打气，连干两盅酒，然后掏出手机。也不知是心里有鬼紧张，还是喝多了酒的缘故，他的手抖得厉害，好不容易将那段视频找到，点开，递给周铁牙，说："看看吧——"

周铁牙往嘴里填了一个蒸饺，撂下筷子，接过手机。他一边鼓着腮帮子大力咀嚼，一边眯着眼看视频。他慢慢咽下蒸饺，视频也看完了。他将手机递还老葛，冷笑一声，说："你可真出息啊，公安局刑侦科咋没发现你这个人才？你应该干那个呀，要不我举荐一下？"

老葛尴尬地说："哪里——您看——"

"放心，我不会要求你删掉的！这种东西，我也知道，你删了这条，别处还有备份！说吧，你想干啥？"周铁牙给自己倒了盅酒，单刀直入地说。

"周哥，周站长，我这样做不好，下流，我也知道，真是对不住。这样吧，您一会儿出去揍我一顿，我保证不还手，别把我打残废就行！"老葛双手攥在一起说，"我也是被逼无奈，才出此下策啊。我闺女您也知道，大学毕业回到瓦城，至今没个工作，连个对象都不好找，我和你嫂子都是平民百姓，求谁去呀？就想到了您。那天也是赶巧，我怕新来的小刘上车查验，万一查出问题，您会倒霉。我上去后，也没承想您逮了野鸭进城。也算是工作习惯吧，随手就拍了留做资料，我该死！"说着，还真的打了自己一巴掌，打得很响，连老板娘都听到了，抬头狐疑地看着他们。

周铁牙干了一盅酒，又放进嘴里一个蒸饺，细嚼慢咽，不慌不忙，品呃完毕，这才淡淡地说："也幸亏你拍了这视频，还能给我尽职工作做个证明。我刚才不是说了吗，不是所有的候鸟都是好鸟！今年飞回的野鸭，发情期中，那叫一个热闹！不分品种，为了争窝、争食、争宠，一会儿雄鸭和雄鸭打，一会儿雌鸭和雌鸭打，一会儿这家的雄鸭又和那家的雌鸭杠上了，鸭界大战，乱了套了！怕它们自相残杀，我那是把其中四只闹得凶的，带进城，想让动物医院的人给看看，该咋办。怕它们路上互相咬伤，所以才把它们的嘴，用胶带粘住了！不信你问问动物医院的人，我把野鸭交给他们，人家治好了，都放归山林了。"

"您当时可是说货厢是空的哇——"老葛提示他。

"你当时检查完了，不也没说货厢有东西吗?"周铁牙威胁他说，"我要是真有问题，你放走我，那就是玩忽职守，单位会开了你，你连现在的工作都会没了！至于那段录像，你又没录我车号，即便视频显示了拍摄时间，你们那里又没装摄像头，谁能证明那个时间段，我的车经过了? 猪啊，你敲诈别人前，能不能先把脑袋里的糨糊清理干净?"周铁牙越说越来气，声音也就越大。

老葛吓得汗都下来了，赶紧给周铁牙斟酒，一个劲儿地赔不是，说，我鬼迷心窍了，大人不记小人过，您就饶过我吧。

周铁牙长叹一声，说："你家有难处求我，我能帮当帮，人活在世，谁没个难处呢? 但你要挟我，等于小鬼拿着绳子要缠我的脖子，往死里整，忒他妈的歹毒了，我周铁牙可不吃这一套!"

老葛被骂得差点哭了，他们不欢而散。

周铁牙当着老葛的面嘴硬，出了蒸饺店，他还是心慌气短，虚汗涔涔。夜色温柔，他选择了两个路灯间的一棵榆树，有气无力地靠着它，让婆娑的枝丫遮着自己的脸，连抽了几根烟，恢复平静后，他去了外甥女家，把此事说与罗玫。

禽流感本未发生，但因它而起的风波，尤其是人们对候鸟神话的演绎和传颂，让周如琴和罗玫见了周铁牙，仿佛一下子找到罪恶之源，不很热情，让他备感委屈。罗玫听说老葛给舅舅带进城的野鸭录像了，极不高兴，先是嫌周铁牙做事不周全，接着埋怨他在蒸饺店，不该呛着老葛。老葛没达到目的，伤了自尊，为了发泄，也许会把那段视频发到网上，细查起来，她都得跟着倒霉。不如答应他，反正下半年有一些事业单位要招人，说是考试，实则可以内定，给她挤出一个岗位也非难事。只是此事只能让老葛一人知道，告诉他不可说与老婆孩子，而且别在电话里跟老葛说，免得他录音，直接找他去，越早越好。周铁牙想着来一趟外甥女家不容易，便说候鸟研究站如今落在了管护站，很不自由，能不能将它迁到别处？罗玫以副局长的口吻说："候鸟管护和研究于一体，非常正常。再说这是上头批准设置的，我们也无权干涉，你先适应着吧，等明年再说。"

周铁牙出门时，周如琴又嘱咐他，以后别喝得这么醉醺醺的，伤身不说，有损形象；还有千万不要再拿野鸭了，这东西看来有灵性，吃了不吉祥。她说她在医院那些天跟自己发誓了，以后决不食野味了。

周铁牙尽管满心不乐意，嘴上还是答应着。他出了罗玫家，立即打电话给老葛，说有要事，当面跟他讲。可怜的老葛因伤心和绝望，出了蒸饺店，去东市场的夜市吃烤串喝啤酒去了。所以周铁牙找到他，将他拉到一旁，告诉他这个喜讯时，老葛激动得蹲在地上呜呜哭了。哭完起身，觉得全世界的生灵都值得关爱，他买了一把肉串，走到东市场门口，撒到一棵杨树下。他想无论是乌鸦还是老鼠吃了它，他都会高兴。这个夜晚上演的悲剧，最终以喜剧结束，太值得庆祝了。

第十二章

春深了，草深了。雨水的降临，让金瓮河也深了。这时出行的候鸟，以雄鸟为主。一旦进入孵化期，雌鸟脑袋中只装着一件事，就是孵蛋——时间对它们来说仿佛凝固了，它们趴伏在巢穴，无论风雨，柔情坚守。

山间河畔可吃的东西多了，张黑脸就不用投放那么多的谷物了。石秉德也不主张过多投食，他说除非候鸟归来后，赶上了极端天气，比如春雪，或是山林大火，在大自然中难以索取食物，才需要投食，否则还是由它们自主觅食好，这利于候鸟适应外部环境，也利于种群的繁殖和发展。

石秉德很尽职，他在山中捡到已无候鸟孵化的被遗弃的蛋后，会小心取回，放到孵蛋器中。那个孵蛋器像个小电冰箱，没有电的带动，它就无法工作。而微型发电机动力不足，噪音过大，不宜长时间工作，所以石秉德用泡沫箱自制了一个孵蛋器。泡沫箱里周被他安了两圈软管，就像家里装的暖气管一样，箱体外镶嵌着一个注水孔。白天他利用阳光，将孵蛋器搬到户外，夜里再将泡沫孵蛋器搬回研究站，将软管注上温水，使它们有适宜孵化的温度。

石秉德除了孵蛋，还踏查山林，观察野生动物的栖息环境，将非法捕猎者设置的粘网、捕猎套等，一一清除。他也去娘娘庙，三圣殿上东方白鹳的巢穴，他去看了四回了。他很讨师父们喜欢，每次去那儿，总被留下吃顿斋饭。有时他回来，还会给张黑脸和周铁牙带来云果师父炸的果子、德秀师父酱的茄子。

周铁牙对石秉德深入了解后，惊讶于他家境之好。他父母都在大城市，是自然科学领域的大学教授，他们支持儿子来偏远山区工作一段时间。石秉德有个女友，在英国留学。周铁牙觉得石秉德最亲密的人都在云端，唯有他往谷底钻，自讨苦吃。问他为了啥，石秉德轻描淡写地说不为了啥，他从事的专业，就应该多接触山野，再丰富的书本知识，也不如实践来得透彻。石秉德说他唯一不习惯的是，这里通信不便，与家人和女友联系，包括查阅一些学术资料，都得等他回瓦城的时候。周铁牙趁势劝导说："你其实没必要天天在这儿盯着，你们年轻人不比我们老的，哪儿受得了这种寂寞！蒋局长不是在瓦城给你搞了一间宿舍吗，听说条件也不错，能上网，能做饭，你就待在城里，每周来这儿一两次不就得了？"石秉德听后，谦和一笑，说他不能错过与候鸟每一次接触的机会，再说研究站刚成立，他得守在这儿。

周铁牙只能仰天长叹了。

石秉德的到来，也给管护站带来了意想不到的快乐，使周铁牙回城时，有了谈资。

石秉德也研究鸟儿的智慧。比如他在金瓮河边，放置三根钓鱼竿，在管护站手持望远镜，观察鸟类对钓鱼竿的反应。野鸭经过时，对钓竿不闻不碰，越过它直接下水。它们知道自己沉潜下去，嘴巴就是最好的钓钩。各色小雀也喜欢在路过时拨弄一下钓竿，它们力气弱，不为索取食物，纯粹是戏耍，玩一会儿也就飞了。东方白鹳对觅食环境总是保持足够的警惕，它们看见钓竿，会站在远处观察一会儿，发现没什么动静，才会下河。其入水之处，一定是远离钓竿的地方。

最让大家想象不到的，是留鸟乌鸦把玩钓竿的智慧。有一天石秉德观察到，有三只乌鸦落在河岸上，其中身形较大的一只，稳健地走向钓竿。它像个杂技演员似的，用爪子钳住钓竿，轻轻往回拉，试探一番，然后撇下钓竿，奔向下一个，也如此试探，再奔向第三根。这时令人吃惊的一幕出现了，乌鸦对第三根钓竿如获至宝，它不只是用爪子，也动用利嘴，交替用力，将钓竿一直往岸上拖，另外一只乌鸦也过来帮忙，很快钓竿被合力拽上岸，钓丝尽头挂着一条大狗鱼！三只乌鸦分食这条大鱼时，顺序不一。立了头功的乌鸦先吃，其后是帮忙拽钓竿的，待鱼所剩无几时，那只袖手旁观的乌鸦，才得以享用残羹。石秉德将观察到的情形告诉周铁牙和张黑脸时，周铁牙说他五岁时肯定没这只乌鸦聪明，张黑脸则疑惑地问，乌鸦拽前两根钓竿，为啥拽一拽就放手了？为啥它知道第三根钓竿有鱼？周铁牙觉得乌鸦都明白的事情，张黑脸却不明白，十分可笑，所以走到哪儿讲到哪儿，乌鸦遛鱼的故事，就在瓦城传开了。

快入夏了，雏鸟陆续破壳而出，这时最忙碌的就是雏鸟的父母们。它们除了自己要吃饱，还得在体内储备尽可能多的食物，喂给小宝贝。好在河里的小鱼、小虾，山间肥美的虫子、青蛙、地鼠，可食之物丰富，极易获得，所以鸟群处于生活最富足的时期。但对于人工孵化的鸟儿，要把它们喂大，绝非易事。

石秉德人工孵化的蛋，大小和颜色不同，最终孵化成功的，只有四只：两只野鸭、一只大雁、一只白尾鹬。为了试验野鸭群能否接纳非正常孵化的小野鸭，石秉德将其中一只，放到野鸭窝，那儿有另外四只嗷嗷待哺的小家伙。结果小野鸭的父母发现巢穴的外来者，非常排斥，不给它喂食，还将其叼到窝外。石秉德不气馁，将它又送入另一窝有雏鸭的巢穴，这回境况大有不同。人工孵化鸭，虽然每次是最后得到食物，但小鸭的父母，还是收留了它。但他为另一只野鸭找家时，却处处受阻，最后石秉德只得将其与大雁和白尾鹬一起喂养。张黑脸这时是石秉德最得力的助手，他去金瓮河下须笼，逮上活蹦乱跳的鱼虾，他在林中寻找蛛网，网上总挂着一些僵死或挣扎的飞虫，他还寻觅蚂蚁窝，这些都是饲养鸟儿的美食。因为不愁吃喝，它们长得很快，只是不到会飞的时候，其活动范围还局限于研究站。石秉德有天早饭后突然提议，给三只人工孵化的鸟儿，各取一个名字。周铁牙说这还不简单，把咱三人的名字，各给它们一个就是了。咱不能飞，咱的名字能飞，也是美事！周铁牙认领了大雁，叫它"铁牙"；石秉德喜欢野鸭，认它叫"秉德"，剩下那只白尾鹞，周铁牙说它理所应当叫"黑脸"。可张黑脸一本正经地纠正，它叫"树森"。石秉德不明就里说，为啥不让它叫您的名字呢？只有周铁牙明白，张树森是张黑脸的本名。这名字沉沦多年，现在却不经意间浮出水面了。

一个落霞满天的日子，管护站来了位稀客——云果师父，她夹着一册《金刚经》，所着灰色僧袍上，别着一簇她顺路采来的紫斑风铃草花，与她飞扬的眉毛相映成趣。周铁牙见着她很吃惊，问她娘娘庙出了啥事。云果师父说庙里安然，她是听说管护站能发电了，想省下庙里的灯油，借光来读会儿经书。周铁牙冲石秉德眨眨眼，说："你看，你带来的电多厉害，云果师父都来了，你造化大啊。今晚要是不出月亮，你可得送云果师父回庙啊，不能让师父一个人走夜路。"

不明就里的张黑脸插言道："庙里的人都不怕黑！"

云果轻蔑地扫了一眼张黑脸，淡淡一笑，说："今晚有月亮，师傅们辛苦了一天，不麻烦你们送的。"

云果师父无论是衣着，还是说话的语气，与往日俱有不同，更加明媚和柔性。她佩戴的佛珠，一串浅褐色菩提，一串红玛瑙，一串绿松石。而她佩戴的紫斑风铃草花，就像她携来的法器，美丽而醒目，似乎轻轻一摇，就会发声。总之那个黄昏的云果，看上去翩然脱俗。

晚霞热闹了一阵，先前的胭脂红越来越淡了。天还没黑透，石秉德也就没有发电。大家先带云果随处看看，先看菜地，她啧啧称赞，说垄台比她们的打得直溜，杂草也比她们的少。最重要的是，茄子比她们的开花早，倭瓜坐果也比她们的大。周铁牙说他们种地，用的是管护站茅房的大粪，男人的粪肥劲大，所以这儿的菜地营养足。他的话令云果紧了下鼻子。看过菜地，云果随他们进了研究站，看石秉德人工孵化的鸟儿。她说想不到不用将蛋坐到鸟屁股底下，鸟儿一样出生，真是神奇。叫秉德的野鸭调皮，见云果走向它，便啄她的布鞋，引得大家来观察她的鞋子，原来黑色圆口千层底的布鞋上，绣着粉色的芍药花和金色的蜜蜂，小野鸭一定觊觎那毛茸茸的蜜蜂，以为可以吃呢！云果抿嘴乐了，大家也乐了。

从研究站出来，周铁牙沏了茶，大家坐在管护站前的院子里聊天。植物越来越茂盛，蚊子也就多了起来。张黑脸见云果不停地用手拂面前的蚊子，知道庙里的人不杀生，赶紧拢了堆火，压上蒿草驱赶蚊子。周铁牙对云果说，你看张黑脸这个呆人，在心疼女人上，却比别人聪明呢！云果说张师傅这是菩萨心肠。

周铁牙问，娘娘庙最近香客多吗？云果说这半个月来的人，还真不少，这与大家传娘娘庙来了送子鹤有关。想有孩子的人，都来三圣殿求子，这相对缓解了慧雪师太的压力。因为开春以后，瓦城宗教局的干部，来娘娘庙两回了，说别的地方的寺庙，得到的布施多，香火钱多，能带动旅游，为当地经济发展助力，可松雪庵却吸引不了香客，寺庙应该找自身原因。宗教局的人出点子，说三圣殿有东方白鹳坐窝，就可以广泛宣传，说是送子鹤飞临；还有瓦城林中不乏松树明子，松树明子油脂饱满，色泽漂亮，芳香宜人，他们发现很多百姓，将其加工打磨，穿成手串，非常漂亮。松雪庵可与瓦城私营木器厂合作，将松树明子加工成佛珠，给它取个豁亮的名字——北菩提，放到寺庙开光出售，肯定大受欢迎。

慧雪师太觉得宗教局提出的方案可行，只是松树明子被大量用于制作佛教信物后，广泛采集，会不会对生态环境造成危害？因为松树明子多生长在树龄高的老树身上，通常椭圆形，像鸟巢一样，有的会被狂风和雷电给击落到地上，但大多还在树冠，不易摘取，有的人为了得到松树明子，甚至将整棵树伐掉。宗教局的人说这个就不用你们操心了，公安局森保科的人自然会管起来的。所以娘娘庙的法物流通处，以后要卖自产的北菩提了。

"森保科管得住吗？"周铁牙哼了一声，说，"春节后采达子香花的，也没见他们管了谁！一种东西值钱了，那就是这种东西落难的时候。"他知道自己没资格说这话，但石秉德在场，他认为有必要做个表态。

石秉德问云果师父，上次见到慧雪师太，法师跟他说，听到瓦城流传的候鸟的神话，甚为忧虑，想去瓦城讲经说法，让人们消除憎恶心，不知去了没有？

云果微微跷了跷脚，说："师太何时去，也没跟我们说。不过最近她进了一次城，是去看要做北菩提的木器厂。传法嘛，佛家不拘形式，随时随地——"说到这儿，她发现火堆上，张黑脸采来压火的艾蒿中，夹着一枝翠菊，连忙将其救下，将茎掐去一段，吹了吹它身上的灰，别在僧袍翻卷的袖口上，然后提示管护站的人，天已黑了，该发电了。

云果师父果然在发电机的轰鸣声中，端端正正地坐着，念了两个小时的《金刚经》。她还想再念下去的时候，德秀师父一手提着禅杖，一手提着一个塑料袋和两把伞，出现在管护站。她说望见月亮被浓云裹挟着，恐是有雨的样子，云果没带伞，怕她淋了夜雨生病，故来接她，顺便送点自己刚酱好的豆腐干。

云果嘴上对德秀师父说着感谢的话，神色却颇为落寞。她将经书合上，起身，将僧袍别着的花儿逐一取下，放在背后的窗台上，谢过师傅们所供的茶和电，跟着德秀师父走了。走到桥上时，云果回了一下头。发电机停止工作了，管护站陷入黑暗。

而月亮在她们接近松雪庵山门的时刻，从浓云中跳将出来，像一面黄铜大锣，等着谁去敲响。

第十三章

夏日的山林，所有的绚丽，都集中在一个时刻——向晚时分。太阳落山之际，霞光四溢，它让大地金光闪烁，让鸟儿羽翼流光，让河流成了熔金炉。人们有理由相信太阳是阔佬，告别时刻，大把大把撒金子，想让即将迎接黑夜的人们，有一颗富足的心。

以往张黑脸从管护站回城，都是和周铁牙一起，当日来去。石秉德来了以后，张黑脸嚷着回城剃头和吃饺子时，周铁牙就让他稍等一两天，等石秉德进城办事时，带他回去。这天石秉德和张黑脸终于可以一起回城了，周铁牙无比欣喜。他过节似的，晨起刮了胡子，还换了衬衫。他想随心所欲过上一天，偷吃只野鸭，独自醉上一场。所以他嘱咐他们，当夜可住在城里，管护站和研究站有他照应着，不必担心。

他们一走，周铁牙就哼着小曲，从储物间拎出两只网笼，又将放置在墙角铁皮罐中张黑脸养着的用于钓鱼的蚯蚓，抠出几条掐死做诱饵，去了一处开满了紫色樱草花和金黄色荷青花的沟塘。他最近常见刚出巢的小野鸭，踉踉跄跄地跟着父母，在这条虫子叫得欢的沟塘进出，练习觅食。

周铁牙太想吃野鸭了，一是今年还没尝着这野味，馋得慌；二是想借此消除一下心理阴影，不能因为邱老和庄如来的死，就此认定吃野味不吉祥。

管护站平素是没人来的，周铁牙好久没洗澡了，所以先烧了锅热水，趁着张黑脸和石秉德不在，将澡盆拎出，放到院子的太阳底下，脱光衣裳，放心大胆地洗了个澡，然后将洗澡水就手泼在院子里。他想幸亏没建瞭望台，不然哪能这么逍遥呢？

瓦城的几位政协委员，曾联名提议，在管护站建立游客观光瞭望台，将其打造成一个特色旅游景点。这个提案罗玫批给营林局办理，蒋进发知道周铁牙靠着罗玫，打造的是他个人的世外桃源，得罪不起，所以给政协委员的提案答复是：此案想法很好，但瓦城候鸟群规模不大，金瓮河流域的生态环境也有待进一步恢复，建立游客观光瞭望台，时机尚不成熟。此案也就不了了之。

周铁牙洗完澡，坐在木墩上一边抽烟，一边眯缝着眼晒太阳。他此时不缺音乐，风儿像多情的手指，让树和花草做了琴弦，轻拨慢弹，发出动听的声音。此外金瓮河的流水声、各色鸟鸣虫鸣，在消去人语的时刻，此落彼起，令他惬意。

周铁牙心底也确实愉悦，因为在和石秉德深谈后，得知他不过是以学科领域带头人的身份，来这里创建研究站，最终还是要回到大学。研究站早晚也要交与地方管理，他的团队会不定期有人过来，继续科研工作。周铁牙想只要研究站交与地方，等于交与他，管护站有笔经费，研究站再来一笔，岂不锦上添花？只要将财权抓住，钱是爷爷，他手头宽绰了，哪怕在专家面前装孙子，又能算啥！

周铁牙琢磨着逮着野鸭该怎样吃才过瘾，清炖还是酱焖？刚飞回的野鸭长途迁徙，体力消耗大，油脂少，清炖好；而它们孵蛋后，身心俱疲，那时的肉质最不好。现在小野鸭四处跑了，大野鸭猛劲补充食物，蓄积能量，所以肉质肥美，红焖一定错不了！

确定了吃法，周铁牙又琢磨着该怎样杀鸭，要杀得干净利索，不能留下血滴和鸭毛这些屠戮野鸭的证据。他想杀鸭时，地上铺一张大块的桦树皮，桦树皮易燃，溅上鸭血也不怕，填到灶坑烧掉就是了。还有鸭毛，最好也烧掉，上次张黑脸在网笼发现鸭毛，差点引起麻烦，这次绝不能犯这种低级错误。只是烧鸭毛气味大，得敞着门开着窗。还有就是做完野鸭之后，要用碱水好好刷锅，免得留下油垢和气味。最后呢，就是吃完后怎样处理鸭骨头。鸭骨较硬，烧不化的，不如将它们随便扔到哪条沟谷里，哪种动物愿意啃骨头，就让它们啃去。

设计好了一切，周铁牙起身去遛网笼。他曾担心野鸭目下不缺吃的，会一无所获，可眼前的情景让他心花怒放，两只网笼各逮了一只，一雌一雄。周铁牙见雌鸭孱弱，一身骨头，想着它没甚吃头，将其放了，带回了斑嘴大公鸭，麻利地杀掉，烧了鸭毛，将洗鸭子的污水，倒得离木屋远远的，仔细察看网笼无一丝鸭毛，这才放回储物间。不到午时，便烧火炖鸭。十一点时，他已盛出鸭肉，启了瓶酒，在院中铺一块毡子，置酒肉于其上，开始吃喝。当他吃到一半时，隐约听到摩托车声响，以为是幻听，没有在意，可是这声响越来越大，昭示他有人驶入了。周铁牙欲将盘中所剩鸭肉倒进茅房，已来不及了，摩托车驶入管护站。

原来是检查站的老葛！他和他的摩托车，滚了一身泥水，看来前段持续落雨，导致路面翻浆，他驾驶摩托车一路过来，没少栽跟头。

两个卑鄙的人相遇，会有心照不宣的快乐，因为没有什么东西，是怕放在阳光之下的。周铁牙庆幸没来得及处理掉盘中野鸭，否则他悔死了！

"你狗鼻子够灵的啊，闻到我烹了野味？"周铁牙无所顾忌地挑明他在吃野味，还指着盘中的野鸭，揶揄道，"你也尝尝？尝之前要不要先录个像？"

老葛将摩托车扔在一旁，尴尬笑着，说："站长哇，咋把我想得那么不堪呢？"说完，从上衣兜摸出手机，撇给周铁牙，说："您经管着，这还不放心吗？"

周铁牙抹了一下油嘴，也不客气，将手机电池卸下，说："越来越懂规矩了嘛。"

老葛嘿嘿乐着，嚷着内急，先去方便了。周铁牙赶紧从储藏间再取一瓶酒，又启开一听凤尾鱼罐头，给老葛拿了双筷子。

老葛从茅房出来后洗了把脸，将沾了泥点的衬衫脱下，用洗脸水揉搓几下，搭在近前的一棵松树上，赤膊坐在周铁牙对面。

"是不是看到石秉德开车和张黑脸进城，你想着管护站就我一人，干不出什么好事，来逮个现行，再给你增加点筹码？"周铁牙说。

"前半句是对的，我见他们进城，刚好我交班，一算计您有十来天没进城了，惦记着，所以趁他们不在，来跟您说说体己话。"老葛先尝了一块鸭肉，赞叹野味到底是不一样，吃着倍儿爽，然后说，"我来这儿，最主要的还是报喜！"

周铁牙呸了一声，说："我现在这个样子，就是凑合着过，哪来的喜？"

"所以说哇，这儿没手机信号，就是不行！都说好事传千里，你这儿离瓦城，也不算远，可你看你们家这大好的消息，我先知道，你都不知道！"老葛端起酒盅，和周铁牙干了一盅。这才在他的催促下，细说原委。原来三天前市委组织部下来考核邱德明和罗玫，邱德明要接郑家和书记，成为瓦城的一把手，罗玫要被提拔为林业局局长，接邱德明。

"郑家和书记去哪儿啦？也提拔了？"周铁牙问。

"哦，他平调到市政府，做副秘书长，一个闲差，他老大不乐意呢。"老葛眉飞色舞地说，"人家都说啊，这次为了提拔罗副局长，就得让邱德明局长接书记，给她倒位置，所以郑家和书记是被扒拉走的，都说咱外甥女关系硬呢！"

"邱局长虽然平级调整，但书记是一把手，他算重用，也该高兴哇！"周铁牙说。

老葛说："邱局长今年可是不顺哇，爹死了，他当书记，说好听的是一把手了，但书记哪有局长有实权啊，外头人都说，这次调整，其实就是安排咱外甥女，不得不动那两位的！"

"人一走运，多嘴多舌的人就蹦出来了！"周铁牙说，"不是我替自家人说话，别看玫玫年轻，她处理问题稳当，工作能力没得说，提拔她那是应该的，说明市委有眼光！"

"就是，罗局长是咱瓦城的骄傲！"老葛说，"您这当舅爷的可不得了，有这么出色的外甥女，连我都觉得脸上有光呢。"

老葛从裤兜掏出一个红包，递给周铁牙，说是贺礼，罗玫日理万机，没时间接见他，但罗玫答应帮他女儿找工作，让他想想心里都热乎！钱不多，一万块，是个心意，求周铁牙给罗玫买件衣裳送去。

周铁牙心想如今求人办事，哪有不花钱的道理？虽说自己有把柄落在他手里，但老葛不傻，以要挟手段办成的事情，最终双方会成为仇人。而他示弱，则还能做朋友，继续求他办事犹有可能。还有啊，罗玫马上要做局长了，更能说了算了，老葛可能要在女儿的工作上挑挑拣拣了。

周铁牙这样一想，觉得一万算个球，现在办个工作，花个十万八万都很正常。所以他毫不客气，理直气壮地把钱揣进腰包。他想罗玫也不差这几个小钱，自己收着就是了。

老葛再喝一盅酒，讪笑几声，说："站长哇，咱外甥女要做局长了，孩子工作的事情，一个是抓紧，还有就是我听说有几个岗位，像水利局和广电局，都要招人，这种事业单位，工资高，医疗待遇好，就别把孩子往那些没啥发展的单位安排了，求求咱外甥女，给咱闺女一步到位，行不？"

尽管周铁牙讨厌老葛一口一个"咱"，心想谁和你是一个外甥女了？你的闺女跟我有啥关系呢？但他还是笑呵呵地说："放心吧，我一定跟她说，把好岗位给咱闺女留着。"

老葛为了女儿工作的事有了保障而开心，听到罗玫高升的周铁牙更是开心，他想以后再去瓦城的饭馆，谁还敢收他的吃喝钱呢？在街上遇见熟人，肯定都是别人老远伸出手来，主动与他打招呼。邱老和庄如来的死，以及候鸟神话的广泛传播，曾让他为罗玫的处境担忧过，觉得不是吉兆，看来他太多虑了。

周铁牙抬头的一瞬，望见了娘娘庙的炊烟，他颇为感慨地说："管护站挨着娘娘庙，看来还是好哇。"

"你不说我倒忘了，我听人家议论，说罗局长交好运，是因为宗教局归她管，她张罗建的娘娘庙，所以菩萨给她福报。"老葛说，"要不是我今天吃了野鸭，喝了烧酒，也想骑摩托车过去，给菩萨磕几个响头呢。"

老葛喝兴奋了，絮叨个没完。周铁牙怕他这种状态骑摩托车回去不安全，说是改日回城再喝，及时把酒收了，让他回屋睡个午觉，醒了酒再走。老葛也乏了，顺从地去周铁牙的屋子休息去了。

周铁牙连忙将野鸭骨头包在一张旧报纸中，走出院子，远远处理掉了。他往回走的时候，心里有点不是滋味了。外甥女升任局长，满城人都知道了，罗玫却没差人过来跟他说一声，分享快乐，看来他这个当舅的，对她来说并不重要。而来报喜的老葛，打的不过是个人的小算盘。周铁牙由此想到石秉德人工孵化的那只小野鸭，初始被野鸭群接纳了，但最终它还是被其他小野鸭给合力啄死，便觉得天地间所有的动物，无论低级高级，逃不脱弱肉强食，免不掉利己排他。罗玫发迹前，周铁牙和姐姐之间还有一条紧密相连的线，而罗玫的官职就像一把锋利的剑，将这条看不见的线给斩断了，周如琴飞到山巅，而他落入谷底，从此她们看他是睥睨天下的俯视，而他只能奴隶似的仰视。周铁牙这样想的时候，觉得金瓮河上浮动的阳光，也有裹尸布的意味了，因为在看似平静的水面下，生物间的杀戮，它们在深处搅起的或浓或淡的血污，从来就不曾消失过。

第十四章

张黑脸今年是从管护站第一次回城，他喜气洋洋的，见着谁都呵呵乐。熟悉他的人跟他打招呼时会说，瞧瞧你的头发都过耳根了，再长的话，都该扎小辫子了！张黑脸赶紧说，这不回来剃头嘛！他没回家，先去平安大街，到他常去的发财发廊剃头，那儿有个老师傅，与他同姓，懂得他的喜好，哪儿留长，哪儿剪短，了然于心。

张师傅见着张黑脸，惊叫一声，说："快成野人了嘛！咋才回城呢？是不是被山里的狐狸精、蛇精呀的给迷住了？"

张黑脸摇了摇头，嚷着渴了，朝张师傅要了一杯水喝掉，然后坐在顾客坐的转椅上，瞄了眼镜中的自己，也忍不住惊叫一声。镜中人竟像一个下了多年大牢的人,发丝纠集,杂乱无章,像谁写的一篇又长又臭的文章,令人厌恶地挂在那里。他隔三岔五刮胡子,却没管过鼻毛,谁知鼻毛张牙舞爪地探出鼻孔了,苍蝇似的,让人不爽。总之他不想再看这样的自己,唤张师傅赶紧打扫他的头。

张师傅技艺好,一边拾掇他的头,一边跟他说话。他说盛传禽流感流行的时候,知道封了管护站,还为他担心呢!他问张黑脸,那时怕不怕?张黑脸瓮声瓮气地说,挨着娘娘庙,有菩萨保佑着,有啥怕的?张师傅听他这样说,就告诉他广电局的礼堂,就是面向市民开放的公益讲坛,今天下午的主讲人,就是娘娘庙的慧雪师太。张师傅说他老婆近年闻到肉味就恶心,吃素两年了,别人说她这是与佛的缘分到了,所以拉他一起去听听呢。

张黑脸问:"下午几点开讲呢?"

张师傅说:"好像两点吧,咋的,你也有兴趣听?"

张黑脸没说去还是不去,而是嘱咐张师傅,别忘了把鼻毛也给他拾掇一下。张师傅说,这还用您交代吗?张师傅给他剃完头,要修剪鼻毛的时候,发现张黑脸仰着脸睡着了,他不忍心弄醒,由他睡了半小时,看着快晌午了,才推醒他,给他剪了鼻毛,洗了头。张黑脸付过钱,一身清爽地走出发廊。

平安大街的饺子馆有好几家,张黑脸在管护站吃的带馅的食物,是各类肉罐头调和的,所以他回城,喜欢吃的水饺,馅料要新鲜、偏素,比如鸡蛋西葫芦馅的、鲅鱼韭菜馅的、芹菜粉条馅或是豆腐青椒馅的。张黑脸进的是顺心饺子馆,店主知道他这个习惯,他一进门,赶紧把他青睐的各种馅,都报一遍。张黑脸听说有虾仁黄瓜馅和豆腐韭黄馅的,各要了半斤,外加一瓶啤酒。

正午时分,在平安大街附近上班的人,以及外地来此消暑的候鸟人,多拥入各家饭馆,顺心饺子馆顾客很多,只有一张闲桌了。张黑脸坐过去后,有两位认识他的人,各怀目的,端着正吃的饺子,凑将过来。其中一位是水厂的收费员小金,另一位是开花店的老黄。老黄一坐下,就跟他宣扬候鸟的神话,把张黑脸听得一愣一愣。因为候鸟的翅膀在这个故事中,是阎王爷的生死簿子,候鸟依照那上面的名字,去捉拿人间罪孽深重的人,邱老和庄如来的名字,就在候鸟的翅膀上,所以他们死了。

老黄见张黑脸的饺子上来了，也不客气，从他盘中夹了一只，赞叹刚出锅的饺子好吃。他忽悠张黑脸，称他为半个神仙，请他预测候鸟的翅膀上，下一个会出现谁的名字。为了从张黑脸口中得到他憎恨的人的名字，他诱导他，说是公安局森保科的人，个个坏蛋，他春天为了盖个鸡窝，去河边砍了一棵柳树，结果被执勤的人发现，狠罚了一笔。老黄说这帮家伙才势利眼呢，当官的亲属偷运木材卖掉，整车往外拉，他们全当瞎子，而他砍棵柳树，他们就不依不饶。对待无权没钱的人，他们才装得一团正义！其实他们背地坏事没少干，他就知道有下歌厅泡妞的，还有吸毒的呢。张黑脸听老黄这么一说，赶紧问都是些什么名字，老黄一一告诉他，张黑脸就义愤填膺地把他们的名字都点了一遍，老黄心花怒放，特意给张黑脸添了一瓶啤酒。

不过说完这几个人的名字，张黑脸连吞了三只饺子后，还是申明候鸟的翅膀不是阎王爷的生死簿，而是雨伞。他叙说当年一只神鸟如何用翅膀为他遮雨，而如今这神鸟飞到金瓮河了。老黄听后觉得好没兴味，又吃了张黑脸盘中两只饺子，嘟囔着什么，埋单走了。

老黄走了，轮到小金说话了。此时的张黑脸将两瓶啤酒差不多喝光了，目光温柔，满面红光，正是求他的好时机。小金先夸张黑脸剃了头精神，再夸他刚才讲的神鸟故事好听，接着说他几次登门去他家收水费，总是遇阻。瓦城自来水公司规定，凡是没安装水表的用户，居民每户每年缴纳二百六十元，商用是三百八十元。张阔经营家庭旅馆，应该按商用算，可她说住在她家的，都是亲戚朋友，坚决不按商用的缴纳，弄得他很头疼。小金说今天赶巧碰见他，如果他把水费交了，等于为女儿解忧，省得他再往张阔那儿跑，骑着摩托车去这几趟，油都没少耗费，可还收不上水费，每次回来都很郁闷。因为收费承包后，他收不上来的费用，就得自己先行垫付。

张黑脸听了个大概，就把兜里的钱都掏出来问，这些够不够交费的？小金激动得脸都红了，从七百多元里数出四百元，把余下的钱让他收回去。小金随身带着收据本，开了一张三百八十元的水费单，递给张黑脸，让他回家交给张阔。该找还张黑脸的那二十元，他见他没意识要，索性不找零了，心想就顶了油费。

张阔见父亲回来了，剃了头，又一身酒气，知道他从平安大街过来的。张黑脸见着她，先把水费收据递上，接着挨个屋子转了一圈，数数有多少绿花枕头，因为绿花枕头是专为客人预备的，以此探明张阔今年接待了几个候鸟人。之后他去院子的木椅坐下，解下衬衫最上的两颗纽扣，想着吹吹风。

张阔跟到院子，甩着水费收据，先骂小金欺负呆子，是婊子养的，跟着埋怨老爹不该交费，因为她的家庭旅馆，一年只开半年，来的人又不多，也就是洗洗涮涮，跟家里多两三口人一样，用不了多少水。而东市场开洗衣店的，不过与自来水公司的领导好，非说那儿不具备安装水表的条件，一年按商用才交三百八十元的水费，你说一个洗衣店，一年得浪费多少吨水啊，这不明摆着欺负没门路的老百姓吗？张阔责备老爹办了错事，所以不能还他交纳的水费。

张黑脸漠然看了一眼女儿，说他兜里有钱，不需她给。张阔这才和颜悦色地把水费收据仔细叠好，揣进裤兜，给他倒了杯茶，又拿了把蒲扇，说管护站暂时封闭时，她真以为老爹得了禽流感，哭了好几回呢。张阔倒也没说假话，她那时心急如焚，怕老爹死了，她手里攥的那张工资卡，成了干涸的河流，再不会滋养她了。张黑脸听女儿说惦念他，"哦——"了一声，一手摇着蒲扇，一手将端的茶喝得咝咝响，然后问张阔，他家住着四个候鸟人，咋一个都不在家里，她不给他们做午饭吗？张阔晃着脑袋说，今年家中住着五人，咋说四人呢？张黑脸说数外人用的枕头，数出四个。张阔眯着眼乐了，告诉她今年住的客人，有两位是去年来过的，一对湖南退休的教师夫妇，另两位也是一对夫妻，广东来的，避暑加上蜜月旅行，至多住一个月。他们新婚，共用一个枕头。另一位嘛，是来自北京的一位画家，他整天在山里转，星星出了才归。他们除了早餐在这里共用，午餐不用管，街上餐馆多，随便吃点就是了，晚餐是她来做，所以没有往年那么累。张阔抱怨候鸟人来了以后，摊贩们都黑了良心了，联合给副食品涨价，经营家庭旅馆的为了留住客人，却不能涨房价，利润没往年多了。她乐得他们出去吃，少吃她一顿，她就多赚些。

张阔告诉老爹，周铁牙的外甥女要当林业局局长，成为瓦城响当当的二把手了。她说管护站肯定还要增加经费和投入，周铁牙的赚头大，也不该亏了他。张阔怂恿老爹，让周铁牙给他涨工资，一个月至少多开三百块，否则给他撂挑子。

自从张黑脸进了门，耳里听到的都是钱钱钱，这令他疲乏，他放下茶杯和蒲扇，打算眯一会儿。想着自己的住屋，摆的都是绿花枕头，无他容身之处，就去客厅的沙发，蜷腿躺下。

张黑脸睡得正香，被一股炸辣椒的气味给呛醒了。起来一看，张阔正在灶房，给一个瘦猴似的长脸男人做酸辣鱼。张黑脸见他留着长发，手指甲沾着各色油彩，知道他就是张阔所说的画家了。他告诉女儿，自己回管护站了。张阔咳嗽了一声，说："要是周铁牙不给老爹涨工资，我去找他，有他好瞧的！"

石秉德约张黑脸下午四点钟，在平安大街北口会合。怕他忘记时间，在他手心用圆珠笔写了个数字"4"，所以这个时间他牢牢在握。他看了一下手表，刚刚两点，时间还早，他想不如去麻将馆，看人打牌去，顺便喝杯茶。走着走着，忽然想起下午有个活动，他想参加来着。是什么呢？他停下脚步，仔细回想，却无答案。但他记得他是在平安大街得到那个活动的消息的，所以他先回到顺心饺子馆，店主以为他落下什么东西了，问他丢了啥。张黑脸问他，我自己下午想干啥了的？店主笑了说，我咋知道你想干啥？你还想吃饺子的话，我给你包；你想小赌，麻将馆就在后趟街；你想睡女人的话，我给你一个秘密电话，保你约到模样好又便宜的小姐！张黑脸说吃喝嫖赌不是他想干的事，他出了饺子馆去了发财发廊，张师傅不在，另一位小师傅告诉他，他去广电局的礼堂，听娘娘庙的师父讲法去了。张黑脸一拍脑壳，大叫一声："就是这事哩。"

张黑脸气喘吁吁地赶到礼堂时，讲座已开始半个小时了。能容两百人的礼堂，只有最后一排还剩三四个座儿，张黑脸选了靠走道的一个位置坐下。慧雪师太的话语，通过扩音器放送出来，令他有陌生感。因为陌生，他觉得台上被灯光过度照耀的慧雪师太，也不像在庙里见到的那般朴素亲切。张黑脸听了一会儿，觉得无甚意思，歪头打起瞌睡，呼噜声随之响起，前面的听众频频回头看他，发出笑声。工作人员连忙过来推醒他，劝他出去。可他执拗地说，他没睡，他在听。接着没头没脑地大声说了句："睡足了，把脑袋倒空了，经文才能钻进去呀。"他左右的人闻听此言，愈发地笑。

张黑脸没有走的意思，工作人员只好坐在他身边看着他。呼噜一起，就戳醒他。就这样他几次睡着，几次被弄醒，慧雪师太主讲部分已结束，进入了听众答问环节。听众提问，最终由慧雪师太综合问题统一回答。人们提的问题五花八门：

人生的苦很多，为啥非说八苦？

现世的善良穷人，转世能成为富人吗？

心不动，万物皆不动，究竟是啥意思？

持戒静修，真有好报吗？

居士和沙弥的区别在哪里？

猪八戒的"八戒"，指的是啥？

西方净土，果真是"花鸟都能念经，满地尽是琉璃"吗？

人要觉悟，非要像释迦牟尼那样，在菩提树下吗？在瓦城的松树下，可以让人大彻大悟吗？

出家人可以望见彼岸花吗？

娘娘庙来的送子鹤，真的能给不育者带来福音吗？

菩萨为啥看着坏人横行，好人受欺压，却不从莲花宝座走下来救苦救难？菩萨睡觉吗？菩萨睡觉的话，也闭着眼睛吗？

候鸟人是这个社会的新贵阶层，他们的世界总是春天。菩萨有本事让苦寒之地四季无冬，让没能力迁徙的穷人，避开人生的风寒吗？

从你刚才的讲述中，知道你家境很好，出家是因为怜惜每一个生灵，看破红尘了，是心灵听从了佛的召唤。其实你不出家的话，就凭你这么好的身材、美丽的眼睛、尖下巴、高鼻梁、好看的唇形，绝对是一大美女，不知多少男人会向你求婚。你不后悔遁入佛门吗？你还惦记生养你的父母吗？

一个人皈依后就不怕死了吧？

有人说娘娘庙的云果师父，曾是一个官员的情人，官员贪腐事发，她怕受牵连，就把名下官员送的房产，更名给弟弟，剃发做了尼姑，检察机关哪儿会找出家人的麻烦呢？她以此保全了财产。据说这官员有多个情人受牵连，只有云果逃过一劫。如果这传言是真的，那么她的出家不是发乎真心的。她在庙里，是不是对菩萨不敬？

都说放下屠刀，立地成佛，那为啥一个人杀了人，幡然醒悟了，法院还会判他死刑？

太阳下山后，月亮就出来了，月亮是太阳的转世灵童吗？

是不是有心的动物都不能吃？

娘娘庙的香火钱，最终干啥用了？

信了佛，就不能供奉狐仙和黄大仙了吧？

走夜路头皮发麻，是不是遇见鬼了？

遭遇灾难的一刻，念哪句佛号，最能化险为夷？

……

慧雪师太对每个人的提问，都凝神谛听，提问结束后，工作人员上来悄悄提示她，说讲座加提问，时长两小时，现在时间已到，可以简要回答问题。慧雪师太微微颔首，对大家说："阿弥陀佛，时间到了。在时间面前，所有的问题，都不是问题了。我想告诉大家，出了这个门，有人遭遇风雪，有人逢着彩虹；有人看见虎狼，有人逢着羔羊；有人在春天里发抖，有人在冬天里歌唱。浮尘烟云，总归幻象。悲苦是蜜，全凭心酿。"

讲座结束了，一些信众拥到台前，有的给慧雪师太献花和水果，有的请她在经书上签上法名，还有的奉上佛教用品，请她开光。

张黑脸觉得这场讲座他没白听，慧雪师太说给大家的那句话，就是"在时间面前，所有的问题，都不是问题了"，大多数人在下面嘀咕没听懂，可他听懂了，慧雪师太帮他解决了困扰他的那个问题，人为啥踩不着自己的影子——那是因为时间也踩不着自己的影子啊！

第十五章

雏鸟们学会觅食了。石秉德将人工孵化的三只鸟，放归自然。最欢喜走出研究站的是叫树森的白尾鹞，它兴高采烈奔向河岸。叫秉德的野鸭，似乎不想离开安乐窝，出了研究站的门，一直回头张望。而叫铁牙的大雁，像个夜行警探，蹑手蹑脚地东走走，西望望，最后钻进了茂密的灌木丛。

金瓮河流域的山林溪谷，是候鸟的大粮仓，小鸟们在觅食中找到快乐，也为此付出代价。比如一只小野鸭，以为草丛中的花蛇可做美餐，当它发起进攻时，倒叫花蛇将它掀翻在地，死死缠住，成为花蛇的美餐。可花蛇没得意多久，黄鼠狼又把花蛇给吞了。观察到这一切的石秉德，说大自然每天都上演战争大片，惊心动魄。

　　练习飞行，是小鸟们最重要的生活课程。如果不把这个本领学好，深秋不能与父母结伴而行，飞越万水千山，它们面临的命运就是死亡。所以这时节林中常有扑棱棱的声音传来，大鸟扇动翅膀教习，小鸟鼓动双翼试图离地，它们知道大自然的日历翻得快，得争分夺秒。

　　有一天石秉德从林中带回一只受伤的雄性成年东方白鹳，看来它是在飞向一棵老松啄食昆虫时，被偷猎者粘在树杈的超强力粘鸟胶所缚住的。它在努力挣脱的时候，拔出一只腿来，另一只却在挣脱的过程中骨折了，伤腿使它失去重心，垂吊树间。石秉德是听着白鹳的哀鸣，找到那棵树的。盘桓在受伤的白鹳身旁的，是它的伴侣，也就是说，石秉德听到的叫声，其中也有它的呼救声。它试图将那棵树杈啄断，可惜老松树杈粗硬，它的嘴巴也不是利斧，石秉德到达时，它只啄开一个小小豁口，离断裂还远着呢。

　　石秉德给东方白鹳做手术接腿的那天，云果师父又来了。她一眼认出受伤的白鹳，就是在三圣殿坐窝的。她说难怪早起添灯油时，三圣殿顶只有三只小白鹳。云果师父的眉毛显然描过，又黑又弯，还搽了玫瑰色口红。她没佩戴佛珠，但咖啡色僧衣上，别了一朵硕大的银粉色水晶莲花胸针，熠熠闪光。

　　石秉德给东方白鹳做手术，本来是张黑脸做助手，云果一来，周铁牙就把张黑脸给喊出来了，说："没见云果进去了吗，她巴不得做石秉德的助手呢，你咋那么没眼力见儿？"

　　张黑脸说："她戴的胸针贼亮贼亮的，比猫头鹰的眼睛都晃人，俺怕接好了神鸟的腿，再晃瞎它的眼睛！"

　　周铁牙踢了张黑脸一脚，说："人家戴那个，是晃石秉德的眼睛来的，鸟眼比人眼厉害多了，它们不怕光，你见过戴墨镜的鸟吗？"

　　张黑脸倔强地说："咋没见过，短耳鸮——就是长着黄眼珠的家伙，就有大大的黑眼圈，那不是自戴墨镜吗？"

周铁牙哈哈大笑，惯常骂他一句："呆子！"

周铁牙这个夏天过得很愉快。外甥女做了瓦城林业局局长后，他再回城，人们对他的热情，果然与他料想的一样，高过以往。他走在街上，认识他的人老远就亲切地打招呼，露出讨好的笑。他去餐馆，没有不给他赠菜的店主，赠的也多为店面的招牌菜，酱鸭、卤鸡、烧鹅、熏鱼，所以他进餐馆，象征性地点俩毛菜，就像撒下鱼饵一样，会轻松钓来肥美的大鱼。

罗玫批准了营林局报送的两个大项目，蒋进发有利可图，对周铁牙也就更为关照，以种种借口，再度提高管护经费，周铁牙活钱多了，肥了自己，自然给张黑脸每月增加了二百元，一百给他本人，一百打入张树森的账户。张阔要是尝不到甜头，周铁牙就会吃苦头。他相信蒋进发退休后，接任他的局长，对他更会高看一眼。

罗玫上任后，很快协调了通信和电力部门，再过一年，金瓮河候鸟管护站和娘娘庙，将与瓦城一样，可以接打电话，享受光明。人们都夸罗玫能干，前任局长难啃的硬骨头，她一出手就轻松解决了。周铁牙穿得比以往讲究，腰杆也比以往更直，指间夹的香烟，自然上了一个档次。他进城的次数也多了，反正石秉德和张黑脸常在，没什么可担忧的。

石秉德给东方白鹳做完手术的那个傍晚，发电机坏了，云果说不能借亮儿读经书，该回娘娘庙了。话虽如此说，可脚却不动，周铁牙见状，说没电正好唠嗑。

云果莞尔一笑，愉悦地坐在三个男人中间，讲庙里的事情。她说马上就是中元节了，邱德明书记的老婆来娘娘庙布施，说邱书记夜里老梦见死去的父亲，邱老不是在泥潭里呼救，就是在火海里奔逃。他穿得破衣烂衫，饿得面黄肌瘦，诉说他没屋住，没饭吃，没柴烧，没人做伴，看来走得不好。邱书记的老婆想让慧雪师太在鬼节的这天，在娘娘庙给邱老做个专场超度法会，让他的灵魂得到超生。可慧雪师太说盂兰盆节的法会，面向的是所有信众，她不能给邱老做专场法会，不能在这件事情上有分别心。邱德明的老婆嘴上说理解，可走时脸色很难看，还瞪了慧雪师太一眼。

云果说最近德秀师父也不得清静，今年娘娘庙香火旺了，结果将她离异的前夫招来了。他朝德秀师父要钱，说是庙里的功德箱，就是印钞机，每日都进钱，庙里啥也不缺，应该隔三岔五给他三五百的，就算是救济穷人，积攒功德了。德秀师父说每个功德箱都有三把铜锁，一个人开启不了，每次都是三人同时拿钥匙，才能清点善款，登记在册，统一管理。就是钥匙全归她管的话，她也不能拿一分给他，家有家规，庙有庙法，信众供奉，岂容私拿？那男人质问这些钱都干啥了，是不是都被你们揣进个人腰包了？德秀师父说这些钱自然都用在了该用的地方，日常开支、寺庙修葺、印发经书以及慈善救助等。德秀师父的前夫听她这么说，说他就在救助之列。他与德秀师父离异再婚后，老婆得了子宫癌，为了治病，他们将家里的房子卖了，一次次化疗，就是一次次烧钱，最后人没留住，还欠了一屁股饥荒。死了老婆的他，将悲惨命运归咎于他沾过德秀师父的身，所以被恶魔纠缠了，找她要钱，相当于精神赔偿。他威胁她如果不给他钱，就将她身体的秘密张扬出去。周铁牙眼睛亮了，一再追问德秀师父的身体有啥秘密。云果说："那男人没说，就是说的话，阿弥陀佛，我们出家人也不能说哩。"

说完慧雪师太和德秀师父，周铁牙怂恿云果讲讲自己，她为何遁入青灯古刹？云果皱着眉头说："出家得有机缘，机缘成熟了，如同果子熟透了要落地，谁也挡不住的。"

周铁牙听她如此说，知道问不出究竟，也就作罢。这样他们又闲扯了一些别的，金瓮河两岸出没的动物、蓝色系的野花有多少种、夏天的雷甚至冬天的雪，不知不觉夜已深了。谁也没注意到张黑脸何时离开的，因为他坐在哪里，都是倾听者，极少插言，在与不在，没谁上心。只是云果起身告辞时，周铁牙想让张黑脸送她，才发觉他不在的。他们出了屋子喊他，他却在桥上应声了。问他去哪儿了，张黑脸一路小跑过来，通身的汗腥气，说刚打娘娘庙回来。问他做啥去了，他说去告诉德秀师父，她前夫再来庙里刁难她，就来找他，他不能让这个可怜的女人受欺负。周铁牙问他累不累，还能再去一趟娘娘庙吗？未等张黑脸作答，云果说："哪能让张师傅再跑一趟呢，他的脚也不是神仙的脚，连着跑两趟受不了的。"张黑脸若不去，那只有石秉德去了。可石秉德声称刚给东方白鹳做完手术，得随时观察，不能离开，说完赶紧去研究站了。周铁牙为难着，张黑脸说："我还想着再跑一趟呢，刚才忘了嘱咐德秀师父，晚上关庙门时，用手电挨个殿堂照照，那男人可别躲在哪个旮旯，夜里再把功德箱撬了！"周铁牙如释重负，说他应该再去提醒一下，那就麻烦张师傅送云果师父了。

月亮白晃晃的，云果噘嘴的模样，周铁牙看得清楚。他认定云果不是个修习好的尼姑，看来瓦城人关于她的传说，并非虚言。周铁牙待云果走远了，叹息了一声，说："凡心难泯，不如还俗了。"

盂兰盆节的那天，周铁牙和石秉德一大早就进城了。他们既有公事要办，也有私事。周铁牙的公事是去粮库结算上个月所购的玉米款项，私事是给父母上坟。石秉德的公事是去公安局，请他们更严厉地打击偷猎者，不能再发生类似东方白鹳被弄伤的事件了；私事是他读博士生的导师去世了，分散在各地的同学们，相约着阴历七月十五这天，在网上为导师做个祭奠活动。

他们走前对张黑脸各有交代，周铁牙说娘娘庙今儿会热闹些，若有游客过来，别让他们进屋，游客杂，不见得来的都是好人，万一拿走点什么东西，那就是损失了，如果有讨水喝的，只管舀些水出来，给他们喝。石秉德嘱咐的事，是康复期的东方白鹳，别忘了午间给它喂点杂鱼和玉米，清水也是不能断的。还有，它的伴侣来找它时，不能将其放出，不能让它们现在相见，石秉德说万一雌鹳嫌弃它的伤腿，这只白鹳就很难回归家庭，就成为孤鸟了。

张黑脸一一答应着，他们驾车离开后，他先烧了一壶开水，放在院子凉着，预备客人来喝。然后将管护站的门锁上，去研究站看受伤的白鹳。它见张黑脸进来，一瘸一拐地缩到墙角的干草上。张黑脸试图靠近它，可他每向前走一步，白鹳都发出警觉的叫声，徐徐张开翅膀，向他竖起盾牌似的，张黑脸只好站定了，对它说："恩人哪，快些好吧。今儿都七月十五了，再过一个来月，天就凉了，你该带一家人往南挪窝了。你受伤的这些日子，你老婆来看过你好几回呢。她在门外召唤你，你听见了吧？她这阵子没来，是带你们的孩子练飞呢，我见了那仨小家伙，翅膀都硬了，能飞挺高的了。"白鹳似是听懂了，半张的翅膀放下了，温和地看了一眼张黑脸，垂头啄了一下干草。张黑脸将它饮水的瓦罐添了水，撒了几把玉米，说昨天逮的杂鱼不新鲜了，他去捉点蚂蚁给它改善伙食。蚂蚁强身壮骨，他坚信它吃了蚂蚁很快会复飞。

张黑脸将研究站的门也锁上，拿着事先揣在兜里的水杯去捉蚂蚁，这只水杯是透明的，带盖，可以观察捉了多少蚂蚁，还能预防它们逃掉。他记得金瓮河西侧缓坡上有两个树墩，一个松树墩，一个桦树墩，都朽烂了。每年秋天，松树墩旁长出浅褐色的榛蘑，而桦树墩旁丛生的则是嫩黄的桦树蘑，这是大自然对他们的美好馈赠，每年秋天，他都要采摘榛蘑和桦树蘑尝鲜。蚂蚁喜欢在朽烂的树墩里坐窝，所以一逮就是一窝，尤其是暴雨将至时，它们成堆聚集，极易捕捉。此时天气晴朗，不过张黑脸有捉它们的技巧。他先找到桦树墩，折了一根茎粗的蒿子，然后用兜里随时揣着的尖利的石片，去桦树上剥了一块树皮，将树皮里侧黏稠清甜的桦树汁液，均匀地涂抹在蒿秆上，往树墩深处的蚂蚁窝一插，两三分钟，将蒿秆提起，你看吧，蒿秆上密密麻麻地附着漆黑油亮的蚂蚁，只需对着杯口，往里面一撸，蒿秆上的蚂蚁，就扑簌簌地落进杯子里了。张黑脸用蒿秆探宝似的插了十几次，蚂蚁满杯了。他带着蚂蚁回返时，满心欢喜，很想唱歌。但他不会唱歌，就哼唧哼唧地叫，不知道的人听见，会以为他受伤了。

　　给白鹳喂过蚂蚁，张黑脸又劈了一堆柴火，扫了院子，洗了衣服，看着太阳快到中天了，便打开门，去灶前引火，打算下碗挂面吃。刚将火点起来，院子传来"扑通——扑通——"的脚步声，这么重的脚步声，多半来自男人，可他回身一望，却是德秀师父。是节日的缘故吧，她穿的僧衣不是平素穿的灰蓝和赭色的，而是明黄色的，好像她驾着火轮。她额上热汗涔涔，鞋上落着泥点，看来一路走得急。她见着张黑脸，就像满腹委屈的人见着了久别的亲人，抽噎起来，诉说盂兰盆节大法会上，信众聚集，她前夫又来闹了。他这回不朝德秀师父要功德箱里的钱，而是穿一身灰色破衣，胸前挎个绿帆布挎包，乞丐似的，见人就磕头，说他卖了房给老婆治病，如今老婆和钱都没影了，他没房住，没饭吃，没过冬的棉衣，他都想把自己放进当铺当了，可是他这样的当物，实在太贱，也没人要。他实在过不下去了，求大家帮他渡过难关，不然他就吊死在娘娘庙。来庙里的人，凡认识他的，知他没打诳语，就给他个三十、五十的；不认识他的——南方来的候鸟人，那些有钱的主儿，一出手就给他一百、二百的，一个上午下来，他的挎包鼓鼓囊囊的，少说也有两三千。本来庄严的法会，被他给搅了，慧雪师太成了配角，他倒成了主角。

德秀师父越说越伤心，她抹着眼泪，抽着鼻子，说原以为出了家，人间的烦恼都没了，谁想庙里不是天上，也是人间，俗事不断，难得清净。早知如此，还不如不落发了。

张黑脸听德秀师父这么说，非常生那男人的气，他舀了一瓢水把火浇灭，要锁上门去庙里收拾他。

德秀师父说："法会散了，他得了钱，回城了。他这么闹，我以后在庙里还咋待呀？但凡庙里的大日子，他不得次次来，次次这么朝人要钱呀？张师傅你说我咋就这么倒霉呢，庙里庙外都不得清净！要不是进了佛门，我真不如找棵树，吊死算了！"

张黑脸叫了声"阿弥陀佛——"说，你是出家人，可不能这么说话。以后庙里再有活动，我去给你把守着，我见了他，先跟他讲讲道理，一个男人不缺胳膊不少腿的，不凭力气赚钱，作践自己，不是让人瞧不起吗？他要是不听，俺就动武，打出他的屎尿，看他还敢招惹你吗？

德秀师父泪光点点地看着张黑脸，说："他不来闹腾，我还能在庙里继续吃口斋饭，不然他跟人说出俺身体的秘密，我还咋活呀？"

张黑脸愣头愣脑地问："啥秘密？"

德秀师父叹了口气，擦干眼泪问，周铁牙和石秉德哪儿去了？张黑脸说他们进城了。德秀师父轻轻"哦——"了一声，吁一口气，把灶膛的湿柴撤出，续上干柴，生起火来，给他下面条。

柴火燃烧起来，火苗像风中的野百合，摇曳生姿，发出鼓掌似的声响。德秀师父往锅里倒了豆油，烧开了，用洋葱丁爆锅，然后一瓢凉水浇上去，铁锅发出欢呼声，这时锅里的汤就是夜空，而漂浮的油珠是星星，一派繁华景象。如此声色，将德秀师父映衬得楚楚动人，她就像一枝勃勃燃烧的蜡烛，通体光明，热力撩人。张黑脸很想抱抱她，但一想她来自娘娘庙，不能碰，便回身吐了口痰，为自己的邪念呸了一口。可当他目光再回到德秀师父身上时，她腰胯的每一次扭动，她屁股撅起时荡平了僧袍褶痕的景象，都令他热血沸腾。他终于忍耐不住，叫了声"老天爷，俺要对不住了——"从背后一把将她抱住。德秀师父战栗了一下，没有回头，用胳膊肘捶他。开始捶得重，张黑脸忍着，一声不吭，等着她把力气用完。德秀师父耗尽力气，胳膊肘酸软，捶不动他了，人也就渐渐软下来，张黑脸就势搂紧她，把她抱到里屋炕上，做了他们都久违的事情。在那个过程中，恐惧、羞耻加上快乐，他们不住地颤抖。

他们没插门，也没拉窗帘，阳光透过窗户，照着激情过后的不着一物的他们，就像照着两棵刚伐倒的红松，异常宁静，异常凄美。德秀师父侧身躺在炕头，张黑脸侧身躺她身后，他从她头部开始，如触摸自己久别的家门，无比依恋、无比温柔地让手指自上而下轻轻滑过。当他抚摸到臀部时，感觉她左侧臀尖，坑坑洼洼的，仔细一瞧，那儿竟烙印一个字，似乎是"钱"，他刚要问这是咋回事，德秀师父从他手指的停留处，料他摸到了那个字，说这就是她前夫威胁她的身体的秘密。原来她亲娘是个水性杨花的人，好逸恶劳，父亲在家总是受窝囊气。她六岁的那年夏天，在磨房撞见母亲和邻村的一个木匠偷情。这个木匠，膝下有五个男孩，就缺女娃，想把她要走。所以被她撞见了也不害怕，说是缘分，把她抱到膝上，从兜里掏出糖果给她吃。她馋糖果，很不争气地吃了。木匠走后，母亲大为光火，称女娃竟敢坐在陌生男人的腿上，一点规矩都不懂，天生的贱人！为了教训她，她把她绑了，用烧红的织衣针，一针一针在她屁股上烫了个"贱"字。德秀师父说自己命不好，与身上烙印这个字有关吧。

张黑脸气愤地说："真是亲娘干的事？"

德秀师父说："是哩，她可能想烙瞎我的眼睛，不敢，就烙我的屁股。女孩子的屁股又不给人看，俺爹都不知道。所以我娘死时，我一声没哭。"

张黑脸抚摸着这个字，喃喃道："俺还以为是'钱'字呢！"

德秀师父本来很伤心，但张黑脸的话，让她忍不住发出凄凉的笑声。她说这也不怪他，"钱"和"贱"，长得真挺像。

张黑脸说："那我就帮你把这字改成'钱'不就结了？"

德秀师父说，这又不是写在黑板上的字，可以擦掉重写。想擦掉这个字，她还得受二茬罪。说完转过身来，定睛看着张黑脸，哆嗦了一下，说自己这下完了，犯了出家人的大忌，慧雪师太要是知道她这样了，非得把她逐出庙门不可。他们这么做，是要遭报应的。

张黑脸结结巴巴地问，能是啥报应？

"兴许让雷劈，让狼吃，让虎咬，兴许让毒蛇缠腰，让冰雹砸脸，总归不会有好果子的。"德秀师父说。

张黑脸说："我饿了，吃饱了再看这些东西来不来整治咱们。"

张黑脸穿衣起来，先去茅房方便。德秀师父随之起来，她在穿僧袍的时候，有被火烤的感觉。她去灶房将快烧干的锅，重新添了水，续了柴，下了面条，张黑脸吃了两大海碗，她吃了一小碗，之后他们出了屋子，呆呆地坐在门口望天。

先前还晴朗的天空，浓云滚滚。当阴云越聚越多的时候，雷声响起。他们以为上天要审判他们了，拉紧了手。他们的脸在闪电中失去血色，满眼是末日降临的惊恐神色。

第十六章

张黑脸自从与德秀师父睡过，一到雷雨天，他就穿戴整齐地坐到院子，等待雷劈。他去喂候鸟时，遇见草丛里的毒蛇，也不躲闪，以为它会缠他的腰。夜里听见野兽的叫声，他也以为做它们美餐的时刻到了，起身到院子，袒胸露背，只穿短裤，想着无论是狼还是老虎吃他，比较顺嘴，不用扯烂衣裳，还能省下衣物，给活着的穷人穿。可是雷电击穿的是乌云，毒蛇对林蛙更感兴趣，狼似乎也有它的夜宵，嗥叫几声后，留给金瓮河的，仍是恬静的夜晚。

与他同样有死亡危机感的，是德秀师父。她瘦了一大圈，胸和臀部小了，颧骨和胯骨却因凸出，而显得大了。以前上身后显得紧促的衣服，现在得以施展，穿着都显晃荡了。她每天醒来发现自己还活着，会深呼吸一口，觉得菩萨这是饶过了她一夜。她将用过的被褥使劲在阳光下抖搂，她觉得不洁的她，让它们沾染了灰尘。她进每一重殿，都拎着一条半湿的毛巾，将跨过的门槛仔细擦过，生怕戴罪之身，肮脏了门槛。她做早课，打坐，比以前时间长，也更虔诚。而她做斋饭，侍弄菜圃，打扫殿堂，也比以往更卖力。她说话的声音越来越小，斋饭吃得越来越少，总之，她觉得自己犯了出家人的大戒，不配大声说话，不配消耗粮食，不配礼佛，甚至不配活着。

佛殿与民宅一样，也闹老鼠。为避免杀生，娘娘庙一直不用毒鼠强和鼠夹子。这里香火不旺时，老鼠也算消停，不过是在灶房鬼鬼祟祟地出入，像不走空的贼，顺着什么就吃点什么。庙里游人激增后，佛龛前的贡品多了。除了鲜花水果，信众还喜欢给列位菩萨带来各式素点，核桃酥、江米条、长白糕、绿豆糕、油炸馓子、杏仁枣糕，真是应有尽有。老鼠闻之，手舞足蹈，蹬上佛龛吃倒也罢了，有时它们还蹬翻佛灯，遗下黑心的屎，真是无法无天了。

慧雪师太头疼这些老鼠，想着解决它们的良策，就是尽早将佛龛前的贡品吃掉。娘娘庙只有三张嘴，吃不了这些，她就打发云果师父分送给管护站的人吃。

挨着管护站的研究站最近换人了，接替者名字叫曹浪，与石秉德年龄相仿，他又矮又瘦，小眼睛，塌鼻子，泛紫的嘴唇很薄，招风耳，剃个光头，一副小鬼的模样。他爱发牢骚，总是气不顺的样子，很不讨人喜欢。

云果在石秉德走后去过一次，发现研究站来了新主人，獐头鼠目的，分外失落，本来手持一卷《大乘无量寿经》，打算借光来读，但最后不等发电，就说想起今晚是清点功德箱的日子，早早回了。打那以后，不再过来。所以慧雪师太让她送素点，她说最近身上总没劲，再说脚掌长了鸡眼，走不了远路。云果倒也没说假话，她最近面颊青黄，吃东西时老是失神，目光不动，筷子在碗里不停地扒拉，却不夹食物吃。她提着油壶添灯油时，还打哈欠。她的脖颈和手腕，也没那么斑斓多姿的佛珠了，就是脖颈上缠绕着一串星月菩提。她也瘦了，不过不像德秀师父瘦得那么明显。

慧雪师太只好让德秀师父去送了。

听说派自己去管护站，正在斋堂择豆角的她，身子晃悠了一下，坐定后惊愕地仰起头，她瘦得脖子也显长了，她说："要是云果妹妹去不了的话，俺跑一趟也没啥。只是俺拎着点心一路走，老鼠还不得送葬似的跟着哭一路？"

慧雪师太觉得最近庙里的两位师父都不太正常，尤其是德秀师父，像张黑脸一样，常说一些糊里糊涂的话。望见天上的黑云，她说那是雷母下的蛋；看见三圣殿上伫立的东方白鹳，她说也许它翅膀下藏着刀；听见林中异常响动，她远远跪下磕头，说是接她的来了。她们一起清点功德箱的善款时，她看着花花绿绿的钞票，总说这是落叶。

游人黄昏时渐渐散了，娘娘庙归于岑寂。德秀师父关了山门，打扫了各殿堂，喝了半碗粥，提着素点去管护站。她习惯性地抬头望了一眼对岸的炊烟，发现它很浓烈，看来晚炊正在高潮。她想磨蹭着走，这样到了那儿，他们吃完了，就不闻桌上的荤腥了。自从踏进庙门，荤腥在她意识里，是死亡的皮鞭。

德秀师父没提禅杖，她觉得戴罪之身，无须保护了。为了消磨时间，边走边下到沟塘去看花草。茂草中的野花静悄悄地开，那红的、紫的、粉的、白的花儿，有的朵大有的朵小，有的簇生有的单生，不管姿态颜色如何，它们看上去都没心事，恣意开放，不像她满心阴云，总遭霜打。她想自己哪天死了，变成一朵花也好。与她一样贪恋花儿的，是翩飞的蝴蝶。它们的羽翼就像姑娘穿的花裙，蓝紫红黄绿白皆有，它们参加舞会似的，与金莲花轻舞一曲后，又飞入千屈菜的怀抱，在千屈菜的怀抱没有多久，又飞到五瓣的老鹳草身上，用裙边扫它的脸。德秀师父以往只注意到蝴蝶的美丽和自由，没想到它还这么风骚！它这搂搂，那亲亲，不犯戒吗？最后她想明白了，蝴蝶犯戒和不犯戒，终不能获得长生。到了深秋，它们的花裙子就七零八落了，不能再飞，在林地像毛毛虫一样蠕动，瑟瑟发抖，等待死亡。如此说来，它们风华正茂时尽情欢娱，等于积攒死亡的勇气，有啥不可饶恕的呢？就是她自己，当她痛悔与张黑脸做下那样的事情时，更深人静，她也会不由自主想起那天的情景，想起他健壮的躯体散发着的野马似的气息。

德秀师父这样想着，心里似乎敞亮一些，当她发现一片马莲草托着一滴圆润的水珠时，吃惊极了！她确信这是一棵甘露，因为夕阳还在，晚露未生成呢。她听一个进香的居士说，昆虫汲取各种植物汁液，经由它们酿造，将精华的部分吐出去，就是甘露。

德秀师父觉得这是上天赐予她解脱痛苦的甘露，于是俯下身子，想啜饮了它。它被夕阳映照得晶莹剔透，散发着琥珀的光泽。她伸出舌头，可是舌尖刚触着它，它竟像长了脚似的，沿着叶脉一路下滑，直坠草丛。它的坠落在德秀师父心里，比落日的坠落还要触目，她真切地听到了"嘭——"的回声，她想菩萨这是不想饶恕她了，她起身的时候泪涟涟的，又是满心迷茫了。

德秀师父呆呆地坐在草丛中，直至日落，各色花草失了颜色，这才起身。她走过月牙桥时，深深叹息了一声。

半轮月亮升起来了，德秀师父熟悉的木房子里，坐着的是张黑脸和曹浪，周铁牙又进城了。

德秀师父和张黑脸对望的一瞬，先是各自打了个激灵，慨叹都还活着，没遭报应，接着他们在心底向对方发出心疼的呼喊——咋瘦成这样啦？

曹浪初次见德秀师父，他见一个穿僧衣的女人进了门，就知她来自娘娘庙。他不像石秉德，因东方白鹳在娘娘庙安家，三番五次察看，得以认识庙里的师父们。曹浪讨厌他日下的研究，所以石秉德走后，他对金瓮河流域候鸟种群的生存状况，并不关心。就是那只受伤的白鹳，也被他放出研究站，说白鹳不恢复自主觅食能力，不经历风雨，冬天到来之前，它就没法跟着候鸟群迁徙。按他的说法，总把它关在研究站，即便伤愈，翅膀也软了，很难与蓝天为伍。这只白鹳，因腿伤难以飞起，就在研究站对面的河谷栖息，张黑脸每日给它投食，而它的伴侣，也时常带着孩子们来看它。

周铁牙认为，这个不喜欢野外生活的曹浪，其实比石秉德更懂得候鸟。有一天曹浪酒后吐真言，说石秉德家世好，有资源，贪恋名声，是个好大喜功的家伙。建立金瓮河候鸟研究站，是为他的履历表增加辉煌的一笔。他打个前站，以后陆续派来的，是他的研究团队的成员。他们在下面实践所得，要定期汇报给他，研究成果虽说归属团队，但其实主要是他。一场战争胜利了，人们记住的都是司令官，谁会记住冲锋陷阵的卒子呢！曹浪负气地说他混两个月，如果秋天无人接替，他就回返。所以他回瓦城，总要发邮件或短信给石秉德，问他是不是该回去了。说人间天堂得大家轮着来啊。曹浪也因此咒骂瓦城当官的都是饭桶，建立候鸟管护站，电力和通信却没跟上，在当代社会，这不是把自己逐出地球的自杀行为吗？他爱进城，发封邮件，看个小病，甚至洗个澡，剃个头，都是他进城的理由。他还嫌相邻的是姑子庙，不敢招惹尼姑，不然找她们打个牌，逗个趣，也能打发寂寞啊。云果师父不待见他，他真切感受得到，她看他时一副无良的有钱人对待乞丐的表情，仰着脖子，斜着眼睛，撇着嘴，满面嫌恶，好像他是一坨狗屎。而他看她，除了那一件僧衣和光头，显示着她的身份外，她与都市那些图慕虚荣的女孩，没啥气质的分别。也就是说，他望见的不是清水。所以曹浪对云果，也显示出鄙夷，拿眼瞟她，拿嘴撇她。

而娘娘庙这次来的师父，却与云果不一样，她粗手大脚的，面貌忠厚，说话与张黑脸有点像，不着边际，惹人发笑。她进屋坐下，放下吃食后，就嘀咕说为啥月亮总是亏，一个月圆不了几天，而太阳却从来不亏，总是圆的，谁见过半个太阳呢——除非那是被阴云遮住了或是天狗吃太阳了。张黑脸回答她说："太阳是男的，精气旺，月亮是女的，每月不得流几天经血吗，能不亏吗？"这话让曹浪笑弯了腰，心想自己这是与两个天外来客遭逢了。

曹浪沏茶，吃起素点，赞叹娘娘庙的吃食好。德秀师父喝了半杯茶，意识恢复了正常。她问曹浪，娘娘庙三圣殿上的候鸟，秋后会迁哪儿过冬？曹浪说它们也许去鄱阳湖，也许去香港，也许去印度，或是去日本有温泉的地方，总之哪儿适合它们，它们就去哪儿。反正天上没有海关，它们哪里都能去的。德秀师父羡慕地说了句"真是仙人啊——"之后对张黑脸说，月亮想是西去了，她也该回庙了。张黑脸埋怨她忘了带禅杖，一个人走不安全，要送她回去，德秀师父温顺地点了点头。

他们走到月牙桥时，张黑脸悄悄对她说，他死不了了，因为叫树森的白尾鹞死了，他眼见着老鹰把它吃了。看来那只白尾鹞，知道菩萨要惩治他，代他死了。他建议德秀师父也认一只鸟叫德秀，这样她的命就保下了。他列举了可做猛禽食物的小鸟，雨燕、红点颏、苏雀、啄木鸟等，让她选择一种，他去林中找寻，寻到了就命名。

德秀师父并不知道有一只白尾鹞叫树森，而这确实是张黑脸的原名。可她不想认领一只鸟来为自己抵命，那不是杀生吗？张黑脸听她反对，不再强求，只是对她说，如果觉得自己要死了，就往他这儿跑。如果她身上附着雷，可以把雷导给他；如果她身上缠着毒蛇，他可以捏住毒蛇的咽喉，他愿意为她去死。

德秀师父被感动了，她扯着张黑脸的衣襟问，惩罚究竟啥时降临？张黑脸说兴许他们犯的罪不够重，要不就再犯一次？说着，把德秀师父扯着自己衣襟的那只手，紧紧抓住。她的手先是激烈地想抽回，一次次地拔，试图冲出围场，待她拗不过他的力气，抵御不了他的大手那如电似火的热流后，这只手就松懈下来，乖顺下来，成了他荒寒手掌的一把温暖的柴草。张黑脸稳稳地抱起她，下了桥，就在桥下湿地里，他们疯狂地成了再犯。他们紧紧缠绕，制造出清泉流过的淙淙流水声，惊扰了附近的虫鸟，发出叽叽咕咕的嘀咕声。德秀师父望着半轮西去的月亮，轻语呢喃，仿佛应和着虫鸟的鸣叫。他们身下的蒲草、狭叶慈姑和泽苔草，无论叶茎柔韧的还是脆弱的，无论条状的还是心形的，被他们的身体碾压得大多折腰和心碎，不过它们觉得值，它们感受了从未沾染的雨露，它来自人身，比大自然的雨露要腥咸——别是一番滋味。

第十七章

初秋时节，瓦城出了件大事，四个传播候鸟神话的人，在如意蒸饺店吃饭时，被警察带走了。

四人中三男一女。两男一女是本地人，修鞋的和开出租车的是男人，女人是开音像店的。而另一位外地人，就是住在张阔家的画家，他是被出租车司机载来的。出租车司机常修鞋和租碟片，所以与另两位熟，而画家最近常约他的车，也混熟了，刚好在午饭当口，画家问瓦城有啥特色小吃，出租车司机说如意蒸饺店的驴肉蒸饺美味，于是他们就来了。四个人脚前脚后进了这家店，彼此相识，凑到一桌，每人点一种馅的蒸饺，叫了一瓶高粱烧酒，以及花生米和牛百叶等下酒小菜，快意吃喝。

候鸟的神话，是出租车司机引的话头，他说这次回归的候鸟，翅膀携着雷电，劈向的都是人间恶魔。修鞋的说它带雷电没趣，要是携带金币，他就每天拿着钱匣子去接。他们在议论中，自然说到了邱老，听说邱德明自打父亲死了，情绪消沉，夜里睡不好觉，中医院的老中医每晚上他家给他针灸，也不见效，所以电视新闻中的他，变了个模样，又黄又瘦，难民似的。他们猜测邱老其实死于禽流感，只不过对外不敢公开而已。他们毫不忌讳地谈论着，全然不顾邻座的食客中，瓦城政法委副书记在座，他一直想在仕途上更进一步。如今邱德明当了书记，分管干部，他觉得捍卫了邱书记的尊严，他会感动，自己升迁的步伐将加快，于是一个电话打给公安局分管治安的副局长，一个小时后，当四人AA制结完账，酒足饭饱出门的一瞬，公安局治安科的警察，将他们带上警车。说他们聚众扰乱公共场所秩序，故意传播虚假恐怖信息，触犯了刑法。

在餐馆聚餐，说说候鸟的神话，议论下邱书记和死去的邱老，就被抓去，这消息从如意蒸饺店飞速传开。与这四人相关的亲属，很快得知，纷纷奔向公安局要人。修鞋的老婆拊掌大哭，说他们家上有老下有小，就靠丈夫修鞋为生，要是男人坐了监牢，她又不会修鞋，一家人没吃的，她就去公安局上吊；开音像店的女人的丈夫更不是好惹的，他是建筑包工头，五大三粗的，无日不酒，他醉醺醺地提着一截钢筋过来，说谁敢动他女人一根毫毛，就戳碎他的卵子；开出租车的老婆是个护士，比较文静，但她哥哥，也就是出租车司机的大舅哥，是屠宰场的老板，手下干活的，多是出狱的兄弟，他带来的三个人，杀气腾腾；而那位画家，为他喊冤的是公安局干警都很头疼的张阔，她说作为画家的房东，房客有难，她得相助。她说画家被押一日，她那里就少收入一日房租，公安局理应赔偿她。

这群与被抓者相关的人，聚集在公安局门岗外的福照大街，这条街本来人就多，加之是下午上班高峰期，吸引了大批看客，福照大街交通堵塞。突发的公众聚集性事件，很快汇报到邱书记那里。当分管公安工作的政法委副书记，用讨好的语气细述原委，说这是捍卫邱书记的尊严，以后决不允许瓦城有诋毁邱书记的人存在。邱德明听后震怒，勒令他们无条件地立刻放人，邱德明还立即召开维稳紧急工作会议，点名批评涉事的两位领导。但邱书记也表示，人们过度演绎候鸟的神话，对经济发展和人民的团结不利，宣传部门在此时应发挥应尽的责任，多做些引导工作。

虽然被带去的人很快都放了，但恐惧感蔓延，人们在公共场所，不敢演绎候鸟的神话，更不要说议论瓦城的头头脑脑了。

最倒霉的是如意蒸饺店，它的生意一落千丈。人们说店主巴结官员，在每台餐桌下安装了窃听器，所以食客才倒霉，他们根本不信是政法委副书记出卖的他们。如意蒸饺店的老板娘万分冤屈，干脆录了一段告白，用喇叭广播出去，在店门口循环播放："顾客是伟大的上帝，如意蒸饺店就是您忠实的仆人，要是保护不了顾客的安全，如意蒸饺店的人都是狗娘养的！不管你来自哪里，只要带着一张嘴来到我们小店，就是挚爱亲人啊。这里的蒸饺暖人肠胃，让男人有力气，让女人更温柔，给你的生活增添幸福指数，来吧朋友！"

但不管这声音怎样回荡在平安大街，人们对它还是望而却步。实在忘怀不了这美味的，买了蒸饺打包回家吃。敢在店里坐下的人，都像吃丧饭似的，阴沉着脸，一声不吭。店主气不过了，闹到公安局，说他们的莽撞行为，让自己蒙受不白之冤，让小店营业额锐减，他们应该恢复他的名誉，赔偿经济损失。

跟如意蒸饺店店主一样备受煎熬的，还有老葛。他没料到女儿竟无意走父亲为她设置的道路，不愿离开私人幼儿园，说挣得多，自由，和孩子在一起又很快乐。老葛觉得蹊跷，侧面一了解，女儿竟跟幼儿园一个小朋友的父亲好上了，这男人在地税局工作，三年前妻子病故，比老葛女儿大十八岁。老葛很少和妻子立场一致，但在女儿的恋爱上，同声反对。他们说一个黄花闺女，凭啥给人当后妈？老葛觉得女儿的事办不成的话，自己不能亏着，要不白在周铁牙身上浪费精力和金钱了。他要提干，说罗玫局长给他提个副科级，哪怕是个副科级科员，他的协警身份都会改变，工资会涨很多，养老就有保障了。周铁牙也不客气说，你对单位有啥贡献，咋提干呀？老葛说只要官场有人，傻子都能当领导，他举了两个周铁牙也知道的实例，谁谁家的孩子高中都没毕业，呆头呆脑的，就因叔叔是领导，很快从一家企业单位的办事员，被提拔到事业单位当副科级领导；谁谁又给邱德明送了二十万，不出仨月，这人从农委的副主任，提拔到组织部当常务副部长。见周铁牙不语，老葛又把那段录像翻出给他看，说自己最近苦闷得很，睡眠很差，记性不好，手机丢了两回了，好在都找回来了，万一哪次再丢，落到坏人手里，他周铁牙可就遭殃了。

周铁牙恨得牙根痒痒，骂他："还有比你更坏的人吗——"他威胁老葛，若把他逼急了，他就找黑道的人，让他出个交通意外，或是在他所购的食品中埋藏点毒药，要他小命，不是难事。老葛闻听此言，有如五雷轰顶，脸色大变，张着大嘴，半晌说不出话来。因为他相信，周铁牙什么横事，都干得出来。

老葛自此寝食难安，走路溜着边，过十字路口，哪怕是绿灯，也左顾右盼的，唯恐哪辆车是被周铁牙买通的，撞他个魂飞魄散。他去副食店买酱牛肉或是蒜香猪手，本来已买到手了，可是一想店主人与周铁牙私交甚好，就疑心被下毒了。食品售出不能退掉，他出了门就把它们丢给游荡的狗了。狗等于过了大年，欢天喜地吃掉。老葛观察狗会不会突然痉挛，口吐白沫，可是没有，他往家走时，狗还心存幻想地跟着他，一直摇着尾巴把他送进家门，让他无比沮丧。

张黑脸与德秀师父二度交欢，带给两个人的煎熬是相似的。他们一方面战战兢兢地等待神灵的审判，同时又无比渴望第三次的欢聚。张黑脸每天给恢复期的东方白鹳投食时，总要朝拜一下金瓮河畔被他们碾压过的那片湿地，那片草笑过了头似的，还没直起腰来。张黑脸想，到了年底，他们都还活着的话，就劝德秀师父还俗，他会娶她。他也因此在回城剃头吃饺子时，给女儿下了通牒，年底前把房子腾出来，摘掉家庭旅馆的牌子，他们必须搬回自己那儿住。张阔翻着白眼问，这是为啥？张黑脸说，张树森要把这儿做洞房了。张阔想起银行卡持卡人的名字，心里哆嗦着，颤声问："张树森是谁呀？"张黑脸满腹委屈地说："你连老爹都不认了吗？"

直到此时，张阔才发现，自己竟和她鄙视的周铁牙一样，爱的是一个呆傻的老爹。当老爹的意识觉醒，她却如入暴风雪，这令她痛苦。老爹回到管护站后，她连喝三顿大酒，在酩酊大醉的时刻，做了种种思考，最后以她朴素的人生哲学，觉得人终归一死，穷过富过都是过，有一个可以对她发号施令的老爹，也是福气。所以她在心底接受了父亲的建议，打算年底前将他居住的这座院落复原，她也跟丈夫说，要尽快让他们楼房的租户搬走，老爹要当新郎了。张阔的丈夫骂："一个傻子，快他妈进棺材了，结的什么婚?!"

老爹会喜欢上谁呢？张阔百思不得其解。他在管护站，回城出入的场所就那么几家，难道他和理发的或是开饺子馆的好上了？张阔将他可能接触的女人想了个遍，觉得没一个具备这个条件，她们都有丈夫不说，还都是安分守己的女人。那么问题该出在管护站了，而那里能接触到女人的地方，只有一河之隔的娘娘庙了，难道老爹竟和尼姑好上了？

张阔虽然不去娘娘庙，但她对三个尼姑不陌生。尤其是陈金秀，也就是如今的德秀师父，她的出家原因，瓦城人尽人皆知。最近住在张阔家的画家，常去娘娘庙，带回不少松雪庵的速写，她得以见识另两位出家人的样貌，慧雪师太高而瘦削，目光慈祥，气质沉静，看上去超凡脱俗；而那个叫云果的虽着僧袍，体态婀娜，眉眼也好，却给人一种旧照片上色的感觉，有点俗气。如果老爹和尼姑好，一定就是陈金秀了。他们年龄相当，且早就相识。而画家速写中的德秀师父，也一副在情感泥潭中挣扎的模样，木呆呆的，分外憔悴。

　　张阔想老爹要娶的若是陈金秀，她会坚决反对。她做了尼姑，如果还俗嫁人，还不被人戳破脊梁骨？再说这个女人命不好，谁跟着她谁倒霉。

　　中秋节前一天，张阔买了月饼，打了一辆出租车，去看老爹，一探究竟。她先去了庙里，给三圣殿的送子娘娘磕头，并看了看殿顶那传说中的送子鹤。一只白鹤单腿立着，缩着脖颈，似在梦游。它的白羽如雪，黑羽隐隐泛着华贵的紫色和绿色，最明媚的是它那双鲜艳的脚，像盛开的红百合。

　　张阔看完白鹤，朝山门外走去，路过菜地，见德秀师父正拔红萝卜。松雪庵土质肥沃，并不板结，可她拔个萝卜累得气喘吁吁的，当她抖搂萝卜带出的泥时，她脸上的汗珠，以她脸上纵横的褶痕为路径，纷纷逃跑。

　　张阔清了清嗓子，叫了她一声陈阿姨，问她还认得她不。她是张树森的女儿。德秀师父闻听此言，一个趔趄，差点仆倒在地。她努力站住，缓缓直起腰，吃力抬起头，定睛看着张阔，喃喃自语道："是你——俺认得——阿弥陀佛，你要用鞭子抽俺——俺都没说的，阿弥陀佛，犯了罪的人就该受罚的——"她这一番颠三倒四的话，让张阔明白她和老爹之间有了私情。德秀师父脸上褶痕中还没来得及逃到泥土中的汗水，让她有了毛毛虫的感觉，害痒，德秀师父扔下通红的萝卜，擦脸上的汗水时，手上沾染的泥土与汗水混合，嵌入皱纹，使她脸上仿佛盘桓着一条蜿蜒曲折的泥墙。张阔的心剧烈痛了一下，她快步走出山门，上了出租车，没去管护站，直接回城了。她一路上含着泪，将带给老爹的十块月饼全都吞掉了。月饼甜腻，可她嘴里、心里却被苦味浸透了。

第十八章

天凉了，霜来了。金瓮河流域由初秋到深秋转换的速度极快，山林的树叶和岸边湿地的草叶，几乎一天一个变化，大自然也进入了情感最为饱满的时期。你看吧，昨天还是微黄的一片草叶，今晨染了清霜，被阳光一照，它就仿佛畅饮了琼浆，心都醉了，通体金黄。而今天还是微红的一片树叶，被冷风吹打了一夜，太阳一升起来，它就贪婪地吸吮光芒，结果火焰似的阳光，把它的脸烧得红彤彤的了。风在此时成了媒婆，上午让两片草叶矜持地对望，下午就将它们吹得扭结在一起，紧紧相拥；昨天还不相识的两片树叶，一片在杨树上，一片在白桦树上，风挟持着它们，脱离树身，飞呀飞呀，最终飘落一处，也许是沟塘，也许是铺满松针的松树下，入了洞房。风儿成就的姻缘，热烈，短暂。如果一场秋雨袭来，草叶和树叶就被沤烂了，它们脸上生了霉斑，叶片出现裂纹，破衣烂衫的，风华不再。而它们身上，秋虫哀鸣，一派荒芜。

即将进入冬眠的动物，为着多储存一些热量，干枯的蘑菇、零落的浆果、松子、橡子，都往肚里填，都往洞穴搬运。而金瓮河两岸的夏候鸟，也做好了迁徙的准备。它们与出远门的人一样，打点行装，补充能量。它们的行装就是翅膀，为了让它更加刚健，它们去河里尽可能多地捕捉鱼虾，对管护站投食的谷物也呈现出前所未有的热情。它们也比以往更迷恋飞翔，从河畔飞到山谷，从矮树丛跃到高树，尤其是出生于此的小鸟，要跟上候鸟群迁徙的步伐，不想被风雪埋葬，更要把翅膀磨炼得像搏击长空的利剑。要知道天空也有坎坷，变幻的气流、难料的暴风雨，以及准备饱餐它们一顿的天敌所组成的追兵。所以此时的山林最不寂静，植物干枯以后，没有水分浸润，都成了扩音器，它们的飞起降落，翅膀拍打落叶所发出的声音，鼓掌似的，这里落了，那里又清晰响起，好像大地这一季的辉煌伟业，要由它们一赞再赞。

中秋节的庙会过后，云果师父云游去了。她来松雪庵后，是首度云游。去哪儿她没说，只说落雪之前回来。庙门以外的人说起这事，大多没好听的，有人说她去打理从贪官那儿得来的财产去了，有人说她整容去了，还有人说她私会相好的去了。周铁牙说，要是云果真的去找男人了，一定是石秉德。他还撺掇曹浪，回瓦城时别忘了给石秉德打个电话，问他见没见到云果。

候鸟做着迁徙准备，候鸟人也一样。来娘娘庙的游客明显少了，外地的候鸟人在冷风中竖起衣领，退掉旅馆，离开租屋，渐次南飞了。本地的候鸟人也开始了迁徙准备，将闲置一冬的房屋作暖气报停，打点行装。此时的行装差不多是故乡吃食小仓库，因为大大小小的行李中，除了在南方过冬必备的衣物，蘑菇木耳、榛子松子、豆角干、西葫芦干、烘焙的野生浆果等这些瓦城人喜食的干货，以及他们吃惯的东北的芸豆、黄豆、大米、小米，塞满了行装。当然行李中也有宠物箱，那是出发时携带猫狗的笼子。

到了此时，你去瓦城的平安大街走一圈，会发现候鸟人打招呼问候的方式，较初春他们归来时大不一样了。那时他们通常说的是"哎呀，还是有点冷啊，这地方真不中待啊"，现在说的大都是"哪天的航班？再不走雪来了，就得捂上棉衣啦"，那些无力做候鸟人而又渴望温暖阳光的老人——人群中的留鸟，听到这样的招呼，都会撇起嘴，做出不屑的姿态，他们在瑟瑟冷风中，抄着袖子趸进酒馆，买醉去了。若是人多，聚在一起，又开始演绎候鸟的神话了，说，候鸟人有啥好？你看今冬，邱老和庄如来不就不能南飞了吗？他们最后那把灰，不是还埋在瓦城了吗？

但候鸟人还是陆续南飞了，瓦城的机场、火车站，又喧闹起来。

德秀师父的前夫，在中秋节的松雪庵庙会上，又上演了一出苦情戏。不过他这次没威胁她，且讨钱的方式也文明了，提来一笼麻雀，卖给信众放生。他卖麻雀时，鼻涕一把泪一把地诉说自己的不幸，人们可怜他，高价买麻雀放生。笼中的麻雀获得自由，他的腰包也鼓了。目睹这一切的德秀师父，心中并无刺痛感，她已麻木了，每天想着就是遭报应。

德秀师父喝水时觉得会被呛死，跨门槛时觉得会被绊倒摔死，切菜时觉得菜刀会飞舞起来，砍了她的头，走夜路时觉得狼会出其不意地叼住她的裤脚，把她吃得连骨头渣子都不剩。她觉得没这么快遭报应，是因为所受的折磨还不够，所以她找过张黑脸一次，主动求欢，说那样的话，自己的痛苦越深，被打入地狱的节奏就会越快。

此时的张黑脸，倒比德秀师父要清醒得多，他拉着她的手，拒绝了她的要求，说要等她还了俗，体体面面和她过日子，去床上做。德秀师父失落地离开，经过月牙桥时，不断叹息，觉得自己动了邪念，已是犯罪。她还想，如果这一世不遭报应的话，下一世也逃不掉的。下一世的报应会是啥呢？堕入畜道，变成牛马，被狠心的主人用皮鞭日日抽打，还是被投入火海中受煎熬？她越想越怕，越怕越要想。想得头皮发麻时，她就朝管护站方向张望，满眼迷茫。

云果走后，添灯油一类的事务，德秀师父就得承担了。可她不是把灯油添得溢出，就是错将佛龛的花瓶当灯，将灯油洒在那儿了。在法物流通处，有香客要买北菩提，单价七八十元的手串，她收了百元大钞后，往往要找还人家一张面额五十元的，人家说找多了，她攥着还到她手中、让她重新找零的五十元面钞，非常惶惑，喃喃自语："啥是多，啥是少？"她竟连钱的面额都认不得了。

金瓮河因两岸草木凋敝，陡然开阔了。风儿像一支刚劲的笔，将盛夏时节山林这大块文章，去除枝蔓，删繁就简，使之更有精气神。夏候鸟在迁徙之前，在河里尽兴地搅起涟漪，画出一个套着一个的空心圆，似乎在与河流吻别。雨燕飞走了，野鸭飞走了，大雁见落叶越积越厚，霜也愈来愈重，也做好编队，只待出征了。首度来金瓮河安家的东方白鹳，有一家已经远行了。

张黑脸看着夏候鸟渐次南迁，为那只有腿伤的白鹳而心焦，因为它每一次起飞，都要在地面助跑很久，勉强跃起，也飞不高。曹浪没听从石秉德的，未等最后一批夏候鸟迁离，先回大城市去了，研究站的门，就此封上了。周铁牙大多的日子泡在瓦城，偶尔驱车回来一趟，送点给养，也不过夜。他对张黑脸说，只要大雁和东方白鹳南飞，这一季的工作就宣告结束，可以回城。如果那只受伤的白鹳飞不走的话，不用管它，那是它的命。

张黑脸表示，这只东方白鹳不走，他就不撤。

周铁牙说："白鹳是幌子，你惦记着德秀师父吧？"

张黑脸也不遮掩，非常认真地说："俺和我，两样都惦记着。白鹳得让它飞，娘娘庙的人，俺会让她长出头发，冬天时娶她回家。"

周铁牙哈哈一笑，只当他说胡话。

大雁在一个晴朗的早晨，在河畔聚集，给自己开欢送会似的，呀呀叫着，相互拍打翅膀，分批飞起，在空中集结，排成人字形，离开金瓮河了。它们在天空的姿态，就像一艘远航的战舰。

最后一批东方白鹳，选择的则是黄昏时分迁徙。三只成年白鹳，带着它们在这儿孵育的五只白鹳，在落日中起飞。它们选择的列队方式是，那对夫妻白鹳，雄性的在前领航，雌性的在中间，与来自两个家庭的五只新生白鹳并肩而行，断后的是三圣殿上的那只成年雌性白鹳。它在迁徙之前，来到金翁河畔，看望它的伴侣。它们交颈低语，耳鬓厮磨，恩爱不舍。当断后的雌性白鹳追随它们的孩子，飞向天空的刹那，落日血红，它就仿佛衔着落日在迁徙，孤独地留在大地的那只受伤的白鹳，仰望天空，发出阵阵哀鸣。

一场又一场的霜，就是一场又一场大自然的告白书，它们充分宣示了冬天即将到来。夏候鸟飞走了，山林陷入了短时的寂静。那只无法离开的东方白鹳，并不气馁，它孤独而顽强地在寒风中，一次次地冲向天空，一次次地落下，再一次次地拔头而起。每当听到它飞起后又无奈落地的沉重声响，张黑脸都要难过很久。他想着如果它落雪前不能飞走，就把它抱进管护站，饲养一冬。他不能让明年春天它的伴侣飞回时，见不到它的踪影。

张黑脸做好了为这只白鹳而留守管护站的准备，甚至要推迟婚期。他修炉子，将掉皮的墙泥抹平，将窗户钉上防风的塑料布，将门槛用棉毡裹上。他还去山里拾柴，一个冬天下来，火炉不知要吞掉多少柴火呢。一日下午，他正准备去拾柴，听见空中传来"嘎啊——嘎啊——"的叫声，是一只东方白鹳飞回来了，它直奔河畔受伤的白鹳。张黑脸欣喜地奔过去，一望，果然是受伤白鹳的伴侣。看来它将孩子们顺利送上迁徙之旅后，还是放不下它的爱侣。

"雪就要来了，抓紧飞吧，你们能行的——"张黑脸每日给它们投食时，都要这么鼓励一句。它们似乎听懂了，在与时间赛跑，很少歇着。它们以河岸为根据地，雌性白鹳一次次领飞，受伤白鹳一遍遍跟进，越飞越远，越飞越高。终于在一个灰蒙蒙的时刻，携手飞离了结了薄冰的金瓮河，渐渐脱离了张黑脸的视线。

那天晚上，张黑脸吃过饭，刮了胡子，就往娘娘庙走去。他本来是想求慧雪师太，让德秀师父还俗，可他走到中途一想，云果还没回来，万一他带走了德秀师父，慧雪师太一个人在娘娘庙，那怎么好？

张黑脸于是折身而归，这时天空飘起了雪花，簌簌的落雪声，让他觉得那对白鹳走得真是及时。

第二天早晨，张黑脸还在酣睡，被"嘭嘭——"的敲门声惊醒了，是德秀师父，因为下雪模糊了视线，她没望见管护站的炊烟，以为佛祖惩罚了张黑脸，他已下世，故来看看。她说无论如何，也要排开一切险阻，最后见他一面，所以提了禅杖。可是因为心急，路上摔了一跤，她把禅杖丢到山下去了，也没顾上捡回。

德秀师父为张黑脸做了早饭，他们每人吃了一碗面条，之后去山里拾柴。下雪的缘故，柴火被雪掩埋了，分辨不清，再说他们迷恋两个人在雪地无言行走的那种踏实和幸福感，所以忘却了拾柴，一路向南，走了很远很远。直到中午，他们觉得肚子有些饿了，准备回返时，德秀师父首先看见松林的白雪地上，似有几朵橘红的花儿在闪烁。她叫着"阿弥陀佛——"拽着张黑脸奔向那里。那傲雪绽放的花朵，原来是东方白鹳鲜艳的脚掌！那两只在三圣殿坐窝的东方白鹳，最终还是没有逃出命运的暴风雪。

这两只早已失去呼吸的东方白鹳，翅膀贴着翅膀，好像在雪中相拥甜睡。张黑脸指着它们对德秀师父说："这只白鹳叫树森，那只叫德秀，我和你，你和俺，就是死了，咱把它们埋了吧，要不乌鸦和老鹰闻到了，就把它们给吃了。"

雪下林地还未冻实，他们没有工具，为两只硕大的白鹳挖墓穴，只能动用十指。他们从中午，顶风冒雪，干干歇歇，一直挖到傍晚，十指已被磨破。当他们抬白鹳入坑时，那十指流出的鲜血，滴到它们身上，白羽仿佛落了梅花，它们就带着这鲜艳的殁衣，归于尘土了。

张黑脸和德秀师父葬完东方白鹳，天已黑了，他们饥肠辘辘，分外疲惫。当他们拖着沉重的腿向回走时，竟分不清东西南北了，狂风搅起的飞雪，早把他们留在雪地的足迹荡平。他们很想找点光亮，做方向的参照物，可是天阴着，望不见北斗星；更没有哪一处人间灯火，可做他们的路标。

金瓮河畔的生命绝唱

——评《候鸟的勇敢》

王达敏

2018年中国小说排行榜，居于中篇小说之首的《候鸟的勇敢》，八九万字，很长了，可读起来没感觉到它长。它让我再次领略了好小说的魅力：看起来长，读起来短。边读便融入其中，既陶醉又感伤，读完后有一种灵魂被注满又被抽空的感觉，如同迟子建写作时的感觉：写作《候鸟的勇敢》时，我的状态是一种很自由、很过瘾、很不忍从里面出来的状态。

依然是迟子建个性特色彰显的小说：原始的纯正之气从山川河流中冉冉升起，弥漫着温情的忧伤和浪漫的凄美，感伤悲悯的人道主义诠释着生命的意义。在小说普遍追逐史诗、思想、厚重、深刻而自觉不自觉地疏远或淡化牧歌、抒情、浪漫、空灵的时代，迟子建隔一段时间总会从白山黑水的苍茫大地吹来一股清新淳厚之风，而《候鸟的勇敢》更是将这种特色作了经典化的呈现。

顾名思义，《候鸟的勇敢》的叙述目标是候鸟，但小说将这群夏候鸟拉入叙述镜框后，则由鸟及人，写俗界之人和佛界之人，以及人与人的关系构成的社会。由此，其叙事空间随叙事地标由金瓮河候鸟自然管护站到娘娘庙（松雪庵尼姑庙）再到瓦城而拓展，多层面地描写了当下时代的自然生态、社会生态和人性生态，蕴含丰富。迟子建坦言：这部小说确实有多个层面，它包括我们面临的自然的生态灾难、潜在的威胁、人际关系的复杂、亲情的冷漠、阶层的变化、贫富差距造成的心理错位和灵魂的扭曲；包括我们面临的焦虑、矛盾、不公、欢笑、坚忍、眼泪，我们的酸甜苦辣，我们的人生遭际，等等，读者可以从任何角度去解释它。

对于这部隐喻性极强的抒情小说来说，其自然生态、政治生态乃至整个社会生态无论写得多么精彩，也不过是丰富的"绿叶"，为延伸之意，而它的抒情主角，则是一眼可辨的两对：一是候鸟主角，即一对生死相依的夫妻白鹳；一是人物主角，即金瓮河候鸟自然管护站管理员张黑脸和娘娘庙德秀师父。两对抒情主角借隐喻相互映衬，以一对圣洁勇敢的白鹳的生命形态对佛俗二界这一对情人形成一种灵魂的启示和救赎。

在松雪庵三圣殿坐窝的一对夫妻白鹳，其公白鹳在林中啄食昆虫时，误入偷猎者设下的机关而受伤，候鸟管护站人员将它带回治疗。深秋，候鸟南迁。迁徙之前，三圣殿上的那只母白鹳来到金瓮河畔看望它的伴侣。它们交颈低语，耳鬓厮磨，恩爱不舍。公白鹳受伤未愈无法起飞，母白鹳只得起飞去追随它们的孩子，孤独地留在大地的公白鹳仰望天空，发出阵阵哀鸣。但它并不气馁，顽强地在寒风中一次次地冲向天空，又一次次地落下，再一次次地艰难起飞，再一次次地沉重坠地。一日下午，空中传来"嘎啊——嘎啊——"的叫声，原来是那只母白鹳将自己的孩子顺利送上迁徙之旅后，又飞回金瓮河畔，直奔不能够一起飞走的公白鹳，它舍不下的爱侣。雪就要来了，它们与时间赛跑，争取在大雪降临之前飞离金瓮河。它们以河岸为根据地练习飞翔，母白鹳一次次领飞，受伤的公白鹳一遍遍跟进，越飞越远，越飞越高，终于携手飞离了金瓮河。不幸的是，因为错过了季节，遭遇暴风雪，它们双双坠落在雪地里，颜色鲜艳的脚掌映现成"傲雪绽放的花朵"。

凄美的形象，高贵圣洁。此时的张黑脸和德秀师父正处于情感与欲望、佛界与俗界纠缠难破之中。张黑脸自十一年前被老虎吓呆后，对世俗生活的感受和判断力直线下降，但感觉自然的能力迅速提高，他能奇妙地预知风雪雷电甚至洪水和旱灾的发生。以前，他性格开朗，桀骜不驯，现在，他话语极少，呆板木讷，傻乐风趣，似乎谁都可以对他发号施令。自从德秀师父帮他做了一顿"好吃得让人受不了"的早饭后，一种久违的女性温存让他情不自禁地感动，欲望涌动，"德秀师父走后，张黑脸突然觉得有些孤单，以前他是没有这感觉的"。

德秀原本是良家女，不幸沦为苦命女人。她被厄运宿命缠身而被迫披剃入空门，是无奈，是躲避，是逃遁，俗世凶险丑恶，但空门寂寞难熬，自然还有内心的不甘。与看似呆傻实则慧心的张黑脸相遇后，这位身在佛中俗未尽的德秀师父的凡心被激活了。凡心萌动，烦恼顿生，无端一个"情"字，使她在守戒与破戒的边缘备受煎熬。戒律敌不过欲望，当意识还在犹豫时，身体已经蠢蠢欲动了。她迎合着张黑脸雄性的冲动，与其偷欢性爱，初尝的美好让他们破戒一次，又有了第二次。事发之后，她痛悔与张黑脸破戒犯罪，觉得自己是不洁之人、戴罪之身。戴罪之人自我认罪归罪，目的是赎罪。可她的赎罪分明是自赎滞后，便在幻觉中依赖他赎，如见马莲草托着一棵圆润的水珠，就以为这是上天赐予她解脱痛苦的甘露。她甚至痛悔到这种程度：期待遭报应受惩罚。

一点也不怀疑她忏悔的真诚，但她的忏悔意识并不牢靠坚实，经不起原欲的一再挑逗，更深人静时，她会不由自主地想起那天与张黑脸偷欢的情景，"想起他健壮的躯体散发着的野马似的气息"。他们二度交欢，带给两人的煎熬是相似的，"他们一方面战战兢兢地等待神灵的审判，同时又无比渴望第三次的欢聚"。

当原欲经过情感激发而升华为自由之爱后，他们以破戒的勇气呼应着那对白鹳对爱的执着和勇敢，由鸟及人的隐喻之门眼看就要到此关闭，但结尾出人意料地陡起高潮。令人震颤的凄美的描写出现了：

雪下林地还未冻实，他们没有工具，为两只硕大的白鹳挖墓穴，只能动用十指。他们从中午，顶风冒雪，干干歇歇，一直挖到傍晚，十指已被磨破。当他们抬白鹳入坑时，那十指流出的鲜血，滴到它们身上，白羽仿佛落了梅花，它们就带着这鲜艳的殓衣，归于尘土了。

张黑脸和德秀师父葬完东方白鹳，天已黑了，他们饥肠辘辘，分外疲惫。当他们拖着沉重的腿向回走时，竟分不清东西南北了，狂风搅起的飞雪，早把他们留在雪地的足迹荡平。他们很想找点光亮，做方向的参照物，可是天阴着，望不见北斗星，更没有哪一处人间灯火，可做他们的路标。

两只不离不弃的东方白鹳，最终还是没能逃出悲剧的命运，这是否也暗喻着他们的命运呢？无解。让我们衷心地为他们祈福吧！

一粒微尘（节选）

王祥夫

1

已是半夜时分，李书琴和王重生翻来翻去还是怎么也睡不着。王重生对李书琴说："要不就再吃一颗？"

李书琴说："总吃睡觉药不是个事，离吧，你带孩子回重庆。"

王重生虽是胆小，但脾气却很倔："你别这么说，婚我反正是不离。"王重生又说了一句，"也许……"

李书琴说："也许什么？你不看都贴在门上了？"

李书琴的声音有点不对头了，鼻子像是有些堵："我绝对不能拖累你，更不能拖累孩子，只有离婚才是最好的出路。"

王重生说："先睡，我说不离就是不离，天又塌不下来。"

王重生不看他的那本小字典了，这天晚上他已经认了几个生字，差不多记住了，他把字典放在枕头边，把灯关了，屋子里即刻暗下来，窗子那边却亮出一大块。李书琴和王重生他们住学校里分的小平房，是一间半，里边这间大一些，外边那间小一些，外边那间平时做厨房，但还是放了一张床在北窗下，床的旁边还放着李书琴的蜜蜂牌缝纫机，李书琴不仅会做小孩的衣服，她自己的衣服和王重生的衣服都是她自己来做，她还会裁旗袍和西式裤。床和灶台之间又拉了一幅淡绿的碎花布帘子，四川老家的亲戚们来了就挤在这里。王重生和李书琴带着两个孩子在里边，老大今年六岁了，老二才三岁，都是男孩儿。四个人睡在一张很大的床上，有时候两口子在床上做事，动作稍大一些床板就会"吱呀"乱响。

李书琴会说："轻点，轻点，同同睡觉轻，小心被他听到。"

王重生说："他就是看到也不会知道咱们是在做什么，他还那么小。"

王重生话不多，胆子又小，但做起那事却猛得很，每次都是大汗淋漓。

王重生对李书琴说："我现在也只有这一点点乐趣了，到外边唯恐说错话，那天学校让我带头喊口号，吓死我了，差点赶上你们学校的白老师。"

李书琴静着，老半天没说话，就那个白老师，现在还不知在什么地方受罪。过了好一会儿，王重生以为李书琴睡着了，却听她一声长叹。

"你怎么还没睡？"王重生说。

"当时悔不该听我姨的，这时候倒连累你说红不红说黑不黑。"李书琴说。

"别说连累，什么连累不连累。"王重生说我这个人就是不怕连累。停停又说："我们是一家人，告诉你，就是死，我也不会跟你离婚。"

"我恨他们。"李书琴说。

"恨也无法子，天底下谁也没本事给自己挑选父母。"王重生说父母总归是父母，只有孝敬他们的份儿，没有说他们不是的份儿。

"那我也想不明白。"李书琴说。

"睡吧，睡着就什么都不用想了。"王重生说。

两人不再说话，有什么"叭哒"一声掉在地下，是王重生的那本小字典。又过了好一阵子，墙上的挂钟连敲了三下，王重生和李书琴仍在被窝里大睁着眼睡不着，天花板上有什么在跑，是老鼠，又静下来，"嗦嗦嗦嗦"在啃什么。外面的风一阵一阵，把房檐下边的什么东西吹得"嗦啦嗦啦"响。

不知过了多长时间，王重生迷糊着了，为了让自己睡着，他在默背字典上的字，第几页，第几行，什么字，怎么写，发几声。王重生背字典已经有好长时间了，他几乎天天都要从字典上找几个生字来背，并且把它记下来，他发誓要做市里最好的语文教员，发誓要和别的教员不一样，那就是要把字典上的字全都背下来，所以他天天没事就要看字典，背字典。而背字典的另一个好处就是还可以催眠，背着背着，人就迷糊了。这一次也不例外，他背着字典，都快要睡着了，忽然又被拉门声弄醒，伸手摸摸，李书琴又不在了，王重生也马上翻身下了地。

外屋有些冷，李书琴披着件毛衣在灯下翻看什么。王重生过去，站在李书琴身后。

李书琴在看一张合影照，这张照片背后写着：

左起：二姨，二姨父，大姨，大姨父，姥姥，姥爷。右起：妈妈，爸爸，大姑父，姑姑，神父。

"不早了，快睡吧。"王重生说，他怕李书琴冷，从后边把李书琴搂住。

"这些照片都不能留了，烧了了事。"李书琴把那沓子照片拿在手中，回头对王重生说。李书琴的母亲去世很早，留下的也就这些照片。照片上的人都穿得很阔气，有一张照片，是李书琴母亲和李书琴姨姨的合影，两个人拉手的样子还真是不好学，四条胳膊交叉着，很好看，每看到这张照片，王重生就忍不住"哈哈哈哈"笑，说这是怎么拉的，说完还和李书琴对着镜子比试一下。那时候他们刚刚结婚，镜子里的人和镜子外的人一样年轻。

"这些照片都得烧掉，一张也不能留。"李书琴把照片收在一起，不看了。

两个人就又站在了里屋的火炉子旁，炉子里的火被灰埋着，到明天早上一捅就会着起来，所以上边的那把壶里的水就总是热的，刷牙洗脸正好用，北方的冬天，再冷，也要比南方好，起码还有个火炉子。

"留下吧，烧了就没了。"王重生伸手拦了一下，但照片已经被李书琴投到了炉子里。外面风又大了起来，两个人又上了床，才躺下，李书琴突然又下了地。她很快从外边屋子里把什么又拿了过来，是那包东西，日本西阵织的包袱皮，这包袱皮很讲究，也是李书琴母亲留下来的。她想好了，即使是再值钱再珍贵的东西她也不能留了，现在到处都在抄家，一旦被抄出来，全家到时候就会更倒霉。

"这些东西留下来都是罪。"

李书琴把那包东西打开，里边全是李书琴母亲的遗物，玻璃丝手套和袜子，蕾丝手帕，玉蝴蝶的胸针，一对玉镯子，有两个镶红蓝宝石的金戒指，绣花的护手，还有别的一些零碎东西，还有一个日本漆盒，上面绘着芦苇草。

"不要了，不要了，都不能要了。"李书琴打开炉盖要把那包东西塞到炉子里。王重生忙把那两个镶红蓝宝石的金戒指一把抢过来："怎么这东西也烧?""谁现在还戴这种东西，卖又卖不了几个钱，戴出去还找麻烦。"李书琴说。

王重生不听她的，去床下边摸了个罐头瓶，出去了，过一会儿回来，小声对李书琴说："我把它埋在院里那棵树下了，没人会知道，再说金子也烧不掉。"

李书琴已经把那包东西一股脑塞到了火炉里。"早知道，那件旗袍也烧了就好了。"李书琴说。那包东西塞到炉子里，火炉子即刻"轰"的一声旺起来，水壶也紧跟着"吱吱吱吱"叫。

"咱们还是分开的好。"李书琴又说。

王重生这次没有答话，用了力，拉她上床，又重新躺下。"为了孩子，就当我求你。"李书琴侧过身，看着王重生。王重生在暗里突然抓紧了李书琴的手。

"听说旗袍要拿去搞展览。"李书琴又说。

王重生不说话，只是紧紧抓着李书琴的手。李书琴只好长叹一口气，不再说话。

为了能让自己赶快睡着，王重生又开始背他的字典，他已经背到了字典的第109页：

"籪，duàn，插在水里捕鱼用的竹栅栏。""duàn，duàn，duàn。"王重生在心里不停地默念。李书琴还是睡不着，翻过来，翻过去。

老鼠在顶棚上跑着，跑过来，跑过去。

2

工宣队王党生的说话声从旁边的教室里传了过来，虽带些当地口音，每句话的后边几乎都带着一个"儿"字，但不难听，声音也洪亮，因为洪亮，所以就显得底气足，听起来让人感觉是一勃一勃的。

别的学校早就有工宣队进驻了，而李书琴他们学校却迟迟不见上边往下派，而军宣队却早就进来了，一共二十多个人，每个班级都会派到一个。都穿着一色的绿军装，其中那个姓郑的是连长，快四十岁了。他们除了讲政治，还要负责学生的军训，让学生们在操场上跑步或匍匐前进。工宣队因为迟迟没派下来，校长梅有文那天还专门去市革委会请示了一下，随后，工宣队才被派了下来，也是二十多个人，校长梅有文对教员们说咱们学校也不能落后，如果可以的话，咱们还要派人去北京。至于去北京做什么梅校长自己也说不清楚。

欢迎工宣队进驻学校的时候，李书琴也去了，让教员们想不到的是工宣队队长王党生会这么年轻，皮肤虽有点黑，看上去却是那么精神，洗得有点淡的工作服穿在他身上散发出一种说不出来的味道，总之一下子像是连那种短短的粗布工装都变得十分好看了。

"一二、一二、一二、一二，大家听好了，我要讲话了。"

王党生讲话之前总喜欢一边拍巴掌一边说两句，算是开场白。他经常喜欢说的一句话是："现在一切都跟以前不一样了，一切都是崭新的，所以我们也要做崭新的人。"

此刻王党生在讲形势课，王党生的声音在教室里回荡，一直回荡到老师们的办公室里来，一直回荡到李书琴的耳朵里来，然后再从耳朵里回荡到心里。

李书琴抬起头来，眼神有些恍惚，或者可以说是迷离，一颗心在"怦怦"直跳。她望着窗外，天很蓝，对面屋顶红瓦片上的初雪已经化没有了，远处的六盘街老教堂，怪怪的，秃秃的，是因为上边的十字架没了，前不久被拆了，那几个老修女也不知现在在做什么。天气阴着，也许会马上再来一场雪，飞飞扬扬的雪，或者就是雨。校园里喜鹊的叫声很刺耳，"嘎嘎嘎嘎，嘎嘎嘎嘎"，它们总是从这棵树上跳到那棵树上，再从那棵树上跳到这棵树上。树上有黑乎乎的喜鹊窝。但过不了多久，那个门房老黄总会把喜鹊窝捅下来抱去生火。"都是好柴火，还不用劈。"老黄说，有时候喜鹊的巢里还会有喜鹊蛋，老黄会把它们拿回去炒炒下酒，喜鹊窝里能有几颗蛋？人们都说老黄这是馋疯了，再馋就轮到他自己下面那两颗了。

"现在我们国家总之是形势一片大好。"

王党生还在继续讲他的形势，他的声音一直往李书琴的耳朵里钻，钻，钻，让她一次次想起王党生和军宣队郑连长到自己家里做家访的情景。虽说是家访，但那天她和王党生没接几句话，他们也没在她家待多久，也没喝一口水，与其说是家访，不如说更像是检查，因为那次家访实际上是在做普查，对那些出身不好的家庭作一次普查，所以让人感到心惊胆跳。

"我讲的同学们听懂听不懂？形势大好就说明地富反坏右已经被我们打倒在地再踏上一万只脚了。"

工宣队王党生还在说，就这个王党生，据说他的媳妇就是纺织厂里的女工任桂花，是市里出了名的学毛著积极分子，口才真好，各单位都争抢着请她去演讲，她又很会结合自己的情况，把演讲搞得特别活特别生动。因为进驻学校，学校给军宣队和工宣队都安排了办公室，郑连长和王党生是单间，其他人是几个人一间。他们的办公室也就是他们的宿舍，白天办公晚上睡觉，王党生的办公室在教学楼一层的东边，紧靠走廊门，军宣队的郑连长也在一层，却靠西，出了那个门，可以看到院子里的花丛，过了花丛就是操场，离得最近的是单杠，有时候人们可以看见王党生带几个学生在那里玩单杠，把身子甩得很圆，直甩得浑身热气腾腾。

旁边的教室里又响起了口号声，这是事先安排的。一般是由班主任带头喊，但自从出了白老师喊错口号的严重事件后，带头喊口号的事都由学生们代替了。那个白老师现在已经不知道被带到什么地方，因为实在是出人意料，他本该带头喊"打倒×××"，却一张口喊成了打倒另一个人，会场当下就炸了窝。根本就不用他再说什么，马上就有人把这个白老师头朝下按在了那里，人第二天就被带走了，后来又被带回来批斗过。那天，李书琴心惊胆跳地隔着几排座位看着站在那里的白老师，头上戴着一顶很尖很高的白纸帽子，上边赫然写着很大的黑字，"现行反革命分子白崇礼"，那天白老师的脸色特别不好看，神色特别紧张，身子一直在颤抖，是屁股抖，因为弯着腰。但据说他的出身很好，但他怎么会喊出那样的口号？许多同事在下边悄悄议论说也许是他神经太紧张了，这话被梅校长听到后马上把各科室的教员都召集到了一起谈了话。从那天之后，喊口号的事都由学生来带头喊，而且梅校长还特意交代了一下，让老师们查一下学生们的出身，要靠得住的学生来带头喊口号。梅校长希望学校不要再出这种事。那天李书琴也被叫到了梅校长的办公室，梅校长对大家说："主要是出身，要把学生们的出身都查一下，出身不好的千万不要让他们带头喊口号。"

在那一刹那，李书琴觉得所有的眼睛都在盯着自己看，其实根本就没有人注意她，人们正七嘴八舌地说白老师平时的表现，同事们都想不出白老师有什么不对头的地方。有一个教员说："出身好的人尚且如此，真是难以看出他们的内心，出身不好的那些人就更加可想而知了。"也不知有意还是无意，说话的那个老师姓丁，还朝李书琴这边看了一眼。丁老师是教数学的，湖南人，个子很高，方额大脸，走路总爱背抄着手，年年都要自己动手做一些腊肉，现在的肉都是凭供应号供应，但不知道他从什么地方可以搞到肉，总是要做那么几大块放在那里慢慢吃，有时候还会送同事们一两块。丁老师平时很爱和李书琴开玩笑，但这一次分明不是玩笑。

李书琴忽然把头低下来，看自己的手。李书琴的手很小，手指很细，她看自己的手，好像她这一辈子就没看过自己的手，一直到看不清，是因为她的脸离手太近了，差不多快要挨在了一起。她忽然觉得自己连气都喘不过来了，隔了不知多长时间，她鼓足了勇气把身子直了起来，才发现梅校长办公室里早已经空了，不知道什么时候，会已经散了，人们都走了，就连梅校长也不知道什么时候出去了，也许是学校里又出了什么事？校长的办公室里就剩下她自己。

"怎么回事？"

李书琴问自己，忙站起来。因为站得急，差点把梅校长的竹皮暖水瓶碰倒。

李书琴跌跌撞撞从梅校长的办公室出来，旁边是历史教研室，因为停课，里边静悄悄的。教研室对面的那一排榆树墙虽说入冬以后修了一下，但显得乱七八糟，锅炉房的烟囱冒着烟，很浓的黑烟，在天上，像是一个巨大的问号。那天，教日语的张老师就是从锅炉房烟囱上边跳下来的，张老师年轻时候曾经留学日本，课讲得很好，人们谁也没看到他是怎么就爬到了烟囱上边。那几天，学校让他交代在日本都干了些什么，好像还要他交代跟那边的特务组织有什么联系，想不到一星期后就出了这事。当时李书琴还不知道那边出了什么事，她正好从学校礼堂经过，也挤过去看了一下，但让她想不到的是一个人从那么高的烟囱上跳下来竟然没出一点血。趴在那里已经死去的张老师穿着一身黑衣服，人是脸朝下趴在那里，说黄不黄说白不白的那种化学框子眼镜被甩在一边，一只鞋子也不知去向。李书琴忽然有点想吐，她赶紧跟跟跄跄走开。

"活下去，活下去，再怎么也要活下去。"

李书琴听见一个声音在自己心里说，是她自己在对自己说，还有另一个声音也在她心里说，"要活下去就要有靠山，要有靠山"。说这话的却是李书琴的姥姥，李书琴的姥姥去世已经多年了，但直到现在骨灰也没有埋回青岛。

李书琴抱着教案从西往东走，东边就是学校的操场，忽然有人大声在她后边说，"有什么好看，这样的人死一个少一个地球还干净，他是苍蝇碰壁，自绝于人民，畏罪自杀！有什么好看"。说话的是几个学生，他们一边走一边说，快步超过李书琴，只这一句话，让李书琴浑身一软，一屁股坐在了冰凉的水泥花池上。大烟囱那边围的人更多了，公安的人在拍照。

李书琴忙把脸掉过去，她不能让自己再朝那边看。

操场的另一边，学生们正在搞军训，军宣队的郑连长正在作示范，胳膊甩得很高，一条腿笔直地抬起来悬在半空一动不动，他可以把这个动作保持很久，学校里的体育教员曾经和他比试过，直直抬起一条腿站在那里看谁站的时间长，但谁都比不过他。这真是让人佩服，李书琴看着郑连长的背影，因为系着腰带，这个郑连长肩宽，腰细，挺拔，根本就不像快四十岁的人。

下午李书琴还有一堂课。她没有回办公室，而是直接去了教室。

教室外的门两边，贴着长条标语，上边写着"学工学农""备战备荒""深挖洞，广积粮，不称霸"这样的口号。李书琴最近上课总是走神，接下来的这堂课终于出事了，虽然讲的内容都是曾经讲过多次的，但李书琴忽然不知道自己讲到了哪里，只好问下边的同学，下边有几个同学因此忽然"嘘"了起来，这让她自己都感觉到简直是无地自容。她以羞愧的口吻对下边的学生说："对不起，对不起，老师实在是对不起同学们。"说这话的时候她忽然又把刚才要讲的内容想了起来，按说可以正常地讲下去，她转过身子刚刚往黑板上写了"满江红"这三个字，班里的一个叫黄小卫的学生突然站了起来，大声说：

"你怎么讲课！你这个资本家的臭小姐！"

黄小卫的话让李书琴觉得自己像是被刀子猛地捅了一下，这一下捅得她忍无可忍。"出生不由自己，路是可以选择的！"

李书琴把身子一下子转了过来，胸口那地方好一阵波澜起伏，然后，她就再也说不出话来。那根粉笔，在她的手里已经被折成数截，她死死握着它，恨不能把它攥成粉末。她一直攥着，浑身在抖，粉末从她的手指间簌簌落下，她猛地把手一甩，跌跌撞撞走出教室。脚下的石子路也好像突然跟她过不去，绊了她一下。而她忽然转过身又马上回到了教室，因为这堂课还没有讲完，还没到下课的时间。

"满江红，是古代诗词的词牌。"李书琴又开始讲，声音有些颤抖。

3

学校里要组织学生们去参观的事很快就被定下来了，每个年级每个班都必须去，都要去接受教育，这个展览是"资产阶级腐朽生活罪行展"，一条大展标横挂在那里，是白布黑字，很是醒目，很是让人胆战心惊。展厅就在一进学校大门正对着的大礼堂。这个礼堂是当年苏联专家设计的，每个门头上都有镰刀斧头和麦穗，因为刚刚被油漆过，红红黄黄的十分显眼。礼堂的正门在北边，但现在正门一般不开，人们进出礼堂都从东边这个门，到了冬天，这个门避风。门的北边墙上有一根生了锈的铁管子，是输送暖气的排气管，到了冬天总是滴滴答答地往外喷气流水。说来也奇怪，也可能是朝着东边，北风吹不到，水管周围的草到了冬天居然都是绿的，有时候居然还会开出黄色的小花。学校园工有时候来这里洗拖把，住校的学生洗衣服也会来这里。关于这个展览，学校里有安排，就是学校里的每个人都必须去，李书琴当然不能不去。据说这个展览搞完之后还要展出毛主席送给工人们的芒果。在北方的这个小城，人们根本就没有见过芒果，据说梅校长已经到上边请示过好几回了，强烈要求展出芒果，要求把芒果接到学校里来，展几天，再送回去，到时候要敲锣打鼓列队欢迎。

"什么是芒果？"有人问。

"总之和苹果差不多吧。"有人答。

"一定很大吧？"有人问。

"毛主席送工人同志的，肯定小不了。"有人答。

"什么颜色？"有人问。

"肯定是鲜红的，毛主席送的水果肯定是红彤彤的。"有人答。人们都等着芒果的到来，但芒果还没到，这个展览却开始了。

看展览的时候，李书琴差点要喘不过气来，礼堂里拉的几条绳子上大大小小挂满了东西。已经是下午，太阳从西边的窗子射到礼堂里来，照在礼堂里人们的脸上，人们都显得十分兴奋，那兴奋毫无来由，所以也就来得无比高涨。他们所能看到的东西也不外是些日用品，比如外国牌子的金笔，还有金表、衣服和帽子。

李书琴从外面进来，她一眼就认出了前几天跳烟囱自杀的张老师的那双日本太阳牌的滑冰鞋，那双鞋子是棕黄色的，据说是张老师从日本带回来的。每年冬天，张老师都要和教历史的杨老师一起去滑冰，人们都知道他们两个人的关系很要好，夏天他们还会在一起游泳。张老师在冰上会把身子猛地一拧就旋转起来，先是把两只手扬过头顶，然后会慢慢慢慢放下来，旋转也就跟着停了下来，真是漂亮。但杨老师就不会旋转，虽然学过许多次，但转着转着总是会摔一个跟头。李书琴不敢离近了看那双鞋，她想起前几天张老师脸朝下趴在地上的模样。人就那么说完就完了，学校那么多人，怎么就没人看到他是怎么爬到了烟囱上边？但人们都知道就是和他关系最好的杨老师检举了他家里藏有一部电台，那部电台其实就是一台收音机，那收音机现在就放在礼堂里，想不到居然是一台可以向敌人发报的电台。

展览上还有一些物品是教员们自动拿出来的，但更多的是上边指名道姓要谁谁谁必须交上来的，李书琴的旗袍就是被点了名特别要交上去的。关于这一点，学校的教员们几乎都知道了。因为李书琴是学校里很扎眼的人物，她的扎眼是因为她漂亮，因为她长得很像电影演员王丹凤。好像是，她穿什么都漂亮，她站到什么地方都会引人注目，其实这很不好，虽然学校里边穿旗袍的老师不止李书琴一个，但旗袍穿在李书琴身上就显得比别人好看，是特别地好看。李书琴的这件旗袍是母亲叫裁缝到家里来给做的。李书琴当然不会忘记那个小裁缝，二十多岁，黑皮肤，油光的分头，中等个子，嘴很甜，人长得真是让人喜欢，他先是拿过几种布样让李书琴的母亲看，然后才过来量尺寸。那时候家里做衣服一做就是好几身，母亲的，李书琴的，李书琴姨姨的，还有李书琴妹妹的，那个裁缝会把尺寸一一量好记下，过些天再把搭好片的衣服拿过来请她们试一回，再这里拉拉，那里拢拢，作好记号，用竹夹别一下，用大头针定一下型，李书琴这才知道做一件衣服居然要用那么多大头针。所以当李书琴走到自己的那件旗袍前的时候，忽然就想起了当年那个小裁缝来家做旗袍的事。后来姨姨还对李书琴说，说那个小裁缝现在已经从上海去了北京，那个裁缝店的牌子上照例加了四个字：上海迁京。因为是上海迁京，所以买卖好得不得了。北京人特别迷信上海迁京这种店。连照相片都要去上海迁京的照相馆。

时间已经过去多少年了，但李书琴还是不止一次地想起那个小裁缝，想起那个晚上他把自己带到靠近教堂的地方，先是给自己吃薄荷糖，当然他自己也吃了一颗，"吃过这种糖的嘴巴会特别好闻"。小裁缝还对李书琴这么说，说着说着就把嘴巴凑了过来，然后一下子把李书琴推到墙上，他的身子紧接着也贴到她的身上来，有一个地方还特别尖锐，像枚大钉子。他用他的身子把她往墙上按，就好像要把她按到墙里边去，其实那时候除了疼痛的感觉李书琴真觉得自己已经被小裁缝按到了墙里。到了后来，她是那么渴望被小裁缝往墙上按，那堵墙就在教堂的背后，旁边是修女们的墓地，熟铁的十字架都锈了，上面有鸟屎，白白的一片一片。

那个小裁缝，把李书琴往墙上按了一次又一次，然后就彻底消失了。

李书琴站住了，有点恍惚，她看到自己的旗袍了，银灰色竖道子的杭州绸，挺括顺滑，李书琴的头忽然有些晕，她感觉到那些人都在盯着自己看，那些目光像钉子，一根一根虽然无形却穿透肌肤一直扎到她的心上。想了一夜了，李书琴明白自己的处境，她想好了，要让自己以行动表一下态，这个表态对她来说是特别重要，要表明自己和家庭划清界限，这一划很重要，划好了，自己也许就可以站在这一边，划不好自己就永远只能灰头灰脑地站在家庭那边。但此刻她忽然又犹豫了起来，李书琴定了定神，看看左右，终于还是没有把那把小剪子从衣服口袋里掏出来，是没勇气，鼓足的勇气不知道怎么一下子就没了。她想快走两步过去，却又好像怎么也迈不开步子。但好在人们忽然又都拥到张老师的那部电台那边去了，因为杨老师正在讲关于那部电台的事。

“看上去是普通收音机，但实际上它可以向敌特发报。”

但无论杨老师怎么说，人们都只觉得那不过是一台很普通的收音机。讲来讲去，杨老师的头上都出了汗。就这个杨老师，才四十多岁，但已是满头白发。

李书琴快走几步，她不想引起别人的注意，但她走错了，忘了北边的门早已封死，她拉了一下门，“哗啦”一声，又拉，又“哗啦”一声，门就是不开。

“李老师，走东边，这门封了。”

不知是谁在李书琴的身后轻声说了一句。

李书琴回过头，是盛慧，人长得很白净。很奇怪的是，每次看到这个名叫盛慧的女学生，李书琴就会想到自己白白净净的外婆，外婆的皮肤真是好，和这个名叫盛慧的女同学的皮肤一样好。外婆去世多年了，她们兴高采烈地做衣服的时候外婆还对她说，“趁着年轻身材好就好好穿旗袍吧，我现在也只能穿袍子”。在那一刹那，李书琴还又记起搬家的事，梳着大分头的父亲和烫着大翻花头发的母亲匆匆提着皮箱出去，车在外面候着，司机在车里抽烟，那天下着雨，“唰啦唰啦”的雨把窗玻璃下得一片迷蒙。外婆却在屋里自己动手捆扎行李，但她哪里做过这种事，外婆一辈子几乎都没有进过厨房，她看见外婆一边扎行李一边流眼泪，刚捆扎好的行李忽然又奓开了。外婆一屁股坐下来，喘着气说：

"这怎么去得了香港？这怎么去得了香港？这怎么去得了香港？"到后来，外婆真的没有去成香港，但她还是学会了自己做饭，也学会了择菜。外婆对李书琴说：

"怎么也要活下去，再难也要活下去，活着总比死了好。"

外婆出身于很富有的家庭，在青岛有小洋楼，一解放，那么多东西她都放弃了，金银都不在她的眼里，但她却把一大包珍珠粉悄悄留了下来。李书琴总记着外婆慢慢慢慢用水化一点点珍珠粉，用小银勺搅啊搅啊，然后再慢慢慢慢喝下去。外婆对李书琴说珍珠粉是好东西，也许外婆的皮肤那么好真是与珍珠粉分不开？有时候外婆喝珍珠粉也会给李书琴喝一点，珍珠粉什么味道都没有，说咸不咸，说甜不甜，那气味，让人想到新刷的房子，就是那种气味。

李书琴低着头慢慢慢慢从礼堂东边的门走了出去。虽然是冬天，阳光还是十分刺眼，白晃晃的。

因为学校里搞这样的展览，外面社会上的人也都来了，不少人正在从校门口那边往礼堂这边走，叽叽喳喳，显得都特别兴奋，像过节，又像是过年，或者还可以说像是在梦里，人们只有在梦里才可以这样毫没来由地兴奋和高兴，一切都像是很不真实，但一切又都不容置疑地真实。从外边照到礼堂里的阳光中，灰尘在飞扬。学校的大礼堂和图书馆里没别的，就是灰尘多。

李书琴站在礼堂门口，一只手放在胸前，那地方"怦怦怦怦"乱跳，"要活下去就不能落在别人的后面，一定不能落在后面。"她听见自己在心里对自己说，但这又好像是王重生的声音，是王重生在对她说，这声音一旦在心里响起，她的身上忽然像是又有了力量，勇气也来了。

李书琴把身子又转了过去，昨晚她已经想好了，她要做给人们看，一定要做给人们看，为了孩子为了家庭。

再次进到礼堂里的时候，李书琴的心里平静了许多，那个杨老师还在那里讲，额头上都是汗，喋喋不休。只不过是听他讲的人又换了一拨。学校也没请杨老师来给人们讲解，他不知怎么就自己当起讲解员来了，讲那个收音机的事，讲收音机里暗藏了一个电台的事，其实他什么也说不清，他甚至连收音机里的二极管三极管是什么都不知道。

李书琴往那边走，往那边走，一只手始终放在衣服口袋里，此刻她心里已经不那么慌了，镇定了。不但不慌，此刻的李书琴甚至急于想把人们的注意力都吸引到自己身上来，她走到了自己的旗袍前，但忽然又有些站不稳，但还是站稳了。

有几个学校的老师和同学正站在那里议论，也不知道他们正在议论什么。看见李书琴再次走过来他们忽然都停止了说话，都看着她，李书琴的脸色，说白不白说黄不黄，很不好看。

李书琴站住，一只手垂着，另一只手在衣服口袋里揣着，让那几个老师和同学感到吃惊的是她一下子从口袋里掏出一把小剪刀来。那是把英国牌子的手术剪子，也不知用了多少年，还那么锋利，就这把剪子，李书琴的爸爸用它剪过那种结实得不能再结实的钓鱼线，李书琴的哥哥用它剪薄铁片，不知怎么回事，家里的那么多值钱的东西都不见了，偏偏这把剪子还在。

李书琴站在自己的那件旗袍下边了，在那一刹那李书琴的心跳得很快，像是要从胸口跳出来了，就要跳出来了，她伸出一只手，手有点抖，但她还是拉起了旗袍的下摆，绷紧它，用力，再绷紧，再绷紧，另一只手里的剪子猛地朝绷紧的旗袍上一戳，"噗"的一声，又用力朝上一挑，"嗞"的一声，那旗袍的前襟已经被她一剪子划作两半。

"我要和以前告别！"李书琴开口说话了，但声音很小，而且颤抖。李书琴忽然觉得自己这么说有些不够坚决。

"我要和以前决裂！"李书琴又大声说了一句。

但李书琴周围的人没有一点点反应，他们像是根本就没有听到李书琴在说什么，他们都吃惊地看着李书琴，像是在看什么怪物。

"坚决和以前决裂！"

这次是李书琴喊了起来，像是在带头喊口号，声音尖利却又十分无力，就好像有人把一件什么东西一下子抛起来，抛得很高，但落下来的时候却什么声音也没有，什么也没有，大礼堂静下来，人们都朝这边看。

这时旁边有人说话了，是校外来的人，皮肤很黑，眼睛很亮，这个人冷冷地说："你们这个展览不算好，机车工厂那边搞得才好，那边有活人展览，二中的那个美术老师，那个资本家臭小姐站在桌子上让人们随便参观，一站就是半天，脖子上还挂着个大黑牌子，那才好看，那才是革命！革命不是请客吃饭！人家工厂可以去学校借一个资本家臭小姐去展览，让她挂个牌子站在那里一站半天，人家那才叫革命！革命不是请客吃饭！要搞活人展览！"这个人鄙视地看了一眼李书琴，转身走开了。

李书琴站在那里，努力不让自己出声，但眼泪却绝对止不住，她看看旁边不远处的那张桌子，再看看旁边的人，她的心里，在不寒而栗，她很怕有人一下子冲上来把她推到那张桌子上，让她弯下腰，把她当作展览品。拿活人展览的事她已经听人们说过了，现在社会上十分流行，她自己在心里想，如果那样，自己宁肯去死，死！一头从桌子上撞下来，去死。

4

接下来的日子里，李书琴的心情忽然又像是平静了许多，因为出了旗袍的事，她现在穿衣服要多朴素就有多朴素，在心里，她要争取和工农兵一个样。现在的李书琴，下面穿了一条布裤子，是那种到处可见的蓝布裤子，但她在裤子下边稍稍往里收了一下，裤脚也往上提了一点，所以穿出来的效果还是与众不同，这就有悖她的初衷，她用来配这条蓝布裤子的是一件灰色的上衣，这是用一件旧衣服改的，衣服原来的颜色是淡米黄色，染这件上衣的时候连她自己都拿不定主意，但她还是不敢把上衣染成军绿色。这件上衣领子稍稍比一般的领子大了一点，是个大三角，往下垂，再往下垂，这样一来，穿在身上脖子就显得比一般人的长，人就显得很挺拔，倒像是搞舞蹈的。这样的衣服穿在李书琴的身上，不但没把她的漂亮打了折扣，反而更突出了她的与众不同。但可以肯定的一点是这样的衣服不会引来什么非议，不会给李书琴带来什么麻烦。而且，李书琴在那次展览上的举动也得到了肯定。军宣队的郑连长在一次讲话中对学校搞的这次展览作了肯定，认为很好很及时，而且还特别提了一句，说"出身不好的教员也当场受到了深刻的教育，敢于和过去决裂，一剪子划到了灵魂深处，希望他们能够继续加强加快对自己人生观的改造，树立新的人生观和世界观，从精神上和肉体上彻底和过去划清界限。用革命的剪刀彻底剪断自己和过去的联系。把存在的问题向组织交代清楚，要看清形势，不要等着别人把问题揭发出来，那就被动了，没罪也是有罪了。"郑连长很会讲话，既有肯定又有训诫，一分为二。

郑连长讲话的时候工宣队的王党生连连咳嗽了几声，一只手在掀动茶杯盖子，把它打开，盖上，再打开，再盖上，像是特别地不耐烦，又像是有什么话急着要说，但还是没有说出来。轮到王党生讲话的时候，他的一句话又让李书琴浑身发冷，就像是一下子掉到了冰窖里。

"我们不会只看表面，表面文章谁都会做，我们要看谁敢于触及灵魂，在灵魂深处爆发革命。"

王党生这几句话说得特别铿锵有力，这句话就好像是专门针对李书琴说的。李书琴坐在下边，手攥得越来越紧，指甲都要抠到手里去了。

"再进一步，要触及灵魂。"李书琴在心里对自己说。这时旁边的人突然轻轻推了她一下，是音乐老师贺北芳。

"干什么？你掐疼我了。"贺北芳小声说。李书琴这才知道自己是抓着贺老师的手。

"我也要向组织交代。"李书琴对贺北芳小声说。"有问题就交代吧，早交代比晚交代好。"贺北芳说。"我要交代。"李书琴又说。

"小点声。"贺北芳说。

"我一定要交代。"李书琴又说了一句。

在学校里，李书琴和贺北芳最要好，因为李书琴喜欢音乐，贺老师又是教音乐的，因为教音乐，贺老师的嗓子就总是沙哑的，又因为她是教音乐的，所以学校里的宣传队排节目就总离不开她。贺老师的丈夫在北京工作，她和她丈夫长年过着两地分居的生活。但贺老师的性格特别开朗，学校领导和同学们也都特别欣赏她，有时候学校排节目她会上一个节目，就是自拉自唱。她唱歌的时候也穿着一件旗袍，紫丝绒的，胸前用金黄色的亮片盘着一朵菊花。虽然她也穿旗袍，但就是没人说她穿旗袍的事，李书琴明白，自己是受了出身的连累，自己要是出身好，穿什么都不会有人说三道四。

"有问题就交代，有包袱就甩掉。"贺北芳小声对李书琴说。

"我肯定要向组织交代。"李书琴说这一次已经想好了，也下定了决心，要把藏在心里很久的那件事向组织交代出来。

"大贺。"李书琴小声喊了一声贺北芳。"什么？"贺北芳说。

李书琴的手又伸过来，抓紧了贺北芳的手。

贺老师掉过脸，李书琴的脸彤红彤红的，贺北芳不知道李书琴要向组织交代什么问题，但没问。她知道这种事最好是不要问。军宣队的郑连长还在上边继续讲话，但他再讲什么，李书琴都听不进去了，李书琴觉得自己甚至都有一种冲动，浑身在颤抖，她怕自己会控制不住一下子冲到台上去，把自己的事情当着大家面讲出来。她的那件事，如果不讲，谁也不会知道，连王重生也不会知道，但李书琴决定了，要讲出来，一定要讲出来。她要找时间去找郑连长把自己的事情交代出来，只有把那件事讲出来，才可以表明一个人对组织是一片真心。

"是时候了。"李书琴对自己说，她再一次抓住了贺老师的手。"你的手在抖。"贺老师小声说。

"是时候了。"李书琴再一次在心里对自己说，手抖得更厉害了。"你到底怎么啦？"贺老师说，推推她。

李书琴浑身都在抖，好在，会这时候散了，人们纷纷站起来，一阵椅子响，不知是谁的茶缸盖子掉在了地上，叮叮当当人。

"大贺，"往外走的时候，李书琴忽然又一把拉住了贺北芳。这时候人们差不多走光了。李书琴对贺北芳说："我刚才真想一下子冲到台上去，真想，我差点控制不住自己。"

"出身不好的人学校里又不是你一个，出身是出身，表现是表现。"贺北芳小声说，"你刚才手抖得真厉害。"

"我交代出来就好了，我差点控制不住。"李书琴又说。

贺北芳看着李书琴，她有点被李书琴的神情吓着了，不知道她到底要交代什么。贺北芳想象不出李书琴会有什么事，她总不会是美蒋特务吧？还能有什么事呢？

"你除了出身不好还能有什么事？"贺北芳说。

李书琴看了一下贺北芳，眼神忽然亮得有些怕人。"我还是先向军代表交代吧。"李书琴说。

"也好。"贺北芳说，一转身走开了，把李书琴一个人留在那里。

贺北芳还有事，要去给学生们排节目。最近很流行的一个舞蹈，是西藏舞《北京的金山上》，这个舞蹈，在每一段结束的地方节奏都格外地铿锵有力，加上演员们的甩胳膊跺脚，让人感觉连空气都在一勃一勃。由于大礼堂太冷，宣传队只好在教室里排练，是八男八女，都穿着藏服，亮闪闪的很好看，八个人一起跳，男的一排，女的一排，或者穿插，或者绕圈，把长袖子整齐划一地甩得很高，每跳到一段快结束的时候，都会传出很亮很整齐的"嗵嗵"声，紧接着是一声"嗨吧扎嘿！"

李书琴站着没动，很快，偌大的礼堂就剩下了她一个人，她站了好一会儿，才慢慢坐下来，她想一个人静静地坐坐，外面是学生们的喧闹声，礼堂里倒很静，但就是冷。天慢慢一点一点黑下来。暗中，李书琴抬起双手捂住了自己的脸，不知过了多长时间，有人来关礼堂的门，发现里边有人，"喂"了一声，又大喊了一声，李书琴这才慌慌张张站了起来，跌跌撞撞从礼堂里走出去。

"是李老师吗？我还以为是哪个学生。"

是门房老黄，因为出身不好，也已经被批斗过了几回。

"请李老师原谅我大呼小叫。"门房老黄又说，但老黄马上又说了一句话，这句话真是顶顶苦毒，让李书琴感觉心里像是被刀猛地扎了一下。

"你的出身比我还坏，我为什么要你原谅！他妈的！"门房老黄说。

李书琴愣在那里，一时说不出话，门房老黄怎么会这样对自己说话？

"他妈的，你比我还要臭！"门房老黄又说。

5

李书琴这天回晚了，街道上的落叶"哗啦哗啦"响。

李书琴的脸色很难看，像是得了什么病。王重生已经给两个孩子吃过了饭，但他自己还没吃，他坐在那里背字典，他等着李书琴回来一起吃。孩子们吃的是白面面条，放一颗鸡蛋在里边，王重生和李书琴吃的是用玉米面和白面蒸的卷子，一层白一层黄，菜是炒山药丝，里边放了不少红红的辣子，还有一个黄黄的腌萝卜条，是秋天的时候李书琴自己腌的，把萝卜用盐揉了再晒，晒了再揉，然后放在拌了盐的糠里捂着，这种萝卜条又脆又好吃。萝卜条里边也是红红的辣子，这两个菜李书琴平时很喜欢吃，但她此刻却没有一点胃口，嘴里是苦的，她喝了杯水，水好像也是苦的。

王重生对李书琴说："你脸色不太对。"

李书琴没说话，伸出筷子，才吃两口，她就不吃了，她站起来，走到缝纫机旁边，慢慢坐下来，她很难过，她很想哭，连门房老黄都敢那样对自己说话，以后的日子想必会更加难过。但她知道自己不能哭，那样一来王重生会更担心。她已经想好了，自从那件旗袍被拿去展览之后，她决定要把所有的衣服都改一下，也算是与过去决裂，时代变了，一切也都要跟着变。她把要改的衣服都取了出来，其中有一件是灰颜色的半大衣，她想把它改成女军人穿的那种翻领，然后再染一下，不妨就染成军绿的颜色，这件衣服是母亲留给她的，反正也穿不出去了。

因为刚刚吃完饭，两个孩子在屋里跑来跑去。李书琴开始做她的事，缝纫机"哗啦哗啦"响。

王重生端来一杯水，轻轻放在缝纫机上。王重生端水过来的时候李书琴心里猛地动了一下，她觉得时候是不是到了，她看了一眼王重生，心不由得"怦怦"乱跳起来，她想应该把那件事先对他说一下，那件事，迟早要说的，反正自己就要向军宣队去说了。这件事压在她的心上让她喘不过气来，不是一天两天，都快十年了，李书琴从来都没有想过它，但最近她忽然想起它了，这件事让她心里是那么慌，又是那么兴奋，社会上和学校里边，不知道有多少人在纷纷向党交心，把埋在心里最不可告人的事都像倒垃圾一样讲了出来，那是对党的忠诚，也是改造世界观的表现。

李书琴看着王重生，觉得时候到了，她想对王重生把这件事讲出来。她停下手里的活儿，把身子稍微转了一下，看定了王重生。

"我爸爸可能是癌。"王重生却已经挨着她坐下来，突然小声说。李书琴吓了一跳，要说的话已经到了嘴边，却不得不改口。"什么时候？"李书琴问。

"今天来信了。"王重生说。

"还是这地方？"李书琴指了指自己的喉咙。"是，可能是食道癌。"王重生说。

李书琴张张嘴，想了好久要说的话不得不又咽了回去，王重生的父亲病好久了，一开始总是说嗓子疼，到了后来咽不下东西，最近又厉害了。

"怎么会是癌?"李书琴对王重生说，声音很低，又像是自言自语。

王重生说他已经打听到了一个偏方，是用核桃枝煮鸡蛋，据说可以治癌症，已经托人去找核桃枝了，因为他们这个地方没有核桃树，王重生对李书琴说他带的那个班上一个学生的家长说过几天会从南边把核桃枝送过来。

"过两天我可能要回去一下，我不在的时候有什么事你不要着急，要沉住气。"王重生说。

李书琴把身子挺了一下，长出一口气，用手把脸用力揩了一下，又长出了一口气，整整一下午，她已经想好了，也鼓足了勇气，但此刻她忽然一下子就没了勇气，她端起那杯水大口大口喝了起来。

"慢点喝。"王重生说。"噎死算了。"李书琴说。"看你说的。"王重生说。

李书琴想把门房老黄刚才对自己那样说话的事跟王重生说说，但想想还是没说。"明天我还得去买个温度计。"王重生又说。

李书琴知道，家里的那个温度计早就坏了，是应该买一个了。两个人不再说话，外边远远的有锣鼓声，屋里只是静，这时候灶台那边的水盆里忽然"哗啦"的一声，把李书琴吓了一跳，忙朝那边看了一眼。

"下午候捍东来了。"王重生说，候捍东下午刚从水库那边宣讲回来，这两条鱼是他送的。候捍东是王重生的大学同学，原来的名字是叫候福寿，去年刚把名字改了过来，他对几乎是所有的熟人和朋友说原来那个名字是四旧，难听死了，从今往后谁也不许再叫那个名字，谁叫就和谁翻脸，只能叫他候捍东，但"候"字和"捍东"两个字加在一起很绕口，所以人们都叫他捍东，新入学的学生弄不清是怎么回事，还有叫他"捍老师"。"百家姓里边有姓捍的吗? 妈的。"候捍东那天对王重生说，说《百家姓》不能算是四旧吧? 倒是应该让学生们学学《百家姓》。候捍东大学毕业后直接被分配到学校里去教书，正好和李书琴在一个学校。

王重生叹了口气，说鱼再大一点就好了，可惜太小，只好熬鱼汤给两个孩子吃。王重生又说了一遍，"鱼太小了，要是大鱼就好了"。

王重生想说什么，李书琴好像已经明白了。"得了那个病，吃什么恐怕都不香了。"王重生又说。

李书琴一时不知道说什么好，心里更乱了，她一下一下把线头从衣服上揪下去，每一下都很用力，那些线头像是和她有仇，就这样，她改衣服直到深夜，不说话，身子伏在那里，头上的十五瓦灯泡说亮不亮，说不亮又亮。

李书琴有心事，不想多说话，王重生也不再说，他一直坐在李书琴旁边看他那本小字典，专门查生僻字，查一个记一个，也直到深夜，实际上他是记一个马上就忘掉一个，什么也没有看进去，眼睛红红的。再到后来，他不看了，打了盆洗脚水，自己先洗，再打一盆让李书琴洗，然后出去解了个小手，因为天气冷，他把小便撒在门外的一个桶里，桶里的水已经结了冰，声音很响。有什么飞起来又落下，是纷纷的落叶。天上的星星很亮，闪闪烁烁，北斗星的柄子已经快移到东边了。

王重生仰着脸看了一会儿星星，找到了猎户星座。他认识猎户星座还是父亲教的，父亲认识不少星座，父亲说过他年轻的时候很想当一个天文学家，但小门小户人家怎么可能，连一般的小望远镜都买不起。

"家里就剩下三十多块钱了。"从外边回来，王重生忧心忡忡地对李书琴说。

"你先都拿去，马上要开工资了。"李书琴说。

"工厂那边据说会派人陪我爸爸去北京再看一次。"停了一会儿，王重生又叹了口气，说，"怎么也得凑个五十吧，三十元也太少了。"

李书琴仰起脸，看着王重生："不行我明天先从大贺那边借二十。"这时外边屋里"哗啦"一声，是盆里的一条鱼跳了出来。

李书琴站起身去了外屋，地上的那条鱼在拼命地蹦，嘴一张一张。李书琴蹲下来，看着那条可怜的鱼，觉得王重生的父亲可能现在就是这个样子了，李书琴心里很难受，癌症就是死刑，人与人的生死分离真是简单，说分就分。王重生的父母对李书琴很好，就像对自己的女儿一个样，他们几乎每年都要过来住几天，总是要带两大瓶他们自己腌的剁椒。

剁椒里边的那种小鱼其实最好吃，李书琴总是挑这种小鱼吃，到了后来，王重生几乎不动那小鱼，只吃剁椒，小鱼都留给李书琴。李书琴几乎想不出王重生的父亲穿过别的什么衣服，他总是穿着工作服，那种灰蓝色的布，很粗，但又比帆布薄一些，这种布料洗的时候会变得很硬，几乎都没法子揉搓。有一次王重生的母亲看到李书琴在洗那件工作服，就说他们厂里的工人洗这种衣服都得去厂子外边的河里去，要把衣服用一块大石头压在水里泡老半天，人先去游泳，游完再回来洗衣服，不是洗，是用脚踩，在河边找块大石头，把衣服放在上边不停地踩，只有这样，这种帆布工作服才能洗干净。

"女人是洗不动这种衣服的。"王重生的母亲对李书琴说。

李书琴想好了，明天也许会向大贺多借几十块，一定要给王重生的父亲做件好一点的衣服。她已经想好了，就买那种灰色的的卡布，现在人们都喜欢穿那种的卡料子的衣服，又朴素，又挺括，还有有机玻璃的扣子。李书琴把那条鱼重新放回到盆里，找了个盖子把盆子盖好，洗了手，然后躺到床上去。

"多在家里陪你爸几天吧。"李书琴把身子侧了过来。王重生一动不动地躺着，从侧面看，他的鼻梁很高。"工作调动的事好像那边已经同意了。"王重生说。

李书琴愣了一下，在暗里"嗯"了一声，这事已经有好几年了，王重生的父亲在那边一直忙，东找人西找人，把人几乎都找遍了，他的理由是自己和老伴儿的岁数越来越大，三个儿子都不在身边。"怎么也得有一个在身边啊。"王重生的父亲见人就这么说。其实他心里真正想要做的就是两个孙子怎么也得回到重庆来，儿子回来不回来倒在其次，人老了，心都在孙子身上。李书琴有李书琴的打算，她也已经想好，王重生回家的时候她就去找郑连长，把自己的那件事和盘托出，彻底向组织交代。现在的形势就这样，出身不好的人连猪狗都不如，一出门就被叫作狗崽子，现在不交代，如果这事被那边交代出来再追查到这边麻烦就大了。那边，那边那个人现在在什么地方？这连李书琴自己都不知道，但这块心病让李书琴受不了，只有把它交代出去，自己才可以解脱，她在暗里把手伸过去，将王重生紧紧抱住。

"要来吗?"王重生小声说。

"不。"李书琴把王重生抱得更紧。"那就睡吧。"王重生说。

"睡吧。"李书琴说。

不一会儿，王重生响起了鼾声，睡着之前，他又背了几个字典上的生僻字，而李书琴还大睁着眼睛，却怎么也睡不着。

6

天一天比一天冷，若按照常规学校也快要放寒假了，但现在学校里讨论的一件事是今年到底要不要放假，许多地方的学校都传出了风，要停课不离校，继续革命不松劲把大好形势推进到一个更好的阶段，虽然有这样的说法，但放不放假还没有定，其实学校的梅校长已经和军宣队工宣队探讨过这个问题了，但郑连长拿不出什么合适的意见，说等等看，看看别处是怎么搞。梅校长又去和工宣队商量，工宣队王党生对梅校长有什么事总是先去找军宣队很有看法，他坐在那里，不看梅校长，只顾翻报纸，老半天才说你既然找过军宣队，就请他们定好了。停了好一会儿才又说了一句话，这句话就重了，有了分量。

王党生对梅校长说："但请你不要忘了'工农兵'这三个字是怎么排的，工人阶级永远是排在第一位，然后才是贫下中农，最后才是他们当兵的。"

王党生这么一说梅校长就有些下不了台，满脸都是尴尬。

王党生也不愿把事情搞僵，两只手把报纸翻得"哗啦哗啦"响，其实这张报纸他连一个字也没有看进去，好一阵子，才又开了口，说离放假还有一段时间，先等等看吧，反正现在要把破四旧放在具体行动上，年是不能再过了，因为过年过节是最大的四旧，一定要破掉。又说，上边已经决定了，过年一是不能像过去那样贴对联，二是不能放鞭炮，但学生们排练的节目还是要演，而且要搞几次巡回演出，先去工厂，再去农村，去慰问演出，有时间的话还要去一下部队。

"当兵的也很苦，我们也要去慰问一下他们。"王党生说，是领导的口气，是居高临下，这也是王党生的不成熟，要是郑连长，就不会这样说话。

因为工宣队和军宣队都是这个意见，所以这几天贺北芳特别忙，那个杨老师居然会打洋琴，也主动加入到排练中来，贺北芳听人们说杨老师家里还有一架外国钢琴，在以前，杨老师是天天都要弹一个小时的，肖邦和施特劳斯，但现在他不再弹。贺北芳还听人们说过就这个杨老师为这件事还特别请示了军宣队和工宣队，问用不用把那架钢琴也拉到学校来展览一下，因为那架钢琴确确实实是封资修的东西，是一架瑞士大钢琴，坐船从海那边运过来的，四条腿上的卡锁都是镀金的，18K，原来是教堂的财产，后来不知怎么就流落到了旧货市场，再后来又到了杨老师的家。这架钢琴的琴键上都镶着七彩螺钿，真是漂亮，音色也好。杨老师请示怎么处理这架钢琴，是不是也要拉到学校里来，但此事后来也只好作罢，因为要想把那架钢琴运到学校的礼堂必须要有一辆车。

郑连长挥挥手说："那种洋玩意儿肯定属于封资修，不过只要你不弹它就行，到需要它的时候再说。"

杨老师也做了一个动作，把手举到半空，嘴半张着："要不我就砸了它？"郑连长想想，把手摆摆，说："那又何必，古为今用，洋为中用。"

这时候，站在一边的工宣队王党生突然说了话，他看了一眼郑连长，说："封资修的东西就是封资修的东西，还是彻底砸烂的好，我们中国有我们自己的钢琴，我们要用我们自己的乐器演奏我们时代的最强音。"

王党生这么一说，郑连长就笑笑，但没接这个话茬。郑连长的修养就在这里，从来不急，做什么都要想好了再说再做。而杨老师就不知所措了，看看郑连长，再看看王党生，一时不知该怎么好了。说实在的，他在心里根本就不想把那架钢琴砸坏，但既然是王党生这么说，不砸不好，砸了又让人心疼。但这时候郑连长又说了话，说我们中国有我们自己的造船厂，但我们该向外国买船还是买，我们用外国的船运我们自己的货。郑连长这么一说，王党生就对答不上来了，忽然不知该说什么了，多少有些尴尬。

"先放着，到时候再说，钢琴是乐器，你可以用它弹《东方红》。"郑连长接着又说。到时候？到什么时候？郑连长没说，但这也算是一锤定音，那架钢琴不用砸了。郑连长说话办事总是能把主动权紧紧抓在自己的手里。

郑连长说这话的时候李书琴正站在旁边，她在心里是特别地佩服这个郑连长，有魄力，果断，看人，说话，摆手的样子都很气派。最近，李书琴在心里总是拿郑连长和王重生比，有一个声音在她心里说，要是郑连长是王重生就好了，要是郑连长是王重生就好了。李书琴忽然又在心里觉得有些对不起王重生。

7

郑连长名叫郑铭雄，是河南开封那边的人，一般人都看不出他是快四十岁的人，他看上去要比他本来的岁数老得多，他原来的性格可不是这样，从小特别爱动。他父亲虽然是乡下人，却读过不少书，但也只不过是《三国演义》《水浒》《三侠五义》这样的书，但这就足够了，这样的书给了他很多想法和智慧。郑连长的父亲对郑连长说："你看看哪个成大事的人会整天蹦蹦跳跳像个孩子？你要稳重再稳重，你看古来多少人的官运不出在'稳重'二字上？"

郑连长记住了父亲的话，到了后来，他甚至连走路都永远是不快不慢，虽然走得有精神，胳膊甩得开，步子迈得十分坚定，但节奏是永远不慌不忙。说话也是这样，从来都不急，能静静地听别人把话讲完，他有这个本事，会等你一直讲一直讲，把要讲的话都讲完他还不开口，他不开口别人就心慌，就会接着再讲，讲到什么话都没有的时候心里就更没底，有时候会有的也讲没的也讲。也就是在这种时候郑连长才会突然袭击，抓住对方的要害。所以郑连长在部队是出了名的会做思想工作的人。说来也奇怪，人们也愿意跟他交心，因为他总是在那里听，一般不轻易表态，一旦表了态，事情就会按着他的主意办了。因为他肯听，自然让人觉得他是一个可以亲近的人，而实际上不是这样，他的肯听只是在静静地分析对方的弱点和可以一举击破的地方。

郑连长的媳妇刘秋香是乡下人，也是好角色，是村里出了名的摘花能手，摘花就是摘棉花，别人一天摘十斤，那她肯定会摘出十二斤或十三斤，这就怪了。人们看她表演，她那两只手真是让人眼花缭乱。郑连长的父亲就是看中了这一点，一定要把她弄成自家的媳妇。郑连长的父亲虽是乡下人，但做事特别不一样，他是自己去对人家说，赶了一头刚出栏的小花猪，那时候村里还允许人们养猪。郑连长的父亲其实不认识那家人，但他想办法打听到了，这个也好打听，只要一说摘花能手刘秋香，周围村子没人会不认识。

郑连长的父亲去登门了，他也不拐弯抹角，他还带着郑连长的照片，郑连长的人样可以说长得很好，只要你仔细看，是有棱有角，方额高鼻梁。村里人哪里见过这样的事情，从来都没有家长亲自登门说这个事的，这可见男方的诚意，结果是那头小猪被留了下来，婚事也说成了。郑连长是先结婚后入伍，这种事在那时候不稀奇。

结婚入洞房的那天晚上，郑连长并没有急吼吼地先把那事做了，而是把媳妇的两只手一点一点仔细看过。媳妇的手并不好看，几乎都变了形，摘花摘的，尤其是两个食指，都像一个钩，朝里边弯着，看完手指，然后，郑连长才和媳妇做事。一开始，是郑连长先亲了这两个手指，然后才慢慢深入，他是无师自通，从手指到胸脯再一路下来，然后是，先来了一次，马上就不行了，但几乎是没有停下来，马上又接着来了第二次，这次很成功，紧接着他又来了第三次第四次。那时候他才十七周岁，一直到天亮。

天快亮的时候，郑连长听见父亲在窗外狠狠清了一下嗓子，说："铭雄你也够了，吃多了小心消化不了。"

郑连长是个听话的孩子，他对媳妇小声笑着说："我今天可算是吃饱了。"到了后来，每逢做那事，他媳妇总是跟他开玩笑，说："你吃饱没吃饱？"

郑连长到了部队后，每次探亲回家，他会别的什么也不做，一进门就先吃，他媳妇自然给他吃，院门关了，屋门关了，窗上却没有窗帘，农村都这样，但谁会来看呢？谁也不会，郑连长也真是饿坏了，有时候连衣服都来不及脱就开始吃。

"吃一下，吃一下，快给我吃一下，我可饿坏了。"他这么对媳妇说。

"来，给你吃。"媳妇也是这样说，说你总是说吃吃吃，吃东西要靠嘴，别人的嘴是那个样，你们的嘴倒是这个样，到底是你吃我还是我吃你？

郑连长一想，觉得还是自己媳妇说得对，到后来就改了口，说："来，摘花能手，你来吃我吧。"

"我当然要吃你，我摘花摘累了，饿了。"郑连长的媳妇说。"你看看你，你一口就把我全吃进去了。"郑连长说。

"你也刚够我一口。"郑连长的媳妇笑着说。

这话都是郑连长媳妇到部队探亲的时候人们听房听到的，后来战友们总是嘻嘻哈哈跟他们的郑连长开玩笑，说，"嫂子可真能吃，一口就把你吃掉了"。

郑连长很少跟战友们开这种玩笑，脸马上就红了，但他认为这样子可太不庄重，他就很严肃地说："瞎说什么，你嫂子那天是赶路饿了，是吃炸果子。"

部队里战友之间哪有不开玩笑的？大家伙儿去洗澡，战友们会对郑连长说，"好家伙，连长的炸果子可真不小，一顿吃不了，两顿差不多"。

郑连长假装没听懂，说，"澡堂里哪有什么炸果子？"

郑连长很认真地这么一说人们就都觉得没趣了，后来人们就很少跟郑连长开这种玩笑了。一般来说，头一次看到郑连长的人都觉得他看上去要比实际岁数大得多，但他那张脸只要细看，看进去，才会让人觉得这个郑连长实际上很有看头，不单单是肩宽，腰细，挺拔，是既有肉又有骨架。

8

李书琴站到了郑连长的办公室门口，心在"怦怦"乱跳。

李书琴把手放在胸前，其实这又有什么用？没一点用，胸是胸，手是手，谁也不会听谁的，胸口还是"怦怦怦怦"乱跳。她的脚步很轻很轻，但她不敢贸然就进去。李书琴想好了，白天人多眼多自己不好来，所以她晚上来了，郑连长的屋里亮着灯，这说明他在。为了证实郑连长是不是一个人在办公室，李书琴先去了一下郑连长办公室对面的那个水泥花池，站在冰凉的花池上可以看到郑连长一个人背着身子在门那边做什么，好像是在洗什么东西，"洗手？还是洗什么？"李书琴在心里想，要是自己能替他洗东西就好了，这个想法说是想法也许不对，也许应该说是一种冲动。

王重生已经带着两个孩子回了重庆，每年过年他们都要回重庆去过，只不过今年早一些，他背着好大一捆核桃枝，简直像个樵夫，那些核桃枝都给折成一样长短的一截一截，李书琴已经把王重生父亲的衣服做好了，让王重生也带了回去。王重生不在，学校晚上人又不多，可以说几乎是没人，李书琴认为这是个机会，这个机会说难得也不难得，说不难得也难得，这个机会，不是时候问题，而是自己的心情问题，李书琴觉得时候到了，自己一旦把那件事交代出来，就等于自己把自己从长期以来的禁闭中解放了出来。李书琴也想过，如果自己不交代，而那个人把事在那边交代了出来，事情便会是另一种性质。

"首先要彻底解放自己才可以跟过去划清界限。"李书琴一次次地在心里对自己说，要自己坚定，要自己不怕。她感觉到自己现在已经变成了两个人，一个在井里，快掉下去了，一个在井外，要把快掉到井里的那个自己拉上来。

走廊里很暗，李书琴脚步很轻，是一步一步挨到了郑连长的办公室门前。因为是晚上，走廊另一头还有两间屋的灯亮着，李书琴站在了郑连长的办公室门外，心"怦怦怦怦"像是要从怀里一下子蹦出来，而且，李书琴忽然又觉得口渴，像是从来都没这么渴过，舌头都好像要粘在口腔上了，她吞咽着，其实她的嘴里什么也没有。她的一只手放在自己的胸口上，手上的一个手指缠着纱布，那天给王重生的父亲做衣服她不小心伤着了手，用剪子挑线，却一下子挑在手上。

走廊那边，忽然有了动静，不知什么人从外面走了进来，说笑着。李书琴吓了一大跳，紧走几步从郑连长的门口走开了，因为郑连长的办公室紧靠着走廊门，她一下就从走廊门走了出去，她在外面待了一小会儿，再次走回来的时候李书琴觉得自己是豁出去了，让自己不豁出去也得豁出去。李书琴不再犹豫，她走过去，走过去，站在郑连长的门口了。

李书琴抬起手来，她让自己不要慌，要果断，她在郑连长的门上重重敲了两下，一下两下，"啪啪"，很响亮。这是她自己给了自己勇气，如果再一犹豫，也许她都不敢再走近这个门。

郑连长办公室的门打开了，光线一下子从屋里扑了出来，白亮亮的一大块。李书琴就站在这白亮亮的一大块里，但她的脸比那一大块还要白。

"是你?"郑连长朝外看了看，以为李老师的后面还会有别人。"郑连长。"李书琴叫了一声，声音在颤。

"进来吧。"郑连长说，他也习惯了，因为总是有人来找他，不是白天就是晚上，那个前些日子从烟囱跳下来的张老师，在跳烟囱的前一天也找过他。张老师神情十分紧张地对郑连长说自己不是日本特务，自己怎么会是日本特务呢? 收音机就是收音机怎么会是发报机呢? 那天郑连长没有让张老师进办公室，他很简短地对张老师说，是不是特务你自己清楚，组织也要慢慢调查掌握情况。郑连长不好多说什么，然后就把门当着张老师的面关上了，把张老师一下子给关在门外，在那一瞬间，郑连长看到张老师的那张惊慌的脸。郑连长只好这么做。想不到第二天就出了跳烟囱的事。

"郑连长。"一进郑连长的办公室，李书琴突然又慌了，她这个慌是心情慌乱，不知道怎么开始说话，不知道从何说起。刚才郑连长是在洗袜子，这被李书琴一下就看在眼里，洗脸盆架子就在门背后，里边是袜子还有别的什么，郑连长正在洗这些东西。

"你坐吧。"郑连长把手擦了一下。

"我是有罪的人。"李书琴找到话了，也激动起来，眼里也有了泪。"你怎么有罪?"郑连长看着李书琴。

说实在的，李书琴无论从个头到长相都十分出众，虽然三十多了，但还是非常吸引人，人漂亮，气质也好。人们都说李书琴长得像王丹凤，其实王丹凤也未必能比得过她。"坐吧坐吧。"郑连长又说了一句，因为他自己已经坐了下来，如果李书琴不坐他倒觉得别扭了。

"我真是有罪的人。"李书琴又说，往前靠了一下。

"你只不过是出身不好，出身没办法选择，但走什么路还是可以选择的。"郑连长又指示了一下，"你坐。"

李书琴退了几步，在靠门这边的椅子上坐了下来，心里也不那么慌了，说话也顺了，李书琴说她这是第三次来。

"一连三次了。"

"你说什么一连三次？"郑连长用手摸了一下烟盒，里边还有两三支。李书琴说她一连来了三天，都只是在门外走来走去不敢进来。

"那怕什么，我又不吃人。"郑连长开了句玩笑。

"我想好久了，"李书琴说自己这也是落后了，学校里其实许多人都已经向组织交心了，说这话时，李书琴的心又"怦怦怦怦"跳了起来，她在心里对自己说："快说出来快说出来，说出来就没事了，快说。"

李书琴看着郑连长，希望郑连长能把自己的话接下来，希望他问。

郑连长也看着李书琴，却不再说话，像往常一样不说一个字。他严肃起来，看着李书琴，等着她把要说的话或什么事说出来，以他的经验，这些人找组织交心也不过谈些家庭出身的问题，当然还要表态，比如要和家庭决裂，比如要和父母划清界限。这种事，好像已经变成了一种程序。连郑连长都有点听腻了，但郑连长的功夫就在于听腻了也会静静地听。他看着李书琴，以他的习惯，李书琴只要不把话说完说透他是不会开口的。

郑连长的不动声色让李书琴有些慌张，但她一开口，该慌张的就不是她而是郑连长了。李书琴开口讲话的时候郑连长在心里忽然想起一个电影演员，而且他一下子就把这个电影演员的名字也给想起来了，王丹凤，是的，李书琴长得很像王丹凤。

"郑连长，这件事我放在心里有很多年了。"

李书琴觉得自己好像是要哭了，她想让郑连长把话接过去，这样一来话就好往下说了，但她错了，郑连长的秘密武器就是不开口，这样一来对方多多少少就会不安，会慌，会在慌乱和不安中把话都老老实实讲出来。

"郑连长，我那时候才十九岁。"李书琴看着郑连长，又说，再次希望他把话接下去，但郑连长看着她，还是没有说出一个字，嘴抿得很严。郑连长的嘴唇可以说得上是性感，也好看，线条很分明，这真是一个猛看会被忽略而越看越有味道的男人。

"郑连长。"李书琴又叫了一声，看着郑连长，这是她第一次挨这么近看着王重生之外的另一个男人，当然还有那个小裁缝。郑连长还是不说话，但他忽然觉得这次谈话也许会有新的内容，这也只是一种直觉，但他这种直觉对了，接下来，李书琴重复了一下刚才的话，说她那时候才十九岁啊。

"那时候我才十九岁。"李书琴忽然又口渴得很，她舔了一下嘴唇。郑连长动了一下，是，把烟灰磕了一下。郑连长此刻在心里已经确定这是一次不同于一般的谈话了，这次向组织交心有意思了。因为已经有两道眼泪顺着李书琴的脸颊流了下来，但是，郑连长还是不吭一声，直到李书琴哽咽出声，泪流满面。

"我那时候不懂事，在作风上出了问题，跟一个男人生过一个私孩子。"李书琴觉得自己就要喘不过气来了，就要晕倒了，但她终于还是把要说的话说了出来。此话一出口，奇怪的是，嘴一下子也不干了也不渴了也喘过气来了。

话既说了出来，李书琴看着郑连长。

郑连长大吃了一惊，眼睛大了，嘴也张开了，手也悬在半空。他原来是想伸出手拿那个杯子，他根本就不会想到李书琴会把这种私事谈出来，这种事情，一般不会有人自己把它抖出来，这简直是让人防不住，而且，坐在对面的李书琴的泪水流得更厉害了。接下来，按照常规，应该是郑连长开口的时候了，哪怕是劝李书琴一下，让她不要哭。郑连长还是不说话，他不是不说话，他是不知道该怎么说了，他的语言系统也出问题了。

"我在作风上出了这种问题，对不起人民。"李书琴说。"这事和人民有什么关系？"郑连长在心里说，但他嘴上还是不说话，他站起身，往门那边走过去，把门打开了一条缝，这样如果有人从外边进来就不会往别处去想。"我千不该万不该。"李书琴继续说她的话，"千不该万不该和那个人生了个私孩子。"

李书琴这么一说，郑连长就更想不出自己该说什么了，这是什么性质？是敌我矛盾，不是，是作风问题？也可以说是，但这是李书琴二十多岁时候的事，显然与现在没什么关系，郑连长头一次脑袋有些发蒙。郑连长想到外边抽支烟，想把问题理清再说，李书琴交代的事情实在是太特殊了。

郑连长站了起来，点了一支烟，举着，神情很庄重，又很不知所措，这在郑连长是很少有的事。他出去了，他要在外边抽支烟，他不能让自己当着李书琴的面说不出话来，不开口是有底线的，当别人把问题都讲清讲完的时候就必须要说话了。

郑连长从自己的办公室走了出去，当他抽完一支烟回来的时候大吃了一惊。李书琴正站在门后给他洗盆里的东西，一边流泪一边洗，盆子里是两双袜子和一条内裤。李书琴也没想到盆子里边还会有一条军绿色的内裤。

"可不能。"郑连长马上说。李书琴并没有停下手来。

"这可不能。"郑连长又说，用脚朝后一勾把门带上了，他脸红了，而且几乎是有些失态，男人的内裤能让除自己女人以外的女人接触吗？郑连长真是蒙了。他连说了几个"不能"，李书琴还在那里洗，闷着头洗。

"放下放下。"郑连长站在李书琴身边说。

李书琴搓完那两双袜子了，正在搓那条军绿色的内裤。

"唉，我命令你放下。"郑连长貌似很严厉地说，但声音很小，像是一下子没了底气，那声音，完全像是对自己家人说话的腔调了。

"我也不愿意让自己出生在那样的家庭，我也不想跟那个人生孩子。"

让郑连长大吃一惊的是李书琴这时突然回过身来，一下子拦腰把他抱住了，李书琴的两只手上都是水。接下来，跟一切传说、一切小说和一切电影都不一样，两个人忽然都不动了，门已经在他们身后关上了，郑连长已经感觉出来了，自己身体的某一个部位在反抗自己，但他的脑子还清楚，郑连长用双手把李书琴死死抱住自己的双手用劲掰开。郑连长这回说话的声音更低，甚至有些抖，郑连长说："你放开，你只要放开，你要是不放开我就不答应了。"

李书琴能感到郑连长的身子在一紧一紧，她又往紧了抱了抱。

"放开放开。"郑连长用更小的声音说。接下来，出乎郑连长的意料，李书琴把手放开了。

郑连长马上转过身去，再次把门打开一条缝，心里好一阵"怦怦"乱跳。

李书琴突然哭了起来，她说了一句话，让郑连长一时不知道说什么好。"我当年要是能嫁你这样一个人就好了。"李书琴说。

郑连长朝外边看看，做了一个手势，意思是不让李书琴接着把话说下去，但他还是没说话，也没接着细问李书琴的事，也没再让李书琴把她的故事讲下去，他要李书琴不要哭，他让李书琴马上先回去。他走到椅子边坐下来，坐下来之后就一直没有站起来，此刻他根本就站不起来了，除了自己女人，他没接近过第二个女人，这对他的刺激实在是太大了。

郑连长对李书琴说："你这样做很好，是对组织的信任，你先回去。""是我不对。"李书琴其实是找不到话了。

"你先回去。"郑连长说。

"是我不对。"李书琴又说，头脑已经一片空白。"你先回去。"郑连长又说。

郑连长既然再三这么说，李书琴当然不便再继续待下去，她只觉自己两手发麻，浑身发软，她转了一下身子，好不容易才把身子转了过去，然后，迈开了步子，这个步子迈得很不容易，是好不容易才把步子迈开。李书琴从郑连长的办公室往外走，她觉得自己是在飘，身体不知道去了什么地方，好像只有头还在，就是这种感觉，但她心里确实是一下子轻松多了。李书琴出门之后却忽然又反身进来了一下，这又把郑连长给吓了一跳，李书琴这次进来是给郑连长鞠了一个躬，说了一句话："我也会把一切献给党的。"李书琴的话在这种场合说还比较合适，她和她那个时代的人一样也都看过那书，那本书不算厚，书名就叫《把一切献给党》。

郑连长没站起来，人是木在那里，一直到李书琴从走廊里走了出去，声音远去了，他才从椅子上迅速站起来把门关了，还上了插销，而且顺手把灯也给关了。办公室里的灯一关，他就可以看清外面，但外面不再能看到他，他走到窗前，看见李书琴已经慢慢走过了南边的那个花池。

花池里的花早枯了，但还没有清理，是东倒西歪一片憔悴。

这天夜里，郑连长没再开灯，他让自己躺到床上去，但他根本睡不着，是睡意全无。郑连长从来都没有遇到过这种事，他觉得自己实在是太对得起摘花模范刘秋香了。后来，郑连长的床响了起来，"吱呀，吱呀，吱呀，吱呀"。再后来，他从床上起来去了门那边，用毛巾把自己擦了擦。

穿好了衣服跟在他后边。到了父亲和母亲那间屋，王重生和李书琴被眼前的情形吓坏了。王重生的父亲穿着衣服面对墙坐着，正一下一下用头在撞墙。

"实在是忍受不了啦，实在是忍受不了啦。"父亲说。

癌症的恶化带来的疼痛不是一般人所能忍受的，这不是劝慰或吃止疼药所能缓解的。已经是后半夜了，从来都不肯麻烦别人的父亲对王重生他们兄弟三个提出要出去散散步。

"散散步也许头疼会好一些。"王重生的父亲说，坚持下地。

李书琴看看墙上的飞马牌挂钟，已是后半夜三点。但既然父亲坚持要去，做儿子的还能说什么？毕竟是除夕夜。王重生的哥哥和弟弟三个人都马上穿好了衣服，王重生的弟弟睡意未消，他以为父亲不行了，要出什么事了，或者是要去医院急救，急得都流出眼泪，小声问了一声是不是父亲不行了？但他马上清醒了，才知道父亲要出去走走，他吃惊地看着父亲。弟兄三个，再加上李书琴，都跟着父亲走出了院子，外边是一片潮湿冷清。虽然是在重庆，这时候还是很冷，因为是后半夜，外边看不到几个人，虽然远远近近有鞭炮的声音，但大多数的人还在睡梦中。

"是船上在放炮。"王重生的父亲说，"水手们最能闹。""船上过年想必很冷，水上寒重。"王重生说。

"再看一眼星星吧。"父亲突然抬起头来，说。

天上的星星雾蒙蒙的，但还是有几颗显得特别亮。跟在后边的李书琴抹了一下眼睛，觉得自己的鼻子很酸。

"我死了不要紧，祝毛主席他老人家万寿无疆。"王重生的父亲突然又说。王重生的父亲是下江人，口音一直没有变过来。王重生的父亲说起毛主席前不久游长江的事。

王重生的父亲说："有人说毛主席就是在重庆这边的长江游的水。"王重生的哥哥说："哪会有这种事嘛，是在武汉嘛，报纸上都这么说。"王重生的父亲说，"我要是再能游游水就好喽"。王重生的弟弟说，"会的，会的"。

王重生的父亲说，"我这一辈子的骄傲事就是一个一个都教会了你们游泳，看你们谁的福气大有机会跟着毛主席去游"。

听父亲这么一说，王重生弟兄三个突然都不说话了，也许都想起当年父亲教他们游泳的事来，这是很让人伤感的。那时候父亲有多年轻，人是多么英俊，两条腿的腿肚子鼓鼓的就像是鲫鱼的肚子。接下来，他们都劝父亲回去，说是夜深了，外面冷，小心着凉，还是回去吧。但父亲还是不愿意回去，执意再走走，不觉已经走到了小学校那边，前面就是那座三孔老石桥，下边汤汤地流着水，水上有亮光。

"你们小的时候，我是一个一个从这座桥上送你们去上学。"王重生的父亲说，他有许多感慨，人生真是短暂。一句话让三兄弟忽然都激动起来，话也多了起来，你一句我一句说着当年的事。

"你们一家是多么好啊。"走在后边的李书琴这时突然来了这么一句。

李书琴的这句话让大家都一愣，王重生的小弟向来心直口快，这一点真是像他的父亲："嫂子你这是什么话，你难道不是这家里的人吗？"

也不管石桥的石板有多么冷，李书琴身子一软，忽然一屁股在石桥上坐了下来，再也说不出话来。石桥上，现在是白花花地贴满了大字报，猛地看去都不像是一座桥了，但桥下的流水还是像往常那样流着，发出熟悉的"哗哗"声，桥下的水，都流进了长江。远处的长江，发出"轰轰隆隆"的闷响，浑厚得很。倒不像是水在流，而像是推磨，巨大的磨。

"什么事都会过去的。"王重生把李书琴拉了起来。

再回去的时候，王重生和李书琴重新睡下，王重生却想起了做事。在王重生进入的那一刹那，李书琴忽然哽住，她在暗中把嘴用一只手紧紧捂住，另一只手，紧紧从后边把王重生抱住，像是要把他的整个人按进自己的身体里。

过了春节，王重生带着李书琴去了一下叔叔家。王重生的叔叔在教育局工作，人精瘦精瘦，个子矮到一米六都不到，但人很精明。王重生的调动已经说好了，他可以调回到重庆二中来工作，按照政策也允许。王重生他们弟兄三个可以有一个调回来照顾父母，王重生的哥哥和弟弟的孩子都是姑娘，所以，他们都同意重生调回来，这样一来，重生的两个儿子就都是重庆人了，因为他们是王家的香火。

"但是书琴的调动暂时还不能办。"王重生的叔叔小声对王重生说。

这时李书琴去了厨房，去开剥一个大柚子，先用刀在柚子上划个十字，然后再慢慢剥，剥下来的柚子皮可以做一盘好菜。她虽在剥着柚子，耳朵却在屋里，她的手忽然用起力来，把柚子皮一下一下扯得个烂七八糟。

屋里，叔叔小声对王重生说："因为她的出身，也只好先这样。"王重生没吭声，喉节动一下，再动一下，他用手摸了一下茶杯。

"唉，我也不多说了。"叔叔看着王重生，最终还是没有把话说出来。

李书琴早已经站在厨房门口，脸色煞白，两只手在抖，她用一只手狠狠掐自己另一只手的手背，但手还是抖个不停。叔叔家里的那只猫从屋里走了出来，像是受了什么惊吓，一蹿，已不见踪影，传来叫声的时候，那猫已在门口的树上。

12

斑鸠的叫声一天比一天清亮，校园里的柳树又绿了，但背阴的地方雪还没有完全消化光，白白的，很硬。李书琴他们学校有不少红嘴红爪的斑鸠，斑鸠和鸽子长得差不多，只不过是飞起来的时候尾巴上有一圈儿白。人们都不知道它们都住在学校的什么地方，也不知道它们在冬天都吃些什么东西，只不过有时候会看到它们在学校食堂周围啄来啄去。

寒假已经过去了，李书琴又从重庆回到了家中。王重生因为父亲的病情日见严重再加上要办调动的事就先留在重庆，两个儿子自然也跟着他。因为回重庆一个多月没在家，家里很冷，李书琴不但会裁衣做衣，其他家务事也照样干得来，她把炉筒子拆下来又打了打，这样生起炉子来火会旺一些。放在外屋的那棵白菜钻出了一根花梃，李书琴把它剥了，剥出个菜心用水种在一个大碗里。过几天，白菜的梃子就会开出黄黄的花来。

春天就要来了。

从重庆回来，李书琴的心情一直很不好，原来想好要办的事没有办了，临离开重庆的那天，李书琴把话对王重生挑明了，要离婚，说自己主意已定，一定要离婚。但王重生还是那句话："不离，除非死！我们一家人是不分开的！"说这话时王重生的眼里居然有了泪水。看着王重生的那张脸，李书琴没辙了，她想来想去，觉得自己只有把婚前生孩子的事告诉给王重生，也许，王重生会一气之下答应离婚，但李书琴想这种事还是通过电话说的好，当面说，李书琴怕王重生会受不了，自己好像也说不出口，那就打电话对他说吧。李书琴忽然又想起那个教会医院，白色的床单，白色的窗帘，白色的手术台，太阳从窗帘照过来也是白蒙蒙的，但很冷。分娩的时候，李书琴从来都没那么疼过，她觉得自己就像是要死了，下边的半个身子像是要跟上边的半个身子分开了，就要分开了，后来果真是分开了，疼痛稍微轻了一点，有什么一滑，她当时可真是吓坏了，真以为下边的半个身子已经不属于自己了，就在这时候她听到了哭声，婴儿的哭声。那时候她才十九岁。

"孩子在哪儿？"她小声问嬷嬷。

"你睡吧，你睡吧。"那个尖下巴嬷嬷说。

"我看一眼，我只看一眼。"李书琴说。

"已经被好人家抱走了。"尖下巴的嬷嬷告诉她。

李书琴让自己不要哭出来，用手使劲抓着被子。

她和嬷嬷说话的时候，母亲和姥姥都在产房的外面，这时天上有飞机飞过，发出好大的声音，有人在外面说了一声，"快看，美国飞机，美国飞机来救咱们来了"。

李书琴还记着这些，当时，其实她也没怎么难过，后来看电影也看到过类似这样的镜头，女主人公总是哭得死去活来，她还想，自己当时到底哭了没，好像没哭，多少年过去了，她都快把这件事忘掉了，但现在忽然又都想了起来，她明白自己不是在想那个孩子，而是想把这件事情说出去争取得到党和人民的信任。除了这件事，李书琴好像实在找不出别的什么事可以向组织坦白。

李书琴去了邮电局，她想好了，但还是不知道怎么开口，这种事，要是不多想，也许一张口就会说出来，但要是想多了，反而不知道怎么张口，或者是更不好张口了。李书琴还想，也许，喝点酒就好说了，所以，去邮电局之前她还喝了好几口酒。那种当地产的老白干，很烈，六十多度。

对着家中那面镜子喝酒的时候，李书琴给自己鼓气："说吧，这没什么，这没什么，这没什么，这没什么。"

李书琴来到了邮电局，刚过完了春节，打长途电话的人很多，都要排队等候，站在邮电局里边，可以看到对面的那个照相馆，也排了很长的一个队，都是些刚入伍的新兵在排队照相，他们都急着拍张照片给家里寄回去。李书琴看着那边，心里想，同同和重重长大了也一定要去当兵，现在最最光荣的人就是工农兵，一定让他们当兵，当了兵就可以扬眉吐气了。

李书琴先去拿了号，然后去排队，排队排了好一阵，终于有人叫到了她的号，"几号几号到几号"。是该轮到她了，她进了五号。邮电局打长途电话的格子间一间一间都很小，有几分像岗亭，或者更可以说像是一个一个的大箱子，而且还漆着绿油漆。人进去打电话把门关住，外边的人就听不到里边的人在说什么。打长途电话的格子间里的木板墙上写满了人们随手记下的电话号码或者是什么话。还有骂人的脏话，还有人名。

李书琴能闻到自己嘴里的酒气，她觉得自己也许不会有事，会很好地把自己的事讲给王重生听，但没想到这么一想就糟了，拿起电话，李书琴忽然一下子又哽住，一肚子话不知该如何说起。

"重生。"李书琴说。

"你没事吧？"王重生在电话另一头说，声音沙沙的。"重生。"李书琴又说。

"没事吧？"王重生在电话另一头说，声音还是沙沙的。"重生。"李书琴又说一句。

"你是不是还是想说那事，那你就别说。"王重生在电话里忽然说。

王重生在电话那头说话的时候李书琴又把那个小酒瓶从口袋里摸索了出来，小酒瓶里还有酒，李书琴仰起脖子把瓶里的酒都喝了，她以为这样一来自己就会有勇气了，想不到忽然更说不出话来了，一句也说不出来，胸口那地方满满的像要胀破了，就要胀破了。

"重生。"李书琴说，声音已经不对了。"没什么事吧？"王重生在那边有点急了。

李书琴明白自己要是再往下说也许就要哭了，也许会哭得一塌糊涂。她也想不到自己怎么会这样，怎么会这么伤心，隔着电话还这么难说，怎么回事？她又喊了一声"重生"，但还是说不出话来，那件事，真是让她不知道怎么张口，要是在结婚的时候对王重生说了也就说了，但那时没说，转眼就是十年，她真不知道该怎么说。那天在重庆家的厨房里，她和王重生的第一次，当时她心里真是害怕，怕让王重生知道自己已经不是处女，那是欺骗，但那天下着雨，她和王重生都紧张，事情就那么过去了，要是那时说了就好了。到了这时，她真是说不出口，没法把自己在婚前生过孩子的事告诉给王重生。

李书琴慢慢放下了电话，"砰"的一声，电话却没有放好，没有放在电话座子上，而是掉在了地上，她弯腰把电话捡起来，眼泪已经流了满脸。想不到，越是和自己最亲近的人说这种事越是无法开口。

李书琴从长途电话的小格子间里出来，浑身是软的，等在电话间外边的人很是高兴，想不到这个女人会这么快就打完了电话，要知道那几天等着打长途电话的人很多。那边又叫号了，很快有人挤进了小格子间。

"打电话不行写信吧，在信上把那件事讲清。"李书琴对自己说。

从邮电局出来，阳光有些晃眼，邮电局旁边剧院门前的那棵老槐树，不知什么时候已经死了一半，另一半已经有了绿意，再过不了多久，白色的槐花又该开了。李书琴想好了，就写信，把要说的话都写在纸上，这样自己会好受些。这时有两辆车从东边开了过来，车上满满是人，喊着口号。

李书琴愣了一下，人像是一下子清醒了，站在那里，看着这两辆车慢慢开过，车上押着人，都低着头，脖子上挂着牌子，是在游街。

李书琴又朝对面望望，对面当兵的还在排长队，照相馆这几天最忙。

这天晚上，李书琴又是睡不着，翻来覆去没有睡意。她忽然听到了虫子叫，天气虽然已经不那么冷了，但哪来的虫子叫？她下了地，那虫子又不叫了，她站在那里一动不动，虫子又"唧唧唧唧"起来，声音就在床下。她想看看这只虫子，朝床下用手电照了照，但哪里能看到？她再次上了床，睡意已经全消，这时那只虫子又在灶台那边叫了起来，她知道这是那种叫"灶马"的虫子，其实就是蟋蟀。小的时候，李书琴的哥哥李书君总是喜欢养这种小虫子，用十多个放药片的"船王牌"英国产小玻璃盒子，每个盒子里边只养一只，每次给它们几个小饭粒，有时候还会给它喂一点碧绿的菜叶，或用针尖挑一点生猪肝。

李书琴和哥哥好多年都没有通过信了，香港那边的信也断了好多年了。李书琴现在倒是很害怕哪天学校的传达室会忽然出现一封从香港寄来的家信，这种担心是既甩不开又摆不脱，所以每次走过学校传达室的时候都脚步特别轻，特别地提心吊胆。说来也奇怪，李书琴在心里好像对香港那边的亲戚一点都不想念，而这个小虫子的叫声却突然让她想起哥哥来。

因为睡不着，李书琴又下了地，去把那封写给王重生的信又看了一遍。从邮电局回来，她已经把那封信写好了，时间，地点，还有那个教堂医院，她都写得详详细细，这封信是要王重生知道她要离婚的真正原因。她是写了好几遍才写完的。取信的时候，她的手又碰到了那个大牛皮纸袋，里边放着她给郑连长用线钩的衬领和那双细毛线袜子。她这会儿主意好像是又改变了，不敢贸然去找郑连长了，她已经察觉出郑连长在各种场合都有意回避她，李书琴现在遗憾郑连长那天没有听她讲完要讲的事，比如，那个人是谁？后来那个生下来的小孩儿又去了什么地方？李书琴觉得自己有机会还是要再去和郑连长交代一下。

"无论什么事，都要有头有尾。"李书琴对自己说。

有几次，李书琴都走到郑连长的办公室门口了，但还是不敢进去。

还有几次，她站在郑连长对面花池上朝这边望，可以看到郑连长办公室里还有别的人，在说话，有人进来，又出去。

那天，李书琴已经写好了一个纸条，想从郑连长的办公室门缝塞进去，后来还是撕掉，李书琴现在觉得自己想见郑连长已经不单单是要把自己的事都讲出来，好像还有别的什么，这让李书琴的心里很乱。

"不想了不想了，看信。"李书琴对自己说，又把写给王重生的信看了一遍。窗外斑鸠在叫，天又快亮了，李书琴又是几乎一晚上没有睡。

《山花》2018年第9期

为了不应遗忘的历史苦难

——评《一粒微尘》

于沐阳

20世纪是一个值得中国人不断反思的世纪，尤其是50年代后历次政治运动中人的起伏沧桑、痛苦劫难，他们的苦难经历成为解读百年来中国社会进程的最好经验与现实映象。但是，在如今这个欲望狂欢的时代里，中国人对上一个世纪所经历的苦难已经淡忘与麻木，尤其是所遭遇的精神磨难，已经被封存在历史的尘埃之中，变得模糊不清。

王祥夫的《一粒微尘》为我们揭开的就是一段已被历史封存50年的一个卑微小人物凄惨、悲凉的苦难故事。文中的某学校教师李书琴在"文革"中工宣队、军宣队进驻学校后，因家庭出身不好，随时可能成为被改造、被批判的对象，整日提心吊胆，惶惶不可终日，在焦虑、恐惧中度日。她心中还有一个连丈夫都不知道的巨大隐秘，就是年轻时少不更事，坠入情网，与人偷欢后，生下了孩子。她本有着幸福的生活，丈夫疼爱，公婆喜欢，膝下还有两个可爱的孩子。为了保护家庭，保护孩子，更是为了自保，她请求与丈夫离婚，是丈夫的坚持而没有如愿。为了表达与自我决裂的决心，她剪开了亲手缝制的心爱的旗袍，却并没有得到组织的认可。她天真地认为只要把自己最隐秘的隐私作为问题交代给组织就能换来全家的平安，但是她没有想到的是交代后带来的却是更为深重的灾难。她成了尽人皆知的有作风问题的"坏女人""破鞋"，工宣队长可以以"正义"的名义满足自己畸形的私欲，肆意施暴。最终她也失去了家庭，失去了丈夫，失去了孩子，成为行尸走肉。可以说《一粒微尘》在再现历史的真实与揭示"文革"中人的精神处境上完成了一次超越与提升。在"文革"这个特定的时代里，人的灵魂扭曲、人格裂变、人性失落是一种特有的固定模式，但是导致这种模式的路径却有很多种。小说中的一些事件是"文革"中的常态背景，批斗、出卖、揭发、交代、自杀、离婚等，但小说中人物的悲剧形态却并不多见，这是一个为求自保、自救而主动出击，交代问题，却反将自己推入万劫不复深渊的悲剧。小说的深刻之处在于除了让我们时隔50年后"重温""文革"的苦痛外，更重要的是揭示了李书琴的悲剧模式也是"文革"中众多个体悲剧的"现实一种"，与其他"文革"中无数个体悲剧一样，都是"文革"滚滚尘埃中的一颗小粒。这样的悲剧不一定惊心动魄，但一样撕心裂肺，在意味深长中透视出"文革"大历史中的人之悲剧。

作为一个文化主题，人的苦难始终是文学关注并表现的一个重要内容。描写和昭示人类生存的苦难不仅是作家的责任，更是文学的意义所在。从这个意义上说，《一粒微尘》为我们留下了无法忘怀的生命镜像，它走出了以往关于苦难叙事的某些模式，让我们重温、体察了那段不堪回首的岁月。它对于"文化大革命"时期的文学讲述已经远离了特定的历史现场，在拉开了历史距离之后，文本及形象所包含的情感立场、历史想象与价值吁求等与新时期之初的"伤痕""反思"小说已经有了很大不同。小说的重要价值在于对中国人的历史性危机进行展示和反省。这种历史的追问，既有对政治强权的诘问，又有精神建构的悲悯。既有悲愤的责问，又有深切的同情。小说的作者并不是"文革"中很多历史事件的亲历者，由于没有亲历性在经验上的制约，表现苦难、展示人性时往往能够用一种历史的眼光去解读历史，触摸人性，因而也更冷静，更客观，更具有说服力。由于不是作为历史的亲历者描述并阐释历史，因而他的苦难言说就有了一种鲜明的当代意识，这种当代意识就是我们能从历史的倒影中看到充满当代感的审视与批判。这是一种对于历史的当代性言说与表达，从而获得了某种超越性的品格，使理性的思辨色彩溢出特定历史时期所涵盖的社会内容之外。

刘小枫在《苦难记忆》中有一段话："苦难记忆既是一种主体精神的价值质素，亦是一种历史意识。作为历史意识，苦难记忆拒绝认可历史中的成功者和现存者的胜利必然是有意义的，拒绝认可自然的历史法则。苦难记忆相信历史的终极时间的意义，因此它敢于透视历史的深渊，敢于记住毁灭和灾难，不认可所谓社会进步能解除无辜死者所蒙受的不幸和不义，苦难记忆指明历史永远是负疚的，有罪的。"尽管今天的现实中国已经远离了中国人曾经遭受的苦难，对于人的自由意志的保护与张扬同过去相比有了长足的进步，但我们不能忘记今天的现实是在怎样的历史基点上走过来的，更不能因为今天的进步就将过去的苦难与痛楚统统抹去。关于奥斯维辛，阿多尔诺曾有"奥斯维辛以后诗已不复存在"的断言。而对于中国人来说，中华人民共和国成立后历次政治运动，尤其是"文革"对于民族精神、国人灵魂所造成的创伤是我们无法回避、必须直面的课题。这当然需要敢于自揭伤痕、警醒后世的勇气。鲁迅曾经说过："我们都不太有记性。这也难怪，人生苦痛的事太多了，尤其是在中国。记性好的，大概都被厚重的苦痛压死了；只有记性坏的，适者生存，还能欣然活着。"（鲁迅：《华盖集·导师》）同西方人的深刻反省相比，中国人要健忘得多，缺少自觉的自审意识，更缺少大胆、坚定的敢于追讨元凶的批判精神与斗士品格，经常有意无意之间淡化那段民族的苦难史，仿佛我们从来没有过那样丑恶卑劣人性的大暴露与大展示。

在某种程度上说，文学是最接近于人心灵的艺术形式。因此，通过文学，透过沧桑风雨的形象触摸那段不堪回首的历史，完成当代与其的心灵对接，重新唤起整个民族的苦难记忆，进而进行深刻的理性反思，不仅十分必要，而且很有价值。小说中的受难者形象体现了作家对于中国人苦难历程的严肃思考，寄托着作家对历史的冷静审视和深沉反省，凝结着关于人的具有终极意义指向的命题，显示出文学不同于政治学、历史学的意义与价值。关注历史就是关注现实与未来，就是关注我们自己。对苦难的追问并不是要逃避苦难，而是要昭示出苦难本身呈现出的生存的意义和对苦难体认基础之上的超越。以史为鉴、以痛明志，这才是理性看待苦难的清醒态度，也是清醒认识自我、重塑民族文化人格的基本态度与起码良知。

海里岸上

林 森

岸 上

午后三点半，老苏搬着条凳到家门口不远处的木麻黄林中，开始他一天中最惬意的时刻。木麻黄林里吹过来的海风，裹着浓重的腥臭味。这种味道好像能腐蚀一切，海边人家的门窗，若非擦拭上厚厚油漆，就会在其摧枯拉朽之下，锈迹斑斑。有的人锁上房门离开半年，回家时，阳台、窗户的防盗网就会在海风的揉捏下，碎成满地锈渣。能抵御海风侵蚀的，只剩下海边生长的植物，尤其是木麻黄。木麻黄在海风的梳理之下，针叶根根分明，好像是浮动在空中的有形光线。老苏的工具不复杂，不过是木工用的小斧头、凿子等，加工对象是一块木麻黄树的老根。两年前的那场超大台风，让靠海的地方满眼狼藉，风过后他走在残枝断干的木麻黄林里，内心滴血。一棵被风连根拔起的木麻黄树绊倒了他，爬起后，他望着那团盘根与错节，心有所动。几天后，他借来锯子、斧头，把老树根截断，搬到院子里放着。老树根在院子里放了快两年，他还没动手，在此期间，他买了木工工具，在很多小玩意儿上练手。真正对老树根动刀，是在大半个月前——他觉得，可以开始了。

他把交错的根须全都除去，剩下光滑的木块。他学会了用铅笔、量角器、尺子等，还开始画图——那是一艘船的造型。他每天下午带着树根和工具来到木麻黄林里，想把那艘记忆中的船，以缩小的方式，用一整块树根雕刻出来。他并不急于完成，每天在这片树林里的时光，是独属于自己的。阳光仍然猛烈，海面吹过来的风是有重量的，但从此时到傍晚，风会越来越凉快。他刻几刀，就停下来，抽一根烟。收拾回家之时，地上丢了半包烟的烟头。他其实很少坐到暮色起，而是在五点左右收拾整齐，到镇上的茶馆里喝杯下午茶。镇子和渔村挨着，是海南岛上最著名的一个渔港，多少年来，一代代"做海"的人，从这里扬帆航向广袤的中国南海。穿过村头往北就是港口，但他步子很急，不敢多看那个他离开、回来无数遍的海港。他已经很久没有机会到海上去了。

茶馆里人声鼎沸。说话的人为了压住杂音，只能把声音喊得更高——人人都在嘶喊，却连对面的话都听不清。老苏还是听到了一些，大概是关于这座小镇的。小镇近些年已经完全变样了，早先那个落魄、凋敝甚至可以说被某种悲伤笼罩的港口，显示出某种迸发、昂扬的新面貌，高楼快速建起，还修建了海洋工艺品一条街，引来不少游客。街角那家店，据说生意最好，老板早已是千万身家了。但有人觉得发展的速度还不够快，还得提提速——提速最好的办法，是得到上级部门的重视。

其实，镇里在出台方案时，问过老苏意见的。他在会场听着，只是听，一言不发，被问急了，就说："我不出海多年了，脑子又坏了，这些东西，哪懂？"后来证明，他的沉默让他保留了一些脸面——和他年纪差不多的老渔民阿黄，中气十足地提了几十条建议，条条言之有据，没一条被采纳。最终的方案，是北京一个文化公司的三个"九〇"后设计师拍着脑袋做出来的，眼尖的人，可以看出《海贼王》和《加勒比海盗》的气息。但不管怎样，这镇子算是焕然一新了。各级领导在镇上的行程，通过电视、报纸、网络等媒体的报道，把镇子推到了全国人民面前，给小镇带来了很多陌生的面孔。

领导考察之后，镇里尊重阿黄，给他写了一封信，感谢他为小镇的发展建言献策。阿黄把那封信摔在老苏面前，脸变成了彩光灯，各种颜色交替闪耀。老苏说："阿黄，消消气，你也活这么久了，气还这么大？该提的建议你也提了，人家感谢信也给你写了，你还气什么？吃茶，吃茶……"

"我们这些人，就该死在咸水里，不该留下来见这个！"阿黄再拍桌子。

"吃茶，吃茶！"

阿黄不作声了。

老苏年轻时出海，和阿黄从未同船过，但他听过阿黄的勇猛之事。阿黄的水性好到在海里就正常、上岸就发晕，他曾说过，把他四肢捆绑丢到海里，他仅靠耳朵根、舌尖划水，也能安然无恙回到渔村。但阿黄却是同一辈人里最先走下渔船的，五十五岁一过，就浑身不适，海风一吹便骨头痛——据说是他泡在水中的时间过长，寒气侵入了骨头深处。这事也让阿黄在同辈人面前抬不起头，凭什么那些家伙比我在船上多待十几年？他还变得神经敏感，一看到别人低头说话，就觉得是在暗中嘲笑他，脾性愈加暴躁。一暴躁，身上一些关节就发痛，又得压抑着，压出一肚子闷气。他是一名自恨没有死在海中的好水手。

阿黄去木麻黄林里看过老苏的雕刻。他前前后后细细看了十多分钟，越看眼睛越发红："你在刻那艘船啊？你在刻那艘船啊……"老苏取出一根烟点着："你能看出是哪条船？渔船不都长一样嘛！"阿黄摆摆手："哪里一样，不一样，我知道的，你刻的，就是那条船。当年要不是我运气好，生了一场病，没赶上出海，我也随着这船，死在南海了……我该死在海里的……我觉得我是偷生的人，这些年都是偷偷活下来的。晚上睡着，骨头缝里，海风直接穿过去，把人都打散了……"

老苏拍拍阿黄的肩膀："这真不是给你刻的，我哪知道你心里想着啥，我给自己刻的。闲得慌，手不动一动，人就傻了。"

阿黄也拍拍老苏的肩膀："你还会刻这好东西，我也有一件宝贝，藏着没给任何人看，来来来，你跟着我，带你去看看！"

"不去，不去。你能有什么好东西？"

海　里

"出海的人，永远不能喝酒，否则你总会在醉后淹死在水里。"——数十年前，老苏的父亲在老苏上船之前，已经无数次这么警告过他。老苏当然是懂得水性的，他三岁的时候，已经能独自在海面划游，在大人们的笑声中玩潜入水中又浮起的游戏。这不算啥，哪个渔家孩子不这样呢？但近海划游与登上渔船出征远海，是两回事。出海，是男人的事，岸上是属于女人的。风浪和厄运，被男人的身躯挡住，女人们则要面对难熬的等待和寂寞的无眠。

出远海之前，老苏所有关于海的记忆，都跟黄昏和月夜有关。

黄昏是酸楚的。通信不发达的很多年里，等待是唯一的联系方式。女人们每到黄昏，就会在岸边的木麻黄树和椰子树下遥望大海，希望铺满黄金的水面上，出现一个黑点。黑点逐渐变大，变成她们的男人以及船舱里的鱼虾。这样的等待，有等到的欢喜，也有颗粒无收的失望——有时是绝望，出海的男人和那艘船，永远留在某一次风浪里了。月夜则是欢腾的。当月夜下有人，说明渔船已安然回来，女人们悬着的一颗心，暂时回归原位。渔获从船上被卸下，在月光下，鱼虾蟹闪耀着奇特的光泽。有些竟然是透明的，月光穿过鱼虾的身体，散发着晶莹的光。这是小孩子的节日。

老苏十三岁第一次上船。父亲是在出海的那天早上，才告诉他这个消息的——若提前告诉，怕他过于兴奋，睡不好，影响在船上的状态。船离开岸边的时候，老苏陷在兴奋里，不去看岸上老人和女人的挥手。船驶向碧蓝深处，兴奋很快化为乌有。四望全是一样的，只有水天，只有单调到花眼的碧蓝色，航向掌握在父亲手里、心中。船行半天之后，老苏已经把该吐的都吐出来了。船员上前帮他捏肩捏背，被父亲喝止了："才刚开始，后面两个月都要在水上，怎么受得了？让他吐！"

父亲不理在船上打滚的他，只顾观看太阳，对照着手中的罗盘，有时会从怀里掏出一个被布裹得严严实实的小包，打开那本纸张灰黄的小册子。那么多年了，识字不多的父亲，已经能把册子上的文字背下来了，可海上航行，马虎不得，还是得拿出来印证一下记忆。小册子上，写着这片海域所有的秘密。翻滚到肚子疼，翻滚到口腔泛酸、泛苦，翻滚到无力呻吟。父亲还是不理他，也不让船员过去。

傍晚时，海面平静，有人给父亲换手，父亲把罗盘交到那人手中。父亲下到船舱里，用毛巾沾了一点淡水，递给他。他接过毛巾时，手是发抖的，可他眼中的恨意并未消减。父亲淡淡地说："要出海，这一关得熬过去，谁也帮不了你。海风吹了一天了，你用毛巾擦擦脸、擦擦裤裆。风咸，不擦会烂掉。"握着父亲递过来的湿毛巾，他发抖的手抬都抬不起来了。父亲伸手扶住他的后背，用力在他肩膀一捏，又抢过毛巾，盖在他脸上。毛巾掀开，好像揭开了一层厚厚的海盐面具，脸上一阵凉意。父亲把毛巾塞进他裤裆，他挣扎而起，呕吐到一动就肚皮刺痛也不管了，推开父亲的手，自己擦着裆部——淡水少，不能洗澡，这是唯一要优待的部位。

这一趟出海，父亲没给他安排捕捞的活计，只任他在船上不停地呕吐，只任他学会在海上的第一件事——习惯晕船。

岸 上

老苏生了两男一女，女儿是老二，嫁到别的县去了。老三读完大学，没有回海南岛，留在上学的那座城市，成了市民，虽然时不时会在电话里说想念家里的海鲜什么的，但他每年回来的次数是越来越少，他的小孩已在那座城市上幼儿园了，老苏也只见过一回，语言也不通——终究和自己、和这片海没什么关系了。距离最近的是大儿子，就在镇上经营着一间铺面，卖的是砗磲贝加工成的工艺品，还和海水相关，但他已经不出海了，只是从人家手中进货、卖出而已。海上的生活太辛苦，老苏自然不愿儿孙们再继续走自己的路，可……想到祖先多少代人以海为田，儿子这辈却远离了，老苏还是会涌起一阵阵怅然。父亲从祖父那里接过《更路经》和罗盘，后来传给自己，自己要递出时，眼前空荡，没人接手。

大儿子在镇上建了四层楼，叫他去一起住，热闹些，他说："住不惯。"倒也不是住不惯，只是老家若是没人看着，几个月后回来，家里的一切估计全都锈成粉末了——只有人的目光，能保护家中一切物品抵御海风的侵蚀。

这一天，大儿子到木麻黄林里找他，在旁边静静地看着，等着他把一天的雕刻任务完成。望着那一地烟头和被挖下来的碎屑，大儿子默默地帮着父亲搬椅子、锯子、斧子。

老苏问："有事？"

"不就是想回来跟你喝两杯嘛！爸，你不愿到镇上跟我们住，我不放心你。"大儿子笑了。

"别绕弯弯。"

大儿子不再嬉笑："爸，你也知道的。还是那事，正式通知已经下达了，砗磲不让卖了，我的钱全压在里面，若是这些货出不了手，我下半辈子全丢进去，也还不了人家的钱……"

"当初我就跟你说过，这东西不能卖，你偏不听，怪谁……"

"谁料到会这样？当时镇上的店铺都卖，也不是我一家。何况当时镇上也是鼓励卖的，一艘艘船远赴南沙、西沙，把砗磲捞回来，有厂子加工，我们不卖，别人也要卖啊，发财的人多了去了。前两年上头领导来，镇上不也还卖着？若不是你当年挡着，我早点进去，早赚到大钱了。我进去太晚，你看，才搞了一年多，又说不让捞、不让卖了，这不搞死人嘛。"

"砗磲是海底的灵物，你们捞上来卖，这是什么？出海的人，不干这种事的，你们……我早讲了，这事不能持久的。"

"爸，这时再说这个，没用了嘛，我就是想把损失减到最小。"

砗磲加工产业在镇上发展了四五年，大批人以此为生，镇里也曾出台相关规定鼓励砗磲加工产业的发展，可最近，省内出台了《珊瑚礁和砗磲保护规定》，要求两个月后，禁止对南海砗磲的开采、加工，这使得兴盛了四五年的小镇，陷入一片哀号。禁卖时间快要到了，那些囤货多的，忙着要把货出手，买家手头捏着钱，就是不愿说个爽快话，砗磲价格一路下跌。老苏的大儿子看着堆在库房里的货，倒数着禁卖的时间，急出了通红的双眼和满口腔的溃疡。

"你想怎么办？我又不认识什么老板，哪有本事帮你把东西卖出去？"

"爸，其他的事，你别管。有个记者朋友，姓宋，他听说你是老船长，通过朋友找到我，想来采访采访你。我知道，妈过世后，你现在越来越不愿见人——连我们这些子孙都不想见了——你也不愿谈那些船上的事，但我不是没办法吗？宋记者说了，他认识一些想收砗磲的老板，你就配合他做一下采访，他认识的人多，后面他给我介绍点生意……"

"就是说说话？"

"就是说说话!"

宋记者在三天后来到渔村。大儿子安排他跟老苏相见后,就急匆匆返回镇上去了,有人打电话给他,说要去看货。宋记者三十多岁,矮墩墩的,几部相机挂在脖子上,简直要把他压趴下。腰间的包里装满各种镜头,显得他更矮了。他说:"您忙自己的,我先拍拍照。"老苏只好在木麻黄林里,雕刻着自己的那艘船。在老苏的雕刻下,船的造型已经显现,他正在专注的是那些细节,他要刻出船身上的纹理和气息,他还想刻出海水在渔船上留下的斑驳感。宋记者把相机镜头靠近木船,拍下了木屑飘落的画面,也拍下老苏对着木船的凝视。宋记者对构图有着极端的敏感,他甚至觉得,是老苏的目光而不是刻刀把这艘小船雕刻成形。宋记者拍摄新闻图片,也拍摄一些永远上不了报纸的图片,他觉得,老苏是一个让他不断摁下快门的拍摄对象。

老苏一根烟接着一根烟,脸藏在烟雾后面,宋记者拍了不少他嘴角叼着烟头的照片。忙了有半个小时,宋记者说:"老苏,可以拍拍你的罗盘和那本书吗?"老苏把烟头丢到脚下,鞋底一划:"你是我儿子带来的,我就直说了,罗盘你随便拍,那本书不行。你们采访有纪律,我们渔民也有纪律。不是我们小气,确实是上面来过一些领导,告诉我们,没有采访介绍信的,不能给看。我们的渔民在南海活动千百年了,这些书是我们在海上活动的证据,不能乱传。"宋记者说:"我理解的,这是我的记者证,你看看,这次下来得急了一些,也没想到需要介绍信……"老苏说:"那,不好意思了!"宋记者着急了:"你看……老苏,我答应了,给苏伯介绍些生意的,我这次来,并非我个人的事,是省里的日报,要做一期关于南海主权的专题报道。你也知道,有的国家近来跟我们在南海闹得厉害,我们拍你这本书,是要在报纸上登出,是宣示主权的正能量行为,不会拿来乱搞的。"

老苏就沉默了好一阵说:"我信你。但得答应我,不能全拍。封面封底你可以拍,其他的,就不行了。"宋记者慌忙点头说:"好。"老苏站起身,朝院子里面走,宋记者跟在后面。院子很大,侧边小点的房子是祖屋,里面供奉着牌位。老苏时间多,又是闲不住的人,这间祖屋被他打扫得一尘不染。祖屋高处是神龛和牌位,下面是八仙桌。老苏并没有直接去取他的罗盘和经书，而是取了几根线香，点燃起来，插在八仙桌上的香炉里。老苏拜了几拜，念念有词，这才走到八仙桌前，从腰间取下钥匙，插进八仙桌侧面的一个柜锁里。拉开柜子，抱出一个木盒子，老苏说："出去看。"

木盒子摆放在院子里的条凳上，呈黑褐色，已经看不出原先是什么木头了，外面刷了一层光亮亮的天那水，用来防潮。木盒并没有锁，把盖子揭开，里头还垫着一层布。布掀开，就看到了一本纸张脆黄的册子、一个古旧的罗盘。老苏正要把册子和罗盘取出，宋记者说："等等，我这样拍一张。"罗盘有一个盖子，打开后，一个圆盘被"甲寅艮丑癸子壬亥乾戌辛酉庚申坤未丁午丙巳巽辰乙卯"瓜分为二十四块，黑褐色的罗盘上，字刷着白色的油漆，指针随着罗盘在老苏手心的抖动，不断变化着方向。册子则是以毛笔字抄就、手工订成的一本书，这本书装订得不平整，书脊以一根早看不出原来颜色的线穿透、捆紧。纸张脆黄，甚至有点黑褐色——任何老旧的东西，好像都不得不被黑褐色掩盖。书的页边也有些翘起，封面上三个字歪歪扭扭——更路经。

宋记者拿着相机的手有些抖："这东西，怎么用?"老苏指着罗盘："罗盘上这二十四个字，代表各个方位，每个字之间的经纬度是十五度，转一圈是三百六十度，是整个地球，行船都要靠这个指引航向……哎，不说这个，现在没人用了，现在都用卫星导航了。这本《更路经》，得结合罗盘来用，上面记载着南海上的各个礁盘、暗沙和岛屿，记载着它们之间的距离和方向。我们以前出海，都要依照上面的记载，算好船的速度和方向，海上茫茫，得绕开礁盘和暗流；风浪来了，得依照这本经书上的记载，找到最近的小岛来躲避……总之，若没有这两样东西，出了远海，即使全程风平浪静，也会迷失方向，没法返航……唉……不说了，不说了，你拍，你拍。"老苏随手一翻，展开《更路经》的一页内文。他话一多，就忘了刚刚跟宋记者强调过的只能拍封面、封底的话，宋记者赶紧摁下快门。

老苏展开的这一页，用毛笔写着：

> 自大潭过东海，用乾巽驶到十二更时，驶半转回乾巽巳亥，约有十五更

……

自三峙下石塘，用艮坤寅申，三更半收

自三峙下二圈，用癸丁丑未，平二更半

自三峙下三圈，用壬丙巳亥，平四更收

自猫注去干豆……

　　这一行行犹如天书般难解的文字，让宋记者头昏脑涨，他收起相机，掏出纸笔，说："老苏，你讲些在海上的遭遇吧。听说你经历过各种惊险，跟我随便讲点什么，我写下来，一定很吸引人。"

　　"讲什么？"

　　"什么都行。"

　　"渔民嘛……就那样，有什么好说呢？"

　　老苏把《更路经》和罗盘重新放归盒子，抱进祖屋锁好。八仙桌的抽屉关上的瞬间，老苏脑子里电光石火，闪过一些片段。南沙的气候比西沙、中沙更加变幻莫测，需要船长有真正过硬的技术。老苏带着船员，以一本《更路经》和老罗盘，躲过一次次生命中的劫难。当时的老苏和船员，每发现一个小岛礁，就做一件事：捡起岛礁上的石块，垒成一座小小的"兄弟庙"，烧香祈盼顺风顺水，行船平安。祭拜兄弟庙之风，始于明代，其时有渔村一百〇八人出海遇难，渔村之人便在海边建庙祭奠，既为招魂，也是祈愿。这一百〇八位"兄弟"的亡魂，在渔民们的纪念之中，逐渐变成了渔民们的保护神。岛礁小而荒凉，不像在渔村里，可以把庙修得高大气派，甚至在庙门上写下"孤魂作颂烟波静，兄弟联吟镜海清"的对联。几块礁石垒成的小洞，便足以安放渔民们的恐惧与不安。若是登上的是被别国侵占了的岛礁，老苏还会取出早就准备好的木牌插上，上有大红油漆文字："中国领土不可侵犯。"来年再登岛，木牌往往不见了，只好把字刻在礁石上。下回再来，刻了字的石头，同样不见了，不知道是被海风、海水磨光还是被别国的人丢了。那些年里，捕捞不仅仅是捕捞，也是凭着一股中国人的热血，在自己的海域巡游。数十年的海上生涯，他被抓到别国蹲过监狱；也曾登陆某个小岛后，被岛上的外国驻军拿枪顶着肚子；他甚至在海上遭遇过某国士兵的持枪扫射，当时他冷静地指挥船员以装着大米的袋子堆在船舱边挡子弹，让船员躲进船舱，他依靠对罗盘、《更路经》和风向水流的谙熟于心，掌舵闪躲，没有让船员成了新的"兄弟亡魂"。他和穷凶极恶的海盗有过生死搏斗，当然也曾遭遇淡水箱破漏，喝自己的尿解渴救命……这些记忆重叠、堆积、纠缠，在祖屋里的这一瞬，搅成一团糨糊。

老苏走到院子里，宋记者递过去一根烟："讲讲出海的事嘛！"

"出海？"

"是呀，现在跟以前条件不一样，以前出海，很辛苦啊。"

"世上哪有不辛苦的事？对了，你知道不？以前我们出海，遭遇了不测，要怎么办？"

"遭遇不测？指什么？"

"唉，到底年轻。渔家每一次出海，都走在生死边缘。风浪大了，连人带船都找不到痕迹了，硬生生，全部吞没了，丝毫不剩啊。"

宋记者脸色严峻，取出录音笔，调到录音状态。老苏继续讲："死在风浪里，倒还省事。有人死了，其他人找到他的尸体，水路那么远，把尸体运回来，那才叫辛苦。船在海上航行多天，尸体就摆在船上，又热又潮，腐烂得很快，你说，要怎么运回来？"

宋记者嘴角泛酸，胃里在翻滚。

"得用盐腌。像咸鱼一样，把海盐覆盖在尸体上面，吸收水汽。从不晕船的船员，也会被臭味熏得胆汁都吐出来……"

宋记者手一抖，录音笔掉落地上，他没去捡，用双手捂住嘴巴，也没能捂住胃里翻涌上来的腥臭，录音笔被秽物覆盖了。宋记者不知道录音笔坏了没有，但他知道，不用录音笔，他也会清楚地记得老苏讲出来的每一个字。

海　里

从初登船到真正自己掌舵，老苏用了将近二十年。如果不是一场意外让父亲瘸了右腿，这个时间还得往后延迟。经过最初的不适期，适应船上生活之后，老苏去了别的船当船员。这是渔村的规矩，父子兄弟不能同一艘船出海，以免遭遇不测的时候，全家灭绝。在别人船上的那些年里，每次在岸上，父亲紧紧叮嘱，让他背熟那本《更路经》、学会看罗盘。对他来讲，学这两样东西比在海上晕船呕吐还难受。但又不得不学，这也不是谁想学就能学的，《更路经》版本不一，却都是各个船长的珍贵私藏。父亲手头这本，传了几代了已难以说清。在渔村的很多传说里，最初的《更路经》还与明朝的郑和船队有关，他们相信，下西洋的郑和，曾因为一场风暴，停靠在渔村，尝到了渔村最鲜美的鱼虾，并留下了一部最初的《更路经》。之后，一代代的渔村先民，用一次次惨痛的代价，完善、增补着这部小册子——这是一部附着无数海上亡灵的册子。

一位船长，不仅需要掌舵，也是一个记录者，随时记下海上发生的一切。航行路线附近的水况、最新发现的鱼群位置、岛礁的位置……甚至云层也是观测的对象。云天的变化，很少记录在《更路经》上，那是出海人一种口口相传的骨血经验。白天，可以通过瞭望水面的颜色来判断海水的深浅，判断附近是否有礁盘——有礁盘的水要浅一些，日光下，是一种翡翠蓝；没有月亮的夜里，那些经历了生死的老船长，通过云层的反光来分辨岛屿、珊瑚礁以及水下的鱼群。对于老船长来讲，每一次出航，也是验证和矫正《更路经》的过程。

父亲出海多年，在一次大风暴中，他把所有船员完整地带回来了，甚至连捕捞到的海产，也没有多少损失，但是，他付出了一条腿的代价。他严阵以待，顶住了无数次海浪的迎头碰撞，但一次的不留意，他的腿瘸了。伤好之后，父亲萌生退意，老苏很不理解，因为父亲虽然有些微瘸，但在风平浪静的时候，影响并不大。父亲很坚决，他说："你不是我，你不知道情况，但我知道。这一次放过了我，我再下海，就回不来了。"父亲立即下船，不再掌舵，家里的船交给了老苏。

老苏用了三年的时间，才摆平了自己、船员和那片海域。他指挥着航线，不仅关系到能不能满载而归，还关系到一船人的性命。在之后的好多年里，他的船大多是满载而归的，但总免不了有失落的时候，白忙一个月，船舱空荡荡。最大的损失，当然是有人把命丢在了海里。比如说，那一次疏忽，老苏船上最好的水手曾椰子，就把命丢在海里了。看到曾椰子的身体浮出水面，船长老苏才想起父亲无数次的告诫："出海的人，永远不能喝酒，否则你总会在醉后淹死在水里。"一直到多年以后，老苏还为此惭愧和自责。

当了船长的老苏，一直严禁船员带酒上船，但还是会有些船员悄悄塞着一点，当夜色笼盖，舌尖舔两舔，躺在船板上，遥想茫茫大海尽头处渔村里的家人。若没一点酒，很多人会在咸腥的海风中，洒下饱含盐分的泪滴。

那日，天已亮，曾椰子跟老苏招呼过后，就带着氧气瓶潜到水中去了。在下水之前，老苏闻到了一丝米酒的味道，还没来得及说话，一阵水花溅起，曾椰子已在水中了。这一带是海参出没之地，而捕捞海参是此趟出海最重要的目的。老苏不停盯着手表，希望曾椰子在氧气用尽之前浮上来。老苏等到的，是曾椰子抽搐、扭动的身体，在海面上翻滚。老苏和其他船员把他捞上船来没多久，曾椰子就断气了，眼耳鼻甚至肌肤，都渗出鲜红的血。这般死法，突兀而让人惊骇。老苏没来得及细究他遇到了什么事情，就得在船员六神无主的哭声中，想好怎么把曾椰子的尸体运回渔村。

船员的作业都停歇了，他们只要看一眼曾椰子的惨状，就忍不住剧烈地呕吐。老苏让人把捆在曾椰子身上的氧气瓶脱下，解开他的衣服。又让船员到舱里取来淡水，他一点一点擦拭着曾椰子渐渐变得僵硬的尸体，一边洗，一边扇自己巴掌——他想起了曾椰子下水前他闻到的那丝酒气，想到了父亲持续多年的告诫。父亲那么多年的苦口婆心，也没能阻止惨剧的发生。洗净身体的曾椰子，比下水前瘦了一圈——老苏已经知道他是怎么死的了。

干净衣服换上，曾椰子总算有了点人样。天气炎热，在往渔村赶的过程中，要怎么保存这具尸身，成了最大的问题。船上有装淡水的桶，可太矮，没法把那么高的曾椰子装进去。最后，老苏让船员把一艘挂在渔船上的小船抬上甲板，把曾椰子放了进去。再把海盐取出，覆盖在曾椰子身上。海上作业，时间久，有些鱼没法活着运回到岸上，每艘船都备了大量的海盐，用以腌鱼。曾椰子就像咸鱼一样，被盐覆盖放在小船上。老苏让船员用铺在船上睡觉的木板，把小船盖住，曾椰子就像一具木乃伊，被封住了。再取来绳子，把木板盖住的小船死死捆住，防止一丝丝的泄漏。本来应该烧在某个海礁上祭拜一百〇八兄弟公的线香，插在小船上，被海风吹拂，烧得很快。

船全速返航。

封不住的尸臭开始渗出，起先还很微弱，后来则是汹涌而来。所有人都吐了，连喝水也变成巨大的折磨。五天四夜的漫长航行，船才回到渔村，当眼前的碧蓝中冒出椰子树和木麻黄的一线绿色的时候，老苏松开船舵，轰然倒在船头——他这几天几乎没有闭过眼。

上岸后，尸臭味几乎在他鼻孔里萦绕了一个多月。而后来很多年里，每逢压力大，老苏就会做变成曾椰子的梦……在那个梦里，氧气瓶压在老苏的身上，潜入十几米深的地方，所有的肌肤、血肉都挤压着骨头，或许，是早上的那点酒，让他失去了往日的警惕，只专注着眼前的海参。他忘了氧气瓶里的氧气已经快要用完。当呼吸开始急促，他慌乱了，忘了要缓慢升起以摆脱沉重的水压，而是一转身，匆匆往水面上射去。这一浮太快了，浑身每寸肌肤上的水压顿时消失，造成体内压力比体外大得多，血管爆裂，鲜血渗出……

曾椰子只死了一回，而老苏则在梦中，一次次这么死去，又活过来。

岸　上

一个十字路口就把这个小镇的格局划定了，所有的铺面都沿着十字生长。在统一的风格之下，每家店铺都花尽心思摆放各种器物以吸引游客的目光，有的摆放着一只巨大的船锚，有的则摆放着一堆珊瑚礁，有的甚至把一艘木板深黑的小船斜放在门口……在砗磲生意无比热闹的时候，总有游客摆着各种姿势，在店铺门口立起剪刀手拍下照片，传到朋友圈。而此时，店铺依旧，却由于少了游客的光顾，平添了萧条荒凉之感。老苏大儿子的店铺在东街的中间，他找来一块石头，在上面刻出一个罗盘的模样——照着老苏的罗盘来刻的——取了一个颇为霸气的名字"望海楼"，立即有了一股在海上指挥若定的气势。

儿子的店铺半掩着门，老苏没有在儿子的店面前停留，而是直接到了阿黄家。阿黄因为下船早，也是渔村里较早搬到镇上的人，由于先发优势，他家占据了一个很好的位置，处于镇上唯一的十字路口处。阿黄当年买下的地还不小，他的房子除了铺面之外，还留有很大的一个院子。阿黄的房间在后院，即使闷热，窗子也紧闭着——阿黄已吹不得海边过来的风。他瘫坐在房里的沙发上，还裹着一条薄薄的被单，面前摆放着功夫茶的茶具，已经泡好了颜色金黄的茶水。

"会享受啊你！"老苏说。

"我倒是想到茶店里喝，跟人聊聊天，但哪出得了门？风一吹，鼻涕跟水龙头似的。我这病，这么久了，吊针打了好几回，也不见好……"阿黄的鼻音很重，声音沙哑。

"你这样了，还能喝茶不？"

"我不喝，泡给你喝的。我喝水。"

"我自己来，不然你传染我。"

"也不是你想被传染就能传的。"

老苏拿起一小杯，一饮而尽，茶水已经没有那么烫了。阿黄等了多久呢？茶水是不是一遍遍凉透，又一遍遍再添？阿黄又裹紧了身上的被单，身子缩到软沙发里面去："过来的时候，看到镇上那些铺面了？"

"看到了，好多都清空了。"

"谁说不是呢？那些砗磲生意，我总觉得做不长久。千年万年的砗磲贝才能玉化，就这么拿来加工卖了，也是罪过啊……"

"生意人只认钱，哪儿懂得什么是海？我那儿子，我为这事，才不想搬去跟他住。看着那些砗磲被加工成那样卖掉，心疼啊。"

"……唉，老苏，我找你，是想跟你商量个事。这事我也犹豫了好久，我自己做不来，得你一起才行。我知道你这些年不愿意跟人打交道，不喜欢抛头露面，但这不仅仅是我们自己的事，有时也是不好推掉……"

"镇里找到你的？"

"不仅仅是镇里，还有市里，据说省里领导也很重视。刚才也说到的，镇上这些店铺不让卖砗磲，这不也是好事吗？你也不想看着南海被这么挖吧？可是，不让卖了，镇上这些人，包括你儿子，他们干吗去呢？大家总要吃饭啊，那么多人，总不能把店铺关了就算完事。有些人得分流回渔船上，也有些人得引导去做别的事，上面想在镇上发展旅游，今年渔季开始之时，想举办一个开渔节。上头问来问去，也找不到人来主持开渔节的祭祀仪式，我倒是很有心参与，但很多东西，我也不懂，我没当过船长，手头也没有一本经书和罗盘，这活儿，我是做不了，得你来啊……"

"阿黄，你有热心我知道，但那种场面，我哪里把握得了？还得是庆海爹才行，我哪儿懂这些……"

"庆海爹不都走了三年了嘛，去挖他尸骨来主持吗？"

老苏也哑口了。庆海爹还在时，每到开渔之前，渔村的人都会提前商量好祭拜的程序。海风灌涌的港口上，聚满渔村老少。锣鼓敲响，祷词念出，人人都点香烧烛，祭拜大海，也祭拜那些丧生在大海中的人。很多年里，庆海爹都是那个事无巨细、把握着一切流程的人，他比老苏大十几岁，是南海上最好的船长。他被当作最好的船长，并非他的船渔获最丰，而是数十年中，他的船员从未有一人把命丢在大海之中。甚至有人传说，那都是因为庆海爹熟悉祭海之俗，能够和那些海上亡灵交流，每当风暴与危险将至，他都能提前获得信息。依靠手中的《更路经》、罗盘和船舵，他把船驶向一条曲折隐秘的线路，避开了风浪，毫发无伤地返回岸上。庆海爹宣布不再继续担任船长的时候，还曾在渔村引起一阵动荡，少了这么一位定海神针式的人物，村人就慌乱了。还好，每年的祭海仪式，庆海爹还出席。庆海爹过世前五年已经行动不便，换他的儿子来主持，村民的向心力便弱了很多。庆海爹一死，仪式等于取消了，各家只在出海之前，各自烧香点烛、点燃一下鞭炮，算是走了一遍过场。

"庆海爹的儿子不还在嘛，那套流程，他懂……"老苏说。

阿黄哼哼冷笑："提那败家子？他倒是懂得照着念，但他眼中只有钱，每件事得多少钱，那是丝毫少不得的，哪儿请得动他？……何况，那年他为了钱，硬要把罗盘和经书卖掉的事，你又不是不知道。这样的人，哪儿还能找？"

"这事，应不下来，我这人，话都不会说。我还是刻刻我的木头吧……"

阿黄把裹在身上的被子一抖，滑落到地上，他站起来："老苏，我这身体若还可以，我还想撑着试试，硬着头皮上。实在是没办法了，开渔的时候，我还能不能站直都不好说了。我们这些老的，走得都差不多了，你不应承，还有谁啊？"

"真不行……我再想想……"

老苏告别阿黄后，还没回到渔村，就在街角处被大儿子接到了他家里。当时他脑子一时混乱，差点被一辆摩托车撞倒，儿子从店铺里冲出来，把他往自己店铺里面拽。店铺的货架已经接近清空，地板上一片混乱。不同的袋子里，有的装着砗磲手链，有些则是打磨光滑的整块砗磲贝，还有一些是完全没有加工过的大贝壳——有些人爱在家里摆这原生态的贝壳，说那是自然的味道。几个小工忙得一团乱，绑好的袋子，分别移到店铺里的不同角落。灰尘沾满了整间店铺，老苏简直无处下脚。往店铺后面走，也是一片慌乱。这些海里的宝贝，曾让这座小镇无比热闹，此时却让整座小镇陷入慌乱。

大儿子很高兴："爸，宋记者跟我说了，说你那天很配合。他的文章写得很好，你看，报纸也登出来了。你还没看到吧？"他从柜台抽出一张报纸，递给老苏。柜台上堆着五六寸厚的一沓报纸，都是同一期的。这是省报的一期特刊，介绍渔民与南海的故事，展开的第三版上，老苏看到了自己的照片，他捧着经书、罗盘的画面，被毫不吝啬地排了三分之一的版面那么大。还有一篇文章，是关于老苏的采访，介绍他的一些经历。老苏脑子一蒙，平日里，在报纸上出现的都是大领导、大老板，自己一个渔民，被排了这么一张大照片，到茶馆里遇到熟人，还不得被天天挂在嘴边议论？老苏立即把报纸合上了，实在不敢看报纸上的那张老脸，更不敢看记者的文字。

到了楼上坐下，儿子笑呵呵说："爸，那宋记者是很有本事啊。他回去之后，打了个电话来，说他问到省里砗磲研究会的一位副会长，是一位书法家，也是个大老板，他胃口大，说我这里那些品相好的货，他都能拿下。你也看到，店里乱成那样，就是要把货分好，他中午要来看货。"

老苏松了一口气："挺好嘛，麻烦解决了。"

"是很好，是很好。其实，钱也是压在那些品相好的货里，那些差的，不值几个钱，只要这批货一出，就算是缓过来了。爸，你也在店里待着，别着急回去了，晚上咱们父子好好喝几杯……"

"我哪会喝酒？"

"那就待着，吃点马鲛鱼。爸，你就在这吃完饭，我开车送你回去。"

马鲛鱼……老苏吞咽了一下。海里的东西他吃了多少年，马鲛鱼是永远吃不腻的，那种鲜味，能掩盖所有的烦恼，从舌尖溢散全身，瞬间把人包裹在风平浪静的海水里。老苏有时候也会想，出海那么危险，一代代人把命丢在水里，却还要去，其实和这水中之物的味道关系极大，当舌尖触到一块煎得略微焦黄的马鲛鱼，所有海上的历险，都那么值得。

马鲛鱼……平静的海水……人泡在水中，轻轻摇晃……

老苏只能答应下来。

二楼的阳台，可以看到街面，东边不远，就是港口，渔船正在那里停靠。目前是休渔期，但离开渔已经不远，很多人已经在做着各种准备。儿子把二楼阳台改成了一个喝茶的地方，吹过来的风，让老苏有些打哈欠。他翻开报纸，从大标题可以看出，这期特刊全是和南海有关的。近些日子那个与中国相邻的国家，在南海上折腾不已，在国际上发起了什么南海仲裁案，省内报纸搞了这么一期特刊，也是在宣示南海的主权。特刊从专家、官员、收藏者到渔民，都进行了采访，讲述了南海的不同侧面。由于自己被刊登在第三版，老苏没啥心情去细看报纸，他叠了叠，塞进口袋，心想，他娘的，还用得着证明吗？不说别的，我们一个小渔村，这些年就有多少人葬身在这片海里？我们从这片海里找吃食，也把那么多人还给了这片海，那么多祖宗的魂儿，都游荡在水里，这片海不是我们的，是谁的？

书法家穿着一身中式衣服，脸很圆，手腕肥嘟嘟，左手戴一条粗大的砗磲手串，颜色通透而乳白；右手则是黄花梨手串，深褐色的斑纹鬼脸，好像还会眨眼。这些珠子都很大，可在他肥硕的手腕映衬下，显得很细小。书法家低着头，每个袋子前都蹲下来，细细看着里面的货。作为收藏者，他知道物以稀为贵的道理，现在这些店家慌乱出手，正是低价进货的好时候——禁止交易的规定很快生效，但那是对公开买卖的店铺的要求，真正好藏品的交易，都是私下里进行的。他藏品量惊人，但他从不嫌多，当然，他只收真正的好货。他不时从每个袋子里挑拣出一些次品。书法家挑好后，立即叫来他的司机，跟老苏的儿子一起清点货物，列出清单。书法家拍拍手上的尘土："宋记者的采访，我看了，写得好，故事感人。我想见见你爸，不知道方便不方便？"

老苏的儿子笑了起来："刚好我爸就在楼上，平时他在渔村里，今天刚好在。我叫他下来。"书法家微微点头，不一会儿，书法家就看到满脸铜锈色的老苏。老苏的褐色上衣，塞进黑色的裤子里，腰带有一些脱色。老苏的头发很稀疏，额头光亮，从额头左侧到下巴处，则布满星星点点的黑色斑痕，他的手背犹如长满毛刺的老树根。书法家伸出右手，老苏犹豫了一下，把他斑驳的手，握上了书法家肥滑软嫩的手掌，感觉到书法家的手抖了抖，老苏赶紧把手松开、缩回。

书法家笑着说："我看到关于你的采访了，很佩服，想认识认识你。"

"嗨……"

"那报纸，我买了很多份送人了，这期报纸做得好啊。"

"嗨……"

"我今天来跟你儿子要货……"他指着那些被他挑选过的袋子，"那些，我都要，这货值不少钱啊。我跟你们镇上不少店家都是老朋友了，他们都急着出手，都在找我。宋记者极力推荐了你儿子，我确实是佩服老苏你，在我们的海上出生入死，维护了我们的主权……我是专门到你儿子这里来要货啊……"

"嗨……"

"感谢……感谢！"老苏的儿子在一旁说。

书法家收起笑脸："老苏，我是直白人，不绕弯子，这次，除了跟你儿子进货，我就是专门来找你的。"

"找我？"

"是。我这人，爱收老东西，连当年古代沉船的海捞瓷都有不少，我这次来，就是想找老苏你，能不能把你手头的东西转让给我？"

"我这人，哪儿有什么东西能让你瞧得上的？"老苏挠挠头，左脸那些斑痕一跳一跳。

"我想要你手上的《更路经》跟罗盘！"

老苏愣住了，回头看看他儿子。儿子表情紧张，眼睛充满祈求，手握成拳。老苏尴尬地说："这东西，不算有多贵重，眼下出海，是用不上了，可这是从我爸、我爷爷、我爷爷的爸……一路传下来的，这东西现在到我手上，哪儿能卖了？"

"老苏，我知道！你看，我这不是跟你儿子做了很大一笔生意嘛。他目前遇到困难，需要出手这些货，我帮他收了那么多，你看……"书法家指着那一个个袋子。

"爸……爸……"儿子喊了两声，把老苏拉到一边，指手画脚，低声说着什么。老苏只是摇头，他儿子头上的汗不断涌出。

"这样吧！我干脆点，老苏，你只要愿意出手，价钱好说，你自己开。另外，我也不挑了，你儿子剩下的这些货，我也给他全拿了。这样，你儿子立即回笼资金，想做点什么，也就宽裕了……"书法家的这句话，把老苏的儿子也惊得愣住了，他唯有看着父亲，不停使眼色，就差跪下去了。

老苏长叹一口气，说："你跟我儿子做生意，我感谢你。要是别的什么，卖了也就卖了，但这两样东西，也不是自我手上才有的……"

"你看，你看，老苏，你也是不好讲话，你留下这东西，以后不也是要传给你儿子吗？"书法家指了指老苏的儿子，"你以后也是要传给他，他也是能做主的，现在出手，能把他的资金全都救回，他也能赶紧做别的事情去，这不是挺好的事吗？你这……"

"爸……"儿子抹脸，汗水淋漓。

老苏的语气愈加生冷："以后我死了，他要卖，是他的事。实在不行，我死前烧了。"老苏脸色黑沉，知道今晚的煎马鲛鱼是没得吃了，迈步跨出店铺。

"老苏……老苏……"书法家喊着，老苏并不应承，他只能转头对着老苏的儿子，"你爸这么不好说话。我想，你还是去做做他的工作，这些货，等你谈定了，一起算吧。我先去老曾那店里看看，他也给我留了些货……"

海　里

天色还没暗透，海面上出现了海螺大小的漩涡，白天波澜不惊的海面，此时变得怪异。老苏的心中紧张起来。这是大风雨即将来临的征兆——可这是十二月底啊，春节已经不远，这一趟之后，很快就要返航过年了，这个月份，按常理讲，是不应该有台风的。渔船的位置，在永兴岛、西岛、浪花礁之间，老苏心里很快做出决断，准备前往面积最大的永兴岛避风。船员中有反对的，说老苏太过胆小，这个月份哪儿会有台风？这一片海域，并非只有老苏的一艘船，从海南岛来的不少船只，最近都聚集在这片海域。这片海域，前些时候有一艘外国的大轮船经过，触礁沉没了，满满一船的货物，全撒在海里，附近知情的渔民们很快围聚过来打捞，反而没再去留意鱼虾。白天，各艘船散开打捞货物，夜里，亮着灯，各艘船一起停靠在附近一个小小的岛礁旁。

一看到水面起了漩涡，老苏喊起来："大家也看看，是不是要起风？"

各家船长都走出船舱，细细观看水面，脸色凝重。

老苏说："我看风是要起，这里太小，风要来了，怕是没处躲，还是得提早去永兴岛。"

老苏让船员起锚，调转船头，朝永兴岛的方向而去。二十世纪七十年代以前，船大多是木帆船，而此时是一九七三年了，大多是机船，发动机带动船桨，哗啦啦打着水花。七八艘渔船，也跟随着老苏的船，一起前往永兴岛。渐渐黑起来的海面上，一串亮灯的船队，像一条在海面上流动的龙。

"老苏！老苏！"声音来自一艘逐渐靠近岛礁的船。

老苏缓慢把船停下，那艘船也慢慢地移靠过来。那是一艘新造的大吨位渔船，船长是位中年人，前些时候，那艘船才从渔港下水。那船长老苏也是认识的，两艘船基本上同时出发，沿着相同的航线，但大船速度快，比老苏要早抵达这片海域。

"老苏，去哪儿啊？"对面船高，中年船长的声音压下来。

老苏指着海面："水面奇怪，怕是要来风浪，去永兴岛躲躲！"

"哈哈哈，老苏，出海多年了，哪里听说过十二月有台风的？也太胆小了。"

"满船的人呢，哪儿能开玩笑？海上找吃的，不靠赌运气，不靠胆子肥，得小心啊。"

"老苏，这运气我就赌一把！"那艘大吨位船立即加速，把老苏的呼喊抛在海面上。

对渔民来讲，永兴岛是茫茫南海中最安全的地方。它的面积足够大，有渔民在岛上盖了临时的房子，也有部队官兵驻扎在这里。在永兴岛上岸之后，船员都分散住到那些临时搭建的房子里，老苏听到了船员们的埋怨。船员在牢骚中睡着之后，老苏还翻来覆去睡不着。他踱步到小岛的岸边，观察着水面的变化，他更把目光放长，希望能从海面上看到有一点渔火出现。那渔火一直没有出现。

风终于起来了，在接近凌晨四点的时候，原本轻拂的风，显示出了猛烈的气势，海浪开始翻滚，不断击打着岸边，抛锚定好的渔船也被浪拍打得噼啪作响。雨的到来要缓慢得多。先是洒下一些小点，大半个小时后，倾盆大雨才追赶过来。老苏不能再在岸边待着了，他回到屋子里，浑身已经全是水了。因岛上缺少水泥和砖石，这些房子都用木头搭建，覆盖着铁皮、油毛毡，在风雨中有随时被刮走的危险。撑了没多久，这些房子全被掀垮了，渔民们匆忙到岛上的水产公司的加工房躲避。因为返航回海南岛比较遥远，这家国营的水产公司把加工部门设到永兴岛上，方便捕捞之后，就近加工，再运输回海南岛。这些加工房把钢管打进土里，要牢靠得多，可仍然在狂风暴雨中摇摇晃晃。

渔民们聚到一块儿，也没说话，安静地听着外头的风雨交加声。

"唉，还好我们躲上岛来了，还好……"终于有人不知从哪个角落说了一句。

"那艘大船，回来了吗？"

又都沉默了。

暗黑之中，有人压抑不住，抽泣起来。

几乎所有人都没怎么睡好，天色发白之后，呼噜声才相继四起。

这场罕见的冬季台风，竟然刮了整整三天。其间最大的风浪有十多米，巨浪吞没着一切，连这永兴岛好像也不安全了。在这三天里，每逢风小一些，老苏就要冒雨去岸边查看渔船，他担心锚和绳子也没法拉住他的船。

台风过后，天空如洗，一切恢复平静，岛上一片狼藉。老苏决定休整两天再出海。有些渔民已经跃跃欲试，准备出海收拾还在风浪里惊慌失措的鱼虾。水产公司的渔民出去后，第一天就有了收获，竟然捕获了好几条大鲨鱼。老苏出海，从未动过捕捞鲨鱼的念头，听说那些海中霸王被拉回永兴岛的时候，老苏也跟着躲风的渔民去围观，还吸引来了一些岛上驻扎的士兵。捕获的鲨鱼有六头，有大有小，很显然，这些鲨鱼在被射伤之后，再被粗大的网捆住，拉到永兴岛，已经全都死去了。它们巨大的身躯，还是把老苏给震撼了，浑圆的肚子像打满了气。

老苏穿着拖鞋，走到沙滩边上，伸腿踢踢那些鲨鱼的肚子，鲨鱼弹性很足，把老苏的脚反弹到一边去。人都围拢过来。加工人员脸上笑开了花："先挑一头最大的看看，吃了什么东西，肚子这么圆！"锋利的大刀划过，把鲨鱼肚子剖开。猛烈的腥味有着巨大的推力，把围聚的人给推开了。刀继续划开，划开鲨鱼的胃，有圆滚滚的东西掉出来，也有条形的东西掉出来，浓烈的腥臭味更加强烈了，围观的人又退缩了几步，有人受不了这强烈腥臭味的刺激，就蹲下来呕吐。加工人员皱起眉来，他用长刀推了推那圆滚滚的东西，那东西滚动了几下。

尖叫声响起来："人头！"

是人头，正面朝上，脸上覆盖着一层鲨鱼胃里的黏液，可没被胃酸化完的样子，还能看出那是一张人脸。那人眼睛暴凸，瞪着所有围观的人。

尖叫声此起彼伏，老苏也再次往后退。那加工人员也吓得手中的刀掉落了下来。大家这才注意到，刚才掉落的那些条形的东西，是人的手脚。

——这些鲨鱼，是被人喂饱的。

在大家的惊慌失措中，围观的士兵们主动上前，接过刀，把剩下的几条鲨鱼也都剖了腹。无一例外，鲨鱼肚子里，全都是人头与残肢。

士兵清洗那些残骸后，老苏和船员从还没被腐蚀殆尽的四个残破的人头中，隐约辨认和猜测，应该是那艘大吨位渔船上的渔民。那艘船上可是有着三十多人啊，马上又要过春节了……所有的渔民都号哭起来。

哭声是永兴岛的另一场台风。

岸　上

　　那一天风小，阿黄想下楼走走，刚上街，就摇摇晃晃，昏倒在地上。家人叫来了救护车，先送到了市里，还没办好住院手续，市医院就联系了省医院，把人直接送到了省城。省医院正好有京城专家前来坐诊，把阿黄浑身检查一遍，给他家人做出了"不建议手术"的诊断。阿黄把家中儿女叫来，儿女都唯唯诺诺，阿黄绷着脸："是不是癌？"沉默，等于说出了答案。阿黄说："待在医院有用吗？"又是沉默。阿黄说："回去吧，医院里味道重，我待不惯。"是肺部的问题。得知阿黄是老渔民之后，医生貌似很确定地说，可能是当年海上捕捞，长期在水中憋气，对肺部造成了很大的损伤，应该是老毛病了，不过是到了现在，才集中爆发了。

　　阿黄有个女儿嫁到广东，夫家很有钱，她从广东飞回之后，强烈要求把阿黄送去广东就诊，说岛内医疗技术不行，得到广东的大医院。她在医院里把所有的兄弟姐妹都数落了一番，说他们纯粹是舍不得钱，又说既然这样，医疗费由她出。她的话惹得一家人在病房里争吵不休。阿黄冷冷地喊了一声："不去广东了，我要回家。不是钱的事，我不想被割成碎肉。硬要叫我去，我就从这病房窗子跳下去。"阿黄轻描淡写中，藏着斩钉截铁。医院开了止痛药之后，阿黄回到镇上来了。阿黄家离镇卫生院不远，阿黄就待在家里，由卫生院的护士上门给他换药。

　　老苏来看阿黄的时候，他正斜靠在一个厚厚的枕头上，手臂上打着点滴——自医院回来之后，这药水每天都要输送到他的体内。他曾抗议说不打了不打了，可汹涌而来的剧痛，要把他撕成碎片，他不得不让针头扎进体内。剧痛的袭来，会让阿黄有一种在海水中挣扎的窒息感。很多年里，他在海水中作业，穿梭如游鱼，那种摆动身姿的自由，让他觉得自己应该属于大海而不是陆地。他当然也遇到过在水中快要溺亡的时候，还不止一次，浑身扭动、挣扎，却毫无用处，逐渐陷入更深黑的海底。阿黄曾想，千万种死法里面，溺亡在海中，一定是最惨烈、痛苦的那种。因病而带来的剧痛，若不靠止痛药压制，阿黄就得一次次经历溺入海水的绝望——他得依靠止痛针，一次次从水底返回岸上。

老苏捏了捏阿黄的右手，没有任何反馈的力道，只有穿透掌心的凉意。

"我就该死在水里。"阿黄嘴唇动了动，老苏得静静地听，才能听到那混浊、带着粗气的话。

阿黄惧怕着海水，又渴望着死在水中。

老苏摇头苦笑。

阿黄忽然想起什么："老苏，那事，你答应下来了吗？"

"什么事？"

"开渔节的祭海啊……这些年……嗬嗬嗬……"

"这事，我答应不下来啊！"

阿黄猛地坐直，就要从床上翻身下来。老苏按住阿黄："你坐下，你坐下，起来干吗呢？"阿黄不理他，伸手去抓挂在床头一个铁架子上的药水瓶。阿黄的手一伸出，浑身就抖动如电击。老苏只好一只手扶住阿黄，一只手取下药水瓶。阿黄摆摆手，往阳台边去。阳台外，日光强烈，海风也很大。阿黄拉开门，有风灌进，他的抖动更加剧烈，老苏害怕他会摔倒。阿黄靠着阳台的栏杆，老苏只能扶着他。

小镇的街巷上烟尘滚滚，人人貌似很慵懒，但很多人都因为禁卖砗磲的最后期限即将到来而手忙脚乱。不仅仅是店家，镇上的有关部门也很茫然，禁令来得很突然，与这个产业有关的数千人要分流到其他地方去，并非一件容易的事。大儿子到渔村里找过老苏几回，没怎么说话，就静悄悄地站在他身边，看着他刻那树根。老苏不说话，他也就不说，站到暮色将起的时候，他转身离开。老苏知道大儿子的心意，知道大儿子内心的焦躁和无奈，知道大儿子没能开口提出的那个要求……可他能怎么做呢？真的要把《更路经》和罗盘卖给那个书法家？若不卖，那堆货砸在儿子手中，儿子就得欠人家一屁股债，今后怕是父子也没得做了。

阿黄的脸色愈加蜡黄，他的气息是不规律的："大家靠海吃海，但现在没人祭海了，大家都信仪器，不信仪式。一门心思只想着钱，渔村没有了……没有了……"老苏不知道该怎么回话，只好不说，他拍拍阿黄的肩膀。刮过来的海风越来越大，怕阿黄身子承受不住，老苏把他强拉回房间里。

老伴儿的坟墓离渔村不远，却是一块背着海风的地方，老苏心烦意乱时，会到那里坐坐，想一些事情。慢慢算下来，出船那些年，老苏一年中没多少时间见到老伴。女人不能上船，是渔村多年的习俗了，因为女人上了渔船，导致渔船如何出事的传说，从未绝过。年轻时，出船一两个月，颠簸劳顿倒不是最苦的，最苦的是对女人身体的渴望。白天还好，在水中、烈日下搏斗；夜里，躺在船板上，星光满天，船随风轻晃，体内的欲望都被摇出来了。每次船回渔村，老苏和其他男人一样，在船头看到岸上的女人之后，内心的焦灼和渴盼达到了顶点。但，还得先把所有的渔获卸下船，再洗一顿痛快的淡水澡以后，才开始在女人身上驰骋。女人也憋久了，好奇地问起老苏海上的遭遇，老苏顾不上回答，只是横冲直撞，女人淹没在老苏的狂风暴雨之中。年纪渐大以后，需求少了，老苏会花很多时间，说起海上的遭遇，激起自己女人的阵阵惊叹与尖叫。每次到了最后，女人总会在一阵哭泣中睡去。睡去之前，女人会讲到她在岸上的担惊受怕，讲到她如何照看家里到处野的孩子。老苏知道，在岸上的女人，并不比出船的男人轻松。

有一回，掌舵期间，老苏的手抖了抖，一股莫名的感觉从水中渗入他的体内。他没跟任何一个船员讲这话，他还需要把他们安全地带回岸上。返回之后，他内心和当年瘸了腿的父亲一样坚决，第一句话就是告诉老伴儿："以后，不出海了。"老伴儿说："手抖了？"老苏点点头。多年前父亲就说过"大海养人也埋人"的话，手发抖，就是海上的亡灵给他提了醒。回到岸上，他和老伴儿之间的话多了起来，他一次次说起数十年在海上的各种细节。在这样的讲述中，他不断重返大海之上。这样的重返，随着老伴儿的过世而结束了。床头空出，老苏每夜睡觉都少了说话的人。

从船上退下来之后，老苏的渔船在渔港边搁置了许久。儿孙都不再出海，不再经营船上的捕捞，老苏想把船售出去。渔村里，并不好出手，最后，是另外一个县的一位海鲜店老板买去了。并不是买去捕捞，而是变成了移动餐厅。海鲜店开在海边，有一些包厢在岸上，也有一些包厢在一些渔船改成的船上，客人点餐之后，渔船离岸，在水上摇摆着，客人一边大快朵颐一边吹着海风，有种天上人间的错觉。

船卖出去后，老苏有一次思念那艘船，悄悄跑了几个县，找到那家海鲜店，寻找自己的船。海鲜店有三艘可以开出去包厢的船，外面都涂上统一的靓丽油彩，挂着一盏盏灯笼，老苏辨认了好久，才找到那艘曾很熟悉的船。看到渔船变成了这模样，老苏内心悲凉，想转身离开，却被那老板拉住了，非要让他上自己那艘船看看。老板给这间包厢取了一个名字——老船长号。老板让人把船开动，带着老苏转了一圈，老苏越来越难受，竟然有些晕船，让赶紧靠岸，低着头就走了。

他没再去看过那艘船。

他后来一直后悔把船卖给了海鲜店老板，他宁愿把它放在岸边，让它在海风中坏掉。

海　里

从船上退下来之后，老苏也上过几次船的，都不是远海，只是那些在近海的小船，早上出去，傍晚便会回来，他就是到船上过过瘾。船家撒下渔网之时，他便在一旁看，要前去帮忙，船家也不愿意，怕他手慢，耽误了。船家倒是会问他意见，哪片海域鱼虾多一些，他观察了一下方位和波纹，指着一个地方，船家便在那里下网，果然拉网的手觉得沉甸甸的。

船员忙着网鱼之时，老苏有时也会取下一个救生圈，绳子绑在胸口，跳进水中游泳。船员也不理他。渔村的人都水性好，谁有时兴趣来了，都会到水里游一阵。老苏双腿划动，仰着头，看着日头强烈地射在水面上，光线刺眼。他总是用仰泳，双脚缓慢地踩水，便会浮在水面上。这是最放松的时候，手脚酸了，还可以抓住救生圈，连踩水都省了。游累之后，朝船上招呼一下，便有人丢下一架软梯，他顺着梯子爬到船上。上船之后，他打两瓢淡水冲冲身子，把身上的盐分勉强冲掉。

但那一回之后，再也没有船家愿意让老苏上船了。那次，他踩着水，浑身越来越舒坦，就抱住了救生圈。还是觉得很舒坦，他竟然有了昏昏欲睡之感，他想着睁开眼睛，可更大的困倦压合他的眼皮，他双手竟然松开了救生圈，人就朝水里潜去。耳鼻一淹入水中，他就惊醒过来了，可他却并没有立即浮出水面。日光照射进海里，离水面四五米处都可以看到，可更深处的碧蓝，一无所知。幽深的水底在一瞬间，强烈地吸引了他。他主动往深处潜去。胸口绑救生圈的绳子阻碍了他，他竟然拉松了绳结，继续往深处去。身上的水压越来越沉，呼吸也越发急促了，老苏很清楚，继续往下，就会永远留在海里了。他明明知道后果会怎样，可海水更深处，还是对他有着强烈的吸引力。他眼前不再是碧蓝的水，而是闪亮的光，是金碧辉煌的海底宫殿。

无数已经消失在海上的面孔，就在那宫殿里欢迎他。站在前面的那个年轻人，没看错，是曾椰子。那个当年浑身毛孔冒血，被用海盐腌着运回渔村的水手。老苏想，曾椰子当时是不是也看到了眼前的景象，才越潜越深呢？曾椰子身边那一群人，应该是那次冬天风暴里葬身鲨鱼肚子的那些，站在前面的，就是那个中年船长。他还是一脸傲气，那年的台风和鲨鱼，并没有把他的傲气吞下去。老苏的父亲，也在。父亲本来是死在岸上的，怎么会也在呢？但那不是他，又是谁呢？父亲紧盯着他，不知道是欢喜还是悲戚。他想起父亲过世之前，曾留下遗言，让把他的尸体烧成灰后撒进海里，老苏并没有遵照父亲的话来做。把父亲埋进墓地之后，老苏倒是把父亲的衣裤等烧了，撒进海里。此时父亲为什么是那样的神情呢？他是在怪罪自己吗？

更多的面孔，是他见所未见的，甚至有很多位穿着古代衣服的，那是传说中的一百〇八兄弟公吗？海底的宫殿有光，光是黄色的，还会变化，变成橙色，接着变红变紫。那些光不能看，一旦直视，便目眩神迷。晕眩让他更想睡了，可他奋力看着眼前这些人。这么多人拥堵在宫殿的门口，是在欢迎他吗？身上的水压、鼻腔里水的堵塞、体内的缺氧，并没有让他觉得难以忍受，他感到了前所未有的安详。他继续朝宫殿潜去，快速扑向那变化中的光。

可他没法潜了，他的两只手臂被抓住了，他本能地扭动起来。一扭动，辉煌的宫殿消失了，宫殿里的人也消失了。安详也消失了，只有缺氧的痛苦，他浑身扭动，直至昏厥过去。

醒来后，已在船上。

是船上的两个年轻人救了他。船上有人看到老苏脱开胸口的绳子，立即报告了船长，船上水性最好的两个人，立即绑着绳子跳到水中救人。船上的人看着两个年轻人钻进水中，每一秒都那么漫长。当三人浮出水面，船上人赶紧拉收绳子。老苏被压出满口满口的海水，才醒过来。船长一直在船板上跳："老苏，你这是要害死我，你这是要害死我……老苏，你说，你跟着我的船出来，却把绳子解开，是想干吗？你不想活了，还要把我一船人也都拉下水吗？老苏，你……"老苏又能说什么呢？他一言不发，他也不明白刚才怎么就鬼使神差要往深处去。刚才眼前所见，又是怎么一回事呢？老苏坐起来，海风吹着，他觉得冷了，日头猛烈，但寒冷如刺入骨髓一般。船长用力跺脚，高喊："回去。"

那一回之后，老苏再未有机会出海——所有的渔船，都拒绝他的靠近。一个惯于水上生活的人，只能远远看着渔船，再也难以登上。

他只好用一块树根，刻一艘独属于自己的小船。

岸　上

大儿子躺在床上，右腿绑着绷带，呻吟不断。儿媳妇跟大孙子，都在旁边看着。绷带里是跌打损伤的药，散发着刺鼻的气味。绷带上，有一团一团的污迹，那是血凝结后颜色可疑的污块。老苏来到儿子家，看到这景象，问道："怎么回事？"大儿子闷着头，不作声。儿媳妇推了推大儿子的手，他还是摇摇头，不说话。儿媳妇憋不住了："还不是欠人家的钱欠的，再过几天，估计这腿都要给卸下来了。"大儿子的头更低了。接到孙子电话的时候，老苏已经大概问清出了什么事。那些积压在手中的砗磲，让儿子最近资金周转出了问题，追债的人多了，就有人在夜里堵着他，来了一顿拳打脚踢的警告。最近镇上这类事情越来越多，尤其是之前陷入困境而去借了民间高利贷的。

大儿子猛抬头，喊："你跟爸乱讲什么讲？出去！"

儿媳声音更大了："我说什么了？我说什么了？这不是事实吗？"

孙子也说："妈，你少说两句。爷爷都清楚。我跟爷爷讲过了。"

她仍旧没有放低声音："反倒是我的不是了？当时人家那老板要把这些货全部收走，要是爸肯把那个……出手，事情早解决了。我们何至于把这堆废物压在手上？"

大儿子抬头猛瞪他老婆，想说什么，却又把头低下了。

老苏坐到儿子床边，摸了摸儿子腿上的绷带，儿子发出些微呻吟，老苏问："医生怎么说？"

"也没什么，皮外伤，擦擦药膏，休息几天就好了。"

老苏点点头："那些货还是没人收？"

"有收的，价格很低。"

"我倒打听到，有些人开始按住，不出手了。他们说，现在砗磲不让捞，以后价钱肯定还会更贵，面上说不让卖，只要是好货，私下里卖给藏家，估计没法查，价格也有保证。"

"爸，话是这样说，但我耗不起啊。还有，万一有人举报呢？主要是，我现在手头空了，外面债务追得紧，要是手松，我也就任那些东西丢那儿就是……"

老苏沉思良久，伸手拍拍儿子受伤的腿，站起来，盯着上了高中的孙子："你跟我回家一趟，我把东西给你，你带来给你爸。"

"爸，那是……"大儿子有些哽咽。

"人最重要。要是人都没了，留着那东西也没用。卖给懂行的人，可能保存得比留在我们手中还好。《更路经》比人活得长，我早想清楚这事了。"

老苏昂着头走出去了，他孙子盯着父母的脸，犹豫着要不要跟上去。儿媳妇一直眨眼，床上的伤号点点头，孙子才跑出去。儿媳跑到二楼的阳台外，探头看着她儿子和老苏走远，兴奋地跑回丈夫身边："这下成了。"

他把脸藏回床角。

她埋怨道："要早听我的，也不至于那么麻烦，不至于拖到现在。你一会儿就给那个书法家打电话，东西早点给人家送去。早点把钱抓到自己手里才是正事……"

他的脸仍旧藏在阴影里，看不出是什么表情。

她伸手摇晃着他的肩膀："这事……总算……"

"少废话！"

"什么？"

"滚!"声音撕心裂肺,带着哭腔。

一直劝老苏去主持祭海仪式的阿黄,并没有见到祭海仪式。老苏把《更路经》和罗盘交给孙子一周后,阿黄就忽然从家里消失了。家人早上去看阿黄,发现了他床上空空的,还剩一半的药水瓶放在枕头上,针头滑落到地上,人已经不知去向。全家人四处找寻,并没发现任何踪迹。去派出所报了警,镇上不少人也都出动,还是没找到。派出所人员问阿黄家里人,他行动不便,又是半夜出门,你们竟没人发现?家里人哑口无言。

老苏听到消息时,并没有多大的震惊。他悄悄到了海边,对着起伏的潮汐,燃点香烛,对着大海拜了拜。永远有波浪不断涌上,又立即退去,所有的痕迹,在水的面前都是暂时的。阳光泛着金黄色,把海水映照出不同的蓝,靠近沙滩处的水是泛绿的,越往深处,越变得深蓝。沙滩边,长着一排排野菠萝,接着是一排排椰子树,再远一些,是木麻黄林。很多年里,这里都是很热闹的。翻晒、缝补渔网的人,在夕阳下留下剪影,再被夜色覆盖。

天色亮得花眼,老苏眼前却仿佛一片漆黑。就像当年瞬间就感知到曾椰子是怎么死的那样,老苏也理解了阿黄独自离去的心情。自己不是也要扎身潜水,去往那个海上亡灵的宫殿吗?老苏好像清晰地看到,昨晚后半夜,阿黄在思前想后的内心搏斗之后,终于义无反顾拔掉针头。下定决心的他,有着回光返照的镇定,有着最佳水手的充沛精力,他躲开家人的一切耳目,悄悄走出房门,穿过小镇的街巷。他悄悄解下一艘无人注意的小木船,用尽所有的力气,往大海更远处划去。月虽不圆,但月光铺满海面,小船沿着水面上的月光之路划远。最后,阿黄这位当年最优秀的水手,翻了一个身,投入了海水之中。一直念叨着应该死在水中的阿黄,不愿在一场绝症中变得人模鬼样,就钻进大海,寻找那些把身体和魂魄都留在海水中的伙伴去了。

老苏又想起当初阿黄说有好东西给他看,他没去,那是什么呢?是那艘他给自己准备好,要划出去的小船吗?老苏让阿黄的家人在附近的海域搜寻一下。阿黄的家人半信半疑,却也没了法子,到处打听有没有哪家人丢失了小木船,却只得到一阵阵的摇头。不少年轻人驾着船在渔港附近的海域搜寻了两天，也没有任何结果。倒是有人发现了半艘破旧的船板，离海边也不远，集中人力搜寻了半天，水性好的人还带着氧气瓶扎入水底，毫无痕迹。所有的搜寻都徒劳无功。虽然还没放弃希望，但阿黄家的人，已经准备好依照渔村的习俗，像安葬那些葬身大海的人一样安葬阿黄。

祭海仪式在小镇的渔港边举行。

砗磲的禁售令已经生效，镇上的店面清空了。有的被改成了卖烟酒的杂货铺，有的被改成了小饭馆，也有的准备改装成民宿，更多的店铺则还空着，店家尚没想好要经营什么。开渔季来临，市里准备把开渔节打造成一个旅游节，邀请了不少游客、媒体和上级领导。小镇上人山人海，老苏从未见过镇上这么热闹过。一想到还要表演，穿着长袍的他，浑身的汗就淋漓而下。附近的渔船全部聚集在渔港这里，排好了队，只等着开渔节之后，千帆竞发，往南海而去。老苏也没见过这么大的出海阵仗。当年开渔也是多艘船一起出航，可哪儿有眼前这种政府部门组织的这么声势浩大啊？

渔港边搭了一个主席台，彩旗飘荡，围聚的人带动了无数小生意者的到来。主席台前拥挤不堪。十点半，仪式开始了。先是领导讲话，大概讲了今后将如何以旅游带动小镇的渔业发展，如何让渔业成为小镇旅游的新特色，还计划推出近海捕捞的旅游项目，由旅游公司出面打造，游客可以随渔船出海，体验真实的海上生活。当然也讲到了，要如何引导小镇转型……后面很多话，老苏没听进去，也听不懂。按照安排，领导讲话之后，就轮到他了，他在后台，坐着也不是，站着也不是，脚都是发抖的，在海上突然遭遇台风，他也没这么紧张过。他朝旁边的工作人员一招手："给我拿点白酒。"工作人员有些纳闷，以为仪式需要用到，赶紧跑步去买。老苏接过白酒之后，起开瓶盖，狠狠地灌了一口，酒气上涌。从不饮酒的老苏，为了制服心中的惊涛骇浪，咬着牙把怪味吞了下去。

领导讲话完了，主持人喊了一声："开始！"

老苏拍了自己两巴掌，拍出两口酒气，终于安定心神。他缓缓走到主席台前的红布旁。此时，所有的目光都注视着他。所有的紧张已经没有了，老苏手中捧着两张纸。在此时，老苏觉得自己已经不是老苏，而是过世的庆海爹——他走路的样子，都有点像庆海爹了。老苏点点头，有人给他递上一个话筒。老苏高声喊道："祭海仪式开始。"声音在人群中回荡，那么多人，都屏住了呼吸，只有海风摇晃着渔港上的船帆和主席台周围的彩旗。老苏道："各家船长，上前领香。"各家船长走到老苏边上的祭坛边，各自领取了一支线香，按照此前排好的位置，前后站定。

老苏喊道："念《祭海文》。"

船长们低头作揖。老苏念道：

> 海南省某某市某某镇，叩请恩光香河主众宗亲、五姓孤魂、一百〇八兄弟。
>
> 山川银露，男女神畅，保佑祖国领土、海洋完整。
>
> 渔民远到"三沙"生产，求财财到，求利利来，好人相逢，恶人走背。
>
> 东方财源到，西方财源也不停，南方财源广进，北方财源接接来。
>
> 利禄宏开，生产安全，蚌盒变珠宝，渔乡笑呵呵。
>
> 兄弟公保佑渔民精神饱满，满载而归。
>
> 子孙给尔祭海仪式。
>
> 出海生产！叩首，再叩首，三叩首！

老苏带领所有船长，向着大海的方向跪拜。场边有些渔家的人，也跪了下来。这篇祭文，并非传自庆海爹，而是老苏按照庆海爹当年祭海的零星记忆，加上自己想的几句话，找来村子里稍懂文字的人，写了下来，也不管是否通顺，先念了再说。

《祭海文》念毕，老苏喊道："念《除妖文》。"

所有船长仍旧列队恭听。

> 天最神，地最神，人离难，难离身。
>
> 南无法、南无佛、南无观世音菩萨，

阿弥陀佛、蓬莱仙、象天地、仙真人，

三官五雷神、兵统领神、兵竟西方万名古佛明圣经，

亨前汉末清，归于无大道；乾元亨利贞，乾元亨利贞。

吾捧太上老君火，急急如律令。

伏发伏发！

　　念完之后，仍是向着大海的方向跪拜。

　　第三个项目，是敬拜《更路经》、罗盘。祖传的《更路经》和罗盘已卖给了书法家——这本是他自己多年来断断续续手抄的备份，罗盘则是一个新的，已经用玻璃罩扣住，摆放在祭坛之上。因为这两件都不是老旧的东西，老苏有些心神不定，害怕有人指出，害怕露馅，也害怕若是哪天出海的渔船出了啥事，会有人怪罪是因为这两件新东西镇不住。他还想到阿黄最介怀的，就是庆海爹的儿子把庆海爹的经书和罗盘卖了，可自己不也是卖了吗？老苏强压住混乱的心绪，凝神静气，把还萦绕在喉舌之间的白酒的味道，当作自己的镇静剂。老苏也刹那闪过一个念头：要是用来祭海的，是自家的那两件老东西，该多好啊——即使要卖，祭拜了再卖，也行啊……但……唉……这事，没得假设了。老苏涌上对父亲、祖父以及更久远的先祖的愧疚，手不禁有些发抖，他越是用力镇定，手越是抖动得厉害。旁边的船长，并没有觉出有啥不妥，他们甚至因此觉得是老苏全身心投入。随着老苏的指挥，所有船长在祭坛面前，向《更路经》和罗盘敬拜，祈祷保佑海上顺风顺水、平平安安。之后，燃放鞭炮、燃烧纸钱，各种气味向老苏口鼻涌来，呛得他几乎要流泪。后面所有的喧闹，就跟老苏无关了。他脑子一片空白，所有人潮的涌动，他都闭眼不看。一阵阵喧闹之后，好几位领导在主席台上，用剪刀剪断一条彩带，之前讲话的领导高喊一声："开渔！出发！"

　　渔船开始鸣笛，离岸出港。

　　老苏坚持要抱着自己刻好的那艘船出海去，让它随自己去吹一趟海风。

　　那艘船上漆之后，油光闪亮，渔船上该有的部分，一概不少，抱在手上，沉甸甸的。祭海仪式之后，老苏随着市内、镇上的相关领导一起

上了一艘大船。组织者是旅行社的负责人，也邀请了周边的一些老渔民。他们是要给新规划的旅游线路踩线，说是开拓什么海上新线路，拓展未来海洋旅游新方向，给热爱出行的人带来更极致的新鲜体验……都是一些老苏听不大懂的话。停靠岸边的时候，船有点随波轻荡，抱着自己雕刻的木船踩上甲板，老苏竟然有了一点晕船。老苏赶紧把小木船摆放在甲板之上，自己伸手扶住船帮。

船离开岸，往大海深处而去，船上、岸上净是欢呼的声音。那些老渔民也是欢呼的，尽管出海几十年，但这一次他们是前所未有地放松，可以谈笑风生，可以指指点点，可以不理船怎么开、会不会遭遇风浪，这是他们第一次卸下担子出海。带着咸味的海风迎面而来，老苏晕船的感觉更重了，他忍不住嘲笑自己，还算是一个出海几十年的老渔民吗？他的脸色迅速苍白起来，喘气都有些急促，甚至喉咙泛酸，有呕吐将至的感觉。看到他神情不对，两个年轻人赶紧过来，把他扶进舱内，安排了个位置让他坐好。坐着，也并不能减轻一丁点晕船之感，若不是船已经开出老远，或许他会要求上岸。当然，上岸的念头只是在心底一闪而过，他为自己冒出这个念头脸红。他只能强忍着，尽量让自己去看船舱外的波光闪闪的海面和飞溅而起的浪花。恍惚之间，老苏回到了当年第一次随父亲出海的时候，回到了曾椰子的尸体被腌在船上臭味难忍的时候，回到想潜入深海留在那个海底宫殿的时候。亲手雕刻好的木船，就放在脚下，好像那并不是一座雕塑，而是自己当年驰骋海面的那艘渔船。这艘小木船，跟真正的船一样，也有一个船舱，揭开一块板，里头空空的，这是老苏留给自己的位置。他想着，哪天要过世了，会叮嘱儿孙们，把他烧成灰，装进这艘船里，放到海上，让它随着海浪漂荡，沉在哪片海域都好……这个念头他不敢深想，他知道，即使交代了儿孙们，他们也未必会按照自己的想法去做——他当初不也没听父亲的交代，没把他的骨灰撒进大海里吗？这个家族，总是出一些不听父亲话的逆子。但即使完不成这心愿，老苏也愿意随时摸着这艘小船，像当年从海上归来的夜里，抚摸着自己女人的胸脯。

晕船感在船开出大半个小时之后才减轻。旅行社的一位导游，前来扶着老苏要到船长的驾驶室内。老苏交代道："把我的船看好！"那导游笑了："老苏，没人动你东西。"老苏回头看了几次，才跟着进到驾驶室内。船长立即站起来，是一位四十几岁的中年人，他伸手跟老苏握了握："苏爹，您好！这一次，还得麻烦您帮我们费心看看。到时要是有游客来，当然得让那些客人玩开心了，水下得能钓到鱼才是；还得麻烦您一起帮着我们找一找，哪一片海域比较适合海钓，哪一片适合深海潜水。"

老苏说："多年没出海了，陌生了，陌生了。"

"别这么说，海上的路线图，都刻在您脑子里呢。现在仪器很先进，我们就缺少经验，以后还少不了请你们老渔民帮帮忙呢！"他的手一划，"看看，这就是我们现在的驾驶室，跟你们以前的掌舵行船，差别可大了。"老苏看着眼前的一片仪器，各种仪表闪着光，还有面积不小的显示屏，显示着卫星定位导航，显示着离岸边多远，显示着船航行过的路线。老苏赞叹道："这些东西，得学多久才会使啊？"船长笑了："比您学那经书容易多了，您到前面来看看，观察一下这片海，看看怎么样？"

老苏走近玻璃窗，外头的海面清清楚楚，但不会再有海风直扑而来，不会有海风给他浑身涂抹上一层厚厚的海盐。当船头的海水像要迎面扑来的时候，他的晕船也就消失了。他挺直了腰板，直愣愣地看着外头的水纹变化。他知道，当年所有沉睡的记忆已经在此刻复活，天空、水面出现任何一丁点颜色、形状的变化，他都能立即知道，那貌似如常的海面之下，隐藏着什么样的鱼虾、奇景或危险。腰板是怎么挺都挺不直了，但老苏知道，只要站在船身的最前面，毫无疑问，他就还是那个指挥若定的船长——这艘船上，唯一的船长。《更路经》里记载的千百条线路图，在他的眼前交错，缓缓铺展开。海面上纵横交错交通繁忙，绝非一无所有。老苏忽然指着一片海面，中年人赶紧过来，想听听他说什么。老苏没有说，他本来想说的话，硬生生吞了回去，葬于肚腹中的汪洋，那句话他不会给任何人说。那句话，他早已用自己歪歪扭扭的毛笔字，记在手抄的那本《更路经》最后一页："自大潭往正东，直行一更半，我的坟墓。"

《人民文学》2018年第9期

一代海洋人的生命祭奠

——评《海里岸上》

王 侃

在小说有限的时空纬度中，林森的《海里岸上》不仅以两代渔民的生活对比、情感冲突折射出时代变迁、人性更迭等令人感慨万端的宏大主题，而且通过细笔描摹海边之人的生死别离，映现出大海的波澜壮阔、八面威风与残暴无情，进而毫无保留地展露出以海为生之人对大海的敬畏与深情。《海里岸上》略去海洋题材小说惯有的惊心动魄、千钧一发的捕鱼场面，以俗世生活的家长里短、细枝末节为底色，却不失圭撮地凸显出海南地区老一辈海洋人的精魂与血气。对老苏这一辈的渔民来说，从老祖宗传下来的海洋信仰早已融入他们的骨血之中，因此，即便在年老体衰之后被大海无情抛弃，他们依然要在死后将自我的血肉投注其中，以此作为对海洋以及世世代代的出海人的诚挚祭奠。由此看来，《海里岸上》表面上以平淡无奇的慢镜头逐帧放映两代渔民的庸常生活，实则满溢着历经沧桑之人的情感波澜以及苦难之下的人性温情。

书写海洋生活的小说自是免不了对人与自然的关系问题做一番深入的质拷。对此，林森的《海里岸上》宛若登高望远的"智者"，既不乏自我的真知灼见，又将海洋题材的小说推向了更高层面的精神向度。不论是整体铺排，抑或是细部熨烫，小说的一笔一画始终在用心地勾勒着人与海洋间互惠互敬、"合二为一"的和谐画卷。在人类文明发展的历史长河中，人类对海洋的情感经历了从惧怕到征服再到敬畏的曲折进程，此种情感态度的更迭不仅印证着人类的历史智慧，更堆叠着无数无辜牺牲的生命。恰如林森在创作谈中所说，"不同版本的《更路经》，路线也是完全不一样的，这纯粹靠笨拙的'统计学'得出来的'成果'

里，堆叠着难以数清的海风和哭声"（林森：《来，是时候听听大海的声音了》，《人民文学》，2018年第9期）。"大海养人也埋人"，于孤岛成长的林森深谙人类敬畏大海的原因和重要性。由此，他以力透纸背的笔力来镌刻老一辈出海人对大海的痴迷与神往或许不仅仅是为了凸显怀旧的主题，而是试图以一声回肠荡气的长鸣之音来唤醒那些长眠于钱财之上的后人。可以想见，在如此浮躁、喧哗的现代生活中摸索人与自然和谐共生的巨幅画卷实属不易，但是林森从文坛少见的海洋题材入手，以"海里"与"岸上"空间叙事的交错并置来暗喻渔民自然、规律的生活常态，由生老病死的别愁离绪来凸显百态人生，既别开生面地映衬出人与自然的复杂关系，更显示出作家对生态伦理的理性认知以及对坚韧生命的由衷敬重。

　　人何以会对残暴无情的大海产生亲近乃至敬畏之情？究其缘由，或许不仅源于两者在体积以及力量上的悬殊差异，而是人在历经生死之后的无奈低头。小说《海里岸上》多次涉及非正常死亡，如曾椰子的突兀死亡、阿黄的自戕以及同一艘船上三十多号人的面目全非，等等。正是这一幕幕血肉模糊的画面使得老苏在掌舵半生之后，竟因一次突来的"手抖"便不敢再次出海。可想而知，无数次扑面而来的脆弱感、无助感和毁灭感必然使得漂泊于海上的万千亡灵成了约束和警醒世代出海人的"紧箍咒""捆仙绳"，而种种本为无稽之谈的神话传说、行业术语等便也成了某种不可战胜的力量，长期驻扎于出海人的心头，显得愈发沉重而深刻。对于渔民来说，"生死稀疏平常，见惯生死之后，要么变得很无所谓，要么变得更加珍惜，他们最惧怕死在海里，有时又恨不得立即死在海里……大海如此无常，在陆地上无比确信的东西，在海上往往荡然无存，出海的人不得不相信某些虚妄之物，总觉得那些风浪的背后，有一些目光在注视着，他们也就有了诸多的讲究与忌讳"（林森：《来，是时候听听大海的声音了》，《人民文学》，2018年第9期）。由此看来，《海里岸上》的张力恰恰在于其以极大的耐心咀嚼着徘徊于出海人心中的某种不可抗拒的神秘信仰，并直指出此种信仰与个体生命间的互融互通、休戚相关。

　　值得注意的是，小说《海里岸上》最终抵达的深度绝非仅此而已，在时代变迁、人性更迭等宏大主题的笼罩之下，小说又将人海情谊推向了另一个高度。邓刚的《迷人的海》也是一部海洋题材的小说。小说最令人动容之处便是老海碰子和小海碰子在历经种种碰撞和磨难之后依然并肩扎入滚滚大海的瞬间，而此种"濒危职业"得以世代传递的神秘力量更显示出人类的无限可能。然而，相较之下，小说《海里岸上》却以一幅"革新换代"的动荡局面将人们的诸种美好想象全然扼杀其中。在现代市场的冲击下，子承父业的传统被中断，海底的万年灵物被贱卖，世代相传的《更路经》和罗盘被迫转卖……诸种色彩斑驳的现代景观无不极大地冲击着老苏的传统观念。于死生一线的波涛骇浪中闯荡半生的老苏从船上退下之后，不仅没能过上安逸舒适的生活，反而不得不面对一个看似繁荣兴旺实则满目疮痍的陌生世界。至此，老苏只能通过雕刻手中的小船来复刻自己的辉煌过往，并期冀以自我的生命来祭奠那些逝去的亡魂以及不复存在的海上生涯。

《海里岸上》宛如一壶口感绵密却极易上头的烈酒，在小说富于节制而内敛的笔调之下，不仅包含了作者对自然、时代、历史等问题的百般哲思，还暗藏着一股亟待喷薄而出的浓烈情感。如此看来，林森执着地写下《海里岸上》，或许不仅仅是为了"在那些随时会抛掉生命的地方，发现另一个不安分的自己"（林森：《来，是时候听听大海的声音了》，《人民文学》，2018年第9期），而是试图以此祭奠那个真实纯善却又险象叠生的奇诡年代。

2018

中国小说学会
排行榜

中國小說學會 Chinese Fiction Institution **评选**

中共兴化市委宣传部承办

下

作家出版社

中国小说学会2018年度
小说排行榜评委会

评委会名誉主任：

冯骥才（天津）中国文联副主席 中国小说学会名誉会长

评委会副主任：

李 星（陕西）评论家　　赵利民（天津）教授

特邀评委：

陈骏涛（北京）评论家　　陈公仲（江西）教授

夏康达（天津）教授

评委会成员（以姓氏笔画为序）：

于沐阳（吉林）教 授　　文 欢（北京）编 辑

王 侃（浙江）教 授　　王春林（山西）教 授

王达敏（安徽）教 授　　卢 翎（天津）教 授

江 冰（广东）教 授　　刘阶耳（山西）教 授

林 霆（天津）教 授　　朱小如（上海）评论家

毕光明（海南）教 授　　汪 政（江苏）评论家

李国平（陕西）评论家　　李运抟（广西）教 授

杨剑龙（上海）教 授　　何 平（江苏）教 授

郭宝亮（河北）教 授　　段守新（天津）评论家

费振钟（江苏）评论家　　黄万华（山东）教 授

谢有顺（广东）教 授　　颜 敏（江西）教 授

藏 策（天津）评论家

島
叙
事

鲍 十

一、海妮与云姑婆

1

乘海船出珠海市的九州港码头，向东南方向行驶三至四个小时，可到达一个海岛，人称荷叶岛。从远处看，此岛真的就似一张荷叶，漂浮在万顷波涛之中。仿佛还会随着波涛不停地颤动，波涛大时颤动便大，波涛小时颤动便小。天气晴和的时候，环绕在海岛四周的海水，便会轻柔地舔舐岛畔的沙滩。海浪不间断地涌上来又退下去，同时发出一种很清晰的响声：

"哗……嘘……"

"哗……嘘……"

涌上来的海水，会在瞬间变得洁白，若雪……

从珠海过来的海船上，多半是到这一带的岛群来观光旅游的游客，当然也会有附近各岛的居民，比如到珠海市去办事的公务人员，或者押解各类罪犯去珠海后返岛的警察，以及到海岛来兜揽生意的青年女子、贩卖时兴物品的商贩、寒暑假回乡探亲的男女大学生等，但总的说来，这些人还是少数。

凡是观光客，则衣着打扮都有一点点怪异。青年男子一般都身穿一条及膝的大短裤或沙滩裤，脚上穿着"人字拖"，上身穿圆领的T恤或颜色花哨的小衫，颈上戴着金的、银的、石的、木的、骨的项链。女子多半穿着长长短短的裙子，长的拖及脚面，短的刚刚可以兜住屁股；光溜溜的手臂上，戴着玉的、檀香的、玛瑙的、琥珀的手串。很多人戴着帽子，有的是布帽子，有的是草帽子。有的帽子上，还绣着各种各样的图案，有的是一朵花儿，有的是一个小动物，有的是一只小甲虫。

有些人带着照相机，或挂在脖子上，或装在摄影包里，还有带着三脚架的。

离开码头的海船，向浩渺的深海驶去。海水震荡着。海面凹凸不平——以前曾见过"海面波平如镜"的说法，这个说法是错的，大海永远没有波平如镜的时候。

天海苍茫之中，一座一座海岛渐渐显现出来……

2

7月，海妮回了一次荷叶岛。

在这一带的岛群中，荷叶岛是个很小的岛，方圆不到两平方公里。

岛的北侧，有一座山，不甚高，山坡上长着杂草和矮树，偶有几株马尾松，常年葱绿着。很多年前，就有人修了一条小路，可直达山顶。险要的地方，建有护栏。沿小路爬到山顶，可见一个平台，亦不很大，几十平方米的样子吧。不知何时，还建了一个尖顶的亭子，内置光滑石凳。山的北侧是崖壁，直垂海面。南侧则是一片缓坡，有一道小小的山梁，宛若分水岭，把海岛分成了东西两个部分。从面积上看，东部略大，约占全岛的五分之三，西部小些，约占全岛的五分之二。

借了这些年旅游开发的光儿，岛上早建了酒店。酒店周边，还应运而生了一些小饭店、烧烤店、海鲜店，店面都甚简陋，多是四根铁管撑着一块帆布，棚顶挂着一盏灯，外加几桌几凳。天一擦黑，便开始营业，一时嘈嘈杂杂，人声里伴有各种气味，直扑鼻孔。

以上设施，主要集中在岛的西半部分。

在岛的另一侧，也就是东侧，先前是一个渔村，名字就叫荷叶村。村子不很大，只有几十幢房屋，掩在山梁的拐角处。房子新旧不一。旧房都是平房。新房多是二三层的小楼房。外墙都贴着瓷片，窗框则刷了油漆，也有不锈钢或铝合金的，看起来更加洋气。无论旧房还是新房，窗户都比较小——想必是为了防风的缘故吧。

每幢房子都有一个小院落。院里放着些日常用具。偶有一两株花树，合欢树、木槿树、鸡蛋花树、紫薇树，或者软枝黄蝉、狗牙花树等，开着红的、白的、黄的、紫的花儿。开花儿的时候，非常好看。也有木瓜和黄皮，会应时结出果实。村子很整洁，村内有若干街巷，街道并不宽阔，路面铺着麻石板。村子依山而建，地势稍有一点儿倾斜，前低后高。村头有一个小广场。

村子以外，还有一些农田，种了些水稻、蔬菜和水果。

村内有一座祠堂，就在小广场的边上。

祠堂用一块块长条形的山石垒建而成，外墙显青灰色，墙缝长着杂草，潮湿的墙面生有大片大片的苔藓。无疑，这是村里最老旧的建筑了，处处都透露出岁月的沧桑。但因受到各种条件的限制，与内陆的多数祠堂相比，规模要小一些，没那么宽敞，举架也没有那么高。

祠堂正面，有一块长方形石板的门额，上面雕刻着五个大字：

南海云公祠

并有一副门联，道是：

大难身不死
南海第一公

有考据说，此祠堂由云氏的后人于明代所建。

另有一则传言，不知确否。说：南宋末年，崖山海战，惨烈异常，有十余万宋军跟随小皇帝赵昺跳海而亡。据说这位云公便是当中一名年轻的兵士。但因他懂些水性，一时未死，却冻饿昏迷，被海浪冲向了岸边，渐渐苏醒之后，落荒而逃。后为躲避元军的追杀，辗转来到了荷叶岛，并寻低洼处，挖了一口井，自此在岛上安顿下来，打鱼为生，后讨妻生子，落地生根……

自那时起，有很长一个时期，荷叶岛上的居民，基本都是云姓。

3

时间过去了几百年、上千年。

谁也说不清楚是什么缘故，如今的荷叶村里，却没有了云姓的人家儿。眼下只有一位姓云的阿婆，大名叫作云英珠的，还住在这里。在村里，人人都叫她云姑婆，不单年轻人这样叫她，老年人也是这样叫的。

云姑婆八十多岁了，是一个身材瘦小的人，头发全白了，脸上布满了深深的皱纹以及一块一块的老人斑，背脊也稍有一点儿弯曲，然而身体却蛮好的，耳不聋，眼不花，走路的脚步也很轻便，出门的时候，经常戴着一只宽檐草帽，脖颈上挂着一只小布袋，里面放着一部手机，身上的衣服总是干干净净的，一年中的多数时间，脚上都穿着一双塑料拖鞋，只在入冬以后，才会穿几天胶鞋。

云姑婆住在一幢二层的小楼房里，就在祠堂的边上。这还是儿女们出资，专门为父亲母亲修建的。时间并不很长，至多十几年吧，因此还不算旧。建这栋房子的时候，云姑婆的老伴儿还在世，可是没几年，老伴儿就去世了。老伴儿名叫梁玉昌，人称阿昌伯，晚年患上了遗忘症，正规的说法是"阿尔茨海默病"，糊里糊涂地度过了余生，在两年前的一次午睡之后，就再也没有醒过来。

另外，云姑婆还经营着一间小店铺，卖些游客们喜欢的海螺、贝壳、螺号、手镯手串、小工艺品，外加几样小食品，美味鱼片、牛肉干、腌制的橄榄等，店名叫"海岛旅游纪念品商店"。店铺开在村口，相邻还有另外几家经营其他物品的小店，俨然形成了一个小小的商圈，不过生意都很清淡。

阿昌伯还在世的时候，小店铺就有了（想当初，老两口曾经轮换着坐在柜台后面打盹儿）。可因为生意清淡，实在是没赚到几个钱。阿昌伯去世后，子女们便纷纷表示，店铺就不要再开了，也不是没钱用，何必那么辛苦，我们按月给你就是了！他们也确是经常给她钱的。但云姑婆似乎很固执，这间小店铺，至今还开着。

云姑婆和阿昌伯，总共生育了三子二女。但因早年岛上的医疗条件差，或者说根本没有什么"医疗"，其中有两个夭折了（最大的一个和第三个）。活下来的两子一女，如今都不住在岛上。

大儿子梁海宽，早年出去当兵，因在部队立过功，转业时被分配到广州一家工厂当工人，又跟一个女工友结了婚，就在那里安了家，现住在广州的荔湾区，自己也早就当了爷爷，再有一两年，就要退休了，曾经一再说退休后要回到岛上来生活。

二儿子梁海平，因为觉得在岛上没什么前途，二十多岁的时候就离开海岛出去闯荡，后来认识了一个家住惠州的女子，两人结了婚，结婚后把家安在了惠州，生了一子一女，现在跟妻弟合伙儿开了一家海鲜店。

女儿梁海妮是走得最远的，她考上了上海的一所大学，还念了博士，后来跟一个上海男子谈恋爱，并且结了婚，毕业后就留在了上海，现在一所著名的大学做老师（已于去年评上了副教授）。

其实，这些年来，只在每年过年的时候，儿女们才会拖家带口，赶回岛上团聚几天，一般是从腊月二十九住到正月初七，有时也会住到正月十五。不过不一定全都回得来，说不定哪一个突然有了什么事，或者有了其他更重要的安排，就不回来了。

这倒不是子女们不孝心。实际上，无论儿子媳妇、女儿女婿，都无数次跟云姑婆说，要她搬到他们那里去住，广州也行，惠州也行，上海也行，随她。只是她自己不同意，坚决不同意。

问她为什么。

她就说，她担心在别的地方住不惯……

偶尔，她也会说："我要是走了，祠堂谁打理呢？总得有个人三天两天过去打扫一下，太久了没人管，恐怕会塌掉的……"

4

海妮在码头下了船，向荷叶村这边走。

码头在一个小小的海湾里，左右两端各有一道丈余宽的水泥坝，坝体上悬挂着一些废旧的汽车轮胎。

海妮轻装简行，只拉着一只行李箱。

因是中午，天气有点儿闷热，使岛上弥漫着一股潮润的气息。

海妮已过了四十岁，还显得很年轻。因长年在室内工作的缘故吧，面皮白白净净的。虽然已生过了小孩子，身体似乎并没发生很大的变化。像云姑婆一样，身材也不是很高的（不过还是要比云姑婆高一些）。

海妮朝荷叶村这边走，脚步很快。

海妮是在荷叶岛上长大的，对岛上的一切都很熟悉，对回家的路径就更熟悉。她走过了酒店的大门，又走过了山脚。一转过山脚，就瞥见了荷叶村。

海妮不由加快了脚步，又走了几分钟，就看见了村口的那几家店铺。几家店铺中，最抢眼的是那家食杂店，因为屋顶高。不过，海妮首先看见的，还是她妈妈的那间"海岛旅游纪念品商店"。

海妮看见，几间店铺都敞开着门，包括妈妈的"海岛旅游纪念品商店"。

另外，在食杂店门口，海妮还看见了几个人。几个人都坐在随意摆放在那里的几张略显陈旧的竹椅或塑料椅上。几个人都是荷叶村的人，而且都是老年人。当然，海妮早就认识他们了。这会儿，大家都呆呆地坐着，有的垂着头，好像在打瞌睡，有的望着远处的海面，出着神儿。

几个人当中，只有一个中年女人，亦即食杂店的老板，海妮叫她红姐，也坐在一张竹椅上，在埋头摆弄手机。

海妮以为，云姑婆会在店铺里。

人们也看见了海妮。

红姐立刻站起来说："啊！海妮回来啦！姑婆……哦，你阿妈……刚刚还在这里呢……让我帮她看店，说要回家里煲汤……"

一个老人接着说："怪不得！这姑婆，几次三番的，来了又走，来了又走，原来是女儿要回来啊……"

海妮听了，心里轻轻一动，随即朝他们笑了笑，算是打了招呼，便向村里走去。

村里很安静，似有三五个游客（或者七八个），在街上逛荡，脖子上挂着照相机，偶尔举起来，对准某个地方，啪啪啪地拍几下。

海妮来到家门口，一进门，就看见云姑婆在一楼客厅的一只木椅上坐着，眼巴巴地望着院子，就像一只老猫。待海妮一跨进屋门，云姑婆立刻就从木椅上站了起来，动作也像一只猫，非常地麻利。

海妮马上丢下行李箱，迅速迎上去，一把搂住了云姑婆，并且就势把她抱了起来，抱离了地面，抱了一瞬，放下来说："阿妈，你有这么轻吗？好像都没有丫丫重哎……"

云姑婆说："我没有肉又没有血，就剩下一身骨头了，能不轻吗……"

云姑婆一边说话一边向厨房走去，说："我给你煲了汤……里头下了薏米、蜜枣、五指毛桃，还有两条排骨……你等着，我去给你装一碗……"

一会儿，云姑婆端着汤碗回到客厅，碗里放着一只白瓷勺。

云姑婆把汤碗放到客厅这边的餐桌上，对海妮说："来喝吧……"

海妮走到餐桌旁边，在一把椅子上坐下来，说："你不喝？"

云姑婆说："你喝先……"

海妮舀了一勺汤，喝下去，咂咂嘴，朝云姑婆笑了一下。

云姑婆也坐下了，就坐在海妮的对面，一面看着海妮喝汤，一面说："你说你要上国外去留学，丫丫谁带呢？"

海妮说："她爸爸带她……"

云姑婆说："你放心？他一个大男人，带得了？"

海妮扑哧一笑说："他比我心还细呢，带得了……"

云姑婆停了一下说："那你要去多久呢？"

海妮说："三年……"

云姑婆说："三年？好久啊……不去不行吗？"

海妮说："这是学校安排的，不能不去……"

云姑婆不吭声了。停了一会儿，才说："这次你怎么不带丫丫一块儿来？"

海妮说："她还没放假，来不了……"

云姑婆"哦"了一声。

海妮喝完了碗里的汤。

云姑婆见状说："再喝一碗吧。"

海妮点点头。云姑婆拿过汤碗，再次去了厨房，一会儿从厨房出来，对海妮说："那明天吧，我跟你去祠堂，拜拜你阿爸，拜拜你外公外婆，拜拜祖宗……"

海妮的声音突然轻下来，说了一声："嗯，好……"

云姑婆又说："下午，我们去各家走走，跟各家各户说说话……"

海妮说："好……"声音同样是轻的。

云姑婆接着说："现今村里已经没有多少人了，就剩下一些年岁大的，也没有几个了。年轻的多半都跑到岛外去了，去哪儿的都有，珠海了，深圳了，东莞了，广州了，还有去北京的……"

海妮说："我知道啊……可现在就是这样子，有啥办法呢?"

云姑婆说："这些天他们说，那边的酒店还想把我们村子买下来，把全岛都买下来，说要建一个更大的店，把整个荷叶岛都建成店，一个好大好大的店……"

云姑婆一边说，一边还伸出双臂，在空中比画了一个大大的圆圈。

海妮见状笑说："这么夸张啊……"

云姑婆似乎不高兴了，嗔怪道："你还笑! 要是那样，这些乡亲就啥都没有了，祠堂也没有了……"

海妮想了一下说："这倒是个问题哦……不过，大家可以选择不卖呀!"

云姑婆说："说得轻巧哦! 由得了你?"

海妮说："这事儿谁管啊?"

云姑婆说："说不上哪个管，反正是归上级管。他们说有个管委会。管委会跟村委说一声，不卖也得卖……人人都这么说。"

海妮说："卖了房子，让人住哪儿呢? 总得有个存身的地方吧……"

云姑婆说："不知道……那年在岛西建宾馆，人都搬到了岛东……这次不知道还往哪儿搬……可没地方搬了……"

海妮没说话。她想起曾经在网络上看到的一些有关农村征地和卖地的消息，有的还起了冲突，有的还出了人命，里面涉及赔偿金啊、干部跟老板勾结啊、拆迁啊、重新安置啊等事情，情况相当复杂。不过，她对这些事情不是很了解，偶尔碰到这方面报道，就顺便浏览一下，并没仔细想过，也没放在心上。她工作太忙了，忙着教课，忙着搞研究，忙着照顾孩子，忙着一日三餐，最关键的是，她觉得这些事情跟自己没有什么关系。

一会儿，海妮说："这事要不要跟我大哥讲一下？"

云姑婆说："跟他讲有啥用？他没有权也没有势，只能让他着急上火。我们别说这件事了，吃午饭先。吃完饭再睡一阵儿，就去各家走走……"

5

不料，海妮下午突然病了，发起了高烧，面红耳赤，在床上躺着。也许是被太阳晒得久了，也许是路途上过于劳顿。其间，她曾经起来了一下，说是头晕得很，马上又躺了下去。

不过云姑婆倒没有怎么着急，一看海妮的症状，就知道是怎么回事了，很快兑了一盆温水，把毛巾沾湿，给海妮擦了擦脸，又取来一把梳子，帮海妮翻过身子，在她后背上刮了一气，刮得海妮直哎哟，还一边哼哼唧唧似的说："阿妈你轻点儿哎……你轻一点儿好不好嘛?!"

云姑婆并不轻，也不停，一边轻轻地喘息着，说："还像小时候那么娇气啊……轻了就没有用了……又不是抓痒痒……"

直把海妮的后背刮得红一块又紫一块。

刮完后想了想，又取来一瓶藿香正气水让海妮喝了，说："你睡一下吧……就睡我跟你阿爸的床，不用上楼了……你睡醒了就没有事了……"

海妮看了云姑婆一眼，眼睛里的内容似很复杂，然后便翻过身去，片刻就睡着了。

这样，到各家走走的计划就落空了。

海妮睡着睡着，忽然做起了梦。时断时续，却连绵不绝。一边做梦一边不停地扭动身体，偶尔还说几句梦话，却听不清她说的是什么，仿佛在呢喃。

直到后来很久，海妮还记得她那天的梦。

她先是梦见了爸爸阿昌伯。但她开始并没有认出那是阿昌伯，她只看见一个男人在走路。那人背影特别高大，身穿一件没有衣领也没有衣袖的蓝色小褂，整个后脖颈都暴露在外面，后脖颈布满了皱褶，且被阳光晒得辣红。正是因为这件小褂，还有那红红的后脖颈，才使她认出了那是阿昌伯（海妮记得，小褂是妈妈亲手缝的，一到夏天，爸爸就会穿在身上，因他当年经常出海捕鱼，总是带着一股海腥味）。于是她当即叫喊起来："阿爸……阿爸，你去哪里?"可是阿昌伯并不理她，头都没有回一下，好像压根儿就没听见（在当年，阿昌伯清闲的时候也会在岛上走一走，而她这个小不点儿的女儿，特别喜欢跟着他，有时候会去沙滩，有时候会去供销点。然而这一次，她不知道他要去哪里）。而在这当儿，阿昌伯已经越走越远了，远到马上就看不见了。这让她非常着急，也非常难过，于是她接着又喊，喊了好几声。喊着喊着她才意识到，爸爸已经死去了，不在这个世界上了。想到这一点，她立刻就哭了，在梦里就哭了……

……

一会儿她又梦见了云姑婆。感觉是在晚上。家里的灯都亮着，楼上楼下，一片通明。在梦里，云姑婆十分瘦弱。最初，云姑婆坐在客厅的木椅上，微眯着眼睛，好像在想心事，也似在打盹。接着，云姑婆激灵了一下，随后便站起来，蹒跚着朝楼上走去（楼上是大哥、二哥，还有她，每年春节回岛临时住宿的地方，每家一个房间）。随即，她见云姑婆打开了第一个房间的门，朝里面看了一会儿，把门关上了。紧接着，云姑婆又打开了第二个房间的门，又朝里面看了一会儿，又把门关上了。在打开第三个房间的门之后，云姑婆走了进去，并在床上坐下来，开始抽泣。她不知道她为什么哭。云姑婆哭了片刻，似乎想起了什么，马上就不哭了，迅速来到了楼下，径直走进了厨房，把案板、切菜刀、电饭煲、几只盛调料的小玻璃瓶，统统用抹布擦了一遍，动作十分地麻利。做完这些，她又重新回到了客厅，重新在木椅上坐下来。坐着坐着，突然就睁大了眼睛，同时还伸出双手，紧紧地按住胸口，然后便瘫倒下来，软软地瘫倒下来……在梦里，她最初还没明白这是怎么回事，不过她很快就明白了：她这是死了! 阿妈死了! 她感觉自己大叫了一声……

……

海妮一觉睡到了天黑，才醒过来。刚一睡醒，就隐隐约约地听见了妈妈的脚步声，心里暗暗地想，这是阿妈在准备晚饭吧？不由长长地舒了一口气。不过她并没有马上起身，又在床上躺了一会儿，眼睛看着模模糊糊的天花板。直到这时，她仍然深陷在那些梦境里，感觉自己的心脏被紧紧地压迫着，无比地重。

6

这天傍晚，岛上突然下起了大雨，还伴有大风。后来风息了，雨却没有停，然而小了许多。

海岛的天气就是这样，风和雨都来得快。

雨点啪啦啪啦的，打在玻璃和窗台上。

因为下过了雨，气温也低了一些，但仍然感觉闷闷的，而且空气湿度很大，处处潮乎乎的。

这时候，海妮和云姑婆已吃过了晚饭。海妮还帮云姑婆收拾了碗筷。现在，母女俩坐在客厅的座椅上。

客厅里一共有三只刷成浅紫檀色的橡木椅，其中有一只长木椅，靠墙放着，两边各有一只单人的。另有一只茶几，放在长木椅的前面。单人椅中的一只，曾经是海妮的爸爸阿昌伯最常坐的地方。在海妮的印象中，在爸爸的晚年，他似乎一直就是坐在这里的，似乎他一起床，就坐在这里了。海妮记得，这几只橡木椅，还是大哥和二哥特意到珠海市的家具城买了运到岛上来的。

此刻，云姑婆就坐在爸爸以前常坐的位置上。

母女有一搭无一搭地说着话儿。

海妮只字未提她下午所做的那些梦，但是，她的整个情绪，似乎一直还在那些梦的氛围里，一时尚无法自拔。

在座椅和茶几对面的空地上，放着一个立式电风扇。电风扇轻盈地转动着，一左一右地摆着头。

一会儿，海妮说："要不要跟大哥说说，楼下也装个空调？风扇不顶事儿……"

云姑婆说："不用……你是在空调屋里住惯了……"

海妮说:"我大哥和二哥,最近给你打过电话吗?"

云姑婆说:"打了。你二哥还在电话里说,他小女今年考大学,也要往上海考,他让我跟你说,我说你自个儿说嘛……他跟你说了没?"

海妮说:"他打电话说了……二嫂也跟我说了……可梁爽的分数上不了我们学校的线……我找我同学问了一下,报其他学校还可以。我跟同学打了招呼,本科就在他们学校读,以后考研再考我们学校吧,一样的……"

云姑婆说:"要给钱吗?"

海妮说:"不用……"

云姑婆说:"你二哥也不容易,钱倒是赚了一些,可也够辛苦,以后又没有退休金,不像你和你大哥……这也怪他自个儿不争气,念书念成那个样子,机灵倒是够机灵,从小就想着要赚钱……还好他没让他的两个仔跟着他做生意……"

海妮没有马上说话,想着什么。也许想起了她下午做的梦。

一会儿海妮说:"妈,你真不想到岛外去住些日子吗?哪怕一两个月?"

云姑婆想了想说:"不想……"

海妮说:"也不想到外面看一看?"

云姑婆说:"看了能咋样?还不是回来过自个儿的日子……"

海妮说:"那是你没有出去过,才这样想的……"

云姑婆说:"我去过一趟珠海呢……"

海妮想起来了,说:"哦,就是那次陪我阿爸到珠海去做检查吧?那次大哥也没有告诉我,过后才跟我说的……"

云姑婆说:"你大哥和你二哥,那次都去了……就觉得你在不在都行的……想起那时候,你阿爸还认识人,从珠海回来没多久,就一天一天地不认识人了……到后来,连我都不认识了……"

听见这话,海妮心里立刻剧烈地痉挛了一下,很痛。

两个人一时都没说话。

许久,海妮说:"唉……阿爸好可怜……"

一会儿,海妮问:"妈,你真的从来没见过我的爷爷和奶奶吗?就是我阿爸的爸爸和妈妈……"

云姑婆徐徐说："我上哪儿见去？……我认识你阿爸的时候，他们就不在了，这是你阿爸亲口这样说的……"

海妮说："阿爸也没有带你回去他的老家？他家里肯定还有别的人吧？哥哥啊、弟弟啊、姐妹啊……"

云姑婆说："有是有的，你阿爸也说起过他们……可他哪敢回去呀……你都知道，你阿爸是改了名字的……他隐姓埋名这么多年，一回去不全都露馅儿了嘛……"

海妮说："我知道，阿爸后来的名字，还是我外公帮他改的……"

云姑婆说："幸亏他改了名字，你阿爸才没什么事，才保全了他自个儿，也保全了我们全家……那些年，风声好紧的……所以我都说，你外公好聪明，好有头脑的……"

海妮说："可惜我都没见过外公外婆的面……"

云姑婆说："你怎么能见着？你外公和外婆出事儿的时候，我和你阿爸刚成亲还没几天……"

海妮说："小时候我就听村里人说，我外公和外婆，他们是出海淹死的……说他们驾着一艘小舢板……出去了就没有回来……"

云姑婆说："是啊！那天吃早饭的时候，你外公对我还有你阿爸说，他要跟你外婆去一趟'下岛'，去看一个熟人……还说要在那里住些日子，不让我们去找他们……"

海妮说："那他们是出了意外吗？是不是遇上大风大雨了？"

云姑婆说："不是……那天没有风也没有雨，是个大晴天儿……"

海妮说："那是不是他们的舢板坏了？漏水了？还是……"

云姑婆说："好好的一只舢板，哪能说漏水就漏水？……这些年，我一直都没想明白这是怎么回事，我也不敢多想……"

海妮说："那是不是因为云方和云正……我那两个舅舅呢……外公和外婆当时太伤心了？"

云姑婆说："不知道，不知道，也许吧……"

停停，云姑婆摇摇头说："唉，这些陈芝麻烂谷子的事，不说了……"

……

7

第二天吃过早饭，云姑婆就带着海妮来到了祠堂。

雨在昨晚就停了。

此刻，祠堂静悄悄的。

祠堂里面几乎没有其他什么东西，墙角放着一个扫把和一个带柄的塑料撮子，一只盛水的红色塑料桶，靠墙放着几只供人闲坐的长条木凳，因此显得很空旷。

小时候，这里曾经是海妮经常光顾的地方。那会儿，她会跟一些小朋友在这里玩游戏，过家家了、跳房子了、用手绢蒙住眼睛捉人了、挤在角落里讲各自的见闻和吓人的故事了、用贝壳摆图案了，稍大一点儿，还会躲在这里看连环画本，偶尔赶上下大雨，还会站在门口伸出小手接雨水……

在海妮的记忆里，那时候，她总觉得这里很阴森，感觉墙壁特别地高，让人心里发怵，还觉得每一个墙角旮旯儿都藏着死人的魂灵，甚至藏着海妖和鬼怪，它们时时瞪着眼睛，透过墙壁，悄悄地注视每一个进来的人，观察你的一举一动，而且随时准备伸出它们看不见的手，将你一把扯到墙缝儿里头去。

随着年龄的增长，一直长到七八岁，她的这种感觉才慢慢变淡，才不觉得那么害怕了，也不觉得墙壁那么高了。不过，她仍然很少一个人来，要跟其他小朋友一起来。

在祠堂的最深处，也就是最里面的墙边，放置着一张长方形的供桌。

供桌是黄花梨木的。海妮曾听大哥讲过，黄花梨是一种很好的木料，很名贵。不过海妮不懂得这些。

供桌很老旧了，然而非常干净，似乎一尘不染。

供桌上面，摆放着一个带底座的牌位，高约两尺，同样显得很旧了，从上至下，阴刻着一行共十二个字：

南海云氏历代祖考妣之神位

牌位与供桌一样，也是干干净净的。

海妮记得，在她小时候，这里是没有这个供桌的，也没有这个牌位。听妈妈说，供桌和牌位，曾经一度被爸爸妈妈搬到家里，藏了起来。为此，妈妈还费尽心思，让爸爸在从前的老屋里砌了一道密不透风的夹壁墙。

有一阵子，祠堂内外还用红色的油漆写了许多的标语口号。一直到了海妮记事的时候，那些标语口号还在那里。直到现在，祠堂里面的墙壁上，还残留着那些口号的痕迹。

有一度，人们还经常在这里念报纸、开会……

母女两个来到了供桌跟前。

两人谁也没有说话。

片刻，云姑婆弯下腰，从供桌下面拿起了一只陶瓷的香火炉，并在供桌上放好。又从随身带来的一个环保袋里取出三根用纸包着的香，再从衣服口袋里掏出一个打火机，将香点燃了，插在了香炉里。之后退后几步，在供桌前面跪下来。

海妮也跟着跪下了。

云姑婆双手合十，声音轻轻地说："云家的祖宗先人，阿爸阿妈，还有阿昌……英珠又来拜你们了。英珠还带来了小女海妮。英珠有事要求你们帮忙。我小女海妮，要到外国上学去，她要跨洋过海。英珠诚心诚意地求你们，求列祖列宗的在天之灵，保佑她平安！保佑她平安去，保佑她平安返！海妮她不姓云，但她是我生的，身上有我们云家的血脉。英珠给你们叩头了……"

说着俯下身去，重重地在青砖地上叩了三个头。

海妮静静地听着云姑婆的话，忽然十分感动，感觉心里热热的，又有一点儿酸楚，眼角顿时就湿了。看见云姑婆叩头，她也叩了三个头。

8

海妮在岛上住了五天，今天就要返回上海了。此行她要先乘船到珠海，再从那里搭乘高铁到广州。途经广州的时候，她还要去看望一下大哥，顺便交代一些事情。

返程的船将在午后一点钟起航。

早上一起来，海妮的内心就充满了一种特别的情绪，感觉心里沉甸甸的。自从当年离开海岛出去上学，每一次寒暑假，她都会有这种感受。成家之后每次回来过年，在将要离开的时候，她也会有这种感受。而这一次，这种感受就更加浓烈。

此后的三年，她将不能回到岛上来。

三年的时间，谁也不知道会发生什么事情。

看上去，云姑婆倒显得很平常，早上一起来，就忙这忙那的。一边忙，一边说一些临时想到的事情。

一忽儿，她说，妮子啊，别忘了把充电器装箱子里，还有你床头的书本……

一忽儿，又说，你晾在楼上的衣裳收了没？还有给丫丫的贝壳，有没放进箱子里？

一忽儿，又说，见到你大哥跟他说，下次回岛，让你大嫂一块儿过来……

一忽儿，又说，这次出了国，过年的时候就不能回来了吧？

一忽儿，又说，天这么热，等下经过红姐的店，记得拿一瓶矿泉水……

……

海妮偶尔答应她一声，头脑里，则不时地闪现一下以前的一些事情的片段，包括那时的具体情境，以及当时说了什么话，甚至说话的语调，心里立刻就会刺痛一下。有些事情，已经那么久远了，却仍然历历在目。那些事情，是多么难忘啊！而且，那会儿妈妈还是年轻的。如今，妈妈却是个老人了。仿佛在不经意间，妈妈就变得这么老了。一切的时光，都已变成了过去。这让她难以接受！

后来，云姑婆开始做午饭，海妮也过来帮忙。

云姑婆一边忙碌一边对海妮说："今天午饭要提早吃，不要误了船……"

海妮说："我早饭吃得太饱了，现在还没觉得饿，吃不吃都行的……"

云姑婆说："总得吃一点儿。肚子里面没东西，你会晕船的……"

母女俩吃了午饭，离开家来到了码头。

云姑婆跟海妮一同走进候船室，买了船票。

不久就开始检票了。在走出闸口的时候，海妮回头看了一眼云姑婆，见云姑婆站在闸口外，双手握着不锈钢的栅栏，眼睛睁得大大的，也在看她。

海妮向云姑婆挥了挥手，大声说："阿妈，你回家去吧——"

话一出口，眼泪也顿时迸发出来。

海妮不再回头，她走过跳板，走上了甲板，又走进了船舱，其间一直在流泪——她不知道：当她从国外回来，还能不能见到她的阿妈！

实际上，自从她回到岛上，这个想法就始终萦绕在她的心头，让她隐隐地心痛。

看见海妮上了船，云姑婆便离开候船室，来到了外面的防波堤，站在那儿，看着轮船退出了码头，之后又掉转船头，向远处驶去，变得越来越小，越来越小，最后完全看不见了，只剩下了海和天连在一块儿……

云姑婆又站了片刻，才离开防波堤，朝荷叶村的方向走去。

她走得很慢，大概有点儿累了。

走着走着，她来到了那家酒店的门前，发现那儿忽然聚了很多的人，大门口还铺上了红地毯，院子里还升起了两个带着飘带的大气球，还有人在呜呜哇哇地演奏乐器，还有人在唱歌，还有人在讲话。歌声、乐器声、讲话声都是通过音箱传出来的，感觉声音特别地响。

这样的情形以前也有过的，似乎在搞什么大型的活动。开头那阵子，荷叶村的村民们还常常跑过来看新奇，现在倒是很少来看了。

她停下来，默默地看了一会儿，然后继续向荷叶村那边走去……

二、酒店前史

1

荷叶岛上的酒店叫作"海上时光大酒店"。

酒店是一个庭院式的建筑群，呈中西合璧样式。

主建筑兼具哥特式和中国庙堂式的风格。最典型的标志是楼角上面有飞檐，门口还立有粗大的廊柱，朱红色的。大概考虑到了气象条件，主要是台风的因素吧，所有的建筑都不甚高，主楼只有六层。

主楼之外还有附楼。

附楼散布在主楼的周边，功能不一：有保龄球馆和桌球馆，有卡拉OK厅，有桑拿和洗浴中心，有游艺厅，有咖啡厅和酒吧，有礼堂，有"儿童天地"，还有一间镭射电影院。另有一些别墅式的客房，其内部设施奢华，各类器具、沙发桌椅、床上用品，皆为高档东西（房价当然也不便宜）。且每栋别墅都有一个好听的名称，诸如听风楼、怀远楼、日夕楼、观海楼，等等。

所有的建筑，外墙一律呈土豪金色。

在楼房与楼房之间，有小径相连。小径两边，植有树木花草，广玉兰、三角梅、夹竹桃、箹杜鹃，以及一丛一丛的青竹。其中有些物种，是从陆地移植过来的。在某些拐角处，置有石桌石凳，供人坐憩。整个酒店区域，四季葱茏。

入夜，又是另一番景象了。

这时候，整个酒店都亮起了灯光。大堂一片通明。除此之外，还有各种射灯、景观灯、霓虹灯等，在主楼、附楼、庭院，包括院内的树上，闪闪烁烁，明暗相生，色彩斑斓，彻夜不息。

光亮还倒映在海面上。

远看，一片璀璨。

一些游乐场所，此时则人声喧哗。有人在酒吧喝酒，有人在咖啡屋里喝咖啡，有人在玩各种球（保龄球、羽毛球、乒乓球、台球等）。

而在卡拉OK厅里，有人正在陶醉地歌唱着："不要再迷惘，不要再彷徨！我们的生活（啊）充满了阳光，越走（就）越亮堂……"歌声时高时低，忽高忽低，时而还会跑一下调，便十分地刺耳。

2

"海上时光大酒店"，是从一家小旅店发展起来的。

小旅店的创办者名叫张千，五十多岁，是原来生产队的队长。

那时候，生产队刚刚解散没多久。

当年，荷叶岛只有一个生产队。岛上的居民，除了小孩子，都是生产队的队员。那会儿实行人民公社化，队员也叫社员。生产队还分为渔业组和农业组，渔业组的任务是出海捕鱼，由男社员组成。农业组则负责耕种岛上不多的田地，种些水稻、青菜和水果，主要由女社员组成。另外有些老弱病残的男社员，不适合出海了，也会分到农业组来。

生产队有个大院，院内有一排队房子（包括仓库等），是给社员们派活儿的地方，也是召集社员们开大会、读报纸的地方，同时也是生产队的干部们，队长和副队长，以及会计、出纳、记工员们，平时的办公场所。生产队的财产，那些渔具和农具，也都存放在里面。当然，社员自己的一些活动，红事白事，包括举办"革命化"婚礼，经队长批准后，也可以在这里搞——毕竟这里地方宽敞一些，做事方便。

生产队的大院就在如今"海上时光大酒店"主楼的位置。队房子则是一幢红砖房，有十几个房间，有走廊，还有玻璃窗（窗框上刷着油漆），还有一间很大的会议室，另有一个大院落，很空阔，大概有上千平方米，平日放了些大小渔船。

生产队解散后，第一件事是处理队里的财产。

一些小物件，能分的就分了。那些大一点儿的物件，诸如渔船等，则采取自由组合的方式，几户共有一艘。岛上的土地，以及近岛的水面（水域），也按人口数量，分给了每家每户。这在当时有个说法，叫联产承包责任制。而一些不动产，主要就是队房子，便作了价，在内部出售。在这个过程中，自然会发生好多的故事，这里就不多说了。

生产队队长张千，无疑是个聪明人（不聪明他也当不上队长）。在当队长期间，又经常出去开会，是见过一些世面的，认识的人也比较多，又很会与人打交道，信息也比其他人灵通。所以，他早早就瞄上了队房子，打算建一个海产品加工厂，借地利之便，做些鱼干、鱼片、鱼丝之类，利用以前的人脉关系，到陆地上去销售，认为一定可以赚到钱。

为了拿到队房子，张千是颇费了一番心思的。因为还有其他几个人，当时也参与了竞标。那么，他首先就要考虑，怎样才能打败其他竞争者，同时又不能使自己付出太高的成本，否则就不划算了。为此，他想了很多的办法，简直绞尽了脑汁。总的做法就是有软有硬，软硬兼施，该许诺则许诺，该吓唬则吓唬。另外，他这会儿虽然名义上不是队长了，但队长的余威还在。所以这样七弄八弄，最后还是顺利地达到了目的。这个过程，也是有很多故事的，也不多说了（那几个自恃有一点儿实力，当初参与竞标的人，都陆续退出了竞争）。

张千摇身一变，成了民营企业家。

说到搞旅店，则是后来的事了。

彼时，国内还没有兴起旅游的热潮，当时的交通也不甚方便，主要是还没有开通到岛上的航路，所以当时还很少有岛外的人到岛上来。不过偶尔也会零零散散地来几个人，在岛上转悠一番，再吃几餐海鲜大餐——据说都是租乘渔民的舢板过来的。

但是没过几年，这种情况就发生了变化。最关键的一点，是开通了直达岛上的航渡。最初是每隔半个月，会有一班渡海的客船直接来到岛上。过了一段时间，大概有半年左右吧，就变成了每个星期一班。

为此，还专门修建了客运码头和航运站。

客船都是机器船。每次靠岸前，都会拉响汽笛。

航渡一通，来岛的客人就多起来。

这时，刚好国内渐渐兴起了旅游的新风气。一个明显的标志，是各地陆续成立了一些旅行社，还有大大小小的旅游公司，同时也有了"导游"这个行业和这个称谓，有了旅游大巴和各式各样的小旗子。这在从前都是没有的。

这些客人中，自然有一些是来海岛旅游的。而一旦来了人，就要住，就要吃。而且，偶尔有一次，来的人会很多，可能十几个，有时候二三十。但因当时岛上尚无旅店，凡来者，便只好临时到居民家里去借宿——所以有一度，岛上还出现了一些家庭旅店，且生意相当好。

张千看到了这个情况，也看到了其中蕴含的商机，思谋了几天，果断地停掉了海产品加工厂，又请来一个装修队，把原来的厂房装修、改造一番，搞成了一个旅店，并灵光一闪，给旅店取了个名字，叫作"海岛宾馆"（自我感觉既大气又时兴）。并且开了一个餐厅，专做各式海鲜。

为招徕顾客，他还别出心裁，在旅店的房顶固定了一个铁架子，上面焊了几个闪闪发光的铜字，便是"海岛宾馆"那几个字。

不过，因为急于开业，时间紧张，旅店的设施还是简陋了点儿。可张千不管那一套，他对手下人说，过得去就行了，他们又不是来这里过日子的，我可不想耽误那么多工夫，耽误工夫就是耽误钱呢！

海岛宾馆开业了。有好事者记下了那个日子。那一天，恰是公元19××年6月6号，芒种日。

3

旅店开业以后，生意越来越好。

这里有一个因素，就是航渡的班次又增加了，已经由原来的每个星期一班，增加至每个星期三班。

航渡的增加，会带来更多的客人。

而所有的客人，都会选择住进张千的旅店。

这也就意味着，每来一位客人，都会给张千送来一笔钱。

一晃，几年的时光就过去了。

旅店开业后的第五年，盛夏的一天，游客中来了一个名叫许万的人。这许万四十多岁，面皮白皙，穿着随意，戴着一副太阳镜，脖颈上挂着一个照相机，也像许多游客一样，拉着一只不大的行李箱，混在诸多游客当中，一点儿也不惹人注意。下了船，先在张千的旅店登记了房间，然后就跟其他游客一道，在岛上四处转悠，岛东岛西，山上山下，包括海边的沙滩，通通逛了个遍。逛的同时，拍了许多的照片。

到了这天晚上，许万便来到了当时还很简陋的住宿登记处，对前台的一个女服务员说："我想见一下你们老板……"

服务员似有一点警惕，说："你有事吗？是不是想换房间？这里的条件就是这样的，大家都是这样住的……"

许万说："哦，不是房间的事，是其他事，挺重要的。你能不能跟你们老板说一下，就说有人想跟他谈一点事情……我会在房间等他……"随即拿出一张名片，递给服务员。

服务员匆匆看了下名片说："好的，我跟他说……不过见不见你我可不保证哦……"

直到晚上十点多钟，张千才敲开了许万的房间门。他不是一个人来的，身后还跟着那个前台的服务员。

　　之前，张千已喝了几杯酒，脸色红扑扑的。

　　如今的张千，已不是从前的张千，他现在经常会喝几杯酒，偶尔还打打牌。喝酒基本上是每日一饮，一般是在晚餐的时候（中午偶尔也喝）。跟张千喝酒打牌的人，有一些是荷叶村的乡亲，也就是原来生产队的社员，跟他关系比较好的人，有他现在的员工（员工当中，有些是从外面招聘来的），有从外面来的熟人，包括从邻近的岛上过来的，也有从陆地来的。这些人，有的是在他当队长的时候就认识的，可能还曾经一起参加过干部会，也有最近几年认识的，等等吧。

　　张千喝酒，他家里人一直反对。老婆、女儿和女婿（他有两个女儿），都反反复复地对他说，喝酒对身体不好，对心脑血管更不好。可他坚决不听，甚至还会急眼，动不动就怒冲冲地说："我的事不要你们管！我辛辛苦苦地赚钱，让你们过上了好生活！我喝点儿酒算什么？什么对身体不好？瞎扯！"如此反反复复，家里人只好不再管他，也知道管不了。

　　说起来，包括张千的家里人，甚至整个荷叶村的人，现在都发现了张千的变化。他似乎比当年当队长的时候还要神气一些。就像他自己说的："现在我有钱了。这钱我想怎么用就怎么用，想给谁就给谁，我不用跟任何人研究，也不要任何人批准……"

　　此刻，张千站在许万房间的门口，穿着一条休闲大短裤，脚踩一双拖鞋，带着一嘴的酒气，对许万说："是你找我？"

　　许万说："您是张总吧？请进请进！"

　　张千并没马上进来，说："找我什么事？"

　　许万说："也没什么具体的事，想跟您聊聊天。"

　　张千说："我们以前不认识吧？"

　　许万说："哦，不认识。我这是第一次来到荷叶岛，住进宾馆之后才知道了您。我叫许万。张总看到我的名片了吧？"

　　张千愣了一下，回头看看年轻的服务员。

　　服务员说："你放进口袋里了……"

　　张千"哦"了一声，从短裤口袋里掏出了那张他此前顺手放进去的许万的名片，快速看了一遍说："原来是许总……不好意思啊，刚才我没看仔细……"

许万说："没关系没关系……"

张千被许万让进了房间。两人互谦了一下，才分别在茶几两边的木椅上坐下（因无沙发）。

张千还有些许的尴尬，说："许总的公司是在珠海吗？"

许万说："是啊，在金湾区……"

张千现在知道了，许万是一家开发公司的总经理，公司的地址在珠海，刚才看名片时，他主要看的就是这个。

两人又说了几句闲话。随即，谈话便进入正题，开始谈论有关"海岛宾馆"的事情。主要是许万，询问了"宾馆"的一些情况，包括何时开业的、产权属于谁、土地使用权怎样规定、有无使用年限、用电问题是如何解决的、员工的来源和成分、有无上级主管部门、如何管理……诸如此类。有些情况，张千做了回答。有些情况，他也不甚了了。

张千感觉到，许万是这方面的里手。

接着，许万向张千提出来，他想投资入股他的"宾馆"，并对"宾馆"进行升级、扩建。

张千愣了一下，没有马上答应他，说要跟家里人商量一下再定。

谈话结束后，张千还提出要请许万喝几杯酒，却被许万拒绝了（第二天，许万离开了荷叶岛）。

那之后，许万又来过荷叶岛若干次，且是带了若干手下人一起来的，就住在"海岛宾馆"里。张千也被邀请去了几次珠海，参观了许万的公司。双方来来往往，陆续就一些问题达成了协议。诸如双方的出资方式和比例，如何分账，以及未来"宾馆"的管理模式和架构，包括职务和岗位的设置，等等。

又做出了详细的企划方案，厚厚的几大本。

最后，双方一致同意，要将宾馆更名为"海岛大酒店"，由许万担任总经理，张千担任副总经理。

4

协议达成后，第一件事是拆迁。

按照规划，建设新宾馆，需扩大土地使用面积，这就要把住在原来宾馆附近，也就是原来队房子附近的一些房屋拆除，把居民迁走。这次拆迁，大概要涉及十几户人家。

这是发生在荷叶岛历史上的首次成规模拆迁。

拆迁的方式，主要是赎买。具体的做法，是由购买方根据相应情况，综合各种因素，对拟购买区域的房屋进行估价和定价（并报相关机构批准），经与卖出方协商，最后购得对方的房屋产权以及土地使用权。

为使拆迁按时完成，他们还专门成立了一个拆迁办公室，设主任一名，副主任两名（张千的大女婿是副主任之一），另有工作人员若干，都是一些身强力壮的青年人。

并且委派了一位副总经理，也就是张千，来分管拆迁之事。

一次开会时，许万说，拆迁是一件大事情，马虎不得的。如果拆迁不成，其他的一切就都是泡影了……

应该说，这次拆迁，整体上还是顺利。多数居民，都接受了酒店开出的条件。他们，有的是碍于张千的情面，有的因为家里困难急需用钱，有的因为房屋本来就老旧了，有的因为人单力孤，有的觉得没有所谓……总之，原因五花八门。

那些同意拆迁的人家，有的去了岛东，也就是荷叶村一带，用刚刚得到的拆迁费建了新屋，有的干脆迁出了荷叶岛，有的甚至迁到了陆地上，珠海了，中山了，惠州了，东莞了，投亲靠友去了。

不过，其间也发生了一些波折。

有几家是最近几年才建成新房的，不舍得迁；有的是嫌拆迁费太少了，不愿意迁；还有的声称自己祖祖辈辈住在这里，故土难离，压根儿就不想迁。

面对这种情况，他们想了一些针对性的办法，也分别采取了一些具体的措施。

比方，对一些态度不是特别坚决的，他们采取了上门拜访的做法，一般选在吃过晚饭之后，由拆迁办主任带队，张千的女婿陪同，带领几个手下，还要带一些小礼品，水果了，糖块了，糕点了，到对方的家里去喝茶，一边好言好语地聊天，天南地北，东拉西扯，一聊聊到半夜，基本保持隔天一去的节奏。有时候，对方明显地不高兴或不耐烦了，他们也不在意，该说说，该笑笑。有时候，对方假装家里没人不给开门，他们就不停地敲，不停地敲，直到敲开为止……

这样聊来聊去的，果然有了效果，有的便渐渐地松了口。有人后来说："唉，算了算了。大家乡里乡亲的，又不好翻脸。好歹他们还给了钱，又不是白要你的，也不算太吃亏。不然，这样的日子也不好过……"

其中有两家，是态度比较坚决的。

两家的房子都是近年新建的，花了很多钱，也花了很多心思，觉得我费心费力建了这样一个房子，你说拆就拆了，满心舍不得，也觉得吃了大亏。

对这两家，他们便采取了另外的办法。最初是两家的窗户，发生了几次被扔石块的事情。而且都是深夜时分，家里人正在睡觉，突然"哗啦"一声，窗玻璃就被砸碎了（等换上了新玻璃，再扔）；接着，又开始出现经常性停电的情况，有时候，一家人正在客厅里看电视，屏幕一下子就黑了，出去一查看，原来是电线被剪断了（等接上了，再剪）……

两家人的生活，自此再没安生过，每天都心惊胆战的，睡觉都要睁着眼睛。

为此，两家人都快要气疯了，又非常地窝火。明明知道是谁干的，却抓不到把柄，而且自始至终，连对方的人影儿都没看到。在被逼无奈的情况下，还去找过上级部门，甚至报了警，可都没管用，因为找不到确凿的证据。

这样折腾了几个月，最后他们只好也同意拆迁了。

只是，经过协商，增加了一些补偿款。

不过，要说最费周折的，还是一个名叫林阿根的人。在所有人都同意拆迁后，只有他还不肯迁（砸玻璃、剪电线，都不起作用）。

林阿根六十多岁，无儿无女，和老伴儿一起生活。那个声称自己

"祖祖辈辈住在这里，故土难离"的，就是他。

听人说，他早已经备好了一桶汽油，声称：如果谁敢动他的房子，他就把自己和老伴儿一块儿烧死。"我不烧别人，烧我自个儿，这不算犯法吧？等到出了人命，我看他们怎么办！"他这么说。

林阿根和老伴儿，每天守在家里，片刻不离，有什么重要的事情必须去办，也一定留下一个人，在家守着。

熟悉林阿根的人，都知道他性格极其倔强，凡是他认准的事情，九头牛也拉不回来。

对他，他们想出了一个新办法。

林阿根老两口一直都有一个嗜好：喜爱看戏，尤其爱看传统的大戏。据传，早年间，在他们年轻的时候，就曾经几次跨海跑去老远的广州，专门去看粤剧团的大戏。这件事人人皆知，且一度传为笑谈。

此间恰逢重阳节。

还在节日之前好几天呢，他们就在全岛各处张贴和派发了好多的宣传单和海报，说要搞一场"欢庆重阳节——免费睇大戏"的露天演出活动，还说是专门从广州请来的班底，里面有好些个粤剧名角，宣传单上印着这些演员的姓名还有彩色的照片（包括节目表），果然是有名角的。

还搭建了一个临时的戏棚。

演出是在重阳节的晚上。岛上的人几乎全来了。林阿根和他老伴儿也来了。

据林阿根后来说，他们开始是不想来的，担心人不在家会发生什么事，可心里总是痒痒的，难受得很，最终将心一横，还是来了。

来之前，仔细地锁好了房门和院门。还检查了窗户的插销是不是插好了。

演出结束了。

林阿根今晚心情格外的好，就像刚刚喝过了二两老酒。回家的路上，不住嘴地跟老伴儿说着话。说："名角就是名角啊！你看那唱段，有腔又有调，一般人肯定唱不来的。还有那水袖，你看那摆的，简直摆出花来了。过瘾啊！过瘾啊……"

说着，还模仿着刚刚演过的《柳毅传书》的唱腔，哼唱了几句："知你爱我心坚，不怕言明一片……"

不久来到了家门口。

才发现原来的房子已经没有了，围墙也没有了，院子里的几株花树也没有了。

什么都没有了。

眼前只有一片瓦砾。

在原来院子的一个角落里，堆放着一些家具、床被、衣物、锅碗……

林阿根呆呆地站在原来的院门口，愣怔了片刻，大约有几秒钟吧，接着大喊一声："啊！我的屋呢——"

喊声无比地凄厉、高亢，划破了夜空，激起了海水的欢腾。

喊毕，一头栽倒在地上，晕厥过去。

待苏醒过来，马上匍匐在地上，双手拍打着地面，哭喊起来："我的屋没有啦——是让台风刮走了吗——以后我们住哪里呀——这可是我爷爷、我太爷爷住过的祖屋啊——我要出海告他们的状——"

恰在这时，从暗处过来了几个人（其中有一个是张千的女婿），把林阿根抬起来，连同他的老伴儿，一同放进一辆面包车，拉到了尚未拆除的张千原来的宾馆，暂时安顿下来。

林阿根后来得知，就在大家看戏的时候，轰轰隆隆地来了几辆推土机，还有几台大型的钩机，不消个把小时，就把他家的房子和围墙，稀里哗啦地推倒了。

顺便说一句：在拆房之前，有几个人进了屋，把一些东西搬了出来——这，还算他们有一点点良心吧。

后边的事情就不说了。似乎也增加了一些补偿款。

5

拆迁的问题解决后，即开始建设。

新酒店所用的建筑材料，钢筋水泥，一砖一瓦，均从陆地海运而来（成本一定很高吧）。

历时一年多，"海岛大酒店"终于建成营业了。

当天，还举行了盛大的开业典礼。

仍有好事者记下了那个日子。那一天，是公元19××年3月20号，春分日。

新酒店的面貌，发生了翻天覆地的变化。跟原来的宾馆相比，完全不可同日而语了。主要一点，是变得高端了，也气派了，也光鲜了，也现代了。

新酒店的规模，也比以往扩大了许多，新建了主楼，又增建了几幢附楼。建筑面积几乎翻了一番。还开辟了庭院，并做了美化。酒店的设施，床、照明灯、盥洗台、洗浴设施，甚至马桶，使用的全部是当时最新的产品。

酒店的员工，也大部分换了新人，都是俊哥靓女，并统一着装。尤其前台的几个女服务员，还是他们打出广告，从陆地上招聘过来的，个个俊俏标致，薪酬也高一点儿。据说，许万和张千，为此还发生过争执，因为张千不赞成许万的这个做法。

新酒店运营后，也发生了几件其他的事。其中重要的一件，是两年后的某一天，副总经理张千，在一次饮酒之后，猝死在了自家的卧房里。死后面色黑紫，嘴角有血丝。

对张千的死，曾经有过一些说法。一说是他饮酒过量，诱发了心脏病，突然死亡；一说是他近来心情不好，导致精神不支，服毒自杀了；当然也有一种说法，便是猜测有人谋害了他，在酒里投了毒。投毒者或许是他老婆（传说张千在珠海养了一个年轻的女人，老婆可能吃醋），或许是许万，因为意见不合，或想排除异己，搞死了他。

但以上种种说法，都未得到证实。最后经过警方的调查，排除了他杀。

值得一提的是，张千死后，许万给他开了一个追悼会。追悼会相当隆重，酒店的全体员工都参加了，还特邀了张千的一些亲友及当地的部分干部群众。

许万还亲自致了悼词。悼词回顾张千的生平，特别强调了他的"民营企业家"这一身份，同时回顾了两人之间的合作与交往，以及这其间所产生的浓厚的友情。在致悼词整个过程中，许万声情并茂，也曾数度哽咽。在场者无不动容……

6

又两年。

酒店又发生了一个变故。

变故的原因，是因为经营不善，酒店出现了连年的亏损。

接着出现了一个人称老况的人，收购了酒店。

关于老况，人们所知不多。其中比较确切的，是知道他乃房地产业界的大佬，实力雄厚，许多地方都有他的楼盘。另外就是他朋友很多，似乎社会各界、各个阶层、各行各业、官员百姓，都有他的朋友，有一些，还是响当当的"硬通货"，因此耍得开。

老况五十多岁了，本名叫况金海，大家都叫他老况。身材不甚高，宽脸，微胖，粗眉毛，常年剃平头，感觉很粗犷，却又经常乐呵呵的，咧着嘴角，很有亲和力。

据说，老况接手"海岛大酒店"，主要是因为晏宁宁。

晏宁宁是个女子，不到三十岁（人们后来得知，她当年只有二十七岁），长得很漂亮，大眼睛，高鼻梁，脸色白白净净，身材高挑。

听人讲，晏宁宁出身寒微，老家在粤东某县的一个小村子，但她天资聪颖，考上了广州一所很有名气的大学，大学期间写过诗歌，曾经发表过几首情诗，毕业后又短暂做过销售代表以及广告公司的文案，在一个偶然的机会结识了老况，加入了老况的公司，并且做了他的干女儿。

相传晏宁宁有一次与几个朋友到荷叶岛游玩，一下子喜欢上了这个地方，回去便跟老况商量，问他可不可以来岛上投资。当初老况没有理会。后来老况也到岛上来了一次，始动了心。后又带了手下一些人过来考察过一次，大家都说有前景，值得搞。

老况终于呵呵一乐说："值得搞？那就搞！"

随即便派人与许万接触，接触了几次，很顺利地就把酒店全盘买了下来。

老况接手了酒店之后，换了全套的人马，组成了新的管理机构，自己做了董事长，晏宁宁做了总经理。并且按照晏宁宁的想法，给酒店重新起了一个名字，一个感觉很有诗意的名字，亦即"海上时光大酒店"。

酒店的日常事务、一应事情，均由晏宁宁打理，老况会不定期地到岛上来一下，在这里住个一夜两夜……

到去年，晏宁宁又提出了一个新计划，称作"全岛开发计划"，或者叫"全岛覆盖计划"。一俟老况同意，计划就将实施。

计划的详情，稍后再说。

三、云家的往事

1

云姑婆回到荷叶村，径直来到她的"海岛旅游纪念品商店"，先朝红姐那边看了下，点点头，算是打了招呼，即走进自家店里，在柜台后面坐下来。

红姐很快跟过来说："姑婆，刚有两个买你东西的，一个买了一只海螺，一个买了一串贝壳，钱我放在你抽屉里了，你看下啊……就按你的价格卖的……不过我给他们减了五毛钱……"

云姑婆抬眼看了看红姐，却没有说话。

红姐说："看姑婆无精打采的，是不是女儿走了，心绪很乱？"

云姑婆说："海妮说她要去外国留学……一去就是三年，都不知道我还能不能活到她回来……"

红姐说："姑婆不要这样讲哦……姑婆身体这样好，再活上十年八年也没问题的。"

云姑婆叹了一口气说："那样就好喽……"

红姐说："海妮这么有出息，真是叫人羡慕……我要跟我女儿讲一讲……"

停了一会儿，红姐又说："他们说，要不了多久，荷叶村这边也要拆迁了。到那时候，不知道我们要到哪里去住……"

云姑婆说："你不知，我更不知……"

红姐说："前几天我看见阿根伯老两口儿了，我给了他们两瓶水，也没收他们的钱。阿根伯说，他们又去珠海告状了……都告了这么多年了，还不死心，你说他有多倔吧……人家连'法人'都换过了，谁还管你这个事儿啊……"

云姑婆说："这几年可把他折腾得不轻……"

红姐说："不过你不怕啊，到时候去广州跟儿子住，要不就去惠州老二家……反正你不用担心的……"

云姑婆说："我哪儿都不想去。我要是想去，早就去了……"

红姐说："我知道你的心思……不论住哪里都不如住在自个儿家里好，想咋样儿就咋样儿。住在别人家，总免不了要看别人的脸色。自个儿的儿子还好说，还有媳妇呢。三天两天的没关系，日子长了就难讲了……所以村里人都说姑婆不一般、骨气硬……"

云姑婆没说话。

本来，她是想跟红姐解释一下的，告诉她，自己并不是这样想的。告诉她，儿子和媳妇其实都很孝顺，自己并不为那些担心……可想了想，却什么都没说。

整个下午，云姑婆一直都在柜台的后面坐着，偶尔有顾客过来，就起身招呼一下。等到过了五点钟，觉得不会再有人来了，便关了门面，又顺便去市场买了一点青菜，回到了家。

进门的瞬间，云姑婆心里蓦然刺痛了一下。

她忽然感觉，家里空落落的。

感觉自己的心里，也是空落落的。

云姑婆没有像往常一样，一到家就马上动手做晚饭，而是走到了木椅跟前，在自己常坐的地方坐下来，头脑里不断地回想着海妮在家时的情景，仿佛海妮这会儿还在家里似的……

坐下没多久，挂在云姑婆脖颈上的手机就突然响起来。

云姑婆吓了一跳，手忙脚乱地打开了放手机的布套，取出了手机，按下接听键，贴到耳朵边上，马上就听到了海妮的声音。

海妮说："妈，我在我大哥家呢……刚到没多久……现正要吃晚饭……妈你等一下，大哥要跟你说……"

没等云姑婆说话，她大儿子梁海宽的声音就传过来。

梁海宽的嗓音似有点儿沙哑，说："阿妈……我刚刚下了班，还没跟海妮说上话呢……她今天不走，晚上就住在家里……你放心吧！阿妈……你身体还好吧？我下月抽时间回一次岛……"

云姑婆一下子就听出来，说："你喉咙怎么哑哑的，是不是生病了？"

梁海宽说："这两天有点儿上火，没事的，快好了……"

云姑婆说："那赶紧去买一瓶凉茶，天气好热的……你工作忙，回不回来都行……我很好的，什么事都没有……"

梁海宽说："我争取回……妈你等等，喜芳也要跟你讲几句……"

喜芳是云姑婆的儿媳。

接着，云姑婆就跟喜芳说了几句话。然后，又跟孙子梁飞说了几句话。又跟孙子的媳妇说了几句话……

跟所有的人都说完了，云姑婆收好了手机。

一口气说了这么多的话，云姑婆感觉有点儿累。不过，她原来的情绪也被冲淡了许多。但是仍然感觉心里空空的，不舒坦。

接过电话后，云姑婆才去做了晚饭。

但因为并不觉得饿，简单吃了几口，就放下了碗筷。

吃完饭，她又重新坐到了木椅上。

坐着坐着，竟然打起了盹儿……

2

公元1932年，农历八月初八日，云姑婆出生于荷叶岛。

相传那一年，海里的鱼突然变得非常少。就连最好的鱼把式，出海几天都打不到几条鱼，偶尔打上来几条，也都个头儿极小，似乎尽是一些鱼伢子。谁也说不清楚，那些聪明的大鱼，都躲藏到哪里去了。

而在此前，岛上的有限的田地，也因为连续一个多月不曾下雨，同时又被火热的太阳长时间地炙烤，稻谷青菜，也俱皆枯死了。甚至山上的杂树荒草，也被烤得几近干枯。据说，就连一些栖息在树上的毛毛虫，也都被烤得奄奄一息，有气无力，有的，直接就从树枝上掉落下来，噼里啪啦，宛若雨点。

这样，岛上居民便出现了断粮的情况。面对这种情况，岛上几个相对殷实的人家儿，包括云姑婆的阿爸云莲生在内，急忙打开粮囤，救济乡邻。存粮放尽后，又动用自家积蓄，驾船越海，到沿海的陆地，购买新粮……如此，才使大家渡过了难关，且无一人因饥致死。

说起那一年，人们不免称奇，也觉得不解。不解之处在于，在这样一个雨水丰沛之境，何以干旱至此？

就在这时候，云姑婆出生了。

父母给她取了个名字，叫云英珠。

云姑婆出生后，据说就在第二天，便下了一场细雨，俗称毛毛雨。细雨飘飘，滋润了土地，也滋润了人心。之后不久，鱼们也忽然现身了，出海的渔民，每每可以满舱而归。

云姑婆的阿爸云莲生，当年不到四十岁，在云姑婆之前，已经有了两个儿子，一个叫云方（当年七岁），一个叫云正（当年四岁）。

云莲生中等身材，相貌端正，眉毛很重。早年被他父亲送到岛外读过私塾，身上兼有书生的儒雅和渔民的顽强。当年读书时便非常聪慧，也颇受先生的喜爱，因此曾经有过留在外面的念头，但他父亲不允，坚持要他回到岛上守护家业（他是父母的独子）。他虽一百个不愿，却知父命难违。回岛后，父母又帮他娶了妻子。父亲过世后，他便支撑起祖上留传下来的这一份家业。

在当时的荷叶岛，云家尚属殷实之家。有自己的宅院（原址就在祠堂的边上，几十年前就已拆掉了），有部分田产，有渔船，有十数名雇工。云莲生接管家业后，又利用自己与陆地上的关系，在岛上开了一家商行，经营一些岛上居民常用的物品，各类渔具、柴米油盐、灯油火蜡、针头线脑、衣裳鞋帽，等等。定期驾船到陆地的商行上货，再卖与岛上渔民。因为物品相对齐全，有时候，甚至其他岛上的人，也会摇着舢板，到他的商行来买东西。

在云姑婆小时候的印象中，阿爸一直是一个亲切随和的人，常常笑呵呵的，偶尔还会跟三兄妹玩耍一会儿，给他们讲一讲见闻，讲一讲家族的往事和传说。若来了兴致，还会给他们唱一唱渔歌或小曲儿。

记得其中一首，这样唱道：

月光光，照地塘。

年卅晚，摘槟榔。

槟榔香，嫁二娘。

二娘头发未曾长……

稍长之后，云姑婆发现，阿爸其实是一个很严肃的人，凡事有自己的主张，为人也很本分，特别讲信义，乡亲们遇到什么事，经常会来找他想办法、出主意，他也能帮忙就帮忙，所以感觉他很受大家的尊重。她也曾经亲眼见证了阿爸每天忙忙碌碌的样子，要么在商行，要么在家里，兢兢业业地做他的事情，很少有清闲的时候。忙碌了一天之后，晚上还会就着蜡烛读一会儿书。

在云姑婆的记忆里，每天吃晚饭，是他们家一天当中最为安详也最为美好的时光。每当这时，全家人围坐在桌前，一边吃着阿妈做的饭菜，一边有一搭无一搭地说些闲话。有时候，阿爸和阿妈，也会轻声细语地商量一些家里的事情，做出一些决定。当然，基本都是阿爸在说，阿妈在听，听着，偶尔点一下头……

云姑婆的阿妈姓程。原本也有名字，叫程彩云。可是云姑婆和她的哥哥们，似乎都忽略了这个名字，可能连她姓程这一点都给忽略了。他们只知道她是阿妈，平日只喊她阿妈。

阿妈是从陆地嫁到荷叶岛来的。阿妈的娘家，住在石岐的乡下。石岐即现在的中山市。家中有田产。云姑婆的外祖父读过书，且与云姑婆的祖父有交往。就是因为外祖父赏识云家的家风，才把女儿嫁过来的。

阿妈跟阿爸一样勤劳。她跟阿爸一起，操持着这个家。阿妈与阿爸不同的，是对他们三兄妹更加严厉，给他们定了许多的规矩，不许这个，不许那个。有时候，还会惩罚他们。特别是两个哥哥，因为太顽皮，没少挨阿妈的打。

就连云姑婆，也被阿妈打过的。记得在她四岁那年，有一天，她闲来无事，在家里乱翻东西，从柜子里翻出了一柄短剑，已经生了锈，大概是家里某个先祖留下来的物品吧。拿在手里乱挥乱舞，一不小心，打烂了一只阿妈出嫁时带来的青瓷胆瓶。阿妈不由发怒了，狠狠地打了她。

阿妈边打边说："你还敢不敢了？"

云姑婆哭着说："不敢了……我不敢了……"

现在，云姑婆已完全忘记了，阿妈的巴掌落在她的屁股上，是不是很疼，还是一点儿也不疼……

3

在云姑婆五岁那年，刚刚过了正月十五，她的两个哥哥，云方和云正，就被阿爸送到石岐的外公那边去读书了。

听阿妈说，在离外公家不远的地方，就有一间学堂。

当时云姑婆也想去。可阿爸说："你还小……"

临走的那天，阿爸和阿妈，还带着云方和云正，一起到祠堂去辞行。

云方和云正，都穿上了最好的衣裳。

默默地上过香，他们一家人，阿爸和阿妈、云方和云正，还有云姑婆，都面向祖宗的牌位，跪了下来。

之后，阿爸便朗声说："列祖列宗在上！今有云家的后人，莲生的二名犬子，方儿和正儿，要出岛念书，特来拜别。莲生拜求列祖列宗，佑护他二人，一路平安，学有所成，知书达理，自立自强，光宗耀祖！保佑我们云家香火永续……"

云姑婆觉得，阿爸的声音太好听了。

阿爸说完，即先自伏地磕了三个头。其他人也跟着阿爸，都磕了三个头。之后便一起起身，出了祠堂，向码头走去。

此前，阿爸已安排好船只。

码头冷冷清清的。

码头上，除了云姑婆一家，没有其他人。不远处就是大海的海面。因为是阴天，海面颜色很深。近一点儿的地方，可以看见涌动的波浪，不停地起伏，无止无休。再远，就什么都看不见了，一片苍茫。

临上船之前，一直默不作声的云方和云正，突然都流出了眼泪。特别是云正，还跑过去拉住了阿妈的一只手……

这时阿爸说："好了，上船吧……"

听阿爸这样说，云方和云正，马上就默默地向跳板走过去了。

阿妈则看着云方和云正的背影说："方儿，要看好正儿……"

阿爸也接着说："到外公家里不要胡闹……"

一会儿，船就开动了。那是一艘带船帆的船。帆是灰白色的帆。灰白色的帆船载着云方和云正，很快就驶出了码头，驶向了黑沉沉的大海，变得越来越小，越来越小，接着就什么也看不见了……

这时，阿爸才看着阿妈说："回吧……"

云姑婆至今记得：那一年，云方十二岁，云正九岁。

……

两个哥哥一离开，家里便只剩下云姑婆一个孩子了，她一时感觉好孤单、好无聊！

好在，每年放暑假和冬天过年的时候，他们还会回到岛上来，住上一月半月的（顶多不超过一个月）。

不用说，每次他们回来，云姑婆都会高兴得不得了，到了晚上都不肯睡觉。

而且，他们每次回来时，还会给云姑婆带回来一些小礼物，雪花膏了、胭脂盒了、红绸带了，都是岛上少见的，这让云姑婆满心欣喜。

而且，他们每次回来后，都会带着云姑婆在岛上四处乱跑，就像先前那样……

另外，每次他们回来，云姑婆都会在他们身上发现一点点的变化。比方，感觉他们个子又长高了一点儿，胳膊和肩膀也粗壮了一点儿，说话的嗓音好像也跟上一次有点儿不一样了。特别是云方，到后来，喉咙那儿还鼓出了一个小包，嘴唇上则长了一层淡淡的绒毛……

印象最深的是，他们每次回来，阿爸都要正儿八经地跟两兄弟说一次话。他们端端正正地坐着。阿爸也端端正正地坐着。阿妈也端端正正地坐着。就连云姑婆，也会端端正正地坐在那儿，听。这期间，阿爸会问他们一些事情，问问外公家里的事情，再问问学堂的事情，也会说一说时局。

有一次，云姑婆突然听见他们说起了一件事，说日本军队跟中国军队开战了，在淞沪那边打了一场大仗。还说，这会儿战事正在朝南边转，说不上什么时候就会打到这边来。还听他们说，日本军特别凶狠，杀死了好多好多中国人。说有好多青年人，都想上前线去打仗、保卫国家……

其中的好多事情，都是云方讲的。

在云姑婆眼里，这时候的云方，已俨然就是个大人了，眉目间的神情，带着阿爸一样的忧虑。举止行为，又显得特别沉稳。有时候，阿爸听了他的话，都要不停地点头呢——那一定是阿爸认为他说得对。

　　4

　　在云姑婆十岁那年（1941年）冬天，一日傍晚，阿爸接到了别人捎来的一封信，装在一个羊皮纸的信封里，大概因为在路上耽搁得太久，信封已有些破损了。

　　当时全家正准备吃晚饭。阿爸随即离开了饭桌，来到茶几的旁边，等阿妈也过来了，便就着茶几上的烛光，微微地皱着眉头，轻声地念起了那封信。

　　信是云方和云正写来的。

　　他们写道：

　　父母大人钧鉴：

　　　　不孝儿方、正给父母二老跪安！

　　　　近日时局愈发险恶，日军已于上年七月攻占汕头、潮州，进逼揭阳，每日有飞机四出轰炸，一架、二架、三架不等。所炸之处，房屋瞬间毁塌，人畜死伤无数。方、正在读之学堂，恐轰炸造成伤亡，已宣告解散，遣师生各自返家。日军暴行，令全民激愤。方、正思之再三，经与同学几人协议：我等华夏儿女，必当报效国家。遂投军抗日，以男儿之志、热血之躯，共赴国难。现方、正已投至中国国民革命军陆军独立二十旅麾下（旅长喻英琦、副旅长张寿），编入第三团，方为轻机枪手，正为通讯兵。儿等定当奋勇杀敌，为国尽忠。古言忠孝不能两全，儿等不能在二老膝前尽孝，心下惶恐之至，惟望二老安康！

　　　　儿等泣血遥拜，再拜，三拜！

　　　　　　　　　　　　　　　　　　　不孝儿云方、云正

　　　　　　　　　　　　　　　　　　寄于民国三十年十月初九日

阿爸读完信，突然沉默下来。在云姑婆的记忆里，当时阿爸沉默了好久，好像有一整天那么久，也许有一年那么久。

阿妈和云姑婆，也都沉默了。

在那段时间里，屋子里的空气似乎都凝固了，不，似乎已经没有了空气。

阿爸沉默了一阵之后，突然从椅子上站了起来，随即便吼叫一般地说道："他们为啥不先跟我说一声？……不跟我打招呼？!"

片刻，又吼了一声："这么大的事情啊！"

阿爸的声音太大了，云姑婆和阿妈都被吓得呆住了。

阿爸的声音那么大，云姑婆从来不曾听见过。那次以后，也再没有听见过。阿爸说话，以前都是轻声细语的，那次以后，也是轻声细语的。

阿妈轻声地哭了起来。云姑婆也跟着哭起来了。

阿爸吼完了，呆呆地站在那里。不理会阿妈的哭，也不理会云姑婆的哭。仿佛没听见她们在哭。站了不知道有多久，才又重新坐回到了椅子上。坐下后，声音轻轻地说了一句："这是为了国家，去就去吧……"

阿爸的声音尽管轻，云姑婆还是听见了，她确凿是听见了。

……

从那以后，在每年的暑假和过年的时候，云方和云正，就不再回到岛上来了。云姑婆便也不能再跟他们一起在岛上四处乱跑了，他们也不能再给她带回来各种小玩意儿了，不能再给她带那些雪花膏、胭脂盒和红绸带了……

从那以后，云姑婆就再也没有见到她的两个哥哥，直到现在，直到今天，直到此时此刻！

每每想起他们，云姑婆都好生心痛！

最初一段日子，云姑婆还间或会从阿爸和阿妈那里听到一星儿半点儿有关云方和云正的消息。大约知道他们的部队似乎是在一个名叫大脊岭或者叫洋铁岭的地方，为了保卫一个名叫揭阳的城市，在与日本军打仗。但她不知道揭阳在哪里，也不知道大脊岭或洋铁岭在哪里，因为那些地方她从来没去过。以前没去过，至今也没去过。

每次听阿爸和阿妈说这些，她的心都会揪起来，揪得紧紧的。

那段时间，阿爸阿妈每天早晚都要去祠堂烧香，跪在列祖列宗面前，双手合十，祈求列祖列宗保佑他们平安。

到后来，云姑婆又听阿爸和阿妈说，他们的部队好像被打败了，日本军攻占了揭阳。他们的部队因此就转移了，转去了别的地方，一个是她同样不知道的地方。

再后来，不知什么缘故，阿爸和阿妈忽然就不再谈论哥哥们的事了，也很少再谈论大脊岭、洋铁岭和揭阳了。她一度很不解，不知道这是为什么。后来她明白了，因为他们没什么可谈的了。他们没有了有关云方和云正的任何消息，一星儿半点儿的消息都没有了。

云姑婆至今记得，从那以后，家里一下子就变得非常地安静，似乎没有了任何声音，变得死气沉沉，没有人说话，也没有人走动。偶尔有一片树叶打在窗上，都会吓人一跳。特别是每天吃过晚饭之后，阿爸阿妈就各自枯坐在那里，一脸的木然，一脸的凄苦。

这时候的阿爸，骤然间就老了十几岁。一夜之间，头发就白了。饭也吃得极少，仿佛只吃几口，就放下了碗筷。因为吃得少，身材便日渐消瘦，眼窝越来越深，脸上有了更多的皱纹——云姑婆亲眼看到了阿爸迅速衰老的整个过程。

阿妈也是这样。

阿妈从前光润的脸庞，在短短的时间，就失去了光泽，变得干枯起来。不仅如此，她还患上了心痛的毛病，一痛起来就脸色蜡黄，冷汗淋漓。她动不动就要手按胸口，呆呆地停在那里，要长长地叹息一声，才会缓解。

一天，两天……

一月，两月……

一年，两年……

直到云姑婆十七岁那年，他们才重新得到云方和云正的消息。

却不是一个好消息。

5

这一年，荷叶岛上来了一个名叫梁久荣的人。

那是在那一年的九月，有一天，是在刚刚吃过晚饭的时候，他们突然听到有人敲门。当时阿爸和阿妈正在客厅坐着。云姑婆便去开了房门。打开门，见门口站着一个青年男人，个子很高，但很消瘦，一脸倦容，穿着一身八成新的便服，好像是深蓝色的，肩上挎着一个包袱。

门一开，青年男人便问："请问这是云家吗？"

云姑婆礼貌地点点头，却没说话。

青年男人马上说："我来找云莲生云伯伯……"

云姑婆很快就把年轻男人领到了客厅。这时云莲生和云程氏已经来到了客厅的门口。看见他们后，青年男人微微怔了一下，随后就看着阿爸说："您是云莲生云伯父吗？"

云莲生也怔了一下说："我是……"

云莲生话一说完，青年男人便举起了右手——云姑婆注意到，他的手掌微微颤抖着——并且努力挺直了胸膛，郑重地给云莲生和云程氏敬了一个军礼。之后，又很快地跪到了地上，并重重地叩了一个头。待抬起头来，眼圈儿已红红的，说："伯父伯母在上，我，梁久荣……云方云正的兄弟、战友……给二老敬礼了……"

一时，云莲生和云程氏都十分吃惊。

随后，云莲生慌忙走上去，一边搀扶青年男人，一边说："你是说云方云……他们……他们在哪儿？他们怎么没……你快起来，起来说……"

青年男人很快从地上站起来，看了看云莲生，又看了看云程氏，片刻，突然流出了眼泪，声音也哽咽了，说："伯父伯母……你们千万……你们千万要……"

听见这话，云莲生当即就踉跄了一下，险些跌倒……青年男人一把抓住了他的胳膊。

顷刻，云莲生也流出了眼泪。他一边流泪，一边却说："……我想到了……我想到了……"

就在这当儿，站在一边的云程氏，突然短促地"啊"了一声，之后便软软地、似乎无声无息地，瘫倒在地上。

此时的云姑婆，早已明白发生了什么事。她马上扑过去，双手抱住了云程氏的身体。那时候，她心里又悲痛又恐惧，不由撕心裂肺地呼喊着："阿妈！阿妈——"

又喊："大哥啊——小哥啊——"

一边喊叫，一边失声痛哭。

……

当晚，在云莲生的要求下，梁久荣讲述了云方和云正遇难的经过。讲他们都是在那场揭阳保卫战中战死的。

据梁久荣讲，云方和云正，一个是战死在了洋铁岭，一个是战死在了大脊岭，云正在先，云方在后，前后只隔了几天的时间。

梁久荣介绍，那年日本军先从南澳岛攻占了汕头，不久又攻占了潮州。潮州沦陷后，国军独立二十旅还发起了一场反攻潮州的战役，没打赢。于是依托桑浦山、乌洋山、青麻山、洋铁岭、大脊岭等有利地形，抵抗日军，保卫揭阳。

梁久荣讲，那场保卫战打了三年多，但最后打败了。云方和云正前来投军的时候，国军独立二十旅正在大脊岭一线与日本军战斗，已经打了一年多，战斗也越来越激烈，官兵死的死、伤的伤，急需补充兵员。

梁久荣讲，当时有很多前来投军的人，一心要抗日救国，很多是青年学生，其中很多人是潮汕本地的，另外也有阳江的，有梅县和韶关的，还有从海外回来的华侨，有的才十四五岁，还是个少年，虚报了年龄（梁久荣后来知道，云正就是虚报了年龄的）。他们从没打过仗，也没摸过枪。但是部队缺人，送到兵站训练几天，学会怎么打枪了，就派到了前线。

梁久荣讲，他自己是比云方和云正早一年投的军。云方和云正来到部队后，都被分配到了他们连，云方还跟他在一个班，因此成了战友。记得在参加过几次战斗后，班长见云方稳重又有头脑，就让他做了轻机枪手。云正则因为一看就年纪很小，被连长留在身边，作了通讯兵。

据他讲，他跟云方和云正最后都成了好朋友，但跟云方更熟悉些，毕竟就在同一个班，每天在一个战壕里吃喝拉撒，特别是在经历过几次战斗之后，很快就成了生死兄弟。不打仗时候，还会缩在战壕里头聊聊天。聊聊父母、家人、时局，说的都是肺腑话儿，因为大家都清楚，说不上哪一刻，一颗子弹撞上来，自己就死掉了。

梁久荣介绍，他们所在的部队，最初是驻守在洋铁岭和乌洋山。洋铁岭地势险要，又是从潮州到揭阳的必经之路，因此成为保卫揭阳的重要阵地。他们当时的任务，就是守住洋铁岭和乌洋山。乌洋山是前沿。到了四月份，日本军开始攻打乌洋山。守了两个月，但是没守住。到了七月份，又来攻打洋铁岭。从七月到八月，双方一直在进行拉锯战。拉锯拉到了九月份，日本军对洋铁岭发起了强攻。

听梁久荣讲，洋铁岭的战斗打得极惨烈。那次战斗，他们跟日本军一连打了三天三夜。第一天，日本军来了一百五十人左右，攻击他们的阵地。但几次进攻都被打退了。那天下午，我军还发起反攻击，把日本军打跑了。可是到了第三天——他记得是个阴天，后来还下起了小雨——日本军又开始进攻了。而且还有两架飞机和迫击炮配合轰炸，把阵地上的掩体都炸平了。

据梁久荣讲，仅仅在第三天一天的时间里，部队就牺牲了一大半人。连他们的连长都被打死了。小弟云正就是在那场战斗中牺牲的（但具体怎么牺牲的梁久荣却不知道，他说他没有亲眼见到）。那些牺牲的人，多数是被炸弹炸死的，有的头被炸没了，有的炸破了肚子，有的炸断了手脚，一个个血肉模糊……

据他讲，那天的战斗一直打到了天黑，最后连子弹也打没了。剩下的官兵们实在没法儿了，最后就放弃了阵地，连夜撤到了大脊岭防区……

梁久荣讲，大脊岭距离洋铁岭大概十几里路，也是揭阳防线的中心区域，当时由另一支部队（独立二十旅第一团）驻守在那里。此前大脊岭也受到日本军的反复攻打，不过这时还在我军的手中。他们一到大脊岭，连休整都没来得及，马上就被投入到新的阵地，参加了大脊岭的守卫战。

据梁久荣讲，云方则是在守卫大脊岭的战斗中牺牲的。

梁久荣讲，记得是在他们投入阵地的第三天，日本军就发起了对大脊岭的攻击。攻击是在那天清早开始的。天刚蒙蒙亮，日本军就朝他们的阵地冲过来。当时长官说："弟兄们给我打！"他们就打起来。就在打退日本军的第一次进攻之后，他突然发现，云方中弹了……

梁久荣讲，在他发现云方中弹时，云方已经伏卧在掩体的旁边，脸上还沾着一些土。他慌忙跑过去，帮云方翻过了身体。他见云方被打中了两枪，一枪打在肩胛骨上，一枪打在胸口上。两个伤口都在往外冒血，血好像已经不多了，冒出来的是一个个带血的气泡。一个气泡刚破了，另一个气泡又冒出来……

他讲，那时候，云方还在呼吸，但闭着眼睛。他来不及多想，便慌忙撕扯自己的军服，想给云方包扎伤口，一边大声叫着云方的名字。一会儿云方睁开了眼睛，不过好像没有多少力气了，小小声音说："我不行了……正死了……我也要死了……我父母……我还有一个小妹……"说着流出了眼泪。

梁久荣讲，听见云方的话，他也流出了眼泪。云方吸了一口气，又说："你如果……你可不可以……"云方一边这样说，一边看着他，热切地看着他……看着看着，终于闭上了眼睛。

梁久荣说，他明白了云方的意思……

梁久荣讲，由于伤亡太大，那年中秋后，他们的部队撤退到了揭东县的洪厝寮。不久又接到命令，将防区交给国军六十三军一八六师接手。后来他听说，大脊岭也被突破了，日本军到底占了揭阳。不过，那之后没多久，日本就宣布投降了。

他讲，日本宣布投降的时候，他们的部队已经转到江西，在那里被编进了另一个部队，接着又被调到了中原，开始跟解放军打仗，从山东省打到河南省，又打到了安徽省。在打到安徽省的时候被包围了，全军都成了解放军的俘虏。

他讲，他们部队有一些人，被俘后参加了解放军。可他心里想着云方临死前说的话，一心要替云方和云正为父母尽孝，就不想再打仗了，于是领到了他们发的十五块大洋（受伤的可以发三十块），离开了部队，先在老家待了一阵儿，之后辗转来到了岛上。

……

讲到最后，梁久荣从他的包袱里取出了一张相片，递给云莲生。相片上有三个人，一个是云方，一个是云正，一个是梁久荣（三个人都穿着军装，没戴帽子）。梁久荣介绍，这张相片，是在他们驻防揭阳期间，一个战地记者前来采访，顺便给他们照下的。

云莲生迅速拿过了相片，长久地看着。云程氏就坐在云莲生身边，她也看着。云姑婆站在父母的身后，也看着。

看着看着，云莲生禁不住哭起来。接着，云程氏也哭起来。云姑婆也哭起来。

云程氏还从云莲生手里拿过相片，贴在了自己的胸口上。

坐在云莲生对面的梁久荣也哭了，他边哭边说："伯父伯母……如果您二老不嫌弃……就让我做你们的儿子吧……"

……

这张相片，后来一直被阿爸阿妈保存着，直到他们离世。

云莲生和云程氏离世之后，云姑婆在整理他们的遗物时，在云程氏的一只楠木盒子里发现了这张相片——用一块白绸布包裹着，包得仔仔细细。

如今，这张相片还被云姑婆保存着（前些年，她女儿海妮，还把相片拿到了上海，翻拍了一次）……

6

那之后，云莲生和云程氏都病了。云莲生病了一个多月。云程氏病得更久，过了将近两个月，才慢慢恢复过来。云姑婆还好，没有什么事，只是每当想起云方和云正，想到他们真的不在了，想到这一辈子再也见不到他们了，再也看不到他们的笑脸了，再也不能跟他们说话了，听不见他们的声音了……心里就会一阵刺痛，安静下来的时候，会悄悄地哭泣。

梁久荣留在了岛上，帮助云姑婆照料云莲生和云程氏，也帮忙照料商行那边的生意。云姑婆还自作主张，专门腾出了一间屋子给梁久荣住。那原是家里的客房，凡有客人上门，都会住在那里。屋子很宽敞，有桌几，另外开了一扇门，直通到院内。

她还给他更换了新的被卧。

那段时间，他们都很劳碌，也很辛苦。

遇到拿不定主意的事情，她也会去找他商量……

云姑婆私下想：幸亏梁久荣留下来了，才使得自己不会那么无助。

……

云莲生慢慢地康复了。

在康复之后的一天晚上，他把梁久荣叫到了跟前，询问了一些事情。

云莲生虽然康复了，身体还是很虚弱，不光瘦了很多，脸色也很不好，又黑又暗，说话也没什么力气。

那天晚上，大家都来到了客厅里。云莲生坐在他平日常坐的高背木椅上。

一会儿，云莲生对梁久荣说："久荣……你坐过来……我跟你说几句话……"

云莲生又说："你看这些日子……我们都没好好地说几句话……也没问过你……你老家是哪里的呢……"

梁久荣说："我家在韶关那边的南雄……"

云莲生说："哦，是客家……"

梁久荣点点头。

云莲生又说："家里还有什么人呢?"

梁久荣说："我爸爸几年前……十多年前……就不在了，我妈妈前几年才走的，是因为日本军的飞机轰炸……我家里还有一个哥哥、一个弟弟、两个妹妹……"

云莲生说："这次回家见到他们了?"

梁久荣说："见到了……"

云莲生说："他们……你长兄……他知道你来这里?"

梁久荣说："我跟他们讲了……跟我大哥也讲了……"

云莲生说："他们……你长兄……没有拦阻你?"

梁久荣说："劝了我几句……我说这是我自个儿的事，我还说要把我那份家产都给他们留下……他就没有再劝……"

云莲生停了停说："你今年有多大?"

梁久荣说："我比云方长一岁……"

云莲生很快说："哦，那你二十五，属鼠……"

梁久荣"嗯"了一声。

云莲生又停了停，时间要比上一次长一些，然后慢慢地说："这些天……我想了一些事情……"

梁久荣没说话，等着听云莲生说。

云莲生说:"我们家……只有珠妹这一个孩子了……我想让珠妹跟你结亲……不知道你愿意不愿意……"

听见这话,梁久荣愣怔了一下,并且马上红了脸。

云莲生说这话时,云姑婆就坐在一边,她也愣怔了一下,也马上红了脸。

随后梁久荣说:"我愿意……不知道珠妹她……愿不愿意……"

云莲生说:"这个你不用管,你愿意就行了……"

云莲生稍停了一下,又说:"还有一件事……我想让你改个名字……"

梁久荣不明就里,有点儿惊讶地看着云莲生。

云莲生说:"听你讲,毕竟你是跟他们打过仗的……依我看,这以后的形势……也许什么事情都没有,也许有事情……是不是?不到非说不可,最好别说你当过兵……"

梁久荣似乎明白了云莲生的意思。

云莲生接着说:"我已经替你想了一个。以后,你就叫梁玉昌吧,好不好?"

梁久荣说:"好。"

云莲生又说:"还有……你就说你是我们家招来的入赘女婿……以后有了孩子,还是跟你姓梁……"

梁久荣又说了一次:"好。"

说到这儿,云莲生才把目光转向了云姑婆,对她说:"珠妹你听见了?"

云姑婆仿佛被吓到了,声音轻轻地说:"我听见了,阿爸……"

云莲生说:"你再说一遍……"

云姑婆声音稍大了一点儿,又说:"阿爸,我听见了……"

从那天起,梁久荣就叫了梁玉昌。这个世界上,从此消失了一个名叫梁久荣的人,被梁玉昌替代了。

……

转过年,云莲生就给梁玉昌和云姑婆操办了婚礼。云姑婆永远记着,那一年她十八岁;那一天,是农历的三月十三,谷雨日。

此前,云莲生已经给他们重新装修了一间婚房。

成亲后的云姑婆，变成了一个具有双重身份的人，一方面还是女儿，一方面已是人妻。她需要努力适应这两个身份。

云姑婆察觉到，在她跟梁玉昌成亲后，家里的气氛有了一些变化，似乎有了一丝欢乐的气息，不再那么压抑了。

特别是云莲生，脸上又有了些许的笑意。

云程氏也是如此。

有一次，全家人一起吃晚饭的时候，云莲生居然微笑着对云姑婆说："珠妹，这段日子，你有没有不舒服啊？有没有想呕啊？"

云姑婆一时没明白他什么意思，老老实实说："没有啊……我这几天，没生什么病……"

一听这话，包括梁玉昌，连同云程氏，当下就笑起来。云莲生也笑起来。

他们这一笑，云姑婆才明白了怎么回事。片刻，她自己也笑起来。

云姑婆认为，那段时间，阿爸还是挺开心的。

而这，也正是令云姑婆最感到高兴的……

7

不料，在云姑婆和梁玉昌成亲半年后，云莲生和云程氏，就双双亡故了。

对阿爸和阿妈的死，云姑婆一直觉得不解。她也一直不知道，他们到底是怎么死的，是发生了意外，还是他们有意那样做？

事情发生在那年九月。一天下午，云莲生和云程氏驾着一只小舢板到海上去了，出门的时候说，他们要到一个临近的"下岛"去看一个熟人——自此再没有回来。

云姑婆至今记得，那天的天气特别好，响晴响晴的，没有一丝云，也没有一丝风。

云姑婆还记得，在那之前，岛上来了一些穿制服的人，人们叫他们工作队。工作队有男有女，身上都背着或长或短的"火器"，暂住在她家的祠堂里，每天进进出出的。出来进去的时候，嘴里哼着歌："解放区的天，是明朗的天……"还动不动就召集岛上的乡亲开大会，会上不停地大声喊口号，还在村里各处贴了好多的标语，有的贴在住家儿的山墙上，有的贴在院门口，有的贴在窗框上。

事后回想起来，阿爸和阿妈在出海前，似乎没有什么异常。在出海的前一天，阿爸还被叫到祠堂去跟工作队说了一会儿话。那天吃晚饭的时候，阿爸曾经说了一点儿跟工作队见面的事，语气也是平平常常的。她记得阿爸说，他们要分我们的家产了，商行、田地都要分，屋也分，都分给村里的人，好像过些日子就要分了，分就分吧……

听说还要分屋，云姑婆不由担心地说了一句："分了屋，我们住哪儿呢？"

阿爸愣了一下说："哦，这个他们倒没有说……我想，总归得给你们留一个存身的地方吧……"

隔一会儿，又说起了云方和云正。阿爸慢悠悠地、带着一点缅怀的意思说："云方要是活着，他也该成亲了；云正比他哥哥小三岁，也许还要等一等……"

阿爸还说："人都有一死……云方和云正，他们是为国家死的……按过去的说法，这就叫殉国……"

一会儿，阿爸又说："如今我老了……这几年，身板越来越差，浑身都不舒坦，不是这里痛就是那里痛，吃东西也不香了……阿妈跟我一样，也老了……以后，家里面的事情，就要阿昌多担待了……"说着还看了梁玉昌一眼。

阿爸接着说："那天我一看见阿昌，就知道是个能托付的人……我一定没有看错……人厚道，又肯出力，又有头脑……珠妹跟着阿昌，我放心了……以后遇到事情，你们可要多商量，主意要阿昌拿……"

阿爸随后说："我总想看到你们快点儿生个孩子……那就好喽！有了孩子，日子就不一样了……"

说完这些，阿爸就不再说话了，直到吃完饭，都没有再说话。吃完晚饭没多久，云姑婆便跟梁玉昌回屋睡觉去了。

第二天，一家人一起吃早饭。

一见阿爸阿妈的面，云姑婆就惊讶了一下。跟往日不同，他们那天都穿得整整齐齐的，而且穿的是他们最好的衣裳，是过年的时候才穿的衣裳。后来阿爸告诉她，他们今天要到"下岛"去，去看一个多年的老熟人。云姑婆这才明白了。

阿爸还对云姑婆说："这件事，我跟你阿妈商量了半宿呢，最后才定下来了，我们今天就去……"

当时，云姑婆并没有多想。

吃过早饭，他们要走了。临出门的时候，阿爸平静地看着云姑婆和梁玉昌说："我们走了……我们想在下岛住几天……你们不用去找我们……"

这时候，云姑婆仍然没有多想。

她一直都没有多想。

不过，时间过了几十年，云姑婆还记着阿爸临走前看着她的眼神，也经常想起那个眼神。阿爸的眼神，似乎异常地平静，似乎又异常地坚决……

事情过去了这么多年，云姑婆始终确信，阿爸和阿妈，他们肯定就在海底的某个地方，默默地陪伴着她……

四、为什么会飞来这么多海鸥

1

几十年的时光，一下子就过去啦！

几十年的时光，把云英珠变成了云姑婆，把梁玉昌变成了阿昌伯。

云姑婆没有想到的是，晚年的阿昌伯，竟然会患上老年痴呆的病，好像把所有的事情都忘记了，甚至不认得人了，用村里人的说法，就是脑子坏掉了。

事情发生在五年前。是在某一天的中午，云姑婆和阿昌伯一起午睡。当云姑婆一觉醒来，发现阿昌伯已先于她睡醒了，正站在床的另一边，直瞪瞪地看着她。云姑婆当时还睡眼惺忪的，尚未完全清醒过来，心里又有一点儿好笑，就问他道："老东西，你看啥呢？"

阿昌伯并没马上回答，过了片刻，却突然反问起云姑婆："你怎么在我家里？你是谁啊？"

云姑婆以为阿昌伯在开玩笑，并没多想，说："好你个老东西，逗我开心呢？"

可是阿昌伯并不像开玩笑的样子，停了停又说："你是怎么进来我们家的？姑婆去哪儿了？她是不是出门了？那我去找找她吧……"

阿昌伯说着，果然绕过了床脚，向门口走过去，连鞋都没有穿。

云姑婆这才觉得不对劲，觉得很蹊跷，人也瞬间完全清醒过来，心里特别害怕，心说这是怎么了，大白天撞上鬼了？马上就从床上爬起来，赶过去一把拉住了阿昌伯的一只胳膊，说："老东西，你这是怎么了？你站住……"

阿昌伯被惊了一下，倒是没有挣扎，停住脚，回头看了看云姑婆，怔怔地想着什么。这样过了几秒钟，从眼神上看，好像又明白过来了，不过没说话。

云姑婆顺势把他拉到木椅上，按着他坐下去，嗔怪地说："老东西，你是不是犯癔症了？"

阿昌伯仍然看着云姑婆，看了许久，才突然说："你刚刚不是上床睡觉了吗？这么快就醒了？"

云姑婆这才放了心，心里想：也许他真是犯癔症了。

因为是第一次发生这种情况，云姑婆也没太往心里去，后来她还跟阿昌伯说起这件事，阿昌伯却一点儿都不记得了。他还说："有这样的事？我怎么不知道？"

可过了没几天，这种情况又出现了一次，而且比上一次还吓人。

那是在一天傍晚，两个人吃过晚饭，云姑婆照例要收拾碗筷，一时没有留意，等收拾完了，却突然发现阿昌伯不在房里。云姑婆心里一惊，想他这是去哪儿了，怎么也不跟我说一声？于是马上就出去找，一边找一边叫着"阿昌、阿昌"，而且声音越来越高，把街坊都给惊动了。大家问了一下情况，当下帮着四处找，最后是在一处半掩在沙滩上的几块发白的大石头旁边找到了他——其时，他正呆呆地站在那里，面朝大海，若有所思。

当天晚上，云姑婆就给两个儿子打了电话，讲了阿昌伯的情况，让他们赶紧回一次岛，商量一下怎么办。第二天，梁海宽和梁海平便赶了回来。母子三人商量了一番，决定先到珠海的医院检查一下，看看这是怎么回事。

检查的结果很快就出来了。医生明确地说，阿昌伯患上了遗忘症，正规的说法叫"阿尔茨海默病"，现在还是轻度，以后会越来越严重。主要的症状是记忆力减退，对一些事情忘记很快，特别是近期的事。从前的事情倒会记得一些，比如一些特别重要的事，一些涉及生死攸关的大事。再就是不认识人，可能连最亲的人，也会认不出来。有时候还会突然发脾气、大吵大闹。而且不知道饥饱，有时候，连自己吃没吃过饭都会忘记……

检查那天，阿昌伯状态还好，一直很平静，脸上笑呵呵的，看不出有什么问题。他自己也不知道来给他检查什么，还以为是来检查他的胃。因为云姑婆事先就跟儿子们商量好了，一定不能对他讲实情儿，就说来看看他的老胃病。

一从医院出来，阿昌伯就说："我的胃没啥大毛病吧?"

停停又说："都好几年没过来珠海了，我想四处逛逛……"

云姑婆心里一下子很酸楚，差点儿流出泪来，说："好，好! 我们就陪你逛! 你说去哪儿就去哪儿!"

儿子们马上附和道："对、对! 您说去哪儿咱们就去哪儿……"

阿昌伯想了想说："我也不知道去哪儿……我光想看看那些大楼……再遛遛马路……"

两个儿子商量了一下，最后打了一个"的士"，让阿昌伯坐在副驾驶的位置上，帮他系好安全带，在珠海的市区里兜兜转转起来，遇到高大的楼房，就停下来看一会儿，简单评论几句，然后重新上车，继续转。

记得在又一次上车后，阿昌伯咕哝了一句话："前些年，这里还是一片荒草地呢……"

听见阿昌伯的话，云姑婆忽然想到：也许哪一天，他会把今天看到的一切全都忘记掉吧? 把这些马路，还有这些高楼，统统忘得一干二净——这个念头一出来，她心里立即抽搐了一下。

从珠海的医院回来以后，云姑婆哭了一次。她一个人坐在院子里的凳子上，哭得特别伤心。哭着哭着，她对自己说："这个老东西，他怎么会得上这个病啊？一辈子辛辛苦苦，老了老了，倒变成个傻子了……"

等哭完了，她心里倒觉得轻松了一点儿，又对自己说："不管你傻不傻，我陪着你就是了，陪到你死……"

2

阿昌伯的症状很快就严重了。从珠海回来之后几个月，人就变了一个样子，似乎把所有的事情都忘记了，所有的事情也不会做了。包括吃饭和上厕所。吃饭根本就不知道饥饱，只要看见桌上还有吃的，就要拿起来往嘴里放。上厕所也不知道要去洗手间了，想在哪儿上就在哪儿上，不论客厅还是床上。

客观说，这给云姑婆增加了很多麻烦。好在云姑婆不久就找到了应对这些事情的办法。在吃饭方面，她采用每餐定量，每次放在阿昌伯面前的食物都刚刚好，吃完这些就没有了。这样既不会让他饿着，也不会让他多吃。阿昌伯也很听话，给他多少吃多少，吃完便在那儿乖乖地坐着。

比较难弄的是上厕所。最初一段时间，他动不动就会把大小便拉在裤子里，有时候还会拉在床上。小便还好说，大便却难弄得多。有时候，不仅会弄脏内裤，还会弄脏床单，弄得满床都是。那就要大清洗。关键是，有了大小便，他根本不知道说。不过经过摸索，云姑婆也渐渐找到了一点儿规律，比方这次大便和下一次大便相隔的时间，另外通过表情也可以知道他是不是要大便了，然后马上带他到厕所去。

更重要的，是防备他走失。

患病后的阿昌伯，经常是不声不响的，又喜欢四处走，一眼照顾不到，人就不见了。特别是在他患病初期，腿脚还很便利。而岛上四面环海，可说危机四伏。磕了碰了都不打紧，一旦失足掉进海里，就会有性命之危。云姑婆只好死看死守，须臾不离左右，不论做什么事，哪怕自己上厕所，都把他带在身边。为此，她还弄了一条绳子，在做什么事情的时候，便把一头儿系在自己的腰上，另一头儿系在阿昌伯的手腕上……

……

在阿昌伯从珠海回来不久，梁家三兄妹曾经回了一次荷叶岛，专门商量阿昌伯的事情怎么办好。他们带着满心的爱，带着痛心和难过，带着对父亲的怜悯，心急火燎地回到了岛上。然后七嘴八舌，说出了自己的想法。

有的说可以让二老轮流到他们每一家的家里去，大家分头来照顾阿昌伯；有的说要么就去住养老院，租一间好点儿的房间，老两口一起住在那里；有的说要么就请一个帮工，协助云姑婆来照顾阿昌伯……

他们的话，基本上表达了他们的心声，也表达了他们的无奈。

等他们都说完了，云姑婆淡淡地说："我晓得你们的孝心，也晓得有些事儿你们是有那个心没那个力……我知道，你们上班的上班，做生意的做生意，谁都不能耽误……阿爸的事，你们就不用操心了，我们就在岛上，哪里都不会去的……这样，你们的阿爸，他也许还能多活几年……你说是不是啊，老东西？"

一边说，一边看了一眼坐在木椅一边的阿昌伯，还轻轻地笑了一声。

阿昌伯没有吭声儿——好像听见了，又好像没听见，好像听懂了，又好像没听懂——他也在看着云姑婆，眼神儿定定的，也许知道在说自己吧？还似有一点点的害羞，嘴巴半张着。有一只手，右手，在反复地抚弄着自己衣服的前襟。

云姑婆又说："不过呢，你们以后要多回几趟荷叶岛……也多看几眼你们可怜的阿爸……那就行了……说不上哪一天……也许他……"

说到最后，心情似乎变得不好起来，就不说了。

3

日子一天一天地过下来。

阿昌伯的病情也没有再发生什么明显的变化，似乎稳定下来了。

为了更好地照顾阿昌伯，云姑婆自作主张，还打算把她和阿昌伯的"海岛旅游纪念品商店"盘给隔壁的红姐，不过，去跟红姐说的时候，红姐却没有同意。快言快语的红姐说："我的好姑婆，不瞒您说，我可巴不得呢！我只要翻修一下，店面就大了一半。可我不能这么做啊！这不是乘人危难吗？我看您还是留着的好。我知道您老有儿女们供着，不愁吃不愁用，不缺这几个钱。可是有这么一个档口，您也有点儿营生做啊！我有一个主意，您看行不行？您要是信得过我，我就顺带着帮您照看一下档口，有客人就招呼一声，反正生意也不多。每天出多少货，我都把钱收好喽，收档的时候，您过来拿也行，我给您送家里也行……"

云姑婆想了想，认为这是可行的，便点了点头，表示她同意了。她的心里，也充满了对红姐的感激，只是没有说出来，似乎觉得没有必要说。

事情就这样定下来了。

当天，她还把商店的钥匙，也交给了红姐。

那以后，云姑婆就开始全心全意地陪护阿昌伯，照顾他的吃喝拉撒，包括睡觉，一天的大多半时间，基本都在家里，但在每天的下午，在把大小便的事情处理好之后，云姑婆会带着阿昌伯，在岛上四处走一走，也会来到商店这儿，坐上一小会儿。

可是不管在哪儿，对阿昌伯都是一样的，他都不会有什么反应，神情木木的，眼神儿空空洞洞，不论看什么东西，都像没看见的样子（谁也说不清，他到底有没有看见）。但有一点：有些话他还是听得懂的，特别是云姑婆的话。比如，若云姑婆对他说，坐下吧，他就会坐下。云姑婆又对他说，起来吧，我们回家了……他便会站起来。

商店门前，那几个经常过来闲坐聊天的老人，本来都是阿昌伯的老相识，现在阿昌伯也都不认识了。其中一个叫周成伯的，还是当年跟阿昌伯一起出海打鱼的工友，曾经有意试探过他。

有一天（那会儿阿昌伯发病还没多久），周成伯看见云姑婆又带着阿昌伯来到了商店，便拉过一把塑料椅子，坐在阿昌伯的对面，问他："阿昌老哥，我想问下你，你真的不认得人了吗？"

阿昌伯大概一时没有反应过来，没吭声儿。

周成伯又说："你连我也不认识了吗？我们好熟悉的……"

想不到阿昌伯说："你是谁呀？"

周成伯不死心，说："我是周成嘛！我们一起无数次出过海的，大家都叫我成仔嘛……"

阿昌伯说："成仔？谁是成仔？"

周成伯说："嗨！我就是成仔嘛！就是周成嘛！"

阿昌伯思考着说："周成？周成？"

一边说，一边轻轻地摇着头。

总之，那天周成伯问了半天，阿昌伯到底也没有想起来。后来周成伯就死心了。他当时非常地难过，也很替阿昌伯伤心，所以最后说："阿昌老哥，我可真是替你难受啊！你真是太没运气了，前半辈子吃了那么多苦，风里来浪里去，打鱼挣工分，把几个孩子都养大了……到头来，还得了这样一个病……你竟然把什么都忘得一干二净，啥啥都不记得了。你这不是成了一个废人吗？那你活着还有啥意思呢？"

说着还流出了眼泪。

不过，周成伯又说："唉……这样也好，就把那些不该记得的事，忘记了也好……你把啥啥都忘记了，你心里头也就清静了……就不用再为那些事情闹心啦！是不是呀，阿昌老哥？……不过，你这样可就苦了姑婆了……"

4

说实话，云姑婆并没觉得自己苦。她渐渐感觉到，她照顾阿昌伯，就像在照顾一个小孩子，其实是很简单的，无非就是吃喝拉撒，只是他块头儿比较大而已，况且还不用背他也不用抱他，

云姑婆还有一个发现，阿昌伯并不是把所有的事情都忘记了。她发现，许多事情，其实还深深地藏在他的脑子里，说不上什么时候，冷不丁就蹦了出来。

闲下来的时候，他们也会聊几句天。聊天的方式，或者是云姑婆下意识地要问阿昌伯什么话，或者是阿昌伯突然"想"到了什么事情，在那儿独自低语，或者大声嚷嚷，遇到这种情况，云姑婆一般都会接过他的话茬儿，跟他说几句话。

比方，有一次，刚刚吃完午饭，两个人还坐在饭桌前，阿昌伯看着云姑婆说："你知道吗？我老婆珠妹，她十八岁就跟我成亲了……她长得真好看啊……我这辈子，再没见过那么好看的女人了……"

云姑婆笑笑说："那我呢？我好看吗？"

阿昌伯说："别打岔……说你干吗……我说的是珠妹……"

云姑婆说："我问你我好不好看……"

阿昌伯说："你不好看，珠妹才好看……她有一双好明亮的大眼睛哦，闪闪发光的……那天晚上……等我把蜡烛吹灭了，还看见她两只眼睛在发光，就像一只小兔子……"

云姑婆立刻知道他在说什么，他说的是他们新婚之夜的事情，她未免有点儿害羞。

云姑婆说："你可真不知丑哦……还说那个事儿……"

阿昌伯说："珠妹的身子还那么滑溜……好滑溜啊！就跟剥了皮的鸡蛋一样……"

云姑婆更加害羞了，害羞的同时还有一丝甜蜜，一种久违了的甜蜜，还有一种久违了的感动。但她仍然说："你这老东西，越讲越不知丑了……"

另外有一次，那是一天早晨，阿昌伯刚刚睡醒，双腿放在床下，低垂着头，小声儿说："我叫梁久荣……我不叫梁玉昌……"

云姑婆听见了说："老东西，你说什么呢？"这时候，她已经起床了，正打算去做早饭。

让云姑婆没想到的是，阿昌伯竟然忽地一下站起来，声音也瞬间变大了，说："我是国军二十旅三团士兵梁久荣……我们在洋铁岭……保卫揭阳……给我枪！给我枪！……"

云姑婆惊讶了一下，一时竟不知道该说什么好，就走过来，伸手扳住阿昌伯的肩头，想让他坐下来，同时说："我知道啊……你在揭阳那边打过日本军……可这个说不得的……说不得的……你明白吗？"

阿昌伯慢慢坐回到了床上，突然哭号似的说："有那么多人被打死了啊……尸体横七竖八的……日本军的大炮好厉害……有的没了头……有的掉了胳膊……有的破了肚子，肠子都流出来了……他们好惨啊……他们……再也回不了家了……还有云方和云正……云方和云正……"

由于说到了云方和云正，云姑婆也不由伤心起来，便抱住了坐在床上的阿昌伯的肩，喃喃说："好阿昌……知道了，我知道了……"

还有一天下午，云姑婆和阿昌伯都在木椅上枯坐着，阿昌伯突然恐惧起来说："我不叫梁久荣，也不认识梁久荣……我叫梁玉昌……我没有当过国军……没跟日本军打过仗……也没叫共军俘虏过……我就是个渔民……我是云家的倒插门女婿……我岳父叫云莲生……我老婆叫珠妹，她大号叫云英珠……岛上的人都知道他们，也都认识我……"一边说，一边使劲儿地往远处躲。

听见阿昌伯的话，云姑婆不由一阵心悸，接着又一阵心痛，半晌才缓过神儿来，随即伸出手，轻轻拍着阿昌伯的手背，连声儿说："不怕，阿昌……阿昌，不怕……过去了，现今都过去了……过去了哦……"

说着，眼角慢慢聚起了一颗眼泪。

5

阿昌伯去世了。

后来的阿昌伯，人已经越来越瘦，腿脚也越来越不灵便。而且，他好像吃什么拉什么，肚子里根本存不住东西。自那以后，他们就很少往远处走了。

在这期间，大儿子梁海宽回来过，二儿子梁海平回来过，女儿梁海妮也回来过。而且不光他们自己回来，他们的老婆、丈夫、儿子、女儿，也都跟他们一道，轮流着回来过。回来待上个三五天、七八天，跟云姑婆一起照顾阿昌伯，帮云姑婆洗菜、做饭，帮阿昌伯穿衣、洗澡、擦身体、剪指甲、剪鼻毛，几个人一起搀扶着阿昌伯，在村前村后、岛上各处走一会儿。他们每个人，都给云姑婆和阿昌伯带来了拳拳的心意，带来了孝心和爱，带来了关切，带来了各种吃食和药品。这些，云姑婆都真切地感受到了。

但是，他们回来了又走了，在阿昌伯去世的那一天，恰恰只有云姑婆一个人在家里。

那天上午，阿昌伯尚无什么异常。像往日一样，早上基本按时睡醒了。醒来后，云姑婆还带他上了一次厕所，又帮他洗了脸，然后吃了早餐。早餐也不比往日吃得少，依然是一碗加了碎肉和青菜末的白米粥，以及一点儿他爱吃的红腐乳（大概有小半块的样子）。吃完早餐，云姑婆又搀着他来到院子里，指给他看了一会儿头上的天，看了一会儿远处的海，又慢吞吞地带着他走了几十步的路，又倚着窗台站了片刻……之后，两人回了屋，一起在木椅上坐下来。

快到中午的时候，云姑婆又做了午饭。午饭，云姑婆还给阿昌伯煲了平时他喜欢的排骨冬瓜汤。吃完午饭，云姑婆再次带阿昌伯上了一次厕所，同时帮他擦了一下脸。做完这些，两个人就午睡了。

要说有什么异常，就是那天午睡的时候，在他们即将入睡之际，阿昌伯曾经慢慢伸出了他的一只干枯的手（云姑婆后来回想，那是他的左手），轻轻抚摸了一下她同样干枯了的脸颊……过一会儿，他就睡着了。

云姑婆也睡着了。

睡后不知多久，云姑婆做了一个梦（她已经很久很久没有做梦了）。她梦见岛上突然飞来了好多的海鸥，大概有成千上万只。海鸥们有的落在她家的房顶上，有的还落在窗台上，有的落在了院子里，有的则落在了祠堂上。就连邻居家的房顶，也落满了海鸥。村子里所有的树枝和电线上，也落满了海鸥。在荷叶村旁边的山顶上，也处处都是海鸥。而一些没有落下的海鸥，则在不停地围绕着海岛以及她家的房子，低低地盘旋，那扇动着的白色的翅膀，几乎遮蔽了天日。

不论飞舞的海鸥，还是落在各处的海鸥，都不停地鸣叫着，那叫声非常响亮：

"嘎——嘎——嘎——嘎——嘎——"

在梦里，海鸥们的鸣叫持续不断，此起彼伏。

在海鸥的叫声里，云姑婆慢慢地睁开眼睛，醒了过来。

然而，海鸥的鸣叫声还在持续：

"嘎——嘎——嘎——嘎——嘎——"

云姑婆一时感到特别疑惑，不知道这是怎么回事，也不清楚自己尚在梦中还是已经醒来，于是下意识地朝窗外望去。

她当即吃了一惊。

她看见了，真真儿地看见了：在她家的窗台上，真的落着很多只，起码有几十只海鸥。它们挤挤挨挨的，似乎为了能占据一个有利的位置，还不时地抖动着翅膀。

云姑婆心中奇怪，想，怎么突然来了这么多的海鸥呢？

云姑婆一边想，一边看了看身边的阿昌伯，看他是不是醒了，如果他也醒了，她打算告诉他海鸥的事。

阿昌伯似乎还在睡着。

但是，云姑婆很快就觉得不对劲了。

她发现，此时的阿昌伯，已经没有了呼吸。

她不由大惊失色，马上去摇阿昌伯的肩，接着又拍阿昌伯的脸，一边惊慌地连声呼叫："阿昌……阿昌……你醒醒！阿昌……阿昌……你醒醒……"

阿昌伯没有一点儿反应。

云姑婆摇了一阵儿，拍了一阵儿，叫了一阵儿……她终于意识到，阿昌伯已经走了，真的走了！

云姑婆心里一阵发冷，忽然想：啊！完了……

有一瞬，云姑婆怔怔地坐在那儿，脑子里迅速闪过一个个念头。

她想：他很快就会被火化掉的……

她又想：我就再也见不到他了……

她想：不能再跟他说话了……

她又想：也不能一起吃饭了……

她想：我再也摸不到他的手、他的脸，也听不见他的声音了……

云姑婆想着想着，忽然抽泣起来。这一刻，她心里非常地酸楚，非常地孤单、非常地无助……

云姑婆哭了很久，不知道有多久，后来她才意识到了什么，于是双手抖抖地先给梁海宽、又给梁海平、又给梁海妮分头打了电话，哽咽着跟他们说："你阿爸，你阿爸，你阿爸，你们的阿爸……"

……

阿昌伯真的去世了！

在离开这个世界的时候，他异乎寻常地安静，没有任何挣扎，没有任何声息，似乎也没有任何痛苦。

这个曾经几生几死的人，就这样静悄悄地闭上了自己的眼睛。

人们后来说，在阿昌伯离世的那一天，荷叶岛上确实飞来了好多好多的海鸥，似有成千只，也许上万只。海鸥们有的落在荷叶村的房顶上，有的落在树枝和电线上，更多的海鸥，则密密麻麻，绕着整个荷叶岛，一圈又一圈，低低地盘旋。它们展开的翅膀，竟然遮蔽了天日。

而且，它们一边飞翔，一边在高声地鸣叫：

"嘎——嘎——嘎——嘎——嘎——"

人们都觉得奇怪，却谁也说不出原因，在阿昌伯离世的那一天，为什么会飞来这么多这么多的海鸥……

同样令人称奇的，是在阿昌伯离世半个小时之后，这些海鸥，又全部消失了，且消失得极其迅速，似乎呼啦一下，那成千上万的海鸥，就飞离了荷叶岛，一只也没有剩下，不知飞到哪里去了……

五、全岛覆盖计划

1

又是一个炎热的中午。

渡海的轮船，又在荷叶岛的码头靠岸了。

又有一群旅客，来到了荷叶岛。

一干花花绿绿的人，从船舱里走出来，身穿长长短短的衣衫，带着大大小小的箱包，走过了微微颤动的跳板（有的人还会短促地尖叫几声），鱼贯出了闸口。

人群一出了闸口，马上就四散开去，有的去了海滩，有的去了山脚下，也有的去了荷叶村，当中大部分人，去了"海上时光大酒店"。

其中有个叫王良的，也向大酒店走去。

这王良，三十余岁年纪，脸色青白，因常年健身，保持着很好的身材，上身穿一件纯黑色半袖立领小褂，下身穿一条黑西裤，脚穿一双黄皮鞋，露出了一截白袜子，当然他也拉着一只拉杆箱，比较大，很高级。

王良的身后，还跟着几个他的助手。

王良一边走路，一边取出手机，打了一个电话。

王良说："晏总你好！……我王良啊！……我们到了，刚刚下了船，正在往酒店这边走……你在大堂等我们？……好的好的……"

王良自称"创意策划师"。所做的事情就是为客户进行各种各样的策划。策划有大有小。小的或许是某种物品的包装；或者是推广一个新产品；或者是一项活动（其中有公益性的，也有非公益性的）。大一点儿的包括街区的美化；或者对某个建筑物的周边做一些环境设计；等等。

他会根据项目的大小，或者根据其他一些具体的情况，收取相应的费用，有的项目，费用较高。

大概在三四年之前，王良注册了一家事务所，所名叫"新意境策划师事务所"，他是该所的所长兼总策划师。设计所设在广州市。办公场所是租用的。不过，不需多久就要搬迁了。他已经买下了一处高档写字楼，有一千多平方米，且是在天河区的繁华地段，眼下正在装修，不日即可搬进去。

这件事说明，这几年，他所里生意很好，收益颇丰。

全所员工十余人。文秘、司机、财务、收发等一应俱全，另有一个给大家做午饭的厨师。不过主要还是几名助理策划师，包括创意助理、文案助理、平面制作助理、动漫制作助理等。拿到项目后，他们会根据客户的要求，或制作平面图，或制作动漫视频，向其展示。

王良具有国外留学的背景。人又聪明，用现在流行的话说，具有超强的大脑。见识也多，据说全世界他差不多都走遍了。而且颇会说话，表达能力极强。

王良走进酒店大堂，进门就看见了晏宁宁。

在项目前期来荷叶岛做现场考察的时候，王良和晏宁宁曾有很多的接触，早已很熟悉了。

王良上去用力抱了抱晏宁宁。

晏宁宁扭怩了一下，然后说："你们……先去房间放下行李，再洗洗脸，半小时后下来吃饭……我在这里等你们……"

王良已经放开了晏宁宁，说："好的……"

随后，王良又问："老况……哦……你们况总，到了吗？"

晏宁宁说："况总昨天就过来了……他本来想让你们去总部那边……他在那里听一听就算了，是我坚持说在岛上比较好，有现场感，他才同意了……"

王良说："那我们什么时候跟况总汇报？"

晏宁宁说："他说今天晚上……你是知道的，况总习惯在晚上工作，状态也是晚上最好……"

王良笑笑地看着晏宁宁说:"好啊……我知道……"

晏宁宁说:"你笑什么?那么猥琐……"

王良说:"我笑了吗?不敢不敢……"

晏宁宁正色说:"那这样,吃完午饭,你们再准备一下,看看有没有要调整和修改的,吃过晚饭后,九点钟吧,我们准时开始……"

王良也郑重起来,说:"好咧,没问题……"

晏宁宁说:"况总说,午饭和晚饭,他都不陪王总吃了,我陪……有什么情况,我们吃饭时再聊……"

2

当天晚上,九点,展示"全岛覆盖计划"策划案的活动正式开始。地点是在"时光隧道海上田园大酒店"之怀远楼的小议事室。参加者只有老况、晏宁宁、王良以及他的助手,另有两名女勤务员。

拉好了窗帘。打开了空调。调好了投影仪……

老况舒适地坐在会议室正中间的一只专门为他设置的宽大的沙发上,一如既往地咧着嘴角,面带笑意。片刻,他微微侧过脸,对坐在右手边的另一只沙发上的晏宁宁轻轻点了下头。

晏宁宁随即对王良说:"王总,你开始吧……"

开始,王良讲了一下制作这个策划案的简单过程。他说:"接下这个项目后,我们首先对全岛进行了几次全面细致的综合考察,拍了大量的照片和视频资料,回去后又进行了认真的分析和研究。首先我要说,我们的工作是认真而严肃的,这一点,务必请况总和晏总放心。同时我也可以保证,我们的策划一定是最优的策划、最好的策划。之所以这样说,一方面有我们以往的信誉做基础,另一方面,在做这次策划的时候,我们实际上是做了十几个方案,一个一个比对,一个一个淘汰,最后优中选优,拿出了现在的方案。还有,我也想趁此机会,给我们敬爱的况总,以及亲爱的晏总,拍拍马,擦擦鞋。作为一个不算普通的游客,我个人觉得,二位老总的意图真的非常有创意,非常棒!一旦实现,将具有标志性意义。我认为,现在的旅游业,缺的就是像二位老总这样的大手笔。而且我估计,前景也会非常好。我个人喜欢旅游,去过世界上很多地方，前几天刚刚去了马来西亚，那里有个'云顶'，想必况总和晏总也去过的。这次策划，就给了我很多启发……"

王良讲完之后，即令他的助手演示他的策划案。在展示的过程中，王良辅以简短的解说。

首先，播放了一段荷叶岛的全景视频，用视频演示了岛的概貌。

王良说："这是荷叶岛现在的概貌。确实是个美丽的地方啊！青青翠翠的，说是天堂亦不为过……"

随后展示了一幅全岛的地形图。

王良说："这是我们绘制的一幅地形图，瞧，真的就像一片荷叶哦……"

接着，开始依次展示他的策划图，包括局部图和合成图。首先展示的是局部图。

王良说："好，现在来展示我们的策划。我想先展示几幅局部图。因为中间有一道山梁，荷叶岛被分成了两个区域。我们现在看到的，就是这道山梁。山梁也在我们的策划之内……山梁是全岛的制高点，可以打造成旋转式观景平台，山顶设咖啡屋、茶座、游艺室等，还可以搞一间书报阅览室。所有的外墙，包括门窗，均使用钢化玻璃。凭海临风，一览无余……"

之后展示了岛的西部，就是现在酒店所在位置，包括码头和沙滩，等等。

王良说："事先跟晏总交流，按晏总的意思，现在的酒店先保持原状，所以我们没有涉及。这次策划的重点，在岛的东部……"

随即开始展示对岛的东部，亦即现在的荷叶村以及周边区域的策划图。

王良指着策划图说："这就是岛的东部。以我个人之见，东部的环境比西部的环境还要好一些，可说是整个荷叶岛的风水宝地。这样一片地方，不开发就实在可惜了。考虑到酒店的中心在西部，东部可以另辟蹊径。我的建议是把这里搞成一个类似世外桃源的所在，让来到这里的人，有更多的逃避感、舒适感、放松感、安全感，主要是逃避感……所以我做成了这个样子……看上去就像一个风情小镇。在小镇前方，面海的地方，要有一个广场，可以是方形的，也可以是椭圆形的，地面铺设大理石，四周放座椅、植树木。广场后面，则是别墅群。每幢别墅均有院落，不必大，几十平方米就够了……"

王良停了一下，喝了一口水，一边看了一眼老况，见他正听得入神，于是接着说："以上是我们对岛东所做的主体策划。另外，前段时间跟晏总交流，晏总说还要建几幢民用住宅，用来安置被拆迁的居民和在酒店工作的员工。这个我们安排在山后……对，就是这里……此处避风，可以建小高层。再就是要修一条环岛绿道，游客们可以骑单车兜风，也可以环岛散步，我想大家一定喜欢……除了以上这些，我们还可以建一处海洋世界体验馆，但这有一定的难度，不一定马上实施，不过我们也做了策划方案，供二位老总参考……"

王良再次停下来，似乎讲完了，可停了片刻，又开口说道："作为一名旅游发烧友，我衷心期望，并且相信，不久的将来，一个海上旅游胜地，一个新的旅游王国，就将在这里诞生。我热诚期待这一天的到来！那么，感谢况总！感谢晏总！感谢二位老总给我们提供了这个机会！"

王良终于讲完了。

老况突然笑了几声，且笑得很响亮，笑得大家莫名其妙，一时摸不着头脑。好在他很快就收住了笑声，仍旧坐在那里，乐呵呵地看着王良说："啊……好厉害！好厉害！王总你好厉害呀！你不光策划做得好，说得也这么好。王总你太能说了，把我都说傻了。我看你前途无量！那好，就凭你的这个策划，凭你最后那几句话，这件事基本上就决定了，当然了，可能还要开几个会。我们毕竟还有个董事会嘛……不过没关系，没太大关系……"

老况说着，又把脸转向了晏宁宁，说："你要估算一下，看看要多大投入……"

晏宁宁说："好的……"

老况又说："下面的事情，就要你做了。资金方面，可以先考虑向银行贷款……"

晏宁宁说："好的……"

老况说："我看当务之急，是要把几幢住宅楼先搞起来。不然拆迁的事情就搞不了。只有把拆迁的事情解决了，才能进行下一步……明白我的意思吧？"

晏宁宁说："是的，我明白……"

老况说："所有的事情都是这样。所有的事情，都是一环套一环的。哪一环没搞好，你的事情就办不成……这是我至今悟到的一个最简单又是最复杂的道理……"

老况说完，再次哈哈哈地笑起来，笑声仍然很响亮。

3

正如老况所说的那样，在此后不久召开的一次董事会议上，"全岛覆盖计划"便获得了通过。不过据说也发生了一点儿争执，有人还说了些不中听的话。但老况并不让步，一直笑呵呵地坚持着，其他人就没有办法了。

后来，老况把这件事告诉了晏宁宁。

晏宁宁对老况微微一笑。

老况正色道："我跟你说……这件事，你一定要稳扎稳打，千万不要着急，不要出任何乱子。特别是拆迁，弄不好就会惹出麻烦，那就糟了。所以要慢慢来，再慢慢来，功夫到了自然成。而且不可使强，最好使弱。我跟你说……一个人，他能乐呵呵地把事情做成，那才叫高手……"

晏宁宁半开玩笑说："我明白，你就是高手……"

老况居然自诩道："呵呵，差不离儿吧……"

那以后，晏宁宁便按照老况的指点，一步一步推进这件事情。她首先向银行提出了贷款申请。在等待审批的同时，一边着手筹建住宅楼。

正如老况所说，一环套一环，环环相扣。

贷款的事情没有什么悬念。建设住宅楼倒是相对劳烦一些。落实施工单位了、审阅设计方案了、签订各项协议和条款了。尽管有专门的团队帮她做事，不过最后还是要她来定夺的。除此还要请人吃饭（干部或非干部，主管干部或一般干部），同时喝酒（白酒、洋酒、葡萄酒、黄酒、清酒、啤酒）。轮番请，轮番喝。不吃饭不喝酒，有些话你就没法儿好好说，那你如何办得成事情？因此那段时间，她很忙碌，也很辛苦。

顺便说个插曲吧。

因为太忙，或者太累，偶尔，晏宁宁也会产生一点点困惑。

她会想：我做这些到底为了什么？

为了梦想吗？

我的梦想又是什么？

是有很多钱吗？

我缺钱吗？

当然，现在不缺了。

也许，我缺的是一种成功的感觉吧？

没错，我缺的就是这个……

人怎样才算成功？

我是不是一个有野心的人？

我有野心吗？

只能说，我有愿望……

那么，有愿望好不好？对不对？应不应该？

……

不过，想来想去地想不清楚，越想脑子越乱，就不想了。

4

不久，申请的贷款批下来了。

此后又过了近一年，安置房（住宅楼）也建好了。安置房建好后，晏宁宁曾亲自过去察看了一次，她认为还不错。根据需要，这次建了两栋楼。楼房外墙是青灰色的，看上去比较雅致，主要是不很显眼。建筑质量没什么问题，房间的格局也基本合理，还搞了一个小区。

她让他们抓紧时间装修，争取尽快可以入住。

安置房建好后，晏宁宁即召集她的团队，研究部署了下一步的工作。当务之急是拆迁（在把拆迁的问题解决之后，方能开启全面的建设）。但是，大家心里都清楚，晏宁宁心里也清楚，拆迁的工作不好做，弄不好会出麻烦，可能还是很大的麻烦。

当然，不好做也得做，必须做。

后经他们（主要是晏宁宁）反复研究，反复商量，终于想到了一个认为目前较为可行的办法。并由此专门成立了一个全部由女青年组成的拆迁工作说服动员办公室，简称"拆动办"，又称"小分队"。部分成员还是从公司总部临时抽调过来的。成员年龄在二十五至三十岁之间。最主要的要求是能说会道，讲话时语音恬美。对相貌的要求倒不是太高，但也要五官端正，身材匀称，皮肤白皙。

之后又由晏宁宁亲自测试和遴选，确定了一个名叫肖恬恬的女青年做了负责人。

肖恬恬，今年二十五岁，播音主持专业的本科生，长相颇可人，尤其是一双眼睛，总是笑盈盈的，一看就特别亲近。据说，若听她轻轻一笑，你的心里都会甜出水儿来。不过，她的最大的优势，还是会说话。怎样才算会说话呢？就是你的话别人爱听，听了舒坦，更易被人接受。同时你也会没话找话，借话生话，另外还能因势利导，顺坡下驴，该简的简，该繁的繁，对事情又有很好的判断力——这些优点，肖恬恬都具备了。

为慎重起见，在"小分队"开始工作之前，晏宁宁曾专门给全体人员开了一次会，讲了一些注意事项。

晏宁宁首先微微地笑了一下，之后脸色便渐渐地凝重下来。

她说："这件事，拆迁的事，特别重要，所以一定要做好，要保证不出任何事。在这个过程中，我们不知道会遇上什么样的人，很可能会遇上很难缠的人。但不管遇到什么情况，你们都要骂不还口，打不还手。一个外国诗人说过，我忘了他的名字了，你打我的左脸，我把右脸也给你打。我向你们保证，你们一旦受了委屈，公司肯定会补偿你们。这次，我们主要采取以房换房的方式，就是拿我们的新房换他们的旧房。目前来看，这可能是比较稳妥地解决这次拆迁问题的最佳方式。当然，我们会为此增加一些成本。但是，经过认真考虑，为了酒店的长远发展，这些投入还是值得的。我们不想去强拆，那样影响不好，也有可能出乱子。所以我们只能去动员，去说服，想尽一切办法去说服。我个人估计，有些人可能很容易就接受我们的条件，那当然好。有的人也可能不那么容易接受，他们也许舍不得自己的旧房子，这也可以理解。对于这种情况，我们可以适当地给他们补一点儿钱。至于补多少，到时候再定，不过也要有个限额，不能漫天要价。还有些人，你可能一次谈不下来，那就谈两次。两次谈不下来，那就谈三次。总之直到谈下来为止。这就要看你们个人的能力和本事了。表现好的，公司会另外奖励……大家听明白了吧？如果听明白了，明天晚上，我们就要开始工作。为什么要选在晚上呢？因为家里有人。说到这儿我想起来，因此要提醒大家一下：你们都是女孩子，衣着打扮上，千万不要太张扬，朴素为主，穿得别太艳，也别太暴露，我怕他们看不惯，也怕你们不安全……"

于是，在第二天的晚饭之后，天黑之前，即有一些年轻女子，大概七八个的样子，就从酒店那边出来，转过山脚，不声不响地进入了荷叶村。

女子们均容貌靓丽，面皮白净，身材苗条。有的短发齐肩，有的一头长发，有的戴着近视眼镜。有的穿着套装，有的穿着长裙，有的穿着小长裤，多数都穿着波鞋，总之衣着都很素雅。

进村之后，即每两人一组，分别走向了各家各户。

两个人中，必有一人提着一只塑料袋，里面装着礼品，或一些水果，或两罐奶粉，或两包茶叶，或一盒"曲奇"，或一条香烟……

另一个人，则带着一个放着资料的文件包。里面有公司为她们准备好了的、打印在A4纸上的全村各户的详细资料。

诸如：户主的姓名、年龄、籍贯、文化程度、婚姻状况、健康状况、生活履历、有无其他嗜好（烟、酒、茶、赌）、现在家庭人口、现所从事的职业、儿孙中有无在外（岛外、省外、国外）工作和生活者、有无特殊背景、家庭经济状况（高、中、低档）、主要经济来源，以及现住房的状况（面积、层数）、现房何时所建、破损程度如何，等等。除此还有电话号码（含座机号和手机号）。

而且，这些资料，她们早已反复研读过了。

5

其中一组，就是肖恬恬的那个组，来到了云姑婆的家。

肖恬恬来云姑婆家，前后来了三次。

第一次，他们并没有谈到有关房子的事情，只说了一些家常话，停留的时间也不长，前后不到半个小时。似乎，肖恬恬是有意这样做的。

不过，她那天的表现却非常好，好到没得说。

当时，云姑婆刚吃完晚饭，听见敲门声，就过去打开了门。

门一开，肖恬恬立刻迎着云姑婆说："云婆婆，您好……"

云姑婆怔了一下说："你们……哦……你们认得我？"

肖恬恬随机应变说："认得呀！您在村口那边开档口……"

云姑婆说："那你们是……"

肖恬恬笑盈盈地说："我们是酒店那边的……"

听到是酒店那边的，云姑婆不由有点儿戒备，说："你们……找我有事情？"

肖恬恬说："也没什么大事情……就是我们酒店的领导，派我们过来看望一下您……"

云姑婆有些迟疑，一时不知道该怎样做。

肖恬恬仍笑着说："婆婆，我们进屋去说好吗？"

云姑婆似乎感觉自己失礼了，立刻带着歉意说："啊，进来吧，进来吧……"

三个人进了客厅。

云姑婆仍然带着歉意，指着木椅说："你们坐，坐吧……我去给你们倒杯水……"

肖恬恬马上说："不用，婆婆……我们不渴……婆婆您也坐……"一边说，一边还拉住了云姑婆的一只胳膊，拉着云姑婆一同坐下来。

待大家都坐好了，肖恬恬从同伴手里拿过一个塑料袋，里面装着两罐奶粉，试图交给云姑婆，同时嘴上说："这是我们领导给您买的高钙奶粉……年纪大的人，一般都缺钙……喝这个，对身体特别好……"

云姑婆倒仿佛被吓着了，急忙说："不行……这个我可不能要……真的不能要！"

云姑婆的反应让肖恬恬感到很意外，一会儿才说："也不是多贵重的东西……我们领导，大家都在一个岛上住着，远亲还不如近邻呢……"

云姑婆仍然满脸的惊慌说："领导的心意我领了……这个我不能要，真的不能要……"

见云姑婆如此害怕，肖恬恬意识到，这件事不能再说了，随即便改了口，说："婆婆这么认真啊！那我们拿回去好了……"

云姑婆马上轻松起来，说："啊……拿回去好，拿回去好……"

肖恬恬说："我知道婆婆不缺这些东西……"

云姑婆说："也不是不缺，是不能……不能随便要人家的东西的……"

肖恬恬说："婆婆说得对……婆婆您真了不起……婆婆您读过书吗？"

云姑婆摇摇头说："没读过……就跟我阿爸学了一些字……"

肖恬恬一副心直口快的样子说："一看婆婆就是深明大义的人啊！我奶奶也是呢！婆婆比我奶奶的年纪还要大一些，不过跟我奶奶很像……每次我回家，她都要跟我说，女孩子在外头，一定不能贪便宜，不能贪图别人的钱……不能这，不能那……可烦人啦！"

不料云姑婆听见这话，却笑了，说："你家是哪里的呢……"

肖恬恬说："我老家在江西……"

云姑婆忧虑说："江西？电视上听说过……是不是很远的？"

肖恬恬说："远呢……"

云姑婆说："那你是在酒店这里打工吗？"

肖恬恬说："是啊！婆婆您不知道，打工才辛苦呢……老板让干啥，你就得干啥，不然就要扣工资，可能还开除……"

云姑婆说："可真不容易……唉……姑娘你多大啊？"

肖恬恬说："我呀……二十五了……"

云姑婆说："唉——这么年轻就……那比我大孙子还小呢……他属虎，三十了……"

肖恬恬说："婆婆好福气，孙子都这么大了……他在哪儿呀？不在岛上吧？"

云姑婆说："他在广州……"

肖恬恬明知故问说："他在广州做什么？也是去那边打工吗？"

云姑婆说："他当老师……他一小儿就在广州，是在广州出生的，他阿爸，就是我大儿子，年轻时候就去了广州，在那边结的婚……明白我的意思没？"

肖恬恬说："明白明白……那婆婆去过广州吧？一定去过的……"

云姑婆说："我没去过……他爷爷去过……"

肖恬恬说:"婆婆真是的,儿子孙子在那里,都不去看一看?"

云姑婆说:"家里事情多呀……他们来看我就行了……"

肖恬恬说:"婆婆真有趣,那就以后去吧……广州好好呢,很多的商场,很多的酒店,反正什么都多、什么都好……"

肖恬恬和云姑婆,就这样聊着,看似随随便便的。

看得出来,云姑婆还是很开心的——否则不会说这么多的话。

如此,肖恬恬的目的就算达到了。

这样聊着聊着,肖恬恬看见云姑婆叹了一口气,于是马上说:"婆婆累了吧?那我们就回去了……过两天,我们还来看您……"

云姑婆真的有点儿累了,所以没有挽留她们。

肖恬恬和她的同伴,带上那两罐奶粉,离开了云姑婆的家。

一走出云姑婆家的门,同伴就对肖恬恬说:"你都没说房子的事……"

肖恬恬说:"今天说不合适……"

同伴不解地说:"怎么不合适了?"

肖恬恬轻叹了一声说:"这是个善良的阿婆啊,也是个聪明的阿婆!搞不好她会反感我们的……别着急,下次吧,下次说……"

6

隔过一天,肖恬恬和她的同伴,就再次来到云姑婆的家。

跟上次相比,这一次见面的时间要短一些,过程也相对简单。再就是,她们这次没给云姑婆带礼品。

不过,见面之后,还是寒暄了几句。问了问吃过饭了吗,之后又说了说天气,说了说身体好不好……随后就都坐下来。

并且静默了一瞬,似有一点儿尴尬。

随后肖恬恬说:"婆婆,我们今天来,是想跟您商量一件事儿……"说完马上轻轻地笑了一下。

云姑婆说:"是不是拆屋的事?"

肖恬恬倒没有吃惊,笑着说:"是啊……婆婆怎么知道的?"

云姑婆说:"村里人都在说……红姐也跟我说了……"

肖恬恬说:"其实……我们上次来,就是想说这件事的……"

肖恬恬稍停了一下,随即显出非常认真的样子,接着说:"反正您都知道了……我就仔细跟您说说吧!这件事儿,我们不会强求的,最后还得看您愿不愿意……我倒是觉得,这不是坏事儿,而是好事儿……"

接下来,肖恬恬就把有关换房,包括拆迁的一应事情,一些基本情况,对云姑婆说了。说的过程中,态度始终是认真的、诚恳的,始终面带着微笑。

云姑婆也是认真的。她在认真地听,认真地想。心里面既很冷静,同时又有一丝丝的忐忑。

介绍完情况,肖恬恬说:"事情就是这样子……婆婆您……听明白了吧?"

没等云姑婆回答,肖恬恬又说:"从酒店的角度,主要是考虑到荷叶岛以后的发展,才这样做的。所以我们非常希望得到居民们的理解,也希望得到婆婆您的理解……"

云姑婆想了一会儿,才说:"你是说,要先把荷叶村所有的屋都拆了?"

肖恬恬笑嘻嘻地说:"是呀……不然就不能搞开发!这方面,酒店早有安排了,所以事先就建好了安置房,用新房换旧房……婆婆看见了吧?"

云姑婆说:"动工那会儿就看见了,一帮人叮叮当当的,开始还不知道要干啥,慢慢才知道了……就用那些新屋,换我们的旧屋吗?"

肖恬恬说:"对啊!新房换旧房,一听就划算呢……"

云姑婆说:"听着好像挺划算的……"

肖恬恬说:"婆婆有没有去看看那个新房子?好好呢,就跟城里的房子一个样,还装了电梯,上楼下楼,一按按钮就行了,又快又方便……"

云姑婆说:"我还没去……有人去过,听他们说了……"

肖恬恬说:"酒店的领导还说呢,有些人家儿房子挺大的,我们还会补一些钱,就按面积补,差多少补多少,不能让老百姓吃亏……我看您家的房子就挺大,也许要补好多钱呢。那时候,婆婆可就发财喽!"

云姑婆说:"我要那么多钱干啥呢?怎么花呢?"

肖恬恬说:"看您说的……有钱还怕没地方花?您想买啥就买啥……想去哪儿就去哪儿……要不就分给您的儿女们,他们一定特高兴……"

云姑婆没说话，似在想什么。

一会儿，云姑婆又说："刚刚你说，要把村里的屋都拆了，一间也不留吗？"

肖恬恬说："是呀婆婆，我是这样说的呀……"

云姑婆说："那有一个祠堂……也要拆吗？"

肖恬恬说："是的，要拆的……"

刚说完，马上意识到了什么，于是又说："哦，婆婆，您是想说，祠堂也是您家的，对吗？这好办呢！我们把祠堂的面积也算进来就行了，您还能多得一些补偿款呢……到时候，会有人过来丈量……婆婆您不用担心，我们不会让您吃亏的……"

云姑婆知道肖恬恬误会了她的意思，说："不拆祠堂……行不行呢？"

肖恬恬说："这个我就做不了主了……他们有他们的规划……我们就做我们的事儿……"

云姑婆不说话了。

肖恬恬看着云姑婆。

一会儿，肖恬恬笑着说："婆婆您看……这件事儿……您同不同意呢？"

云姑婆迟疑着，片刻才说："我不知道……我这心里乱糟糟的……我要问问他们才行，问问老大和老二……海妮在国外，就不问了……"

听云姑婆这样说，肖恬恬自然很失望，但她仍然笑着，看不出她的失望，停了停，她说："婆婆您别着急……那您就问问他们吧……这么大的事儿，是要仔细商量一下的……"

肖恬恬和她的同伴离开了。

云姑婆关好门，重新坐回到木椅上。

她心里确实是乱的，似乎又特别空，空得人难受。

她坐着，想着（其实什么也想不清）。这样不知过了多久，才拨通了大儿子梁海宽的手机。

云姑婆说："阿宽，还没睡觉吧？"

梁海宽说："没睡，看电视呢……"

云姑婆说："没睡就好，我有事跟你说……"

梁海宽说:"说吧……"

于是云姑婆就把有关换房子,以及拆迁,以及肖恬恬等一系列的事,从头说了一遍。不过,由于她事先没有想好,加之心里很乱,说得便也很乱。不过,经过梁海宽的反复询问,还是说清楚了。

等云姑婆说完了,梁海宽说:"就这些吗?"

云姑婆说:"就这些……"

梁海宽说:"这样很好,阿妈……"

听梁海宽这样说,云姑婆有点儿吃惊,说:"你说什么?"

梁海宽说:"我是说,这样很好……你听我说,阿妈……一个呢,是我们可能阻挡不了人家……再一个,拆了你就来广州嘛……不愿意来广州,去惠州也行……就不要在岛上住了……"

云姑婆呆住了,许久没说话。她不明白他何以这样想。

梁海宽"喂"了两声,说:"阿妈,你在听吗?"

云姑婆说:"我在听……这可是祖宗留下来的,说拆就拆了?"

梁海宽说:"这样吧,阿妈……电话里头说不明白……我本来就想这个周末回一次岛的,到时候再叫上海平,今天就不多说了……等我仔细想想,见了面我们再慢慢说……好不好,阿妈……"

过一会儿,云姑婆又拨通了二儿子梁海平的电话,把有关拆迁和换房子的事,又跟他讲了一遍。

梁海平虽说排行老二,年纪却要比梁海宽小得多,因为在梁海平和梁海宽之间,本来还有一个男孩子的,不幸在三岁的时候,得了脑膜炎,因荷叶岛上当时没有医院(连医生也没有),救治不及时,病亡了——此事前边曾经讲到过。

梁海平年轻的时候就不安生,当年死活要离开荷叶岛,为此阿昌伯还骂过他。后来还是梁海宽帮忙,在广州找了个临时工的活儿,可干了一阵子,又觉得没意思,就跟几个人合伙做生意,也没赚到什么钱。一个偶然的机会,认识了如今的老婆,老婆有能耐,说服他开了现在这家店,这才安定下来。

梁海平更直接,听完云姑婆的话,马上就说:"那拆就拆了吧……他们不是给钱吗?给钱就好……最好争取跟他们多要点儿……还给一套房子,这太划算啦……干脆把新换的房子也卖了……我跟老大再补一点钱，来惠州这边买个房子，就在我这个小区买，很便宜的……这样大家也就都安心了……你总不能就这样一个人住在岛上吧……年纪越来越大，谁也不知道会出什么事……你想想，是不是这样子……"

跟两个儿子通完电话，云姑婆心里更加乱了……

7

还有两天才是周末。

这两天，云姑婆的心，一直是乱的。这当中，也包含着她心里对儿子们即将回家的一点儿隐隐的期待。说实话儿子们回来的次数并不少。但是，他们每一次回来，她的心里都会有一种说不出来的喜悦。按照以往的习惯，她早早就会考虑要让他们吃什么。

比方说，她知道海宽爱吃鱼，广州那边鱼又贵，就会每次都去鱼市买几条大个儿的鲜鱼，每餐蒸给他吃。海平呢，现在不喜欢吃鱼了，却喜欢吃扇贝，她就每次给他买一些，看着他一边蘸着芥末吃扇贝，一边喝烧酒。值得一说的是，不论他们哪一个回来，她都会煲一罐汤。煲好了在那儿晾着，让他们一进门就有东西下肚。汤不一定要用多么好的料，主料不外排骨、活鸡什么的，但她会根据时令，也会根据他们的口味，放一些不同的佐料，五指毛桃、鸡骨草、薏米、木瓜、眉豆等。

不过，最让云姑婆心乱的，主要还是房子的事。

简单说就是：她是同意换呢，还是不同意换？同意拆呢，还是不同意拆？

她要做出一个抉择。

可是，她越来越不清楚，自己应该怎么办。

特别是最近这几天，村子里还出现了一些新情况。

这几天来，荷叶村的所有人，似乎都在谈论房子的事。好像随时随地都在谈。关键是大家的态度，也都越来越清楚了。云姑婆感觉到，现在村里的绝大多数人，已经认同酒店方面的说法了。

就说红姐吧，开始还对云姑婆说："我可不同意拆。这样一拆，我们的店就没了。我们靠什么生活呢？我还要供我女儿读书，一年的学费，都要几万元呢……"

可到了昨天，态度就完全变了。

昨天一早，云姑婆刚刚来到她的"海岛旅游纪念品商店"，红姐就过来了，跟她说："昨晚酒店那边又来人了……"

云姑婆说："是吗？我家也来了呢……"

红姐说："这是他们第二次来了，还是两个女孩子，说的都是好听话儿，还带了一篮子水果给我们……第一次来说的时候，我都没怎么搭理她们，第二次，又来说……我就给女儿打了电话……女儿倒觉得挺好的，说我们不吃亏……我也去看过他们的新房子……跟现在的房子比，小是小了点儿，可人家那是新房呀！何况还补钱……"

云姑婆没吭声儿，认真地听着。

红姐又说："补了那些钱，我女儿的学费就不用操心了……这可是我最犯愁的……她爸爸又不在了……房子是不是小点儿，就没那么要紧了……先将就住几年吧……等女儿毕业了，肯定也不会回岛的，说不定要留在大城市……她说她喜欢深圳……说来说去我就这么一个女儿，以后肯定她去哪儿我去哪儿……这样一想，我就同意了，同意换他们的房子了……"

云姑婆心里动了一下。红姐有一句话，触动了她的心，就是那句"这可是我最犯愁的"。

红姐又说："那两个女孩子还说，等拆迁以后，我还可以到她们酒店去应聘……应聘成了，还能拿一份工资……"

红姐跟云姑婆说话时，周成伯也在场。他是跟云姑婆脚前脚后来到店铺这边的，一来就在自己以往常坐的一张椅子上坐下来（手里握着一只保温水杯）。

没等云姑婆说话，周成伯就接过红姐的话头儿，说："我那儿也来了两个乖乖女，态度好得不得了，话说得才好听，还送给我两罐单枞……瞧，我喝的就是。一喝就知道，这茶是高档货……这么高级的茶，肯定很贵的……"

说着还举起手里的茶杯，让大家看了看，随即又说："我听说，那边酒店的老板，靠山硬得很，上上下下的干部，全都搞得定……还特别有实力，不然怎么能拿出这么多的钱？那两个乖乖女，她们跟我说，光这次拆迁，酒店就得拿出上千万元钱……不过这些咱就不管它了！我自个儿倒是觉得挺划算的……我那个破房子，都住了十几年了，想不到还能换点儿钱……有了这点儿钱，往后可就不一样了……再者说，我也这把年纪了，在哪儿住还不是一个样呢？"

在周成伯说话期间，又有几个经常在店铺门前闲坐的人过来了，有的已坐在凉棚下，有的还站着，有的戴着草帽，有的拿着扇子。

凡是过来的人，很快就都加入了谈话，谈的都是房子的事。

云姑婆坐在店铺里，听着他们谈……

8

终于到了周末，梁海宽回到了荷叶岛。

这天一早，云姑婆就煲了一罐花生眉豆鸡脚汤，还特意放了一把枸杞。

不过，梁海平因为突然有事，没有回来。

在梁海宽喝汤的时候，云姑婆问他："阿平不是也要回来吗？咋没回？"

梁海宽一边喝汤一边说："昨晚老二给我打电话了，说他岳母得了阑尾炎，要去医院做手术，他不去不好……老二还说，房子的事他那天打电话跟你说过了，昨晚上又跟我说了一遍……我呢，倒不赞成把新房也卖了……我觉得，岛上还是要有个住处的，留一个落脚的地方……不管你以后去广州，或是去惠州，我们总不能就再不回岛上来了……毕竟，这里还是我们从小到大的家……一旦想回来，我们住哪儿呢？总不能住酒店吧……要是那样，就等于把我们全家，从岛上连根拔走了……"

说完了，还重重地叹了一口气。

梁海宽的模样儿，很像他父亲阿昌伯，脸型和眉眼都很像，也是很清瘦，个头儿却比阿昌伯略高一点点。不过，由于他这么多年一直在城市里生活，已经生活了大半辈子，头发都花白了，完全就是个城市人的样子了。因此，他现在看上去，要比阿昌伯柔弱很多。行为处事的方式，包括思想观念，也与阿昌伯有着很大的不同，看待事情，似乎也更加地周全。但是，脾气秉性，可能还是没有太大的改变，大概也改变不了吧，所以，骨子里还是一个老实人，是一个忠厚的人。

云姑婆看着梁海宽，没说话。

大概由于心思太多的缘故吧，最近这几天，云姑婆一直就不怎么爱说话。

说起来，以前的云姑婆，其实也是不怎么爱说话的。就像人们所描述的那样，她一直就是个很安静的人。可是，虽然话不多，心里却是有主张的。想当年，遇到什么事情，阿昌伯都要跟她商量的，她提出的建议，也是经常被人家采纳的。而且，不仅在家里是这样，在外面也是这样的。

过了许久，云姑婆才忽然对梁海宽说："那你要不要去看下他们建的新屋？"

听见云姑婆的话，梁海宽居然愣了一下，片刻才说："哦，要去看，要去看……等吃了午饭吧，我们去看看……"说完了，心里竟然顿感一阵轻松，仿佛压在心上的一块石头，一下子被卸掉了。

说实话，直到一分钟前，甚至从今天早上他走出广州的家门起，也包括后来在大巴和海船上，甚至再早一点儿，在那天通过电话之后，梁海宽就一直在考虑，要怎样说服云姑婆，让她接受自己的意见，接受这个现实。尽管那天通电话的时候，云姑婆并没有说什么，但他可以感觉到，她心里是不愿意的。

所以他担心，说服她会很难，也许特别难，没准儿还会发生争执。

但是，他心里很清楚，不管她愿不愿意，到头来都是没有用的，也没有实际的意义。说白了，如果他们想怎样做，那是一定会做成的。因为他们势力大，又能想出很多的办法。而且，他们一定会想尽世界上所有的办法……

他之所以觉得难，是因为不知道怎样跟她说这些，也不知道她懂不懂得这其中的道道儿。他想她是不会懂的。她怎么会想这么多呢？同时他也知道她的性格，也知道她因何这样想，知道家里的房子和祠堂，对她意味着什么……

实话说吧，关于这件事，他已经反反复复，不知道想了多少遍。

现在，从她的话里，他听出来，她大概要放弃她原来的想法了。

因此他才感觉到轻松。

云姑婆又给梁海宽装了一碗汤，坐下之后，说："这几天，村里人都在说这个事，他们好像都同意了，同意拆房子……食杂店的红姐说，有了这次换房子的钱，她女儿后几年的学费就够了……还有周成伯，打算用换房子这笔钱给自个儿养老呢……红姐还说，等她女儿毕了业，也许就不在岛上住了……唉！"

梁海宽说："红姐也确实不容易，靠她的食杂店，能赚几个钱？……"

云姑婆没说话。

好久，梁海宽才听云姑婆说："可是我心里……我心里……要是都拆了……你说那祠堂……这可是我们家，祖祖辈辈……拆了就没有了……一想到这些，我心里就痛，一揪一揪地痛……就说你外公外婆吧……有一天我死了，我都没脸去见他们……"

梁海宽赶紧说："你别这么说，阿妈……"

云姑婆又说："还有这间屋……虽说是新屋，也住了十几年了……建屋的时候，你们都拿了钱，你拿得最多……还有你阿爸，他就是在这里走的……就在这屋里……"

可能因为说到了阿昌伯，云姑婆一下子难过起来，突然哽咽住，流出了眼泪。

云姑婆举起了右手，用手背擦拭着眼泪。

梁海宽知道云姑婆心里不好受。但他并没有劝她，因为不知道如何劝，不知道说什么好。

又过了一会儿，云姑婆才渐渐地平静下来……

午饭之后，母子二人去看了安置房。

……

巧的是，就在这天晚上，吃完晚饭以后，肖恬恬和她的同伴，第三次也是最后一次，来到了云姑婆的家。

这一次，她们还带来了拟好的合同。

不过，这次的情况要简单得多。因为有梁海宽在，云姑婆几乎就没说什么话。整个过程中，都是梁海宽跟肖恬恬在那儿谈。梁海宽询问了一些自己不大清楚的事项，肖恬恬都做了耐心细致的解答。

等一切都谈好了，肖恬恬笑着对梁海宽说："如果没其他问题，我们是不是可以签字了？"

梁海宽想了想说："没有什么问题了，签吧……"

肖恬恬说:"那你们谁签好呢?是伯伯签呢,还是婆婆签?规定是要户主签的……"

因此,最后还是由云姑婆在合同上签了字,签的是"云英珠"这三个字。

9

因为事情已经处理完了,星期一还要回厂里上班,第二天,梁海宽便离开了荷叶岛。

云姑婆又来送他上船。

临出门的时候,梁海宽曾经说:"阿妈去商店吧,不用送我……"

云姑婆说:"没事,商店有红姐帮忙看着呢……"

母子俩平平静静地走出家门,走过了云姑婆的"海岛旅游纪念品商店"(还与红姐打了招呼),沿着荷叶村前的那条土路,朝码头那边走去。

走着,云姑婆说:"海妮她……这阵儿有没有啥消息?"

梁海宽说:"几个月她前打过来一次电话,说她挺好的,还说我们不用往她那边打电话,她有事会打回来,从她那边打,电话费便宜好多……"

云姑婆说:"她跟我也这么说的……她是上个月给我打的电话……说她忙,说辛苦……"

梁海宽说:"那还用说,一定辛苦啦……"

云姑婆说:"你也够辛苦的……眼看快六十岁了,还得按时按点去上班……"

梁海宽说:"我早就习惯了……上班的人都这样……还不是为了吃一口饭……"

母子俩走了一会儿,云姑婆又说:"我看电视上说,有地方能买墓地,我想给你阿爸买一块……价钱好像挺贵的……我手里有些钱,都是你们平常给我的,我也用不着……你跟老二商量商量……"

梁海宽说:"好!这事我也想过,应该的……过一段时间就可以办……不过不用你的钱……我和老二一人出点儿就解决了……"

云姑婆说:"阿平也挺辛苦的,他赚钱可不容易,每天要起大早去上货……有阵子他说心脏不舒服，不知道好点没……"

梁海宽说："他那是长期睡眠不好……我让他找医生看看，不知道去没去……"

云姑婆说："那你再跟他说，我也跟他说……你阿爸不在了，你就是家里的主心骨了，他们的事你要多说……"

梁海宽说："你才是我们的主心骨哦……有你在，轮不到我……"

母子俩又走了一会儿，不久走到了"海上时光大酒店"的跟前。

云姑婆朝酒店那边看了一眼说："你看这几年荷叶岛变的……你还记不记得，这里以前是生产队……一点儿都看不出来了……"

梁海宽说："记得……那时候还挣工分，我阿爸在渔业组，经常出海捕鱼……"

云姑婆说："有时候，想起这些事，就跟做梦一样呢……"

没多久，母子俩就到了码头。时间也刚刚好，正是即将开船的时候。梁海宽走到售票窗口，买好了票。在等待上船的时候，云姑婆对他说："阿宽，回去好好上你的班，不用总往岛上跑……等把这边的手续都办好了，领到房产证，我再给你打电话，看看怎么样装修……"

没等云姑婆把话说完，就开始检票了。

梁海宽匆忙说："我知道了，阿妈……好的好的……您回家去吧……"一边说，一边走进了闸口。

六、尾声：云姑婆

1

此后没几天，荷叶村突然变得热闹起来。

热闹的原因，是很多人家儿开始装修刚刚置换来的新屋。

村里一下子就来了十几甚至二十几名装修工人。此外还来了一些闻风而至的经销商，从陆地运来了一些装修材料和卫浴物品等，在村头摆了一些摊位，进行推销。还有一些心急的乡亲，把自家一些不想再用、打算更新、尚未损坏的日常用品，包括桌椅板凳、床架床垫、衣橱衣柜、锅碗瓢盆，以及电视机、洗衣机、煤气瓶、鱼缸、花盆、砧板等，都拿出来摆放在门外，想趁机卖掉，或者以物易物。

红姐也是其中之一。由于忙于装修和搬家的事，她的食杂店在前几天就停止了营业，门窗均装上了闸板。

停业那天的傍晚，红姐走到云姑婆这边说："姑婆呀，我明天就不来了……"

云姑婆不解说："不来了？你有事吗？有事我帮你照看一天好了……"

红姐说："这段时间我要装修房子，还要清理一下家里的东西，过几天，店子这边也要清理一下，等房子装修好，就搬到新房去了……事情这么多，一时半会儿的忙不完，这边就照顾不到了……"

云姑婆说："你是想把店关了？"

红姐说："是啊……反正过几天就要拆迁了，关就关了吧……"

于是当天就把门窗都上了闸板，并且找到一截粉笔，在门板上写了几个大字："本店停业"。

在红姐停业后，云姑婆的"海岛旅游纪念品商店"又继续开了几天，但由于实在没有什么客人，加之她也有些事情要去办，便也停了业。

过几日，其他的店也都陆续停了。

由此，那些各自带着水杯（杯里装着沏好的茶水）、戴着旅游帽或草帽、带着扇子、带着扑克牌或象棋，每天过来闲坐的老人家，也都不再来了……

这几天，酒店那边也在大堂设立了一个办事专区，有若干专人，专为荷叶村的村民们办理各种手续，包括发放补偿款，等等。

这也是云姑婆要办的事情。

好在酒店离荷叶村并不很远，云姑婆前后跑了两次，就把所有的手续办完了，所以还是很顺利的。

那之后的某一天，下午时分吧，村里便来了一些身穿工装的人。工装是蓝色的，左胸的位置印着一个图案，图案仿佛一个上升的火箭。每个人还戴着安全帽，总体是黄色的，远看就像钢盔，左右两边各印了一面鲜红色的小旗子，非常醒目。

与此同时，还有两台钩机和两台推土机也开进了村子。特别是那个庞大的钩机，看上去好似博物馆里的恐龙，钩臂摇摇摆摆，特别地吓人。推土机和钩机，都发出很大的轰鸣声，突突突突突，比放鞭炮还响。

听人说，推土机和钩机，都是用了很大的货轮，从陆地运到岛上的。

推土机和钩机，还有穿工装的人，是从山脚前边的那条土路进到村里的。推土机和钩机在前，穿工装的人在后。穿工装的人，每人肩上扛着一件工具，有的是铁锹，有的是撬棍，有的是镐头。

推土机和钩机，还在路上带起了一团一团的尘土，把后边穿工装的人呛得直咳嗽。

穿工装的人进村不久，就动手在村头的小广场建造一座木板房，说这是要给工人们建一个临时宿舍。有消息灵通的乡亲说，把前期的事情做好后，他们就要开始对荷叶村进行拆迁了，可能是三天后，也可能是五天后……

2

在那些穿工装的人开进荷叶村的第二天，上午九点钟前后，云姑婆吃罢早饭，忽然想起了放在商店里的一件衣服，她平时的一件工装，要去取回来。

那天，云姑婆一出屋门，就隐约感觉院子有了一点儿什么变化。于是她停住脚步，转回身看了一眼。她一下子就看见，在她家房子的一楼，窗户左边的墙上，有人用红油漆刷了一个大大的"拆"字，似有簸箕那么大吧，非常地耀眼，非常地红……

云姑婆是认得这个字的。

云姑婆立刻感觉眼睛被烫了一下，当即就愣住了，同时觉得心里一阵惊慌，一阵刺痛，甚至感觉脑袋有一点儿眩晕，天旋地转，头重脚轻，摇摇欲坠，便闭上眼睛，停了片刻。在这片刻之间，她不由又想到了祠堂，也想到了她的商店。想那里是不是也被他们写上了这个字……

云姑婆睁开了眼睛，来不及多想，马上迈着细碎的脚步，朝祠堂那边走去。不等走到跟前，大概还有几十米的时候，她就看见了，在祠堂门口的右边，果然也有一个跟她家房墙上一样的"拆"字，颜色是一样的，大小也差不多。她当即停下了脚步，没再往前走，远远地看着那个字……

很快，云姑婆又来到了她的商店。在这里，她也看见了那个字，也是远远的。同样，也只是看了片刻，就离开了这里——却忘记了要拿衣服的事情。

一时间，云姑婆心里不由特别地慌乱，也来不及多想，就转身朝家里走去。沿路却又看见了更多的"拆"字。几乎每一幢房子都有。只是所刷的位置不同：有的刷在了房子的正面，有的刷在了房子的侧面，有的刷在了房子的左面，有的刷在了房子的右面，有的刷在了窗户的旁边，有的刷在了院墙上……

云姑婆踉踉跄跄地回到了家，马上紧紧地关上房门，一下子跌坐在木椅上，一只手按住了胸口，心抖抖的，手也抖抖的，大口大口地喘息着，脸色异常苍白，感觉身上一点儿力气都没有了，头脑也是乱糟糟的……

不知过了多久，才慢慢地平复下来。

尽管慢慢地平复了，却还是那样坐着，不想动，好像也没有力气动。

一会儿，云姑婆想：这是真的要拆了……

云姑婆又想：我是知道的，知道要拆的……

她想：拆就拆吧……

她想：合同都签过了……

她想：那么多的房子都要拆呢……

她想：红姐的也要拆，周成伯的也要拆……

她想：我怎么能不拆？

她想：大家乡里乡亲的……

她想：我要是不拆，他们一定会在心里骂我的，骂我是自私鬼……

她想：我拆了，他们就不会骂了……

她想：可拆了就没有了……

她想：祠堂也没有了……

她想：再也没有了……

她想：就不能去祠堂给祖宗烧香了……

她想：我对不起祖宗……

她想：对不起阿爸阿妈啊……

在想到阿爸和阿妈的时候，云姑婆不由陷入了沉思。

她忽然想起了阿爸阿妈临"走"之前的那个晚上，吃晚饭的时候，阿爸对她说过的话。

她想起阿爸说："如今我老了……这几年，身板越来越差，浑身都不舒坦，不是这里痛就是那里痛，吃东西也不香了……阿妈跟我一样，也老了……"

她想起第二天吃早饭时，阿爸告诉她，他和阿妈要去"下岛"，去看一个熟人。

她还想起阿爸当时说："我跟你阿妈商量了半宿呢，最后才定下今天出去的……"

她又想起阿爸阿妈临走的时候，都穿得整整齐齐的，穿的是他们最好的衣裳，来跟她告别。

她想起阿爸说："我们走了……我们想在下岛住几天……你们不用去找我们……"

至今，云姑婆还记着阿爸临走前看她时的眼神，也经常想起那个眼神。阿爸的眼神，似乎异常地平静，似乎又异常地坚决……

多年来，只要想起阿爸当时的眼神，云姑婆都会心痛。

阿爸和阿妈……他们……在决定离开的时候……本就不想回来了吧？这是云姑婆此时此刻才想到的。

云姑婆想来想去的，一直想到了该做午饭的时候。可她一点儿也不觉得饿，加之感觉身体有点儿倦乏，似乎还没缓过神儿来，特别不想动，又觉得做饭很麻烦，想了想，就决定不做饭了，也不吃饭了。

因为觉得身体乏，下午，她上床睡了一觉，而且睡得比较长，等她醒过来，已经日落天黑，又到了该吃晚饭的时候，只是她仍不觉得饿，一点儿也不饿。

所以，晚饭她也没有吃，不想吃。

3

到了第二天，云姑婆还是一口东西都不想吃，甚至连水都不想喝，因为她实在觉得没什么胃口。

所以，第二天她仍然没有吃饭——没吃早饭，没吃午饭，也没吃晚饭。

虽然没有吃饭，她却一点儿都不觉得饿。而且，精神头儿还好好的，精力也好好的。

上午，云姑婆还打开电视看了一会儿。这期间看了一会儿新闻，看了一会儿电视连续剧，又看一会儿歌舞表演，看一帮人又是跳又是唱。那唱的，唱着唱着还哭了，哭着哭着又笑了，让人摸不着头绪。又看了一会儿外国人踢足球。看一帮大男人，一个个都发疯似的追赶着一只球，动不动还撞到一块儿了，有的还撞伤了，躺在地上不起来，最后被搬到了担架上，让人好担心……所以，她看了一会儿就不看了。

因为一时没什么事情做，她灵机一动，想：那我就收拾收拾家里的东西吧！

决定之后，马上就开始收拾（兼搞卫生）。

收拾东西，她是先从一楼开始的，因家里绝大部分杂物，都放在一楼。

一收拾就是一整天。

这一天，云姑婆首先清理了家里的一些重要物品，比如户口簿、房照、身份证、银行的存折、有线电视缴费证、几样首饰（都是她阿妈留下来的），以及一些早已作废的证件，诸如几个子女以前的学籍证、中学小学的三好学生证和各种奖状、他们当年使用过的病历本、家里当年的购粮本、购油本、副食本、她和阿昌伯当年用过的工分手账……

所有这些东西，都被她存放在一只用了多年的、被子女们称为老古董的立柜下面的格子里（格子以上，放着冬天的被褥和一些衣物）——这口立柜，多年来总是摆放在她和阿昌伯的床边，触手可及。

她先把它们一样一样地拿出来，再分门别类，用一些平日积攒的塑料袋装好（有的还用绸布认真地包裹起来了），之后重新放回去。

应该说，在清理这些东西时，她的心情还是相对平静的，当然也偶尔会有一点点的感慨，脑子里会突然闪现一下当时的什么情景，心会被什么牵动一下下，甚至出现一点儿小小的波澜，不过很快就过去了。

随后，云姑婆又清理了家里的相片，全家所有人的相片，阿爸阿妈的相片，云方、云正的相片，阿昌伯的相片，梁海宽的相片，梁海平的相片，梁海妮的相片，丫丫的相片，孙子的相片，孙女的相片，含个人照、跟别人的合照，以及满月照、百日照、周岁照、毕业照、中学小学的纪念照、结婚照，等等。

这些相片，有的装在影集的塑料套里（影集是海妮帮她买的，共五本），有的当时装得不端正，她就把它们取下来，重新装装好，有一些当时没来得及装，随意放在了装影集的纸盒里，她就把它们一张张地装进去……

在清理相片的时候，她心里就不那么平静了。她一张一张地看着那些相片，看着那些熟悉的脸孔，熟悉的表情，熟悉的眼睛，熟悉的眉毛，熟悉的嘴巴，熟悉的鼻子，心里便不由悲伤起来。特别是在看见阿昌伯跟云方、云正在一起的那张相片的时候，当她一看见三个人那么年轻的面庞，看见他们洁白的牙齿和一本正经的表情……这时候，她心里立刻一阵痉挛，疼痛难忍，竟使她立刻将枯干的双手捂在脸上，轻声地啜泣起来……

中午休息了一会儿，下午又接着收拾。

下午，云姑婆收拾了衣物，把所有的衣裤（因随换随洗，所以都干干净净的，整齐地挂在立柜里），都一件一件地从衣架上取下来。把一些穿了多年的，已经麻花了的衫裤拣出来，单独装进了一个塑料袋。而把一些没穿几年的、有的还比较新的，都仔仔细细地叠叠好，包进了几个包袱里（她一直习惯用包袱包衣服）。这些衣裤中，有云姑婆自己的，有阿昌伯的，还有儿孙们放在这儿临时穿穿的。其中云姑婆和阿昌伯的衣服，多半是海妮给他们买的，也有儿媳们给买的，还有孙媳妇给买的，质地都是很好的……

待把衣物清理完，看看天色还早，云姑婆想道：我再去打扫一下祠堂吧……于是又去了祠堂。

祠堂很安静，一如既往地安静。

因为经常打扫，祠堂其实是很干净的。

而这时，正有一抹斜阳，从西山墙上的一个小窗口透射进来……

看见这个情景，她甚至在门口停顿了片刻，然后，才像以往那样，脚步轻轻地走进了祠堂。

她先是来到了那张黄花梨木的供桌跟前，也像以往那样，取出香炉，在刻有"南海云氏历代祖考妣之神位"的牌位前点燃了三根香，又退后几步，跪下来，三拜之后，闭上了眼睛，双手合十，还像以往那样，说："云家的祖宗先人，阿爸阿妈……英珠又来拜你们了。英珠求列祖列宗，阿爸阿妈……能保佑英珠的儿女，保佑梁海宽全家、梁海平全家、梁海妮全家，保佑他们家里所有的人，平平安安，不生病，不吵架，不缺吃，不缺穿，逢凶化吉……再保佑咱们荷叶岛，不打台风，不落大雨，无灾无难，人人安生，事事遂愿……"

这些话，都是云姑婆以前常说的。说过了，便不知道再说什么好。于是停下来，想了片刻，才又说："云家的祖宗先人，阿爸阿妈……这是英珠最后一次来给你们烧香了，以后我就不能来了……因为我……因为我……"

她说到这儿停下了，似乎说不下去了，似乎这是一个秘密，不能说的。

但她仍在那儿跪着。似在想着什么，也似乎感觉倦乏，不愿意起身，所以跪了许久。一直跪到香炉里的香都燃尽了，才慢慢地站起来……

此时，已经天黑了。

她便过去摸到灯绳，拉亮了电灯。

一团昏黄的灯光，"噗"的一声，落在了地上。

尽管祠堂很干净，她还是仔细地打扫了一遍。也把刻有"南海云氏历代祖考妣之神位"的牌位，以及香炉等，都细细地擦拭了。然后，才回了家……

4

第三天和第四天，云姑婆又抓紧时间，清理了二楼的三个房间以及厨房，还有她的"海岛旅游纪念品商店"。

在清理"海岛旅游纪念品商店"的时候，她顺便拿回了那件当初要拿的衣服。

因为连续几天没有吃饭，在最后清理"海岛旅游纪念品商店"的时候，她已经感到非常疲乏了。

傍晚，云姑婆离开了商店，慢吞吞地向家里走去，路上没有碰到一个人（有个乡亲后来说，他曾经在窗口看见了云姑婆，也看出她非常地虚弱，但他当时并没有多想）。

回到家，她首先洗了个澡。

洗完澡，又在木椅上坐了一会儿。

她在脑子里回想着，还有没有需要做而不曾做的事情——说来，这是她多年养成的习惯了，每天睡觉之前，她都要这样想一想的。

不过，她感觉自己的脑子已经越来越迟钝了。

所以她想了好久。她从楼上想到楼下，又从客厅想到厨房，一直想到天都黑下了，才悄悄地对自己说：哦，没有了，没有什么要做的了。

她这才过去锁好了房门，又摸索着爬到床上，和衣躺下来，闭上了眼睛。

刚躺下的那一刻，她顿时觉得浑身上下一阵轻松。她甚至不由自主地长长地呼出了一口气……

不过，她同时也感觉到了疲乏，那是极度的疲乏，疲乏到连动一动手指的力气都没有了……

入夜了。四周正在渐渐地安静下来。整个荷叶村都安静下来。人安静下来，风也安静下来。静得仿佛没有一丝丝声音……

不知何时，云姑婆的耳朵里，忽然听到了远处传来的海浪声。

"哗……嘘……"

"哗……嘘……"

在持续不断的海浪声中，她仿佛感到有一些人正轮番来到她的脑子里。其中有她的阿爸云莲生和阿妈云程氏，有阿昌伯，有云方和云正，有梁海宽、梁海平、梁海妮，有大嫂二嫂，有外孙女丫丫，有孙子梁飞、孙女梁爽、另一个孙子梁成，有女婿高尚，有红姐，有周成伯。他们有的只在看着她，有的在对她微微地笑，有的还跟她说了几句话（但她始终没听清他们说的是什么）。他们来了走了，走了来了，就像走马灯一样。她很想留住他们，留住每一个人，不让他们走。可是，最终却谁也没留住，一个一个都走了、走了……

这样不知过了多久，云姑婆终于深深地安静地睡着了。

在她睡着几分钟后，便见有一滴晶莹的泪珠，悄悄地溢出了她的眼角，沿着脸颊滑落下来，滑到一半时，却又停住了，停在了一道深深的皱纹里……

这一天，恰好是 公元19××年7月22号，大暑日。

远处的海浪声，依然在响着。

"哗……嘘……"

"哗……嘘……"

《钟山》2018年第1期

鲍十追问：波涛之间人生何以跌宕起伏？

——评《岛叙事》

江 冰

　　《岛叙事》开篇就是辽阔大海，海岛魅力渐次展开：远处看，此岛真的就似一张荷叶，漂浮在万顷波涛之中，仿佛还会随着海水波涛不停地颤动。波涛大时颤动便大，波涛小时颤动便小。天气晴和的时候……海水便会轻柔地舔舐岛畔的沙滩，海浪不间断地涌上来，又退下去，同时发出一种很清晰的响声：哗，嘘，哗，嘘——涌上来的海水会在瞬间变得洁白，若雪——以前曾见过"海面波平如镜"的说法，这个说法是错的。大海永远没有波平如镜。——大海的描写流淌在东北籍小说家笔下，真真切切，海风扑面。大海，在他的视野中变得自然而亲切。这是一座什么样的海岛呢？作家确定了历史谱系：云氏后人明代所建，而云氏先祖恰恰是南宋末年崖山海战十万大军中逃生的一名年轻的兵士。海岛中间有一座祠堂，叫南海云公祠，祠堂对联"大难身不死，南海第一公"，可见渊源深远。海妮的母亲云姑婆是作品第一主角：老人、祠堂、传说、云氏、家族，这些元素均与岁月往昔相连，为全篇奠定了一个传统基调，岁月回望的氛围弥散全篇。小岛的生活习俗是岭南的，具有地域文化的特征，比如煲汤，比如粤方言的"你喝先"。荷叶岛渔村空洞化现象严重，一个村庄年轻人都离开了，只剩下老人，云姑婆就是当下的空巢老人。孤独地守着故乡老屋祖宗祠堂。

　　《岛叙事》善于营造梦境：女儿的梦、云姑婆的梦、阿昌伯的梦，一系列梦境牵引岁月怀想、内心情结、人生隐秘。鲍十借此渲染岁月沧桑，道出时间对渔民的伤害。伤害看似久远，内心隐痛却挥之不去。比如，对南海云公祠堂牌位的保护，用这些细节披露那些没有正面展开的动乱岁月。荷叶岛故事有两条线：一条线是云姑婆的生活，或者说是云姑婆与她三个儿女的生活；另外一条线是荷叶岛上的旅游开发。旅游酒店有一个明显特征：主建筑兼具哥特式和中国传统的风格。我以为，这是一个所谓中西合璧的暗喻，作者十分明确地点出所有建筑外墙一律土豪金色——无疑构成一种粗放的开发，一种不讲缘由的中西结合，也是我们当下社会的一种普遍景象。

在这部作品中，鲍十塑造了云姑婆的父亲母亲，一对传统乡绅夫妻的形象：讲信义、有主张、有人格、有道德、帮乡邻、安四方，古老乡村中的正面角色。这对仁慈的夫妻，在"文革"期间，为了儿女的生存与平安，悄然消失在大海中——非常决绝的一笔！其背景是云姑婆的两个哥哥参加抗战，在国民党军队中奋勇杀敌为国牺牲。他们的战友梁久荣来到荷叶岛，代他们尽孝。战争之后，战友之间，早已超过生死的情谊，以身代之，报答烈士的父母，报答养育之恩，但这样一个举动，被政治时代"血统论"所不容。因此被迫改名为梁玉昌，把那段原本光荣的抗战历史深深地藏匿起来。父母的消失是作品最揪心动人处，一种为了儿女可以牺牲自己的精神，焕发出人性的光芒。鲍十深情却又克制地反复描写了与父母生离死别时的那个场景：与女儿女婿诀别，与家乡祠堂诀别，只为遮掩一段旧事，只为躲避时代的灾祸，只为后代的平安，以此抵抗命运的不公。那个诀别人间世界的眼神，给读者留下多少悲怆的联想！逝者已矣，生者如斯。时代洪流之下，多少生命个体悄然离去，大多没有留下一声悲鸣。几十年的时光，把云英珠变成了云姑婆，把梁玉昌变成了阿昌伯。岁月悄然而逝，似乎什么都没有发生，一代一代生命顽强延续，但历史伤痛依旧在心灵最深处淌血，一点一点，一滴一滴，阿昌伯用老年痴呆回应从前的遗忘：他站在那里，面朝大海，若有所思。也许这样一个不解之谜，折磨了他半辈子。历史就是如此无情，无视个体生命的情感。阿昌伯的老年痴呆症的生活，笼罩着他岳父岳母失踪的阴影，聚集着人们对往事的缅怀——《岛叙事》的文本丰富性于隐约之中慢慢呈现。

鲍十在这部作品中再次表现了艺术含蓄且内涵丰富的艺术风格：绝不剑拔弩张，却又张力十足；表面波澜不惊，其实暗流汹涌。我在他从前的作品中间，屡屡感受到这种一贯的艺术追求以及由此产生的作品震撼力。或许可以用海明威的"冰山理论"来解释：漂浮在大海上的冰山，露在海面只是很少的部分，巨大的底座都在海底。鲍十恰到好处地处理了现实与历史的关系，在所有的现实环境中，随时随地让读者感受到历史的阴影如影随形，弥散其间。甚至使我联想到马尔克斯的名著《百年孤独》：人们活在当下，也活在祖先的目光中。祖先与父母，从来没有离开过这个世界，他们依然和我们共处在一个空间里，休戚与共，息息相通。让我意外的还有作品中间的超现实主义描写，比如云姑婆的梦中，岛上突然飞来了好多海鸥。它们不停地鸣叫，那声音非常响亮——神来之笔，犹如天启。不但对作品的现实情节有了一个推动，而且提升了整个作品的精神境界。虚实之间的飞扬与过渡，其实也在昭示一个事实：即便传统现实主义作家，依旧有向世界文学——尤其是20世纪现代文学汲取创作经验的必要。我欣喜地感受到鲍十在这个方向上的艺术努力。

我在阅读中感受到《岛叙事》强烈的情感压抑，此种压抑又转化为一种反反复复表达的主题：小岛的开发计划与传统生活，两者之间的冲突已然构成一个可怕的境遇：让人活在强加的遗忘中，这是一个民族的悲剧。作者贯穿全篇的愤怒均指向一个话题：荷叶岛的全岛覆盖计划无比邪恶，其目的就在遮蔽并切断民族的记忆。这样一个巨大的暗喻场，蕴含着一个绝望的结局：从个体到集体、从个人经历到民族命运，一如云氏家族终将消失。云姑婆已经知道自己生存的意义如风消散而去。在她看来，故乡犹如生命，故乡不在，扎根的泥土不在，连根拔起，如何存活？所谓皮之不存，毛将焉附？云姑婆终于在拆迁的喧嚣中，以自己的死亡完成了对现实的控诉！没有激烈的行为，无声的控诉在海风中再次化作绵长的回忆，悲怆的尾声，无尽的挽歌，心在泣血，但表面依然平静。小说家在平静中悄悄聚集力量：岩浆在地下奔涌，地火在地下燃烧，巨大的伤痛铺天盖地，却又在无声无息中结束。用文学、音乐、戏剧和电影，去抵抗遗忘；用爱、良善、自由、正义、怜悯去抵抗恨、丑陋、专横跋扈、恶，这就是艺术家的使命与责任。

现实顾问

李宏伟

5

"您好，我是现实顾问，工号5501010-2105，请问有什么可以帮您？喂，您好，您好？女士，请问什么事情让您这么难过，有什么我可以帮您吗？对不起，我没明白您的意思。您姐姐是失踪了吗？如果是，建议您报警，在警方需要的时候，我们公司会也必须提供协助。警方怎么说？对不起，您是说屏障吗？哦哦哦，我明白了。警方确定您姐姐还在人世，是，还在您居住的城市，她只是换了份工作，搬了家，屏蔽了您，并且设置了面对您的隐私保护，使您再也见不到她，连问她为什么这么对您都没机会，对吗？

"怎么说呢，女士，这样的事情不说普遍，至少也不鲜见。我们公司的宗旨就是服务顾客的现实，让所有人活得更加顺心如意。往大了说，每个人都可以挑选他喜欢、适应的现实，往小了说，至少也可以保证，每个人都可以离他不喜欢的现实远一点，不用必须面对他不想见到的人、事、物。对不起，我没有别的意思，只是描述一下公司向顾客提供的服务。拿您和您姐姐来说，当她不愿意见您，不愿意和您面对面——我相信这绝对是暂时的——她就可以启动现实屏蔽，对您只有雾状呈现，并将自己混入其他因为各种原因选择雾状呈现的人之中，让您无从分辨，你们互相听不见对方在说什么，也看不见对方在做什么。对不起，女士，请您消消气，请相信，我们公司不是在人为制造矛盾，我们只是保护顾客的现实权益。与您所想的相反，我们提供的这一服务，恰恰是将隐藏的淤积成内伤的矛盾挑明，让它有被消除、缓解的机会。恕我冒昧地问一句：在此之前，你们姐妹之间有没有隔阂？或者说，你们姐妹感情怎么样？噢，是双胞胎啊，那感情一定很好。你们小的时候，父母给你们选择的现实呈现，一定完全一样，呈现线条的大小、长短、构图和颜色都相似得像是复制的，对吗？这不难猜。几乎所有拥有双胞胎儿女的父母都喜欢这样，他们喜欢享受朋友与外界惊奇的目光，有的父母是一时兴起，偶尔这样设置一下，有的父母则是任性到底，一直到孩子长到十八岁，对自己的现实呈现可以自主时，才罢手。同吃、同住、一起上学、一起长大，没错没错，是这样，很多双胞胎都是这样。您这么说我就更放心了，证明我刚才断定'这一切都是暂时的'不会有错，你们姐妹一定会重归于好的。

"话说回来，女士，这样的话，您多半要感谢这次的变故。您想想，如果不是姐姐这样做，也许您永远都不会知道，她已经对现状产生了不一样的想法，对吗？那样一来，你们可能仍旧亲密无间地，如同一个人一样地生活，但是您想想，那对她多么不公平，她要忍受内心的伤痛、愤恨——对不起，我可能夸张了一点，就说她心里的不舒坦吧，她要忍受着这些，继续和您亲切友爱，这对她至少也是双重的伤害了。好的，女士，很高兴您能冷静下来。我们虽然不是专业学心理学的，但毕竟接受过这方面的培训，又做了好几年的现实顾问，面对过成千上万种不同顾客的现实烦恼，所以，也许我能够为您提供一些小小的参考意见。哦，需要补充一句，所有顾客的现实烦恼，我们沟通的全部内容，公司都会录存备查，但是这些内容都是最高密级的档案，公司只有启动监督机制之后，才能够由专人查看。我们也受过严格的保护顾客隐私训练，所以请您放心，咱们交谈的内容，绝不会泄露出去。谢谢，这是您对我们的信任，我们要做的就是不辜负您的信任。好的，让我们回到刚才的话题，哪怕我们现有的经验不能帮助您解决问题，至少我们也可以倾听，也可以和您一起，寻找通往问题解决的蛛丝马迹。您能简单说一下，你们姐妹二人的成长过程吗？尤其是你们之间出现不同的时段。是吗？整个高中三年都没有在一个班吗？这两个班相互间有什么不一样？噢，这样啊，真有意思。当你们互换身份，以对方的名字、形象出现在对方的课堂上，老师和同学都没有发现吗？虽说很多双胞胎很像，但是他们的行为举止，对同一个人的心理感受、距离总是有差异，因此难以做到完全一样。明白了。可你们平常练习模仿对方时，真的不会出现幻觉，认为自己只是在对着镜子表演吗？

"对不起，女士，我不是这个意思，我当然相信。请原谅，我没有兄弟姐妹，没法完全体会您说的这份乐趣，不过我大体能够想象。谢谢您的大度。我想问一下，对于这种互相扮演，把两个人的生活过成一个模样，你们有没有那么一个哪怕最短暂的时刻，感到厌倦或者别扭？是吗？她说的是没必要有，还是不想有？那是什么时候？她在你们生日聚会结束的时候，说这样的话，有没有什么现实的刺激？等一等，我差点忘了，那是你们十八岁的生日，也是从那一天开始，你们可以完全自主地使用超现实眼镜，享受它提供的现实服务，您姐姐说她没必要有自己的现实呈现，是否意味着从那天起，你俩一直都在共用您的现实？准确地说，她是一直在复制您的现实形象吗？

"我明白了，女士，您这是一个经典的案例，在两个人之间，一方对另一方产生了完全的依赖，她的生活、思想、个性完全在对方身上消解，她丧失了自己。我必须要说，问题还挺严重的，因为大多数类似情况下，丧失自己的那一方都不会觉醒，如果他觉醒，将面临着重建自我和重新开始生活的困境。好在您姐姐主动走出了最决定性的一步，挣脱了您的生活——女士，我建议您，在此期间，什么都不要做，不要刻意去找她，给她段时间，等她缓过来，一定会回来找你们的。是，这有点残忍，但是从法律层面，从公司的角度，这也是您唯一可以做的。就给她一些时间，好吗？想必她同样屏蔽了令尊和令堂，对吗？尽管如此，还是请他们留意，如果您姐姐缓过来，可能会最先找到他们。好的，女士，不知道这样能不能让您心里踏实一点？是这样的，即使有了我们公司，即使有了超现实眼镜，即使它融生物技术、分子技术、芯片技术和纳米技术于一体，可以塑造我们的现实，每个人仍旧要面临他的烦恼和困境，除非您重新设置，将这件事完全从您的现实清除，但那样毕竟过于回避问题了，对吗？不过，公司总算能够帮助我们找到原因，至少也让我们离原因更近，不是吗？那先这样。谢谢您的垂询。

"什么，对不起，我不明白您的意思。您怀疑自己是姐姐？抱歉，女士。您是想说，您和您姐姐与绝大多数双胞胎一样，都怀疑过先出生的究竟是谁，甚至在你们小的时候，由于父母的粗心，而混淆了你们的角色，导致您本来是姐姐反而成了妹妹吗？那您的意思是什么？您就是那个姐姐?！对不起女士，我们的职责是帮助顾客解决他们在使用超现实眼镜过程中遇到的问题，顾客遇到的其他一切和现实有关的问题，我们也会尽可能帮助解决，但您刚才说的这番话我不明白，如果我理解得没错的话，它已经不属于现实问题了，您可能需要去医院或者警察局之类的地方。不不不，对不起女士，您别生气，如果我的理解有误，那我向您道歉。但还请告诉我，您突然说自己就是刚才一直被我们提到的姐姐，是您搬了家、换了工作、屏蔽了妹妹和父母，那刚才和我通话的那个人又是谁？那是真实存在的妹妹吗？还是只是您想象中的妹妹？还是真像您说的一样，在您身上既有姐姐又有妹妹，你们把两个人的生活过成了一个人的？喂，喂喂喂？……女士？女士？"

5

现实界面散发出柔和的青草绿，提示唐山：可以下班了。唐山看看时间，下班时间已经过了十三分钟。他有点懊恼、不甘地退出操作平台，靠在椅背上，接受今天的眼镜湿润保护。要是那个女人授权他可以查看她的现实就好了，至少他也不会产生被戏耍的感觉。她会出事吗？听她的语气多半不会。唉，想这些也没有用，真出意外再说，至少现实界面可以预警。唐山摇摇头，他至少能够确定晚饭吃点什么。他不想在外面解决。那就回家随便做点什么吧，面条、饺子或者粥。嗯，或者，他可以在界面的美食平台购买那个垂涎已久的淮南豆腐宴套餐，就着丰盛得过分的现实呈现，把粥和小菜干掉。不过，那也得三百块现实币呢！唐山再次摇了摇头，收拾了一下平台，站了起来。

但是孙燕来在呼叫他，让他去一趟。

穿过由堆积的线条呈现的办公室，和正要下班或者碰巧看过来的同事们打过招呼——又有几个人变换了面貌，真不知道这些傻瓜为什么要把钱浪费在办公室，不过他没有兴趣去校验他们的现实编号，确定谁是谁。根据办公桌的位置，根据那些人的习惯表情与动作，他基本就知道谁是谁——唐山走进孙燕来的办公室。在一堆线条构成的办公桌后面，坐着马男波杰克，尽管那神态分明就是孙燕来，唐山还是校验了他的现实编号。

"没劲了，没劲了。你什么时候能不这么谨慎？这明明就是我嘛！还校验个什么劲？"孙燕来一脸的丧气，模仿波杰克的。

"那不行，我哪儿知道您找我来是什么事啊？要是公事，我不得先确定您就是我的大领导，孙燕来高级副总裁啊！再说，您整天在办公室玩儿变身，也玩儿得太嗨了吧！"说着话，唐山上前，把办公桌前的椅子往外拉了拉，坐下。他掏出烟来，递给孙燕来一支，自己先点上。

孙燕来看看烟，在桌上顿顿，放在鼻子上闻闻："你小子抽得起这么好的烟？只是障眼法，这么呈现的吧？"

"您可以验证嘛。"唐山伸过火机，打着火。

孙燕来凑上来点着烟，吸一口，手指还在唐山手背上点点。这是孙燕来的周到，嘻嘻哈哈归嘻嘻哈哈，在细节上，他绝不让别人不舒服，尤其是自己的下属。一口烟入肚，再呼出，波杰克一脸的生无可恋，夹着烟的右手嫌弃地往前一伸，搁在桌子上。显然，他明白这烟的品牌确实只是呈现出来的了。

"咳——"孙燕来没有再说烟的事，他咳嗽一声，又抽了一口，"唐山，最近怎么样？工作啊，生活啊，各方面情况。有一段时间没有和你坐下来聊聊了，你还和小若在一起吧？也该把婚结了，稳定下来。"

"结什么婚啊！"唐山默默地抽了两口，吐出一根直线的烟来，"去年就分手了。就我现在这条件，结婚也是坑人家。虽然在一起的两年，已经坑了，但分开对她来说，好歹也算是止损。工作嘛，还那样，每天接进来不同的人，基本还是那些情况。不过，下班前接到一位顾客的咨询，怀疑她已经现实认知障碍。我明天整理一份报告给您，如果对推动公司早日建成现实坐标起到临门一脚的作用就好了。省得今后再接到这样情况不明的咨询，瘆得慌。"

"好。报告不着急，如果现实坐标这么容易推动，也就不需要我们反复动议了。我靠，太意外了，当初看你俩那个黏糊劲儿，还觉得没有什么能拆散你们呢。"孙燕来看唐山并不准备接话，就在烟灰缸上掸掉烟灰，转换了一下语气，"不说这些了。还记得面试那天吗？你简直就是一只人畜无害的菜鸟！"

"谁让您那么刁难我呢？"不说私事，唐山也轻松了一些。面试的时候，孙燕来确实没少为难他，但他当时就知道，那为难里有着欣赏，并不是为了阻拦而刁难。进了公司，他也发现别人有意无意会把他当作孙燕来的亲信。不过，有时候这也让他疑惑，他不知道自己因为什么被孙燕来看重，工作五年来，业绩虽然也算出色，可也绝对谈不上出类拔萃。

"不刁难，你能成长得这么快？"波杰克仰首长嘶，忽然间，切换成了一张喜兴的猩猩面孔。见唐山瞬间被逗乐，猩猩面孔又变成了一张木木怔怔的中年男人。"说正经的，唐山，你的表现我一直看在眼里。你这个人吧，能力和责任心都不错，就是少了那么一点，说野心也好，说进取心也行。归根到底，对自己的职业规划不明确。你有没有想过，五年后，十年后，自己会是什么样？会在公司做到什么职位？总不能一直都当个答疑解惑的现实顾问吧？"

"现实顾问没什么不好啊。"唐山随口回了一句，忽然感到气氛有点凝重，抬起头来，对面那个中年男人正瞪着自己，目光冷得有点像冰，他不由自主地坐直了，"不瞒您说，我还真没有什么特别清晰的规划，以前想着能多挣点钱，让小若生活得更好一些，让我妈妈晚年幸福一些，就够了。现在……至少，至少得让我妈妈活得开心一些吧。"

"你和你妈还是那样？"还是那副中年男人的面孔，但突然从正事切换到私事，语气还这么关怀备至，唐山还真有点不知道怎么应对。大概也是感到了唐山的不自在，孙燕来又咳嗽了一下，让自己的语气更加自然，"唐山，虽然我不知道你和你妈之间究竟发生过什么，但是你们总现在这个样子不行啊。母子之间，哪儿能不见面呢？有什么话，有什么事，都可以摊开来说。很多时候，不是需要专门去做什么，才能解开心结。只需要说，说出各自的想法、顾虑，甚至是自己在意、介意的部分，就可以了。亲人嘛，还有什么解不开的呢？"

唐山在椅子上动了动，低下头。很多次，他都想看着妈妈，目不转睛地看着她，不停歇不磕磕绊绊地说个够，把能说的不能说的，只要是想说的，都一股脑儿说给她听——这样说完，他就能像刚出生的孩子那样，毫无保留毫不掩饰地面对妈妈了。但每一次，目光还没有上移到妈妈的下巴，甚至只是扫到她的一只手，就忙不迭地闪开了。嘴里，也都是嗫嚅着吐出一个"妈"，咽下另一个"妈"，就干涩得什么都说不出来了。

　　想到这里，想到这些，唐山苦笑了一下，抬起头来，切换出一脸轻松："您找我来不是为了谈心吧？有什么话直说嘛，干吗搞得这么亲切温馨的？"

　　他又递过一支烟去，孙燕来盯着他好一会儿，接过去，也接受了他点火，仍旧在他手背上点了点。

　　"好，唐山，那我们回到眼前。实话跟你说，在公司里五年到八年是一个坎，上去了就意味着进入了晋升通道，不出大错，后续的升职加薪都会按部就班来，上不去就基本在原地待着，一直做你的现实顾问了。当然，话也不能说死，有熬了二十年不知道怎么回事又上去了的，可是你不想这样吧？好，不想就好。"孙燕来在烟灰缸里掐灭吸了两口的烟，"公司最近准备扩充一些新鲜的后备力量，主要就从现实顾问里面选拔。一个，是直接升为专属顾问，只负责为少数或者一两位顾客提供专属现实服务。专属顾问工作轻松，报酬丰厚，甚至能够得到顾客的额外奖励，不过呢，基本上就被纳入服务序列，天花板明显。另一个，是外派到地方，协助分公司工作，挑战大一些，还有不确定的因素，不过更容易得到锻炼，做出业绩来就是今后发展的稳固基石。你怎么选？"

　　"嗯——"唐山不是犹豫，而是好奇，"分公司究竟是什么性质？在公司几年，偶尔会听人提起，但总是语焉不详。如果和总部做的事情一样，在这栋大楼不就能实现、解决吗？"

　　"你呀，真是在公司久了，明明是现实顾问，却丧失了现实感。"孙燕来笑着指了指唐山，"不过，这也是普遍现象，不只是现实顾问，公司的大多数员工都这样。我问你，公司立足与发展的根基是什么？"

　　"当然是人们的现实需求。大家不再满足所见所闻所知所感，想要见到、置身于不一样的现实，时间、空间的限制都被突破，各种可能都被带到面前，你可以参与其中，甚至主导一切。'一切皆是现实'，这是公司的广告语，更是咱们的根基、宗旨与目的。"唐山说着，忽然又有了当年面试的感觉。

"你说得没错。"孙燕来点点头，语气却并无多少赞许，"但需求只是需求，它预示了可能，并不提供保证。不过现在并不是面试，没有必要兜圈子。公司之所以发展到今天，起决定作用的，是《知识产权法》与《隐私保护法》代表的意识，每个人自我保护、防备他人的意识。这种意识才是公司立足、发展的根基，因为它推动了立法，通过法律规定，除非得到允许，除非从国家层面征用，个人拥有与其相关的现实的决定权。因此，每个人都可以遮蔽自己的现实，按标准收费后才敞开，又必须为接触、介入他人的现实付费。公司成立的初衷，仅仅是充当现实中介，将每一个具体的现实折算成可以计量的现实币，让大家彼此如实呈现变得可能。在此基础上，公司才发现、引导了人们的现实需求，发展成今天的规模。"孙燕来这番话揭示了唐山日用而不知的道理，他顿时觉得眼前世界的结构清晰起来。

"您是说，这个根基并不算稳，需要分公司来夯实吗？"唐山试探着问。

这次孙燕来有几分赞许地点了点头："没错。总有质疑的声音，认为对知识产权与隐私权的保护已经过度，阻碍了社会的整体发展与进步。光有声音不算什么，重点是，总有些区域，因为当时的条件不合适、成本与收益不成比例、权益持有人反对等原因，没有纳入公司的范围，成为了一个一个的现实孤岛，成为了公司业务版图上的飞地。这些孤岛与飞地的现实裸露在外，供人自由观看，随意出入。其危害，首先是导致公司的版图无法完整，不能进行更高阶的整合与升级，更致命的是，它留下了反思、反对的线索，也提供了人们开辟其他合作方式的试验田。而分公司要做的，就是找出那些现实孤岛的持有人如此做的原因，解决阻止持有人与公司合作的障碍，最终把这些现实孤岛并入公司的版图，使它们成为可以供公司描画、使用的原始现实。以前，分公司还需要和地方政府、企事业单位、学校医院等机构合作，推广咱们的眼镜，扩大公司的业务。现在随着没有配戴眼镜、没有接入公司平台的人越来越少，而且那些越来越少的人能够产生的现实收益与消费也微不足道，这一块已经基本上不再是分公司的关注点。也许，再过些年，分公司真的会如你所说，毫无存在的必要，完全撤销。但在此之前，分公司仍会持续为公司创造效益、输送骨干。"

唐山没有说话，此前他就知道，还有一些没有纳入公司版图、没有被公司覆盖的现实，但久处公司规划并据据个人喜好调节的现实，他的感官已经对那些纯自然的现实失忆了。因此，对唐山而言，孙燕来此刻提供的，不只是工作变动的选择，也不只是职业上升的阶梯，更是把他带到一扇因为关闭的时间过久，而如同从未开启的大门前。他有能力推开这扇门吗？真的推开，走进去，他又打算得到什么呢？

"不过，不需要马上就做决定。你还有时间仔细考虑，尤其是想想自己究竟想做什么，想要什么。现在，有一项更急迫、简单的工作，准备派你去一趟。"孙燕来伸手要了一支烟，但没有点上。

"没有被公司覆盖的区域里，有个地方你应该很熟悉，那就是白条湖，距你老家好像也就几十公里吧？套用一句话，被公司覆盖的原因都是相似的，没有被公司覆盖的原因则各有各的不同。白条湖没有被覆盖，原因很简单，权益人不同意。麻烦的是，权益人的承包合同当初一次性签订了六十年，还有三十多年才能到期。而且，合同还约定，到期后，原承包者或者其继承人，有相当大的优势获得继续承包权。承包人老周不同意和公司合作，让整个白条湖区域被咱们覆盖，供公司进行整体的现实统筹。根据之前分公司人员的沟通，老周这么做没别的理由，他就是想白条湖是什么样就让大家看到什么样。这么原始的现实，产生的利润当然很低，不过合同规定的承包费用、湖区的维护费用、老周的个人开支，各项加在一起都不高，换句话说，老周并没有感受到足够的压力，迫使他必须和公司合作。"孙燕来说话时，右手比比画画的，食指和中指夹着的那支烟也随之划动，如同微型指挥棒。

"您刚才提到他的继承人，也就是说，老周是有家人的，有没有可能从他家人身上入手？年轻人是很难抵挡咱们公司的现实诱惑的。普通的不行，咱们就为他/她定制现实，按需设置。"唐山趁孙燕来停下，将他手里的指挥棒点燃。

孙燕来仍旧没忘在唐山的手背上点一点，他使劲抽了一口，脸上浮现抑制不住的兴奋——不知道是真的兴奋，还是呈现出来的。

"你说得很对，分公司的人也是这么想的，他们还和老周的儿子，对，他叫周兴，分公司和周兴接触过。据报告，周兴的态度令人捉摸不定，他似乎有兴趣和公司合作，但又似乎对公司抱有敌意，很令人头疼。不过，分公司也发现了一些情况——"孙燕来停下来，又猛抽了一口，快将一支烟抽完，"他们怀疑，周兴在做盗版现实的生意。如果真是这样，那这一切就很好解释，也好解决了。轻者，可以据此要求老周和公司合作；重者，可以通过当地警方查封白条湖的经营，进而推动地方政府，通过法律途径，解除老周的承包合同。"

"那公司需要我去做什么，寻找周兴盗版现实的证据吗？"

"不需要这么直接。你先去看看，有个基本的判断，然后再和分公司的人协商具体怎么做。毕竟，这家分公司目前没有做过现实顾问的人，他们的判断可能偏差很大。还有，你是协助分公司，你们互不隶属，你直接向我报告。"

0

周兴下了床，走到屋外的时候，天色还是蒙蒙亮。东方一抹浅白，天上还隐约可见残月与可数的几颗明亮的星，湖水拍打湖岸的声音仍旧濡湿、克制，带着催眠的节奏。各种虫子没有歇息，还在奏鸣，早起的鸟儿已经在空中翻跹而过，或者落在草丛、枝头，以尖利的喙寻觅、啄食，偶尔还用上爪子。他深呼吸一口，潮湿、新鲜的空气顺着鼻腔进入体内，在肺腑间稍做盘桓，将微凉在身上扩散，让他精神一振，彻底清醒过来。随后，就闻到了空气中淡淡的腥气，比晚上弱了很多，竟然有一点可回味的甘甜。

从房子这边出发，往码头去有几百米湖堤，这是周兴最喜欢的一段路。尽管走了不知道多少回，可每一次他都放慢脚步，一路走来一路探看。每一次，他都会惊讶水面如此寥廓，感慨水波永不停止地进退、跳荡。湖面上笼罩着淡淡的雾气，但仍旧看得到稀稀拉拉的船帆，看得到在船头、船尾撒网或垂钓的影影绰绰的身影，听得到或远或近传来的清亮的渔歌。

到了码头，快艇还系在昨天停泊的地方，周兴跳下去、坐好、启动，随着一串在清晨显得过于响亮的马达声，快艇向前驶去。艇身犁开水面，波浪像布匹一样裂在两旁，晨光中映照出略微诡异的灰白色，不时有水珠溅起，洒在周兴的身上、脸上。尽管如此，周兴仍觉得湖面格外悠远，听到的声音也额外地多，仿佛快艇和它的声响是放大器，把远远近近的水虫水鸟声、渔歌声、呼喊声都招了过来，还有些鱼，不知道是因为晨光而兴奋还是被快艇惊扰，跃出水面或者互相追逐，发出了清冷的鳍与尾拨动水的声音。

　　往前开了快一个小时，天光完全放亮，东方也逐渐露出由下向上的烧红，那红并不耀眼，更不可怖，而是柔和地镀了一层微光似的，让人欣悦。那个小黑点也适时出现在远方，望过去，它恰好在周兴与东方那片火红之间。"这倒好，迎着太阳去了。"周兴说出了口，不过这声音没在湖面上留下丝毫痕迹，就仿佛那个黑点随着那片火红的加深，而消失在视野里一样。周兴不管这些，他尽管朝着太阳的方向而去。

　　当太阳露出小半块羞怯的毫无力量的红时，周兴已经开到那个小黑点面前。那不再是一个小小的随时可能消失的点，而是一艘船，上下两层，船尾安放着一个泛着银光的大型信号接收器。周兴把快艇停靠在船的一侧，抓住垂下的绳梯，爬到一楼，然后从甲板绕到另一边，沿舷梯上到二楼的船尾。他没有直接去船舱，而是站立了一会儿，等着太阳完全从水面上浮出来，褪去湿润的红光，露出赤白的里子，将赤白的光和无可抵御的热量抛过来，铺在水面上、甲板上，铺到他的脚下、脸上和身上，他才转身拍了拍信号接收器的架子，向船舱走去。船舱和昨天他离开时差不多，各种高低不同的仪器、粗细不一的管线成堆成团地码放，互相连接着。本来不大的空间，被弄得井井有条，又有着迷宫般的缠绕、回旋气质。周兴按照游戏规则，在迷宫间斟酌、进退，花了一点点时间，破解了不多的变动，顺利走到尽头。那儿是一张行军床，床上的棕垫上和衣躺着那个瘦长的身躯。周兴正犹豫着是不是要叫醒他，小邱就睁开了眼睛。小邱睡意未去，有点木愣愣地盯着周兴看了一会儿，才一骨碌坐起来，双手在脸上一阵揉搓。

　　"周哥，来啦。"说完，他又不好意思地挠挠头，"你先坐着，我去抹一把脸。"

小邱匆匆从迷宫上跨过去，走出船舱。不一会儿，船尾传来水桶扔进湖里的声音，然后是抹脸的声音，然后是长久的静默。周兴当然知道小邱在做什么，虽然他也很想听到小邱的说明，但也不急在这一时。又过了一会儿，小邱走了进来，他的脸和头发都显得干净利落，不过脸上的神色有一点沮丧，周兴大致猜到了他的结果。

　　"又熬了个通宵？"周兴先岔开了话题。

　　"那倒也没有，三点多睡的。不过压根儿没有睡踏实，全是乱七八糟的梦，闹哄哄地扯挤成一团，更替得特别迅速。一会儿是风平浪静，一会儿是风大浪急。出海、救急、官船、海盗……轮流上阵，快在梦里演上大片了。我是不是太日有所思，夜有所梦了？白天干的那点儿事，全在梦里走马灯放送了。"

　　"睡觉前做的事本来就很容易带到梦里去，尤其是强刺激性的。"周兴说着，好奇心起，"你选的什么现实？怎么元素这么多？"

　　"两个现实：一个是跟着郑和下西洋，一个是跟着郑寡妇做那波浪中来去，不要本钱的买卖。嚯，周哥，你别说，这超级现实公司够时髦的，那郑寡妇虽然不至于一身比基尼吧，但那模样、那身条，那一身短打扮，真是够惹人的。难怪当时有那么多人供她驱策，为她卖命。"

　　"瞧你那点儿出息！你没有做出什么不合适的事来吧？"

　　"没有，这点忍耐力我还是有的。再说了，我进入的本来就是系统配置的一艘海盗船，不过是借船长的眼过一番干瘾，真想要操控他做点什么，也没那么容易。"

　　"那倒也是。有没有发现什么不一样的？"

　　"还真有。我侵入系统的时候，耗时比原来长了不少，我留意了一下，足足花了五分钟才进去。这还不算什么，游历的过程中，有两次界面都出现了延时，最后干脆将我赶了出来。这也是我为什么会从郑寡妇那边切换到郑和那儿的原因，等到郑和那边也将我赶出来之后，我确实失去了兴趣，因为刚刚把环境弄熟，冒险有了点儿眉目，就被赶了出来。要不然，说不定又会熬一个通宵。"

　　小邱发现的这两个情况代表什么？周兴陷入了沉思。耗时长应该问题不大，系统运行速度降低、船上的信号不稳定，都可能导致这一情况。两次在游历进行中经历延时，最终被赶出来，这会是什么原因？如果系统捕捉到小邱的入侵，应该很容易锁定他的现实编号，虽然这个编号也是从别的用户那儿"借用"过来的，但至少不至于换个游历现实又能进入，毕竟周兴告诫过小邱，一次只用一个现实编号，一旦察觉被锁定就要迅速退出，绝不留下任何可能的纰漏。也许还有一个原因，那就是整个系统在升级或者游历现实在升级，周兴听说过升级前后给用户带来的不便，但基本上都在现实体验方面，没听说系统运行上也有。不过这也没什么，找时间确定一下那个时间段是否有系统或游历现实的升级就行，眼下，还有别的更重要的事。

想到这儿，周兴一抬头，发现小邱正疑惑地盯着自己，忙宽慰道："没事，没事。我猜是升级或者什么原因，这两天咱们确定一下就行，你记得把痕迹擦除干净就行了。咱们说正事，你刚才在外面感觉怎么样？"

"对，差点把这事给忘了。"小邱想了想，"感觉有点怪怪的，我也说不清具体在什么地方，湖还是这座湖，水还是这些水，船也还是咱们脚下的这艘船，但是总觉得哪里不一样，和前几次差不多。嗯，我再想想，是了，从那个系统回来之后，总感觉身边的这些东西不完全真实，不能说是假的，就像——就像上面涂了一层透明的无限薄的保护膜，丝毫不影响触碰与观看，甚至还更加牢固，但你就是知道，和它们隔了一层，没有完全零距离的接触。"

"小邱，你说得太贴切了！我也始终有种怪怪的感觉，被你一语道破。摘下眼镜，脱离公司给定的现实，这种感觉会慢慢消失，不过，随着进入的次数越多，在里面待的时间越久，这种感觉持续的时间也越长。但我也在想，会不会是我们先入为主了？毕竟这种感觉没有实际证据的支持，我也从来没有看到有人说起过它。会不会也和我们的设备、我们侵入的方式有关？总之，我们目前得到的结果无法加以普遍地证实，更无法断定超级现实公司明明知道，却隐瞒遮掩，损害使用者权益。"无数种可能在周兴脑子里来回闪动，让他言辞间很是审慎。

"周哥，你把这个公司想得太好了吧？你看他们的服务与收费越来越精细，打定主意要把使用者终生拴在系统上，成为他们的奴隶。"

"不，我不会把任何公司往好了想，只是要想想他们的逻辑。用'奴隶'一词可能偏激了，但至少事实上，超级现实公司是希望所有用户一旦加入就终生使用的，而且他们也希望能把整个世界都纳入公司的版图，所以才着急要把白条湖并过去。正因为如此，他们不太可能允许如此明显的纰漏存在，这会是个巨大的隐患。嗯——咱们要抽空继续验证，看看出入系统会带来什么影响，看看沉浸于公司提供的完美现实后，咱们置身其中的现实会变成什么模样。次数要更多，记录要更详细，哪怕是完全主观的感受，也记录下来。"

"好。可是我不明白，明明周叔和你都决定不与超级现实公司合作，不把白条湖交到他们手里，变成他们使用、涂抹的原始材料，为什么还花这么大心思做这些事？"

"是啊，为什么要操心这个呢?!"周兴反问了自己一句，没有紧接着回答，而是站起来往舱外走，小邱跟着他来到外面。两个人默默地看着浩渺的水面，这时太阳已经洒下它全部的烈怒，湖面上每一片水波都甩出刺眼的光。周兴伸出手来，在面前挥了一圈，像是要抚摸这些水波，又像是在抵挡它们甩出的光。

"白条湖有今天的样子，我爸花费了巨大的心血、精力。"周兴说着，掉头看着小邱，"小邱，你可能不相信，我对白条湖的未来比较悲观，我觉得超级现实公司迟早会整合全世界为其所用，白条湖迟早会被其并过去，就算我爸有合同在手，有法律做后盾，也绝对不要低估这种公司的能量，他们为了目的可以使用任何手段的冷酷程度，也远远超乎咱们的想象。我可以和公司耗下去，斗下去，可要是让我爸下半生的精力都花在这上面，就要想想值不值了，不管怎么样，他过得开心对我来说才重要。"

"周哥，我没明白你的意思，你是说，要把白条湖交给超级现实公司吗？"与其说小邱不明白，不如说他不敢相信。

周兴笑了，拍了拍小邱的肩膀："没那么简单。我不是说了吗，我爸过得高兴最重要。如果白条湖在公司的运作下，给所有人提供了不一样的感受，就比如你昨天晚上，这片湖可以变成郑和七次来回的西洋，也可以变成郑寡妇风浪里出没的战场——如果在这些公司描画出来的现实之外，白条湖还随时都能够摆脱这些描画，成为它本来的可以供人无间出入的现实，那至少对我爸也算是个交代，也可以算作他做出的更大贡献。可如果一旦纳入公司的版图，它就失去了本来的面目，那就是毁了他前半生的心血和精力，我绝对不会同意。"

"周哥，我还是不明白——"小邱不好意思地挠了挠头，这次是真的不明白，"就算白条湖纳入超级现实公司的版图，被描画成每个人面前不一样的现实，但它本来的样子始终在这儿，怎么会失去呢？"

周兴乐了："小邱，你问了一个高深的问题。如果所有人看到、感觉到的白条湖是另一个样子，那它还是本来的样子吗？它还有本来的样子吗？"

周兴的手机响起，打断了两个人继续探讨高深的问题，是周兴他爸的电话。

"周兴，刚才那个什么分公司的什么柳经理又给我打电话，又问咱们愿不愿意和他们合作。哎呀，他们真是像苍蝇一样，烦都烦死人了。"

周兴扬了扬手机，冲着也听到了的小邱一乐："爸，我不是说了吗，你要有兴趣或者闲得无聊，就接她的电话，只当有个人陪你说说话，解解闷。你要是不想搭理她，不接就是了，不要管她说什么。实在不行，让她找我。"

"我是得让她找你，这么纠缠我可受不了。"电话那边停了一会儿，不知道是因为心烦还是什么，"不过现在不是要和你说这事，你去一趟南岸，把你孟叔接过来，让他过来住几天，我想和他喝喝酒，聊聊天。"

1

妈妈的呼叫响起时，唐山还以为是闹钟。他迷迷糊糊拿过闹钟，摁了半天，响声仍在持续。定了定神，清醒了一些，明白是手机在响，摸过来一看，是妈妈的视频请求。像冷不丁被扎了一针，唐山腾地坐了起来，再看看手机，完全清醒过来，清醒得过度，以至于无法相信，以至于手足无措。但手机还在响，他不能让妈妈久等，更不能让她挂断。

点了"接受"后，唐山下意识地紧闭双眼，感到时间在眼皮上流动得越来越慢，卧室静得快要坍塌，他慢慢睁开眼，注意力集中到手机屏幕上。那里也有一双眼睛正盯着他，极力抑制着情感的流露，因而睁得有些过大，湿润得有点失真。目光再一点点松动，放到眼睛所镶嵌的那张脸上，依次放到眉毛、额头、脸颊、鼻子、嘴唇、下巴上，扫描一样看过去，最后，拼成一张完整的、在哪里见过却又无法准确及时从记忆里打捞出来的脸。

"儿子，还在睡觉吧？这么早吵醒你，妈妈实在想你，想和你说说话——想看看你。"妈妈是笑着说的，声音有点发颤，笑完还抿了抿嘴。

唐山这才对这张脸有了更多的认知。它不完全符合他的记忆，却是他一直想要看到的。当然，毫无疑问，它现在比他想要看到的更好。皮肤更为光洁，五官更为精致，表情更为生动，精神更为饱满。换句话说，它比他记忆中的优化了一些。优化的力度并不过分，不至于他认不出来，却又明显超过了记忆的限度。不过，唐山也不敢断定，这张脸从没有在现实中存在过，他更不敢说，它的呈现是虚拟的，是超现实眼镜通过眼睛刻意提供给他的错觉。毕竟，妈妈最风华正茂的时刻，这张脸最美好生动的时候，也许都是在他出生以前。不管怎么说，他能看妈妈的脸了，有了脸的妈妈才是完整的。

"妈妈，没事，我也该起床了。你，你最近怎么样，状态挺好的吧？看你的模样，简直像是年轻了几十岁，要不是电话号码没变，要不是你先叫我，我都不敢喊你妈妈了。还得想，我从什么地方跑出来一个妹妹。"

"儿子，你嘴怎么变得这么甜了？"唐山说得僵硬，妈妈接得也僵硬，但就是这样僵硬也顺利地度过了起初的不自然，再往下说，就流畅多了，"最近挺好的，就是啊天天住在医院里，除了在巴掌这么大的地方转悠，哪儿都没法去，在外面待的时间稍长一点，医生也吓唬你，护士也吓唬你，就好像我不是从外面来到医院，而是生下来就在医院里待着似的。"

"那就听医生、护士的吧，他们毕竟是专家，知道怎么样对你身体更好。等你好了，我请假陪你游山玩水，走遍天下。之后，我得让你到这边来，和我住在一起了。"

"好好，到时候妈妈和你一起游山玩水，妈妈和你住在一起，妈妈照顾你，不，让我儿子好好照顾妈妈。"妈妈停了一停，"儿子，你，你有可能什么时候出差，顺道回趟家吗？"

"妈妈，应该很快就有机会。"昨天孙燕来说让唐山去趟白条湖时，他就想着，必须回去一趟，看看妈妈。尽管可能还是和以前一样，面都未必能见上，就又匆匆离开，但还是必须去。现在，妈妈成了这等模样，不知道见面更容易还是更困难。但再困难，妈妈都迈出了这一步，余下的就得自己去解决。唐山下定了决心，但还是想，暂时不告诉妈妈他很快就会回去，他想给妈妈一个惊喜，也给自己一个缓冲。想定这件事，唐山才记起，自己忘了另一件重要的事。

"妈妈，你什么时候装上的超现实眼镜？之前从来没有听你说起过啊。"

妈妈再度抿着嘴，在进行思想斗争，然后她又不好意思地笑了，仿佛是在笑自己对儿子都还这么保留："儿子，我也不懂，就是想看看你，也想让你看看妈妈。他们给我介绍了小邱，小邱不但帮我装上了眼镜，还为我调整了状态，你现在看到我的样子，也是他帮我调整出来的。说起来，还真是得谢谢人家小邱，收费又便宜，服务又好，态度特别和善……"

"妈妈，你等等。"虽然已进入公司五年，并且做了三年现实顾问，唐山对公司花样繁多的服务项目仍旧无法了如指掌，不过有一点他非常清楚，不管是哪个类别的服务，顾客装上超现实眼镜时，都会至少向一位直系亲属发送现实编号，以定位。他并没有收到妈妈的现实编号，这说明，要么有人省略了这个过程——他听说过有些盗版现实的人能做到这一点，不过并不清楚其方法——要么，就是妈妈指定了别人，从法律层面来说，这仍然有问题，毕竟，他和妈妈称得上是彼此最亲近的人。但一时间，唐山也没法向妈妈解释清楚，好在，他很快就能回去，当面了解清楚。

"妈妈，你离手机更近一些，最好能够让我直接看到你的眼睛。"唐山采取了更间接的方法。

"怎么啦，儿子？"妈妈一头雾水，但她还是将手机举到眼前，开始是两只眼睛，然后又移到右眼上。妈妈的角膜上确实贴着一层蓝色淡到几乎没有的膜，看起来，和公司上一代的超现实眼镜完全没有差异。难道是升级换代后，地方医院操作不严密造成的？

"好了，恢复成正常的距离就行。没事，我就看看你的眼镜，现在看清楚了，没有任何问题。我真是太粗心了，都不知道有这么大的变化。刚装上没几天吧？贵吗？我现在都搞不清楚不同代的眼镜在不同地区、身份的价格差异。"唐山说话时，密切留意着妈妈表情的变化。

妈妈并没有出现任何负面或消极的情绪变化，还是那样精神饱满。

"你也觉得好吧？前天装上的，我昨天试了一天，所有人都说好，有人夸妈妈比你都还夸张，我这才放下心，今天也和你见一见。钱的事情你放心，小邱说，给我用了上一代的镜片，并且申请了公司的特别优惠，总共下来，还不到原来的十分之一。小邱这孩子，还真是帮了我一个大忙。"妈妈的面容仍旧那样精力充沛、神采奕奕的，但说话久了，就不可避免地带出了老年人和病人共有的重复、絮叨。

唐山不忍心让妈妈老是面对着手机，这么紧绷，可他又确实想再多看妈妈几眼，就算这样一直看下去，也都觉得不够。他想把以前没看的补回来，但他又知道逝去的时间无从弥补，于是唐山的眼睛越挨越近，整个人恨不得趴到手机上了，仿佛那样一来，就能真的挨着妈妈，看个够。

"妈妈，你身体怎么样？"他停了停，又说，"等我回去时，让我看看你现在真正的样子，好吗？"

妈妈待在了手机那边，不知她对这句话是期待，还是畏惧。然后，妈妈展现了一个微笑："傻儿子，妈妈的身体没事，你现在看到的不就是我吗。放心，我在医生、护士照顾下，状况很好，现在小邱帮我装上眼镜之后，看到了很多以前没有看到的世界，心情更是前所未有地好。你就放心工作吧，等妈妈好了就过来照顾你——不对，要按照你说的，妈妈先和你游山玩水，然后才过来照顾你。不，让我儿子照顾我。咱们母子俩互相照顾。在那之前，你答应妈妈，好好照顾自己，工作再忙再辛苦，也想着一天三顿都得及时吃上，都得吃上热的。事情再多，也要注意休息，人总归不是铁打的。唉，要指望你把自己照顾好太困难了，等什么时候你结了婚，妈妈才真的放下心来。不过，我也顾不过来了，再说，不知道是谁家姑娘那么好的福气，让我这么好的儿子一直等着。"妈妈说到这里，有些咳嗽带喘，过了一会儿才抑制住。

"好了，就先这样，你赶紧去上班。有时间了你就给妈妈打电话，妈妈再看着你，和你说话。"妈妈在屏幕里再次露出了唐山有点陌生的微笑，还招了招手。

0

接上老孟再回到周兴和父亲住的北岸，已经下午两点多。

老周在门口的院子里摆弄着钓竿，一看见老孟，兴奋地站起来："老孟，你可算来了。走，咱俩去把晚上吃的挣出来。"

"爸，孟叔刚到，你就不能让他先歇一歇，喝口水？"周兴见惯了这老哥俩的相处，可仍旧忍不住要逗逗父亲，"再说了，是你派我去请孟叔过来，好菜好酒招待都是应该的，你说'挣出来'，我怎么感觉像是要压榨孟叔啊？"

老周嘿嘿一乐："你懂啥，自己挣的，吃喝都香。不只老孟，你也得跟我们去！"

这周兴倒没有想到，他知道老哥俩喜欢一起钓鱼，可从来没有叫过他。他也钓过几次鱼，但都没多少收获——他受不住那份静，常常搅得其他钓鱼的人跟着心烦意乱。

老孟看看老周，再看看周兴，又指着门口灰色墙面上那五个黑色柳体的"白条湖饭庄"，说："你这买卖不做啦？"

"暂时歇业。你看现在有什么人来？周兴，你去准备船，以你老孟和我的技术，只要你不搅乱，不到晚饭点，就满载而归了。"

"爸，你这话说得，我是去还是不去啊？让我去就是为了背锅呀？"

"去，去，当然去，不去晚上可没有鱼汤喝。"老孟哈哈笑着，拍了周兴两下。

周兴驾着船，老周和老孟坐在船尾。老哥俩也不说话，一个人掏出烟来，给另一个递上一支，自己也点上。两个人默默地吸着烟，吸完了扔进挂在船舷上的可乐瓶子里，仍旧一句话都不说，可是那沉默却是醇厚、绵密的，散发着无法用语言形容的默契和吸引力。

船没开出多远，就停了下来。老周拿出拌好的麦麸和米糠，在船的一侧往前撒了一圈。然后老哥俩又点上一支烟，坐在椅子上看着水面。周兴准备好塑料桶、水杯后，也搬了一张椅子过来坐下。这时，开始有鱼出现。那还是不成群的，有些怯怯的鱼。它们在水中穿梭，用脑袋、身子和尾巴触碰饵料，待饵料被它们碰散，成一团沫时，才谨慎地几番吞吐，吃了进去。大概是饵料的味道散开了，或者先头那些鱼的偷吃被发现了，再出现的鱼就成群结队了，它们管不了那么多，在水面上横冲直撞，互相争夺，见到什么就一口猛吞进去，根本不管是否危险，吃相是否难看。

老周拿出准备好的小虾，给自己和老孟一人分配了一根鱼竿："老孟，咱俩比一下，不论斤两就按个数，看看谁钓得多。输了的人，也没有别的惩罚，喝酒的时候，先给对方敬一杯吧。"

"老周，我就佩服你，明明知道会输，还要挑战。咱说好，敬酒的呢，得站着。"老孟不甘示弱，他又指了指另一根多出的钓竿，"你把那个给周兴，说好了，周兴要钓得多，咱哥俩一块儿站起来敬他一杯。"

"就这么定了。"老周把钓竿交给周兴。周兴想要推辞，他不是担心两位老人给自己敬酒，而是怕自己一条都钓不上来。倒不是结果难看，而是过程熬人。不过，他看见老孟忽然冲自己挤了挤眼，便糊里糊涂地接过了钓竿。

果然如周兴的料想，那些白条鱼就像知道老孟和老周在打赌，并且各自已经选好阵营，下定决心要帮助其中一方获胜似的。从鱼钩带着小虾扔进湖中起，不到五分钟，就有一个人扯动钓竿，一条闪着银光的修长的鱼就摇摆着脱离了水面，被摘下来，扔进塑料桶里。而周兴这边，鱼也欺负人似的，不断拽他的饵，可无论他是浮标一动就起竿，还是等浮标被拖到水下看不见了才起竿，他见到的，都是钓线尽头那空空的干干净净的鱼钩，鱼钩上还挂着一两个小小的水滴。没多久，周兴就失去了耐心，索性收起鱼竿，纯粹当个观众。尽管只要看见浮标在动，他就恨不得提醒老周老孟注意，但感觉还是比自己钓轻松多了。

下午四点多，鱼饵用光，一数发现老周老孟都钓了二十三条，两人相顾大笑。周兴帮着把两个桶里的鱼倒在一起，看着这四十六条小刀子一样在水里钻来钻去的白条，他也很高兴。随后，他发现装鱼饵瓶子的瓶盖上还黏着两只很小的虾，便取下来放在手掌里，让老周老孟看了看，说："这下你俩可以一决胜负了，谁先钓上来算谁赢吧。"

老周摇摇头："这太小了，估计不会有鱼上钩。"

老孟也摇摇头，然后又点点头："这样吧，周兴还没钓上来，你把两只虾都串一起，只要钓上来的比我们的都大，就算你赢。"

周兴摆摆手，正要拒绝，老孟走过来拍拍他说："别怕，我看着，我叫你起的时候，你再扯竿。扯的时候要迅速，但不要太猛。"

两只小虾串在一个钩上比一只虾大了不少，扔下去没多久鱼漂就动了动，周兴有点急，但想着老孟在身后看着，就又按捺住了。他看了看坐在远处的老周，老周点了一支烟，正悠然地望着湖面。不过，周兴感觉，老周肯定在关注着自己，他甚至是在假装悠闲。忽然，老孟拍了他一下，周兴回过神来，按照老孟说的，迅速回了一下竿，手里沉了一下，有鱼上钩了，他再往上扯，没扯动。

老孟更加兴奋了："好家伙，看样子不小！你别慌，别使劲扯，小心扯断线。它往前拽，你就随着它去一点，然后再慢慢往回拉。遛它几个来回，等它累了没了力气，就听你的摆布了。"

周兴按照老孟说的，保持着鱼在钩上，看似随着它不断往前去，实际上只是钓线和鱼钩在水里兜着圈子。僵持了好一会儿，鱼挣扎的劲头小了，慢慢被拽到了船舷边，老孟用网子捞起来，三斤左右的个头，鱼身上的银光更加沉着、深厚。

"这下好，有炸鱼吃，有鱼汤喝。"老孟特意冲老周晃了晃手里的鱼，才扔进桶里。

回到饭庄，周兴看着父亲把大鱼炖下——老周做鱼汤时，是不允许任何人插手的——然后帮着父亲把小鱼收拾干净，待他开炸，才把父亲中午就准备好的炸花生端出去，开了一瓶酒。

"我爸也太抠门了，就拿一盘花生米招待孟叔。"周兴嬉笑道，他知道老孟不会介意这个。"炸花生米可是好东西，"老孟摆了摆手，"要我说，这世上一等一下酒的，就得是炸花生米。你爸炸的白条，也就勉强能和炸花生打个平手吧。不过，和你爸熬的白条汤比起来，这两样又逊色了不少。白条汤一喝，有没有酒都不重要啦。几十年前起，你爸的白条汤就是湖区一绝。浓而不稠，香而不腻，肉嫩无刺。传说中，汤熬得差不多了，你爸用筷子撑住鱼嘴，轻轻一抖搂，就把整个鱼骨鱼刺从肉里拔了出来，关键是，肉还不散，不至于熬化，全成白汤。"

"你又在这儿讲神话呢？讲了几十年，都讲到自家孩子面前了。"老周端着炸好的小鱼出来，听见老孟的话，有点不好意思。

"神话才是事实嘛。"老孟待老周坐好，让周兴也坐好，倒好三杯酒，"老周，来，大人有个大人样，说话算话。咱俩敬周兴一杯，要不是周兴，今天肯定捞不着鱼汤喝了。"

老周笑了笑，端着酒杯站起来，周兴慌忙也站起来，双手捧杯，和老孟、老周逐一相碰，先自己干了："孟叔，折杀我了。怎么说也该是我敬你们。"

说着，他拿过酒瓶给三个杯子倒满，自己先站起来，一口干掉。老孟也要站起来，被老周拦住，也就坐着喝掉了。接下来，就又回复到寻常的模式了，老哥俩拿着筷子夹花生，夹鱼，端起杯子喝酒，除了一声"干"几乎没别的话。周兴陪在一边，也觉得没有那么多话挺好，他不时跟着喝一杯外，就负责照看着两个人的酒杯，谁没了就给倒上。一小时多一点，三个人喝光了一瓶酒。

老周又开了一瓶，这一次他右手持着酒瓶，左手搭在右手腕处，给老孟满了一杯。这在当地是很正式的礼了，老孟也因此站了起来，端着酒杯看着老周，等着他说话。

"老孟，咱哥俩认识这么些年了，从来没有客套过。今天，当着孩子的面，我要跟你道个谢，谢谢你把这湖交给我，让我现在有一个自得其乐的地方。"老周说着，红了眼睛，端起酒一饮而尽，"别的不说啦，都在酒中。"

老孟看着老周好一会儿，眼睛也有点红，他喝了杯中的酒，阻止了周兴添酒，拿过酒瓶，以同样的礼节给老周满上一杯，不过他压住老周的肩膀，没让老周站起来，哥俩坐着又喝了一杯。

"老周，要说谢也该，不过不是你谢我，是我谢你。不是为了我当年那小小的职位，是为了这湖，为了生活在这周边的人。你说那时候这湖多糟糕，又脏又臭，尤其到了夏天，像是煮开了一样，翻着一阵一阵的泡沫，看起来就像是一块上百里大的脓包。你不知道，当时有人提出了多混蛋的建议，说把这湖里的水全排干，这样不但止住了臭味，去掉了一块膏药，还得到了多少多少稻田，都是良田。我就问了一句：稻田是有了，你们从哪儿找水来灌溉？那些人就不说话了，都冷眼在旁边看着，看我怎么办。你说，那时候要不是你，提出来用自己挣的钱，为这湖清污、治理，我还真不知道怎么下得了这个台。"老孟说到这儿，停了下来。

周兴顺着老孟的目光，看见从门口走进来一个三十岁左右的青年，衣着与举止都有些像个白领。青年发现大家在看着自己，又往前走了几步，周兴敏锐地注意到了他眼中的超现实眼镜。

"大叔，现在营业吗?"青年问。

"营业，随时营业。来点什么?"老周应着，站了起来。

"能填饱肚子就行，实在有点饿了。"青年说着又吸吸鼻子，"什么啊，这么香?"

"好，你坐。"老周指了指旁边一张桌子，起身向后厨走去。

青年没有迟疑，走过去坐下。他冲周兴和老孟点点头，二人也点头回礼。

周兴满上一杯酒："孟叔，我也不站起来了，这杯敬您。我知道您和我爸多年朋友多年兄弟，但以前确实不知道这湖身上还有故事。听我爸说，这湖的合同除了签了六十年，还有其他的优厚条件，想必您没少为此受委屈。"

老孟摆摆手："委屈谈不上。开始吧，大家都觉得是个烂摊子，好不容易有你爸这个傻子要自己掏钱收拾，人人都松了口气。是啊，人家得图点啥，承包，行；前期费用折算成承包费，不够的再补，合情合理。那时候大家都觉得我运气好，摊上个傻子，没什么闲话，最多是有的人嘀咕，说这个傻子可能居心不良，说不定将来会把湖搞得更糟。后来，这湖清理干净，有了新鲜样子，各种消息传来，说值多少钱，是有人开始翻账、找事，把我也查了个遍，可是没什么问题，再加上合同在那儿，还都经过公证，他们知道没办法，也就不再言语了。"

老孟说完，长舒了一口气，看来不管有没有委屈，愤怒是肯定有的。

"老孟，你这么被折腾，多半都是那，那什么公司——"老周在后厨忙活，一点儿没落下这边的话。他端着一海碗，放到那青年面前。碗里是一把青菜浮在白汤上，看不见更多内容，但光是颜色搭配就足以唤起食欲。

"超级现实公司。"周兴补充道，他发现那青年正要伸筷子捞面，忽然停下来，望了过来，看到周兴在看自己，他又低下头去。

"对，就那公司。说是现实，一点儿都不现实，整天骚扰我，说要合作。你说合作就谈合作吧，又扯什么可以让这湖在大家眼里变成海变成西湖变成洞庭湖，这不是鬼扯吗，我要白条湖变成这些干吗？要看海就去海边，要看西湖洞庭湖直接去，在这儿瞎找什么感觉?!"

老周说完，气哼哼地坐下来。不过那青年吃面的馋相很快吸引了老周，他盯着那吸溜吸溜进入青年嘴里的面条，满脸的疼爱、欣慰："哎呀，慢点，慢点。别烫坏了。"

"就是，就是，别猪八戒吃人参果，领会不到老周的手艺!"老孟乐着，端起酒杯，和老周碰了碰。

青年不好意思地笑了笑："好久没有吃得这么香了。不只解了饿，解了馋，更唤起了我的回忆啊。"

说完，他又端起碗喝了几口面汤，放下碗来，一脸的满足。

"吃也吃饱了，过来喝两杯吧。"青年吃面喝汤的样子让周兴很有好感，他出言邀请。说完，也不等青年回答，就回柜台拿了一个杯子、一个碟子，给满上了酒。

"那我就不客气了。"青年爽快地坐过来，"不瞒您三位，我也是这儿的人，老家离这儿不到一百里。小时候我和我爸来过白条湖一次，那时候湖边还没这些平顶房，就是三间小青瓦，还搭出来一间草棚做厨房。那天我爸说，让我吃顿一辈子难忘的饭，就点了一份清蒸白条，那鱼得有四五斤吧，反正我俩美美实实地吃了个饱。那以后，我再也没有吃到那么美味的鱼。没想到，刚刚这面条、这面汤让我时隔这么多年，找回了记忆中的味道。就为这个，我得敬您三位一杯。"

"这就岔了! 敬酒可以，但就你刚才说的话，你好好敬老周就行，一杯不够两杯，两杯不够三杯。敬我就说不上了，我最多算是陪的。"老孟笑着说。

"当然要敬你了。不然，我刚才那番话白说啦?!"老周迅速反驳。

"好好，照你这么说，也得敬周兴。可能啊，更得敬周兴。这孩子，真是难得。你看多少人家，多少父子，就为了一点小利，撕扯得不成样子。老子喜欢的中意的，想守着安度晚年的，儿子非得折腾掉折腾没，非要出手。周兴呢? 人家不但不这样，什么事都任随你，人家还守着你，跟你搭伴，帮你做事。"

老孟义正词严，说得周兴有点窘，又不知道该怎么应对。幸好那青年端着酒杯站起来，解了围："是我失礼了。这样，我分别敬三位。"

说完，他拱拱手，喝干杯中酒，又倒了两杯，连着一饮而尽。

"哎哟，这小伙子我喜欢。"看到青年这豪爽劲，老孟眉开眼笑，"来来，坐下坐下，来点炸鱼，来点花生。"

待青年坐下，老孟再度看着老周："老周，你刚才说那超级现实公司，你可真别小瞧了他们。这公司，现在势力可大了。你不好那个，不知道，现在的人，尤其是年轻人，都喜欢装上他们公司的一种眼镜，这样就能向公司订购看到的世界，你想要什么样，公司就给你定制、提供。周兴，你装没装他们的眼镜？小伙子，你是不是也戴着这样的眼镜啊？"

周兴更是窘迫，看了老周一眼，用小得不能再小的声音说："我装过，装过。"

那青年倒是大大方方地指着自己的两只眼睛："是，我戴着。现在不光是年轻人，大多数人都戴，不戴都没法跟人打交道。因为所有的东西都有知识产权、隐私权，如果不购买，什么都看不到，也就是到了这儿，因为湖的权益没有售出，所以我能直接看到。"

"你看看，小伙子说的这才是潮流，咱们早跟不上了。"老孟说着，笑着摇了摇头。

"跟不上就不跟吧，让他们热闹去。你说那公司势力大，可再大也大不过法律吧。就说那女的，说得那么天花乱坠，我说'我不想掺和那些事，我也不想要那么多钱，你说的那个多好多好的世界，我不感兴趣'，她不也只能转身走吗。"老周不以为然。

周兴清了清嗓子，正要说话，一阵铃声响起，那青年一面举手致歉，一面掏出了手机。青年看了看来电，脸色突然有些凝重，但还是接通了。

"您好，我是唐山。您好，翟医生。啊——"唐山脸变得煞白，浑身都抖了起来，"什么时候的事？好。好。我马上赶过来。"

挂断电话，唐山张了张嘴，什么都没说出来，又冲三人点点头，慌乱地走了出去。

虽然不知道具体发生了什么，但老周、老孟和周兴都猜到一定是不好的事，因此三个人望着唐山已经消失不见的店门口，都沉默了。

1

医院前台的护士听了唐山的话，拨了内线电话，只听她对电话那头说："翟医生，唐山先生到了，他说是您通知他过来？好的，好的。"挂掉电话，护士示意唐山跟着自己走，她把他送到一楼的休息室，指着一张空椅子说："您请坐，您要喝点什么吗？"

唐山摇了摇头，护士仍旧送过来一杯水，才转身离开。唐山手里端着水杯，茫然站在那里，这时候的医院仍旧很忙碌，人来人往，进进出出。休息室里还有几个人，都端着水杯，呆站在那儿或者陷进椅子里。唐山也想陷到椅子里去，但他没有力气走过去，他也没有力气去辨认其他人的脸，他甚至没有力气去回想刚才翟医生在电话里的语气。

"唐山先生，你好。"总算走进来一个身着白色大褂的人，他说着话，伸出手来，看唐山没有握手的意思，也很自然地收回了。

"我姓翟，一个多小时前，给你打的电话。"他说。

"翟医生，你好。我妈妈她怎么样？"

"令堂——令堂在我们通电话的时候，已经……辞世了。唐先生，唐先生？保重，请节哀。唉，对此我们很难过。令堂在清醒的时候，嘱咐过我们，让我们不要代为和你联系，尤其是在——在她弥留的时候，一定不要折腾你。令堂说，我们在她咽下最后一口气，离开这个世界之后，再和你联系，她说你会理解的。我们也没办法，毕竟令堂的相关安排是通过律师，向医院移交了法律文书的。"

唐山深吸了一口气，他能看得清翟医生的脸，也看得清他的表情了。翟医生脸上仍有几分忐忑，过分专注地看着他，唐山明白，翟医生是怕自己找麻烦。尽管医院这么做完全没问题，但真要遇上不讲理的，光扯皮也很耗时间、精力。唐山长吁一口气，看着翟医生："你放心，我能理解，这是我妈妈做事的方式。现在，能带我去看看她吗？看看——"

翟医生自然明白唐山的意思，他点点头，示意唐山跟着自己走。

"唐先生，说出来你可能会安心一点，令堂走得很安详。基本上没有受折磨，昨天一大早，她忽然精神无比振作，不排除是因为她有了一个显现的形象，并且这个形象比正常人还健康活泼精力充沛，因此形成对比，给大家造成了错觉，可实质上，她的整个生命体征也确实都有好转，至少也很稳定。老实说，当时我们还开会讨论来着，有人说是好转的迹象，也有人说，可能是回光返照。因此，我们做了两手准备，一方面是进一步治疗，一方面……一方面是以备万一。结果她一整天都没事，晚上睡眠质量也不错，一直持续到今天中午，进入午睡。正是午睡醒来后，她的体征开始恶化，各项指数都在下降，我们全力抢救，终于在下午，她醒了过来。那时候的状态，才是真正的回光返照……对不起，我这么说希望你别介意。不过她那时候很清醒，她还特意叮嘱我说，'翟医生，别忘了我跟你们说的事，不要让我儿子看到我在鬼门关前战战兢兢、犹豫徘徊的样子'。后来，她就再度昏迷，没有醒来，直到去世，全程不到一个小时。可以说，走得很顺畅。对不起，不知道你现在是否愿意听到这些，只是希望能对你有所安慰。我从医这么多年，确实见过临终前备受折磨……"

出了休息室，翟医生带着唐山沿一楼大厅一直往前，走到电梯那儿，进了一个特别大的、足够放下一张床的电梯，到了地下二层，出了电梯，再往前走，往左拐。一路上，他说个不停，仿佛自己的嘴上装着这世界上最有效的安慰器。唐山没有走累，听累了，他伸手止住了他："对不起，翟医生，谢谢你，可以让我安静一会儿吗？"

翟医生非常顺畅地毫无延误地接了"好的"两个字，就没再说话。好在，左拐之后，又右拐了一次，走了十来米，两个人就来到一扇金属门前，门上挂着白色标识牌，上面写着三个黑字：太平间。

翟医生推开门，唐山跟着他进去，又跟着他往右拐。他先听见抽泣声，再看见一个女人站在一个拉开的抽屉一样的铁皮柜子前抹泪，她旁边站着一男一女两个警察，女警察小声地问："你看清楚了吗？确定是他？"女人没有理她，仍旧自顾自地哭着。

"唐先生，这边。"翟医生引着唐山绕过他们，往里走了几步，来到靠里的一排柜子面前——也不知道他们是怎么安排死者顺序的，然后拉开位于中下、编号B-30的柜子。"唐先生，节哀顺变。"

"节哀顺变。节哀顺变。节哀。顺变。"唐山在心里机械地重复着翟医生的话，走上前去。柜子里并没有多少雾气，可见入冻时间不长。进入眼睛的，首先是一层白布，然后是白布下面的人形物体。唐山稳定了一下情绪，想象了一下妈妈平常的样子以及现在可能的样子，探身将白布掀开一些，露出头来。

然而他看到的既不是记忆中妈妈平常的样子，也不是想象中她现在可能的样子。白布下，是一张似曾相识的脸，平静、安详，甚至可以说神采奕奕。唐山愣了愣，想起这是今天早上通话时，他在视频里见到的妈妈呈现出的脸。即使就在公司工作，即使做了这么多年的现实顾问，唐山仍旧是第一次遇到这样的事情，因此他不知道怎么办。本来，他想抚着妈妈的脸，捏一捏她已经冷却的手，告诉她，自己来看她，来准备和她道别了。他还提醒了自己，一定不要流泪，因为妈妈不想看到他这样。但现在，从轮廓，从局部，这张和妈妈都相似的脸却让他情感断裂。他发现，陌生不是全然的不认识，而是在认识的基础上发生了偏差。

"怎么了，唐先生？"翟医生看出了唐山的反常，他开始以为这是目睹逝去亲人的通常反应，唐山完全被悲恸攫住，无法动弹。但是从唐山僵硬的身体和表情，他逐渐明白另有缘由。"这——这，这是我妈妈吗？"唐山说得异常艰难，说完他又觉得没有表达出自己的意思，又补充或纠正道，"我妈妈，她在哪儿？"

翟医生被唐山凌乱的表述弄得很困惑，他试探着走上前来，看了看柜子里躺着的人，不太确定似的，把白布往下拉了拉，看了看那双手——那双手略显沧桑，但仍旧白皙。翟医生这才放下心来似的，将白布盖到逝者脖子处。

"没错，这是令堂。确认无误。你是第一次见到，第一次亲眼见到她的现实呈现吗？很抱歉，这也是她的要求，具体我们不清楚，据说她委托小邱这样做的。我曾经听她邻床的女士聊到，那位女士劝令堂，让她体谅一下家人想要见到逝者最后一面的心情。令堂说，她让家人见到的就是她想让家人见到的，她还说，你能理解。"

"理解！理解！我不能理解——"唐山突然情绪失控了，他吼了出来，随即又控制住情绪，空落落地站在那里。他看着眼前柜子里的这个人，他知道那是他妈妈，如果可以，他甚至能想办法校验她的现实编号。但是，那又怎么样？那不是他的目的。他不是想要确认眼前这个故去不久的人是谁，他是想要看看她，不是看她呈现的面貌，而是看她真实的样子。

"对不起，翟医生。"唐山轻声道歉，他也向那个女人和旁边的两位警察举手致歉。那个女人被他刚才的吼叫止住了的哭泣，随着他的举手致歉又续上了，而那个女警察再度絮絮叨叨起来，不知道还是不是原来那句话。

"没事，唐先生。"翟医生真的不介意，他只是不知道接下来该怎么办。

唐山把柜子推了回去，看着B-30像一块砖一样镶嵌到那一面标号的墙上，他转身沿着来时的路，拐了几拐，坐电梯，回到一楼大厅，不过他没有再去休息室，而是径直走出大厅，在一棵龙爪槐下站住。

"你有烟吗？"他说。

翟医生给唐山递上一支烟，点上，自己也点上。两个人相对无言地抽了起来，天光已经暗下来，到处都是灯光或霓虹灯光。

现在该怎么办呢？按照正常的流程，他应该拨打公司电话，找一位现实顾问，对方会按步骤帮他解决问题，就算解决不了，也一定会协调到能解决的人，至少也会把电话转给另一个人，让他知道事情还在途中，不是没有希望。但他自己就是现实顾问啊，就算没有遇到或听到类似的情况，他也知道，首先要验证电话人的身份，确认是本人或者监护人在联系。如果是继承人呢？他相信公司一定有相关规定，但他也相信，要确认是继承人的程序会比较复杂。况且，他还不能确定，或者说他几乎可以肯定，妈妈并没有安装正版的超现实眼镜。就算是正版，以她没有向自己发送现实编号以定位的情况看，她的操作平台上多半没有预留他的信息。总而言之，等他走完复杂的程序，确认自己继承人的身份，可以处理妈妈的现实界面，将它关闭，估计时间也过去了好些天。那么现在，最快速的办法，只能落在小邱身上了。"翟医生，你刚刚说到的小邱是什么人？是超级现实公司的员工吗？"唐山说的时候，紧紧盯住翟医生的眼睛，他记起，妈妈也说过这个人。

"噢，小邱，小邱经常来医院，帮助一些有特殊需要的人。我不知道他是不是超级现实公司的人，这个就算问医院保卫部，他们也未必知道。毕竟，医院没有权力核对进出人员的身份，尤其是在没有对医院构成干扰、带来不便，也没有病人或者病人家属投诉的情况下。"翟医生开始有点慌乱，不过马上镇定下来，回答得有条不紊。

那我现在投诉可以吗？——唐山生生把这句话吞回了肚里，当务之急是找到小邱，其他事情后续再说。"那我现在想要见到他，可以吗？"

翟医生不自然地咳了两下，扶了扶眼镜："唐先生，很抱歉，你的心情我完全能够理解，但是请你相信，我们医务人员不可能有小邱的联系方式。不管很多病人对小邱怎么感激，怎么称赞有加——这点毫不夸张，你一问就知道——他都是在医院里进行商业活动，如果我们医务人员再和他过从密切，那就真的说不清楚了。啊，我知道了，请跟我来，能找到小邱的联系方式。"

唐山跟着翟医生进了医院，穿过大厅，到了住院部，坐电梯上了八楼，走进819房间。房间里有四个床铺，靠左一张空着，右边床前，一个女人坐在椅子上削苹果。看起来，那个女人和正常人一样，甚至比正常人还要健康，但是唐山仔细辨认，还是看得出来她的右腿是呈现出来的，也许实际上早已经截肢了。

"3床，现在好些了吗？"翟医生问。

他们进来时，女人应该就注意到了，但是直到翟医生问，她都没有抬起头来，她那过于健康的身体透露出垮塌的气息。

"还能怎么样啊，医生？活着呗。我都熬走三个人了，自己还活着。这么活着有什么意思，还不如也随我这4号床的姐姐走了呢。去阎王爷那儿，还能有个伴儿。"女人嘟嘟囔囔，但是并没有停下手里的刀子，苹果削好，她客套地冲翟医生和唐山举了举，两个人都摆了摆手，她又拿刀子划下一块，放进嘴里。

"你也别这样想，活着就有变化，有变化就有希望。"翟医生安慰着，冲唐山使了个眼色，示意唐山在4号床边的椅子上坐下。唐山摆摆手，想了想，又过去坐下了。他看看床上的床单和叠好的被子，又看看床头的小柜，小柜上放着一个哆啦A梦图案的马克杯，那是他小时候用过的，哆啦A梦头上被他不小心磕掉一小块的竹蜻蜓还是那个样子。睹物思人，唐山一把拿过马克杯，攥在手里，眼泪涌了出来。

"3床，这几天见到小邱了吗？"翟医生和女人都注意到了唐山的情绪波动，他们看了一眼就都有些夸张地别过头去，"这是4床的家属，有点小事想找小邱了解一下。"

"哦，哦。"3床点点头，声音提高了一些，以便唐山能听清楚，"其实小邱没什么事并不往医院跑，他也不是过来跟我们推销东西，赚我们的钱，都是医院里一个传一个，越传越神，就总有人找他帮忙。每次我们都先打电话，在电话里和他把事情说清楚，把要求提出来，他觉得有必要、能帮上忙才过来。"

"我们也是找他帮忙，你放心，不是找他麻烦。"翟医生这话说得并没有多少底气，因此说的时候，还看了唐山两眼。至少，唐山没有反对。

女人放下手里的刀，拿过手机，翻找了两下，报出一个号码，唐山记在手机上。唐山站起来，准备走，同时向女人道谢。开口的时候，嗓子却嘶哑得只发出了两个含混的音。

"小伙子，你别太难过了。跟你说，我和4号床的姐姐同病房有段时间了，这两天她最高兴了。自从小邱帮她装上眼镜，她照镜子的次数比原来多多了，她还跟我说，要把现在的样子留给儿子，儿子要记住就记住这张脸。你就是她儿子吧？我觉得，不光你妈感谢小邱，你也得感谢小邱，能让父母走得平静，这是多大的恩情啊。"女人有点啰唆，不过没说什么虚话，唐山也就站在那儿，听着她一句句说。

"我那姐姐还说，要是这个眼镜能把事情复原、把东西修复就好了。她说这个水杯留给你，唯一的遗憾就是没有把上面坏掉的地方复原。你说我这傻姐姐，她不知道正是这些破损的地方，才被我们记住吗？我知道，她只是想借此表达个意思而已。"

女人说着说着，不知道是念及过往的相处，还是借以感叹自己，反正声音越来越哽咽，唐山实在没法再站在那儿了。他转身冲女人鞠了个躬，伸出右手冲翟医生做了个打电话的手势，表示再联系，然后走出了819病房。

0

一条小道从山脚逶迤向上，消失在山上的黑松林中。天近黄昏，淡淡的雾气从林中漫出，缭绕在山脚与小道间。道旁立着一株枯松，在暮色中更见瘦瘪、挺拔，一截枯枝上还挂着一把金黄的松针，在雾气中微微颤动。一只乌鸦不知从何而来，一伸爪，落在枯松上。乌鸦转动着脑袋，看着脚下有些衰败的小道，发出嘎嘎的叫声。

突然，一阵如闷雷似疾鼓的声音由远及近，三匹高头大马疾驰而来。来到山脚下、枯树旁，三人同时一勒缰绳，三匹马前蹄离地，半身挺立，齐声长嘶。马上三人，由前向后，分别是红衣少年、红衣少女和青衣男子。

"姐姐，你看，树上有只鸟。"少年抬手一指，不待少女和男子回答，取下身上的弹弓，照着乌鸦就是一弹。乌鸦飞离不及，被弹丸击中，掉了下来，几片羽毛也被击得脱落身体，在空中悠悠飘荡。

"姐姐你看，我的技术又提高了。你看你看，乌鸦的羽毛也不是全黑的。"少年兴奋得直嚷嚷。

少女看着飘荡的羽毛，也被它们翻转的身影吸引，她露出甜蜜的笑容，正要赞许两句，又瞥了青衣男子一眼，带着娇宠地呵斥道："元青，和你说了多少回，不要见着什么都用弹弓，更不要轻易杀生，怎么就是不听？"

说着，连番冲少年使眼色。但少年并不吃这一套，他扬了扬手里的弹弓，有点挑衅地看着青衣男子，说："弹弓是我的，我想怎么用就怎么用。什么杀生不杀生的？在现实当中，你就一点肉都不吃，一点奶都不喝？"

青衣男子哼了一声，却并没有再说什么。少女掩嘴一笑，冲男子拱了拱手："张先生，请不要和元青一般见识。咱们还是抓紧赶路，趁天光未尽，翻过这座山吧，以免节外生枝。"男子也拱了拱手，摇了摇头说："元红小姐客气了，大家萍水相逢，结伴而行，在下并无任何权利跟元青计较。咱们是要抓紧赶路了，现在世道这么乱，我看这座山很是凶恶，怕是不祥。"

但已经来不及了。一支响箭呼啸而来，掠过三人，钉在枯松上，箭尾兀自颤动。一阵比方才更强劲、密集的马蹄声从山上冲下来，很快到了面前。一共七匹马，马上各端坐着一个大汉，奇特的是，他们全都身着绿衣，腰间悬垂的长刀也是裹在绿色的刀鞘里。七人七马一冲，就将原来的三个人冲散了。六个绿衣大汉，两个一组，将青衣男子、红衣少女和红衣少年裹在中间。余下那个大汉像是为首的，他扯着缰绳，让马踏着碎步在前面兜了两圈，才停下来。

"三位，对不住了。"为首的大汉拿手里的长鞭指了指三个人，"有劳三位跟兄弟们走一趟吧，我们那里山高水秀、月明风清，值得小住。等住上些时日，管保三位舍不得离开。"大汉说完，仰首大笑，其他几个大汉也大笑起来。

"光天化日，朗朗乾坤，你们胆子也太大了，竟敢公然劫道。"红衣少女扬声斥道，声音里带着掩饰不住的兴奋。说完，她一伸手，摸向腰间长剑。

但为首的大汉眼疾手快，长鞭一抖，蛇般缠绕过来，剑未及拔出，便连鞘被长鞭卷了过去。大汉一声长啸，左手抓住少女的剑，右手并不停顿，手腕如燕子穿花，连番施展，长鞭随声而行，先是击中少年持弹弓的左手，然后缠在青衣男子的脖子上。

"我劝你们都老实点！"大汉喝道，手上一紧，鞭子在男子脖子上勒得更深。

"回！"大汉又说，转身准备离开，但男子和他胯下的马并没有动，鞭子越绷越紧。大汉诧异地回过头，看了看男子，再抖了抖手，鞭子随之解开，收了回去。

"原来是个㞞货，这么点事就吓傻了！"大汉哈哈大笑，双腿一夹，胯下马扬蹄而去。其余六个人也裹着少女和少年呼啸上山，很快消失在黑松林中，只留下一动未动的男子和他的马，孤零零地留在暮色更见深重的山脚下、枯松旁。

周兴等了一会儿，确定男子只是暂停了他那部分正在进行的游历现实，开始了和现实顾问的沟通后，便退出了系统。等他清除了所有的痕迹，脖子仍旧发紧，摸一摸也似乎还在疼。看来游历现实确实升级了，体验也比原来逼真了很多，自己只是附着在那个男子身上，以其视角体验都有这么强烈的感受，可想而知，当鞭子缠过来、勒紧脖子的时候，男子心里的恐惧与愤怒。

当然，现实顾问一定会很快平息男子的情绪，让他继续做他们的忠实用户，他们甚至能说服男子，让他对新升级的功能充满感激。不过，这些都不是周兴关心的，他好奇的是：如果在现实——哪个现实呢？原始现实？最真实最根本的现实？还是唯一会要人命的现实？——他摇摇头，至少是会要人命的现实吧，如果在这个现实中，男子遭遇到了他经常出入、游历的现实里那些经历，他会不会变得迟钝，不知道如何闪避真正的危险？

周兴再摇了摇头，这也不是他现在最应该关心的。他将操作平台上的东西收拾了一下，拿过平台一侧的头盔，连接好，通了电。不一会儿，操作界面上出现了一个头盔的立体图，并且发出一圈淡淡的银光，但银光很快消失，头盔的立体图也随之从操作界面上消失。随后，真实的头盔也发出了同样的淡淡的银光，并且过了一会儿银光也熄灭了。只不过，头盔仍旧在他的面前。

周兴知道准备工作已经做好，看了看时间，小邱很快就会带着唐山回来了。他走出船舱，朝他们来的方向望去。残月已无，水面和天空像两块，不，像一块被擦拭得无限透明的玻璃，幽深、高古，上面缀着并不密集的星星，其明亮、澄澈，如同玻璃上透明的瑕疵。这旷心的夜景没有持续多久，其中一颗星星微微晃动，然后加速度向这边驰来，它所携带的光团越来越大，它身后的马达声也越来越响。没等多久，就可以辨认出，那是一艘快艇，快艇上坐着两个人。不久快艇就到了周兴的船下，灯光熄灭，马达声消失。噔噔噔，上舷梯的脚步声一前一后。

即使在星光下，周兴也一眼认出，后面那人正是下午一起喝酒的那个青年，唐山。唐山也认出了周兴，他丝毫没有惊讶，走上来，伸出手。

"你好。不好意思，这么晚还来打扰。"唐山的声音有点沙哑，极其疲惫。

周兴握了他的手，本想说一句"节哀"，但又觉得并没有什么安慰作用："是我们抱歉，给你添了麻烦，让你这时候还跑这么远。小邱，你去船舱里收拾一下，我一会儿带唐山先生过来。"

"周先生，叫我唐山就行了。"唐山忽然局促起来。

"好，你也叫我周兴。"

两个人一时间无话可说，就听着小邱在船舱里的响动，倒也没有太过尴尬。周兴掏出烟来，让给唐山一支，再先后点上，各自抽了两口，索性在甲板上盘腿坐下来。

"周先生——嗯——周兴，其实，我特别感谢你们，你们不知道，我妈妈一直很介意自己在别人眼里，特别是在我这个儿子眼里的形象，我们已经很多年没有正面打过交道了。多亏你们的帮助，让她能够以愿意让别人看见的模样出现在大家面前。从她昨天和我视频的语气，从和她邻床的病友的描述，我知道，因为你们的帮助，让她心情特别愉快。所以我必须也请你们允许，让我代表妈妈也包括我自己，表达应有的敬意和谢意。"唐山说着，放下香烟，挺直上身，冲周兴深深鞠了一躬。

单纯从礼节上来说，这坐着的半身鞠躬有点不伦不类，更突袭得周兴一愣，不过他深深被唐山的真诚感染，就受了这个礼，然后以同样的鞠躬回礼。

"按说，妈妈喜欢，妈妈愿意以什么样的面貌离开这个世界，我都应该尊重遵从。但我确实想再真真正正地看妈妈一眼，看看她的脸庞，看看她的手，尽管它们可能已经被耗蚀得不成样子，但不管怎样，我都希望记忆中留存的是真实的妈妈。所以，解铃还须系铃人，只好连夜赶来，向两位求助。"说到妈妈被耗蚀时，唐山有点哽咽。

"你别客气——"

唐山伸手止住了周兴的话。周兴有点担心他会情绪崩溃，便止住了，他想说"你干脆痛痛快快哭一场吧"，可是就算他对唐山这个人有着近乎直觉的好感，大家的关系也根本没有到说这句话而不别扭的地步。于是他又抽了口烟，默默等着。

唐山并没有哭，他缓了缓，极其艰难地再次开口："周兴，我面临的境况很艰难，但我还是必须跟你说实话。我妈妈的事希望能得到你们的帮助，但我的工作是现实顾问，超级现实公司的职员。本来，我来白条湖也是想，也是想看看有没有可能，说服你们和公司合作。现在，我是以个人的身份向你们求助，我保证接下来所发生的一切都只限于个人的记忆，不会被任何公司或其他机构使用、利用，但在开始之前，我还是必须告诉你们，决定权也在你们的手里。"

周兴愣了愣，他明白了唐山为什么刚才见到自己就开始局促，也发现自己之前对超级现实公司还是想得太简单。周兴无法从唐山的话里确定，超级现实公司是否知道自己和小邱在盗版现实，但他们从总部派来一位现实顾问，肯定有他不知道的考虑。不过，周兴很快决定，不管超级现实公司有什么样的考虑，唐山的忙他都要帮。他相信唐山说的话，相信他不会说出今晚的所见，他也相信就算唐山出尔反尔，自己和小邱也没有在系统上留下可做证据的痕迹，而唐山作为超级现实公司的员工，其言辞在法律层面上的可信度也会大打折扣。更重要的是，唐山想要见他妈妈最后一面的障碍确实是自己和小邱造成的。"唐山，谢谢你的坦诚相待，我们往下进行吧。你别客气，真的是我们的问题。"周兴顿了顿，斟酌了一下措辞，"虽然你在超级现实公司工作，是现实顾问，但恐怕贵公司的运作原理你未必特别清楚。从操作上来说，你们公司提供的是超级现实眼镜和相关的服务及后续维护，本质上而言，超级现实眼镜是通过与公司的网络系统连接，对人的视觉神经系统进行引导，这样就能让人看见他想看见的现实，当然这些现实都是由贵公司提供的。这是一个体系，对所有通过超级现实眼镜接入贵公司网络的人都起作用，鉴于绝大多数人都装上了这种眼镜，也可以说，这个体系对整个世界都起作用。"

周兴说到这里，掐灭了手中的烟，站了起来，唐山也跟着站起来。夜风微凉，湖面平阔，星光垂下，让人神清智明。

"不能简单地说贵公司运行的这套系统究竟是好是坏，毕竟它设置了停止与退出功能，虽然实际上习惯了在公司提供的现实里生活的人，很少会主动停止与退出，但毕竟给出了选项。真正的问题是，随着眼镜功能的日益强大，提供的选项日益丰富，准入的成本越来越高。当然，公司有很人性化的考虑，有动态的平衡，一个人可以通过他提供的形象与事实，通过与他相关的现实，经由公司向他人收取知识产权、肖像权、现实权的收益，借以换取自己使用的公司提供的服务，不足部分再购买即可。这是一个活的体系，但是对于像令堂那样因为身体的不便，因为对创造性生活缺乏兴趣，从而没有知识产权、肖像权、现实权收益或者收益远远不够的人来说，这个体系是沉重的负担。也可以说，他们天然被体系排斥和抛弃。可是，在某种意义上，他们更加需要公司的关注与服务，而且所需常常局限在一些特别细微的事情上，并不占据大量的资源。"

周兴说到这里，抬手止住了唐山："客气的话不必再说，我只是阐明背景。在这个背景下，我们觉得有义务帮助这些有需要的人。自然，我们用的是贵公司淘汰下来的眼镜，没法提供丰富的最新的功能，而且我们也是以游击战的方式，偷偷将他们的现实接入贵公司的体系。仅仅如此，我们也需要这整个船上的装备才能完成，当然有一多半的装备是用来即时擦除我们留下的痕迹的，并且这些装备主要也是用在别的方面。扯得有点远了，说回来。因为用的是淘汰的眼镜，也因为我们私自接入贵公司的体系，因此，偶尔会遇到一些问题。拿令堂的情况来说，按道理，我们是可以在她故去时，解除眼镜的功能，让她以原始现实的面貌离开，但出于对她本人意愿的尊重——你可能不知道，以呈现的面貌离开这个意念，在令堂那里有多么坚定——我们没有进行更细微的调整，导致了她现在的现实固着，无法再通过眼镜与系统进行调整。"

　　说到这里，周兴又掏出烟来，他递给唐山一支，唐山这次摆了摆手。周兴自己点上，缓慢、悠长地吸了一口。

　　"我不知道你为什么一定要看到令堂本来的样子，当然这完全能够理解，而且很大程度上，也是你的权利。我们想来想去，勉强找到一个两全其美的办法，你需要冒一点点风险，但问题也不大。"

　　周兴知道唐山的选择，所以他并没有停下来咨询唐山的意见。但他还是看见唐山张了张嘴，并且发现自己没有声音之后，用力点了点头。

　　"我们知道，戴上超现实眼镜，进入贵公司体系的人，对同样戴着眼镜的体系中人，可以随心意调整、改变其现实呈现，对没有戴眼镜、不在体系里的人，则以非常低的清晰度甚至雾状呈现，除非他不设防，主动敞开自己的现实。而两个都不戴眼镜、不在体系里面的人，他们的现实天然就是敞开的，尽管用贵公司的话说'没有经过调适，过于粗陋'。接到你的电话之后，我们做了测试，初步认定，尽管令堂去世时，现实固着了，但她的现实对于不戴眼镜的人，是敞开的。这样一来，要做的就很简单，取下超现实眼镜，你就能看到令堂本来的样子——这是推想，无法完全保证，但至少也有百分之九十的把握。刚才说的'风险'主要是指两方面，一方面作为贵公司员工，尤其是现实顾问，私自取下眼镜，一旦被公司察觉——这一点几乎是肯定的，你的工作是否能保住，保住之后的上升渠道是否还有，你想必非常清楚。另一方面，则是摘除眼镜，尤其是以我们不太完善的方式取下后，导致的不适乃至幻觉。据我的了解，每个摘除眼镜的人，不适的时间不同，产生的幻觉各异，轻的如同被沙子硌了一下或者被蚂蚁钳了一下，重的则需要在心理医生的辅导下才能走出来。所以，究竟怎么做，还得你自己取舍、决定。我先进去，你想好了告诉我。"周兴转身要去船舱，以便留下唐山一个人想清楚。

唐山叫住了他："你摘除过眼镜吗?"

"当然。现在对我来说，是家常便饭，已经没有任何不适了，简直和取下隐形眼镜差不多。不过，最初几次的痛苦我现在也还心有余悸。"

周兴走到舱门时，将手里的烟头扔进了门口固定的烟灰缸里。

2

"唐山——唐山——唐山——"呼唤声像是在水底将要窒息时，拼命朝上游动，终于在溺毙前一秒浮出水面的落水者对空气的需求一样，开始压抑着吝啬着，接着冲破了关卡，要爆炸一般贪婪地吞咽，然后在吞咽中平缓下来，持续地倍加珍惜地落在唐山的耳中，再由耳朵传递给大脑，由大脑转化给眼睛。眼睛则如同刚刚被创造出来，安置在眼窝里，并受命睁开。闯进来的当然是黑暗，不同于没有眼睛或者紧闭眼睛时的黑暗，闯进来的黑暗有质量有实体，还有层次，因为在黑暗的遥远处，在它的底色上，有晃动的移动的微白，磕破的蛋渗出的蛋清那样近乎于无的白。

"啊——"然后唐山才真的如溺水被救醒的人那样一声呼叫，开始猛力地呼吸，耳边只听到自己呼呼的喘息，然后意识一点点地落在实处。他看到真正的眼前的黑暗，也看到远处一团模糊的微白，不过两者都过于猛烈，让他又闭上了眼睛。这时候，唐山感到了手脚的僵硬，他伸伸脚抬抬手，行动无碍，只是手脚都有些疼。唐山将手伸到面前，再次睁开眼睛，手腕上还留有印痕，疼痛显然来自那儿。再摸摸脚踝、肩膀、腰部、脖子、额头，都有之前长期被束缚产生的印痕。目光顺着手看过去，邻座男人的手、脚、肩膀、腰、脖子、额头都有黑色的皮绳束缚在座椅上，因此他只能坐在那儿，除了眼睛可以转动，目光可以稍稍变换范围以外，一动不动。

唐山大感惊骇，目光稍稍往远处放，所及之处都是如邻座那样黑色的椅子上固定着身着黑衣的人，男男女女、老老少少，概莫能外。尤其可怖的是，这些人就像是复制一样，布满了他的视野，没有尽头。他小心翼翼地站起来，前后左右看了一圈，椅子和人绵延无尽。不过他总算对所在地方的样子有了大致的整体性了解。这像是个坡度平缓、长度无限的阶梯教室，两边和前面都是不受限的空间。尽管如此，却能在无尽的人头前方，在所有人的头顶上方，看见白色的屏幕一样的空间，也是不久前涌入眼中的微白光芒的来源。

那白色的空间不是平面的，而是立体的充满了透视感的三维世界，里面上演着他之前所习惯的那个世界的日常生活。只不过，也许是因为隔得远，也许被人设置了，那些日常生活的画面都没有声音，因而显得里面人的行为颇为机械，嘴唇的嚅动、眉目的传情都有些滑稽。这是两个遥相望的世界吗？唐山不相信。他认为，那个世界一定有源头，他现在要做的就是找到源头。根据这个阶梯教室般空间的结构，唐山初步判断，如果那个世界有源头，一定是在他后面，也就是阶梯的最高处。或许还有一个证据，那就是他感到有若隐若现的光越过头顶，投向前方。

唐山不再犹豫，他踩着自己的椅子，翻到后面一排。排与排之间的距离也就勉强够一个人站立或侧身通过，不过他不管，他只是从前一排往后一排翻。大多数时候，他都踩在两把椅子间的空隙，跳到下一排的空地上，然后再踩着空隙往空地上跳。偶尔他也会踩着坐在椅子上的人的手、肩膀或者腿，但那些人也许是被束缚得太紧，也有可能是被能够见到的那个三维世界吸引了所有的注意力，他们对他的翻动与踩踏都毫无反应。这未免让唐山焦躁起来，为了抑制自己的焦躁，也为了加快进度，他试了试从这排椅子直接跨到下一排椅子上，发现只要分作两步，脚在扶手椅背和扶手椅背之间转换就行，就算偶尔步履不稳，有点趔趄，只要扶着坐在椅子上的人的肩膀或者脑袋就没有问题。于是，他完全以这种方式，加快了步伐。同时，他还顺便看清楚了，那些束缚坐着的人的皮绳上，都有一把小锁。

这种行进磨碎了唐山对时间的感受，他无法判断自己是走了一天、一月、一年，还是更久，但至少在一生耗尽之前，他终于走到了阶梯教室高处的尽头，并且仍旧精力充沛。那里并没有电影放映机或者投影仪一样的设备，而是倾斜的与地面呈三十度角的辨认不清材质的一层黑板。黑板也几乎可以说无限大，上面不规律地分布着各种规则与不规则形状的孔，大大小小，不一而足。而黑板的另一侧，则透射出光来，均匀地落在黑板上，再从孔里投射到阶梯教室里众人前面与头顶的空间里。唐山搞不清楚光到那里怎么就组合成了三维的世界，此刻也无心追究这个，他迫切地想要从这个空间走出去，看看黑板外面是什么样子。他试了不同的孔，终于找到一个圆形的，可以整个人从里面钻出去。

刚刚钻出来，唐山就控制不住地沿着黑板往下滚，他迅速用双手护住鼻子眼睛，膝盖也向内缩，以免被黑板上那些孔的边缘所伤。不过三十度的坡度毕竟算不上陡峭，而且这一段并不算长，所以滚到平地上时，唐山仅仅是左耳轻微割伤，流了些血。

这是一个五面洁白的空间，光线是从对着黑板那一面传过来的，因而那一面显得要比其他面高与宽，并且颜色更浅。已然到了这里，唐山没有任何迟疑，径直向那传递光线的一面走去，走得越近感到越热。当他走到面前时，那洁白的说不清是墙还是门的物体，忽然悄无声息地打开了一道缝，足够他进出。唐山毫不踌躇，迈步走了出去。

这一次迎接唐山的是真正的没有过滤的光，那就像密集射来的箭镞一样，用热量命中他身体的每一个地方、每一寸肌肤，尤其是他的眼睛。剧烈的灼烧般的疼痛让唐山不得不使劲闭上双眼，同时伸出双手，挡在前面。直到手背慢慢适应了那灼烧感，睁开的眼睛也不再疼痛，能够看清手掌上的纹路，唐山才一点点移开双手，让眼睛暴露在纯然的光芒之下。

眼前的世界并不算太陌生。漫天的黄沙、高悬的日头、干燥到燃的空气，都告诉唐山，这里是沙漠。也确实是，汪洋大海般浩瀚的沙漠里，连绵的沙丘就是永无休止的波澜，让人疲惫、绝望。不过这里又和他印象里的沙漠不太一样，所有的东西，细小的黄金般的沙子、白热的太阳，还有遥远的地平线、头上的天空，甚至无可捕捉却隐约可以感受到的微弱的风，都像是刚刚被清洗过新鲜晾出来一般，没有一点尘埃、污渍，还原度高到让人欣喜得发狂。新鲜的清洗过的感觉还把物体拉近了不少，沙漠仿佛不只是在脚下，还是从他身体里哗哗流出的，太阳也比寻常的大了不少，以至于加倍从人身体里往外挤出水分。

再回过头看刚刚走出来的浩瀚空间，看他迈出来的那道白色的似墙若门的所在，却只看见一座比其他地方高出不少的沙丘。唐山确信自己只要冲着沙丘往里走，那似墙若门的东西就会迎面而开，但他还不想这么快就回到那深渊一般的阶梯教室。这时，他听到了一阵轻微的沙子垮塌的声音，循声望去，是一条灰色的足有手腕粗细的沙漠角蝰。角蝰盘在那儿，脑袋从腹部上方探出来，两只角鳞特别锐利地竖着，虽然是剧毒之物，居然有一点神似猫的可爱。但唐山不敢像招呼猫那样去逗弄它，他身体僵硬地站着，紧紧盯住角蝰，双眼的余光还扫视着周边，以便在角蝰发动攻击时，至少可以避让一下。

角蝰似乎无意攻击，它更像是只为了引起唐山的注意。知道自己被注意到了，角蝰略显夸张地爬动起来。爬出几十米，它还回过头，再次露出猫的神情，看着唐山。唐山心悸稍平，好奇心起，便抑制住恐惧，跟着往前走了几步。果然，角蝰知道唐山在跟着了，就又继续往前爬。一旦感到唐山停住脚步，角蝰就停下转过头来，仿佛叫他跟上。不过角蝰表现得耐心十足，没有露出丝毫威胁或恐吓的意思。

一蛇一人就这样走走停停，绕到了唐山从里面出来的那座沙丘的背面。这面同样是无尽的沙丘，但有些沙丘的规模更大，大到让人怀疑它下面会全然是沙子，大到让人站在远处认为它就是通常见到的小山。下了走出来的那座沙丘，角蝰带着唐山翻过了一个同等规模的沙丘，然后又向一个更大的沙丘爬去。太阳和沙子残忍地持续掠夺唐山身体里的水分，让他嘴唇都干裂了，沙子也不断落到他的鞋子里，使他每走一步都硌得慌硌得疼。唐山还不能像角蝰那样，使出轻功一般，差不多无痕地在沙子上爬过去，他只能深一脚浅一脚地往前挪动，有两次还不慎滚了下去，虽然翻滚得不太远也没有伤着，可确确实实让人沮丧。

"你要带我去哪儿？"从嘟囔到吼叫，这句话唐山问得越来越频繁。角蝰自然不会回答，它最多是停在那里，回头看着他，吐出分叉的芯子。可是除了跟着它一探究竟以外，唐山也没有别的去处——总不能回到那个阶梯教室，把自己重新捆绑起来吧。于是问归问，得不到回答归得不到回答，他还是在心里恨恨地想，我就跟着你，看你要干什么。

也没再多久了。跟着角蝰上了这道沙丘，唐山就在另一面的坡地看到了一片绿意，还有水光。他不禁大声地"啊——"了出来，也不管角蝰了，迈开步子，连冲带滑地向那片绿和水扑去。

绿洲并不大，差不多一个足球场的样子，地面上是草——当然不是足球场那样的草坪，而是这里一丛那里一窝，连起来就满眼绿意。还有三棵树分散在草地上，但唐山没有精力去辨认那是什么树，他直接奔着草地一角的水光去了。那像是一个泉眼，一个矜持的泉眼，它冒出的水集成了一个小小的水潭，不到一间屋子大，没有丝毫扩张的意愿。对唐山来说，水潭足够了。他没有奢侈地扑腾到水潭里去，而是带着虔敬之心，趴在水潭边，用嘴吹了吹贴上来的水面，就咕嘟咕嘟喝了起来。喝到解渴喝到身上有了凉意，唐山站起来，蹲着捧了几捧水在一旁洗了洗脸。然后，他开始细看那三棵树。一看之下，才深感惊异，走近了看，看完一棵看另一棵。

看到第三棵树，看到它和另两棵树一样，繁密的枝条上的叶子都是钥匙状的，唐山彻底明白了角蝰的意思。他跳起来够着了一根枝条，从上面摘下来两片叶子。果然，叶子钥匙的形状是完全一样的，而且它们的柔韧度也足够解开锁。唐山这下激动了，他仿佛看见他刚刚从里面出来的那个深渊般的阶梯教室里的人都解开了锁，得到了自由。于是，他干脆爬上树，从树干处劈下枝条。树枝多到他一次快拖不动的时候，唐山看了看这片绿洲周围的沙丘，猜想也许每一座里面都有困着的人，便没有再从树上劈下枝条——他有点后悔，应该用更便于再生的方式，只把树叶摘下来就行。

不过也犯不着为无法纠正的事情无休止地后悔。他只能尽可能地不浪费，将所有的枝条扛起来，将刚才掉落的叶子拾起来，一步一步地向来处挪动。遗憾的是，他再也没有看到那条可以露出猫脸一样表情来的角蝰，没法向它道谢。

那座沙丘果然如唐山预想的那样，在他走到出来的正面前时，又打开了一条足够他带着所有枝条进出的门缝。唐山走到黑板前面，从那些孔里把树枝塞过去，然后找到一个足够大的孔，钻了回去。那个深渊一般的阶梯教室里和他离开时没有任何不同，但因为看到了外面洗过一样的世界，唐山轻易就能发现前面和头顶上的三维世界的虚假——就算不能说"虚假",至少可以说是"低像素"。

唐山找到树枝,然后用一把叶子钥匙打开了离他最近的那个人身上的锁。果然,所有的锁都是一样的,一把钥匙就能全打开。唐山拍打着那个人,不一会儿他就醒过神来,目光仍旧有些迷茫,却和之前只盯着三维世界看时很不一样。

唐山把钥匙递给他,说:"拿着它,解救其他的人。"

那个人点点头,摸索着去给旁边的人开锁。唐山也拿着另一把钥匙,去给另一个人开锁,开完之后再唤醒,再给钥匙。很快,最后这一排就都解开了,还有人主动往前排翻,去开锁。"大家注意,每一把钥匙都可以打开所有的锁。往前面去,把钥匙往前面传。救的人越多,咱们的速度越快。"他说着,把地上的枝条、衣兜里的叶子分给最后一排的人。

看着后面一排的人都纷纷往前翻,看着解救的人浪以加速的方式向前传递,唐山激动得不能自已,他知道这些人会和他一样,找到通往外面世界的出口。于是,唐山从合适的孔里再度钻出,走出那似墙似门的所在。他站在那里等着,等着那些人出来。再一次地出入,再一次将里面的三维世界与眼前的世界进行对比,他发现眼前的世界虽然不像他第一次看到那样新鲜逼人,但反而更加真实了。他相信那些曾经被困住的人会对此深表认同。

果然,很快就有第一个人从后面走了出来,他完全被眼前的世界震撼了。随着人越来越多,那墙或者门干脆敞开来,而面前的地方也越来越不够用,于是唐山带着先出来的人不断往前走。

但是随着出来的人越来越多,窃窃的交谈声在人群中响起,唐山分明在他们的脸上感到了怒意,且这愤怒指向明确,就是冲着他来的。唐山看着眼前的这些人,看到他们眼里的怒火,他感到身心一致的恐惧和绝望,他做好了准备,等着他们随时扑上来把自己撕碎。尽管,他不知道是为什么。

"唐山——唐山——唐山——"呼唤声像是燠热夏夜里的暴雨,兜头浇盖下来,虽然猛地一下把人打蒙了,流淌而下掩住口鼻的雨水让人憋闷,但到底还是让人精神舒爽,彻底摆脱了之前的浑身不适。

唐山正是这样。当他被一连串的呼唤从沙漠里众人的怒气中拯救出来，睁开眼睛看到周兴、小邱两人的脸庞在灯光下渐渐清晰，再看到小邱手里拿着的那个取下了他的超现实眼镜的头盔，唐山长长地嘘了一口气，仿佛重新回到了人间。

1

还是B-30，还是翟医生拉开了柜子，露出了白布与白布下面盖着的人形，不过这一次雾气重了一些，整个冷冻室也没有哭泣的女人和陪伴的警察，没有其他任何人。翟医生往后退了一步，他看着唐山。

唐山走上前，他抓住白布一角，如同抓住一块巨石，缓缓掀开。先看到的是那顶假发，买时妈妈还嫌过于乌黑，现在已经有些发灰、分叉，和前天在视频里、昨天在这里看到的都不一样，他知道周兴说得没错，这次终于是妈妈本来的样子了。果然，接下来看到的就是妈妈少了半个耳垂、耳廓卷曲的左耳，是过于光滑的结疤的左脸、额头、鼻子，微型手术调整过的嘴和下巴，然后是相对完整的右半侧脸，可是那原本正常的皮肤反而在脸上其他部分的映衬下，显得格外地虚假。唐山左手放下白布，想要伸过去抚摸妈妈完整的右脸、损毁的左脸，但是他的手在快要触到时停住了。妈妈生前他无法触碰她的脸，妈妈去世之后他也不能。他甚至透过自己颤抖的左手看到妈妈脸上浮现出了往常那期待、宽慰、心疼与阻止交织的神情，他的手只能在空气里，沿着妈妈脸部的轮廓抚摸了一遍。

等眼眶里的泪水退回去之后，唐山才继续将白布往下面拉，这一次他拉得比较急，直接露出了妈妈的两只手。是那两只手，几乎没有完整皮肤，一度变形得不成样子，后来少半通过医治多半依靠妈妈顽强的毅力恢复正常功能的两只手。唐山再也控制不住自己，一把抓住靠近自己的左手，手是凉的、僵硬的，手上的皮肤过于光滑中又有点冷涩，有所不同又似乎还是往日的样子。是他和妈妈为数不多的几次见面道别时，他生硬地拉过来，拽住的那只手。只不过，以往那些抗拒但最终在他手里变得柔软温暖的手，现在无论如何都不会再有变化了。

"唐先生，唐先生——"翟医生小声唤着，是在提醒唐山记得他不久前的叮嘱——"不要和逝者的遗体接触太长时间"。

唐山颓然地松开妈妈的手，听着它磕在铁皮柜边缘，发出一声低沉的闷响，又赶紧心疼地抓住它，慢慢将它放回去。再转过来，他就像被抽走了魂一样，满脸泪水背对着妈妈，任凭翟医生上前盖上白布，将柜子推回去。

"翟医生，你看得到我妈妈现在的样子吗？"唐山确认了翟医生戴着超现实眼镜后，又多问了一句。

翟医生摇摇头："令堂现在这样就挺好，以想向世界呈现的样子向世界道别，以儿子想要看到的样子向儿子道别。"

"翟医生，谢谢你！"唐山不知道还能为翟医生的这番话说什么，他又有点令翟医生一时反应不过来地说，"也谢谢周兴，谢谢小邱。"

两人就这样离开太平间，来到昨天抽烟的那棵龙爪槐下，再次点烟抽了起来。一支烟抽完，翟医生说："唐先生，很抱歉，如果没有其他安排，我们可能得将令堂送往，嗯，送往火葬场了。我会去通知相关的同事，在那之前，你还要再见令堂吗？"

"不见了，再见她该不高兴了。翟医生，可以麻烦你，帮我安排一下火化的事吗？我们在乡下老家还有块墓地，当年特意在我爸旁边给我妈妈留了地方，我这次就把她安葬了吧。哎，翟医生——"唐山叫住了点点头准备离开的翟医生，"嗯——这件事可以等会儿去办吗？我是想说，你有时间陪我说说话吗？"

翟医生迟疑了一下，看了看表："抱歉，唐先生，我没有别的意思。没问题，我可以再待一个小时。"

"好的，是我抱歉，硬拖住你说话。"唐山再递给翟医生一支烟，两人都抽上后，他吐出了一口烟，说，"说起来不过是家里的事，父子的事，母子的事。

"我爸是一个性格外向、开朗的人，虽然有时候有股不知道从哪儿学来的父父子子的秩序要求，但总体上我俩相处融洽，谈不上特别交心，但大体上也知道对方是怎么想的。所以就算是我青春期最叛逆的那段时间，也没有和他产生多大的矛盾。我妈妈则不然，虽然是他们那一代里少有的大学生，也可能正因为是他们那一代里少有的大学生，才使得她既强势又封闭，其实后来看，她的强势与封闭下掩盖着一颗敏感的心。但是在我成长的时候，看不明白这一点，所以总觉得她时常冷着脸，对我不要说慈爱，多一点的温和都没有，整日不是念叨我的成绩应该再提高一些，就是说我的品格还应该更好，就好像她面对的不是儿子，而是圣人坯子。

"这样一来，我俩自然没有那么融洽，高中期间有大半时间我都在和她冷战。好在我高考成绩出色，考上了比她预期还好的大学。可能是我终于挺过了她常说的人生第一道关的高考，也可能是因为我要去一千多公里外的另一座城市读书，那个暑假我妈像是变了个人一样，以颇为生硬的姿态、语言和我沟通。就算是家人，错过了最佳的沟通时机，也只能等待新的契机，不可能一下子就亲亲热热起来。不过每次看到她有点笨拙地寻找话题想和我聊天，费尽心思做我喜欢的菜肴时，我总是感到有点心酸，也就不那么顶撞她了。

"大一那个寒假，我回到家里时，和妈妈的关系发生了实质性的变化，开始有点像朋友那样相处了。这是因为第一次离家那么远，那么长时间，早把那些对她细微的不满与别扭软化了。更主要的，是因为我发现妈妈开始把我当一个成熟、平等的成年人对待了，我在她的心目中，已经开始稳步从'不懂事缺管教的儿子'向'值得完全信赖的朋友'转化了。那个寒假，我陪在爸妈尤其是妈妈身边的时间，比以往任何一个假期都多，我还陪妈妈去逛商场，为她挑选衣服提供建议。

"小年夜那天，我们高中同学小范围聚会，刚上大学的兴奋劲还没过，又因为还没在大学里找到知心的朋友而觉得高中同学更加亲热，反正一帮人在一起喝个没完。散的时候我还有点记忆，怎么进的小区上的楼开的门却完全不记得，更别提反锁门时将钥匙弄断，还摸黑在客厅沙发背后的插座上给手机充电了。

"等我再恢复意识的时候，屋里已经是浓烟滚滚、烈焰腾腾了，我妈正在我床边仿佛是从特别遥远的地方喊我。可能那一刻印象过于深刻，也可能酒劲还没有完全过去，更有可能是屋里氧气已经稀缺所致，整个过程，我都像是站在远处观看一样，没法把事情贴到自己身上。那时候防盗门已经被烧得滚烫，无法打开，窗户尽管都被砸碎，但也没法从十楼跳下去，只有浓烟从窗户往外翻滚。一家人没有别的办法，只能躲到密闭的卫生间，用湿毛巾尽可能塞住门缝，不断往门上泼水，以延缓燃烧的进度，等待消防员的到来。后来，只能用湿了的棉被罩住三个人的头，妈妈抱着我，我爸抱着我俩。再后来，我就只记得火终于烧穿了卫生间的门，向我们扑来，然后就不知道隔了多久，有人从窗户冲进来，把我们一家三口人救了出去。

"说是救了出去，其实我爸当时就已经没命了，我妈也被烧得不成样子，抢救了好些天才活过来。只有我，造成这一切的我，没有什么损伤，连火灾现场的感受，都像得之于一具借来的躯壳。后来，消防队向我们分析火灾起因，说基本可以断定是沙发后面插座上充电的手机引发的。妈妈没有说什么，但我知道，只有可能是自己，因为全家只有我有夜里给手机充电的习惯。消防员们还可惜道，如果反锁时钥匙没有折在里面，一开始我们就可以打开门逃生，事情就不会严重到那个程度，妈妈阻止了他们继续说下去。那以后，妈妈和我从没有提起那场火灾。我没有说是因为无论我说什么，都无法赎回自己的罪愆。妈妈没有说，大概是不想让我心里有负担。

"可是一件事情越不去说它，它就会越来越干，越来越重，直到变成化石，再也没法复原。这件事就这么压在那里，变成了我和妈妈都想绕开、都不得不绕开的旋涡与黑洞。更可怕的是，这件事还有无法忽视的表征——妈妈那损毁严重的身体。因为火灾造成的自己家和邻居家的损失，我们花了很长时间，才补上经济窟窿。因此妈妈只做了微型手术，修复了嘴巴的功能，修整了过于没法接受的地方。条件稍稍好些的时候，妈妈又患病，诊断、手术、恢复花了大部分的时间和钱，所以到最后，妈妈都只能带着损毁的身体离开这个世界。

"现在看，我真是愚蠢、懦弱的儿子，哪怕在妈妈生前和她敞开心扉聊上一次，告诉她我的想法、我的痛苦，至少也能让她走得踏实一点。你不知道，到了后来，我和妈妈不但不敢再提火灾，甚至不敢提任何往事，不敢再说起我爸，最终，干脆不敢见面。我怕见到自己的罪证，妈妈怕我受到折磨。妈妈的面容和身体成了表征，里面包裹着一场火灾，我们彼此猜测，自我折磨，又通过自我折磨折磨对方。甚至后来我去了超级现实公司工作，我们都没办法以最简单的方式处理这件往事。我们都怕让妈妈换个面貌的提议是在告诉对方，自己还记得多年前的那次大火。

"后来，还是妈妈鼓起了勇气，主动找小邱他们帮忙，设定了自己的现实呈现。我在视频里看见妈妈完好的年轻的面貌时，整个人都在颤抖，陷入了极度的自责——我光记得自己在那场大火中的罪，却忽视了妈妈这么些年的生活。可我还是愚钝的，我以为妈妈是通过这种方式原谅我，告诉我不要沉溺于过去，却没有想明白，妈妈选在那样的时刻才戴上超现实眼镜，有了正常的现实呈现，是因为，她想把这么做对我造成的压力降到最低。妈妈知道自己不久于人世，因而用自己的命告诉我，不是她原谅了我，是她根本就没有恨过我。

"但是妈妈原谅我，不等于我就能原谅自己。不，我也不是要违背妈妈的意愿，继续陷在自我谴责的泥沼里，我必须正视那次火灾，正视自己无可推卸的责任，把它承担下来，把它放在自己肩膀上，才能如妈妈所愿，好好活下去。妈妈以她没有受到丝毫损害的呈现出来的形象，表达了临终之前，对这个世界和往事的全然接受。我也得以自己能够相信的方式接受，所以我才想要看清妈妈真正的样子——我不是说她呈现的现实不是真实的，那是真实的，那是她的真实，而她损毁的直到临终都没有修复的身体，对我才是真实的，这是我的真实。而妈妈和我的真实，实质上是一种真实。只有真实，才让我知道自己活着，才让我能够往下活。"

唐山说到这里，一包烟已经被两个人抽完。唐山看着龙爪槐下垃圾桶上的烟灰缸，里面已经塞满了烟头，落满了烟灰，他沉默了一会儿，并没有转过身，而是轻声地，对着龙爪槐说话那样，说："翟医生，谢谢你。请通知你的同事，安排把妈妈送到火葬场的事吧。"

0

喝完老周一大早熬的鱼片粥，老孟并没有立即起身道别，而是继续坐着和周兴闲聊。老周将桌上的碗筷收到厨房，洗净、放好后，转身进了他的房间，好一会儿都没有出来。周兴知道这老哥俩分别前一定有事要说，这事多半才是老周这次请老孟过来的目的，他甚至大体猜到了是什么事，不过既然他们没说，他也就不问，就陪着老孟东拉西扯。

聊到两个人都有点词穷时，老周终于出来了，他手里拿着一个黄色的档案袋，额头上已经见汗。老周打开档案袋，从里面拿出几份文件，在桌上摆开。

"周兴，白条湖承包的所有文件、材料都在这里，包括合同、公证书、范围说明等，这些东西保证这座湖在几十年内，是咱们想要的样子。一定程度上，它们也保证这几十年之后，还可以继续是咱们想要的样子。那个，那个超级现实公司近年想要从咱们这儿得到的，也不外乎这些文件。"

文件有新有旧，大多有着醒目的标题甚至制式的首页，纸张颜色有白有黄，基本上也都年代久远。周兴没有去翻这些文件，更没有去找有多少份上面有老孟的签字，他就以它们在桌上摊着的样子看了两眼，便站起来把文件并好，递给老周。

"爸，你不用给我看这些东西，这是你的合同、文件——你要不嫌我说话难听，在你活着的时候，它们都是你的。白条湖，在这几十年内，也都会是你想要的样子。这湖它是你想要的样子，它就是我想要的样子。你现在没必要像交代遗产似的，把它们交给我。"

"儿子，"老周这一声叫得突然又深情，把他自己都吓了一跳，只好一声咳嗽掩饰过去，"——我知道你的想法，也知道你对我的支持，我很高兴。像你孟叔前两天说的，多少父子、人家为了一点儿东西，撕扯得不成样子，我很高兴，咱父子没那么没出息。但我最近总在想，我这么做是不是太自私了？害得你跟我一起守着这个湖不算，还要让你跟我一起面对这个公司那个集团的骚扰、压力，更重要的是，我这么把着白条湖要真是违逆了时代潮流的话，我当个老顽固就算了，干吗要你也变成小顽固呢?!"

"老周，你这话说得，什么老顽固小顽固的，我怎么听着像老王八蛋小王八蛋啊？"老孟见气氛有点沉重，打了个岔，这才接过来对周兴说，"周兴，事情没你爸说的那么严重，他也不是一定要现在就把文件转交给你。你爸的意思是，白条湖今后的事，需要做的决定，这个权利他就交给你了。保留现在的样子也好，和超级现实公司合作也好，甚至直接把权利转让出去也好，他相信你会综合考虑，做出最佳选择。当然，你也别有压力，就算选择的结果很糟糕，你爸也不会怪你。是不是，老周?"

老周被逗得嘿嘿一乐，终于恢复平常的模样，不过他把文件都装回档案袋后，又责怪起了老孟:"我说老孟，你不对啊，我请你来是和你商量，是要你帮我说服周兴，收下这些文件，管起白条湖，你怎么刚听了两句，就转变立场了?"

"我转变什么立场? 你说说，你、我、周兴，咱们三个人有不同立场吗? 没有。立场只有一个，那就是让白条湖是它应该是的模样，让它能够造福生活在这片湖区的人。在这个立场下，将来白条湖一应的决定权都交给周兴，由他来拍板，这是结果。有立场有结果，不就行了? 你还非纠结文件由谁来保管不可，是不是太教条了?!"

周兴心里回荡着感动的波澜，不是为了父亲刚才那一声让他现在想起来还起鸡皮疙瘩的"儿子"，而是为父亲叫了之后笨拙的掩饰，更是为这老哥俩的心思与情谊:"爸，孟叔，你俩就别一唱一和了。我明白你们的苦心，谢谢你们对我的体贴，我也就不多说了。我答应你们，今后白条湖的事我来操心，需要和你们商量，请你们出主意，我会找你们。合同和文件还是放我爸这儿，需要用的时候，我管你要。你们看，这样行吗?"

"行行，我看这样挺好。"老孟冲老周挤挤眼。

"挺好你还不赶紧走? 还等着请你喝酒呢?!"老周呵斥道，呵斥完自己先笑了起来。

"好你个老周，磨还没卸就开始杀驴!"老孟也笑，"周兴，咱们走，让这个老顽固留下来自己反省。"

两人出了门，来到码头，上了快艇。快艇开动，老孟却不急着回家，他拍了拍周兴的肩膀，说先去一下犀牛角。

犀牛角是白条湖里的一座小岛，从这个名字就可以想见它的形状和大小。周兴知道犀牛角的位置，也远远地经过几次，望见它像水中冒出的一根犀牛角那样尖尖的常年葱茏的模样，不过他从没有靠得很近地看过，更没有停下船上去过。等真的到了面前，周兴发现犀牛角比他想象的还要小，绕一周估计也就四五十米。但它还是呈明显的山的样子，有十来米的垂直高度，一面是岩石，其余则完全被植被覆盖，哪儿都看不到路。

"你跟着我，小心脚下。"等周兴系好快艇，老孟回身叮嘱道，这让他有点哭笑不得。不过看老孟矫健的身手，再看他对地形的熟悉，尤其是想到自己在后面，万一老孟有个闪失，更方便照应，周兴也就没有去争先抢行了。

老孟果然熟悉这地方。他抓住岩石上翘起或凹陷的地方，有时候也借用岩石上的藤蔓或者灌木丛，手脚并用，小心翼翼地往上攀爬。岩石并不算陡峭，六十度左右的斜坡，不过有些地方比较光滑，不好下脚。但爬着爬着，周兴发现一些人为的痕迹，比如某个地方的藤蔓被绾成一个结，某一丛灌木被人用绳子捆成一团，最明显的，则是在一段前后都没有天然的东西可以抓手，但必须借力才过得去的岩石上，有两个用钎子、凿子留下的深坑，坑凿得很粗糙，乍一看甚至让人以为是被哪里掉下来的尖石砸出来的，但它们也凿得很巧妙，足够一个有技巧的人一只手抠着一个坑，把身体贴着岩石往上移动。

跟着老孟爬到顶时，周兴已经有些喘。他四周打量一圈，山顶或者说犀牛角尖上并没有什么特别的，就是一块可以站几个人的石头斜坡，斜坡周边都是各种树、灌木、杂草，密密匝匝围过来，根本看不到其中有路。但也看得出来，有人偶尔会来这里收拾，因为这些植物和斜坡的边缘有个隐约的界限，只要植物跨过界限，伸过来的部分就会被砍掉、清理掉。只有两棵矮树突破界限、得到允许，长到了斜坡这面，也可以说，这两棵矮树才是斜坡的主人，那个界限也正是为了保护它们才存在。

就是它们让大家心甘情愿攀爬岩石，上到犀牛角？周兴细细打量这两株一人多高，极其茂密的枝叶铺展开来像两丛灌木的树。每一棵树的每一根枝条都自由舒展，逐层吐出一团团长椭圆形的叶子，叶子也绿得非常厚实，似乎轻轻一拧就能拧出绿色的汁液。在每一层叶子的顶端，还能看到嫩绿的甚至带着浅黄的、尚未完全展开的叶芽。不过大多数叶芽都已经被掐走，只剩下一个空空的枝头，或者干脆从枝头上抽出别的尚未成形的细枝。

看到掐走叶芽所留下的痕迹，周兴明白了这是两株什么树。

"孟叔，我爸也跟着你来这里采过茶吗？"周兴问一直站在旁边，一会儿看看两株茶树，一会儿看看自己的老孟。

"没有，你爸不好这个。我会给他带一点，他除了说声'香'外，没什么反应。再说，你爸那高血压，他想来爬这段路，我也不同意啊。"老孟说着，情不自禁俯过身，使劲闻了闻一根枝条上的叶子，然后揪下来一片老叶，放进嘴里嚼了起来，"这两棵树还是我小时候躲避风浪，到了这犀牛角上发现的。茶是真好，也真少，两棵树一年能摘下来的最好茶叶，炒好了也就九两到一斤一两之间。究竟是多少，就要看气候，看茶树的心情喽。"

"只有你到这儿来吗？"

"当然不是，我发现的时候，就有人先发现了。开始是两个人，然后是三个人，最多的时候有五个人，现在是稳定的四个人。"老孟嘴角浮出了有点神秘的温暖笑容，"其实大家并没有见过面，就像是有感应似的，人数变化了就都能从茶树上的些微痕迹知道，于是就相应地采自己那份茶。来采茶的日子，也都能自动错开，分作几天的早晨过来。只有一次，我来的时候碰见一个人走，我们在岩石下抽了一支烟，没有说一句话，他戴着斗笠，我看不见他的脸，他也不往我这边看。"

老孟说的这些话比犀牛角这儿有这样一个所在更让周兴惊讶，他没有想到，就在自己身边，还有这么传奇般的事情在日常发生着，而且几十年如一日。不过再一想，哪儿没有传奇呢？别的不说，光是他爸和老孟这几十年的交往，光是两个老头坐在一起，可以就着一碟花生米喝完一瓶酒，整个过程一句话不说，就够传奇的了。

"周兴——"老孟忽然喊了这么一声，周兴止住了遐想，看着他。老孟吐出嘴里嚼碎了的茶树叶子，抬手朝着湖面一比画："这片湖你打算怎么办？你爸说得轻松，那个决定可不容易做出。他对你的信任已经超越了一般的父子之情，是完全的托付，也正因为如此，他始终放不下心来，生怕自己害了你。超级现实公司这样的庞然大物，行事固然会遵守一定的章程，也有它的忌惮，但是它们有实现自己意图的意志，在这种意志主导下，可能使用的种种手段，绝对不要低估。"

这几天的经历，包括唐山的出现和他说的话，都让周兴感到了超级现实公司愈发逼近的身影，可他确实还没有清晰的应对策略，和小邱做的测试也仍旧是从白条湖和老周的角度出发，但如果对方不按常规来呢？

"孟叔，我还没有确切的打算。以前我一直觉得，合同在手，只要我们自己经受得住诱惑，不主动出让，就没有任何人能够夺走白条湖。现在看，光有合同未必保险。"

"当然不保险。"老孟毫不迟疑地断言，他露出了狡黠的也可以说顽皮的笑，"保全自己的最好办法，是主动出击。"

"主动出击？"周兴一头雾水。

"像白条湖这样的情况，这样的地方，不光是咱们一家吧？"老孟说。

周兴有点明白老孟的意思了，他一下子兴奋起来："对对，不止咱们一家。"

"那就是了。他们肯定也受到超级现实公司的压力，逼迫他们出让那个、那个，现实权益，反正就是让他们手里的地方看起来不再是、不仅仅是原来的样子。具体的我不懂，但我想，你们联合起来，肯定比单独应对更好。另外，你们也要多研究研究超级现实公司，弄清楚它们着急拿下白条湖这些地方的原因，是纯粹为了扩大经营，多赚钱，还是有其他方面的压力。一句话，你们自己先要联合起来，还要和对方接触，既寻找不硬性对抗的可能，也寻找釜底抽薪、长久解决问题的机会。"

周兴吃了一惊，他想到了老孟总结的前半句，却没想到还有后半句。"孟叔，你简直就是个战略家啊。"

老孟被逗乐了："我算什么战略家啊，这些都不过是从以前的工作中照猫画虎，学来的一点皮毛。不过，周兴，你知道我为什么要带你来这儿吗？"

"面授机宜。"周兴甩出个成语，嘿嘿一乐，"你肯定不想让我爸听见了担心。"

"也对也不对——"老孟也嘿嘿一乐，卖了个小关子，乐完了面色一正，"我确实不想让你爸再担心，但这几句话在哪儿不能说啊。我带你来这儿，咱爷儿俩爬这一段，和你爸叫你陪我们一起钓鱼是一个道理。你看看这湖，这几百里水面——"

老孟右手指着脚下的白条湖，开阔水面上，有不少人驾着船在活动，"有很多人在这里生活，有的人的生活你看得见，有的人的生活你看不见，甚至也想象不出。但是这些人、这些生活是实实在在的，就像我每次往茶杯里放好茶叶，倒水进去，看着茶叶在水中一点点恢复叶子的模样，鼻子闻到一缕缕茶香一样地实实在在。所以，将来不管任何时候，不管你面临什么样的压力，需要做出决定的时候，你想想这个决定关联着这么多人的生活，就能更加慎重。"

配合老孟的话似的，离犀牛角不远处的一艘船上，船尾的人一扬手，一张渔网抛进了水里，渔网落入的水面泛起一层异于周边的波纹。老孟垂下右手，久久凝视着那片波纹的变化，然后转过来看着周兴。

"这是对白条湖而言。对你来说，我希望在任何时候，不管是否和那家公司还有白条湖有关，你都记住那条鱼脱离水面时，你的开心，刚刚陪我爬犀牛角时的紧张，还有爬上来之后的舒畅。现实总在变化，但这些感觉和它们产生的时刻，对我们每个人来说都是独一无二的，无法磨灭，也正是这些时刻决定了我们是什么样的人。记住这些时刻，不管现实怎么变化，我们才不会丧失现实感。不是吗?"

5

安葬了妈妈，唐山没有立即回公司，他住了下来。每天，他一大早就出门，踩着露水，在附近的山上、河边、田间、地头溜达，和碰见的每个人乃至每个活物都说会儿闲话，只要有什么吸引了他，就毫不吝惜时间地看着、听着，或者搭上一把手。不过，每到黄昏，唐山就回到父母的墓地，陪着他们看太阳落到西山后面，然后天光逐渐消失，黑暗陡然升起。

这天下午，唐山在墓地陪着父亲抽烟。他的烟已抽完，父亲墓碑上的烟也快燃尽时，一辆黑色小车出现在国道上，向这边开来。开到土路尽头，小车停下，下来一男一女。女的一身职业装，捧着一束花，唐山不认识，男的西装革履，是孙燕来。

"唐山，节哀顺变!"孙燕来说着，到唐山父母的墓前鞠躬行礼。他指了指放下花束、正在鞠躬的女人，介绍道:"这是第九分公司的柳婧总经理。"

唐山和柳婧点头致意，他看着孙燕来，没了超现实眼镜，时隔多年，他又见到了这张脸的本来样子，又熟悉又陌生。

柳婧咳嗽了一声，打破了沉默："唐顾问，孙总是到邻省出差，特意过来看望你的。"她见唐山没有表示，孙燕来也摆摆手，便转换了话题，"伯母去世，我们深感悲伤。这要怪我们工作没做好，不知道这是你的家乡，更不知道伯母还留在这边，身体也不太好，没有尽到照顾的责任。"

"柳总，不说这些。唐山妈妈已经辞世，你们事先也确实不知道，再说，这也不在你们工作范围内，唐山不会责怪你们。唐山，我这次过来，是看你也是感谢你。柳总说，你出差的任务完成得特别好，不容易，尤其是忍着丧失亲人的悲恸——"孙燕来停住了，他看着唐山脸上表露无遗的困惑。

"嗯，唐顾问，是这样——"柳婧赶忙接过话头，"分公司一直在想办法，把白条湖纳入我们的现实版图，但是周家父子始终不配合。他们的承包合同让我们正面可操作的空间很小，但是根据调查，周家父子，准确地说是周兴，在从事一些有损公司利益的自然也是违法的活动，可是周兴很狡猾，我们抓不住直接的有力的证据，又不想贸然惊动警方。孙总知道我们的难处，知人善任，派你过来。你到这里的第三天，我们发现你的超现实眼镜被取下，再追溯行程，查到你并没有走正规流程，只在到的当天下午和晚上去了两次白条湖。因此，我们推断，你是在白条湖取下的眼镜。你别误会，我们并没有监视你，只是特别留意和白条湖有关的一切。"

柳婧看着唐山由红变白、愤怒不断积攒的脸，又看看孙燕来，正要硬着头皮继续往下说，孙燕来止住了她："柳总，请让我们单独聊两句。"

"好的，孙总。"柳婧连忙答应，她往旁边走了走，再看了看离唐山他们的距离，索性直接退回到停车的地方，拉开车门，坐了进去。

"唐山，你别往心里去，我相信柳婧的说法，他们没必要监视你。不管具体情况有无偏差，有多大偏差，她的结论是没问题的。你是在周兴那儿摘下的眼镜，对吗？也许，你还看到了更多对我们有利的东西。公司不想和老周对簿公堂，毕竟我们的目的是拿下白条湖。但是，我们必须在和老周谈判的时候，占据主动，而如今，这个主动权，至少是主动权的线索，在你手里。如果能就此解决白条湖的问题，这将是你履历上的重要一笔，甚至可以让你越过外派阶段，直接升迁。这样一来，你找到周兴他们取下眼镜就可以视作公司的安排，丝毫不会成为你职业生涯的阻碍。"

孙燕来说完，直视了唐山一会儿，然后转过脸去，看着唐山父母的墓碑。

"孙总，谢谢。对您也没什么好隐瞒的，我是没有通过正规渠道，就取下了超现实眼镜。这段时间，老家人对我很好，完全向我敞开了现实，因此我可以凭自己的双眼，来看周围的一切，尽管比起公司调适过的现实，我的所见所闻所触所感更加粗糙、生硬，但是它们更让我信任。再回想在白条湖所见的完全原始的现实，想起我要见妈妈最后一面的不易，我对公司是否要覆盖一切，是否应该把每个人都纳入公司的现实体系，有疑虑。进而，一些以前从没想过的问题，比如说什么是现实、什么是真实、现实是不是离真实越近越好……也出现在脑子里。可能就算想破头，我也得不到满意的答案，但它们真真切切困扰着我。我明白，私自取下眼镜，违背了公司的员工准则，我接受公司将要给予的处罚。此外，不管处罚是什么，类似白条湖这样的现实孤岛该如何处理，我作为现实顾问，此次出差受到了哪些触动、产生了什么疑问，都会形成一份报告，提交给您和公司。不过，目前对我来说，有更重要的事，那就是陪着我爸和我妈妈。我以前陪他们的时间太少了，这一次，我想陪着他们，过完妈妈的七七，再回公司。至于眼镜是否在白条湖取下，在那里我又见到了什么，如果必须说明，我只能说，我做了一个漫长的梦，在梦中的夜里去了趟白条湖，得到了一个可能是周兴的年轻人的帮助，因此看到了我应该看到的妈妈的模样。可是，对于一个梦来说，谁能够判断它的真假呢？在什么情况下，梦可以作为证据呢？"

唐山说到这里，停下来，他看着孙燕来。孙燕来仍旧望着他父母的墓碑，没有说话。唐山掏出烟来，递给孙燕来一支。孙燕来好一会儿才回过神来接过烟，唐山给他点上时，他的手指仍旧没有忘记轻叩唐山的手背。

两个人站在那里，一言不发地抽着烟，他们抽完的时候，一阵微风吹过，把唐山父亲墓碑上的烟头也吹落在地。

孙燕来叹了口气，走过来拍了拍唐山的肩膀："我明白了。这样吧，其他都不管，你留下来陪着父母，过完七七。回来后，补个假，同时提交一份完整的报告给我，一切都等拿到报告再说。"

说完，孙燕来向那辆黑色小车走去。走着走着，他和车还有车里的柳婧，都变成了雾状，对唐山不再清晰可见。

《十月》2018年第3期

另一种现实正在到来

——评《现实顾问》

谢有顺

李宏伟的《现实顾问》，讲述了一个发生在未来的故事：超现实眼镜可以提供重塑现实的能力，将自己希望呈现的一面展示给人。人们通过购买超现实公司的产品，既可选择将自己的"原装现实"遮蔽，也可包装之后向特定的人敞开。随着科技的高速发展，作家虚构的这一图景也许即将实现。

《国王与抒情诗》之后，这部《现实顾问》也是创造了一个高科技的未来图景，但科幻的皮相下，关注的却是我们当下身处的"现实"。技术再发达，还是有如唐山这样的"现实顾问"，一面为顾客提供虚拟现实服务，一面又不得不面对多年前一场火灾带来的与母亲的情感隔阂。

作家想讨论的还是作为普通人的我们如何表达爱，如何处理与亲人之间的感情羁绊的故事。小说中提到拒绝加入超现实公司版图的现实孤岛白条湖，虚拟现实产生的幻觉与错位，双胞胎姐妹因为共用虚拟现实而丧失了主体性等细节，无一不带有强烈的现实隐喻性。《现实顾问》延续了李宏伟之前一贯的写作思路，并且深化了这一主题：科幻下的现实隐喻。

这部小说的寓言性质大于科幻性质。作家在这部小说中处理的，还是现实生活中的种种问题。李宏伟自述："我认为自己的写作关乎现实，甚至只关乎现实。现实刺激我、召唤我，我必须回应它、廓清它。"小说中看似冰冷的信息数字下，藏着作家对人类科技文明发展的理性思索。技术改变了人类的生存状态，带来了人的异化。那么，人类面对科技是选择积极接受还是消极抵抗呢？小说中没有绝对的善或者绝对的恶，在白条湖过了几十年"原始"生活的老周，也开始反思，自己拒绝超现实公司的选择，是不是"违逆了时代潮流"？而老周的儿子周兴，更是在寻找一种两全的解决方案，既不破坏白条湖本身的现实景观，又不被时代孤立；另一方面，作为对立面的超现实公司的员工唐山，通过母亲的去世，也开始反思这种遮蔽了原始现实的虚拟现实，是不是能代表生活的全部？是不是能拥有真正的现实感？作家虽然没有给出标准答案，但小说中大段大段对白条湖自然景色的抒情性描写，多少可以窥见作家的情感趋向："东方一抹浅白，天上还隐约可见残月与可数的几颗明亮的星，湖水拍打湖岸的声音仍旧濡湿、克制，带着催眠的节奏。""每一次，他都会惊讶水面如此寥廓，感慨水波永不停止地进退、跳荡。""……看得到稀稀拉拉的船帆，看得到在船头、船尾撒网或垂钓的影影绰绰的身影，听得到或远或近传来的清亮的渔歌。"……

《国王与抒情诗》里国王黎普雷的野心在于消灭语言，从而抹灭人的差异性，达到一种巴别塔状态，而《现实顾问》中的超现实公司，致力于将所有区域纳入自己的商业帝国版图，使"一切皆是现实"。当人类的差异性被抹灭，进而生活现实由虚拟现实替代之后，人作为人的主体性便丧失殆尽。这二者之间的奇妙互文，可以看出作家通过描写科幻来批判和反思现实的决心。

回到小说中，现代人使用的各种交流软件不正似一种"虚拟现实"？在微信朋友圈里展示的一张张精心修图的照片，不正似给周围人展示自己虚拟的形象？作家敏锐地观察到了这种现实，并且表达了自己的担忧。正如小说主人公唐山取下超现实眼镜后说的那番话："我可以凭自己的双眼，来看周围的一切，尽管比起公司调适过的现实，我的所见所闻所触所感更加粗糙、生硬，但是它们更让我信任。"什么是真实？什么是现实感？现实是不是离真实越近越好？这是作家在小说中抛出的问题。但他同时也告诉我们，选择以何种方式呈现现实，就是选择以何种方式介入未来。

《现实顾问》里，唐山最终选择取下超现实眼镜，因为只有这样，他才能看到母亲生前的真实面容。他的记忆真实性，借助母亲残缺的身体得到了确认。在技术大爆炸的未来，人类的精神与记忆何去何从？作家用他的敏锐和锋利，为我们创造出了一种充满象征和隐喻的科技现实图景。

罂粟，或者加州罂粟

二湘

1

那个早春的夜晚似乎比平日的夜都要浓稠，空气里回旋着一种罂粟般的令人眩晕的气息。鬼使神差的，我打开了领英邮箱——我极少看那个邮箱。我看到了很久以前的一个同事雅各布的来信。我们在领英里连着，但是之前从未联系过。雅各布的信和工作无关，而是有关大卫。

"大卫?!"我吃惊极了。我的眼前似乎出现了一大片一大片的罂粟田野。粉红色的一片片云蒸霞蔚地开在田野里，一直延展到阳光斑驳的山坡上。

我第一次看到罂粟田是在喀布尔。两年前，作为联合国人口基金组织的雇员，我曾在喀布尔工作过一年。在那之前的2008年，我在硅谷创业。2008，那是个令人唏嘘的年头，不管是我个人，还是整个世界的金融和经济都似乎遭受了一场劫难。我准备换个环境，几经周折，去了喀布尔。我清晰地记得第一次进入喀布尔的联合国大院，警卫森严，一共需要过四道岗哨。我注视着眼前这个四四方方的大院。它如一座小小的城池，静默地横亘在我的眼前。我满心惶恐，不知道在这个陌生的国度会度过怎样的一年，不知道命运在此布下了怎样的迷局。

我到达喀布尔没多久就碰上了阿富汗第二次选举。大选之前的气氛紧张至极。我住处的保安增加了好几位，我上班的时候看到大街上也增加了很多持枪的士兵和岗哨。这是阿富汗第二次总统大选，五年前2004年的大选算是成功，卡尔扎伊获得百分之五十五的选票当选阿富汗第一届民主政府的总统，这对塔利班无疑是一个不小的打击。这一次选举，塔利班放出话来，凡是参与大选有关的人，不管是哪个国家的人，格杀勿论。

就在大选一个星期前，我的住处遭到恐怖分子袭击。我的一个美国同事也非常不幸地在那场袭击中牺牲。

然而大选终于还是如期举行了，喀布尔的情势还是紧张。我每天坐加了防弹外壳的路巡"沙漠王子"出入，安检查得更严了，出入联合国大院除了四道岗哨，还加了警犬。选举完的第二天，我突然接到我的上司的一个电话，说是临时要找一个人押送巴米扬的选票到喀布尔，问我能不能去。我早听说巴米扬被炸掉的大佛，心想也许有机会去看看，就答应了。

一辆全副武装的军用卡车一个小时后到达联合国大院。我带好了证件，就跟着几个美国士兵上了车。扛枪的美国士兵查看了我的证件，把我带到附近的一个空军基地。这个空军基地附近有一大片的罂粟田。喀布尔的绿色植被很少，很多地方是裸露的黄土，那田野上却长了大片大片的罂粟。粉红色的单瓣花朵，细细的长长的花茎，像是美人长长的脖颈，不胜娇弱地支撑着那张美丽的脸。而一朵朵罂粟凑在一起就成了一片片粉色的云烟，迷离氤氲。

我上了运输飞机，飞机不大，是C17型号，前面是飞行员、副飞行员的座位，中间是放货物的地方，后面是两排相对靠窗的座位，大概能坐十来个人。我坐下没多久，就上来了两个荷枪实弹的士兵，其中一张亚裔面孔的士兵，一张熟悉的面孔，我的心猛地一跳。我朝那个亚裔士兵拘谨地一笑。士兵很严肃，只是朝我点了一下头，算是打了招呼。

飞机的螺旋桨转动的声音很大，在轰隆隆的一片声响中，飞机升到了空中，向着巴米扬的方向飞去。远处高高的群山手挽着手，连成海，近处是灰黑，远处是深黑，层层叠叠。在高山的脚下，是一群少年，一排排站在那儿，向着大山的方面。他们看到了飞机，开始跳跃，像是和飞机上的我们招手，像是想要逾越那高山之巅。飞机越飞越高，少年们渐渐成了一个个黑点，那高山也渐渐变得低矮，成了灰色的一片波涛。

我回过头看到对面那个亚裔士兵挺直的鼻梁，忍不住开口说，你是从加州来的？士兵警觉地看着我，略略点头。

"北加州？"我又问了一句。

他摇头，不再说话。

我觉得他实在太像我以前的一个同事雅各布了。我离开那家公司五年了，如果真的是雅各布，不至于这么快就把我给忘了吧。又一想，雅各布一个做高科技的，怎么可能突然就来当兵了呢。我把脸转向飞机的窗户，不再看那个士兵。飞机下面变成了苍茫的小土丘，偶尔还有一两条小溪和绿色的村落。马上就要到巴米扬了，远远地我看到了山，土褐色的山，而山上密匝匝地像是陕北的窑洞一般开了好些洞。这就是著名的巴米扬的佛洞了，可叹塔利班在几年前把洞里的佛像都炸掉了，千年的古丝绸之路传承的文化历史也在现代战争中辗转成尘，再无踪迹可寻，也再无悲伤欢喜可言。

飞机到了巴米扬，已经有一些荷枪实弹的士兵守卫在几个小型集装箱一样的箱子旁边。我们把装满了选票的箱子放进飞机里，装好后，飞机就往喀布尔飞，到了喀布尔空军基地，又马上装到由军警护卫的卡车上，一路护送到阿富汗选举委员会办公室。

来来回回飞了两趟了，还有最后一趟就要收工了。我觉得疲惫不堪，坐在飞机上都要睡着了。第三趟终于飞完了。所有的选票送到了，我也要回去了，就往空军基地门口那辆军用卡车走去。不远处的罂粟在风中细微地颤动，颤成了一个模糊不清带着晕影的背景。我看见那粉白的背景里走来了一个穿着蓝色波卡的女人，安静又诡异地朝我走来。女人全身被蓝色波卡包裹着，连眼睛都藏在网状波卡之后，看不真切，只看到一团幽黑，散发出一股令人悚然的寒意和戾气。那是一双来自地狱的眼睛，我感到了一阵从未有过的恐惧。

"小心！"我还没有来得及消化内心的恐惧，就听到了一声叫喊，接着，我被扑倒在地，我的身后一阵巨响，伴随着乌黑的浓烟，我顿觉额头上一阵热流汩汩而下。我下意识地摸了一把，黏糊糊的，我的手掌成了鲜红一片，我心底的恐惧几乎要把我击倒，我昏了过去。

我醒来时，发现自己脑袋上缠着一圈白纱布，躺在了一个陌生的病床上，周围都是白的，梨花一般的白。我旁边躺着那个亚裔士兵。这里是美军空军医院，就在空军基地里面，距离我被炸的地方很近。

那双恶毒的眼睛来自一个自杀袭击者，她身上带着炸药，她在靠近我的时候引爆了身上的炸弹。是那个亚裔士兵把我推开，救了我。而那个亚裔士兵现在就躺在我的近旁。他还在睡着，他的胸部被炸弹的碎片击中，好在不是要害部位。

我躺在那儿，手触碰到头上的纱布，觉到了一阵阵恐惧，这恐惧冷如黑冰，让我全身发凉。这是我没有想到的。那时候，我听说这个到阿富汗工作的机会，几乎是毫不犹豫地报了名。我觉得无论如何，总比我那时的情境好。我那时痛不欲生，生不如死。阿富汗，那个遥远的国度似乎成了一个可以逃逸的地方。如果注定会死在那儿，那就死在那儿吧。但是，真正面临着生和死的时候，我却是畏惧的。我发现自己是留恋着生的，我为自己的懦弱感到一丝羞耻。死其实是需要勇气的，我以为我有向死而生的勇气，但是临到死的悬崖，我才发现我没有，我有决心靠近死，却并没有跳进死亡之谷的勇气。

旁边的那位亚裔士兵终于醒过来了。他脸色有些白，气色倒还好。

"谢谢你！"我诚恳地说。

"不必了。我也是条件反射似的冲上去。"他脸上并没有多少表情，"还好没有把自己的命搭上。"

护士进来给那个亚裔士兵换生理盐水。

"出生日期？姓名？"她按常规问他。

"1972 年 10 月 4 号，大卫·阮（David Nguyen）。"他机械地回答。这个问题是在医院被问得最多的问题。

"大卫·阮？"我重复着这句话，"你是说你姓阮？你是越南人？"

"是啊。"

"那你认识雅各布·阮（Jacob Nguyen）吗？"我忍不住问，他和雅各布实在太像了。

"雅各布·阮？我哥哥倒是叫这个名字，但是阮是个很普通的越南姓。"

"雅各布·阮，他在硅谷的平米科公司做过工程师。"

"对，那是他！他比我早半个小时出生。"

我笑了，怪不得那么像，原来是孪生兄弟。

"雅各布是我以前的同事，他那时曾说起他和父亲在马来西亚的难民营待了一年，我想当然地以为他没有兄弟姐妹。"我那时还是个工程师，公司里的亚裔员工中午常聚在一起吃饭。

"我们并没有同时在那个难民营里。"大卫眯起了眼。

"噢?"我心里好奇起来，"为什么没有同时在?"

大卫沉吟了良久，开了口，他的陈述缓慢，稍带着点滞涩。

大卫其实是第二代越南华裔，他有一个中文名字叫阮华勇，哥哥雅各布叫阮华良。

2

上个世纪70年代末的越南西贡，空气里弥漫着亚热带特有的潮湿和黏腻，湄公河两岸是大片齐整整的水椰林，阳光被水椰树的羽状叶子切割成碎金，斑驳地洒在幽绿的水面上。河岸狭窄的马路旁是尖而瘦的房子，不时能见到亚热带常见的根系盘错的大榕树，绿色的叶子连成一片，如巨大的华盖，被湿热的雾气浸润得青翠万千。而在那层层积翠之间点染着团团簇簇火红的凤凰花。

少年华勇在街头刚打了一架，他听到那群孩子叫他华人猪，就忍不住动了拳头。他的父亲阮凯明曾经是南越政府间谍机关的一个职员。南越兵败以后很多政府人员移民去了美国。阮凯明没有。

阮凯明的哥哥，也就是华勇的伯父是一个飞行员，美军撤退的时候从西贡坐直升机到附近的美军军用机场，再从那儿飞去了美国，他全家都去了，连他们七十多岁的老母亲也跟着去了。阮凯明没有去，他恋家，以为自己那些隐秘的间谍工作无人知晓，即便北越政府接手，他应该还能过下去。他很快意识到自己错了。他的身份不知什么时候泄露了。邻居开始慢慢地疏远他们一家，并变得很不友好。他供职的地方的老板也对他非常不客气，总是为难他。

不仅是他，两个双胞胎儿子在学校也总是受欺负。老大弱，不敢还手，总是被同学拎出来捉弄。老二脾气拧，经常和欺负哥哥的人干起来，回来总是这里破了皮，那里多了一条血印子。有一次，他家的大门被人涂黑，上面画了一个骷髅头。他们一家人成了一叶孤舟。他开始恐惧，现在不仅仅是不被善待，安全也成了问题。到了1979年，南越的经济已经越来越糟糕，很多人失业。1979年中越战争爆发后，大规模的排华行动开始了，很多华裔被没收了财产。与此同时，原先南越政府的很多职员处境越来越糟，很多被送进了改造营。阮凯明既是华裔又是南越间谍的身份让他们一家举步维艰。

他们开始策划偷渡移民的方案，决定父子三个先偷渡到马来西亚，然后从那里申请战争难民签证去美国。之所以不能一家四口都去是因为偷渡风险太大，只要一被发现遣送回来就会关进监狱，必须要有一个人在监狱外面接应，拿钱去打点那些监狱里的狱卒，不然有可能一直被关在监狱里。

他们策划了很多次偷渡都失败了。一开始总是上当受骗，给了蛇头高额定金，到了集合的地方才发现没一个人。后来慢慢总算找着了一些靠谱的蛇头。但是偷渡并不顺利。有一次是天气太恶劣，遇到暴风雨，他们的船只走了一半，迷失方向，绕来绕去，又回到了西贡。幸而这次他们上岸的时候岸上没有巡逻队。还有一次是船只中途被发现，他们被押送回到越南，进了监狱。好在他母亲在外面，拿钱去打点。父子三个四个月后从监狱里被放了出来。

"我刚从监狱出来那阵头发是被剃光的，青脑壳一个，那帮人一看就知道我是从监狱里出来的，骂我罪犯分子。我一生气又和他们大干了一架。"阮华勇说到这儿笑了，脸色还是那么苍白。

"你行吗？"我问，我担心他身体吃不消。

"还行。"他喝了口水，"一下子想起好多事情了。"他放下水杯继续说，"相信吗？我们一共试了二十次。我的父亲是个极有韧劲的人。他决定要做到的事，最后一定要做到。"

偷渡的蛇头每一个偷渡客要收十两黄金。尝试了很多次偷渡之后，他们已经是一贫如洗。那一次，家里勉强凑出的金条只够一个人走。他的父亲看着他和哥哥华良："你们两个可以走一个。谁走？"两个人都互相注视着，注视着和自己如此相似的一张脸，什么都没说，似乎这个抉择如此重大，重大到他们从此会走上两条完全不同的道路，重大到他们不敢做出选择。最后，他的父亲指着华勇："你吧，你皮实些。"华勇默默点头。偷渡的船只严重超载，他的父母亲硬是把只有十二岁的他推到了船上，要他到了马来西亚的难民营再申请去美国。"你先去，我们随后来。"他的父亲说，他的母亲眼里都是泪，什么都没有说。"她一直在哭，哥哥也在哭。"他说。

"他们怎么放得下心？"我问，眼睛有些湿。

"没有办法的办法，能出去一个是一个。要是待在越南就一点希望都没有了。"他说，眼神有些空洞，陷入了对往事的回忆。

船是夜半从西贡远郊一个偏僻的渔村启程的，是那种能坐一百多号人的机动船。船没开出多久就被越南政府边防军发现了，他们的快艇在后面追。偷渡的船只为了加快速度，把很多东西扔到了海里，食品、饮用水，还有汽油。

偷渡的船终于逃离了快艇，开出了越南内海。船开到马六甲海峡的时候，船上的水手开始不安，这一带，因为处在马来西亚、印尼和新加坡三国的水域交界，国际安全合作差，又有很多暗礁无人岛屿给海盗栖身，所以常有海盗出没。快到黄昏的时候，太阳即将落入海平面了。华勇站在甲板上眺望着红得如樱桃一般的落日，远处的海水是蓝绿色的，热带海洋的蓝绿色，水波不兴的蓝绿色，而近处，落日照耀着的水面，像是在翡翠绿上镀了一层薄金，美得诡异又惊心。

"赶紧进到船舱里去！"一个水手对他吼着，"海盗来了！"

阮华勇看到船尾五百米的地方一个快艇正全速追赶着他们。他赶紧往船舱里跑。他看到旁边一个四十多岁的母亲带着一个十多岁的女儿赶紧用煤灰往脸上擦，然后换上男人们穿的衬衣。华勇身子一阵阵发抖，坐在母女俩旁边一动不敢动。

他们的船只马上加速，可是他们的汽油不足，怎么也开不快。不到半个小时，就被海盗们追了上来。海盗们训练有素地架上软梯，上了他们的船，一伙人都蒙着黑头罩，只露出一双眼睛。他们好几个人手里拿着半自动冲锋枪。他们先是冲到驾驶室，把罗盘砸烂，然后冲到船舱里，用英语和越南语各说了一遍："所有人，老老实实，把钱和值钱的东西交出来。不然就把命交出来！"

海盗们两人一组，一个持枪，一个拿着个粗布麻袋，挨个要船上的人把钱和珠宝首饰拿出来，扔到麻袋里。

"快，动作快！"他们一边端着枪，一边叫嚷着。

两个海盗走到华勇身边。

"钱，快点！"他们拿枪指着华勇。华勇忙从衣服口袋里拿出一些钱扔到麻袋里。

"就这么点？"高一点的海盗说。他个子高瘦，像根竹竿。他旁边那个矮胖，倒像根竹笋。

"我一个人，真的就这么多。"华勇刚说完，头上被竹笋的枪托重重地砸了一下。他头上一阵发麻，好在还没有出血。

"你？"竹竿指着他旁边的小姑娘。小姑娘什么也不敢说，只是看着她旁边的女人。女人赶紧从兜里掏出一叠钱，扔进去。

"女的吧。"竹竿一咧嘴，露出一口烂牙，手就朝女人的胸脯摸了过去。

"妈妈！"旁边的小姑娘叫了起来。

"这也是个女的。"竹竿笑得更响了，一把拉起小姑娘就要往外走。

"留下她。"女人冲了过来，"她还是个孩子！"竹竿还在拉扯着那个女孩。

"留下她，我给你摸！你摸，你摸！"女人不管不顾地冲了上去，抓起竹竿的手就往自己胸口摸。

整个船舱一下子就安静了下来。每个人都看着他们，一言不发地看着他们，眼睛里却喷出了怒火，那一束束愤怒在空气里拧成了一股气流，朝这边涌过来，竹竿有些怕了。女人一下子跪在竹竿面前，用越南话不停地哀求："留下她，留下她。"她的头重重地磕在地上，额头上磕出了血，一股股往下流。

一个婴儿的声音突然响了起来，声音并不大，却让情势更加令人不安，船舱里被一触即发的张力满满地填充着。

"算了，算了。"竹笋拉了一下竹竿。竹竿重重把女孩摔出去。女人衣衫不整地朝女孩爬了过去，她抱着惊恐万分的女孩哭了起来，女孩也在哭。旁边一个五十多岁的男人提醒她们不要哭了。两个人忙停止哭泣，只是抱在那儿抽泣。

阮华勇说到这儿，眼眶发红。我一定也是。

"真主安拉是我唯一的主。"没有由头的，我用普什图语说了一句，这句话是我的一个阿富汗同事教的，说是碰到恐怖分子说这句话能管点用。

海盗把整个船只洗劫一空后，上了快艇，很快就没了踪迹，只剩下一船人如遇了霜的白菜，全是蔫蔫的。

罗盘被砸烂了，船不能定位，船长只能凭经验往大马的方向开，可是大海苍茫，天和海一样黑，如何能找到方向？第二天天亮的时候，船长发现船只彻底迷失了方向，很快，汽油用尽了，船根本开不动了，只能在大海上漂泊，像是被遗弃在时间之外的一叶孤舟。

然而，更残酷的还在后面。几天前因为逃遁越南政府边防，扔掉了许多食物和水。再加上这几天在海上漂荡，食物和水已经严重不足，只能限食限水。

一天三次供水，每次只给每个人一个矿泉水瓶盖那么多水。华勇觉得嘴唇刚刚给润湿，水就没了。嗓子眼发干发涩，像是一直在冒烟。

情况越来越糟，有人开始喝自己的尿。海盗抢劫后的第五个黑夜，华勇被一阵凄厉的哭声吵醒。

"我的孩子，我的孩子！"是一个母亲的声音，她的十个月的婴儿断气了。她的哭声如此凄厉，船舱里每一个人都给吵醒了。有人小声地安慰着这个可怜的母亲，但是她根本什么都听不进去，一直在哭，直到她嗓子哭哑，瘫软在地上，昏昏然躺在地上再也哭不动了。天亮的时候，华勇再一次听到这个母亲的哭声，不，不能叫哭，而是低沉的号叫，那不像是从人的嗓子里发出的声音，更像是从某种动物嘴里发出的低嚎——这个可怜的婴儿的尸体不见了，有人趁母亲昏迷的时候把那个婴儿偷走了。

"为什么？"我眼眶噙满了泪，听到这里还是不解。

华勇凄然一笑："你没有听说过吸血鬼吗？血里有水，水就是命。"

我全身一凉，愣在了那里。80年代初，我还是个小学生，在北方一个靠着海的城市住着，我并不快乐，但是我全然无法想到同一个时间，在地球的另一个海域，会有这样惨绝人寰的事情发生。

"不断地有人饿死，他们的尸体很快就不见了。"华勇眼睛是木的，他机械地说着这些。

"不要再说了！"我叫了起来。我的胃一阵阵发酸，几乎就要吐了出来。我原以为自己是世界上最不幸的一个人，经历了世界上最残忍的事情。我把手撑在额头上，像是突然感觉到额头上的伤痛了。

华勇不再说话，两个人又一次陷入了沉默，像海底的暗涌一样的沉默。

在四处苍茫的海上，时间似乎成了圆环，每日在海面上盘旋。到了第十天，海面上出现了一个黑点。人们麻木地注视着那个黑点，会是另一艘海盗船吗？这只船已经只有原来一半的人了，这些人早已被掳夺得一无所有。

是艘渔船。老天一定是再也不忍心看下去了。

船上的渔民们告诉他们其实离马来西亚也不远了。他们提供了食物、饮水和汽油，还带着难民船走了一段路。

"天使，他们是天使。"华勇说起来嗓音有些颤抖，这么多年过去了，他依然难以掩饰自己的激动，他反复地说着同一句话，"他们是上帝派来的天使。"

船终于在两天后抵达马来西亚的比东岛。比东岛是一个方圆不过一平方公里的小岛，岛上荒无人烟，距离马来半岛一百九十八公里。马来西亚政府就把这里开辟为一个难民营，并把它列为保安区，严禁外人踏足，难民们在此等待第三国家的收容。几乎每天都有难民抵达这个小岛。华勇成了这群后来被称作"越南船民"（Vietnamese boat people）的一员。

难民营周围砌着高墙，像联合国大院那样的高墙，只不过没有铁丝滚网。那时候，东盟五国对越战难民都实行了禁闭营政策，难民被禁闭在营内不能自由行动，更不准外出工作。他们能自由走动的就是那个小小的难民营大院。好在后来旁边又添加了一座简陋不堪的寺庙和教堂。

"多糟糕，没有自由。"我同情地说。

"能让我们上岸就算好的。"华勇眉头紧皱。就在他们的船只抵达前三个月，马来西亚政府向靠岸的一条难民船扫射，阻止难民上岸。死了很多人，海水都染红了，海面上漂满了尸体。许多年后在这里立了一些纪念碑，纪念那些遇难的船民。最显眼的雕像是一个父亲正努力拉住在海水里挣扎的女儿。自1975年到1995年，大约有两百万难民逃离越南，投奔怒海，寻找光明，寻找一块可以栖足之地。他们中很多被海盗、饥饿、疾病，或是海上的狂风巨浪阻截，永远地葬身于南海深处。大约有二十五万难民陆续抵达比东难民营，并在此居住过。

"你知道为什么南海的海鲜那么美味吗？"华勇嘴角露出一些悲谑的笑，"因为那里有一百多万的越南船民的尸骨喂养了它们。"

我张大了嘴。

"比起来，我们算是幸运的。"华勇神情很快就严肃起来。

难民们住的是一间间的平房。每一个平房里睡通铺睡着二十来号人。什么都要抢，吃饭尤其如此，稍微慢一点就没有吃的。夏天热得要死，蚊子特别毒，房子也没有空调，一屋子的溽热和臭气。这都还罢了，最难以忍受的是总是被人欺负，被人打骂，谁让他是孤身一人呢。别的孩子指使他干这个干那个。他那时刚到，只能忍着。很多个黑夜，他在潮湿的房间里听着海潮一波又一波冲击海岸的声音，无法入眠，他不知道这样的黑夜还要继续多久，但是他知道这里是抵达梦想的必经之路。

有一天中午，他太困了，就躺在床上打盹，突然被脚上传来的剧痛惊醒。他痛楚地尖叫着，再看脚指头都发红了。不知道是哪位在他的脚指头之间夹了一个棉花条，并且点燃了棉花条。

"谁干的？"他终于爆发了，声音里有一种暴风雨来临之前的冷静和威慑。

"我？怎么着？！"其中一个带头的眼睛有些鼓的男孩斜乜着眼，话没说完，右脸颊已经挨了一拳。

"谁也不准帮忙！"华勇大吼着，"谁帮忙我和谁拼命！"他一边喊着，一边和鼓眼睛扭成了一团。那次打架的结果是他的一个眼圈青了，鼓眼睛却掉了一颗门牙。他的青眼圈在一个月后好了，鼓眼睛的门牙却再也找不回来了。同时找不回来的是他的领头地位。阮华勇替代了他。他打架是不要命地打。不怕打死人，也不怕自己被打死。这样的人谁打得过？他胆子越来越大，经常偷偷地从墙上爬出去跑到难民营外头，从外面摘了橘子、椰子，又拿回难民营卖给别人。他混成了头，一样欺负新来的人。

"你们难民营出来的孩子都是这样吗？"我想起了他哥哥华良，有些执拗，会在电话里和产品经理争得面红耳赤，一点也不退让。

"嗯，肯定都有一些，我们这样的孩子从小就得学会狠。尤其我是孤身一人。不然早就死在难民营了。"华勇眼睛眯了起来，有一种暗色的物质从他眼里闪过，"我对谁都狠，除了玉燕。"

玉燕是个孤儿，她坐的船遇到了热带风暴，那船本来就破旧，又严重超员，在暴风雨中不堪风浪，终于是翻了，她的父母和妹妹都葬身大海，她被过路的一个油轮救起，油轮的人又把她扔在了另一艘难民船上。那条船上也是满员，看她孤身一人实在可怜，就收留了她。然而这条船后来也遇到了海盗，好在几经周折终于到了比东岛。

"她比我还可怜。"华勇说，"刚刚丧失了父母和妹妹，自己又……"他停住了嘴。

我没有追问玉燕的事情，我心里发酸发麻。这世上的苦难啊，竟如世上的盐一般多，一般咸。

两个孤苦的孩子走在了一起，他处处护着玉燕，不让她受欺负。他摘了新鲜果子给她，把好吃的菜留给她，把她的活派给别的人干。这一下她就招人嫉恨了，他也不管。

八个月后，他拿到了战争难民签证，他终于可以去美国了，他在美国的伯父是担保人。

离开比东的那天天气格外晴朗，层层鳞片状的浮云一直铺向天边。玉燕和一些难民被允许到码头给他们送行。玉燕一直在哭，他强忍着泪和她说了再见："我们到美国见啊。"他最后一次回望岛上高高的椰树林，回望破旧的难民营房，回望那座他曾跪拜过的寺庙，然后登上了离去的轮船。他看到玉燕跑到了一块岩石的顶上，向他挥手。轮船终于慢慢地离开了比东岛，他依稀还能听到难民营的喇叭在放着一首老歌"Remembering the sea"。是的，记住彼时的大海。海的颜色是变幻不定的，时而淡蓝，时而浅绿，是那种热带海洋特有的浅绿色，那个小小的热带海岛便在蓝绿变幻的光影中飘摇，如一颗绿宝石在水影中荡漾。船渐行渐远，过了许久许久，他依然能看见穿着白衣裳的玉燕站在高高的岩石上，不断地向着船只的方向挥手。

我的眼泪终于忍不住掉了下来："那么，后来，你在美国又见到她了吗？"

"见到了。"然而他眉头紧皱，他的脸部突然抽搐起来，他闭上了眼睛。我于是没敢问他们后来的故事。

再后来他的父母亲和哥哥几经周折也终于到了美国。

"我中学的时候写了一篇文章《通往奶奶家的路》(The Road to Grandma's House)。里面写了我那些年的经历，偷渡的船只上的故事，还有我在难民营的故事。老师很喜欢，让我站在全班同学面前念。我现在还记得最后一句：'我站在奶奶家的门前，我那多年前已经抵达美国的奶奶家的门前，我没有哭，我一点也哭不出来。我也没有笑，我居然也笑不出来。我站在奶奶的面前，像一棵刚从湄公河里长出来的水椰，大口大口地呼吸着自由的空气。'"

阮华勇说到这儿，终于笑了一下，自顾自地笑，似乎还是那个站在讲台前面向大家分享自己文章的少年。我看到了他脸上一丝难得的纯真。

我住了两天院就出院了。我在两天后回到医院，想看望一下阮华勇。那张床上却躺着另外一个头上都是绷带的人。病房里还是嘈杂拥挤，我站在那儿，那天和华勇的对话似乎还在房间里回响，还有那不时降临的沉默，海一样的沉默，我似乎看到了一条船，一条在汪洋中漂泊的船，天地混沌，风雨飘摇，那船在不停地向前，不停地摇晃，不停地挣扎。

我那以后在喀布尔再也没有碰到阮华勇。有一次，我看到几个穿蓝色波卡的女人如风一般在山坡上疾走，我想起了华勇，那个看起来神情严峻的越南华裔，他曾经救过我的命。若不是他……我没有想下去，我不太敢假设自己的命运。命运，又岂是可以假设的呢？

3

    现在，这个叫阮大卫，也叫阮华勇的人又一次出现在我的生活的轨迹上，我颇有些恍惚。华良在信里说华勇是去年从阿富汗退役回来的。这一年华勇的状态不太好。他没有工作，临时在华良家住过一段，晚上总是会做噩梦，经常在半夜里叫喊。他经常提起喀布尔，有时候又说起比东岛，华勇还说在喀布尔碰到过华良的同事，名字叫亨利的——亨利是我的英文名字。华良才知道我去阿富汗待了一年，他觉得我兴许能和华勇聊聊，或许能排解一下他的焦虑。

    我说好，我也是该见见他。我把自己那次护送选票出的状况简单和华良说了一下。

    华良说："他那次受到表彰了。他的墙上挂了好几个勋章呢。"

    我和华勇再一次相见已是二月。我们约在我公司附近的一家咖啡店见面。阳光很好，浅白的玉兰花已经开了，大朵大朵的，像一只只袖珍的鸽子，洁白灵动，在春风中轻摇，似乎顷刻就会飞离枝头。团团繁花之下，我看到一个有些佝偻的背影安静地坐在那儿。我朝那个背影走去，似乎我的到来通过某种导体先行到达了他的大脑，就在我走近他的那一刻，那个人在一片纯白的背景里转过身，稀疏的头发，高高的发际，正是华勇。

    "大卫！"我高声说。

    那个人看着我，迟疑了一阵，展开了一个加州阳光一样灿烂的笑容："亨利！"

    我们像多年不见的战友一样拥抱了对方。我们说起来才发现原来都住在硅谷，华勇住在圣何塞州立大学附近，离我上班的地方只有几个街区。

    "这么近，我们居然没有碰上，我去年从我哥哥家搬出来一直住在这附近。"华勇说。

    华勇回来后一直没有找到工作，现在他在圣何塞州立大学选了两门课。一门是计算机编程，一门是音乐。

"噢，你还选音乐课？"我颇有些意外。

"我喜欢音乐，反正退役军人的学费是可以报销的。"

"那多好。"我说，"你看起来好像气色不错。"

"今天还好。就是一阵一阵的，突然就难过得受不了。觉得一切都没意思透顶。"他说，"我总是做噩梦，梦里回到喀布尔，到处是罂粟地。有时候，又是一片汪洋。不断地迷失，又不断地寻找，却永远也找不到路。"他的眉头皱了起来，"我觉得自己是PTSD（创伤后遗症）。"

"你或许该去看看医生。"我有些同情他。

"我看过，那些好的心理医生都不收新病人。而且看这些医生保险公司不付钱，自己付又太贵了。那些保险公司付钱的医生都不太合适。"他皱了眉头，目光越过我，看着我的背后。我转过身，后面什么也没有。

我只得找了些别的话题，我说南湾有一家阿富汗餐馆，做的馕很正宗。他点点头。我们又聊了些别的就说了再见，然后我说有什么事情再联系吧。

三月的一个中午，我在公司附近的那家咖啡店又见到了他。他看起来脸色差极了。我走了过去。

他看到了我，眼神有些呆滞。

"你怎么在这儿？"我问他。

"我昨天晚上又梦到玉燕。"他没有回答我的问题，"今天是她的忌日。"

"玉燕？是那个你在马来西亚难民营碰到的玉燕吗？"我的心一紧。

"是的，就是她。几年前，我在南加州的一家顺发越南超市碰到她。她成了一个单亲母亲，带着一个三岁的女孩，住在小西贡附近。我去当兵之前我们好过一段。可是她后来自杀了。"

"自杀？为什么？"我的心陡然一冷。

"收留她的那只船遇到了海盗。她被……几个海盗……"华勇不太说得下去，"她那时还很小，对她来说是个跨不过的坎。她看了很多心理医生，没有用的。"华勇捂着头。

"她开车从一号公路的悬崖上冲下去的。当时，孩子就在后座的儿童座椅里。"

他的头深深地埋在膝盖里，周围的白玉兰像是感受到了他的痛楚，都停止了摆动，空气里流动着刀刃的颤动和寒光。我全身通了电一般发麻，接着是整个地发冷，像是掉进了冰洞里。我曾多次独自开车行驶在一号公路上，那条风光绝美的公路旁边就是深深的太平洋。

"那车里还有个孩子，那么小的孩子……"我有些艰于呼吸。

"她过得太苦了。孩子的爸爸不要她了，他们又没有结婚，一点抚养费也拿不到。她又找不到工作，靠着一些政府的福利过日子。"华勇的眼神还是空洞。

"可怜的孩子……"我心里隐隐发疼，一张孩子天使般的脸在我眼前浮现，我的眼泪几乎就要夺眶而出，我扬起头，竭力忍住。

"你怎么了?"他注意到我的表情怪异。

我什么也没说，我什么也说不出来，我知道我一开口就会号啕大哭。

我们又陷入了一种长久的沉默。我们坐在那儿，默默地喝着咖啡，各想着自己的心事。周围有几株天堂鸟，花茎如一只就要飞起来的鸟。它是要飞到真正的天堂里去吗? 天堂是什么样子?

一个星期后，我在脸书里问他:"下个月我准备去优胜美地野营。你要去吗?"

"我想想吧。"华勇不置可否地回了一句。

到了野营的前一天，我给华勇打了个电话:"想好去野营吗? 出去散散心也好。"我知道华勇肯定早就忘了这事，但是我很希望他同去。我并不是一个喜欢热闹的人，我只是觉得出去走走也许会帮助华勇。我也搞不懂为什么想要帮他，因为他曾经救过我? 或者，因为我们都曾经在同一片异域上生活过? 那个被战火浸泡过的国家给我们建立了某一种不可分割的纽带吗? 又或者，因为我和他一样，都有着内心的隐痛? 那些暗物质白天蛰伏在心底，却在世上的每一个夜晚浮出水面，让我们不得安生。

"有人和你同去野营吗?"华勇问。

"没有。我习惯一个人。"我说。

"那我和你去吧。下周是春假，我好多年没有去优胜美地了。"华勇说。

4

我们是周五下午两点多从硅谷出发，趁着路上还没有大堵。三个小时的车程，我们终于远离了城市的喧嚣和项目截止日的灼烧。

站在草长莺飞的四月天里，我的手似乎可以触碰到天上的流云，可以握住窃然私语的微风。这是优胜美地附近不远处一个颇有名气的看野花的景点，名叫梅彩德山谷（Merced Valley）。

我第一眼看到这满山满野灿然怒放的加州罂粟的时候，耳边萦绕的是《重归苏莲托》的曲调，当然，我重归的不是那不勒斯海湾的小镇苏莲托，而是有着黑峻雄伟绵延的高山的喀布尔。

"好像又回到了喀布尔。"我旁边的华勇说。我点头。

我也是到了喀布尔才知阿富汗已然是全世界海洛因输出之首。阿富汗天气适合罂粟生长，产量高，而老百姓因为贫穷，因为罂粟价格高，都纷纷改成种植罂粟。在塔利班控制的地方罂粟种植更是普遍，喀布尔少了许多，但依然能见到大片的罂粟地。喀布尔的罂粟田多是粉红色，没有这般热烈，但是也是这般烂漫地一大片一直铺到天边。

我初到加州，听说加州的州花是加州罂粟，吓了一跳，罂粟不是生产海洛因的原料，是不折不扣的恶之花吗？后来我终于搞清楚原来加州罂粟和罂粟，或者说鸦片罂粟其实是两种花，都属罂粟科，但是不同类，有些孪生姐妹的意味。加州罂粟的叶子有羽状细裂，花瓣是三角状扇形，多为黄橙两色。而罂粟的叶片是波缘状锯齿，花瓣是圆形或椭圆形，颜色各异。最重要的，罂粟的果实大，可以提炼海洛因。比起来，加州罂粟温和多了，虽然也可入药，有镇静、抗焦虑的作用，却是不会让人上瘾的。

我们打点好野营的包裹和背包，一起走进了这一片片金黄和橙红交错的加州罂粟田。

野旷天低树，我们走了很久都没有看到一个人，我们如影子一般行走在天地之间，转过了好几道山坳，终于有些累了。两个人就坐在了大丛的加州罂粟田里。乱花在我们周围摇曳，入眼之处都是或黄或橙的加州罂粟，两个人像是和外面的世界隔了山岳，隔了时空。

"你这一辈子做过令你后悔的事吗？"华勇开口道。

"当然……"我低下了头。

"噢，你说说看。"华勇急切地看着我。

我看了他一眼，没有作声，我一直在为那桩事情悔恨不已，我甚至是因为这个当年才去了阿富汗。但是，我极少和人提及，除了上次在阿富汗和一个叫圆圆的女子说起，而且，是知道我们从此会各奔天涯，或许永不再相见。我怎么可以和一个我并不那么熟悉的人说起自己心中的隐痛呢？

华勇还是看着我，眼睛里有一种渴求："我只是……想知道，是不是人人都会犯这种错……"

"后悔又有何益？"我叹了口气，远山影影绰绰，在黄的、红的，橙的背景色里忽远忽近，若即若离。我觉得自己像是隐身于这个大自然、大世界之后，我突然就有了诉说的勇气。我开了口，仿佛只有眼前的这一片片加州罂粟才是我的听众，而它们会把我的悔、我的痛一一收藏，悉心保管。

"还记得上次你说到玉燕和孩子一起投海自杀吗？我听了难过极了。我和玉燕一样，亲手害死了自己的女儿……她只有两岁……"我终于开了口。

"天哪！"华勇同情地看着我。

我没有看他，继续我的回忆，嗓子有些涩："那天早上我急急忙忙去做一个天使投资的路演，又在路上接到一个电话，居然就忘了把她送到幼儿园，她一直在车上……一整天，那么热的天气……"

"老天啊……"华勇再一次看向了我，像是不敢相信这么残酷的事实发生在身边这么个活生生的人身上。

我低下了头，沉入往事的浸渍。那时候我多希望这只是一个梦，很快就会有人把我从梦里推醒。但是那不是梦，一连四天四夜，我根本就合不了眼，我根本就没有入睡，连梦的影子都没有。后来，我勉强能睡了，却总是被各种噩梦惊醒。疼痛在我每一个细胞里膨胀，我整个人被这疼浸泡着，无法呼吸，无法思考。

"还有比这更残忍的事情吗？"我的脸是麻木的。我很久没有提到月月了，现在说起心里又开始一阵阵揪着疼，是一种生理上的疼。她出生的那天晚上是有月亮的，一弯新月镶嵌在黔黑的夜空，月亮显得格外清亮如水。那晚的月光浸洇着人间，照在她的脸上，她那小小的面孔上便有了一种朦胧的光芒。我于是给孩子起名月月。想到她名字的来历，我的记忆深处痛苦地抽搐了一下。

"战争，战争比这要残忍一百倍。"华勇神情木然。我心里一抖，但是我什么也没说，我是个最好的听众，就像我那时候在喀布尔的医院里一样。

华勇艰难地开了口："他们四个人……在罂粟地里……那个阿富汗女孩子……还只有十四五岁……"

我很不愿意去想象那残忍的一幕。但是不知为何，我的眼前又出现了空军基地附近那一大片粉红色的罂粟田。我像是看到了那个可怜的女孩子被按在了罂粟田里，她身后的罂粟花被压断了，花茎被拦腰折断，被那几个美国士兵踩成了烂泥。她在那罂粟花上挣扎，但是她如何能逃得过这个劫难？她的身体在流血，就像她的内心在流血，她的身体被强行闯入，连带着那一幕丧失人性的记忆，强行印刻在她的脑海里再也无法除去。她是被蒙着眼睛的，她看不到那几个罪人丑恶的嘴脸，这对她未尝不是一丝庆慰。至少，她不会记住那几张丑恶的嘴脸。

"不过，我没有干！我真的没有！那女孩让我想起玉燕。"华勇声音大了起来。

"上帝啊。"华勇抬起了头，"饶恕我们这些罪人吧！"

"可怜的孩子。"我的心在绞痛。

"他们是为了报复……到阿富汗没多久，一个战友就被塔利班的人绑架走了……折磨致死……

"他的手筋脚筋都被挑断了。死后还被肢解……最后都没能找全他的尸骨……"

更大的恐惧抓住了我，我的身体在抖，一报还一报，一种恶又牵引出更多的恶，各种各样的恶重叠着，交错着，已然分不清因和果。

"我真后悔当初报名参加空军去了阿富汗。我很小的时候就想做一个飞行员，就像我伯父一样，我甚至天真地以为能自己开飞机从越南开到美国。可是，去了空军，我没能做成飞行员，只是一个地勤人员。我也坐过两次战斗机，但是，你知道吗，那个飞行员居然把炸弹往平民住宅扔！

"后来事情闹大了，他就说是当时天气不好，没有看清楚。我当时在副驾的位置，能见度很好。那个飞行员是故意的。"华勇声音有些颤，"后来上面调查起来，问我当时情形，我什么都不敢说。"

"为什么?"我吃惊地问。

"那个飞行员会把我搞死的，你信不信，我不能，但是我的良心不安极了。我他妈的良心怎么没被狗吃掉呢?"华勇声音大了起来，他用的英文是"fucking heart"。

我明白了他的窘境。他的本性不容许他和他的几个战友一样残暴恶毒，然而，为了顾全自己的性命，他又不能说出真相。我同情地拍了拍华勇的肩膀。

两个人都无声地看着这一片加州罂粟，看着这世界。眼前的世界美好得宛如天堂。这是21世纪的世界，已然是所谓的文明社会了，但是人性的狠毒和凶残却是丝毫不差地流传下来，人性本恶吗? 还是战争把人性最丑陋最黑暗的因子带了出来，又不断地发酵、膨胀，长成一个巨大的脓包，只需一点点冲突就会戳破，然后那毒性和恶臭就会不断地向周围扩散，传染给在场的每一个人?

"这不能怪你。"良久，我开了口，"你有自己的难处，换了我，大概也是一样的选择。"

华勇没有看我，也没有说话，眼睛直视着前面，四月的人间是如此绚丽，有谁会知道也许转眼天空就会飘起雨飘起雪，把同一块土地变得肮脏泥泞呢?

"也许，我们能做的就是学会和自己和解，和过去和解。"我试着安慰他。

"和解? 有那么容易吗? 这个世界值得和解吗?"华勇嘴角一撇，"玉燕死了之后，我觉得真是了无生趣。这个世界让我流连的东西本也不多，现在是越发少了。"

我想起了我和前妻，我们在女儿去世一年后离的婚，我们根本没有办法在和女儿共同生活过两年的房子里待下去。不是每一道伤疤都能慢慢愈合，"和自己和解"，这样的话听起来那么伟正，那么确凿，放到那些真正经历过大悲大恸的人身上，甚至连一点涟漪都不会有。现实远没有剧本里写的那么美好，不是每一个人都会那么干脆淋漓地把昨日的阴霾甩在身后。很多时候能做的只是等待，等待仁慈的时光慢慢地治愈，在你还没有绝望之前。

我长叹了一口气。过了良久，我试探地说："或许，你再试试别的医生？"虽然我自己一直讳疾忌医，除了月月刚去世那一阵去看过心理医生，后来一直没去过。

"我现在在联系一个鲍威尔老兵之家，听说那里样样好，天天能看到葡萄园的美景，有一个帮助老兵恢复健康的项目。"华勇眼睛里有了些微的亮光。

"那就好。"我点头，我想华勇这样的PTSD恐怕还是要专业心理医生才能帮到。

"再试一次吧，也许是最后一次。"他的嘴紧闭，眼睛习惯性地眯了起来。

夕阳薄淡地斜倚在青山之巅。我们站起身，一前一后地行走在加州罂粟田里，像两团墨渍在色泽绚丽的印象派油画上蠕动。

5

那次回来没多久，我在脸书上碰到华勇，两个人都在线上，华勇说他终于申请了去鲍威尔老兵之家，可是排队的人太多了，他恐怕要到年底才能进去。

"要这么久？"我有些吃惊。

"这个中心什么老兵都收，从二战，到韩战、越战，到伊拉克战争、阿富汗战争，可不是积攒了一大票有PTSD的人？"

我敲了行字："可惜我不能申请。"

"你需要？你看起来很正常。"

"谁看起来不正常啊？都是这些看着正常的人才需要去。那些看着不正常的已经没法挽救了。"我说，"从我女儿去世，我就老做噩梦。我害怕回想那些<u>场景</u>。"我去了一趟阿富汗，从某种意义上心理负担减轻了。我看到太多死亡，都有些麻木了。生和死，就像一个转盘上的不同停靠点，肩靠着肩，隔得这么近，转盘会停在哪一格也全然不是自己能掌控的。可是，另一方面，我的状况却是更糟糕的，那些死亡的场景就像刻在了脑袋里，怎么也擦不掉。我想起在一个中餐馆的一夜，一个歹徒的枪都指到我脑门了，却像是突然改了主意，没有要我的命。我心里打了个冷战。

"是的，害怕，可是越害怕，它越会跑到你的脑子里。真是出了鬼了。"华勇说。

我那一阵公司事多，回到家还要赶着出活，有时候在网上看看脸书上那些朋友们放的照片，每一张都那么鲜活、生动，似乎每个人都过得不错。硅谷的冬天冷淡而低沉。没有漫天的大雪，没有雪山皑皑。不似喀布尔那样四季分明。圣诞节那天，我看到华勇脸书上的状态有更新，他放了一张新相片，他和一群人站在一幢红房子前面，那群人看起来是非常迥异的一群人，有黑人小伙，有坐在轮椅上的白人老人，有年轻的白人女子，相同的是他们都在微笑，向着相片之外不可触摸的镜头微笑。华勇也在笑，他站在最边上，手插在裤兜里，脸上的笑容灿烂，如加州罂粟一般。他们身后有一块暗红色的木牌，木牌上用白字写着"Powell Home"（鲍威尔老兵之家）。

转眼又是三月天。硅谷的春天却是怒放而绚烂的。我上班的路上两旁是一排排的白玉兰树。一树连着一树的白莹莹的玉兰花簇拥在枝头，香雪海一般地徜徉着。我不由想起我在喀布尔住过的那个小院，后院的斜坡上是一树树的梨花，到了春天，也是这般满树缤纷洁白的花海。只是那个院子后来被塔利班袭击，几个联合国雇员都死于那次交火。那晚凑巧我在阿富汗认识的一个女人那儿过夜，侥幸逃过。然而那之后也只得搬离那个院子。造化弄人，美好和残酷总是那么迅速地切换，迅速得你还没来得及回味前一刻的甘甜。

三月中的一天，我接到华勇的一个邮件。他说很不开心，最近被鲍威尔老兵之家给开除了。我回了信问他为什么呢。他却没有回信了。

我也没有再问。这个世界，每个人都忙碌着，似乎没有一丝闲工夫可以匀给别人，何况，并不是那么熟悉的一个朋友。虽然华勇曾经救过我的性命，虽然我们多了一层特别的和阿富汗有关的联系。我没有意识到命运的手又伸了过来，开始转动了那个无形的转盘。

4月1号。

我早上去公司上班的路上接到一个电话，电话显示是一个我不熟悉的号码，我在开车，很快就要到公司了，想想就没接。到了下一个红灯的时候，电话又响了，我接了。

"我们是圣何塞市警察局，你认识阮大卫吗？"是个男人的声音，没有一点感情色彩。

"是，我认识大卫。"我好不诧异。

"他现在劫持了三名人质，我们需要找几位他的朋友和他对话，劝劝他赶紧停止。"

"什么？……劫持？……"我问了一句，我在开车，电话听得不是特别真切，而且，我实在无法相信自己的耳朵。

"是的，他劫持了鲍威尔老兵之家的三位员工，你能马上赶过来吗？"还是那个没有一点感情色彩的声音。

我已经把车停在了路边："请给我一个地址。"

路上很堵，硅谷这个地方就没有哪个点是不堵的，公司附近的那条路两旁满树的白玉兰白得刺眼。一路纯白，满目素缟，我想起了喀布尔的那个有着满园梨树的小院和那个小院的血色拂晓。

我到达鲍威尔老兵之家已经是一个半小时后的事了。我首先看到的是房子四周围了好多辆警车、救护车和消防车，还用黄色警示带阻止无关人员和车辆进入。一圈的警察，每一个警察都荷枪实弹进入备战状态。有一刻，我觉得自己回到了喀布尔，然后我看到了那个红房子前面暗红色的木牌子，上面写着"Powell Home"（鲍威尔老兵之家），像是从华勇的那张相片上走下来似的。我看到了华良，他看到我的时候，紧紧地抓住了我的手。

一个矮胖得有些像土豆的白人警察走了过来："我们是从大卫的紧急联系人员名单中找到你的电话的。他现在躲在一个屋子里，屋子里有三位老兵之家的员工。现在你跟我们去监控室，那里有一个摄像镜头，能看到那个房子的情况。"

我茫然地跟着那个警察走进一个小房子，好几个屏幕，其中一个能看到华勇。镜头里的他穿着防弹背心，手里拿着一把半自动冲锋枪，对着地面上三个白人女子。她们脸上的恐惧在摄像镜头里更让人悚然。有一个女人在哭，华勇对着她吼了一句："不要哭！"她怔在了那里，再无半点声息。

"刚刚职业协商人员以及雅各布都和他通过话了，一点用也没有，你试试吧。"他把一个大喇叭递给我，"华勇能听到大喇叭的声音。"

"我？"我恍惚地接过大喇叭，我不知道华勇为什么会把我列入紧急联系人的名单，或许因为我们都去过阿富汗，或许，他知道我们两个心底都有创伤。我们都有令我们泪流满面的理由，都有对外人无以言说的苦痛。然而，我站在那儿，根本不知道从何说起。

"大卫？"我开了口。我第一次听到自己的声音放大了几百倍从空中传回来，有些陌生，有些诡异。我看到镜头里的华勇猛地抬起头，他那稀疏的头发的几绺搭在额头，眼睛警觉地四处看了一下。他一定是认出来了我的声音。

"大卫……放下你的武器，走出来。走出来就没事了。我是亨利，你在阿富汗救过的那个亨利……"我的脑袋一片空白，无意识地说着这些话。像是伸出一只手去抓那些很快就要破碎的肥皂泡。显示屏里的华勇没有一丝反应，他一句话都没有说。

"你跟他说一些能唤起他温情的话。"土豆在旁边小声地提醒我。

我茫然地看了他一眼，点点头，又举起了大喇叭："大卫，你还记得你跟我说过你在海上的时候吗，你们差点就饿死了，后来，幸亏遇到了一群渔民。你说，他们是上帝派来的天使。"

华勇的眉头皱了一下。他根本没有办法看到我，他朝天花板看了一下，像是我躲在那里。

"接着说。"土豆说，"这些人神经都非常脆弱，不知道哪个词就能触动他们，让他们放下枪。"

我叹了口气，摇了摇头。

"大卫！"华良抢过了我的大喇叭，"你那一次在威斯康星的寄宿学校生了病，爸爸其实是想去看你的。可是……他那时就想省一点钱，刚到美国的人都是这样……"

华勇的神色依然严峻，但是他的眼睛依然警觉地时而看看三个人质，时而看看周围的情形，他在阿富汗是受过这样的训练的。

监控室里进来一个警察，他很轻声地和土豆交谈着。但是我还是听到了一个词，SWAT。

"SWAT？特别行动小组？他们要做什么？"我突然有些心慌，华良疲惫地坐在一旁，我拿起桌子上的大喇叭，大声地说："大卫，想想我的女儿，那是我这辈子最后悔的事，你说去阿富汗是你最后悔的事，你放下枪，不然这会成为你最后悔的事！"

华勇的眼神暗了下来，他的枪口耷拉了下来，就在那一瞬间，他惨叫了一声，跪在了地上，血从他的腹部流了下来！有人对他开了枪！是那个SWAT team开始行动了吗？我惊恐地捂住了嘴，看着摄像镜头里的华勇。华勇跪在地上，对着三个人质就是一顿扫射，同时，他的身上像是绽开了一朵朵血红的罂粟花，他倒在了血泊里，倒在了三个人质的旁边。

太快了！这一切都太快了。我看着显示屏，一句话都没能说出来，只有无比的惊恐一阵一阵袭来。

"大卫！"我看到旁边的华良已经冲到了显示屏前，一拳打在显示屏上。马上旁边的两个警察已经把他捉住，紧紧地按在凳子上。

……

我不知道自己是怎么离开那个监控室的。也不知道是如何被人带到附近的一家咖啡厅，警察说我这样不适合开车，要休息一阵。我不知道在那儿坐了多久，大概到天黑我才勉强鼓起勇气开了车去往圣何塞。我一路在发抖，不得不好几次停在路边，等平静了一点才上路。

我在车里的收音机里听到这个新闻的报道。华勇和三个人质都确认死亡。华勇是早上从圣何塞赶过来的，坐了一辆出租车。他带着一个包，包里有一把半自动冲锋枪。他俨然知道今天有一个欢送聚会，又有一批老兵从这个老兵之家的治愈项目毕业了——华勇没有参加这样的欢送聚会，他是被老兵之家开除的。华勇到达开欢送聚会的房间，要别的人出去，单挑了那三个老兵之家的工作人员，其中一个是老兵之家负责人，一个是专门负责他的项目的人员，还有一个也是以前和他有过接触的人员。看起来他是认识她们的，看起来他是有选择性的劫持。——美国人报道新闻非常谨慎，看起来，看起来，他们用的英文是"seems"，而不是更确定的"is"。我听了几句，就把收音机关了。车子里安静得像一个孤独的星球，四周岑寂，我听不见高速公路上车流如水。

我回到圣何塞已近十点。我倒在床上，眼睛看着灰白的天花板，恐惧和哀凉交替袭来。我想起那时候在喀布尔我被人肉炸弹袭击，内心对于死亡强烈的恐惧。该有多么绝望多么悲凉才让他不惧于死？生和死之间，是一条模糊的细线还是一条巨大的鸿沟？4月1号，我突然意识到今天是4月1日，多么诡异的一个日子，我被黑暗里扑面而来的宿命和荒谬震了一下。我后来很多次回想这件事，还是无法释怀，是华勇故意挑了这样一个日子吗？仿佛事情之所以会发展成这样都是因为这个日子所裹挟的某种隐秘的关联，仿佛这个世界本来就是愚人们互相毁灭的游戏。

我没有去参加华勇的葬礼。我觉得如果不是自己对华勇喊话，SWAT team 不会在华勇低头的瞬间发起进攻。我心中有愧。现在，我手上又多了一条人命。内心深处，我知道自己其实并没有勇气再一次走进殡仪馆。终年不散的幽郁沉淀在殡仪馆的每一个角落，那样的氛围令人压抑难过。我选择了逃避。

6

春去，秋来，冬又至。那个冬天发生了很多的事情。2013年的最后一天，我接受了国内一家公司的聘请，准备春天海归回国。

春天的硅谷又是花海徜徉。我又一次驶过开满白玉兰的道路，两旁是满树莹白，如雪如素，四下哀凉漫漫。我心里的沉郁再次浮出水面，华勇在天堂的日子可好？他会和玉燕在一起吗？我在回国前夕联系了华良："我们见个面吧。"我总觉得这件事没有彻底了结，我需要亲自面对华勇的亲人，把自己的忏悔说出来。

我们依然约在我公司附近的那家咖啡店。咖啡店周围到处开满了天堂鸟，人们闲坐着，安静地喝着咖啡，仿佛置身天堂。天堂里会不会也有罂粟，或者是加州罂粟呢？我远远地看着华良走过来，心里有一丝恐惧。他们两个实在太像了，仿佛华勇又活了过来，他那双手，在这个时候正紧紧攥住路旁的天堂鸟，毫不放松，慢慢站立，然后直起满是血污和弹痕的身子，往这边走来找我。

华良在我对面坐了下来："好久不见。"

"是的，好久不见……"我终于缓过神来，"对不起……"我说。

"和你没有关系的。"华良倒还平静，一年了，地球已经自转了三百六十六圈，时间是最强大的，多少恨，多少痛，都被时间一刀刀刮去，只剩下一道道面目全非的疤痕。他看起来没有那日在鲍威尔老兵之家那样痛苦不堪。

"我也是后来知道的。华勇这种挟持一个或几个人质的情况是所有人质绑架中最危险的。而且这几个人质他都认识，这样的人一般都是怀着必死的决心。那天你没到之前协商员和他说了好久，保证他投降不会治他的罪。那些协商员都是训练有素的心理学家，知道怎样打动人，怎么处理这种紧急情况。但是最后华勇把手机都扔了。警察只好用大喇叭。后来实在等得太久，SWAT team 才动手的。"

"这样啊……"我心里的担子却并没有减轻多少，我在想如果当初他给我来信说他被老兵之家开除，我多劝他几句，他也许不至如此。他一定是对这个世界彻底绝望才会走上这一步。然而，我并没有把这些说与华良。我并没有勇气做真正的忏悔，我为自己灵魂深处的怯懦感到惭愧。

"他为什么要这样……"我说，与其说是对华良发问，不如说是自说自话。

"他对老兵之家期望很大，那是他最后的希望了。他本来想待半年，但是老兵之家觉得他的情形比较严重，不适合长期在这里，只批准了一个月。他很不高兴，和项目负责人吵了起来，还口头威胁要动枪。主管项目的人马上向老兵之家负责人汇报，她们对枪支是零忍受的政策，觉得华勇太危险，立刻就把他开除了。"

"噢……"我皱着眉头点点头，这可真是适得其反。我想象他被老兵之家开除后，在硅谷拥堵的某一天，突然心境就跌入了谷底，他拿了枪，叫了出租车。车子向着老兵之家疾驰，向着生和死的边缘奔去。但是，他是挑了他们开欢送会的那天去的，那么，大概并不只是一时意气用事，而是深思熟虑，策划了很久。到底是哪种情形呢？可是我们已经无处知道，那答案已经跟着他长眠在地下了。

"我弟弟，他从小脾气就比较暴躁，后来又走上了邪道。"华良又说，"他到美国时，我和我爸爸妈妈还在越南。他寄住在我的伯父家。他不好好学习，和学校的黑帮混在一起。我伯父为了把他和黑帮的人分开，把他送到遥远的威斯康星寄宿学校去了。"

"他在难民营受了太多欺负，他必须这样野蛮生长才能活下去。"我说，"难民营那段经历俨然在他身体里种下了暴力的种子。"说这话的时候，我想到了玉燕，也想到了自己，每一个人过往的岁月都如一场风暴，毫不留情地锤炼出我们日后生活的骨架。

"噢？"华良看着我，"他都没怎么和我说起他在难民营的事。

"等我和我爸爸到了美国，他一直在威斯康星，不愿意回来和我们住。他说那样更自在。我的父亲很严格，还会打人的。

"他从威斯康星毕业后上了几年社区大学，打了很多年的零工，在南加州开过一个小店子，后来倒闭了，没什么好出路，就去当兵了。"华良说，"有时候，我很惭愧，我一直跟父亲母亲在一起，有他们保护，没受什么苦，顺顺当当上学，念了大学，出来就找了电脑行业的工作。"

我的脑袋里突然涌出许多无解的疑问和揣测，华勇和华良，多像罂粟和加州罂粟，同一科，却是一个有毒，一个没有。加州罂粟若是到了阿富汗，也会变成有毒的罂粟吗？而有毒的罂粟，或许到了加州，就会修炼成无毒无害的加州罂粟？所谓橘，长江以南为橘，以北就成了枳？人生最黑暗最残酷的记忆会给一个人带来多大的影响呢？是会像海底的暗涌在重重岁月里堆积沉淀，愈积愈厚，然后在惊涛骇浪降临的那一刻风起云涌，以致分崩离析，全盘崩溃？如果华勇没有那些战争和苦难的记忆，心灵没有饱受残虐，他，还有那老兵之家的三个员工，是不是就不会遭此劫难呢？当初，如果，他父亲挑了华良上了那艘难民船，那么他们的人生会对换吗？也许吧，人生充满了太多随机，就像一个转盘。而命运的转盘停在哪一格又岂是每一个人自己可以掌控的呢？

我决定回国之前去华勇的墓前看看他。我听说西方的习俗是用殷红的罂粟花纪念阵亡的将士。我觉得华勇也算是阵亡，从某种意义来说。不是吗，如果不是他在阿富汗战场目睹的那些令人窒息的战争惨剧，如果不是因为越战，他也不会一直生活在马六甲海峡上遭遇海盗，遭受饥饿，遭受难民营里被暴力蹂躏的恐惧中。如果不是这些，他不会住进鲍威尔老兵之家，也就不会这么早就结束了自己的生命。

我开了很远的路，重返优胜美地的梅彩德山谷。又是人间四月天，依然是漫山满眼的加州罂粟，依然灿然绚丽。一大片一大片的加州罂粟在山谷的清风和树影里摇曳着，轻轻地低吟着。我站在那儿，找不到风的方向。我采了一大束加州罂粟，在优胜美地东门外的一个小旅馆住了一宿，第二天下午回到硅谷，没有回家，直接去了华勇的墓地。

墓园里正是春天，灰白色的石碑在苍青的草坪上一个个排开，齐整静穆，安静得连时间都没有了。墓园是每一个人时间的最高殿堂，在这里，时间终于停止了流逝，一切的悲喜潜入了地底，一切的开始成了结束，一切的告别从这里启程。

我一路走过，走过一个个沉默的墓碑，走过一个个沉睡的亡灵。我走到了华勇的墓前，华勇的墓碑很简单，十字架下用黑字写着 "Private David Nguyen，4th，Oct，1972，Age 40"（列兵阮大卫，生于1972 年 10 月 4 号，年龄 40）。我低下身，把那束加州罂粟放在他的墓前。我在那儿站了良久。天空渐渐转灰，风从不知名的地方吹来，芦荻荒野，便有了几分苍凉和寒意。

是回去的时候了，我向着墓碑鞠了一躬，转身而去。天色昏沉，暮云凛凛，我走出没几步，突然听到一声鸟叫。我猛一回头，后面却是空空如也，没有，什么也没有，恍惚间，墓碑前的加州罂粟，似乎都没了踪迹。

《江南》2018 年第 5 期

在历史阴影中探究心灵的创伤

——评《罂粟，或者加州罂粟》

杨剑龙

在美国任电脑工程师的二湘，是近些年来创作颇丰的海外华文作家，著有小说集《重返2046》和长篇小说《狂流》，其中篇科幻小说《重返2046》入围第八届全球华语科幻星云奖科幻电影创意专项奖，中篇小说《白的粉》入围第三届华语青年作家奖，短篇小说《转盘》为《小说选刊》2018年第4期转载，获得2017年北美"汉新文学奖"小说第一名。二湘最新的长篇小说《暗涌》也即将刊载出版。二湘刊载于《江南》2018年第5期的中篇小说《罂粟，或者加州罂粟》，为《北京文学·中篇小说月报》2018年第11期、《小说月报》2018年第12期转载。生长于湖南邵阳的刘二湘，于北京大学毕业后，在美国得克萨斯大学奥斯汀分校获计算机硕士学位，她在世界500强公司作IT女，她繁忙的工作之余坚持文学创作。作家郝景芳说，读二湘的作品"感受到这种命运的唏嘘、东西方的碰撞、漂泊与寻找的感觉"。小说《罂粟，或者加州罂粟》以越南华裔阮华勇经历偷渡出国、阿富汗战争后心理失衡铤而走险绑架人质被特别行动小组杀死的故事，试图从历史的缝隙中挖掘创伤的本源。

小说以往事回忆与事件亲历结合，讲述了一个十分凄楚的故事。小说以第一人称"我"讲述故事，由雅各布的来信回忆两年前"我"作为联合国人口基金组织的雇员在阿富汗遭遇一个自杀袭击者的往事，亚裔士兵阮华勇（大卫）救了"我"，自己受伤了，他是雅各布（阮华良）的孪生兄弟。阮华勇讲述了他们偷渡的凄惨故事，由于他的父亲阮凯明曾是南越政府间谍机关的职员，南越兵败以后他们家遭到歧视受尽欺凌，他们家决定偷渡离开越南，他们先后偷渡了二十次，曾因偷渡被关进监狱，后来十二岁的华勇历经偷渡船遭遇海盗、迷失方向、禁闭难民营的苦难遭际，终于踏上美国的土地。小说描述"我"与退役后的华勇在咖啡店见面，听他讲述退役后的遭遇：他一直没有找到工作，在圣何塞州立大学选了两门课，他在联系鲍威尔老兵之家，有一个帮助老兵恢复健康的项目。小说同时祖露了"我"因忙碌中忘记了送去幼儿园的女儿，导致被关在车上女儿的窒息死亡，后来他们夫妇离了婚。小说结局中"我"被请到华勇的肇事现场，他因被鲍威尔老兵之家开除了，愤懑的他劫持了老兵之家的三位员工，最后他杀死了她们，自己也被特别行动小组杀死。小说将喀布尔的自杀袭击、越南的偷渡的回忆，与咖啡店见面、绑架现场的亲历结合起来，在往事的刻骨铭心和亲历的惊心动魄结合中，再现了历史缝隙中的创伤和悲痛。

小说以历史探究与理性思考融会，呈现出作家对于历史事件的深入思考。这篇小说最初源于越南同事讲述的偷渡和难民营惨绝人寰的故事，二湘在谈到这篇小说创作时说："不过，小说如果只停留在对历史的记录，便只是一个非虚构产品，一个故事而已。更多的时候，人们想追问的是为什么，人们会溯源而上，寻找苦难的真谛和神灵的启迪，以期抵达创伤的本源。"（二湘《从历史的缝隙里挖掘创伤的本源——〈罂粟，加州罂粟〉创作谈》，《小说月报》2018年第12期）二湘在创作过程中，将越南同事讲述的悲惨故事，与有关绑架的新闻报道结合起来，并查阅了历史资料，了解到"自1975年到1995年，大约有两百万越南难民逃离南越，投奔怒海，只有约八十万生还，抵达美国、欧洲等地，活下来的许多人留下终身的心理疾病"。二湘在努力用文学创作形象地探究历史过程中，进行了深入的理性思考，通过对主人公阮华勇人生经历和悲惨遭际的描写，既再现了越南偷渡的凄惨历史，也通过战争阴影的描述中呈现人物心灵的创伤。小说尾声中"我"去华勇的墓地献花，作家借"我"的心理写道："如果不是他在阿富汗战场目睹的那些令人窒息的战争惨剧，如果不是因为越战，他也不会一直生活在马六甲海峡上遭遇海盗，遭受饥饿，遭受难民营里被暴力蹂躏的恐惧中。如果不是这些，他不会住进鲍威尔老兵之家，也就不会这么早就结束了自己的生命。"二湘以理性和愤懑的笔触谴责战争呼唤和平，期望世界太平人类幸福。

小说以意象运用与悲剧呈现交织，让作品在凄惨的叙述中洋溢着诗意。小说中以罂粟形成作品的主体意象，开篇就描述罂粟的气息："那个早春的夜晚似乎比平日的夜都要浓稠，空气里回旋着一种罂粟般的令人眩晕的气息。"接着作家就将遭遇自杀袭击者的事件，置于阿富汗喀布尔空军基地附近一大片罂粟田里，描绘罂粟花粉红色花朵、细长的花茎成了一片片迷离氤氲粉色的云烟，就在这片罂粟田他们遭遇了自杀袭击，因此后来"我"的噩梦里总是喀布尔的罂粟地。后来"我"到美国加州也看到满山满野灿然怒放的加州罂粟，却了解到喀布尔的罂粟与加州罂粟虽都属罂粟科但是不同类：加州罂粟叶子有羽状细裂，花瓣三角状扇形，多为黄橙两色，可入药，有镇静、抗焦虑的作用，却是不会让人上瘾；喀布尔罂粟叶片是波缘状锯齿，花瓣是圆形或椭圆形，颜色各异，果实大，可以提炼海洛因。"我"与华勇置身在罂粟田的美景中，小说中十四五岁的阿富汗女孩也在罂粟田里被轮奸，尾声中"我"在华勇的墓前献上一束罂粟花。作家在小说中将华勇、华良这对孪生兄弟喻为罂粟："华勇和华良，多像罂粟和加州罂粟，同一科，却是一个有毒，一个没有。加州罂粟若是到了阿富汗，也会变成有毒的罂粟吗？而有毒的罂粟，或许到了加州，就会修炼成无毒无害的加州罂粟？"表达了环境和际遇对于人性格与命运的深刻影响，也对于华勇的悲惨结局表示了深深的同情。

小说在对于孪生兄弟华勇、华良的刻画中，显然对华良的笔墨太少，以至仅成为一个剪影，倘若将华良性格写得更鲜明立体，构成与华勇的比照和映衬，作品会更生动。小说在往事回忆与事件亲历结合、历史探究与理性思考融会、意象运用与悲剧呈现交织中，在历史阴影中探究心灵的创伤，呈现出该作品的独特价值和重要意义。

九重葛

郭 爽

00

　　这个故事讲到几个人。袁天成和顾言刚，出生于1956年，相识于1984年，两个基层公务员。如今都年过六十，走在街上，会被人喊"老人家"。他们的太太，林冬莹和朱虹，一个生得好看，一个不怎么好看。他们各生一个女儿，取名袁园、顾恬。还有其他人，比如章美玲，跟以上所有人都有些关系。章的第一任丈夫叫方小鸣，第二个丈夫不重要，略去姓名。故事的布景，在我国西南省份的一个小城，再具体些，在这小城的一个大院里。大院住的是政府职员和家属，上面这几位都是。

　　这些说起来，寻常、枯索，像大部分人的一生，压缩为墓碑上的几个字就讲完了。但笼统的普遍性，总是可疑。一颗心与另一颗心，只因跳动在不同的身体里就终究两别。那些微弱的，转瞬即逝的，但让人和人两样的声音，留待时间的耳朵去听见。

1

袁园遇见章美玲，是大年廿八晚六点。腊月间天黑得早，院子里的人和树被夜色掩盖了。袁园也就没看见站在九重葛阴影下的章美玲。

章美玲倒是早就看见了袁园。路的尽头"哗啦啦"响起行李箱拖动的声音。尽头一座大门，琉璃瓦盖下四根印度红大理石方柱，柱子间夹着保安室。袁园冲保安室方向点了点头，迎着橘色路灯和九重葛填满的道路往院子深处来。

从身边擦过后，章美玲开口喊："袁园！"两人定睛对视，袁园喊："章阿姨！"顿了两秒又说，"你，怎么在这里？"

二楼人家亮着灯，窗户紧闭。章美玲疑心那似有似无的一声"呜"，是狗挨了打，或被掩了口鼻。她不能就这样走掉。但杵在这里太久，寒气一点点渗进手脚，又动摇了她的意志。

袁园盯着她问，她只好说："好冷哨。"

"你回来了？"

"狗儿不听话。"章美玲伸手指指二楼人家。

"找保安去敲门？"袁园也不确定这家住了什么人。

章美玲连连摆手："你先忙，你先忙。"

袁园记下章美玲的电话，就走了。但脚步离开后，身子却回转，看了看树荫下的章美玲。

错就错在心软。心一软，解了宽宽脖子上的绳扣，狗儿蹬着腿就跑走了。章美玲原先觉得，宽宽跑不远。小公狗围着母狗的屁股打转转，转够了，或者被大狗踹了咬了，又会哼哼着跑回来。宽宽还小。可是这天，章美玲在院子里走了好几个来回，宽宽也没有出现。她认得宽宽跟着的那条母狗。雪纳瑞，纯不纯不好说。平常总被那家女儿抱在怀里，似乎爱惜金贵，很少下地。天冷了后，雪纳瑞穿羽绒服，一天一个颜色，下了不少本。宽宽追过去的时候，雪纳瑞在上楼梯，后腿和屁股亮着。宽宽嗅着雪纳瑞屁股跟随，步子踩得温柔。章美玲手机响个不停，微信群里估计又在抢红包，她就掏手机出来，手指头又干又僵，在屏幕上划了半天才打开。抢了几个，她有点兴奋，步子往单元楼切割出来的小路上走。等到她从手机的热闹里抽身出来，抬眼四望只剩团团漆黑，才发现宽宽没回来。又听了一会儿，二楼人家有狗吠起来。不是宽宽。

章美玲仍口齿清晰，戴文雅的珊瑚红金属框眼镜。即使手指上没有沾着粉笔灰，也让人难忘她是"传道授业解惑"之人。只是，与她老师的身份相比，这些年来，她更为人所知的身份是美人及不伦恋的主角。关于后者，更通俗的说法是——荡妇。

"荡妇"这个几近永恒的谈资，在袁园回家的当晚，就出现在与父亲母亲的谈话里。

跟往常一样，父母等待她说一路见闻，从话语里剥出点新鲜事，给两个老人带来些外面的气息，好把又一个冬夜打发过去。袁园也就像往常一般说起来，日常与旅途，尤其旅途中的村寨、溪流、稻田、苗人。真正的际遇，那些关于人的，她最后才说。

"就是口红涂得像要吃人的那个吧。"母亲说。

"她呀。"父亲说出半句话。

"老得让人认不出呢。"袁园说。

"五十多了吧。"母亲计算。

"当年人人觉得她美。"袁园嘀咕。

"人人？"父亲又是半句话。

"我们这些女学生，都羡慕她的衣裳和口红。"

袁园与母亲议论了几句女人的装扮与衰老。

母亲突然说："她那个丈夫，又有了新的人呢。"

林冬莹记得章美玲。除了她曾教过女儿的语文课外，她更记得些别的。比如，她看上了别人的丈夫，忘掉了自己的丈夫，还忘记了所谓"为人师表"，离婚结婚闹得工作差点丢掉。很难说是哪些原因，让她在言语里对章美玲刻薄。

"她好像搬回来了。"袁园想起来似的。

"比她小二十来岁，小妖精。她有得受了。"林冬莹细密说着听来的情节，怎么讲都是荒诞。好不容易结成新的婚姻，也没经得起更多的时间。或许那丈夫原本就荒唐。

"你从哪里听来这些乌七八糟的。"袁天成吐出一句完整的话。

"你退了休也不活动，天天闷在家里头，晓得什么？"林冬莹嗔他。

袁园倒是想起别的事来："房子空了这么多年，还能住吗？"

"好男不养猫，好女不养狗！"林冬莹不像是在回应女儿。

这些算起来相识，但其实与袁家并无关系的人和故事，日复一日在餐桌上被咀嚼吞咽。曾经，父母也会参与这种三人之间的游戏。像玻璃跳棋，三人各踞一角，轮番跳跃，争先恐后。但这些年，他们说得少了，似乎他们所知的那些人和事，都在被一个叫死亡的窟窿吸走。他们也就显出沉默来。

高铁去年底终于修通了。回乡的路，从沉闷的飞机旅程，变成了更加沉闷的高速火车。车子摆着细长的身体，从海平面的高度往崇山峻岭中攀爬。据说这些山，远古时都是海，所以沟壑纵横，险峻逼人。窗外一片暗色，隧道紧咬着隧道，只剩二等车厢里惨白的灯光，映照出旅人一张张疲惫的脸。

高原最冷的时节，雨下到半空就成了冰珠子，等到了地上，则结成一片一片的薄冰。冰覆在泥浆上，污脏难辨，徒添凶险。

这样的气温里，九重葛罕少绽出花朵，但枝条高企，叶片常绿，也是冬日一景。袁园大学毕业后居住的城市在北回归线以南，四季不分明，夏天最盛时，立竿不见影。九重葛在那里几乎四季开花，尤其在天桥，往往一大片垂下，如瀑如云。这植物的架势靠的是枝条的气力，常见往上生长、活泼野蛮的枝条。但花朵其实很小，漏斗形，一生三朵嵌在包叶里。包叶薄如纸，夹进书本里迅速失水。

袁园小时候，袁天成有阵子喜欢弄盆景。这方水土出兰草、奇石，天生好材料。袁天成指着九重葛跟女儿说："这花最顽强，剪一枝，插进土里就能活。"

大概因为生命力强，建这座家属院时，沿着道路两边植下的九重葛，很快生根蓬勃。二十年下来，九重葛成了院子里最热闹灿烂的植物。只是这花也不是全都好，花开固然如火如荼，但总不肯凋落，花褪色后也栖于枝头，将衰败后的颓唐污脏一应奉上。

袁园还在刚到家的怅然中神游，林冬莹一句话却击醒了她。母亲说，你顾叔叔就要放出来了。

2

按林冬莹的说法，顾言刚减了刑，还有大半年就刑满释放。这个消息，让袁家餐桌上的氛围闪回到多年前。林冬莹在意的，是顾言刚出来后，会不会回到小城生活。袁天成关心的，是顾言刚这些年在牢里过得可好，顾家有没有新的打算。他们都催促女儿，你快去跟恬恬聊聊，聊聊啊。

袁天成说起顾恬，总亲热地称呼"恬恬"，有时候，也会用顾言刚唤女儿时的名字，"老恬"。袁天成叫顾恬作"老恬"的那些年月，袁园和顾恬都还是小朋友。袁园喊顾言刚"顾叔叔"，顾恬喊袁天成"袁伯伯"。顾叔叔和袁伯伯是好朋友。好到什么程度呢，顾恬和袁园几乎每天每天都玩在一起，睡在一起，扎一个款式的小辫，对着相机摆出一模一样的动作。两个爸爸在篮球场的哨子声里跑来跑去，两个孩子就扯杂草，捡落叶，假结婚。所有的蚂蚁和麻雀都认识了她们。

现在，退休后的袁天成被熟人唤作"袁伯"，两个女儿也过了三十岁，有点老了。他却只能依靠女儿去打听消息，他的好朋友顾言刚，可还好。

袁园没有马上联系顾恬。顾言刚入狱后，顾家在这院子里只剩房子的空壳。顾太太朱虹跑到服刑地所在的小县城守着，个别念旧情又还有点能量的老同事，慢慢帮她把工作调动去了小县城的国企。女儿顾恬呢，跟袁园一样，早已考上外地的大学，离了家。这么算起来，顾恬已有十年没回来过了，或者说，顾家从这院子里，已消失了十年。

袁园缩在被子里翻顾恬的朋友圈。如果说，从五岁到十七岁，一起长大的经历让两人有某些共同点的话，大概是抛不下的自尊。报喜不报忧，顾恬发的都是值得高兴的事。袁园也就在发送信息的界面止步了。真有什么的话，顾恬自然会开口。她们都这般要强。

年三十晚上，袁园在一堆信息里看到顾恬的问候，果然是干脆简洁的："新春大吉，阖家美满！我初二回来，到时约?"袁园直接回："初二来我家吃午饭。"顾恬问："袁伯伯还好?"袁园回："身体还可以。你来他肯定高兴。"顾恬发来一串笑脸:"好,我来给袁伯伯拜年。"

顾恬搬了箱猕猴桃来。林冬莹看一眼,招呼她吃车厘子。暗红色的果实在盘子上堆出个小山包,瓜子花生之类的便宜货倒是不见踪影。袁园不作声,跟袁天成一样,老老实实对着眼面前的茶杯。

"阿姨的手艺你还是记得的吧,啊?"林冬莹堆出些笑容来。她从小就教育袁园,不要动不动就跟人笑,穷亲戚脸上最爱带笑,因他们除了笑什么也拿不出来。偶尔,笑容闪现的时刻,她让女儿去领悟到底是什么用意。

在她的笑容攻势下,顾恬也笑了笑:"好啊,阿姨的手艺我怎么会不记得。红烧肉!"两个女人手牵着手,差点就要头挨头来显示亲密。这么多年了,顾恬和袁家,都没有变。这些辞令和身体语言里的规矩,还是一模一样。

四个人,四杯茶。袁天成循着袁园事先铺垫过的细节,问候着顾恬和顾家的种种变化。顾恬也由着他,顺着无关痛痒的谎话继续用谎话作答。顾叔叔好着呢,顾太太也是。顾恬也好着呢,顾恬的丈夫和孩子也是。外地的生活,自有外地生活的滋味呢。袁天成于是松软了,在话语里幸福着。

顾恬的一句话,却让袁天成意外。她淡淡说,这次回来,要把我们家房子卖掉。

袁天成怔怔道:"卖掉?"

"八月份我爸爸时间就到了。我做点准备。"

"是你爸爸的意思?"袁天成不解。

"他不晓得这些。"顾恬喝一口茶。

"卖了你们住哪里呢?"袁天成皱眉头。

"袁伯伯,这里这么多人恨他,回来住不得。你晓得的嘛。"

林冬莹这时却是一句话没有,只招呼吃车厘子:"吃这个,恬恬,对皮肤好。"

袁园把母亲塞进手里的一颗车厘子放下,说:"顾叔叔跟你去北京住,到时候?"

"不管是北京还是哪里,反正是不住这里了。"

沉默了半天的袁天成突然说:"其实回来也没什么的。你看对门,还有楼上，哪个不是又回来住在这里呢?"

袁园想起了她以前跟母亲说的一句玩笑话："现如今，我们这栋楼，楼上楼下住的都是劳改犯。"林冬莹听了这话大笑。袁天成听了，却是恼恼地沉默。

"哎呀，袁伯伯，我爸爸那个脾气，你又不是不晓得。"顾恬说完这句，一口气吃了四五个车厘子。

顾恬一走，林冬莹就品评顾恬的穿着打扮，一如既往地想表达，顾恬从来不如袁园："个子也太矮了，像是十几岁后就没有长高过。"

袁园和袁天成都没有接话。父亲在想什么，那覆满灰白头发的后脑勺并没有显露，但母亲的话，却多少激起袁园心里积灰的情绪。与父亲和顾叔叔的友谊、袁园与顾恬的友谊相比，母亲从不认为也不表现出与顾家的友谊。不好的日子里，她对顾家的厌恶与嫉妒在言语里递增。好的日子里，谈到顾家的不幸或霉运，也只是"唉"一声，然后说些"怪不得别人"之类的话。并非母亲是个恶毒的人，很多时候，她只是把袁园和父亲藏而不露的心思一字字抛掷进空气里。像大部分时候，这个由沉默的父亲和安静的女儿组成的家庭里，总需要生气盎然的母亲来搅出一汪活水一样。

"都这样了，他家还端什么架子。"林冬莹嘟囔。

"卖了也是几十万。"袁天成说。

"几十万"几个字似乎对林冬莹产生了效果，她说："对啊，顾言刚放出来，连工资都没得。"

袁天成被这句话提醒了似的猛抬头，却不肯再说话。

"你那点退休工资，大病是不敢生的，打打小麻将倒是够了。"林冬莹笑说。

三人并没有沉默太久，沙发上一只手机叫起来，唱的是儿歌。"有三只小熊住在一起，熊爸爸、熊妈妈、熊娃娃。熊爸爸身体强壮，熊妈妈美丽漂亮，熊宝宝呀好可爱呦，一天一天长大了。"

3

袁园开门把手机递给顾恬："我送你出去。"下了楼，袁园站在楼梯口摸火机，才说是想出来抽烟。

"三只熊啊。"袁园说。

"三只熊？"顾恬抬头。

"你的手机铃声。"

"哄孩子。"

钥匙在锁孔里翻来覆去转了好多遍后，顾恬终于用力一把推开了门。门"呀"一声像发出预警，空荡荡房子里回旋着的风向她们涌来。

"家具呢？"袁园问。

"当时都搬走了嘛。"顾恬答。

两人在顾家旧居里打转。顾恬检查每一扇窗户、每一道门、每一个锁孔。顾恬似乎并不像她所说的，是带袁园来看一眼，估估价。倒像在执行某种工序，用一对眼一双手，扫描、录入、归档、存储，把这套房产证上写着"顾恬"的房子收纳折叠、反转变形，塞进她隐形于心口的百宝袋里去。

雨一丝一丝下坠，接近零度空气里的雨，让电缆上结出亮晶晶的冰碴。袁园揣在大衣口袋里的手，不自觉地捏成两个拳头，想要蓄住一点热气。顾恬则直接搓起手来，大概那一串丁零当啷作响的钥匙，太凉了。顾恬还是比袁园矮半个脑袋，维持着她们十五岁时就已固定的身高。

顾家旧居与袁家一样，都是三室一厅。同样面积，同样格局。顾恬和袁园曾经的房间，也是这三居室里的同一间次卧。只是她们的房间看出去，不是同样的风景。当年集资建房，知道两家将会住进同一栋家属楼，两个孩子兴奋了很久。袁家在二楼，顾家在五楼，步子快一点，到对方家只需要一分钟。

如今，从顾家五楼朝南的窗户看出去，已经不是袁园记忆中的景色。

远处，小城里长出新的丛林。簇集的商品房，照搬沿海城市的塔楼样式，似乎一夜之间就立起来。连绵冻雨抽干了天空的颜色，灰色天际线直压塔楼顶尖。

家属院围墙多年未维护，墙体早已被雨水侵蚀成青灰色。一墙之隔，新修的商品房小区仿欧式小洋楼，淡粉色外墙簇新扎眼。粉色小楼之间，园林别致有序，不知从哪里移来的榕树、冬青，拱照出墙这边没有的气象光景。

袁园数数墙这头的独院小楼，最早修给书记们住的房子，不多不少只六栋。老干部们多已驾鹤西去，子孙们有能力的，翻新外墙；没心思的，任墙皮褪色、木窗棂脱落。至于她跟顾恬所在的家属楼，90年代修建时还属气派，如今在外面世界簇新的映衬下，只是黯然了。房子不会迁移，十二栋家属楼仍积木一样堆在这黄金地段，组合出政府曾有的架构和它职员们的家庭。但随着政府搬迁到新区新址，跟出租车司机报地名时，家属院已变成难以形容的模糊地段。要回家，袁园一般只能说，乐淘淘超市斜对面。

"我爸妈在这里住了二十年了。"袁园说。

"居然这么久了。"

顾恬的话出奇地少。

这里曾是一个崭新的顾家。顾恬房间里镶木墙裙，贴华丽墙纸。如今，蓝色窗玻璃过滤了光线，让二十年前陈旧的装修愈显衰朽沉寂。窗帘发黑变脆，只剩史努比和花生家族的图案兀自欢欣。

在这个房间里，十五岁的顾恬曾问十五岁的袁园："为什么跟陈勇在一起？"

袁园说："我不想待在家里。"

后来顾恬又问过："为什么跟陈勇分手？"

袁园说："我不想回来了。"

如今，顾恬和袁园三十二岁。这些，自然都不提了。

说是送顾恬，两人却不知不觉间爬了楼、看了房，还不知不觉走出院子来，走到街上去。

从院子东门出来，是条南北向的主干道。往南走，东边是片厂区，宿舍学校医院自成一格。往北走，依次路过政府旧址、闹市、中学，跨过一条东西流向的河以及桥，公园、车站、商场布局在河的北岸。这些风致物事，处处可见，无甚特别，只有这条河，还有河北岸的公园，算得上全国知名。市民们都会背陈毅元帅给公园的题诗，"真山真水到处是，花溪布局更天然"。也不忘说起，巴金和萧珊就是在这里度的蜜月，是爱情的福地。总之，好山好水孕育出真善美。

袁园和顾恬一起从桥上走过的时候，却没有想到这些她们从小就知道，以至于快忘记的事。公园大门挂上了迎春的大红灯笼，花盆堆叠拼凑出"春节快乐"四个字。顾恬说，走，游泳去。袁园笑了，这个天气，我们两个怕是会牺牲哦！

玩笑归玩笑，两个人还是往公园里走。不变的是河。袁园走了很多地方，但没见过哪里的水有这个颜色。大概只有那些最懂得光线和色彩的画家，才能模仿一二。夏天在河里游泳，光脚踩下去，任你是男人女人小孩老头，河都用水草回馈温柔。袁天成和顾言刚都有一身好水性，在河里托着两个女儿浮游。游累了，就翻身上船，木桨推开水草，往河的隐秘处去。不管母亲们在岸上如何抗议，两个父亲都像调教男孩一样调教着女儿的脾性。顾恬在水里搂住袁园的脖子："千万不要放开啊，不然我要死了！"袁园于是不放手。两个人连成两个秤砣，一起沉到河底去。两个年轻的父亲"哈哈"笑着，捞鱼一样把孩子捞起来。

顾恬久没来公园，路却是比袁园更熟，从小，她就是方向感更强的那个。两人沿河岸一路向前，跨过石墩子垒成的"百步桥"，走去儿童乐园。小火车、碰碰车早已更新换代，还新装了小型云霄飞车。但在游乐场的边上，拆下来的一套转转车还没来得及搬走，或者是根本不打算搬走了。两个人一前一后，挤进去坐着。顾恬说，不晓得我们种的橘子树还在不在呢？袁园却是忘记了，我们还种过橘子树啊？顾恬笑，就在碰碰车后面，我们不是把橘子吐出来的籽全部种下去了嘛！

游乐场开业那天，两家人一起来尝新鲜。脚踏车一左一右两人位，袁天成领着袁园上去了。顾家则是朱虹带着顾恬上去了。架在半空的轨道可以俯瞰整个乐园，碰碰车、海洋球、旋转木马都没这气势。从半空看下去，顾言刚和林冬莹是两根石柱，而当他们抬起头时，就变成了两株向日葵，要转动头颅紧紧跟随半空中的丈夫、妻子和女儿，才不致孤单。

顾恬的记忆版本是，她跟朱虹骑了上去，但骑了一截就害怕得哭起来。她下来后，朱虹不想浪费票，就独自上去踩单车。朱虹全程绷着脸，像是在完成任务。顾恬觉得奇怪，袁园怎么就不害怕了，骑到天都快黑了。顾言刚又要"锻炼"女儿，于是，给顾恬三块钱，让她去乐园门口的小摊买橘子。顾恬平生第一次离开大人独自去买东西，就这么突然到来。等她拎着橘子回来，袁伯伯和袁园才从天上回到地下。父亲对她说："顾言刚的女儿怎么能没出息呢？"顾恬听了，只拉着袁园往林子里去，刨个土坑，把嘴里蓄的橘籽埋进去。更让袁园做证，看她生吞几粒橘籽。"橘子会从我头顶上长出来的。"这是顾恬的壮举。

"这两个爹，我们那么小，他们还搞什么男子汉培养计划。"三十二岁的顾恬摇晃转转车的座椅。

"怕他们哪天不在，我们就被人欺负了。"袁园说。

她们的身体，比五岁时折旧了不少，但是，要轻盈得多。面对面，她们仍像两颗玻璃球，停留在绷紧了的蚊帐上。但不再像以前那样，迅速被重力牵引滑向对方，在蚊帐的中心陷落。她们都控制住了神秘的牵引，稳稳停在一角。

4

顾家和袁家，在家属院修起来之前，就结下了缘分。那时顾言刚和袁天成都是刚转业的小年轻，在同一单位同一科室。

对外人而言，顾言刚入狱、顾家的衰败是泥石流般的坍塌，迅疾，猛烈，轰隆作响。但对袁家来说，顾言刚的升迁与顾家的兴盛同样道路漫长，几乎耗尽了他们所有的记忆容量和情感热度。

在袁园小朋友眼里，恬恬的爸爸顾叔叔是一个神奇的大块头。长大后她知道，顾叔叔身高不过一米六几，远远称不上高大。可是在很长时间里，他粗壮的胳膊，夏天吃西瓜打赤膊时露出的胸口伤疤，都显得孔武有力，预告着一个陌生世界及其规则。她和顾恬都相信，伤疤是顾叔叔打老虎时留下的，"老虎还是多凶的，给我一爪！"

恬恬的妈妈朱阿姨则是小个子。她头发全部往后梳，露出鼓鼓的额头和一张圆脸。发髻扎得很紧，不像有些长发的阿姨，发髻松松垮垮一挽看起来很温柔。袁园倚在她怀里撒过娇，多半是跟恬恬一起讨糖吃或者申请看电视的时间。她的怀抱温暖，却并不绵软，让袁园不想依恋。

朱阿姨对袁园是好的。有阵子流行盘头，从耳侧揪起发束，分作三股，手势沿着脑袋绕一圈，不断增添进新的发束。女孩子的头就变作一朵向日葵。最后一定要在耳侧扎上大红或水红的绸子。绸子精细折叠、捆扎再散开，开成一朵大大绽放的牡丹。恬恬头上长出一朵大红牡丹后，朱虹说，"袁园来"，然后让袁园头上长出同样一朵。顾恬和袁园就成了祖国大花园里最新鲜的两朵小花。

　　看到女儿头上长出的大红花，林冬莹很不高兴。她指责朱虹随意给自己女儿打扮，又说："大红色，这么土气，她也不看看你的衣裳和皮肤。"三两下，林冬莹就把那朵精致叠出的牡丹花从袁园头上扒了下来。盘成向日葵的发辫也一点点松开。林冬莹用她的橡胶梳子在袁园头皮上刮了几下，扎出个高高的马尾辫。"小姑娘，扎马尾最洋气了。她就是脱不了土气。"

　　袁园是个敏感的孩子，母亲扯着头发时比平常更重的力度，让她察觉到了怒气，虽然她还不能明白母亲为什么生气。但是她爱母亲，她愿意为了让母亲高兴而做一些本不会去做的事，比如，说顾家的坏话。她确实在顾家看到一些跟自己家不同的细节。比如客厅里，塑料花瓶里插了几根孔雀毛，摆得有些久了，孔雀毛和花瓶都积了灰。袁家也插过孔雀毛，只是林冬莹一句"过时了"就扔了。或者，朱阿姨穿着白纱的结婚照，染色的师傅似乎走了神，把她的眼眉染得过绿，而嘴唇又过红。袁园说这些细节时，林冬莹总是"呵呵"笑，像是她自己并不曾发现，仔细听女儿说完，然后笑起来。那时候，袁家比顾家的境况要好许多。家具、电视、林冬莹的口红甚至绣花丝绒拖鞋，都是朱虹不能奢望的。林冬莹尤其得意的是，袁家在沿海有亲戚，总能寄来洋气的海产干货，以及让袁园看起来像个洋娃娃般的洋装和连裤袜。

　　让林冬莹觉得自己比朱虹高一等的，还有丈夫的态度。朱虹挨顾言刚打。

　　"谁让她选个这样的男人呢，要是我就住回娘家去，看他吃什么、怎么过！"林冬莹能体会丈夫的暴力和妻子受辱的况味，但当对象是朱虹这个具体角色时，她言语里表现出的态度并不像个女同胞，而更像是男人。

　　顺着这样的逻辑，林冬莹还说："可怜她生得难看，手脚又蠢笨，不懂得讨丈夫欢心，以后日子也难过的吧。"

袁天成却是同情。虽然朱虹长得不好看，做菜难吃，谈吐迟钝，但她并不该挨打。对于自己的好朋友做出这样的事，他劝阻，但也只是言语劝阻。在他看来，顾言刚的许多苦衷，别人并不知道，或许连他也不能完全理解，但一定有其成立的理由。

小城的枯寂生活里，打老婆都能成为一桩谈资。顾言刚自己却是满不在乎。袁天成迷武侠小说，顾言刚常说他"你就是看书看多了，书呆子气太重"。他在想其他更重要的事。

他最先感觉到的，是那些留在部队的战友纷纷转业回乡。其中有几个感情深的，专程绕道来看他，谈起大裁军，"日子要从头过了"。跟他一样，袁天成也在接纳战友，其中不乏傻里傻气的大头兵，打算领了津贴回乡下种地。

到了夏天，顾言刚已经跟袁天成说："日子可能要起变化。"

他虽然还未调入党政部门，但关心时事，留意国家各项政策变动。他说，工人可以被"辞退"，还提到"待业保险"。到了冬天，顾言刚直接说："沈阳一家国营防爆器械厂宣布破产，可以宣布破产，你知道是什么意思吧，厂子里的人没有铁饭碗啦！"

在这些事情上，袁天成显得迟钝而保守。他还年轻，刚三十出头，一手公文文书写得漂亮，晋升有望。他娶了漂亮太太，生活可说平顺。在这些可见可控范围之外的东西，他并不曾焦虑过。所以，顾言刚先行一步调进了核心部门，深深刺激了他。他沉默了一阵，武侠小说照旧摊开在沙发扶手上，只是不见他埋首其间神采奕奕。

关于自己生活的环境，袁天成跟女儿袁园打过比方。大家族，几十个儿子，广东江苏是最争气的，我们这个省，就是个智障儿。先天不足，只能靠当妈的贴补。具体而言，这方的支柱产业是白酒、烤烟、药材，而对他们这个省城边上的小城来说，这三样又一样都不占。只有一所大学，民国年间建的。有条河，依着河有个算得上出名的公园，是旅游景点。

顾言刚和袁天成两个年轻人，那些年除了上班，折腾也围绕这两样家门口的存在：大学和公园。

顾言刚先是提了几个橙子来袁家。说是橙子，皮却是柠檬黄，凹凸不平，像卫星拍照的月球表面。说让袁天成研究研究。"我不爱吃水果，留给袁园吃吧。"袁天成放下橙子。顾言刚却坚持让他就削一个试试。袁天成用水果刀把橙子切开，吃得咂舌头，"这么苦，这是什么橙子？""农学院培植的新品种，失败了。卖是卖不出了，免费送。"顾言刚说。"你都说卖不出了，拿来干什么？"袁天成擦手。"免费送啊，你想想，那一大片林子，我们想办法把它卖了。"顾言刚看起来是认真的。袁天成拿起一个橙子，闻了闻，"闻起来倒是香，就是味道太差了。""记不记得我们在上海学习时去的西餐厅？服务员给我们倒了杯喝的？"顾言刚提醒。"咖啡？"袁天成说。"不是不是，咖啡之前。""噢，柠檬水。""你把这个泡在水里试试？"袁天成起身倒了杯水，丢了一瓣橙子进去，喝了一口，"诶，这还可以。""废物利用是不是？我们就去卖这个，按个数卖。"按个数而不论斤卖的丑橙子，袁天成给它取了名叫"沁橙"，沁人心脾。基本是靠口口相传，那个冬天，小城里有点脸面的人家都泡橙子喝了一个冬天。两家太太负责送货，不认识的人还不卖。顾言刚和袁天成在袁家喝酒开玩笑："天成，这个事，也只有我们两个做得成！"

生活中，两个人干卖橙子这样可以嘻嘻哈哈应对的事。工作上，顾言刚也展露出过人的胆识。他的直接领导、部长岑军生找他谈话，小顾啊，要把旅游搞好，就要下功夫。顾言刚会了意，从区里各文职单位抽调了几个年轻人给部里写材料，深入分析各个景点的文化蕴含、历史意义。这其中就有章美玲和袁天成。顾言刚早听说同事方小鸣的太太、高中语文老师章美玲写得一手好文章，就安排章美玲写导游手册，把历朝历代的文学家为公园写下的辞章诗句融合。顾言刚仔细看这篇不过千字的文章，看完后问袁天成有什么想法。袁天成指出其中最简明的几句诗，说可以用作宣传口号。顾言刚却说，应该去上海拜望巴金老人，他跟夫人萧珊在公园度过了蜜月，请老人为我们提点提点，要搞好旅游，没有文化积淀，就挖不深。后来去没去上海，见没见巴金，已经模糊了，倒是公园里真改了一处园子的名字，挂匾题名"憩园"。袁天成很服气。别人说到顾言刚如何能干，他总要补充："没有人赶得上他。"没有说出口的是，顾言刚重义气，让袁天成参与这个重点宣传项目，给了袁天成一次"摇笔杆子"的机会，更让岑军生对袁天成留下印象。后来，袁天成能从区里调到市里，就是升任市委领导的岑军生授意。

两个女儿虽长大了一些，但仍在扯杂草、玩泥沙、过家家。像大部分孩子一样，在过儿童该有的生活。所以那天突然到来时，袁园只觉戛然一声响。

那是袁天成单位组织的家属茶话会。太太们带着孩子（学龄以上）到单位的会议室去，剥花生吃水果。在一个年轻干事的主持下，小朋友们作代表，挨个介绍自己以及父母。

会议室里放了一圈蒙着蓝布的沙发，沙发靠背和扶手上搭着米白色镂花方巾。母亲就抱着孩子坐在沙发上。那些跟袁园一样身份的孩子，口齿都比她伶俐许多，自我介绍听起来像是提前背好，话音一落总引得大人们鼓掌。

袁园紧张，越来越紧张，临到只有两个名额就要发言时，紧张已逼得她的膀胱胀大就要尿湿裤子。甚至，她的眼角额头，都紧张得逼出液体来。袁园急急告诉母亲要上厕所，不等林冬莹作答就逃出了会议室。

办公楼不远处的厕所前，有一丛竹子，竹子高大茂密，绿色无边，足以掩盖孩子的身体。袁园就蹲在那里挖石头，不想再回去了。顾言刚路过，他的办公室也在大院里，而这里是最近的厕所。袁园口齿清晰地回答他说："我在挖石头。"并把挖出来的石头中一块形状像骆驼的交给顾叔叔保管。顾叔叔领她回到了会议室。林冬莹一把抱住袁园，在女儿耳边嗔道，大家都介绍完了，你怎么才回来。

一屋子太太和孩子中，突然出现了顾言刚这么一个大男人，许多人不觉哧哧笑起来。顾言刚问主持人，能不能让袁园小朋友再介绍一下自己。主持人表示欢迎。袁园看到顾叔叔手里捏着她的石头，并没有放在地上或扔掉，于是相信了他。

袁园听到自己说："我叫袁园，今年六岁。我爸爸是袁天成，我妈妈是林冬莹。"顾叔叔朝她挥挥手，像在鼓励，她于是又说，"这是顾叔叔，他叫顾言刚，他是我爸爸的好朋友。"

哄堂大笑中，主持人逗她说："袁园小朋友，你叫顾叔叔。那么考你一个问题，顾叔叔跟爸爸，谁比较大？"

袁园想了想回答说："顾叔叔比较大。"

又是哄堂大笑。

她认真地说："因为顾叔叔是科长，爸爸是副科长。"

太太们都不再笑了。

此后多年中，袁园也不明白六岁的自己为何会说出这样的话。只是，当晚回家，父亲生平第一次对她发了脾气。袁园哭了。

5

1995年夏天，袁园和顾恬一起参加小学毕业典礼，大合照时，两人头挨头。也是这个夏天，十二座家属楼落成。同是十二栋，袁家住二楼，顾家住五楼。两家家具装修各不相同，两家太太却在同一家店订了窗帘。于是，袁园和顾恬的房间里，都被史努比和花生家族图案填满。

入住后，顾言刚用他的老柯达相机，给两家女儿照了张合影。袁园短发，顾恬长发，个子都逼近一米五，却还是小女孩的平板身材。多少有了点小心事，但还在玩儿童的游戏。等她们一起熟悉了院子里所有的砖瓦草木后，也一起发现了院子里长得最美的章美玲。

袁园与顾恬住十二栋，章美玲住一栋。她们之间的距离，并不只是一到十二而已。小女孩爱美，却还不能懂得美。除了偷擦母亲的口红，上学时把裙摆用透明胶往上折一截之外，袁园和顾恬只能从模仿中演习美。

章美玲有一头浓密的黑发，总是披散在肩头。偏偏，五官又生得恬淡，像工笔画里弯眉如月鬓影横斜的侍女，所以稠密的黑发、湿润的口红，被淡而细的五官衬得愈发浓郁，像盛夏暴雨后绿意氤氲的树。浓至极点的色彩从你眼睛上擦过时，一笔一笔满满涂抹，不留半条缝隙。女孩子们还不好意思说出这特质的名称——性感。听说她是高中语文老师，所以打交道的都是诗词、古文这些浪漫物事。而她又懂得打扮，把丝绸和雪纺这些女学生还没机会沾边的面料穿在身上。这么一来，她就是袁园和顾恬最喜爱的阿姨了，因她代表着美。

两个女孩对此不能忘怀，萌发想象，以至于对章美玲的丈夫，她们都多留意几分。

章美玲的第一任丈夫叫方小鸣，常从家属院前的小路走过。那是连接家属院和政府大院的一条双向车道，植满四季常绿的九重葛，是在机关上班的人的必经之路。男人长相俊美，气质可以说儒雅，听说是岑部长的秘书，难怪一脸谦和之态。除了身材并不算高大，可以说是个好看的男人了。顾恬叫他"方叔叔"，知道他是父亲部里的同事。袁园也叫他"方叔叔"，因为父亲参加区里一个项目后跟方叔叔交好，方叔叔还来家里喝过酒。在晓得了他是章美玲的丈夫后，袁园和顾恬对他愈发留意。似乎章美玲每一袭飘飞的裙裾，每一缕耳后垂落的深黑发丝，都暗示着这个男人的魅力。

太太们对这对年轻的璧人也议论纷纷。周末，各家各户唱自家的卡拉OK，这家人却静悄悄。新房子阳台阔落，各家太太养花，姹紫嫣红，那家人却是剪了花枝回家插在瓶里。这都是些平常事，要成为院子里真正的谈资，惹人妒忌，还需要其他价值的附丽。

林冬莹已经三十好几，虽比不得年轻的章美玲，但皮肤白皙，看起来像不曾生养过。做太太，就要入厨房。厨房正对主路，林冬莹很快发现，顾言刚开了一辆黑色桑塔纳，每天晚上都停在路对面。自己家的袁天成却是没有长进，穿戴衬不上她的美貌，怨怼也就多起来。吵得厉害时就说狠话："嫁汉嫁汉穿衣吃饭，你给我穿什么衣，吃什么饭？袁天成！你装聋是不是？""我嫁个讨饭的都比你强！"

顾言刚调去了省里，这一变动，除了黑色桑塔纳人人可见，顾言刚的太太朱虹，倒是率先显出变化来。她到了该发福的年纪，于是不再像年轻时总穿些宽松的衣服对自己的身材遮遮掩掩，也不再忌惮裙摆下露出萝卜一样圆鼓鼓的小腿。她脸上敷起厚厚一层脂粉，两条刚流行起来的文眉从眉峰直冲眉心，像闹别扭的孩子想与"敌人"拧成一团。

在这不大不小的院子里，太太们才是真正的晴雨表。孩子们有感情，丈夫们讲面子，只有太太们，才能明目张胆把起落与势利写在脸上。她们多半未受过太好的教育，因丈夫的公职而被迫上个闲班、做一辈子贤内助，谈不上有自己的追求或事业，对着院子里的其他太太，往往没有好气可出。而一旦丈夫稍有起色，或者确实提拔在望，太太们脸上就会挂起冷漠的号旗。家，她们做不得主，只得把价值洒向自己的同类。

林冬莹把这些看在眼里，心里却是过不去："那个朱虹，腿跟大象一样还学人家穿裙子。"

"嗯。"袁天成应道。

"假模假式拎个皮包，俏市（拽）得很，哪个不晓得她以前是抄水表的！"

"嗯嗯。"

"我看顾言刚也是要倒大霉！"林冬莹加重语气。

"婆娘长得不好看就倒大霉啊，你这话没得道理。"

"你不晓得，哪个往她屋头送东西，她都接下来！"

"你咋晓得？"

"哪个不晓得，我看也只有你这个呆子不晓得。"

"不要乱讲哦。"

"我乱讲？她那个皮包，全城哪个商场买得到！"

"一个皮包……"

"你懂个屁，吃的用的，我看说不定还有人送存折！"

跟大人察觉的变化相比，袁园感觉到的则迂回迟缓得多。袁园发现院子里有一个人，不似其他人般戴着冷漠的面具。那男人逢人就点头、微笑，笑容很持久，缓慢地不肯从脸上消退。看地方电视台节目时她发现，这微笑的脸是刚上任的副书记，从县里调上来不久，亟待大展宏图。所以，微笑终究不是凭空而来。

袁园也会遇到朱虹，总是以她称呼她"朱阿姨"开头，以朱虹答"放学了啊""上学去呀"收尾。并没有多余的言语。

直到一天，她在院子里远远看见了朱虹。朱阿姨提着大包小包，像是刚从菜市场回来。走着走着，她放下手里的袋子，站在路边歇气。袁园仔细看她挂在肩头的皮包，并没有看出什么门道来。倒是右边肩膀明显比左边肩膀高一截，大概是长期负重的结果。这时，那个从县里调来的"微笑脸"路过，跟朱阿姨打招呼，要帮她提那袋最重的米。朱虹触电一样从男人手里抢回米，急匆匆提起所有东西往家走，几乎是在跑了。"战战兢兢"四个字在袁园心头浮现，朱阿姨并不像母亲说的那般快活。袁园默默走回家，谁也没有告诉，包括顾恬。

6

袁天成去敲方小鸣家的门，是大年初三。

他跟妻子和女儿说要出门散步，却绕过花坛，走上大路，出了大院，直走去门口等801路公交车。801路公交车，从公园北边始发，在城里弯弯绕绕，最后会到达新区的高档楼盘"林城1号"。方小鸣从地州挂职回来后就搬到了"1号"。虽跟袁天成一起在区里共事过好几年，但方小鸣的仕途坦荡，一路往上走。有人传言，他离了章美玲再娶的太太，是某位厅长的女儿，"也离过一次，不会生娃娃"。袁天成将信将疑。老同事们还说，今时不同往日，无事不登三宝殿，硬去靠，只能是穷攀高枝。袁天成没说过这种话，但也确实没联系过方小鸣，更没有去他家里坐过，所以，在"1号"的大门口被保安索要身份证登记时，袁天成蒙了，只好打电话跟方小鸣求援。

方小鸣亲自下来接他，迎头就喊"袁哥"。袁天成点点头，称呼却是犹豫了几秒，不知道喊"方厅长""小鸣"或是别的，于是又点点头。

现任方太太样貌平常，端茶倒水很是利落。接过袁天成带的两条烟时，也自然得像老朋友。客厅里摆了方家全家福，方小鸣和太太坐着，女儿站在两人身后。女儿长得像方小鸣，没遗传到章美玲的样貌。

茶喝了几口，袁天成提起，顾言刚就要出来了，回来的话，难免各方面需要打点照顾，"他的脾气你也晓得，不会要我们的钱。只看能不能帮他找点事做。"

方小鸣点点头。

袁天成抬眼，努力让老花眼聚焦，但也没看见什么表情，于是说："啊？"

方小鸣又点点头。

门禁却是响了。几分钟后，说普通话的男人提着大包小包进门来。方太太很自然地接过去，放下来。男人跟方小鸣有说有笑，袁天成只好起身告辞了。

出小区时他在一模一样的绿化带里差点迷了路，好不容易找到大门，才松了一口气。回头看站岗的保安，年纪很轻，不知道是哪支部队的退伍兵。

城的那一头，陈勇开的会所里，袁园也在帮顾家想办法。

说是会所，其实是在商用楼的十五层租了半个平层，里面摆斯诺克球桌、几组沙发。贴着墙是酒柜和吧台，墙上挂飞镖盘。陈勇做生意袁园晓得，但为什么要搞个私人会所，袁园不清楚。电话里，陈勇只是笑她，大年初三都还没开市，你要去哪里坐？不如去我的会所。

顾恬坚持房子要卖给认识的人，起码是这个院子里的人。袁园跟陈勇说起，陈勇点醒她，顾言刚的事你们院子里哪家不晓得，哪个想沾晦气。袁园没想这些，房子就是房子，这房子地段、户型、楼层哪样不好？陈勇笑一声，小姐，你是带感情色彩看问题。袁园急了，我看你就是最没有感情。

陈勇有陈勇的想法。红酒喝了半瓶，他跟顾恬说："卖给外地人。"

"我又不认得。"顾恬发愁。

"满城都是外地人。"

"你介绍啊？"

"大小姐，你把脑壳伸到墙外面看两眼。"

"我就认得你。"顾恬撒娇。

陈勇笑了。袁园，或者顾恬，他们这个院子里的孩子，都像是只用吃空气就能过活。这么多年过去了，她们还是没有长进。听到她们两个还说些"卖给熟人"之类的话，陈勇却有点同情起来。顾言刚出来，一分钱没有，房子不吊起卖个好价钱，吃什么。稀里糊涂。一塌糊涂。

三个人都喝了酒，只好打车回家。顾恬看出陈勇的意思，只跟袁园说了句"有事打电话给我啊"，就截住一个的士走了。陈勇跟着袁园挤进一辆的士的后座。出租车不能进大院，两人在门口下了车。

走进院门，九重葛枝条重重像要拱出一条隧道，陈勇说："这些树都长得这么高了。"跟袁园分手后，他没进过这院子。去袁园家，要走通整条路到尽头去。十几岁的时候，他每天晚上都站在路灯的阴影下等袁园。一个人走那条路，神秘，又有点刺激。这个晚上，两人走得格外慢，像是要凭一点肩并肩的气力或愿望，把他们十五岁到三十二岁的时光，都从这条两百米长的道路上讨回来。

"这些房子怎么都这么矮了。"陈勇说。

"树高了，房子矮了，你不看看自己，老得都皱皮了。"袁园说。

"都成老者了。"

袁园不接话，半跳着踩向地上陈勇的影子："被我踩到影子了，陈勇，做我的奴隶！"

两团影子就踩来踩去。

走到袁家楼下，两个人都不动。路灯的橘色光线里，袁园把手放在陈勇脸上。过年，路上没有行人，隐隐约约一点搓麻将"哗啦啦"的声响。

陈勇不动，任袁园的手停阻在他脸上。袁园手心的温度比他的脸高，微微带一点潮湿。

袁园推开他的时候，他倒没有尴尬。后来他给袁园发微信，袁园很久没回。也是，那么一条信息，让她怎么回呢。结果，袁园还是回了："我也一样。"陈勇只能猛抽几根烟，才能把心头的事压下去。

两天后，车开到袁家楼下，陈勇打电话喊袁园下来。两人坐在车上，却是一时无话。有人在车子面前晃了晃。

"散步啊，章老师?"袁园探出脑袋喊。

章美玲手里抓一沓纸，塞进他们手里。

　　本人狗狗"宽宽"柯基串串，于2016年2月6日（腊月二十八，星期六）晚上6点在南阳区碧云路7号（原区政府宿舍）附近走丢。公狗一岁，白色有棕色斑点，中小型、四脚尖、尾巴有点棕毛，尾长毛直没断尾，尾巴盘起像朵花，走丢时脸有轻度抓伤。拜请各位爱心人士、养狗朋友们看到、捡到请联系章美玲老师137××××××××。提供消息必有重酬！盼它早点回家，阿弥陀佛！

陈勇和袁园还在读纸上的字，章美玲却带了哭腔絮叨起来，好像宽宽找不回来，是件关乎生死的大事。

7

章美玲住进大院的时候,二十六岁。跟方小鸣结婚才一年,就赶上了集资建房,都说是好运气。好运气之外,章美玲也被认为是好福气,瞧瞧方小鸣,干净斯文的一张脸,大学毕业,前途无量。"前途无量"这四个字,在这十二栋单元楼、六栋独院小楼交织成的小天地里,几乎就是最高的赞美了。章美玲也无意识地散发着年轻人短暂而不可复制的活力,一面好奇着这里的规矩和秩序,一面笃定着自己的不同。跟院子里只知道操持家务、打麻将或者带孩子的太太们相比,章美玲有自己幻想的小园地。

1995年,人的精神还没有换布景。要从日常生活中找到兔子洞的入口,只能是从岛屿样漂浮着的碎片中去拼凑找寻。书店就是其中一座小岛。出大院东门,沿碧云路往北走二十米,拐入通往闹市的栖霞巷,内进十来米,就是老盛的书店。

书店既卖书,也出租。章美玲租小说看,三两天就看完一本,跟店主老盛混熟后,也能把架子上原本是出售的新书租着看。来租书的多半是男青年,章美玲是罕见的女性,所以听见有声音唤她"章阿姨",她才发现是院子里的小姑娘袁园。

刚打招呼,袁园就指指书架后面,袁天成探出脑袋来。袁天成说,袁园的生日快到了,带她来挑书做礼物。店主老盛披着外套走过来,打断三人的谈话:"袁园都十一岁了啊,该盛伯伯送你礼物。"

老盛的书店还是书摊的时候,袁天成就常带着女儿光顾了。他让袁园称呼书摊老板作"盛伯伯"。盛伯伯只有一条胳膊,袁园却因为这个礼貌但亲热的称呼而免除了恐惧,还想象盛伯伯是天外来客,披一件蓝灰色中山装的样子看起来像大侠。跟盛伯伯打招呼后,袁园总是学父亲的样子,在书摊上翻阅书籍,光天化日下做自己的侠客梦。

店主老盛既送了书给袁园,章美玲只好从手提包里摸出一盒磁带,"袁园喜欢听歌吗?"

这天最后,袁天成拎着一袋书,跟女儿一高一矮在黄昏的天色里走回家去："章阿姨送你的是什么磁带？"

"翻录的。"

"可能是英文歌。"

"爸爸，你怎么知道？"

袁园对章美玲的认识，就从这翻录的卡朋特磁带开始。但真正的认识，要等袁园升入章美玲执教的高中，"章阿姨"变成"章老师"后才作数。

课堂上，章美玲提来录音机，放林海作曲的《长相守》，让学生们"静静听三分钟"。电视剧《大明宫词》正热，《长相守》是插曲。秾丽台词里，最敏感的学生触摸到纷纷的情欲与哀矜的深情。袁园独记得一句："你蓬松的乌发，涨满了我的眼帘，看不见道路山川，只是漆黑一片。"

袁园和顾恬已十五岁，频密交换对男生的看法，也一起悄悄看插图本《十日谈》。线条和文字间，美丽的男人体和女人体惹得她们哧哧笑。

章美玲的课堂上，袁园写纸条给顾恬："语文课能读《情人》，我就真喜欢章阿姨。"

顾恬回："《倾城之恋》也可以。"

当章美玲消失，别的老师来代课时，学生只以为是寻常的病假。毕竟，也曾有其他老师，真的生病。或者，练了某种气功后，被认定为疯子，也就消失了。

而当流言慢慢拼凑出章美玲的消失是因为一个男人时，很多事开始摇晃变形。

那人口才滔滔，身形高大。在篮球场上跟男学生争抢篮板，引发路过女生的围观和尖叫。他吸引女生作另一种想象，或者说，在为师的威严与距离之下，有种天然的禁忌诱惑。袁园和顾恬都能理解那些女同学在迷醉什么，只是她俩某种程度上对这套话语都有天生的免疫。大概因成长环境里有太多禁忌，虽才长至十几岁，却早已明白所谓威严背后的一切，并不是加倍的甘美，而是平庸或无常。权柄与森严，并不足道。

只是，她们没想到，章美玲沉迷。

事情原本不应该让顾恬见到，但章美玲出现在顾家客厅里时，顾恬确实吓了一跳。要多年以后她才会明白，在这院子里，上升与下沉虽自有其规则，但有一种人，可游弋于规则的缝隙里——那些长得好看的女人。

顾言刚的态度微妙："谁先动手的，不重要。"

"还有没有别的办法？"章美玲问。

"哪个是你男人，你搞清楚。"

"我们早就协议离婚了。"

"这些你不用跟我说。"

"我也是被逼疯了。"

"你们两个，必须走一个。"

"我不能耽误他的前途。"

"那就你走。还当什么老师。"

这些话，对顾恬产生了什么样的影响，很难说清楚。她只是告诉袁园："记得章阿姨家的方叔叔吗？"

"长得帅。"袁园嘀咕。

"下暴雨连夜从乡下跑回来。"

"他还在挂职？"

"跟章美玲的相好打了一架。"

就这样，在袁园和顾恬口中，"章老师"与"章阿姨"交迭旋转了几年后，某一刻，突然脱掉了所有干系，变成了"章美玲"。袁园和顾恬大概也就长成了少女。

顾言刚调去省里已几年。顾家母女仍住在院子里，顾言刚却是见得少了。静默里，小城的空气在松动。男生开始非常在意有没有一对波鞋。而女生可在意的就更多了。谁因为穿了新裙子或新鞋子就足以被围观议论一上午的情况，再也不可能发生了。钱开始变得很重要，或者说，挣钱变得非常重要。最能干的大人们有了手机，他们的孩子有了BP机，或者干脆就是一部爱立信的翻盖手机。然后，爱华的随身听、索尼的MD、Game Boy……物件像俄罗斯方块，迅速变形跌落，堆积如山。新的物事带来新的空气，人呼吸着这样全新的气体，相信自己也可以跟过去不同，过新的生活了。

很快，一些事情，从耳朵里"嗡嗡"的背景音，变成更为坚实的图景，斜斜插入连袁园这个中学生都能目睹及见证的世界。

这天傍晚，去晚自习的路上，从学校以外两条街的位置，车子就堵得密密麻麻不能动弹。这是老城区，路太窄，就改成了单行道。黄昏的天色里，车子们亮起红色尾灯，一长串红色圆斑映得路人的脸都红了。加上某些司机不耐烦的鸣笛，空气里的粉尘都弥散着焦灼的气息。袁园把自行车抬上人行道，勉强挤出一条路来。上一次学校门口堵成这样，是职高的学生跑来找高中部的学生打架。职高生骑了十几二十辆摩托车，打得一个学生断了手，加上晚自习刚散，上百名学生推着单车从校门拥出来，路就堵死了。等她好不容易把车推到路的另一头才发现，原来是平安夜，天主堂里唱完"哈利路亚"出来的人流车流蔚为大观，两头夹击，才把学校门口这条不足两百米的窄路堵了个底朝天。但这天呢，却是各式小车把路塞得满满当当。除了闪烁的车尾灯、刺耳的鸣笛声，并不见打斗或争吵。甚至，隐隐中有秩序在，车都往一个方向摆尾。只有些脑袋，时不时从车窗里探出来，或有些身子，在车与车的缝隙里往前挤。

回到家，接过母亲递上的热牛奶，袁园说，学校门口今晚奇怪地大堵车。还补充道，可下了晚自习，车子又都不见了呢。

林冬莹冷淡说，这都是赶去送礼的人哪。

袁园问，送什么礼？

"顾恬外婆过世了。"林冬莹头也不抬。袁园这才想起，顾恬外婆家就在天主堂后面的巷子里，是某个单位的家属院，有些年头了。要进到那条巷子里去，唯一的车行道就是学校门口这条窄路。那时候，人死了，不会马上弄到殡仪馆去，往往是在自己院子里先搭个棚子，子子孙孙披麻戴孝，回丧饭吃过"头七"才火化上山。来吊唁的亲友，挂了礼，就坐在家属院里临时摆出来的宴席上，吃它个几天几夜。

"所以，爸爸也去了？"袁园问。

"去了啊，到现在都没回来呢。"林冬莹说，袁天成电话回来交代，吊唁的客人太多，他留在那边帮忙打点打点。"打点个屁。"

袁天成回来时醉了。他大概是口渴，走去厨房倒水喝，打翻了凉水壶。玻璃"哐啷哐啷"碎一地，袁园和林冬莹也就各自从房间出来，看见了坐在地上的他。袁天成是醉了，才会孩子一样对着妻子笑，还伸手去捡地上的玻璃。血顺着他手掌往下流，他却像是毫无知觉。林冬莹一边用扫把簸箕清理碎片，一边伸手打他的手："捡什么捡。"他只是笑。

"是你老岳母死了啊？喝成这样。"妻子和女儿一起把他扶起来。

"言刚喝不了这么多。"袁天成重如笨象，一步步往客厅沙发挪动。

"人家早就把你忘了。"最近，林冬莹越来越不在女儿面前掩饰她对丈夫的不满了。

"兄弟怎么能忘……"袁天成一屁股坐在沙发上。

"那他怎么不来找你喝酒了呢？"林冬莹继续讽刺道。

"他太忙了……太忙了……"袁天成努力想睁开眼睛，但眼皮重重地垂了下去。

第二天早上六点半，袁园起床洗漱时，惊觉父亲已经醒了。他在沙发上睡了一夜，此刻正对着空无一物的茶几抽烟。她犹豫着怎么问时，父亲开口说："这世界上只有一样东西是不会被人拿走的，你的知识。"

袁园不知道该说什么，只好快步夺门而出。反手关门时，手指被门夹了一下，疼得她连连甩手。她一边用力蹬着自行车，一边也终于有了哭出来的理由。后来，袁园回想那晚酒醉父亲脸上的笑容，设想他到底在顾恬外婆的灵棚里看见了什么，跟他的好兄弟顾言刚又聊了什么。但当时，急急踩着车踏，想要让风把眼泪带走的她，只想快些长大。袁天成固然软弱，固然无能，但袁园愿意保全他的自尊，如果她能够。

而之前，对袁园来说相当抽象的顾叔叔的"事业"，从这一时刻开始，被填充进细微而真实的注脚。

在这样的逻辑下，当听说章美玲与方小鸣离婚、要搬出大院，林冬莹的话似乎可以解释所有："方小鸣，一个副主任科员，工资有多少？新找的这个，在外面开的有数学培训班，一年下来起码十万！"

8

正月十三，袁天成出了门。这次他没有出大门等公交车，而是绕到十二栋单元楼后面，爬上了一栋白色外墙的单元楼。这栋单元楼，比十二栋楼晚修三四年，建制阔落，住的人也都是领导级别。什么样的领导呢，大概就是这城里车牌数字最靠前的那几位。袁天成气喘吁吁爬五楼。中间歇气时，从楼梯的窗户看出去，才发现自己住的十二栋外墙早已褪色，一根走雨水的排水管断裂，裂口往下的黄色墙体霉变成了黑色。

白色单元楼五楼住的是袁天成的老领导岑军生，虽然后面调任职位变迁数次，袁天成还是改不了口喊"岑部长"。岑军生倒是不介意袁天成的这点迁，或者可以说，如果袁天成不是这般性格，今天他也不会打电话喊这个老部下来家里。

袁天成念岑军生的好，说起岑任职期间的琐事。又说，自己前几天去看了方小鸣。方小鸣给岑军生做过秘书，袁天成想着应不见外，才提起来，岑军生却是没有反应。半晌，才说："小鸣啊……交情这个东西，都是锦上添花，不求雪中送炭。"袁天成揣摩这话的意思，应是那个层级的故事或事故，就不再作声。岑军生倒是主动说起，自己当时主动提出退居二线，不是看透了不恋战，或者怕了谁，不过是"老了老了，还是求个平安"。

两人坐着喝茶，没喝几口，岑军生就领着袁天成看自己栽的花花草草。这盆建兰，那盆墨兰，还有铁线蕨龟背竹，绿意盈盈。又领着上二楼，海棠茉莉长寿花，倚着朝南的窗户摆放。盆栽都是些常见品种，但数量惊人，袁天成默默数了数，少说有六十盆。每天打理这些植物，应该占去了岑军生退休生活的很大一块时间。

一转身，却见偌大的二楼空荡荡，正中摆张乒乓球桌，不由得说："这……"

"我们老两口太无聊了，平时打打球当锻炼。"岑军生说。

二楼跟一楼相比，只少了两间卧室，却一样有客厅书房卫生间，但家具上都盖了搭布，像是久未有人来过。

见袁天成疑惑，岑军生开口道："我打算去加拿大带孙子了，这房子收拾收拾卖掉算了。"

"要卖啊？"

"想找个相熟的人，转手了。"

袁天成在屋子里踱步，摸摸墙体，看看窗外："岑部，你就不打算回来了啊？"

"不回来了，老了老了，跟着孩子过热闹些。"

袁天成想着什么似的。

岑军生直接说："你看看合适么？合适我就给你好了。"

袁天成猛一抬头，脸上滚落了好几阵不同色彩，不知是喜是忧。

回家跟妻子林冬莹一讲，她却是不同意："有钱买这里，不如去新区买套电梯房，也算给女儿留点念想。"

袁天成却有别的考虑："岑部长对我一向很关照。"

"是，讲过无数遍，他看到你写的两条信息被省里录用，就把你从区里调到了市里。"

"他知人善用。"

"那怎么几次提你他都不帮你说话呢？他倒是好哦，一路升，现在还要去加拿大，你呢，现在还帮他捡烂货。"

"房子好生生的。"

"我看你是惦记那个啃死人骨头的吧。"

"你乱说什么啊？"

"就是口红涂得要吃人的那个啊，章美玲！她不是住回来了吗？"

"你又乱想了。"

"我乱想？她跟你打招呼不要以为我没听见。"

"打个招呼怎么了？"

"'天成，我回来了。'你都老成这样了，哪个不是喊你'袁伯'？"

"不扯这个，老领导信任我，便宜卖给我。"

"信任个屁！"

9

可以说，并不是从某个时间点，事情开始起变化。而是从某个时间点开始，换了一种话语方式。

班里有个傻大姐，才四年级，她的个头就长到了一米五几。成绩也差，家长又没有给老师刻试卷的本事，就被安排坐最后一排。只是她一人一桌。倒数两排都是些男生，个子最高的和成绩最差的那些。上了四年级后，男生变得有点可怕。刚开始只是玩笑一样，把傻大姐堵在最后一排的墙角，慢慢就开始动手动脚。你一把我一把。傻大姐又叫又笑，又笑又叫。没有其他女生走近那角落。不知是什么规则，容忍男生们去作恶。男生肩膀身子裤腿的缝隙里，看得见傻大姐瑟缩在角落里的身体，被扯得往下掉的裤子。她胖且丑，无力地叫唤着。

顾恬遭遇的是相同又不同的事。

四年级，顾恬就被从一堆小孩中认出来了。小流氓追求她，趴在班教室的窗户外面，纠集几个小喽啰，一声一声唤着顾恬的名字。顾恬佝着身子，钉在板凳上动弹不得。似乎自己只要动一下，就会引发更多的哄笑与议论。娃娃领白衬衫下面，顾恬的胸口显出棉花糖一样轻而薄的起伏，被脖子正中的红领巾一左一右切割成两个半圆。小流氓们继续叫着。顾——恬——顾恬——咒语一样绵长的叫唤中，偶尔会恶作剧地突然大喊："顾！恬！"短促而迅猛，让顾恬的身体凛然一抖。声音并不可怕，声音本身甚至可说是空白而无杂质的，但夹杂了话语的声音却像蛇，它钻进一只只耳朵里去，搅动人的心思意念，分解固有的形状与样态。总之，这叫唤让人心神不宁。女孩子规规矩矩，安安静静，突然有一天就得遭受这飞来横祸一般的挑战。

跟傻大姐一样，小流氓趴在教室窗台喊话的时候，顾恬的座位四周也显出同样的寂静与空旷来。双人课桌的另一半空着，同桌男生跑去最后一排，跟其他男生一起嬉笑打闹，似乎对这事并不关心。而前后左右的男生女生，要么就自顾自地做事玩乐，要么就咬耳朵或斜着眼，似乎有一条隐形的界限，把顾恬与班里其他人隔绝开来。像《动物世界》里，狩猎的狮子看中鹿群中的某头后，鹿群越跑越快将被锁定的鹿弃之于后，所以这兴许是本能。但从别的角度来说，平时把班里每个人一举一动监视汇报得一清二楚的纪律委员、学习委员、班长副班长，在这静寂时刻，也都视而不见。孩子从大人嘴里被灌输了可怕的想法——小小年纪，男男女女，不要脸。说这种话时，要面容紧绷、杜绝笑容，才能配合手臂上的红杠杠，掷地有声义正词严。

顾恬跟小流氓肩并肩轧马路前，还有一件事。是下午，那个外号叫"耗子皮"的小流氓跑到教室来，给每个对他还算和善的同学派糖。蓝白色纸包着的花生牛轧糖，含进嘴里很快就软塌塌开始融化。这是一个仪式，一个宣告，他追到了顾恬，两人一起发喜糖了。

很快，"耗子皮"开始护送顾恬回家，两人在傍晚的光线中走在马路上。一个背着双肩书包扎着马尾辫，一个梳着郭富城头穿着大人才穿的黑皮鞋。

如果事情就这么发展下去，像班里其他发喜糖的同学一样谈恋爱，也没什么了不起。那些长得最好看的女生，或者发育得最快的女生，哪个没有在谈恋爱了呢。谈不谈恋爱根本不由女生决定，而是由那些混社会的流氓或者有钱的男生决定。给四十个同学每人哪怕一颗花生牛轧糖，也不是一笔小数目了。但顾恬忘记了她有顾言刚这么一个爸爸。

袁天成问袁园，那个流氓是不是威胁恬恬？

袁园想了想，说，是。

后来，袁园知道，父亲和顾叔叔经常在她和恬恬身上交叉取证，防止她们撒谎，防止她们变坏。她说了"是"的结果，是顾叔叔相信，如恬恬自己所说，跟"耗子皮"一起散步，是被流氓恐吓了。

顾言刚守在学校门口，待"耗子皮"出现，就揪住他狠狠抽了几耳光。有了这么一个父亲作补充，顾恬的形象不知不觉间也有了变化。倒不是关于家世或权力，孩子们还不懂得这些，而是猛然觉得，顾恬跟"耗子皮"发喜糖、散步，原来是件这么严重的事。严重到一个大人要发动暴力加以阻断及惩戒。顾恬也就不再被视作小孩子。

风暴眼中的顾恬，却并不像被保护了，反而，像她自己被顾言刚狠狠揍了。她跟袁园都坐在第四排，上课时袁园有时侧过头看她，见顾恬趴在桌面，不像在听讲。发箍也好，蝙蝠衫也好，还是很漂亮。

袁园和顾恬"小升初"都考砸，但顾家交了高费，所以顾恬去了重点，而袁园去了普通。对小孩子来说，不在一个学校读书，日常生活就荡出了彼此能力所及的范围，也就不像小学时，时时刻刻往对方家里跑了。所以，让本应由她们一起看见或消化的一些事，只剩袁园独自一人默默领受。

某天早读时分，前排的男生回头告诉袁园："嘿，耗子皮昨晚死了。"袁园反应了很久，才能把"死"这个事实与"耗子皮"联系起来。这个传递消息的男生，就是顾恬四年级时的同桌陈勇。

早读本应是语文课代表领读，袁园的课本也就打开在头一天刚学过的《送元二使安西》上。"渭城朝雨浥轻尘，客舍青青柳色新。劝君更尽一杯酒，西出阳关无故人。"但只见英语课代表站了起来，说语文课代表今天生病，所以改读英文。早读时，中文只用课代表起头，大家就一齐朗读。但英文却是课代表读一句大家跟读一句,于是袁园听见自己间隔着几秒钟读出的句子。"Look at the rain! It's heavy, isn't it? ""Look at the ice! Be careful! It's thin. ""What a strong wind! It's blowing strongly. "

雨要说下得"重",冰须说结得"薄",而风,则是刮得"烈"了。那么,死呢。课本里教的是"或重于泰山,或轻于鸿毛"。而"耗子皮"的死,似乎只属于黑与白之间那海量的、程度不等的灰。

如果"耗子皮"真是凶神恶煞的黑帮老大,或者像郑伊健化身的陈浩南一样潇洒不羁,那么他的死大概会变成本地的传奇,或者在死亡本身之外超升出美的感动,但他不过是一个辍学的少年。就算双亲不是务农,也并不是朝九晚五有班上的人。而他的死因,在混合了多个同学的版本后,最大的可能是,他被叫去为一场午夜的群架助阵,他所在的一方很快落败。只因他个子最矮跑得最慢,就被一路追打。在东风路与爱国巷的交界处,一个酒醉的司机开了辆小型卡车冲出来,撞上了被追打得晕头转向的"耗子皮"。

"听说他躺到天亮了,尸体才被警察收走。"一个男生不知从哪里得来的消息。

"原来他跟我们差不多大,也是十四岁。"又有谁在说。

上课铃"丁丁——"一声长鸣,是电铃,粗颗粒的声音震散了围聚的黑色头颅。袁园突然意识到,在这个几十人的教室里,只有一个人跟她算得上"知根知底":小学时跟她抢拖把打架、吃过"耗子皮"和顾恬喜糖的,陈勇。

于是她用笔戳戳陈勇的背:"喂,英语作业要不要抄?"

之后,袁园脑海里偶尔闪过"耗子皮"躺在午夜冰冷泥泞街头的样子,他整个还未发育完全的躯体和面容。警车来了,车顶上一盏灯,在夜里闪着红蓝光,照耀着一堆杂七杂八的脑袋。场面大概是被上帝的手消了音,徒留颜色光亮,不见声响。

而在更切近的世界里,随着顾言刚的权势日增,朱虹慢慢成了整个院子里最引人注目的妇女。最开始,是一个女中医,给朱虹看了几次病后,两人交好,就让自己儿子认朱虹顾言刚做干妈干爹。朱虹对这个干儿子很上心,按照这边认干亲的礼数,给孩子置了一身衣服,发了红包。认了这一个,接下来的挡也挡不住。人不断冒出来,要让孩子管顾言刚喊"干爹"。有些脸皮厚的，恨不得自己亲口喊"干爹"。

任外界狂风暴雨、电闪雷鸣，女儿们被困囿在自己的房间内，按父母期盼的，屏蔽情和爱、生与死，扮一个超龄的儿童。似乎一夜之间，她们需恪守的，只是最简单的两个字，纯洁。而曾是一家之主的父亲，在女儿进入青春期后，突然荡出了亲密的距离。女儿在变成女人，父亲们也就变回了男人。

但悄悄地，两人交换对男生的看法，简单说，就是袁园描述她喜欢的男生是什么样的，为什么喜欢他。而顾恬说她的原因。让她们觉得吸引的，是截然不同的东西。袁园喜欢安静、聪明的男生，最好要长得好看，还得有少年的莽撞与率性。顾恬批评她说："你就是喜欢那些装酷的。"而顾恬喜欢的，在袁园看来都是些毫无魅力的男生，那些学霸。虽然他们也许具备高智商，但往往并不懂得如何去也并不会去咖啡馆消磨一下午，更不要提为了女生打架。于是她嘲笑顾恬："你就是喜欢老男人。"

然而，不管是"老男人"还是"浪荡子"，总要牵他们的手，像学习去了解这个世界一样，去学习与了解男性。与家中那个自她们出生起就认识的男性不同的，另一些男性。男性的局部与整体。

10

林冬莹跟几个姐妹去东郊的梅花林赏花，是正月十六。她爱照相，春天与桃花合影，夏天与荷花合影，秋天满城找落叶路取景，冬天盼着梅花开。在四季花卉前，摆一个昂首挺胸的姿势，很有点年轻时的革命气势。更重要的可能是，在植物的活力面前，人一天天的衰老固不可逆，却也能在方寸间定格，暂时挣脱疲惫。于是，装扮、拍照、看照片，是林冬莹生活中相当重要的一件事。

这天也不例外，回来先摇摇手机，跟丈夫女儿预告照片有多美，但更按捺不住的，是从包里掏出了好些广告传单："东郊现在可不得了，都是新开的楼盘！"

林冬莹说，之前听人讲，市里面搞老区改造，东郊厂区产业升级，厂子往外搬，旧厂房做第三产业。这些话抽象得很，而且，离家四站路就是湿地公园，河滩绵延十来里，真山真水都看不尽，谁还会在意一个人工湖？没想到去了后才发现，从前的老厂房都变成了时髦的餐厅咖啡馆，年轻人举着自拍杆打扮得都很洋气。

梅花林就在人工湖边上。这年气候冷，梅花开得迟。新年过了十几天，光秃秃的树枝上才开始绽出粉白、鹅黄或殷红的花朵。梅花的香与冷冽的空气相宜，隔着湖面都能飘散至行人的鼻息里。有这些颜色气味做背景，人工湖前的小商贩也像挤挤挨挨的花朵，脸色染了梅花的粉白，呼出团团白雾蒸腾出冬尽春来时特有的和煦。林冬莹就在这祥和热闹中挤着，往梅花林去。沿途不断有人塞传单到她手里，她也就看了两眼。等拍完照，在湖边长凳上歇息时，才跟姐妹们拿着传单，你一言我一语议论起来。

楼盘其实就在眼前。视线跃过湖面、马路、绿化带，就是围着绿色防护网的工地。塔吊悬在半空作业，看得出这是个以小高层为主的大楼盘。林冬莹膝盖关节劳损得厉害，就随口说了一句爬楼梯累人，自己家虽然住二楼，但每天买菜进出好几趟，也是磨人。这一说，姐妹们就撺掇，不如现在去看看，反正就在马路对面。

小区是好小区，户型方正实用，规划的超市、游泳池一应俱全，林冬莹回来就跟丈夫女儿提，不如买一套，全家搬过去。户型朝南，推窗见湖，多好。袁天成却是没什么兴趣："楼上楼下住什么人，你知道啊？"

"管它住什么人，你自己住得开心不就行了。"

"那可不行。"

"你不是真想买岑军生那套房吧？"

袁天成没答话。

"那套房子没电梯，也快二十年楼龄了，买来干什么？"

"环境好。"袁天成咕哝。

袁园倒是察觉了父亲的心思，劝解道："你们再考虑考虑。白楼虽然住的都是领导，但不一定好相处。"

林冬莹被女儿一句话像是点醒："袁天成，你想过官瘾啊？住上去了又如何？还不是平头老百姓！"

两人吵吵嚷嚷，各不相让。母亲厌恶这院子，父亲却是想留守，袁园想起了搬回来的章美玲，于是走回自己房间，掏出手机拨了过去。

电话"嘟"了好多声，章美玲才接起来说"喂"，又说："有人说找到宽宽了，我现在去接它回家。"

袁园随口问了对方地址，发现是在新区的边缘地带："章阿姨，都这么晚了，要不你明天再去吧。"

章美玲坚持说马上就得去，没说两句哭起来："没有宽宽，我也不想活了。"

袁园对着电话里传出来的一片哭声说："那我陪你去。"

在章美玲家楼下等待时，袁园发现，章美玲家楼下的九重葛长得特别高大。可能这植物本身就是爬藤类，要依着架子往上生长，攀附物有多高，枝条就能爬多高。她家楼下正好是大院东门，保安室本身已有四五米高，加上屋顶为了跟大门协调，也盖了琉璃瓦，就又高出一截，枝条就重重覆盖，将保安室的顶部铺满。一两朵姿色残存的花朵，踩踏着冬夜黑色的天空。

章美玲上车后，"窸窸窣窣"翻手提包："两百块红包，够不够？"

两人一时无话，司机拧开收音机，本地交通电台，女主持在接听电话："这位师傅，你慢点说，你要点歌送给谁？保密啊？那你想点哪首歌呢？《爱你一万年》？我们只有《再活五百年》，可以吗，喂？"

到了约定的小区，两人一起按门铃上楼。

那家人一开门，宽宽就扑上来摇尾巴。章美玲抱着宽宽亲了又亲，又翻看它的耳朵手脚，玩得主人家都没心思看了，她突然站起来说："这不是我的狗。"答谢了对方就要走。

捡到宽宽的是个老头，原本还在跟袁园聊天，说狗是朋友送他的，这"朋友"是什么人，他没说。直到看到寻狗启示，才晓得"别人的心头肉，主人着急得很"，给章美玲打了电话。这下，章美玲说搞错了，老头倒有几分欣喜露出来。

走都走到楼下了，章美玲又说要把准备好的红包给老头。袁园搞不懂。章美玲也不解释，又蹬着楼梯爬上楼。

老头不收。章美玲突然眼泪汪汪地说："老人家，你跟它做伴不容易，一点意思。"

在老头家楼下的花坛边上，章美玲对着枯黄的草哭了很久。直哭到天开始飘毛毛雨，袁园劝她："别人看见了不好。"两人才走出小区来。

回去的路上，章美玲一声不吭。袁园自说自话一样讲些琐碎，想要分散她的注意力。袁园说，章阿姨你记不记得，高考结束，我们班几个同学去看你。你让我们想象未来的生活，"大好世界，大好前程"。

章美玲"嗯"一声。

袁园于是想起，当时章美玲倚在沙发上，一头长发乌黑浓密，显出旺盛的生命力。对着几个考上重点大学即将离开的学生侃侃而谈。她家客厅铺实木地板，摆几张真皮沙发。一串风铃挂在窗下，有风来，就丁零作响。

袁园盯着客厅里的书柜，章美玲说了句："莎士比亚好，汤显祖也好。"又抽一本《临川四梦》送给袁园。

"后来去读大学了，我还从里面抄句子写信给顾恬。"袁园说。

章美玲这才搭了话："抄哪段啊？"

"姹紫嫣红。"

袁园等着章美玲想起些什么来。车停下来等红灯，红灯的秒数从60递减。袁园于是从镜子里看了一眼章美玲，眼里分明是蓄着泪。袁园装作没看见，只听章美玲低声说："断壁颓垣。"

11

城中时兴的餐馆，多在新区的商场里。顾恬想来想去，还是约了陈勇和袁园去吃火锅。火锅店开了多年，老板是四川人。袁园跟顾恬来吃过好多次。袁园跟陈勇也来过好多次。老板已经不跑堂了，顶着白头坐在柜台后数钱。就是这么一家店。锅子端上来，照旧，一半酸辣，一半麻辣。久不吃这么辣，很快两个女的就汗水、鼻涕、眼泪齐流。纸坨坨扔到地上去，一些事也就不用遮啊挡啊的了。

顾家房子不好转手。消息散出去，零零星星来了几个人看房子，没有下文。就算是陈勇带来的外地人，急着要学位的，也对这套老房子不甚满意。一说起来就是，什么配套都没有，没小区没游泳池没超市，要走通整个院子出去大马路上才有，不方便嘛。但陈勇既然出了力，顾恬也就不想欠人情，说了要请客，那就请起来吃顿饭。

看两个女的辣成这样，陈勇就说去给她们买饮料："奶盖茶嘛，流行。"等他拎着两杯奶盖茶回来，却说："居然遇到傻大姐！卖奶茶！"顾恬和袁园也想起了这个小学同学，扯几句闲话，就说一会儿要走去看看。

奶茶店虽只有五六个平米，但请了两个小工，傻大姐只坐在电脑前数钱、接外卖订单。城里大大小小的奶盖茶十来家，傻大姐这家虽然其貌不扬，但电脑不断跳订单出来，生意却是好得很。四个老同学站在奶茶店门口的石板路上，顺着傻大姐手指的方向看招牌，这才发现两个大字"贡茶"的上面，塞了"洛洛"两个字，也就是说，这家店其实叫"洛洛贡茶"。他们也才想起来，傻大姐也有名有姓，叫罗洛。这名字喊起来跟方言里"猪猡猡"太接近，小学生作怪，逗起来闹，搞得傻大姐自己都不愿意提这名字。现在放到招牌上，却是协调。

"我这个是山寨版。正版的加盟费都要十几万，我哪里出得起！"罗洛笑。

"生意好得很哪。"陈勇说。

"混口饭吃就不错了！"罗洛还是胖，乳房和肚腩都耷拉着，把羽绒服勒出三个弧度。

罗洛又问袁园和顾恬："娃娃好大了？"

顾恬说，五岁了，是个姑娘。袁园说，婚都没结，哪里有娃娃。

罗洛拖长声调："还是早点要，你看我大姑娘都十六岁了！小儿子也上二年级了！"

陈勇说："比不得你嘛！儿女双全！"

罗洛又说起自家老房子被拆迁了，原本打煤场那一片棚户区全部拆迁了，回迁进电梯公寓，"现在哪家还烧煤啊？连开馆子的都烧煤气了。拆了好，我老爹老妈也做不动了，我和我哥两个养起他们。"又问袁园和顾恬现在住在哪里，"你们那片还没拆迁啊？全城都拆迁了啊。"

顾恬笑了笑说："全城都拆了啊。"

话聊干了，三人就说要走，罗洛喊他们："哪天一起打麻将啊！"三人回头，罗洛又着脚站在路中央，冲他们挥挥手。

这一天原本的安排只是顾恬请客吃火锅，但遇到傻大姐后，顾恬想到点什么，就跟陈勇说，全城都拆了，我们去看看，都拆成什么样了。这么一说，陈勇倒是为难了，拆得一片稀巴烂，有啥好看的呢。顾恬说，那就绕城走一圈，袁园也没看过。陈勇说，绕城啊，这个简单。方向盘一打，三个人就出发了。

他们吃饭的火锅店，在老城区最西面的清溪路。清溪路跟城里60年代修筑的大部分道路一样，是双车道，到现在，私家车越来越多，老城区的道路多半改成了单行道，他们沿着清溪路往前开，一路向西，就是绕城了。沿街的商铺倒是都还开着，不像是拆迁的样子，但路边上楼与楼的缝隙里，看得出居民楼窗户在大冬天仍敞开，住户早已搬空。清溪路往南拐进幸福路。幸福路多是服装店，在大商场建起来前，袁园和顾恬要买衣服，都是从街头逛到街尾。陈勇说，这些铺面，以前十几二十万一年，现在不行了。

幸福路走到尽头，往东是一条拓宽的八车道马路。过年，路中央的花坛上红梅和山茶正盛。红梅高，山茶矮些，应春节的景，红得夺目，把路灯上挂的宫灯都压了下去。

八车道马路开到一半，陈勇问，往河边走还是去新区？河往左拐，新区右拐。河原名济番河，跟这方被叫作镇远、定远的地名一样，是汉人征讨西南蛮族的记录。后来改了名，去了"番"字，"济"字三点水也拿掉，就唤"齐溪"。说是溪，最宽处河面有五十米，河长也超过一千公里，属长江水系乌江流域。流经小城的这段，平缓如镜，花落入溪，世代修葺成了著名景点。河上架放鸽、迎鹤、扶风等桥，沿岸筑亭阁草堂，小城人心所归。所以，去河边，对袁园顾恬和陈勇来说，并不是去水边走走，呼吸新鲜空气。河不只是河。

顾恬却说，去新区。

陈勇就把方向盘顺时针一打，拐上开发大道。一进新区，车窗外就换了颜色。老城浸染了齐溪的河水，深绿是底色，沿街建筑白墙灰瓦。新区则多是玻璃幕墙的高层建筑，体育中心和紧挨着的几个商场，都是金属色外墙，一栋栋远远趴在路边，像太空飞船。"我看跟北京也没什么区别。"顾恬说。这种布景下，车好像开进了别的时空，像央视天气预报会播报的任何一个国外大城市。却是跟顾恬和袁园记忆里的家乡，没什么关系了。

在一个商场侧面的巷子里，小贩推车卖炸洋芋、烤豆腐。陈勇留在车上，顾恬和袁园下车，一人买一个白糖搅出来的棉花糖。棉花糖蓬松，柔软，舌头一舔上去就化了。

"我后悔过。"袁园看着不远处车里的陈勇说。

"你帮他当会计、站柜台不？"

"没这个本事。"

"各人有各命。"

"也是。"

"看看章美玲。"

"你还相信什么？"

举着脑袋大的棉花糖，顾恬静静搂住袁园。两团棉花糖在她们各自身后，包围，环抱，切割出只属于她们的小世界，像她们五岁时那样。又像她们十五岁时一样。

12

在新的事物出现之前，衰颓早已发生了。比后来人们意识到的，要早很多。

大院的九重葛和桂树才种下没几年，城里的植被已换了风气。旅游之城的定位一经提出，"花园城市"也紧接而来。更常见的说法是，要在"花"字上做文章。于是，原有的紫柳、迎春、桃、桂花这些木本植物外，又多了海棠、含笑、玉簪等四季不同的花卉，树木也种了时兴的银杏、樱树、玉兰。空气里的味道，混合了新生植物的繁杂，总是带点甜了。

1998年，袁园和顾恬升入高一。与外界的杂音相比，她们身体内一些巨大的构造正"轰隆"成形。少女的身躯光璨夺目如宇宙之心，蓬勃生动如洪荒之原。像是要给这笼罩在教室、操场和走廊上方的荷尔蒙雨云增添更强的记忆点一般，从暑假绵延至开学，电视上反复播放特大洪水灾害的画面。即使霸住调控器让电视定格在 Channel V，让范晓萱唱"3155530都是都是我想你，520是我爱你，000是要 kissing"，也消减不了央视主持人的背景音。而这背景音之强大，让纵使被同样强大的青春色相摄魂的学生，也终究不能躲避。

黑板上张贴出全校师生的捐款明细。顾恬踮起脚尖，手指在一个名字上点了点，回头冲袁园笑了。袁园也就这样认识了顾恬喜欢的男生。成百上千个一模一样宋体打印的名字中，顾恬调皮的举动在纸面划出一道隐形的缝隙。而接下来发生的事，也就并没有因其突然、重大、不可抗拒，而真正击垮她们。

父亲们开始"集中学习"前，袁家来了一位客人。一位比袁天成年轻一些的男人，讲话时带点外县口音。男人既不是父亲单位的同事，也不是平日的朋友，袁园就多看了几眼，记住了这个晚上九点多上门的客人。

后来，"集中学习"愈演愈烈，袁天成三天两头不见人影，林冬莹的话里开始透出不可控的焦虑。

"求顾言刚办事，来我们家干什么。""'讲学习，讲政治，讲正气'，你自己讲清楚了没有，讲清楚了听听别人怎么讲你。""谁不是泥菩萨过河，这个人乱串什么门！"

父亲们暂时从家里消失，并没有让袁园和顾恬惊慌或警觉，反而，要抓紧这难得的自由。

作为掩护，袁园跟顾恬经常"三人行"。两个女生是固定组合，随机搭配其中一人的男朋友。与身边其他陷入恋爱的女生相比，她们选择了"间距"的关系。也许，与爱相比，她们更需要的是对爱的想象。拥有一种极致的想象，但不去实现它，可以说就是幸福本身了。当然，这些都是性到来前的状态。还可预设，可控制，可一厢情愿。

去袁家造访的不速之客，很快引发了连锁反应。最直接的一点就是，持续进行的"三讲"中，袁天成必须讲清楚，关于自己和关于顾言刚的一切。

要讲清楚的事情并不久远。

几年前，顾言刚确实赚了点钱。他借调结束，不知为何新的单位接收出现问题，迟迟没有解决他的安置。那时，国企垮了大半，地方经济一蹶不振，也就鼓励个人"下海"。没班上的那阵，顾言刚跑去了深圳做生意。现在看来，这些事充满了偶然性，近乎不可思议，可在当时，确确实实就发生了。内陆的经济与资讯都还极度闭塞，做生意多半是"打时差"，把沿海的东西卖到内陆，再把内陆的东西倒腾到沿海，在两边的需求落差里牟利。这个事，袁天成确实能帮上点忙。袁家的沿海亲戚，似乎这时开始真正发挥了一点作用。可这生意也没做多久。组织上终究解决了顾言刚的安置，他也就回到了一直所属的队伍里，继续做一名干部。但在这过程中，袁天成没少掺和。林冬莹有了第一瓶真正的法国香水，而袁园穿上了人生第一条牛仔裤。除此以外，顾言刚和袁天成其他所有的事，也须讲清楚。在这个小小的世界里，但凡你做过的事，总会被清算。所以，不管是几"讲"，首要问题，你得把自己先讲清楚。你得讲清楚，才能不"犯错误"。

林冬莹是怕的。似乎人生头一次，她需要面对丈夫就此消失的局面。消失的代名词有很多，她忌讳，不提，但心里清楚。它们是——逮捕、刑讯、监禁，以及有可能的——判决、入狱、改造。

在这样的气氛里，袁园和顾恬变得沉默。承受这些所需要的能量，超出了她们年龄所能负荷的极限。在那极缓慢的几个月或更长的半年一年里，某种沉沉下坠的力，几欲拖垮她们。

那段时间，林冬莹和朱虹格外亲近，她们经常奔走于有"消息"的家庭间，交头接耳。朱虹比林冬莹的恐惧更甚。她偷偷扔掉了一些皮包，首饰也典当了不少。甚至打听起在外地如何购买商品房。就在她担心干儿子们会不会还如往常般上门来时，却发现，家里除了自己和女儿，已空荡荡。

每个晚上，她都去袁家找林冬莹，两人一起去敲那些平日并没有敲过的门。到这时候，她们突然对章美玲有了另一层面的了解。章美玲可以不必顾忌，就去敲任何一家的门，同样是求人，她少了一个很大的负担——妇道。就像林冬莹说的，"反正她都那样了"。可是朱虹呢，只能跟林冬莹结伴而行，别无选择。

短暂的结盟并不可靠。林冬莹终究比朱虹更有城府，找了别的太太联手。朱虹只好每个晚上都待在客厅里，眼睛盯着电视，心思却不知走到了哪里。顾恬从房间出来，看见母亲一颗接一颗地吃葡萄，脸上格外平静。

顾恬却是垂头流下了眼泪，不知是什么，将她们统统逼向疯狂。

跟英国士兵与中国士兵交接国旗一样，母亲们不在家的夜晚，顾恬和袁园在家楼下交换钥匙。有一两次，顾恬站在楼下等钥匙时，男友也在。隔个十来米远的样子，站着，冲袁园笑笑，像这只是两个女孩之间的事。袁园一度觉得，画面本可调换角色，是她从顾恬手里接过钥匙，带了男友去顾家。她想给顾恬一些安慰，但什么也不能做，只能递上钥匙。

真正的理解，需等到袁园拧开自家门，听到父母卧室里传出林冬莹的呻吟和一个陌生男人的声音时，才能明白所有人在经历什么。

袁园轻轻关上了门。当晚，她跟陈勇坐在一间小宾馆的床上，像顾恬跟她说的那样，"你就倒下去"。在欲望与恐惧之间，在空荡荡的家之外，她们揽住一个男性的臂膀，像坐在浴缸里等待温暖的水一点点漫过胸口、脖颈，直至将她们带入安全的堡垒。她们天真得可笑。但某种程度上，又哀恸异常。

后来，袁园常想，是变成了大人，才让她们离开了院子？还是离开了院子，她和顾恬才变成了大人？如果从父母手中，从这个院子，或从更庞大黑茫茫的背景音里剥离出自己的身体，是炽亮如白昼的第二次诞生。那么，新生命随之而来的摹仿、演习、规训，她们则以创世般的话语和权柄，一一命名，且言出即行。一切的规矩，从此由自己定了。

而身后的世界，这世界里所有的面孔、记忆，都破碎塌缩，只因女儿们坚持说——不。连自己身体都不顾惜的少女，大抵不会惧怕任何失去。家大概就从这时起变了样子，旧因新的诞生而寂灭。时间也因此开始加速度，如露如电，容不得她们回头，回头就要凝成盐柱。

如此这般，距离袁园和顾恬头也不回考上大学、任意恋爱、离开院子，已有四五年。当她们快忘掉旧世界的梦魇时，它却如幽灵，终于覆盖上来。

顾言刚的垮台，流传过好些版本。

最开始说，是在单位被带走的。顾言刚专横跋扈，行事嚣张，但有一点公认，他总是拼了命地工作，从不停歇。所以那一天，他也是在单位。星期一，他照例开了一上午的会。中午在办公室打了个盹。两点半一过，办公室的人打开门准备工作，顾言刚也打开门，端着茶杯漱了漱口。那几个人是突然出现的，直接走进顾言刚办公室，没说几句，就把他扭了出来。全局的人都还没反应过来，顾言刚就被按着脑袋塞进了一辆面包车。

在这套市井坊间的版本之外，院子里的人又讲出另一个版本。顾言刚出事，并没有什么戏剧化的场面，甚至，他身边的人也没有马上察觉。几次约谈后，他照样上班，也亮相于一些公众场合，还在电视电话会议上按在职职务发言。直到半年后，一次低调的人事更迭，才让系统内部的人确认了结果。顾言刚的职务被新人替代，顾言刚本人则没有任命文件。这是终结。用民间土话说，他"即刻报废"了。

这过程中，动作声响，外人并不能知道。甚至顾家母女，也并不能说清楚。之前几乎击垮她们的一次次"演习"，只成了预演。真正的灾祸来临时，没有人能预知。倏忽而至的流星光束里，核心的陨石砸向何处，是将砸坏一辆拖斗车，还是毁灭整片村庄，甚或撞出一个湖泊，人不能知道。

袁天成说他不相信。他平时用于描述此类事件的词组"××犯错误了"，没有用在顾言刚身上。甚至，他也不主动去讲。包括对女儿袁园，也只是在一次电话的最后，淡淡提一句："你顾叔叔出事了。"

袁园和顾恬一样，那时候已经在外地了。在电话另一头，袁园没有问父亲，他不相信的究竟是什么。

对着窗外、楼群切割出来的遥远海面，袁园流下一点泪来。在夏天上蒸下煮最热的时节，顾言刚总是打着赤膊吃西瓜。他吓唬两个女娃娃说，胸口那大咧咧的伤疤，是打老虎留下的英勇战绩。她们都相信了。所以后来，袁园也不愿意去想，那或许只是某个手术，要切除身体上不该有的组织与肌理。

13

正月还没过完，顾恬就走了。房子一时半会儿出不了手，干等不是办法。顾恬走了没两天，章美玲搬走了。陈勇告诉袁园的版本是："章老师喊我帮她搬家。"袁园回了个表情包。过了半天又回："还是帮顾恬找找买家。"

半年后，七月很热的一个下午，袁天成刚睡了午觉起来，接到了岑军生的电话。他坐起来，去卫生间用冷水洗了脸，感觉清醒了一些。再看了一下手机，确实接了一个岑军生的来电，通话时长三十二秒。他跟林冬莹说要去一趟超市，就出了门。

岑军生给他开门，还没等他说话，就说："我准备回来住了。"

岑军生说，过完年他跟老伴就去了加拿大，探亲签证六个月，但他早就待腻了，不是儿子留，他早就回来了，"刚开始每天看松鼠和麻雀在草坪上蹦还新鲜，后面管它们来几只都不想看了"。又说自己不懂英语，老伴好歹是英语老师，能跟媳妇比画几句，自己就成了个哑巴，"什么都做不成，跟坐牢差不多"。还说自己想清楚了，还是在自己的老窝最舒服，哪儿也不想去了。

听他差不多说完了，袁天成说："回来住也好，都是老下属老同事，凡事有个照应。"

这句话一说出，岑军生一下子松弛了，像是不用再为自己的决定找理由。又说，老干局的人听说自己要回来住，也上门来慰问，还建议他积极参与文件学习和各种活动。

袁天成点点头。这些退休干部的待遇，他是没有的，他收到的通知，一般是歌咏比赛、朗诵比赛、书法大会之类。

两人又说起半年间老同事老相识们的动态。岑军生提到方小鸣，说看电视里的地方新闻，方小鸣气色看起来不错，"当年他来的时候，还是个刚毕业的大学生！"

袁天成想起了什么，支吾了两句说："我过年的时候去找过他，言刚不是要出来了吗，请他关照关照。"

岑军生点一支烟："天成啊，他又能关照什么呢？"

袁天成答不上来，心里想的一句"他还在位上"也没有说出来。

"他现在势头正好，那么多眼睛盯着，他就是有心帮也要避嫌的。"

"我晓得。"

"你要是真的想找人，还是找言刚原来关照过的小兄弟，不吃这碗饭的。"

从岑军生家出来，袁天成脑子里"嗡嗡"着"不吃这碗饭的"几个字。暑气蒸腾，衣服却冷冰冰地贴在他背上。大概就是那些做生意的吧，拿得出真金白银的，总归好过口头所谓"打个招呼"。回家后他跟林冬莹说，不用考虑岑军生的房子了，我们应该把言刚的房子买下来。

"你疯了啊？"林冬莹吼。

"就当借给他。"

"你欠他的啊？这个家不用钱啊，袁园不用钱啊？"

两个人这架吵得厉害，吵得林冬莹打电话给女儿袁园哭诉，你爸疯了，居然要去买顾家的房子。更可气的是，袁园居然说，也不是不可以，就当借他们。"你们两父女就是我的克星啊？我一辈子伺候你们，到头来文个眉毛都不敢花钱！"林冬莹哭起来，是真的伤心了。哭够了，林冬莹也没再闹，毕竟，存折在她手上，哪个敢乱动！

　　又过了一个多月，顾言刚出来的日子一天天逼近的时候，顾家的房子突然卖出去了。

　　林冬莹每个星期总有两三天在外面跟姐妹打麻将。她退休后参加了合唱团、舞蹈团、老年健步团，认识了全城爱唱爱跳的老年妇女，信息渠道也就大大拓宽了。这天，牌桌上，陈三孃说，自己侄女最有生意头脑，最近搜购了城里面好几套老房子，等着升值。陈三孃的儿子不争气，毕业了不工作只啃老，所以她经常拿这个传说中的侄女出来绷点面子。林冬莹一般都是说，了不得哦，你这个侄女！嘻嘻哈哈就过去了。但这天，不知道是不是"房子"这个词刺激了她，就多说了一句："老房子还升值啊？那我把我们家老房子卖了！"

　　陈三孃一边"碰"一边说："她买的几套里面，还真有一套就在你们那片。"

　　"墙外面那些农民房子？"

　　"不是，不是，就是你们院子里面。听说是当官当到省里面去了，后来判刑了的。"

　　"姓哪样？"

　　"好像姓付……不对不对……反正不是个大姓，"陈三孃摸起一张牌来笑眯眯，"姓顾！姓顾！"

　　林冬莹走了神，等了好久的一个杠子都错过了，"噗"一声把自己的三个八筒推倒，"哎呀呀，报废了。"

　　"我侄女说，买下来，等拆迁一量房子，一套少说要赔一百万！"陈三孃又"碰"。

　　"拆迁？哪点拆迁？"牌桌上其他三个人都问。

　　"大半个老城区都要拆！"陈三孃得意，"我侄女不是在市政府嘛……"

　　林冬莹冷笑道："她这买卖可能要打水漂了。拆哪里，都拆不到我们那片的。”

陈三嬢摸牌，叫一声："自摸！"其他三个人数钱递钱，她又说："林妹妹，你们那片是不是预制板盖的？说是预制板盖的，现在都算棚户区，统统拆迁！"

林冬莹不吭声，把钱甩在陈三嬢面前："输得老子鬼火戳！不打了！"

回家，袁天成被问得蒙了，说我确实不晓得顾家房子卖出去了啊。想了想又反问林冬莹："这下你也不用担心我想买他们房子了，还闹什么呢？"林冬莹打电话给袁园，女儿说，顾恬没跟我说啊！过了几分钟，袁园打回电话来说，确实是卖了，林冬莹高兴起来，跟袁天成说："拆了好，我早就住腻了！"

这天晚上，袁天成想发一条短信给顾恬。短信是这样的："恬恬，你好！望带话给你爸爸，欢迎他回来。他的根基在这里，我们这些老朋友也都还在，互相有个走动、照应。我去年大病一场，想通一个道理：活着就好！钱的事情不要顾虑，总可以解决！袁伯伯"

字打出来，袁天成盯着屏幕看了好多遍，把短信删短了："恬恬，你好！望带话给你爸爸，欢迎他回来。我去年大病一场，想通一个道理：活着就好！袁伯伯"

手机的电从82%一直掉到30%，袁天成把短信改了又改，删了又删，最后没有给顾恬发出去。只是走去阳台上，抽了一根烟。

顾家房子卖出后，林冬莹松了口气。她报名去泰国旅游："袁天成，跟着你省吃俭用，国都没出过！今时不同往日了。"袁天成说："拆迁款都还没到位，你就把钱用了。"林冬莹兴高采烈试自己在网上买的新墨镜、太阳帽："不跟你说了！"

从踏上去泰国的旅程开始，林冬莹每隔几小时就给袁园发图片，"快帮妈妈美一下。"袁园就帮她"一键美颜""一键瘦身"，让她发朋友圈。偶尔也有林冬莹跟其他团友的合影，袁园认出其中一张，是林冬莹跟章美玲。

林冬莹的说法是，章美玲得了癌症，出来游山玩水已经大半年了。一开始她看见团里面有章美玲，还不高兴得很，后来晓得她的病，倒真是同情起来。"到了我们这个年纪，都晓得只有生死是大事。"同情归同情，林冬莹还是林冬莹，跟女儿说完这些，马上问一句："妈妈和她哪个美?"

袁园于是更仔细地看那张合影。真要说五官,林冬莹是更好看些的。但章美玲有说不出来的味道,笑容、眼神、仪态都引人遐想。袁园回:"妈妈你更漂亮。"也算是实话。章阿姨更美。

林冬莹看了女儿的夸赞,连回两个"棒棒哒"。

14

九重葛贱。秉性与这方水土太相宜,不需照料就长得漫天飞舞,花开颜色也秾丽俗艳。新班子植银杏。说是进口的树苗,新城区八车道的路边三米一棵,真真的黄金大道。银杏却不喜这边多石的黄土,长得垂头丧气。直至新班子统统"双规",个别人逃窜至国外,银杏也不曾像市民们期待的那样,绽出一地金黄,在秋的天色里闪闪发亮。

小广告刺眼。通下水道、开门锁、装家庭监控,强力胶水把小广告贴满家属院的楼道。撕不动,抠不动。得往墙上泼水,再用铁铲刮擦,才露出楼道原本的水泥墙裙来。新城区多是电梯公寓,楼道贴白底黑纹大理石砖,陌生人进楼按对讲机、向保安登记,不会有贴得乌七八糟的小广告。上楼下楼,对着电梯间铮亮的镜子自照,人似乎也光洁尊严起来。

访民倒是不变。走错路,认错门,一如既往以为这里还是政府大院的入口,聚在家属院的路口吵吵嚷嚷,喊些路人没法听懂的话。路人多是些老人。孩子们已长成,年轻人搬去更有身份的地段,院子里渐渐剩下老人。人老了,就失去性别,穿得糊里糊涂,吃药多过吃饭,也只知道过老年的生活了。

2008年的雪灾之后,这方没再那么冷过。倒是城里塔楼越修越多,小车拥堵在任意一条巷子里,夏天开始变得像蝉的叫声般灼热逼人。而只要雨又下起来,人们还是会说,下雨当过冬。如若是冬天的雨,则预示着凛冬将至。

顾言刚出来后不久,顾家就搬了回来。卖了老房子的钱,在新区买了新的公寓。有花园、有电梯。最开始,顾言刚不太愿意出小区,每天在院子里散步十几圈。后来慢慢熟悉了新区的每一条道路，还学会了滴滴打车。有一天，他突然打了滴滴，来大院敲袁家的门，说要带袁天成去吃杀猪饭。

袁天成没有像其他退休干部一样，去老年大学唱歌、打拳、写书法。他学会了上论坛。刚开始只是看，慢慢自己开始写。他的玄幻修仙武侠惊悚巨著《苗乡蛊师八千里追凶神探狄仁杰》写到了第一百零八章。

大院后来拆了大半，具体说，十二栋单元楼拆了，预制板盖的解决性住宅，都拆了。而六栋独院小楼，还有"白楼"，却是留了下来，成了活化石。

章美玲去世前，委托陈勇把自己的几本藏书给袁园作纪念。袁园翻了翻，一本里不知何时夹了章美玲年轻时的小照。照片背面写了："似那处曾相见。天成留念。一九九九年夏。"袁园想了想，合上了书。

袁园和顾恬，则不是这个故事讲得完的了。

袁园以后会写，春节的时候，顾恬通常会来给袁伯伯和林伯母拜年。像所有久别重逢，或者初次见面，他们谈着天气、风物、世相。在袁家，四颗头颅紧密团结在带电炉的桌子周围，热热闹闹吃起来。灯光是橘色，脸是红色。过个一两天，袁园也会去顾家，拎两瓶酒，或者带两条烟，跟顾叔叔和朱阿姨拜年。顾叔叔身体还是好得很，脸膛红而亮。就像小时候一样，她和顾恬都觉得，顾叔叔可以打死老虎。

《收获》2018年第5期

姹紫嫣红处，亦有断壁颓垣

——评《九重葛》

杨剑龙

九重葛——一种极易生长的攀缘性植物，在小说中父亲袁天成的眼里，"这花最顽强，剪一枝，插进土里就能活"。而在女儿袁园的眼中，这种植物的蓬勃与繁茂则到了"九重葛贱。秉性与这方水土太相宜，不需照料就长得漫天飞舞"之地步。的确，女儿感受上的强烈应是超越父亲的，因为她整个的成长岁月都是在这种繁茂的覆盖下度过的。在她西南小城的家乡、在她生活的家属大院，除了家人和最要好的小伙伴顾恬之外，最密不可分的大概就是九重葛了。

其实又何止她一个人，九重葛繁茂的覆盖下，裹藏了多少人的命运故事！但小说开篇却很明确："这个故事讲到几个人。袁天成和顾言刚……他们的太太，林冬莹和朱虹……他们各生一个女儿，取名袁园、顾恬。还有其他人，比如章美玲……"

或许所有的人生故事，无外乎是悲喜交织的花开花落，是时光中不可违逆的四季轮回。为此，小说开篇也很是直截了当："这些说起来，寻常、枯索，像大部分人的一生，压缩为墓碑上的几个字就讲完了。"但笔锋一转，接下来的阐释却瞬间打动人心："但笼统的普遍性，总是可疑。一颗心与另一颗心，只因跳动在不同的身体里就终究两别。那些微弱的，转瞬即逝的，但让人和人两样的声音，留待时间的耳朵去听见。"

那么在这篇小说的"时间的耳朵"里，所听到的又是怎样的故事呢？

小说中的时间跨度大概是三十年左右，正好是袁园和顾恬现在的年纪，而她们的父亲，恰好都生于1956年。两代人的命运，虽然放在大千世界中不过是平常和微小的，但在袁园记忆中却如家乡小城中天桥上垂下的九重葛，"如瀑如云"，虽历经沧桑，却"靠的是枝条的气力，常见往上生长"。

通常在描写两代人的关系时是颇有些难度的，因为把握好尺度并不容易，往往就会把两代人写成了格格不入的两个世界的人，于是便显得生硬和牵强。但这篇小说中的两代关系却建构得融洽而和谐，你中有我、我中有你；即使分歧，也总有一种柔韧之力在内里紧系，宛如九重葛相互缠绕的藤蔓，层层相连而不肯断裂。而这种柔韧之力的强弱，则完全取决于两代人彼此倾注情感的多少而定。这是小说颇为独特的一个亮点，也是让人惊喜的一个亮点。作为80后的年轻作家，对父辈的理解如此细腻，让人颇为惊讶。

小说中父辈们的经历要比下一代坎坷一些，尤其是顾言刚，从官场又进了监狱，这让女儿顾恬迅速成熟，袁园亦是。相较于父辈，两个女孩在现实生活中的理性显得有些沉重。但这恰恰是两代人观照点的不同所导致。与父辈充满理想主义的浪漫和激情相反，年轻一代似乎更想在"顺应"时代中尽力维护住自我的一方世界，所以两代人在情感中的取舍和结局都让人感叹和唏嘘！包括小说中的那个"荡妇"章美玲，她曾是两个女孩少女时期的偶像，美且文艺，却因沉迷于爱情而毁掉了自己的生活。她迷恋《牡丹亭》中的那些"姹紫嫣红"，也为那些"断壁颓垣"所伤悲。殊不知人生的风景即是如此，没有断壁颓垣怎衬得出姹紫嫣红。风景如此，人亦如此。就比如袁园的母亲林冬莹，看似世俗与市井气，可在现实生活中、在袁家沉默的氛围中，还的确需要"生气盎然的母亲来捣出一汪活水"来。

对生活和人性如此冷静和犀利的认知，作者的确是具备了一个好小说家不同寻常的观察力，因为这种冷静与理性中满含着的是作者浓浓的悲悯和思考。据说九重葛的花语有两条，一条是顽强而热情的生命力，另一条则颇耐人寻味——"没有真爱是一种悲伤"。

相信不管是处在何种时空何种风景中的人，都会深深认同这句话，这可能也是这篇小说希望读者能有所感悟的人生真谛吧！就如作者郭爽在创作时感悟托马斯·福斯特的那句话："小说教给我们一件大事，我们很重要。因为生命就作为生命而存在。"

恶水之桥

易康

　　沈中是在观光电梯上看到我的。当时我正在二楼的首饰店，而他则是要去顶楼的餐厅。一个久未谋面的大学同学说要来看他。沈中说，好的，你来吧。于是，他们约定到这儿来吃饭。沈中走进预订的包厢里，发现那个同学还没有到。他靠窗户坐下，茫茫天宇如同一幅画，尽收眼底。他想，从上面看，所有的东西其实都很有限很渺小。他觉得自己是庞大的，塞满了整个空间。就在这时，老同学的电话到了，说她离这儿不远了，但堵车，堵得厉害，要过一会儿才能来。沈中探身往下看，下面人如蚁群，车似虫豸，密匝匝乱纷纷地聚成一撮，那位同学的车应该就在其中。

　　沈中跟服务员要了一壶茶，自斟自饮。而此时我正在二楼周大福珠宝销售区。

　　二楼的首饰店如同被金光所笼罩的水晶，晶莹透明。在这片亮光中，我看到了吴孟宇。他站在陈列钻戒的柜台前，仔细地看着每枚戒指上标注的价码。女营业员杜兰走了过来。她带一个托盘，里面有计算器、发票本和笔。她二十三四岁，负责白金专柜。白金专柜的柜台里铺的是墨绿色的绒布，打着白色的灯光。在灯光的映照下，杜兰的脸像瓷一样光润。她不急于推销，而是安静地与吴孟宇一起注视着柜台里的陈列品。

吴孟宇有一枚钻戒，是他妈妈遗留给他的。妈妈在的时候，常梦想着将钻戒戴在儿媳的手上。吴孟宇只要想到妈妈，就想起钻戒；只要想起钻戒，就自然要给钻戒估价。

杜兰穿着白色的衬衣，胸前别着一朵紫色的绢花。她扎着马尾辫，露出宽宽的额头，两道羽翎似的长眉乌黑齐整。她眼帘低垂，睫毛投下浓阴。脸上的线条如同墨笔描画般地清晰。吴孟宇注意到她的左手腕戴着一只银镯，这样的手镯与柜台里炫目的白金钻戒相比，则显得质朴安详。

就在这时，一个年轻人朝我走了过来。他身材瘦小，脸色苍白。他说，老师您好，您还认识我吗，我是您学生。我说，原来是你啊，记得记得，来玩啊？他说，我是来买钻戒的，我要买只钻戒送给妈妈。我跟他握手。我闻到一股很浓的葱油味。他说，他一直在外地一家五星级的酒店做厨师，这几天回来休假……那边的薪水虽然很高，但十分辛苦，况且远离妈妈很不好，所以还是想回来。

他像是要滔滔不绝地说下去，我趁他略作停顿的间隙，往吴孟宇和杜兰的那边一指，说：那个柜台就是卖钻戒的，不过去看看？

他又一次与我握手，然后悠悠荡荡地溜达开，但没有去钻戒专柜，而晃到另一边，掏出手机开始通话。因为离我较远，所以说了些什么，没听清。

楼下的车还堵着。交警乘着警车来了，要疏导交通，结果更堵了。交警没有办法，只好请求增派警力。沈中喝了半壶茶，去了一趟洗手间。回来的时候，同学又来了电话。她问他在干什么。他说，喝茶看楼下，你呢？

老同学说在喝水、看前面的车。她抱怨道：与其是这样，倒不如步行。沈中说，你现在也可以啊。老同学带着几分娇嗔道：我总不能就把车扔在马路上，至少要找到个停车的地方吧。沈中说，这倒是，还得慢慢等啊。接着他问她是辆什么样的车。她说，白色奥迪。沈中探头到窗外，那些挤做一堆的车至少有七八辆是白色的。于是，沈中坐回到椅子上，继续依窗俯瞰。天气晴朗，一层淡淡的浅蓝色的雾气笼罩在马路上，下面的喧哗隐约可闻。沈中想找出那辆白色奥迪。

看的时间长了，吴孟宇有些不好意思，便开始向杜兰询问是否可以优惠这一类的问题。杜兰微笑着作答。杜兰说，这柜上的东西一般不打折，除非有活动，如果方便，先生可以留下联系方式，等有了优惠我就电话通知你。吴孟宇有点心跳脸红，杜兰白瓷般的脸上也泛起了桃花色。吴孟宇掏出了手机，杜兰低下头去，跟着也掏出了手机。他们像是在互留电话号码。接下来，他们又说了些什么，我真的不知道。

　　这时，过来了一个保安。他看了我的那个学生一眼，就走开了。此后不久，又来个同样是矮的、脸色苍白的年轻人。他递给那个学生一只挎包后，就离开了。

　　学生走过去，把挎包放在柜台上，然后从包里抽出一把薄刀，接着用左胳膊肘卡住吴孟宇的脖子，并将刀刃抵住他的咽喉。学生对杜兰说，把钻戒都放到包里，不许按警铃，否则他就没命了。

　　学生的身体挡住了吴孟宇，所以我只看到杜兰。她愣在那儿，但一只手正慢慢地往下挪。学生又说一句，不能按警铃，否则他就没命了。

　　就在这时，那个保安出现了。他在他们的身后大喊道：不许动！几乎是同时，警报器尖锐刺耳地响了起来。

　　我看见学生右胳膊往外一拉，然后松开了左臂，身体一让。我看见吴孟宇耷拉着脑袋，佝偻着背脊，双腿一弯，颓然地倒在了地上。

　　此刻，楼上的观光电梯正缓缓降下。沈中在电梯上。他只略微瞟了二楼一眼。他是要到底层去。

　　我的眼前有黑色的星点在跳动，它们逐渐地密集起来，进而形成一片黑暗。我想喊叫，但发不出声音；我想抬起臂膀迈开双腿，但动弹不得。我拳打脚踢，几经挣扎，最终无济于事。我困乏了，妥协了。我头枕着黑暗躺下，闭上眼睛听天由命。很快，我堕入了彻底的黑暗。

　　沈中在观光电梯上看到二楼有些乱，但不知道出事了。他是要去底层找点东西吃。老同学的车还堵在那儿来不了，估计要等一段时间。沈中饿了。他想吃份西点，喝杯咖啡。这地方沈中不止来过一次，所以他还记得底层有家咖啡馆。可今天他来回地转了好几趟，就是没找到。底层的人不少，商店更多，一家挨着一家，大多是服装店。灯光像层冰雪覆盖在店门口或橱窗里的服装模特道具上，使这些假人的形象更显乖张。沈中只顾走路，有几次差点碰到它们。当沈中抬头看它们的时候，它们的样子比那灯光还要酷。

就在沈中茫然的时候，底层突然骚动起来，人们乱哄哄地往电梯那儿涌，一边涌还一边激动地说个不停。然而这只是一小会儿，很快这里又一切如前。那么多的人依然走来走去，他们偶尔进店，在跟营业员交谈片刻之后就又出来继续走。沈中被这些来来往往的人晃得眼花，加上肚子饿了找不到吃东西的地方，有些晕乎。他在一家服装专卖店门口找到一张长椅。他坐在椅子上，背靠着玻璃墙，注视着前方。在他左手边的橱窗里立着服装模特道具，那是个满脸胡茬的外国人，套着竖起衣领的咸菜绿风衣，尖尖的脑袋上戴着一顶黑色的礼帽。

在沈中的对面是商场的物品存放处，那儿没有这边亮。他看见一个女孩正从柜子里取出双肩包，打算背上。女孩穿着白衬衣，紧身的牛仔裤。

黑暗其实不可怕。我在黑暗中睡去，居然睡得安逸。再睁开眼时，才发现情景依旧。我见到的人是吴孟宇。他告诉我，杜兰下班回家了。我说：是吗？接着我又问他，你没事吧？他张开双臂让我看，说，你看，我像是有事的样子吗？

他带我上了电梯，我们一起下楼来到商场外。他说：杜兰正在吃晚饭，她对妈妈说，她不想在周大福干了。

杜兰上下班一般是骑电动车。遇到特殊情况，也会乘公交。这天，她骑着电动车顺着商场前的一条马路走，然后过了一座桥，继续走。走到四岔路口，她往左一拐，上了另一条路，这条路要窄些，而且路两边都停满了私家车，几个肚大腰圆的男人站在街角谈话。杜兰骑得快了些，她发丝轻飘。她将车开过闹市，又过了一座桥。在桥上有个卖水果的中年女子，杜兰看了一眼她，略微放慢了速度，但没有停下来。前面是一条林荫道，再往前面就是小区。暮色降临，小区里灯开始亮了起来。那儿有杜兰的家。杜兰家里只有妈妈。

吴孟宇告诉我，当杜兰对妈妈说不想再在周大福干的时候，妈妈放下饭碗对她说，那怎么行。妈妈之所以这么说，是因为有人给杜兰介绍男朋友了，有一份金店的工作会使杜兰在跟对方谈条件的时候主动些。

杜兰来了心事，她也放下饭碗，说，妈，你根本就不知道店里的事有多琐碎，我够了烦了，不管你怎么说，我肯定是不干了。说罢，杜兰进了自己的房间，并随手将房门带上。

吴孟宇接着说，她们母女喜欢在吃饭的时候谈事，一般是谈着谈着就放下了碗筷。吴孟宇又说，杜兰的妈妈有所不知，杜兰对谈男朋友很纠结很矛盾。

沈中背靠着玻璃墙，看着那个女孩关上柜门，手提双肩包向他走来。等快到他跟前的时候，女孩将包挎到了肩上。在以后很长一段时间里，沈中还记得，当时是那个女孩主动向他走来的。

女孩梳着马尾辫，走过来的时候，发辫左右摆动着。沈中想：这跟她走路的姿势有关系，跟她马尾辫扎得高有关系。女孩转眼走到了面前，沈中发现她长得很秀气，宽阔明朗的额上的两三粒细小的青春痘，使得她更加可爱。然而就在这时，沈中的手机响了。是老同学的来电。她说，路上虽然增派了交警，但车依然无法往前开，她正在倒车，希望能绕道来，但没有把握。她让沈中先吃饭，因为究竟什么时候能到酒店，她没个数。

沈中挂了电话，扭头发现那女孩已经坐在了他身旁。沈中先是一愣，但很快就轻松自如了。他像看老熟人似的看了女孩一眼，然后问道：这儿该有家咖啡馆，我怎么找来找去都找不着？

女孩嘿嘿一笑，说，你要请我啊？

请你又何妨？

那好，咱们走吧。

女孩站起来，拉着沈中的手。

沈中想，就这么扯在一起了，是不是太快、太简单了？

然而当女孩靠近的时候，一股清新馥郁的气息直沁入心脾，这股气息使得他不再去多想。

没走几步，他们来到了一家咖啡馆。沈中奇怪此前怎么没有发现这地方。沈中问女孩：这儿你很熟吧，怎么一下就能找到。女孩说，我当然熟。

他们选了一个包间。沈中要了两杯咖啡、两份糕点和一个果盘。女孩放下双肩包，沈中以为她要掏钱，连忙说：我来我来。女孩笑道，当然是你来，不是说好了你请我的吗。

服务员送上咖啡、糕点。离开包间的时候，顺手将门带了上去。

杜兰在一家咖啡馆相亲。对方的年龄与她相仿。说是在一家商场做广告策划，业余时间还经营自己的小服装店。他端起咖啡抿了一口，说，店我不想开了，主要是忙不过来，上班事多，好不容易等到下班还得照管店里，实在太累。钱是赚不完的，人活着要开心……

杜兰有了想法，于是说，店里的生意还好吧。那男的说，还好，除去交税、房租、水电、员工的工资，一年也能赚个二三十万。

杜兰脸一红，下意识地看了一眼左手腕上的银镯子，然后也端起咖啡啜了一小口。那男的端详着她，轻声问道，还在金店上班？杜兰点点头。

还好吗？

杜兰又点点头。杜兰觉得脸上持续发烧。她懊恼起来。

上班累吗？

杜兰伸手捋了一下脑后的马尾辫，说：不累，就是成天站着，还有就是琐碎，客人看了半天，什么都不买，是常有的事，我有点不想干了。

那男的说，不干好，到我那儿去，我就缺你这样的人手……给你双份工资，不，高薪聘你当主管。

杜兰笑了，那男的也笑了。

"没过多久，他们开始接吻。"吴孟宇和我一起走出商场，他手指前方说，"那男的想去摸杜兰。杜兰一手勾着他的脖子，一手紧攥着他的手往下按。"

那男的说，到我家去吧。杜兰说，不，不行。他们继续接吻。过了好一会儿，杜兰松开了手，轻轻推开了对方。然后理了理头发和衣服，还像先前那样坐好。继续谈心喝咖啡。

吴孟宇说：下午，杜兰去周大福上班，刚到岗就被老板叫去了。

老板的办公室里坐着两个警察，警察一见到杜兰就站了起来，老板随即退了出去。警察让杜兰不要紧张，他们是请杜兰来配合他们做好侦查取证工作。但杜兰依然很紧张，她说，她没做错事，就只是按了一下警铃。警察说，按警铃没有错，但刑侦工作中一些必要的程序还是要过的，请你协助。

警察做完笔录刚走，老板跟着就进来了。老板说：最近店里生意不好，想必你是知道的，这个星期你没做成一笔业务，还出了事，当然出事不能怪你，刚才警察也说了。老板坐到办公桌前，打开电脑上网，过了一会儿才说：还是你自己去找会计，把这半个月的工资结算一下。

杜兰就这样被开了，尽管她也不想干了，但心里还是很难过。吴孟宇一边说，一边带着我走向远处的广场公园，其实，她满可以去找那个男的，撒个谎说是自己把工作辞了，但是她没有。在此后的一个星期内任那人怎么打电话发消息，她都没有赴约。

公园有一个椭圆形的广场，广场四周围着十二根罗马柱，柱子的顶上立着铜铸的十二生肖。往常这儿是那些年轻夫妇常带孩子来玩耍的地方，可现在除了保洁员，我们看不见一个人。我和吴孟宇在石柱下的一张石凳上坐下，凝望前方。对面是浓密的树丛，在树的缝隙间我们可以看见那边的街上有汽车急匆匆地往来穿梭。它们只是一闪而过，当它们再回来的时候，我们都全然不知，这些看似来去匆匆的车辆其实是在兜着圈子打转，进行着一次又一次的往复循环。

看到服务员将门带上，沈中有些窘，但女孩满不在乎。女孩从双肩包里掏出一盒烟，先递给沈中，沈中笑道，啊，抱歉，不会。女孩没说什么，叼上烟问沈中，可以吗？

女孩一边抽烟，一边拿出手机上网。沈中低头吃糕点。过了一会儿，沈中才抬起头来打量女孩。女孩喷了一口烟，也抬头来看沈中，然后笑道，看来这儿你真的不常来，是个生客。沈中说，商场你很熟吧。女孩说，这话你已经问过了。说完她掐灭了刚抽两三口的烟，收起手机，端起咖啡喝了一大口，说，看来你喜欢谈话，这样的人我遇到过，其实更烦人。

虽然不便再问下去，但沈中能断定这女孩就在商场上班。她穿的白衬衫说不定就是工作服。

就在这时，有人敲门。是服务员来上果盘了。跟刚才的那位不一样，这次进来的是一个四十多岁的妇人，身材矮胖，样子粗蠢，高颧骨小眼睛，经过描画的眉梢直吊向额角。她临走前照例将门带上。女孩一笑：就这些？都上完了？现在不会有人打扰了，想说什么就说吧。

沈中愣了会儿，站起身对女孩抱歉地一笑说，对不起，我还得打个电话。沈中没说假话，他一出包间就问老同学是否还在路上。老同学说，来了110和120的车子，想退回去绕道而行根本不可能，现在她只能车里先睡个午觉。沈中挂上电话就去找刚才送果盘的妇女，让她上点酒水。等沈中回到包间的时候，那女孩已经解下了马尾辫，抬起双臂理头发。女孩的衬衣领口的纽扣解开了，隐约露出内衣的粉红色吊带。

沈中说，我又要了点酒水。女孩说，那好，我们边喝边谈吧。酒水很快就端了进来。女孩像喝咖啡一样，喝了一大口。女孩问沈中，刚才你是在等人吧。

是的，等一个大学的同学，转眼都过去十二年了。

女孩找了一根吸管放到咖啡里慢慢地吮吸，若有所思地说，估计是女生，你是个重旧情的男人，谁都看得出来……但你要等好久的。

沈中告诉女孩，他本在楼上的餐厅，因为等的时间过长，而且同学堵在那儿一时半会儿来不了，所以才想找家咖啡馆吃点东西充饥。

女孩拢了拢头发，又将辫子扎起，然后有意无意地碰了碰沈中的手指，说：这么一说，刚才二楼首饰店出事的时候你正好在电梯上，那个男生被杀的情景你肯定是看到了？

沈中说没有。他乘电梯下楼的时候，也曾往二楼看了一眼，但是没有发现所说的杀人的事件。沈中问，为啥要杀人，情杀？

也许是。听说他在这之前想买一枚钻戒。也许是打劫。最后是一个营业员按的警铃，结果就死了人。女孩又抽出一支烟点着。

包间里的灯光暧昧，女孩的脸像玉似的白。此时，沈中已经弄不清这会儿是中午还是晚上。

被辞退以后的那几天，杜兰心神不安。令她烦恼的不仅是失业，更多的还是因为婚姻上的事。杜兰的朋友同学都在恋爱，有的甚至已经成家，这让她感到自己的终身大事拖延不得了。但一想到恋爱结婚，杜兰又多少有些疑虑。其中的主要原因，是杜兰在两年前曾经与一位有妇之夫有过恋情，还发生了性关系，其中几次是在娱乐场所进行的。杜兰反复思考的是，一旦与男友确定了关系，究竟要不要跟他说明这事呢？

由于受了杜兰的冷落，那男的就不再与她联系了。吴孟宇盯着树丛缝隙间穿梭往来的汽车说，这样的状况持续了十天左右，最后打破僵局的还是杜兰。

杜兰说，我辞职了，可一旦没了工作，待在家里，心情难免郁闷。杜兰等着那男的邀她到服装店里。但是没有。那男的说，成天闷在家里不是个事，要出去走走。他约杜兰去会所唱歌。杜兰不肯。因为杜兰还没有做好准备。最后是那男的用摩托车带着杜兰到街上兜风。

在喧嚣的马路上，那男的将车开得飞快。杜兰搂住他的腰，越搂越紧。到了中午，他们到一家餐厅里吃饭。男的要了啤酒。杜兰情绪很好，她也倒了大半杯酒。他们一边喝酒，一边聊天。杜兰说，首饰柜上的活的确琐碎，现在终于下了决心不干了，真高兴。男的说，是啊，要干自己愿意干的事，不能太委屈自己，过去的就都丢开，趁着年轻尽情地轻松快乐。杜兰知道他话里有话，但还是误解了其中的意思。

饭后，男的驾着摩托带着杜兰从马路逛到公路。杜兰问他是去哪儿，他说要带杜兰到一个十分好玩的地方。最后，那男的将车停在一家乡镇的宾馆门前。杜兰说，啊，这不行。男的说，没什么就是进去休息一下。

他们拥抱在一起，接着就开始狂热地做爱。杜兰被欢愉所摧毁，她变得异常脆弱。吴孟宇面带笑容地说，事实上，谁都可以证明，他们此时的爱是真诚纯洁、无比美好的。

此后不久，杜兰的妈妈给她又找了份工作。在一家专卖店做导购。而这时杜兰已经很清楚了，那男的根本就不是服装店的老板。杜兰不再为曾经有过的恋情而纠结了。又过了一段时间，双方开始谈婚论嫁。协商的焦点集中在房子和彩礼上。

那男的跟父母同住在一套六十多平方米的屋里。他说，可以将房子装修一下做新房。杜兰和她妈妈都说不行。但那男的实在是无力买房了。一天，杜兰上的是晚班，天气十分闷热。等到下班的时候，男的骑着摩托车来接她。杜兰很累，抱着男人的腰，把脸贴在他的后背上。摩托车开得飞快，好像要在黑暗中驶向城市的尽头。

当那男的像以往那样抱住杜兰的时候，她已经完全酥软了。这天杜兰穿着粉红色的内衣。她说，我很累，累得要死。她贴着缠着他。她浑身是汗，闷热的天气使得她的欲望更加炽盛。她竭力仰头张开嘴，拼命地喘息，恨不得将夜一口吞下。

他们所在的凉亭下面是一片空地，在苍白的灯光映照下，空地上的石柱投下长长的倒影，这些倒影乱杂杂地交织在一起。空地的那一边是花木丛，在枝叶的缝隙间可以看到前面公路上的车辆正急匆匆地来来往往，车灯惶惑地扫动着，时不时地掠过杜兰白皙的胴体。那件粉红的内衣挂在她的左胳膊肘上，那只银手镯在车灯的照耀下不停地闪着光亮。

在退潮的时候，杜兰说，我渴，快要渴死了。

月上中天。月亮被雾气所笼罩，雾气中的月亮黄得泛红。此时，车辆依旧呼啸往来。

他们歇了。杜兰依着那男的絮絮地说着话。吴孟宇站起身来，带着我往公园的出口走。一阵初夏的暖风带来一股草和花的馥郁之气。但等我们走出公园的时候，这气味就倏然而逝，取而代之的是来往车辆喷出的尾气。

等完全平静下来，杜兰的话题自然到了房子上。男的低头不语。杜兰说，如果没有房子就不能结婚，我的姐妹同学没有像我这样的，我真的很惨。男的继续沉默。杜兰坐起来，对他说，你以为不吱声就能糊弄过去吗？

杜兰开始穿衣服，一边穿一边说，骗子。那男的终于开口了，我骗你什么啦，这不都是你情我愿？杜兰感到羞耻，声音大了起来，不是说自己是服装店的老板吗？那店呢？骗子。男的说，我是骗子，你是好人？男的嗓门也大了起来，在跟我之前，你何止睡过一个男人，比你大十多岁的你都要……人家有家有老婆……你就是个小三，还装清纯。一只银手镯就把自己卖了，讲条件，配吗？

杜兰的心沉到了底。随之而来的是一阵轻松。她不再说什么，起身往亭子下面走，直走向空地，走向那片石柱的阴影交错纵横的空地。不久，她听到身后有摩托车引擎发动的声音。那男的走了。又过了一会儿，她听到公路上传来汽车的呼啸声，几乎是同时刺耳的刹车声和骇人的撞击声骤然响起。杜兰愣住了，一屁股瘫坐在地上，坐了许久。等她跑到公路上的时候，120急救车已经到了。

半年后，杜兰又谈了一个男友。这人开服装店。初次见面后，他就告诉杜兰：店不是他一个人的，有朋友的股份；此外，他还有一套八十多平方米的公寓，在认识杜兰之前已经装修过了。在与这位男友交往了三四个月后，杜兰就住进了这套公寓。

在暧昧的灯光里，沈中放下了堵在马路上的同学，他甚至希望车就这么堵下去。

女孩见沈中不开口，就说，钻戒有什么意思，俗气。我倒是喜欢银手镯，有气质有文化。然后，她凑近沈中，轻声道：给我买只银手镯吧，我要，我喜欢。

沈中喝了一口酒，说，照这么说，如果不按警铃，那男生就不会被歹徒杀了。从道理上来讲，营业员应该首先考虑顾客的安全。营业员按警铃成了歹徒行凶的诱因，所以有悖常理的。如果我是金店的老板，也肯定会辞退这名员工。

女孩猛吸了一口烟，然后将烟对着沈中喷出，说，除了银镯，我还想要只手表，爸爸给了我一万块，我自己有一万块，眼下还差一万块。女孩的脸冷了下来，衔着吸管缓缓地吮着咖啡。

听了这话，沈中不由得看了看自己的表。再过十四五分钟就是下午一点了。

出了公园，我和吴孟宇一起走向闹市区。我们开始看到一些客店和饭馆餐厅，一家家银行和事务所。走过一座桥以后，街上的汽车多起来，行人也多起来，嘈杂声在街道上升腾。

吴孟宇说：在杜兰住进男友的公寓的当天，法院开始了金店抢劫杀人案的庭审。在陈述作案动机时，嫌犯供称，他最初只是想给妈妈买钻戒，后来遇到了初中时的老师，结果便产生了挟持人质打劫的念头；至于动刀，那是个面子问题，骑虎难下，既然对方按了警铃，那他总得有所反应吧，更何况老师还在场。

可是，他没有伤害到我。吴孟宇领着我穿过十字路口，他说，反而使我能够从上往下清清楚楚地看那些人和那些事。

案发后，在警察还没有进入商场之前，嫌犯一直很安静地站在首饰柜台前等候。其他的人大多退到一边远远地看着他，杜兰则蹲缩在柜台的一角双手抱头。杜兰偶尔也看嫌犯一眼。她的眼睛里布满了惊恐，这使吴孟宇觉得很过意不去。

吴孟宇说：那时，我真想对她说，用不着这么害怕。那些看似很恐怖的事，其实真的没有什么，有的甚至是好事。害怕是因为我们此前没有过类似的经历。一旦有了，那就明白了：原来是这样啊……

十字路口一带尽是商场超市和酒楼宾馆，还有一些娱乐会所什么的。白天，热闹的是商场和超市。人们被商场超市的大门吐出来，又吞进去。在一群青年男女当中，我们看到了杜兰。她背着双肩包，一手拎着方便袋，一手挽着一个男人，边走边有说有笑。这个男人有三十来岁，身材高大，体态微胖。吴孟宇告诉我说，他就是杜兰现在的男友，杜兰叫他大建。

杜兰还是那么清秀。她依旧穿着白衬衣牛仔裤，扎着马尾辫，走路的时候，马尾辫不停地左右摆动，很逗。她的脸是那么白，白得透明。嘈杂的人群、马路上的尘埃、车辆排出的尾气和发出的噪音都在衬托她，使她如同散发着幽香的兰花。

吴孟宇说，杜兰手上的钻戒是大建送给她的，那只银手镯现在由她妈妈保管。

说话间，他们俩走向一辆黑色小车。杜兰始终凑着大建说笑，而那男的不语，只是时不时地仰面看天。

我们一起停下来看他们。

我想，估计杜兰不久就要结婚了。

要不是看表，沈中真的弄不清现在是下午还是晚上。包间是封闭的，没有窗户看不到外面。在黄色的灯光和女孩喷出的烟雾中，沈中恍若置身于另一个世界。他看着表上的指针想，我是怎么到这儿来的。

女孩见沈中只是在看表，就从包里取出两枚骰子，然后轻轻地按了按他的手臂问道，你说，是比大还是比小？沈中说，比大。女孩首先掷起骰子，沈中跟着掷。女孩六点，沈中四点。女孩说，我六点，我喝。

女孩倒了大半杯酒一饮而尽。沈中问,不是比大么。女孩说,是啊,我大,输了,所以我喝。

他们继续掷骰子。女孩对沈中说,你知道吗,今天我就是特地来找你的。女孩掷出四点,沈中是六点。还没等沈中开口,女孩就说,我输了,我喝。说罢又倒了大半杯酒一口干了。沈中问,不是大的喝吗?女孩放下酒杯,又抓起骰子说,不是,点数少的喝。

女孩一边掷骰子一边说,其实我们本来就相识,但你一直在装。这次女孩的骰子又是六点,女孩说,你喝——我说起银手镯,你竟然卖萌。

酒很快就没了。沈中按铃叫来服务员。说话的时候,沈中的嗓门大了起来,像有了些醉意。这回进来的是个年轻漂亮的服务员。女孩只管往杯里倒酒。然后她说,我找你就是想跟你谈谈二楼首饰柜遭劫的事,因为我抬头往上看的时候,发现你正在电梯上,那些事你应该能一目了然。

沈中的点数又少。沈中哈哈大笑起来,端起酒杯像女孩一样豪饮。沈中说,我说过了,那个营业员有责任,就是不该按警铃,所以那男生是死在她的手上。

沈中又输了,又喝酒。他醉眼蒙眬。女孩坐到了他身边,紧靠着他。女孩解开领口的第二粒衣扣,对沈中说,其他的都忘记了,这件内衣总该记得吧。

黑色小车穿过十字路口,往桥的方向开。他们应该是到南面去,这个方向与杜兰的家正好相反。此时,杜兰的妈妈正独自坐在沙发上看电视。她的双手抱着一只首饰盒,盒子里藏着银手镯。杜兰的妈妈最近才知道手镯有来历。在此之前,杜兰一直说,是自己一时心血来潮从购物网上淘来的。

现在,杜兰即将结婚。她不想让这手镯再随着她。她说,她要放下过去,重新开始。

杜兰的妈妈见过那男的。三十六七岁,高个,肩宽。理着短发,穿着牛仔衫,模样和衣着都干净。杜兰告诉妈妈,这是金店里的主管。其实,这个人根本就不在金店。杜兰是在一次促销活动中遇见的。他盯着杜兰看，看得杜兰脸红。那男的自觉失礼，连忙说杜兰气质不凡很入画。后来他邀杜兰到他的画室。在画室里，杜兰被油画颜料和调色油的气味所蛊惑，迷了心窍。她在那幅人体画前解开衬衫的纽扣，一粒粒地解开。她一边解，一边仰头凝视着她爱的人。那天杜兰穿了一件粉红色的内衣。那男的说，他很喜欢。从此，杜兰的内衣大多是买粉红色，如果偶尔买其他颜色，就只为了掩饰。而那男的仅送给过杜兰一只银手镯。杜兰视若珍宝。

黑色小车过了桥，就驶向商场那边。杜兰在车里一直通过后视镜，注视着她现在的男人。但那男人只顾开车，几乎不说话。杜兰已经有了身孕。

我目送着他们的车开向远方。吴孟宇说：用不着目送了，还是过去看看吧。于是，我们一起过去。吴孟宇接着说，有些事看似重要，其实不过都是暂时的，这个道理我刚懂。

杜兰他们的汽车驶过了商场，继续往南开。这时，杜兰的妈妈给杜兰打了个电话，她说，今天超市有打折活动。她让杜兰去看看。杜兰说，我们刚从那儿往回走，现在还在车里，再过一会儿就到家了。妈妈问，没事吧。杜兰说，没事，今天请了假。其实，杜兰已经不上班了。就在这会儿，她的男人踩了一下刹车。杜兰的身体猛地向前一冲。她往后视镜看，看到她的男人还是面无表情。

等红绿灯的时候，杜兰说，我想回去，妈妈身体不舒服，要我过去看看。男人说，怎么不早说，这样来回折腾好玩吗？

车过了红灯就靠路边停了下来。男的打开车门，让杜兰下去。他说，自己打车吧，我还有事，跟朋友约好了，今晚你最好就睡在妈妈那边。

我和吴孟宇一起回首。我们知道，杜兰的妈妈其实并没有让杜兰回去。我说，也许她知道妈妈打电话的时候，手里正紧攥着那只银手镯。吴孟宇说，我想是的。再过一个多月杜兰就要结婚了，这段时间难免想得多。

我们回到了十字路口。就在这当口，杜兰乘坐的出租车"呼"的一下从我们面前驶过，抢在红灯亮之前过了斑马线。几乎是同时，大建的车绕了圈子后也往北开，直开到超市附近的一家酒店门口。他走进去定好包间，然后约人，一共约了四男两女。

沈中离女孩很近。他能闻到女孩嘴里的酒气，尽管他自己也喝了不少酒。女孩说，上次你走以后，我就一直在这儿，我等你找你。沈中仔细地看女孩的脸，最后他好像从女孩的唇间看到了什么，但对粉红色的内衣没有一点感觉。

女孩散开辫子，她的发丝刮擦着沈中的脸颊。女孩要沈中别怕，她不是来算旧账的。女孩说，那天你说，头发披散了更好看，更能增加画面的神秘感。沈中发愣，说，我不会摄影。女孩急了，猛地坐到沈中的腿上，一口咬住他的嘴唇狠狠地吮吸。沈中刚开始是挣扎，而后他伸出双手捧住女孩的脸。女孩松开沈中，说，你应该记起来了吧……我不是来算旧账的，我已经说过了，不是来算旧账的。

女孩说，这些年来她一直在商场，甚至有一次还远远地看到过沈中，但没有招呼他，今天之所以来找他是因为二楼出事了。

你知道，那个死者是谁吗？女孩急切地问。沈中说，你说过的，是个男生。

他是来看钻戒的，因为他家里有一枚，那是他妈妈临终前留给他的。他来是想估个价，看看能值多少钱。但我不喜欢钻戒。虽然我只要愿意，那钻戒或许就是我的了。女孩停了一会儿，又说，我喜欢的是银手镯和手表，我要买一款价值三万块的手表。现在，你应该懂得那个营业员为什么要按警铃了吧。这事不怪她，她不应该被开除。

沈中抹了一下嘴唇，然后看着手指，对着灯光仔细看。就在这时，他的手机响了，又是老同学的。沈中走到门外接电话。老同学说，她刚醒过来，是惊醒的……现在车进也进不了退也无处退，她要把刚才的觉再睡下去。她请沈中不要打扰她，她还抱怨自己轻率，不该来吃这顿饭。说完就将电话挂了。

日头开始偏西，一望无际的尽是碧蓝的天。杜兰坐的出租车驶过两边尽是金属护栏的马路便开始减速，减速拐进林荫道。此时，庭审在继续。法庭上出示劫匪行凶用的薄刀，并开始宣读证人证词。给嫌犯送刀的小伙子说，嫌犯只是让他将包送过去，他根本不知道这包里有凶器。

吴孟宇说：在这份证词后面，将宣读杜兰的给警察做的关于案发现场的描述。我对吴孟宇说：他们频繁地提到你，而你却在这儿，跟我在一起。吴孟宇没答我的话，而是拉了我一把说：别出声，杜兰到家了，正在跟妈妈谈心，她们提到了银手镯。

杜兰的妈妈问杜兰，这手镯到底是哪儿来的？杜兰低头不吱声。窗外的阳光映到她的脸上，她侧着脸，光的笔由她的前额到鼻梁再到下巴脖子一路描画下来，画出一道优美的金色曲线。妈妈说，都到这个时候了，你还瞒我，瞒着有意思吗？

杜兰将手轻轻地按在自己的胸口上，无名指上的钻戒闪着冰一样的光。

杜兰说，其实，我比较依恋银手镯，我本想戴着它，戴一辈子，但在金店的那段日子里，我发现大家都买钻戒，所以我也只能这样了。杜兰长长地吁了口气，将手移到领口，下意识地将领口的纽扣解开再扣上扣上再解开。她接着说，我不喜欢的是店里卖的钻戒，但如果能找到一枚旧的我或许会心甘情愿地放弃银手镯。

杜兰的脸上突然绽开了笑容。笑起来的杜兰是那么美。杜兰说，那天，有个人来找我，我知道他有一枚旧的钻戒，是他妈妈留给他的，留给未来的儿媳。我看到他就想，他能让我摘下那一直不想摘的银手镯。我们当时互留了电话号码，我们完全是可以成功的……

杜兰最终将纽扣扣上。她将马尾辫解下，接着又重新扎上，扎得很紧。她继续说，就是太短暂，太短暂了，还有，我不该按那警铃。

杜兰用那只戴着钻戒的手轻轻地抚摸着自己脸颊，冷冷一笑，我就是用这手，把那整个地拦腰截断的。现在，就只能这样。谁有服装店我就跟谁结婚，其他的容不得多想。结了婚再说。除了钻戒，我还打算让大建送我一块手表，一块三万块钱的手表。

最后，杜兰打开衣柜，找出几件内衣打算带走。这些内衣都不是粉红色的。而此时，那个男人的酒宴已经开始。大家先喝白酒，然后再喝啤酒。等啤酒喝够了，才去KTV。

沈中回到包间后，坐在了女孩的对面。这样，他跟女孩换了位置。沈中接着刚才的话题，不管怎么说，那男生是被杀了，如果不按警铃或许就没这事。女孩说，你这是死心眼，死不开窍，你怎么知道他一定就是死了呢？

沈中不说话了。他想喝咖啡，咖啡已经冷了。于是他将杯里剩余的酒一股脑儿灌了下去。

服务员又进来上酒。沈中说，还是掷骰子吧。沈中接连输，接连喝了几大口酒。他的头晕了。沈中对女孩说，你说得对，也许那男生没有死。沈中抬起头来看屋顶上的灯，自言自语道，他好像就在上面。

女孩说，事情也不像你说得那么简单，他毕竟是挨了一刀，这一刀对我来讲至关重要，它使我完全失去了得到传世钻戒的机会。

你知道吗，我们自小就认识，那时候还没有你呢。后来你出现了，把顺理成章的事情都打乱了。但不久你又走了，我本打算再按原先的路走下去。恰好那男生来了，这是重新开始的机会，然而警铃响了，我就不该去按那警铃。

沈中一头雾水，怎么也听不懂女孩的话。他想，她喝醉了。接着他又想，我也高了。

我和吴孟宇一起看了杜兰的婚礼。我们看到接新娘的花车一共被两拨人拦截，一次是乞丐；一次是一群身份不明的人，他们对着车里的杜兰大骂。然而花车最终还是开到举办婚礼的大酒店。参加婚礼的长辈只有杜兰的妈妈。在戴上结婚钻戒的时候，杜兰哭了。

吴孟宇告诉我：在新婚之夜，杜兰没有跟新郎睡在一起。五个月以后，杜兰生下了一个男孩。在哺乳期，杜兰和她男人做爱的次数达到了高潮。但与此同时，他们的争吵也多了起来。那男的不再沉默不语，而是常常怒吼咆哮。他们在做爱刚结束的时候争吵，在争吵刚结束的时候做爱。他们争吵时的怒吼和做爱时的嘶喊一样激烈。杜兰眯起眼睛咬牙切齿大骂她男人的姿势，与进入高潮的状态如出一辙。

我们发现，在孩子满周岁后，杜兰夫妇一起发胖。争吵渐多，杜兰说话的嗓门开始变粗。孩子三岁时，杜兰发现这男人有过一段婚姻史。但杜兰并不意外。过去是猜测，现在明确了，如此而已。就在这段时期，这个男人的服装生意越做越兴旺。杜兰不想把这些无聊的事闹大，光吵架还不够吗？过了不久，男人常常夜不归宿，有时甚至几天几夜都不回家。杜兰烦躁不安起来。那家金店还在，专卖店已经改换门庭，过去的伙伴大多各奔东西。杜兰设法找到她们，为了炫富，更是想找个谈天说地的地方。那些伙伴对她都比较冷淡，她约她们逛街或吃饭基本被拒绝。

男人只要一回家，杜兰就死缠烂打不依不饶。他们性爱的次数没有减少，但质量却越来越差。那男的心不在焉，敷衍了事。杜兰憋不住了，就只有吵。吵的结果就是那男的回家的次数越来越少。

在经历了若干的性爱和争吵后，杜兰的婚姻终于结束了。当时，儿子八岁，刚上小学。离婚是那男的提出来的，孩子和房子都归了杜兰。

离婚判决下来，财产分割完毕，杜兰走出法院。法院门口长满花草，夏风吹来，幽香阵阵，杜兰松快了许多。就在这时，迎面走来一个与杜兰年龄相仿的女法官，法官看到杜兰就停下脚步，仔细地打量着她。杜兰不由得也站住了。女法官说，你是杜兰吧，十年前你为一桩金店抢劫案做证，证词我看过，那时，你真漂亮。杜兰笑出声来，您认错人了，我不是。法官也笑出声来，没错，就是您，您在证词上说，由于您在紧张之中按了警铃，结果刺激了劫匪。您这话救了他。事后他家人积极赔偿，加上此前他没有劣迹，所以轻判了。现在他应该在监狱服刑。

有段时间，我和吴孟宇一直在十字路口流连，我们暂时望不到杜兰。只能看鸟来鸟去，听人歌人笑。吴孟宇说，车来人往貌似忙忙碌碌，但一切都会很快过去。我说，的确，刚才我们说到法官即将宣读杜兰关于案发现场的描述，可话头一岔开，杜兰的孩子都八岁了。吴孟宇没有接我的话，而是远眺前方，他的表情里有怅惘，也有期待。他说，如果有一天我再见到杜兰，我会跟她说，我很感激她。

协议离婚半个月后，一个多次谢绝杜兰约请的金店旧伙伴，突然给她打了个电话。伙伴告诉杜兰，她的前夫有两辆豪车，一套二百平方米的公寓，一幢花园别墅。另外，那家服装店的所有权其实是归前夫一人所有。可是这些财产从恋爱到结婚离婚，一直都被隐瞒着。挂了电话，杜兰想起，前夫在与她第一次见面的时候，就声称服装店是与朋友合开的。杜兰明白了，从开始，这个人就在为将来的离婚做准备了。那他为什么又要跟她结婚呢？不久前，在法院门口的花草丛旁女法官对她说的那句话，又回响在她的耳畔：那时，你真漂亮。

报应啊，杜兰想。她的脑海里出现了金店被杀的青年，想起因车祸致残的男友。她觉得前者无辜，后者可怜。他们都是她害的。报应啊，报应！杜兰说出声来。

一段沉默之后，女孩抽出一支烟点上。先前的烟雾还未散尽，现在的烟雾又弥漫开来。沈中说，给我一根吧。女孩问，你也抽烟？沈中说，是的。女孩皱起眉头，那刚才给你为什么不要？沈中支吾道，学着抽呀。

沈中深吸一口烟，然后捡起骰子。女孩说，不玩了，掷骰子喝酒麻烦。她跟沈中碰杯，这样喝干脆。说罢一仰头将酒干了。

女孩说话有点颠三倒四，这对骰子有历史了，我小时候有个伙伴，就是常说的青梅竹马的那种。我们很喜欢在一起玩耍。骰子就是他送给我的。他说他家还有一对钻戒，在他妈妈手里藏着，说要给将来的儿媳的。

女孩再次斟满杯子里的酒，然后一饮而尽。她对沈中说，喝呀，怎么不喝？来这儿不就是喝酒的吗？傻坐着干吗？沈中说，我像是喝多了，喝醉了，我都搞不清那祖传的钻戒究竟是谁家的了。说罢，他端起酒杯，也一饮而尽。女孩用夹着烟的手托着下巴，目光蒙眬地看着沈中说，我的事被你打乱了，可你却装糊涂，还说什么都记不得了。沈中点点头，也许是，现在真的多了，要再去回忆真的不行。

女孩哈哈大笑起来。她扣上领口的纽扣，理了理脑后的发辫，说，到这时，你才说实话，酒后吐真言。她抓起骰子，把它们放到双肩包里，盯着沈中看了好一会儿，最后抱歉地露齿一笑，本来是你想跟我说话，结果话都让我说了，我不说不行，不说怎么喝酒啊。

她起身打开门，一阵凉风吹了进来。沈中头脑清爽了许多。他看到女孩背起了双肩包，连忙掏出票夹，从中抽出六七张钞票。女孩说：把钱收起来。

杜兰终于又出现在我们的视野中了。她骑着电动车去妈妈家。她现在的行动路线基本是在南北之间。吴孟宇说，不久以后，杜兰将在东西这条路上往来。

杜兰一到家就迫不及待地跟妈妈要那银手镯。妈妈说，要它干什么，烦心的事都是这么惹出来的。杜兰莞尔一笑，妈妈，我也不亏呀。杜兰说，我就死抓住两件东西不放——儿子和房子。妈妈头上的白发增多了，但好像白胖了些，脸上的皱纹好像还少了些。

　　杜兰说：妈，我想搬到家里来陪你。妈妈瞅了一眼杜兰，拉下脸问，那你南面的房子打算怎么办？出租，还是想卖？你就少折腾吧！杜兰又莞尔一笑，妈，我不是说过吗，房子和儿子我死抓住不放。搬到家里是为了陪你，也是为方便接送孩子上学放学。南面的房子我不住，住在那儿就会想起烦心事，先空着，以后再说。

　　吴孟宇说：其实杜兰已经拿定了主意卖房，用卖房的钱在西面的繁华地带租门面开服装店……我打断了吴孟宇的话：接下来让我说吧，杜兰又戴上了银手镯，开始了新的生活。她为服装店奔波，因为忙碌她一天天地瘦了下来，因为没有了争吵她的嗓门也没那么粗了。在服装店获得了一些利润之后，她计划开一家咖啡馆。等儿子上高中的时候，杜兰终于实现了开金店的目标。

　　吴孟宇呵呵一笑。我说，你别笑，这是个励志的故事，你说我猜得到底对不对？吴孟宇说，有点对，但不全对，只是天机不可泄露，既然给说破了，那杜兰就该是另一种命运了。

　　说话间，天色变了。云遮住了太阳，四周一下子阴了下来。杜兰又骑着电动车来到了四岔路口。在等红绿灯的时候，她的身边站着一个穿牛仔服的中年男子。那男的对杜兰说，原来是你，你怎么在这儿？杜兰其实在此之前就看到这男人了，但她却说，你是谁，你跟谁说话，我为什么不能在这儿？说罢，她低下头看手腕上的银手镯。男子说：真高兴见到你，到我那儿去坐坐吧。他用手往东面一指道，我在那儿有家画廊。

　　那幅人体画还在，只是改动过了。画中女人的脸，杜兰似曾相识。杜兰说，我老了，胖了，嗓门还粗，孩子是剖腹产，肚子上有一道疤痕，丑得要死，再找我还有什么意思。男人一把抱住杜兰。杜兰说：我今天穿的不是粉红色内衣，你不会喜欢的。那男人捧住杜兰的脸，让她面对着自己。杜兰看到男人脸色苍白，面容憔悴，不由自主地也紧抱住他。这时，雨下了起来，水汽渗透进屋里，油画颜料和调色油的气味氤氲开来。闻到这气味，杜兰就彻底放弃了。她喘息着紧紧攥着男人的衣领，苦苦央求道，快点，我熬不住了，快点！

吴孟宇用胳膊捅了捅我说：你看，终究还是这样。杜兰的弱点就是容易被放倒，这大概是宿命吧。

杜兰与中年男子又在一起了。她要得比以前更多，做得比以前更繁琐，但欢爱经历不算顺利。有一天，他们到宾馆开房，并为此做了准备。在企图极尽鱼水之欢的时候，杜兰接到了一个陌生人打来的电话，那人说，你是杜兰吗，你妈妈被车撞了，躺在地上没人管。杜兰这才想起，妈妈是去接放学的儿子了。等杜兰赶到的时候，妈妈还躺在地上，满脸灰土，额角有血迹，一条腿蜷曲着，不停地颤抖。

女孩走到门口的时候，对沈中说，估计你是等不到那个老同学了。去结账吧，结完账就回家，不要再待在这儿了，待在这儿也等不到，没意思。

沈中将票夹放回到裤袋里，说，再坐会儿嘛，我很想说说话。

女孩嫣然一笑，笑得很纯，实话实说，我就是一个酒托，哄你喝酒。你喝得差不多了，我也要下班了。下班以后去找男朋友，他要带我去见他的妈妈。你不想回家，就自己玩吧，我不陪你了。

沈中苦笑道，你不像是酒托，你今天的话让我想得很多，能不能留下来，我们可以继续喝酒。

女孩放声大笑，直笑得弯下了腰，还喝？你已经喝多了。快去结账……恐怕你钱包里的钱都不够给的，估计要刷卡……你带卡了吗？

女孩说罢就头也不回地走了，一直走向走廊尽头的那片橘黄色的光影中。她脑后的马尾辫随着步伐左右摆动。她离那光越近，身影就越模糊，最终完全消失，全无踪迹。

沈中走过去，他发现走廊的尽头只是一堵墙，而走出去的通道应该就在包间的门口。

遭遇了那场车祸之后，杜兰的妈妈便卧床不起。杜兰请了个钟点工照看妈妈，至于儿子只有自己带了。大半年后，妈妈的情况不见好转，肇事者的一次性的赔偿费用已经花光了。杜兰只好重找一个二十四小时全天候服务的护工，这对杜兰来说是一笔大费用，但她只能咬牙承担。

家留给护工，杜兰跟儿子住在店里，那段时间她很困难。尽管如此，杜兰不想再去法院，再自找麻烦。她怕见到那个年纪与她相仿的女法官。所幸的，她还有个男人，她能从他那儿得到一些宁静和温馨。这段时间的杜兰奔走在东西两头，事实跟吴孟宇所预料的一模一样。

吴孟宇说：服装店的生意有了起色之后，杜兰的儿子上了初中。从此，麻烦开始多了起来。学校的老师三天两头地跟杜兰联系，说她儿子学习不好倒也罢了，还不停地惹是生非，上课捣乱，下课打架，还跟校外痞子厮混。有一天班主任直接打电话让她到学校去，刚进老师的办公室，班主任就是劈头盖脸地一通训斥，连带着杜兰一起骂了。杜兰默不作声。老师过了气头，态度和蔼了些，他要杜兰承担起做家长的义务，孩子还未成年不懂事，关键是大人要做好引导，身教重于言教。杜兰脸一红，无地自容。她只能向老师做保证。

晚上回到店里，杜兰狠狠地揍了儿子。儿子不服，一拳头砸在玻璃橱窗上。儿子的手腕划破了，血汪得一地。杜兰吓得要死。她首先想到那男人，但她不敢找他，因为这男人曾说过，他老婆对他们的情况已有所察觉。那是杜兰难熬的一个夜晚。等到了医院，杜兰恨不得跪下来求医生。

吴孟宇说到这儿，我不禁问他，你怎么知道得这么清楚，就像亲身经历过的。吴孟宇立即显出不屑的样子，反唇相讥，其实你比我知道得更清楚，比亲身经历的还清楚。

杜兰想，得请老师吃顿饭。那天她请那男的来陪酒。她向老师介绍，这位是画家，画油画。大家轮流站起来给这男人敬酒。但男人根本不擅饮酒，老师们还没尽兴，他先醉倒了。没办法，杜兰只好硬着头皮上。客人散了，杜兰醉眼蒙眬。她倚在男人的怀里喃喃地说，今天我特地穿了一件新的粉红色内衣，抱我，抱死我。那可怜的男人已经醉成了一摊泥。他的拥抱那么软，没有一点力量。

杜兰想，他老了，我也老了，只是他老得更快。第二天，杜兰就去理发店将头发剪短了。

遮住太阳的云团散开了，十字路口又豁然亮堂了起来。我说，天气终究是好，看来下不了雨，而且凉风阵阵，这样的天气真舒服。我和吴孟宇又放眼远眺，西面那一带有行道树，树冠在微风中安详地摆动。我说，这世上树和草最安逸，慢慢地生长，慢慢地老去，不折腾闹腾，哪儿像人啊。吴孟宇点头称是。过了一会儿，他说，我们尽在十字路口待着了，要不到西边去看看？我说：好的。从杜兰恋爱到结婚离婚，我们一直在十字路口流连，是该到西面去看看了。

咖啡馆对面不远处就是服装店，门口有供顾客休息的椅子。一旁的模特道具漠然伫立，静静地瞅着空空的椅子。沈中站在咖啡馆门口想：这儿离服装店本来不远，可是方才为什么就是找不到呢。他注意看了一下，左边是一家钟表店，右边是卖童装的。于是，沈中跑到服装店前的椅子上坐下，再往咖啡馆这边看。他看到了钟表店，也看到了童装店，唯独不见咖啡馆。他又一次走过去。在钟表店和童装店之间是一家成人用品自助店。

沈中坐回到椅子上。他想，见鬼啊，这究竟是怎么回事？就在这时，一个女孩从他身边走过，走到物品存放处，要将手里的双肩包存到柜里。沈中忙走到女孩身边，笑着打招呼，你好。那女孩面无表情地盯了沈中片刻，说：你跟我说话吗，你是谁，认错人了吧。没有啊。沈中又打量了这个女孩一番：穿着白衬衣、牛仔裤，扎着马尾辫，宽宽的额头上有两三粒青春痘。沈中说，刚才还在一起喝咖啡，这么快就忘了？你提醒过我买单最好是刷卡的。沈中没有说喝酒。女孩不再说什么了，锁上柜门转身就走。沈中发现，在雪亮的灯光下，女孩面容有些苍白。沈中跟着女孩，说，你估计得不错，身边的现钱是不够付账，幸亏我带着卡了。女孩头也不回，只管走，等走到钟表店一带就不见了。

杜兰花了很多的钱才让儿子上到了重点高中。在这事上，那男人倒是真的帮上忙了。关系基本上是他找的，钱则是杜兰花的。杜兰把钱一笔笔地打到他的卡上，他一次次地给杜兰报账，账报得很细。杜兰信任他，而且一心要让儿子上重点，不惜代价。

吴孟宇指着杜兰店对我说，儿子上高中不久，她就开始经营服装专卖，专卖品牌，她还计划将店门面盘下来。我说，这我是知道的，因为杜兰已经成为这条街上知名的女店主了。

在儿子上高中的三年里，那男的常到杜兰的店里闲坐，有时还毫无顾忌地跟店里的员工谈笑。杜兰蹊跷地发现他变得洒脱大方，不像以前那样偷偷摸摸心事重重的了。有段时间，杜兰甚至怀疑这个男人跟老婆分手了，但不久杜兰就知道根本没那么回事。

杜兰还戴着那银手镯。只是杜兰发现自己的手腕上皮肉开始松弛。

儿子在学校寄宿。那男的有时就睡在店里。他跟杜兰做爱，但显得力不从心。看到他急促喘息的样子，杜兰觉得他可怜。杜兰将他抱在自己的怀里。她看到这个男人的头顶上的头发稀疏了不少。杜兰将缠在胳膊上的内衣扯下来，扔到一边。接着用手指自上而下，再自下而上地轻抚他的背脊。最后，她的眼角滑出一滴泪水。

吴孟宇说，到了高二第二学期，杜兰对儿子已经完全失望了，她唯一的希望就是儿子能少打架，打架不要把人打出伤残。杜兰对男人说，看来那笔钱是扔进水了。男人沉默。杜兰又说了一遍。男人叹了口气，当初你硬是要那样，我只有尽力帮你，这也是个教训，钱要用在刀刃上。

我说：有一件事我是知道的。杜兰一直省吃俭用，拼命攒钱。她梦想有朝一日攒足钱开一家金店。吴孟宇大笑：你还不忘你的励志故事啊，我不是说过了，杜兰的命运不是这样的。

端午节，杜兰带着儿子和那男人去看妈妈。既然男人不避讳，她更没有必要隐瞒。妈妈身体哪儿都好，就是不能起床。她站在妈妈床前，妈妈盯着她的手看。杜兰也看手，那只银手镯颓然地耷在她满是褶皱的手背上。妈妈说，从小到大，我含辛茹苦地带你，就是想让你顺顺当当。杜兰苦笑道，妈，我一直过得蛮好的啊。妈妈勃然大怒，擂着床叫骂道，我们这一家倒霉就倒霉在这银手镯上！

吴孟宇说，在离高考只有一个月的晚上，杜兰和她的男人尽情做爱。他们都服了药。药是杜兰买的。杜兰脱下白衬衫，她让那个男人看她的粉红色内衣。那件内衣扣得很紧，勒出了背上的赘肉。而后他们肆意放纵，弄得天翻地覆。但杜兰不知道，这是她最后的性爱经历了。

吴孟宇说到这儿的时候，面露微笑，跟他给我讲杜兰与前男友在乡镇宾馆里初次幽会时的神情一模一样。

看着女孩在人群中消失，沈中才想起自己应该回到顶楼的餐厅。正当他走向电梯的时候，一个女人迎面向他跑来。沈中想，这应该就是那位老同学。她穿着咸菜绿的短风衣，长发披面。一到沈中跟前就攥住他的衣襟说，有钱吗，给我点钱。沈中掏出钱包。那同学又说，有卡吗，卡最好。

沈中略有些犹疑。同学不等他拿出卡就连声道：密码，快告诉我密码。

老同学刚接到老公的电话，说儿子中午放学后没有回家，下午也没有到校上课。据老师讲，同班同年级的同学没有无故旷课的，所以不像是结伙逃学，不知这孩子跑到哪里了。现在家人正在四处寻找。

老师同学看着他出的校门，老公在路口却没等到……会不会是给人拐走……我得回去，马上。快给我卡，找孩子要钱的，快点！

当杜兰将最后一笔钱打到卡上以后，她按照先前的约定给在外地的那个男人打电话，问他是否已经收到款子。但对方不接。过了一个小时杜兰又打，结果还是不接。从这时起，她的男人就杳无踪迹了。他以帮杜兰筹办金店为名，卷走了杜兰的血汗钱，其中有一部分还是贷款，为了这笔贷款，杜兰把店也抵押上了。杜兰钻天打洞地四处找那男人。她对自己说，妈妈骂得不错，我们这一家倒霉就倒霉在这银手镯上了。她曾摸到那男的家，人去楼空，那笔巨款足够这一家人在外地购房安家。

杜兰砸开他画廊的门锁。画廊里还有颜料和调色油的余香。杜兰一眼看到那幅人体画。年轻杜兰的身体几近完美：窄肩、丰乳、细腰，皮肤光洁如玉……她正跪坐着，双手抚膝，臂弯后露出挺翘的臀部；那双幽黑的大眼睛，无限含情地凝视着现在的杜兰。

杜兰恼羞成怒，操起桌上的美工刀扑向那幅人体画，她要将它砍成碎片。杜兰一边砍一边骂，让你骚，我让你骚！但这又有什么用。

吴孟宇说，在杜兰濒临破产的时候，她儿子毕业了。儿子毕业后不肯再读书，杜兰也没有财力供他上学。杜兰咬紧牙关，死撑着服装店不倒。儿子东游西逛，不断地从店里拿钱，杜兰骂他。他说，这是借的，等我有了钱给你买钻戒就是了。杜兰最后只有一步不离钱柜。儿子拿不到钱，就很少跟杜兰碰面。偶尔回店里，不是玩电脑就是睡觉。杜兰问他在哪儿混，他一声不吭，像他爸爸当年一样。问急了，就一会儿说在夜总会做领班，一会儿说在酒店当传菜员。

说到这儿，吴孟宇像是有些困乏，他不断地用手摸着脸，还接连地打呵欠。我说：你歇会儿，接下来的由我来讲吧。经过苦撑，杜兰终于保住了服装店，等到她不再为贷款发愁的时候，她已经老了，她想开咖啡馆和金店的愿望不可能实现。又过了一段时间，杜兰终于干不动了。她把店转让给别人，靠房租为生。杜兰的妈妈还健在，精力比杜兰足，说话的嗓门比杜兰大，就是不能起床。还时常咬牙切齿地大骂那银手镯。杜兰由她骂，就当什么也没听见，什么也没发生。

为了节约开支，杜兰辞退了护工，自己挑起照顾妈妈的重担。她头上的白发越来越多，常常头疼失眠。她依然省吃俭用，因为她还有一个未成家的儿子。

杜兰每天六点钟起床。先伺候妈妈解手、漱洗，然后一起早饭。洗刷完碗筷，杜兰就骑车去菜场或者超市。为了能买到便宜货，这一趟路要花费很长时间。回到家一般已是十点多钟。接着杜兰得抓紧时间择菜洗菜，淘米做饭。饭后，杜兰要午睡半小时，否则后半天就一直头昏。她的血压在服药以后得到了控制，但依然时常晕晕叨叨。下午，如果没有特殊情况，杜兰一般是做家务、看电视，或者独自到附近的公园、体育场转转。她没有朋友。年轻时的伙伴早就不相往来；做生意时的熟人，也不互通音信。晚上睡觉前，杜兰还要给妈妈擦洗身子。看到妈妈身上起皱的肌肤，杜兰想，等我到了这一天，谁来为我擦洗呢？

如同鬼使神差，沈中将卡递过去。同学劈手拿过卡，大声嚷道，儿子，我不能没有儿子，要钱，有钱才有儿子。她一边说，一边依旧紧攥着沈中的衣襟，用力地摇晃着。

沈中说出了密码。同学慢慢地松开手，如释重负地长舒一口气，接着无力地垂下头颅，微微地喘息着。她长发遮面，沈中只能看清她的嘴唇和下巴。她握着卡，就像是握着命根子。她离开时，跟来时一样，急匆匆，一路小跑。她的长发和衣服的下摆在奔跑中飘起。沈中想，事情就这么开始，然后就这么结束的。

又是电话。楼上餐厅的大堂经理。沈中这才记起，他在预订包间的时候，是给订金的。他感到异常疲惫，他要回家，不想再去顶楼了。

那男人失踪后，杜兰曾一度怕去十字路口。然而周折、奔波、劳累，终于使她渐渐地变得满不在乎。杜兰觉得到了这个年龄，已经无需再将那些人和事放在心里，无需再刻意回避什么了。有一天，杜兰来到十字路口，在斑马线上过马路。就在这时，她看到前面有一对老年夫妇。男的满头白发，佝偻着背，一只手紧紧地拉着身边的老伴。他步履迟缓，张皇地往两边看，像是唯恐有车突然冲撞过来。在他侧过脸的一刹那，杜兰认出来了，此人是她的前夫。他身边的老伴跟他一样迟钝，衣着寒酸。杜兰想，他应该才六十岁呀。他的车呢？他的豪宅别墅呢？他的钱呢？两个老人相互牵扯着、磕绊着，像两片随时可能被风吹落的枯叶一样，在惶惑不安中渐行渐远。看着他们，杜兰连感慨的气力都没有了。

回家后的晚上，杜兰难以入眠。阔别已久的欲望一波波袭来。她难耐。到了深夜，杜兰蹑手蹑脚地起床。她摸黑挪过一把椅子骑在上面。她牙关紧咬，使尽全身力气。一身淋漓的大汗。一阵抵挡不住的虚弱。等她再回到床上的时候，腹痛开始了，并且逐渐加剧。她抱着被子在床上打滚。妈妈醒了，问她怎么了。她不回答，飞跑进卫生间。血，很多。接着是血块，很大。就像是在流产。

此后，杜兰有三天足不出户，像死人一样躺在床上。她认为自己结束了。她想，也该结束了。但是三天后，她突然神清气爽，几十年来缠绕着她的羁绊一时解脱。她干净了，那样的烦恼没有了。从此，她就再也没有来过月经。

吴孟宇接过我的话头说：杜兰的故事是我开的头，最后还是让我来做结束吧。

一天下午，杜兰照顾好妈妈后，正坐在沙发上看电视。就在这时，门被推开了，久未照面的儿子带着一个女孩走了进来。那女孩穿着白衬衣、牛仔裤，扎着马尾辫，背着双肩包。女孩很白，秀气的脸像白瓷。杜兰看见女孩先一愣，然后缓缓起身，走到女孩的跟前。她紧抓着她的手，仔细打量，打量得入神。她知道女孩在跟她说话，但不知道说了些什么。她的手越抓越紧，害怕她会溜走。大概过了很久，杜兰才感到女孩正努力挣脱她。她连忙松开手，请女孩坐到沙发上。

女孩能说会道，跟杜兰交谈了好长一段时间。事后杜兰只记得女孩说过手镯、手表和钻戒。杜兰还记得儿子临走的时候曾说，他现在有钱了，待会儿就到金店给妈妈买钻戒。杜兰一直把女孩送到小区的门口。她看着她与儿子说笑着越走越远，最终在视野里消失。她想：她到底是来要账的，还是来还账的？

　　说到这儿，吴孟宇的手机响了。他一看号码便瞥了我一眼。我连忙知趣地走开。他很高兴，哼哼啊啊絮絮叨叨地说了半天。挂了电话后，吴孟宇乐呵呵地对我说，是杜兰打来的电话，她说金店今天有优惠活动，让我们过去，过去看钻戒。我说，我去干什么，我又不买。吴孟宇说，我也不买，我有钻戒，妈妈留给我的，妈妈嘱咐我一定要把它戴在她儿媳的手上。

　　我拗不过他，只好跟着他一起到金店去。此时，已是傍晚，西面尽被紫色的晚霞所笼罩，行道树在晚霞的照耀下更显青葱。等我们到商场二楼的时候，远远地看见杜兰正翘首往楼梯口看。她在等我们。她依然扎着马尾辫，穿着白色的制服，胸前佩着紫色的绢花。与那天不同，她涂上了口红。当我们走近柜台时，她稍稍将脑袋偏了偏，带有些许羞涩地对着吴孟宇微微一笑，一抹红晕从她的脸上掠过，她低下头下意识地摆弄着腕上的银手镯。

　　此时，沈中正乘着电梯往楼下去。想必他是看到我们了。

《上海文学》2018年第4期

无意思的时间与形式

——评《恶水之桥》

费振钟

这部题名《恶水之桥》的中篇小说，全篇故事找不到任何一个细节说明题目含义。与通常那些写实的或寓意的以及道具式的小说不同，作者显然通过这样的命题为他的写作设置了难度。这可以理解为作者对现代叙事技术的癖好，也可以理解为作者对现代艺术主体性的瓦解。因为，一个故事在主体缺席情况下，如何建立起它的叙事形式和逻辑，并且呈现它的现实关系，这是一种写作考验。

在经验的层面上，小说面对现实描写现实，但不创造现实。小说只是制造现实感。吊诡之处，正在这里。在小说的叙述时间中，现实感常常以非现实的幻态形式呈现它的存在。《恶水之桥》按照这样的时间魔术，讲述故事，结构人生命运，而后试图揭示现实中爱与欲主导下的世界之相。

青春女子杜兰是小城一家商场金店的导购员。这一天，她遭遇了抢劫。"我"的一个前学生，是这次抢劫案主犯，抢劫失控后，前学生"杀死"了与"我"同来的另一位顾客吴孟宇。时间逆流，目击人在多年以后，重回这次"抢劫"现场并再见杜兰，而事实上的杜兰，却已经历过婚姻家庭、情场商场，经历过生活与情感的复杂纠缠，成为一个断绝了欲望的中年女人。

但这个故事，与其说是杜兰的故事，不如说是关于杜兰的故事。其区别就在于，杜兰和杜兰的故事是通过三个叙述人叙述出来的人物和故事，作为主体人物的杜兰，在不同的叙述语调中产生，并有可能成为共名故事。第一种语调中的杜兰，是带着青春气息和梦想的杜兰，是在爱情与欲望中被动选择与犹疑不定的杜兰，是尚未进入生活已为生活欺骗的杜兰。她的故事，仅仅是一次遭遇，一次看上去疑似偶然却不无预谋的生活事件。杜兰被卷入其中，从而成为第二种语调中的杜兰。这一语调来自于第二个叙述人。他是劫案中那个"被杀的"叫吴孟宇的人。吴孟宇在另外一个时间维度上承担了杜兰故事的叙述任务。由于他的叙述，杜兰在全知的空间视度出现。这个杜兰，被公司开除后，生活在一个混乱不清的世界里。交织于其间的婚姻、家庭、社会，汇合成一条人生浊流，当杜兰被迫从这条浊流上走过，她的人生已荒失得几乎一无所有。第三种语调里的杜兰，则是在故意的错觉中再生而来的杜兰，也是由那个貌似局外人沈中创造出来的杜兰。这个杜兰，可以说是嫁接在故事上的故事，也可以说是故事源头上的故事。沈中第一时间出现在叙事中，他在等待那位一直没有登场的女同学，而后在劫案的混乱中，这个穿着打扮——马尾巴、白衬衫、粉红色吊带内衣——与杜兰一样的女孩，随他进入叙事。他们谈论"刚刚"发生的抢劫事件，于是杜兰和她的故事仿佛再度回放，叙事又回到原点——如小说最后一句写：此时，沈中正乘着电梯往楼下去。想必他是看到我们了。

对于作者易康而言，这样的叙事，既十分费力，而又必须全力完成。与单向度小说叙事不同，多重而模糊的叙事，其难题在于时间的辨认。因此，故事进程中，叙述者必须赋予人物行动以标志，从而使故事在其人物因果关系上易于识别。在《恶水之桥》令人费解的情节里，作者设置的标志是一副银镯子。这副作者称之为"质朴安详"的银镯子，第一次出现在金店抢劫案发生之前的现场：

"吴孟宇注意到她的左手腕戴着一只银镯，这样的手镯与柜台里炫目的白金钻戒相比，则显得质朴安详。"

而最后一次在小说末尾出现则是这样与前文照应：

"当我们走近柜台时，她稍稍将脑袋偏了偏，带有些许羞涩地对着吴孟宇微微一笑，一抹红晕从她的脸上掠过，她低下头下意识地摆弄着腕上的银手镯。"

其间，读者——或听故事的人——读到银镯子，累计会有十次以上。重要的有：

"空地的那一边是花木丛，在枝叶的缝隙间可以看到前面公路上的车辆正急匆匆地来来往往，车灯惶惑地扫动着，时不时地掠过杜兰白皙的胴体。那件粉红的内衣挂在她的左胳膊肘上，那只银手镯在车灯的照耀下不停地闪着光亮。"

"杜兰说：其实，我比较依恋银手镯，我本想戴着它，戴一辈子；但在金店的那段日子里，我发现大家都买钻戒，所以我也只能这样了。杜兰长长地吁了口气，将手移到领口，下意识地将领口的纽扣解开再扣上扣上再解开。她接着说：我不喜欢的是店里卖的钻戒，但如果能找到一枚旧的我或许会心甘情愿地放弃银手镯。"

"杜兰的脸上突然绽开了笑容。笑起来的杜兰是那么美。杜兰说，那天，有个人来找我，我知道他有一枚旧的钻戒，是他妈妈留给他的，留给未来的儿媳。我看到他就想，他能让我摘下那一直不想摘的银手镯。我们当时互留了电话号码，我们完全是可以成功的……"

"女孩一边掷骰子一边说：其实我们本来就相识，但你一直在装。这次女孩的骰子又是六点，女孩说：你喝——我说起银手镯，你竟然卖萌。"

作者刻意而为的"银镯子"，在故事中不代表什么，也不象征什么，更不表达什么。它只是出于形式需要，只是在为营造迷宫般的人物关系而设立暗码。这样，吴孟宇之于杜兰、沈中之于杜兰，"我"之于杜兰，或者反过来，杜兰之于吴孟宇、沈中、"我"，以及抢劫的男孩、神秘的女孩，还有坐在车中始终没有露面的"女同学"，所有这些人物在时间的暗流中首尾相联，于彼此关切中时沉时浮时隐时现。最终，小说以此完成了一个隐匿的、混浊不清的爱欲故事。

有一首20世纪70年代流行的歌曲，出自美国歌手保罗·西蒙，歌名近时有意译为《恶水上的大桥》，歌词的内容，是歌者对友谊与爱情的诉说。其中饱含怜爱与宽容的语句："为你在恶水上建座桥，安抚你的心灵。"亦有更贴心的译语："当你渡过恶水，我将化身为桥。"

易康自以为是地将它作为小说标题以及小说的思想和感识，是否为着延续这首歌里怜爱宽容的意思？不过，在论者看来，《恶水之桥》是一部形式大于内容的小说，它的无意思胜过有意思。

有人将至

朱文颖

一、丽芳

1

丽芳和重生这对夫妻，我最初认识的是其中的太太。

那是一个闷热的盛夏午后，快下班的时候，我接待了这天的最后一位病人。

我清楚地记得，那位女士年龄介于三十和四十岁之间，身穿淡湖蓝色、小方领的薄绸套装，鞋跟不高不低……手里还挎着一只体积不大的白色拎包。

她那种冷漠、疲倦、软绵绵的神态以及手里那只规整的、硬邦邦的白色拎包……或许说，是它们之间的那种反差吸引了我。

她在我旁边的沙发上坐下，简单聊了几句。

过了一会儿，她突然站了起来，走到我身边。

她身体的重心明显向我倾斜着，就像一种努力要攀附点什么的植物。

她说话的声音很轻，句与句之间还有着不经意的停顿："是的，我有抑郁症……您知道，因为这个，我总是有点难为情。而且我一直在吃某种药物，好几年了……我只是想问问您的意见。"

说句实话，这样的病人我见得多了。每天都有好几个。有的自己来。有的则是家人或者朋友陪着一起来。所以和以往一样，我问了她病程中的几个细节，尽我所能地提供了一些个人生活上的建议，最后，我开出了一张药方。

她很有礼貌地微笑着。甚至还和我握了握手。

接着，又一次，她身体的重心朝我倾斜过来，压低了声音说："对了，其实……我的丈夫并不知道这件事。您知道，他是那种无法理解这种事情的人，所以，嗯……我们今天的谈话能否保密?"

对于她的这个要求我稍稍有点吃惊，但或许是下意识地，我很快回答说："好的，当然，没有问题。"

她从沙发上拎起那只规整的、硬邦邦的白色拎包，转身向门口走去。她的背影……怎么说呢，是疲惫的，然而又是不失优雅的，就像她手里的那只白色拎包。不知为什么，我突然涌起一阵无法抑制的冲动，我想，如果我冲上去，从她手里夺过那只包，打开它，里面一定是乱七八糟的。

2

不得不说，我经营着一家还算不错的诊所。生意兴隆。现在这个世界，有心理疾病的人实在不少。他们常常避开阳光灿烂的街道，钻进一条又一条阴暗的窄巷……在某条巷子的深处，会有一扇隐秘的小门。

就在那扇门后面，我见过很多奇怪的病人。

有的人进来后，说不上几句话，就开始崩溃大哭，一直哭到眼睛红肿、声音嘶哑，这才默默离开；还有的人喜欢和我对视——那种挑衅的、刀子般的对视——我常常不能理解，那眼神里的凉薄和敌意从何而来；当然，更多的人喜欢讲故事给我听，各种各样的人生故事，时间长了，这些故事几乎让我得出结论：命运让这些人得上心理疾病，通常并非由于他们的恶，而恰恰由于他们的美德……说真的，他们几乎都是好人，很少在生活中为所欲为。他们捆绑自己、抑制自己，不管是出于善良抑或怯懦。

所以，在最后，我通常会对他们这么说：

"你哭出来，对，尽可能哭出来……别压抑自己，没关系的，哭出来就会好一些。"

丽芳就是这样出现在我面前的。但和很多病人不同的是，从始至终，她都一直保持着那种疲惫、冷漠和优雅的姿态。后来，我偶尔会不经意地想起那个背影，以及那只规整的、硬邦邦的白色拎包，但终究也就慢慢淡忘了。因为在那以后，有挺长一段时间，我再也没见过这位名叫丽芳的病人。所以说，如果没有后面的故事，丽芳仅仅就只是我许许多多病人中的一个，微不足道的一个……

二、重生

1

距离我的诊所大约有两条街的样子，是一所医学类的二类大学。我经常会在休息日的午后去那里，主要是去学校的图书馆查阅资料或者借阅图书。很偶然的一次机会，我发现那里藏有数量惊人的心理学、哲学心理学、历史心理学以及犯罪心理学等方面的著作，有一些还是外面相当少见的版本。

这让我着实欣喜万分。

对于那所学校，我印象最深的是图书馆（位于一座钟楼的二层）背后的树荫。夏天的午后，有很多男学生女学生躲在那里接吻。我从他们身边走过的时候，几乎能清清楚楚地看到他们紧闭而颤抖的睫毛，听到他们咻咻的鼻息。总是有钟声响起来（或许是幻觉），几只麻雀从树丛里飞起，人群渐渐散去，如同清新而紧张的小兽。

重生是这座图书馆的图书管理员。他一直在馆区的另一侧工作，所以有很长一段时间，我根本就没有注意到他。通常，我总是与一位笑容和蔼、体形微胖的中年妇女打交道。而每次，她都相当专业地向我介绍图书，替我办理阅读或者借出的手续。

直到有一天……

那是一个有些闷热的下午，肉体的微微不适以及精神的焦虑都在提示着，或许，一场规模不小的暴雨就要如期而至了。

我顺着熟悉的木板楼梯走上二楼。钟楼是民国时期的老建筑，楼板斑驳，发出吱吱嘎嘎的声响。

在二楼的楼梯口，我没有像平时那样见到那位总是微微笑着、让人感觉生活是如此稳定而安全的中年妇女。

或许是闷热的缘故，有几扇落地长窗敞开着。米黄色的长窗帘微微摆动，仿佛后面隐藏着什么秘密。

我走到"最新上架图书"那个区域，一个人翻阅了起来。

大约过了十几分钟的样子，有一个带点鼻音的男中音出现在我身后。

"新来了几本书……你可能会感兴趣。"

是的，这个人就是重生。

2

那天我捧了一大堆重生推荐的书离开。

有卡伦·霍妮的《我们时代的病态人格》《自我分析》，埃里希·弗洛姆的《人心：善恶天性》《逃避自由》，以及马克·巴特斯比和莎伦·白琳的《权衡：批判性思维之探究途径》……

我们聊天聊得也很愉快。重生说他很早就注意到了我。

"你知道，对这类书真正感兴趣的人其实并不多。"他微笑着说，"学生们借了，常常就是在论文中引用。"接着他又加了句，"没什么感情的。"

他朝我做了个俏皮的鬼脸。

我被他逗笑了。笑得很开心。在那个瞬间，我突然有种完全放松的感觉，就像被人施加了催眠疗法。很多病人到我的诊所去，坐在沙发上，他们总是会感到紧张。眼珠子直转，左手捏住右手，空气里都能听到骨头和关节的挣扎声。而我，则会为他们倒上一杯温水。"轻轻地闭上眼睛。对了，就这样。"我的声音听起来相当遥远。然后，我继续说："好了，现在，你放松一下，你想象着自己伸展开双臂，就像土地里生长出来的一棵树。"

我感到很奇怪，为什么重生能够给予我这种灵魂出窍般的清净明亮的感觉？

后来，我们还聊了些心理学、人类学方面的话题，让我感到惊讶的是，对于诗歌和诗人，重生也有着相当不俗的见解。他和我谈到了海子：

"我一直假设海子卧轨自杀那天，他往山海关走，如果碰见个熟人，可能就去饭馆吃饭了。我觉得历史有它的大方向，却又充满了种种道不明的细节。这些对我来说很神秘。"

那天，我离开图书馆后穿过了那片浓密的树林。

天越来越暗，豆大的雨点掉落下来。落在我的头发上、脖颈里，凉凉的，柔柔的，却又惊心动魄……我像逃一样地飞奔而去。

我知道完了。那是种莫名的情感。只需看一眼，一切都已确定。在那种莫名的情感面前，心理咨询师这种职业简直就像骗术一般无聊。

我在飞奔过树林时觉得无数的暗黑色的叶片齐刷刷向我拥来……像扑向礁石的海浪，像膨胀着、野蛮生长着的无数条海藻，缠绵却又强力……在迎向它的同时，我已经有了挣脱的预感和欲望。

是的，我相信喜欢重生的女人会有很多。特别是那些心里有阴影的女人——看着他的眼神，会觉得安全。就如同身处一间阴暗的屋子，它不是盲人般的黑暗。

它只是阴暗。

3

一般都是重生来我住的公寓。

那是一小段时光如梭的日子。几个礼拜或者一两个月……那或许正是这个城市雨水最密集的季节。有些时候，雨点像丝缎般光滑地流淌在窗户上；又有些时候，如同激越的鼓点猛烈地敲击。

米黄色的窗帘总是严丝合缝地低垂着。我半躺在床上抽烟的时候，风吹动着窗外的树叶，在窗帘上映出一大片暗黑色的边缘难以名状的阴影。

我们默契地很少谈论自己。

在刚开始的一个礼拜，我们甚至都很少说话。那是一种无比恐怖而又悲哀的感觉。我和重生更像是在打架——上一刻，还把对方捧在手心里，抱他，蹭他，哀求他不要离去；等到下一刻，又恨不能把他撕成碎片，吞下他的每一块血肉……

后来，有那么一次，重生冲完澡出来，带着沐浴露的香味坐到了床沿上。

"你知道……我这个人话不多。"他清了清嗓子，有点尴尬地笑了笑。

我知道他要说什么了。所以我沉默着，没有说话。

"其实我和很多人想象得不一样，完全不一样……"重生突然变得有点口吃起来，"你了解我吗？或许，你根本就没有看清我……"

说到这里，重生停住不说了。

我用了与重生相处大约两到三倍的时间，才渐渐适应了这个人从我生活里消失。我甚至使用了一些医学上的手法，以求控制住这种类似于戒断反应的症状。

我以为，这件事已经过去了。

三、丽芳与重生

1

我陪人聊天的生涯还在继续着。不断有新的或者老的病人来到诊所，仍然有很多人说不上几句就大哭，或者从头至尾冷若冰霜……但或许是药物产生的幻觉，在重生消失的那段时间，我总是能够看到或者感觉到两个完全不同的自己。

一个穿着洁白而规整的外套，轻言细语地对病人们说："你哭出来，对，哭出来就会好一些。"

另一个则披头散发、憔悴不堪地坐在床沿上……那个有条不紊的理性的心理咨询师是多么令我生厌啊。在那个瞬间，我相信世界是由难以名状的感性力量推动的。一切的秩序，都只是为了维护我们习以为常的貌似正常的规则。

然而，真正的世界不是从那里长出来的。

然而——又是一个然而，我的眼睛转向桌子上的一个角落。那里堆放着从重生供职的图书馆借来的那些书——《逃避自由》《人心：善恶天性》《我们时代的病态人格》……这些书的封面已经蒙上了一层淡淡的灰尘。我的感性告诉我：捧起它们，用最快的速度向重生奔跑过去；但理性的力量则把我牢牢地钉在椅子上，它用严厉而低沉的声音命令我：不可以，你必须待在这里，待在自己的世界里，至少，这里是安全的！

那段时间，有一位病人经常来我这里。他从来不哭，也不绝对，更不冷漠。每次他都滔滔不绝地说话。他把有关自己的一切告诉我。把他周围世界里发生的故事告诉我。他是一个无比正常甚至有些温暖的人——但是，他实在是太无趣了。他遵循的道德水准，甚至比世界上一般公民使用的还要高尚与清洁——他对我说，他觉得抑郁极了。

一天下午，我刚送这位高尚而纠结的病人离开，正准备要关窗锁门，一转身，一个瘦长的身影出现在门口，披了件长长的风衣，脸色苍白。

说出来我自己都觉得奇怪。我竟然叫出了这位只有一面之缘的病人的名字：

"丽芳?"

2

"你的脸色很不好。"我端详着坐在灰粉色沙发上的丽芳。她好像瘦了，也黑了，并且肯定不仅仅是由于室内光线变得昏暗的缘故。

丽芳没有抬眼看我。她只是不停地把玩着手里的茶杯。过一会儿，又把眼光移向桌上的一盆盆栽。那是我从邻街花店买来的一大束银柳，插在一只敞口玻璃瓶里，很多小嫩芽正从枝丫的关节上冒出来，鲜绿的、稚嫩的、毛茸茸的。

"最近……我的睡眠很不好。"丽芳幽幽地说道。

"梦多吗?"和所有的医生一样,我说话的时候简洁明确。仿佛对这个世界有着十万分的把握。

"会做梦。各种各样稀奇古怪的梦。"

"你梦见了什么?"

"一条巷子。一条漆黑的空无一人的巷子。路灯是暗绿色的,从头顶上直直地照下来。只有我一个人。我顺着路灯一直往前走,走了很长时间,仍然只有我一个人。再后来,走着走着,我觉得自己突然来到了一座楼房的顶层。我还突然发现,一个黑影站在我后面。就在我身后,那个黑影的手里还拿着一把刀。我想逃,但抬不起脚。我就从楼上往下跳⋯⋯"

我倒吸一口冷气。

在重生刚从我生活里消失的第一个月,我也做过类似的梦。我在无数纵横交错的巷道里奔走,两腿沉重、大汗淋漓;我知道自己行进在某个暗黑世界的边缘,有坠落沉没的危险,然而敌人,却仍然遍找不见。

我只是感到虚空。

"好的,我明白了。"我舔了舔有点干燥的嘴唇,"你的情况不是很稳定,最近一段时间,你可能需要增加一点药物的剂量。"

"可是,我已经停药一段时间了。"

"为什么?"我惊诧地看着她,"为什么要停药?这种药必须要按时定量地服用⋯⋯而且,这可能就是你最近情绪不稳定、睡眠不好的原因。"

丽芳注视了我一会儿。这种注视是平静而强势的,仿佛全世界的真理都掌握在她的手里。过了大约两秒钟的时间,她张开了嘴巴:

"我怀孕了,已经快两个月了。"

3

那天丽芳离开诊所的时候,我所了解到的大致的情况是这样的:

丽芳告诉我说,这是一次意外的怀孕——她把她清秀而忧郁的身体向我靠拢过来,给我的感觉是,即便话已经说了出来,然而,她对于刚才所说的话却是不确定的,甚至,她对于整个的世界都是不确定的——她说:"是这样的,我的丈夫还不知道这件事情⋯⋯是的,我指的是孩子……这是一次意外。"她稍稍停顿了一下，有些迷惘地看了我一眼，"这个孩子，他是一个意外。我还不知道，应该要留下他，还是……"

我伸出双臂，轻轻搂住了她。

"我理解。"我听见自己的声音如同春风细雨般沁人心脾，"你放心，我们今天所有的谈话都将会是保密的。现在，我只希望你能够平静下来——为了——你自己和这个意外的孩子。"

我给丽芳配了综合维生素，以及完全没有副作用却能让人平复心绪的药品。我把她送到门口，语重心长地再三叮咛："先不要多想什么，好好吃药，把身体调理好。"

丽芳不断地点头，随即紧紧抓住了我的手。不知道因为什么，不知道她究竟想到了什么，她的眼眶突然红了一下。

"非常感谢。真的。"有个瞬间，她的眼神暗淡了下去。过了一会儿，终于，她再次把自己的情绪收拾到一个稍稍体面的状态。她的声音热切而真诚："最近你有时间吗？我想……让你见一下我的丈夫……最近，他的情绪好像也不是很稳定，你可以和他聊聊吗？"

4

我、丽芳和丽芳的丈夫，我们三个人第一次的同时见面，是在丽芳家，位于市中心的高层公寓。

那是一个暮春的中午，丽芳仍然穿了一身规整的小套装，只是头发有些慵懒地盘在头顶上。春天的风忽冷忽热。丽芳站在公寓楼下的草坪上，微笑地等待着我的到来。

她同样微笑着把身边站着的一位男士介绍给我。

"我的先生。你们认识一下。"

这时，楼上有人打开了窗，大声朝下面叫喊着什么。我们三个同时仰起了头。

接近正午的太阳光线异常强烈。我眼前一阵刺痛，竟然无法直视。

是的，生活就是寻常和离奇之间的一个平均数。

丽芳的丈夫我认识。他竟然就是重生。

5

在整个午餐的过程中，我和重生几乎没有超过一秒的对视。

这是一个典型的、看起来相当平静的中产阶级家庭。

公寓位于建筑的顶层，另外搭建了一个小小的屋顶花园。花园的一角铺着白沙，错落堆放着花纹细致的吸水石、龟纹石、斧劈石和千层石……一株紫藤横空出世，曼妙地盘在藤架上，枝粗叶茂。高高低低、深紫浅紫的花儿开得如此繁盛，它们交织纠缠在一起，竟让人顿生摇摇欲坠之感。

木质的餐桌摆放在紫藤架下。丽芳沏好了茶，坐下来陪我聊天。

从我坐的地方可以看到厨房的一角。重生正忙碌着准备午餐……我注意到，他在衬衣外面套了一条淡蓝格子的烧菜围裙。

"我先生烧得一手好菜。"在春日的暖阳下面，丽芳的声音难得地有种轻柔闪烁的水色。当然，这或许也只是我的错觉。

"这多好。你可真是好福气。"我清了清嗓子。阳光穿过枝叶茂密的紫藤架，却仍然还是那样夺目耀眼。

微风徐徐，一小朵紫藤花飘落在茶盏的旁边。我盯着它看了一会儿。

不得不说，那天重生的厨艺着实出乎我的意料。他几乎完美地为我们呈献了一桌地道的苏式菜肴，糟熘鱼片、清炒虾仁……一盆白绿相间的莼菜银鱼汤里，倒映出花团锦簇的紫藤树影，随着风声，一会儿繁花涌动，一会儿香消玉殒。

我和重生喝着冰镇的阿根廷白葡萄酒（我注意到，丽芳给自己倒了一小杯鲜榨果汁），品尝着美味佳肴。我们聊了一些时政、股票以及度假旅行之类的话题，小半个下午很快就过去了。我们每个人的脸色都有些微微泛红，透出一种莹润而又神秘的光泽。

那天丽芳的兴致相当不错，她甚至还半开玩笑地说，是一种神秘的力量，让我成为了她的朋友。然后又补充道，她同时相信，像我这样一位聪明、优雅而且知识相当丰富的女士，一定也可以成为她和重生共同的朋友。

"你真的应该跟她好好聊聊。"丽芳把头转向重生那边，"我敢保证，你那图书馆里那么多的书，没有几本能够像她那样有趣和善解人意……"

告别的时候，我带着微微的酒意穿过客厅。客厅的东面应该是他们的卧室，我无意中瞥见，那扇门虚掩着，上面挂着一长串枯玫瑰色的干花……

这个似曾相识的场景，曾经好几次出现在丽芳和我的谈话中。

"每天晚上，我推开卧室的门——那扇门上挂了一串香喷喷的干花——我在那种干草的香味中走进卧室，在脸上涂抹各种各样防止地球引力产生作用的面霜、眼霜、精华霜。然后，从梳妆台的最下面一个抽屉里，我拿出一只白色的药瓶，取出药片，吞下去——那个时候，我的丈夫还在客厅里看电视。听着从电视里传来的笑声，我突然觉得我恨他！我甚至有一种强烈的冲动，我想冲出去，掐住他的脖子……"

而现在，我竟然鬼使神差地出现在丽芳和重生的公寓里，享受了一顿美味佳肴，正准备心满意足地离开。美味佳肴……多多少少意味着人与物的和谐。然而，很显然，我其实并不希望会在这里看到与这个字眼有关的一切。它们让我感到疼痛。

我一直在想着这句话："我先生烧得一手好菜。"在春天的紫藤树下，丽芳眯了眯眼睛，这样说道。

四、我与重生

1

其实，无论是从生活阅历或者职业的角度，我都非常清楚地知道一件事情：生活是不能深究的。

然而，作为一名职业心理咨询师，我把我所知道的非常清晰的事情又稍稍模糊了一下：在某种意义以及某种程度上，生活是可以进行分析，甚至可以进行适当的追究的。

在我的私人诊所，曾经来过一对父子。父亲四十多岁，儿子则是位中学生。两个人都很苦恼。

儿子处于一种垂头丧气却又绝对不太甘心的状态。而即便对于这种状态，父亲也是不甚满意的。他尽力安慰他的孩子，又苦恼于这种安慰收效甚微——对于这位困惑中的中学生，父亲的安慰是："你想得太多了……就做你自己好了。"

这一定让他的孩子感到失望了，因为孩子的回答是："这怎么可能呢？我没有办法做我自己。"

这对父子的区别在于，父亲说的是"做"，而孩子，还在为那种被否定了的独特性而挣扎，他没弄明白，其实他真正想说的恰恰是"成为"。

他身上未能成就的激情弄疼了他。

怎么说呢，我一直觉得，所有的抑郁问题其实都和激情有关。

有一段时间，我仔细看了哲学家笛卡尔的《第一哲学沉思集》。里面谈到精神和物体的区别。而激情问题则是身心关系的一个具体难题。当时，伊丽莎白公主因为面临复杂的政治和生活环境，经常受到悲伤等不良情绪的影响，身体健康受到损害。作为好友，笛卡尔给她提供了一些建议。比如，尽力避免思考那些令人感到悲伤的事物，放松自己的精神，多去关注大自然中的一些有趣的现象，等等。

但是，公主回答说，这些方法并没有笛卡尔想象得那么有用。因为"有些疾病完全可以脱离理性的掌控力量，而使我们不能追随良知为我们制定的行事准则。使我们极为轻易地被一些激情所带走，从而更加受到无常命运的影响"。由此公主对笛卡尔说："希望你对激情做出界定。"

我忘了笛卡尔是如何回答公主的这个问题的。但对于我来说，至少在形式上，我认为激情会在两种状态之下喷涌出来，无法抑制。一种是原生的；另一种则发生在曾经的抑制过后。这样的表现方式多多少少我在书本上看过，在现实生活里又恰如其分地体验过——恰好发生在我和重生的初次相遇，以及几个月后的重逢之中。

2

那一天，离开丽芳和重生的午餐桌以后，我回到了自己的公寓。

我斩钉截铁地默念着自己即将去做也一定能够做到的事情：第一：不接重生的电话；第二，当他连续不断地拨打我的电话，说他要来看我，一定要来看我，我将无比坚决地做出回答：不！……然而，真正发生的事情是完全相反的。

那天晚上，我做了整整一夜的梦。我梦见整条巷子都在下雨，我穿着墨绿色的雨衣，行走其间。雨水顺着帽檐往下淌，在我的身体周围成为一片汪洋。路灯也是墨绿色的。有一个瞬间如此清晰，绝对不是梦境，我看见一只绝望的飞蛾，在雨雾里颤抖，扇动着沉重的翅膀……

醒过来的时候我大汗淋漓。

大约十分钟以后，初醒的城市里出现了一个奔跑的女人……是的，这件事情是如此离奇而不可捉摸，这件毫无逻辑的疯狂之事竟然让我如此快乐……我要穿过小半个城市，去见重生；我要把那道吱嘎作响的木板楼梯踩在脚下，不顾廉耻地出现在他的面前……

"我要同时给你玫瑰和刺。"

不知道为什么，我突然想起了这句话。是的，我要同时给你玫瑰和刺，因为在自然界里，植物就是这样生长的。

3

灵魂可以自己拥有自己的快乐。但是与灵魂和身体都有所关联的快乐，就完全相关于人们的激情了。

我不得不承认，与重生再度相逢后的那段时间，是如此地美妙而让我沉迷。

真正的快乐在于禁忌之事，在于与并不属于自己的事物耳鬓厮磨，缠绵悱恻……抑郁的瞬间具备这样的幻想的特质。这也类似于旅行的某种质地——旅行不仅仅是把我们带往远处，还使我们在社会地位方面上升或降低一些；它使我们的身体变换了空间，同时，不论是好是坏，也使我们脱离自己原来的阶级脉络……

人性的最深处，就是拒绝安分守己、待在原处。

在那种打架般恐怖而强烈的感觉稍稍平息之后，我和重生开始真正地聊天——我当然知道，这同时也标志着另一种亲密与危险的开始。

我们小心翼翼地说到了丽芳。

"丽芳来过几次我的诊所。"我先开口提及，"她好像有一些睡眠问题。"也不知道是不是故意的，我避开了药物这个敏感的话题。

"嗯，我年轻的时候看过一部电影，叫作《猜猜谁来吃晚餐》。"重生仍然俏皮地一带而过。

"一位反对种族歧视、提倡自由平等的父亲，当女儿把黑人男朋友带到面前的时候，还是傻了眼。"我接着他的话。

"不同的是，我们相遇在午餐时光。"重生朝我眨了眨眼睛。

"你……喜欢意外吗?"我问。

"有些意外，真的是非常好的。"重生回答道。

通常来讲，谈话会以这种跳跃而又有言外之意的方式进行。只有一次，重生仿佛陷入了一种冥想的状态，半是述说、半是自言自语地道出了下面这段话:

"绝大部分的时间，我比丽芳晚睡。她总是先洗漱回卧室，而我则留在客厅里继续看一会儿电视。电视的声音很大，与此同时，洗手间里断断续续地传来水声。后来，水声停止了，电视的声音仍然还是很大。我总是会在屋顶花园里坐一会儿，有时天上有个月亮，有时没有，有时淅淅沥沥地下着小雨……还有一次，我在花园里待了很长时间，因为开始的时候我发现天上飘起了雪花，而到我回卧室睡觉的时候，整个花园已经白茫茫一片了。"

我静静地听着。

"我总是摸着黑回到卧室。"重生接着说，"我把药藏在丽芳的梳妆台里，倒数第二个抽屉的角落……我取出药，在黑暗里吞下去。"

"你吃药? 你也抑郁吗?"我吃惊地看着他，脱口而出。

4

丽芳仍然断断续续地来我的诊所。

有一次，我刚和重生分别，有点疲惫地赶回来，远远地望见丽芳正在小巷深处徘徊。

我在诊所的洗手间里磨蹭了很久。重生用的是一种木香韵调的香水，有着晴日里雪松和橡树、苔藓的味道。在那天接下来几乎所有的时间里，我下意识地觉得，这种强烈的气味一直黏附在我的手臂、颈项、胸口以及身体的每一个部位。

那天，和丽芳说话的时候，我刻意地与她保持着距离。然而，很快我就注意到，丽芳说话的语气和脸上的神情，显示出她仿佛并没有在认真和我说话，她仿佛沉浸在一种很深的思绪、回忆或者斗争里，更像是在自言自语："就像我上次对你说的，我一直在吃药，好几年了……后来，很偶然地，我才知道重生也在吃药，而且我们两人吃的其实是同一种药物……我们一直相安无事，至少表面上是这样……你知道的，在通常的情况下，这种药物总是能够让人保持平静、理智，虽然有些时候我会感到有点疲惫、困倦，甚至麻木，但是，真的，我们已经习惯了——你明白我在说什么吗？"

我深深地吸了口气。

"我明白。这种药确实是这样的。有些人经过一段时间情况好转，可以减量或者停药。但绝大部分的人会要持续用药，在某种特定的情况下甚至需要加大剂量。如果突然停药，将会对身体产生一系列的副作用和导致幻觉。至少，在医学上是这么阐述的……"我停了下来，在一个比较遥远而安全的距离端详着丽芳。

丽芳听着，沉默。良久。

"你们结婚多久了？"过了一会儿，我打断了这种沉默。

"十年。"

"这是你怀的第一个孩子？"我听见自己声音干涩，仿佛被烟呛了。

"刚结婚的第一年有过一个，但是很可惜……从那以后，就再也没有怀上过。"

"你们……难道不想要这个孩子吗？"我的身体不由自主地抖动了一下。

"我还没有决定……我的意思是说，我还没有最终决定是否告诉我丈夫，关于这个孩子，这个意外的孩子……现在一切都是乱糟糟的，完完全全乱糟糟的。自从停药以后，我变得很难控制自己的情绪。而且，最近这个阶段，我发现我丈夫的情绪突然也变得很奇怪，很不稳定……"

我觉得丽芳正若有所思地注视着我。她的眼睛，她若有所思的灵魂，她豁然开朗的愤怒。当然，这一切并没有真的发生。她只是再次把身体的重心向我这边倾斜过来，就像她第一次来我诊所的时候一样。她把她的信任和依赖向我这边倾斜过来。她的声音变得有点轻，有点僵硬，尾音还稍稍有些颤抖："我今天来，其实就想问你一件事情……"

"什么？"

丽芳重重地抿了抿下嘴唇："我想问，在我最后做出决定以前，有没有一种可能性，比如说，我还能继续吃药，或者……减少一点剂量？"

"不可能……这是不可能的，你不能再继续服药了。为了……不管为了什么，你都必须彻底停药。听到了吗?！彻底停药！"

我有点歇斯底里地把这句话说了出来。我听见自己的口气很坚定。异常坚定。我的语调也比正常的时候高了一到两个音阶。在桌子底下，我的手紧紧地捏成了拳头，我的脚死死地抵住了地面。仿佛，我必须要找到一种平衡和力量，说出我刚才已经说出的那几句话。否则，就会有另外的非常可怕的事情要发生了。

终于，幸好……我还是把它们说出来了。仿佛再晚哪怕一秒钟，我就会改变主意一样。

5

有那么一两次，重生在我床上睡着了。

雨从清晨就开始下了。一过正午，光线便有了一种微妙的质感和厚度。在睡梦里，重生微微地皱着眉……当我从很近的距离看他的时候，我甚至可以非常清楚地看到他鼻梁边的毛孔，下巴靠左边的地方一颗很小的灰痣，还有很轻很轻几乎如同叹息一般的鼻息；但是，我坐在沙发上抽烟时，也有一些瞬间，从我坐的角度看过去，蜷缩着的重生是如此安静，寂然无声，那个时候他更像一种物。一种被无形的力量带到我身边的物体。他可以是没有生命的，没有温度、没有声音、没有体积……一无所有。然而，当他突然轻轻翻身的时候，即便隔着很远的距离，仍然有什么东西牵动了我的身体。如此强烈而确定，带着撕扯般的疼痛。就像有一次，我看到一个头发柔软的三岁小女孩，她是如此依恋着她的母亲，她甚至在晚餐时分公开要求母乳……

我一直记得她那张挂满泪珠的小小的脸，颤动的嘴唇，哭得撕心裂肺……只要这样。就要这样。没有什么是不可以的。

是的，在那一个瞬间，我想到过永恒。

五、有人将至

1

在我和重生重逢后大约一个多月，有一天，我接到了他的一个电话。

他约我在学校钟楼后面的一家小咖啡馆见面……这多少有些出乎我的意料，意外中还夹杂着淡淡的失望。在走向那片树荫浓密的香樟树林时，我突然意识到，我其实已经习惯并且贪恋着与重生的幽会。我知道，他对我感情渐深；与此同时，几乎每次，重生在我那里匆匆沐浴过，用电吹风小心地吹干头发（他从来不用我那带有浓烈蜂蜜气味的沐浴乳），略带疲惫然而衣冠楚楚地向我告别时，我总是心情复杂地私下里猜想，当重生回到丽芳的身边，从我这里，他带回了温暖和性的慰藉（有一次重生说漏了嘴，说丽芳很久没有和他同房），或许，另外还有一些隐匿于心的愧疚。而从心理学的角度，愧疚直接指向的则是另一种温柔和怜惜。

我得承认，这样的想象经常让我心生不快、黯然神伤。

那天的香樟树叶齐整而灿烂地在午后的阳光中绽放。在斑驳的枝叶与枝叶的光影里，我看到重生正在林荫路上焦急地来回踱步。虽然光线充足，天空蔚蓝，但远远望去，重生好像突然变瘦了，变黑了。

重生先开口说的话。他的眼睛望向旁边一个手里抱着一大堆书的眼镜男生："最近，你见过丽芳吗?"

我一愣。稍稍犹豫一下，回答道："是的，她来过一次我的诊所。大概……就在上个星期。"

重生的身体在晃动中向我这边倾斜过来："她……对你说什么了吗?"

我试图在光影的晃动中找寻重生的眼睛。

"哦……是这样的，我觉得……我觉得丽芳最近的情绪不是很稳定，有时候好像还挺糟糕的。我知道……她信任你。"重生说。

我听到自己说话的声音很慢很沉，就像一种很钝很钝的心跳声："她说，最近她的状况不太好，睡眠也不太好。"

重生点燃了一根烟。在我的印象里，这好像是重生第一次在我面前抽烟。

"我真的不知道这是怎么了。最近，她就像是整个变了一个人。"突然，重生把刚刚点着的烟往烟缸里一掐，灭了。一阵焦煳味弥漫开来。

"变了一个人?……"

"是的……"重生张了张嘴，想说什么，终于还是没有接着往下说。

"她——以前是什么样的?"我听见自己的声音伴随着一种空洞的回声。我还模模糊糊地看见一个小小的影子，它蜷缩在那里，微微晃动着。那是一个正在长大的婴儿。

"以前，至少她表面上还是安静的、理性的。当然，很多人都和在外面表现得不一样，完全不一样。我和她也是这样的。我一直在吃药，其实她也一直在吃药。但不管怎样，我们的婚姻生活是平静的、有秩序的……"

我直勾勾地盯着重生的眼睛。

他很快闪开了目光，并且垂下了眼。

"但是现在，特别是最近一个阶段，不知怎么了，她每天都在抱怨、哭、吵架……就像疯了一样。我几乎是和一个疯子生活在一起。真的，我都快要受不了了。"重生重新点燃了一根烟。这一次，他没有很快把烟掐灭，而是缓缓地抽了起来。

"她……知道我们的事吗?"我轻轻地仿佛是随口一问。

"不知道，当然不知道。"重生有点惊讶地瞪大了眼睛。

"你确定吗?"

"当然，当然……我想是这样的。"

就在这时，钟楼那里传来了晚课的钟声;一只灰白羽毛的鸽子停在窗台上，想着自己的心事;三三两两的穿着校服的学生跑进咖啡馆，叽叽喳喳地争着购买饮料。

那天一直是重生在说话。抽烟、说话。后来我也抽了一根。然而带着温度的烟雾也并没能够融化我脸上的霜色。

后来我起身告辞。重生送我到香樟树林的拐角处时，我突然停了下来，问了重生一个问题。

"你现在还按时吃药吗?"我说。

"当然，一直是按时吃的。"重生不假思索回答道。

第二个问题是横空冒出来的。我没有加以阻止。当它生硬地冲出我的喉咙时，已经深深地刺痛了我。

"你——爱丽芳吗?"

远远的，一只灰白羽毛的鸽子停在草坪上。我模糊的目光不太能分辨是否就是刚才停在窗台上的那一只。

那天晚上，讲好了重生会来我的公寓，然而他并没有出现。我想他可能是忘了。或者是因为其他什么原因。我洗完澡，湿淋淋地躺在床上，看着天花板上那只并不转动的风扇。

下午那个场景仍然固执地出现在那里。

"你——爱丽芳吗?"我问重生。

他整个人震了一下。仿佛刚才我问了一个极其奇怪的问题;仿佛这个问题他确实应该再想一想，他其实是非常感谢我问了这个让他不得不仔细再想一想的问题的。

2

接下来有整整一个礼拜，重生没有和我见面。

那个礼拜连着下了七天的雨。在那七天里，仿佛世界上所有的病人都被狂风暴雨赶出了家门，来到了我这里。

有一个中年人告诉我，他是外省人，并且，他还是一个酒鬼。

"我是一个晚上永远睡不着的人。"他坐在我对面，戴着一副浅色墨镜，微微地笑着。

他说话的时候，即便隔得那么远，我仍然能闻到他嘴里的酒气。

他告诉我，他喜爱酒精的理由其实非常简单。因为人只有醉着的时候才是真实的，身体和灵魂完全打开、完全放松，"整夜燃烧"。

"但是，每次当我清醒过来的时候，总是感到忧郁，加倍的忧郁。"说这话的时候，隔着他的浅色墨镜，他的眼神仿佛真的变得忧郁了起来。

我又和他聊了会儿。直到临走的时候，他隔夜的酒仿佛仍然没有醒。在半醉半醒之间，他非常友好地对我说："以后，如果有机会，请你喝两杯。"

还有一位失恋的女孩子。她和我握手的时候，我注意到，她的手臂内侧有着玫瑰和蛇的文身。

她的疑惑并不在于她失去了某个具体的恋爱对象，而是她一直在寻找她曾经拥有过的那种美好的、令人迷狂的恋爱记忆。

"我一共交过三个男朋友。我最爱他们的时候就是他们离开我的时候。总是这样。如果我足够疯狂，想要重温那种迷醉而痛苦的感受，那么，在以后的恋爱中，我就必须要离开我的恋人，或者迫使他离开我；但是如果我真的离开了他们，或者迫使他们离开了我，他们就只是感知中的给予我记忆的人，而不是现实生活里有血有肉的恋人……"

她像说绕口令一样地述说着。

"这是一种病吗？"最后，她困惑地问我。

……

这是让我极其困惑和痛苦的一个礼拜。因为，我突然意识到，在我的职业领域，那些最有意思的、最深刻的问题，其实是我根本无法回答与解决的。而重生，也随之成为了我生活本身的一个巨大的谜团。

现在，他究竟在哪里？

3

几天以后，又是一个接近下午五点的黄昏。

当我送走了那天最后一个病人，传来了轻轻的敲门声。

我飞奔到门口——

门外站着的不是我朝思暮想的重生，而是另一个人——丽芳。

"我和重生是在十年前结婚的。"

这一次，在我那张极其松软，我冀望我的病人将会因此失去意志力，倾诉出他们所有人生秘密的沙发上，丽芳相当平静，甚至还有一些舒展地坐着。

"嗯。上一次，你已经告诉我了。"我尽量表现得平静而专业，并且面带微笑。

"我们是大学同学，一个学校，不同的专业……我们谈了半年恋爱就结婚了，因为彼此都觉得，再也遇不到更合适的了。"

"为什么再也遇不到更合适的了？"我追问了一句。

"难道不是吗？……那个时候，那个年龄，觉得生活就是这样的。"丽芳意味深长地，或者其实只是毫不经意地看了我一眼。

"后来呢？"

"后来，有一阵子，我们开始经常吵架……就像每对夫妻都会经历的那样。两个人生活在一起，可不是件容易的事，特别是我和重生这种受过点教育的人……啊，不好意思，我希望你不会误解我要表达的意思。"丽芳稍稍停顿了一下，仿佛她自己也在思索着自己刚才说的这番话的意思。

"是的。我能理解。"

"事情就是这样开始的，我们不断地吵架、相互指责。性格上的不同，婚姻里的积怨、旧伤疤……终于有一天，我发现我病了。非常严重地病了。那天晚上，我站在公寓的屋顶平台上，突然觉得天地都在摇晃。那个时候我有一种强烈的冲动，我想再往前跨一步，就是那么一步……如果不是在最后的关头抓住了那棵紫藤树……"

我倒吸了一口冷气——"重生知道吗？"我问道。

丽芳重重地摇了摇头："不知道，他什么都不知道；就像关于他的一切，我也一无所知一样。我们分别在看医生，分别在吃药，是最后一个知道对方也在生病的人。就这样过了一段时间，我们分别变得越来越平静、越来越理性，慢慢地，可以相处了，事情看起来好像也没有那么糟糕了……"

就在这时，我的眼光被丽芳的手指吸引了过去。就在她左手的无名指上，戴着一枚闪闪发光的戒指。我完全不记得以前是否在丽芳的手指上看到过这样一枚闪闪发光的戒指。

而丽芳还在继续着她的述说："后来的事情你已经知道了。有一天，他喝醉了酒……没过多久，我突然发现自己怀孕了。"

"对不起，你稍等一下。"

我忘了当时具体的情形究竟是怎样的。可能是我非常不专业地打断了丽芳的述说，让她"稍等一下"，因为我忘了一件重要的、必须立即处理的事情。"我马上就回来。"我说，也有可能我躲进了洗手间，也就那么两三分钟的样子，以平复一下心绪……后来，我重新回到了我原先的位置，再次面对丽芳。

丽芳则一如既往地沉浸在她的回忆和叙述中。

"发现怀孕后，我就停了药。开始的时候，那种感觉太痛苦了，实在是太痛苦了——我完全控制不住自己的情绪，我冲着重生发脾气、哭，有时候还打他……他也控制不住自己，更别指望他能来安慰我了。所以说，我一直犹豫着，一直没有打定主意是否要把这件事情告诉他，是否要让这个孩子出现在我们这种奇怪而不稳定的家庭关系之中。但是，渐渐地，我发现这其实也是一种释放。那种被药物催发的平静和理性被彻底打破了。就在昨天晚上，我和重生又大吵了一架……"说到这里，丽芳突然眯了下眼睛，仿佛正在述说着一件令人陶醉的事情，"我哭得撕心裂肺，自从开始吃药以来，我已经太久太久没有这样痛痛快快地哭过了。我一边哭一边说，把所有憋在心里的事情全都说了出来……积怨、误会、冷漠……后来……"

"后来怎样了？"或许是微笑的时间长了，我脸上的表情变得有点僵硬。

"后来重生也哭了。但是，这世界是多么奇妙啊——"丽芳把"啊"字拖长了一个音节。

"什么？"

"我突然发现……我竟然还爱着他。"丽芳非常真诚并且充满了感情地继续说道，"你不知道，我是多么感激你啊。"

4

两天以后，我再次见到了重生。

"你的脸色很不好。"在迫不及待地拥抱了我以后，重生有点狐疑地端详着我。

我微微笑了一下，并没有回答他。

那天我完完全全地放纵着自己的灵魂和身体……我觉得重生也是如此。那些暗黑色的叶片再次齐刷刷地向我拥来，那些扑向礁石的海浪、缠绵而又恐怖的海藻……这是我与重生在灵魂和肉体上如此契合的一部分。那一部分是无所顾忌而敞开的。我们从第一眼就直觉地看到了对方的伤口，混浊、斑斑驳驳的触目可见的杂质。就像一种自我攻击般的异物，我们一次又一次地扑向对方。相爱。伤害。

在黑暗中，重生是看不到我的眼泪的。但他应该可以听到我很轻很轻地问他，就如同很轻很轻地问我自己："你——是不是寂寞了？"

5

我最后一次见到重生，是在周末采购时分的邻街花店。

还记得那束银柳吗？那束放在我诊室桌上的银柳，它先是安静地冒着细芽，接着又疯狂地长出了又粗又长的叶子。那种旺盛的长势是如此地不真实，几乎让我有种心惊胆战的感觉。然而，在一个雨天的清晨，当我打开诊室的大门，终于发现它毫无预兆地凋萎了。

我在花店里徘徊着。因为我总是希望能够找到一种常青的并且不用经常伺候的植物。那束曾经让我看到过希望的银柳多多少少令我有些沮丧。

我听到有人在叫我的名字。扭头一看，是手里捧着一大束百合的重生……丽芳在他旁边，挽着他的臂膀。

重生居然有点长胖了。脸上亮亮的，泛着光泽。

"好久不见了呀！"丽芳有种雀跃般的兴奋。

"好久不见了……"我说。

"你好久没来图书馆了。"重生小心地把花束朝胸前拢紧一些，"最近来了一批原版书，里面有几本你会很感兴趣的……"

我有点走神地看着重生手里的百合花。

"对了，还有件事要告诉你，我和丽芳……"

我努力调整着脸上的表情，耐心地等待着。

"我们有了一个孩子！"丽芳把话抢着说了出来。她还悄悄朝我挤了挤眼睛，仿佛与我分享着一个甜蜜的秘密。

"这多好啊！"笑容在我的脸上荡漾开来。我分享着他们的喜悦。

我重新买了一束银柳带回诊所。

和以前的那束非常相似，很多小嫩芽正从枝丫的关节上冒出来，鲜绿的、毛茸茸的。这或许也是我挑选它的唯一的原因。

黄昏慢慢降临了。我打开写字台的抽屉，里面放着一本枯玫瑰色封面的日记本。我拿出来，轻轻翻开。前面大概有二十来页的样子，写满了字。

"……重生……"

我听到页片掉落的声音。就像那天咖啡馆外面灰色羽毛的鸽子。它飞翔的动作很慢、很抒情，以至于我很久都没有能够把它忘记。

我再也没有见过重生。

《钟山》2018年第4期

疾病与分裂的自我

——评《有人将至》

郭宝亮

  朱文颖的小说《有人将至》写了两个交织在一起的故事：一个是关于疾病的故事，一个是婚外偷情的故事。"我"是一个心理医生，一次偶然的相遇结识了图书管理员重生，二人迅速成为情人，不料这位情人却是自己一位病人丽芳的丈夫。于是三人开始了医生与病人、医生与情人、妻子与丈夫之间的复杂情感纠葛。

  "我"第一次见到丽芳，她给"我"的印象是"那种冷漠、疲倦、软绵绵的神态"，特别是她"手里那只规整的、硬邦邦的白色拎包……是它们之间的那种反差吸引了我"。丽芳不希望别人知道她患了抑郁症，尤其不愿意她丈夫知道。和其他病人的絮絮叨叨、敌视不同，"从始至终，她都一直保持着那种疲惫、冷漠和优雅的姿态"。

  作为心理医生，"我"在与众多的心理疾病的患者接触中，得出了这样的结论："命运让这些人得上心理疾病，通常并非由于他们的恶，而恰恰由于他们的美德……说真的，他们几乎都是好人，很少在生活中为所欲为。他们捆绑自己、抑制自己，不管是出于善良或者怯懦。"

  丽芳正是这样一个善良的人。理性与优雅的教养，捆绑住了她的手脚，她失去了自我。通过几次接触，"我"发现，丽芳患上抑郁症主要是夫妻关系出了问题，"性格上的不同，婚姻里的积怨、旧伤疤"，还有无休止的吵架……最终二人都患上严重的疾病。并且夫妻二人互相瞒着对方在偷偷吃药，交流沟通愈来愈少，隔膜误解愈来愈深。是药物使他们"分别变得越来越平静、越来越理性，慢慢地，可以相处了，事情看起来好像也没有那么糟糕了……"然而，他们的内心却变得愈来愈分裂了。

至此，小说精神分析的因素愈来愈彰显，小说不仅仅在写三人的故事，而是在写普遍的人性的故事。"我"作为心理咨询师，其实也是分裂的。人就是感性与理性、激情与理智的统一，这两者一旦失去平衡，人就会患病。"我"对重生的爱，正是如此。"我"常常觉得有两个自我："一个穿着洁白而规整的外套，轻言细语地对病人们说：'你哭出来，对，哭出来就会好一些。'另一个则披头散发、憔悴不堪地坐在床沿上……那个有条不紊的理性的心理咨询师是多么令我生厌啊。在那个瞬间，我相信世界是由难以名状的感性力量推动的。一切的秩序，都只是为了维护我们习以为常的貌似正常的规则。然而，真正的世界不是从那里长出来的。"一般情况下，理性压抑着感性，而有时候，感性也往往出卖理性。当"我"知道丽芳与重生是夫妻的时候，理智告诉"我"，必须与重生一刀两断，然而，感性却背道而驰。于是出现了这样的场景："初醒的城市里出现了一个奔跑的女人……是的，这件事情是如此离奇而不可捉摸，这件毫无逻辑的疯狂之事竟然让我如此快乐……我要穿过小半个城市，去见重生；我要把那道吱嘎作响的木板楼梯踩在脚下，不顾廉耻地出现在他的面前……"原来"人性的最深处，就是拒绝安分守己、待在原处"。这二者之间的矛盾和分裂是如此深重，于是，痛苦和疾病油然而生。

显然，朱文颖是借这样一个故事在谈人性和生命问题，她通过一个一个的病人的精神分析，探讨的是人的生命深处的幽暗境界，这种境界连哲学也是难于回答的，正像哲学家笛卡尔回答不了伊丽莎白公主的疑问一样。

接下来，丽芳的一次意外怀孕，打破了习以为常的生活秩序。由于怀孕，丽芳不能再吃药了，她的情绪变得愈来愈不稳定。她每天都在抱怨、哭、吵架……就像疯了一样。这使得重生很不适应，乃至不能忍受。而丽芳的不能控制，她的哭、闹、撒泼……其实是心灵的一种发泄，它彻底撕破了戴在灵魂上的平静和理性的假面具，把分裂的自我部分地合拢在一起。"我哭得撕心裂肺，自从开始吃药以来，我已经太久太久没有这样痛痛快快地哭过了。我一边哭一边说，把所有憋在心里的事情全都说了出来……积怨、误会、冷漠……后来……"后来丽芳的病竟奇迹般地好转了。

丽芳与重生破镜重圆，他们有了自己的孩子。这似乎是一个大团圆的结局。

然而，小说的结尾，朱文颖写到了那束在小说开头就提到的银柳。"它先是安静地冒着细芽，接着又疯狂地长出了又粗又长的叶子。那种旺盛的长势是如此地不真实，几乎让我有种心惊胆战的感觉。然而，在一个雨天的清晨，当我打开诊室的大门，终于发现它毫无预兆地凋萎了。"最终"我"还是重新买了一束银柳带回诊所。"和以前的那束非常相似，很多小嫩芽正从枝丫的关节上冒出来，鲜绿的、毛茸茸的。"

然后，"我"撕碎了写有"重生"名字的日记本。"我再也没有见过重生。"

这样的结尾意味深长。她似乎把这样的一种疑问抛给了我们："有人将至"——新人的出生，是生命的一次重生呢，还是又一次的轮回？

小花旦的故事

王占黑

1

我攒了很多火车票。散在抽屉里的时候看不出，叠起来竟有四五副扑克牌那么厚。这就对了，上大学起，我坐过很多趟绿皮火车，从上海南站出发，开往广州的、深圳的、海口的、昆明的，每一个方向我都坐过，每一条线路上售卖什么商品，牙膏、毛巾还是火车模型，乘务员的普通话带着哪种口音，我都知道，可我从来没到过这些地方。我总是第一站就下车了。

十二块五，是上海到我家的距离。如果人们坐火车也像坐飞机一样计算里程的话，那么我的就不值一提了。一个钟头，去远方的人一碗泡面还没排队煮上，我就到了。我总想着，哪次能忍住不下车，一路坐到终点站，补完票出来，先给小花旦打个电话，喂，猜猜看，我在哪里了。小花旦肯定会笑上一阵，细姑娘本事大啊，寻只茅坑，蹲下来摸摸看，屁股上是不是生满坐板疮了，讲完又笑一阵。

这是我和小花旦的约定。那时他一边往头上擦摩丝，一边讲，你要是敢坐到底么，我就出钱给你买三九皮炎平涂坐板疮，车钱也算我。

口说无凭，我讲。

小花旦从挺括的夹克衫里掏出车票，每趟去上海，他必定挑一件派头大的穿，配一双擦亮的尖头皮鞋。又问我讨一支笔，在右上角写了999，一笔连到底下的名字。画完，继续打理自己的发型。他的刘海卷卷的，垂落几丝，余下则统统往后梳，左边的朝左后拢，右边的朝右后拢，撇出一个爱心型额头，金光锃亮。轰隆一声，火车到站了，小花旦朝前冲了冲，手上的摩丝擦了个花边球，四六开的头路也撞坏了，变成乡下的虫马路，一歪一扭的。

赤逼，火车开得来好比拖拉机，卵蛋都要震碎了。我们出了站，便去坐地铁，一路上他继续收作他的头。

并没有人说过，地铁站不只是等地铁的地方，它还有长长的过道，四通八达的出口。各式各样的店面围在其中，人们进进出出，随时都能停下来买点什么，吃点什么。这明明是个很有花头的商场呀。平时要进大厦才能买到的高级运动鞋，那时只与我们隔着一堵玻璃墙，它穿在模特的脚上，就像穿在路人的脚上一样寻常。我和小花旦走得很慢，与一个个模特或路人擦身而过，还是来不及看。

我问，这么多店，生意都做得出吗？

小花旦讲，怎么会做不出，有人开店么，总归会有人去。

那你讲，到底是先有人开店还是先有人要买呢。

小花旦顿住了，我们停在一家美珍香门口对望着。这个问题我老早就问过了。那时我还小，他还没下岗。老王在打麻将，叫小花旦带我去吃中饭。我们走在小区外面的马路上，我说，路上开了这么多小店，怎么不倒闭呢，每一爿都有人去吃吗。

小花旦说，肯定呀，有人开么，总归有人会去的。世界上有交交关关人，人家在做啥，喜欢吃啥，你一个人是想不通的。我没听懂。

他讲，好比你养一只鸡，就会得一窝蛋，你有蛋了，就能孵出小鸡来。

那你讲，到底是先有鸡还是先有蛋呢。小花旦卡住了，在一爿面馆门口愣了很久。他朝里望了望，转而问我，想不想吃鳝丝面。于是我们叫了三碗，多一碗带回去给老王。

这次小花旦还是没答上来。他同美珍香的促销店员并排站着，听到人家喊试吃，上前戳了几片猪肉脯，又戳了两片给我。

还有吗？我觉得味道很好，不好意思自己去要。

怕个屁，免费的呀。小花旦握着用过的牙签，又去戳了好几片。店员却翻了个白眼，端着盘子走进去了。我们只好平分手上的，边走边吃。

小花旦突然讲，细姑娘，你看这个地铁站，像我们小区吗？

我吓了一跳。地下广场多高档啊，我们小区算什么。

小花旦指着麦当劳，这个么，就是毛头的臭豆腐摊。又指着便利店，这是闵珠杂货店。再过去是怪脚刀的棋牌室、阿宝的修鞋摊。他指着远处的游戏机，旁边坐着卖玩具的人，蛇皮袋铺了满地。还有贴膜的人摇着屁股底下的小板凳。被他这么一说，我倒真觉得像起来了。我们小区的房子，二楼才住人，底下都是车棚。如此一来，发大水了，也不至于叫家具浸烂在水里。十来平方米的地方，面朝马路，做做小生意正好，许多人家便把车棚租出去了。于是早饭铺啊、租书屋啊、剃头店啊，一爿爿老鼠打地洞似的开起来。整个小区像个吊脚楼，地面上到处是小店，单元楼前后畅通，走来走去，闭着眼睛也能到。这些店有的白天开，有的在夜里，办了执照还是三无，搞不清。可什么店里有什么人，倒是固定的，绝没有哪一处冷冷清清。我问的问题，小花旦答不清楚的道理，兴许就在这里。

我们边走边看，给每一家店找到小区里对应的位置，车棚找完了，就去外面马路上的店找。馄饨对馄饨，小炒对小炒，服装店对缝纫摊。快到出口了，小花旦忽然大步朝前，跑到一家美发沙龙门口，三色灯管在身旁转个不停，映亮了他的夹克衫。

小花旦伸开双手向我介绍，你看，此地就是我的店面了，派头大不大。他身后响着吹风机和流行歌曲的混杂声音。

小花旦叫我帮他在店门口拍个照，我说这样不好。他讲，有啥不好的，快点拍一个。迎宾小伙子用怪异的眼神盯着我们。我赶紧接过小花旦新买的诺基亚按了一记，人影很小，店面很大。他眯着眼看了一歇才讲，嗯，大归大，生意还不如我那儿好呀。这话说得梆梆响。

小花旦点开相册，往前翻几张给我看。照片里一个大大的油头，顶着"巧星美发屋"的红字招牌，上面露出一截楼上人家晾下来的短裤和胸罩。

我比了比两张照片，朝他望了一眼。不像，不像。

小花旦讲，没办法，人嘛，到了洋气的地方，肯定就要变来洋气一点。细姑娘，你慢慢也要洋气起来了。他提手抄了抄我的短头发。及耳，及额，及头颈，大人称之为游泳头，下水了也不会变形。背后看过去，男生女生是一样的。

我的游泳头从小就是小花旦剃的。小花旦是我们小区的剃头师傅之一。

2

我们小区虽小，理发店从来不会少。我读小学的时候，地面上竟同时开出了三家，哪一家都不缺生意做。东边便民理发店的阿姨戴一副酒瓶底子厚的眼镜，人们就叫她"眼镜"。眼镜的车棚因是自家的，价钱便宜，老年人去得多。西边惠民理发店的阿姨年纪稍轻一点，但块头大，人们叫她"阿胖"。阿胖开店的头两年，整个人像发糕似的发开来了。可她替人刮胡子刮出了名气，去过的都说适意，吸引了一帮男客。还有一爿开在小区门口的香樟树底下，不叫理发店，叫作美发屋，就是小花旦的地盘了。巧星美发屋店面不大，客不多，谈山海经的人倒是常来常往。路过不细看，只当是老年茶室。

眼镜和阿胖作为竞争对手，时常隔空传话，相互抹黑几句，眼红几句，小花旦却从没人同他吵过。一来，小花旦讲，好男不跟女斗；二来，小花旦讲，我同人家做的不是同一趟生意呀。

我说，那你同外头的美容店是一桩生意咯。我指的是对面马路的一些粉红色的铁皮屋。日光灯管拿彩纸包起来，叫人看着昏沉，几个皮松肉散的外地女人躺在沙发上，或坐在店门口，大冬天也要露胸脯、露大腿，三伏天还要擦厚厚的白粉。她们也叫美容美发。

小区里哪个男人路过多瞄几眼，就要被老婆骂了。我放学走过也偷偷看，总想着这店里冷冷清清，如何开得下去呢。后来想明白，也许做的是夜生意，我看不到罢了。

小花旦瞪大眼睛，朝水泥地板狠跺一记脚，细姑娘不要瞎讲哦！人家卖人肉包子的，同我有啥关系！下趟走路不要东看西看，当心自家①绊一跤。他拿起给客人喷头发的香水，先朝我脸上胡乱喷了几下，气味发冲。

小花旦的生意，同谁都不一样。他讲，五块十块的剃头生意，我不稀奇的。碰到老王这样的老相邻、旧同事，隔月去剃个头，不算数的。小花旦手脚快，三下五除二搞定，从没收过一分钱。巧星美发屋，专门做的是阿姨们的生意。小花旦讲，别说小区里，就是老远八只脚的老太太要烫头，要焗油，都情愿穿过大半个城来找我。

小花旦走的是一条龙服务。

老太太们要出客，要上台，想甩甩浪头了，早几个礼拜就要来巧星美发屋报到。小花旦先问好，穿什么，再定头型。人家若想不好怎么穿，索性全托给小花旦，一手包装。永红丝厂里跑了几十年销售，小花旦对穿着打扮颇有研究，真丝棉麻，料作款式，怎么显身形，怎么衬肤色，脑子里清楚得一塌糊涂。衣服还没做，小花旦上上下下一比画，一形容，老太太仿佛仙袍上身，头颈伸长，腰板笔挺，旁边的小姐妹齐齐叫好。然后小花旦再同人家细细讲，去哪里选料作，寻裁缝，不合身了找谁改合算。做这种事体，小花旦本身就很来劲。老太太自然一百个放心，过几天，衣服乖乖拿来，排队等做头发，店里闹猛②得不得了。

小花旦讲，人家给老人烫头，好比工厂流水线一样，烫一个，走一个，走出来都是一式一样的，有啥意思，人老了就不要寻开心了吗。小花旦就舍得花时间，给老人研究头型，好好烫，细细弄，走出去有样子，扎台型。久而久之，妇女队伍里传来传去，小花旦就做出了名堂。三五结伴而来的，从头到脚问一遍，一个烫，几个在边上看，蜜饯咬咬，闲话讲讲，也问几句自家等会儿要怎么弄。小花旦确确有这样真本事，一边干活，一边服侍看客，聊得人家开开心心、服服帖帖。

要论保养么，阿姐比我有经验呀，讲穿了，皮肤同钞票一样，多拿出来摸摸，就不会皱。

大家有缘做几十年小姐妹，为一桩事体吵相骂有啥好处呢。老来不

---

① 自家：自己。

② 闹猛：热闹。

比美，要比大方。阿姨夥气，媳妇么，讲究一个以静制动。

你不骂，人家也不会主动吵上来。一样的道理，你不下指标，人家反倒不好意思，屋里生活就做起来了。

老太太纷纷点头。她们讲，哎唷，巧星这只换糖嘴巴，真真是甜的来。跑一趟巧星这搭，比寻个老娘舅还灵光呢。

巧星美发屋和保健品是一种道理，老年人里有口皆碑，正经人则视之为脓疮毒瘤。社区干部讲，人家东西两爿店虽说是小本生意，到底规规矩矩，有营业执照，有卫生许可的。你看看你这个地方，胡来。

进去检查，小花旦店里处处都是危险动作。电是从楼上接下来的，热水是煤球炉现烧的，烫头罩子万年不洗，各式药膏也没明确的来路，更不必说保质期。今朝用过了放进抽屉，下次再拿出来挤一点。小区每搞一次文明建设，巧星美容屋就面临一次严打。停停办办，实在撑不住了，有一天小花旦也搞了张营业执照，裱起来，挂在店门口叫大家来看，法人代表阮巧星，交关神气。谁晓得这个阮巧星仍是假的，是打给电线杆上的办证电话打来的。小花旦一边烧水，一边说给老太太听，两百大洋，给社区里买个放心。小花旦讲，我做生意是做给客人的，又不是做给工商局的，要伊拉①满意做啥。

老太太们听得有理，巧星美发屋便照开不误。她们不是不晓得安全问题，只怪小花旦的推销实在做得太好。人家店里贴了明星照、发型图，他这里专程有阮家阿婆做活体模特。

小花旦绝非每天都肯开店的，钓鱼要去，舞厅也要去的。他店门口贴着告示，一份令人羡慕的工作时间：下午 12:30—5:30（星期四休息）。但实际操作从不按纸上来办。但凡营业的时候，起来做的第一个头就是阮家阿婆的。吹好弄好了，叫阿婆往店门口的树底下一坐，蒲扇一摇，人们就走过来看了。

哟，阮家阿婆，今朝漂亮来！

---

① 伊拉：他们。

3

巧星美发屋门前有一株老樟树，是小区还没造的时候就长起的。

每到夏天，树上的知了蜕过壳，一下就活络起来了。知了的脚明明抓在树上，耳朵却生在小花旦的店里。小花旦同客人们呱啦呱啦讲话的时候，知了只听，不响。小花旦的吹风机一开，知了就跟着叫起来了。它们越叫越响，盖过吹风机的动静，盖过店里的讲话声，还带动起远处的知了。整个小区上空好像有一个巨大无形的吹风机在运转，到处荡着回响。等到小花旦的吹风机一关，知了晓得了，便识相地跟着停了下来。

有时若不识相，影响了小花旦谈生意，阮家阿婆就拿起手里的拐杖敲一敲香樟树，敲一敲，知了就不敢再叫了。

我讲，阿婆，知了是你养的啊。

阿婆胡乱点点头。她讲，虫么，侪是空叫叫，胡叫叫，吓一吓就好了。阿婆的耳朵不好，坐在树下从不觉得吵，可她仿佛也另有一副耳朵，时时刻刻按在墙上，听牢店里的客人是不是叫树上的客人抢去了风头。

她总是比小花旦更关心小花旦的生意。

阮家阿婆活着的时候，只要下不雨，常常搬一只骨牌凳坐在树底下，有时起身扫扫地，张望张望马路。阿婆若走来走去，就是走给人家看的。人家看到阿婆的头发挺括，心里便有数了，噢噢，小花旦今朝出来做生意喽。三个两个围上去摸一摸，感觉好，再进店里去问问。

阿婆一看到来生意，就高兴了，朝楼上大喊，阿星啊，客来喽。

阮家阿婆生得瘦小，皱皮躬背，一头白发却长而浓密。小花旦隔一阵学来了新发型，就先给姆妈做一个。网兜子罩住的，油光光贴着头皮的，盘起来的，蓬开来的，各有各美。有时也回归老法的麻花结、马尾辫。人家都讲，阿婆这张面孔，一看就晓得，年轻辰光不要太漂亮。

阿婆不自夸，她只夸小花旦，吾①阿星手巧吗，一只死老太婆，做

---

① 吾：我（们）的。

出来也好看呀。

或是一并夸赞丈夫和儿子，阿星爸爸当年样子神气，吾阿星也神气的。阿星爸爸做事体细摸细想，全传给吾阿星了呀。

阮家阿婆平时话不多，一旦张了口，就是吾阿星、吾阿星。好像小花旦是个太阳，阿婆每天绕着他转似的。可实际上，丝厂的人都晓得，小花旦从小到大，无不是他围着阮家阿婆转的。

小花旦是阿婆的末子。

小花旦的大名，正是不识字的阮家阿婆取的。她讲当年自己预备同丈夫养十个小囡，当上光荣母亲，就能去天安门见毛主席了。丈夫进步，国家造卫星，他也想了个"造星计划"，要按太阳系十大行星（他以为）来取名，搞得有文化一点。水金地火木土，养到第七个，丈夫在睡梦中暴毙。阮家阿婆讲，我又不懂天文地理，只晓得光荣妈妈当不成了，日脚也度不下去了，管伊第七颗叫啥，索性就叫个星。于是阮巧星成了阮家七大行星之末，同六个兄姊围着姆妈转。

阮巧星虽是离得最远的一颗星，却跟得最紧，转得最快。

阮家阿婆当了一辈子的湖丝阿姐。她讲，好茧子泡在滚水里，要伸手进去，一边洗，一边剥。机器比不得人手，手抽的蚕丝不会断，出来的才算好货。我懂，这和做肉饼子，滚刀切的总比摇肉机摇出来的鲜，道理是一式一样的。

可是城里稍微有点关系的，谁会跑去做这种生活①。两只手伸下去，再缩不回，木掉了呀。半天浸下来，十根指头肿得像胖大海一样。阿婆摊开手，缫丝工的手掌，到老来仍比平常人的厚很多。她讲，冬天蛮好，热烘烘的。侬②就看，谁从来不生冻疮的，十有八九就是老阿姐了。到夏天公，真真下不去手。皮泡软，烫开，一抽就是一条口子，嘶一记，痛到心肝里。下了班，两只手通通红，好比木头砧板，上面全是印子呀。

我听了，吓得不敢回话。阿婆却讲，哎唷，出好物什嘛，肯定要吃苦的。

---

① 生活：工作。
② 侬：你。

湖丝阿姐苦，阮家阿婆又是其中顶苦的。一人拉扯七子，三个上班，三个读书，还有一个背在身上，每天带到厂里来养。阿婆抽丝，小花旦在背上看抽丝。阿婆吃饭，先往背上的嘴巴塞几口。我插嘴，阿婆，你的背脊是背小囡背弯的吗。阿婆不回，只管讲，人家看不下去，就省一点给我们吃，空下来帮我领小囡。

阿婆又笑了，吾阿星真乖呀，不哭不闹，车间里人人待伊好。老话讲，遗腹子隔着肚皮听到姆妈哭，还没养出来就决心要待姆妈好了。吾阿星不单晓得肚皮里的苦，还晓得车间里的苦。三四岁已经端着搪瓷杯走来走去了。读了书，放学先到车间来。早班送饭，夜班来接，从来不肯同我分开的。人家讲，我好比养了个管家公呀。

一直跟到阮家阿婆退休，小花旦书不读了，顶职上岗，成了厂里唯一的男缫丝工。小花旦一上来，已经熟练得像一个老工人了。男人做湖丝阿姐，到底上不了台面，下趟老婆也讨不好。后来我托关系，叫吾阿星转到销售科去了。

阮家阿婆讲丝厂旧事，每每讲到小花旦转科室，就打住了。她说，一个人嘛，早前苦够了，老来就有的甜了。阿星爸爸生眼睛，晓得我命苦，派阿星来待我好。阿婆顶着时髦的头发，坐在店门口笑。

不讲了，不去想了。她摇起自己那双厚大的白手，上面泛起密密的黑斑，像摇一串熟透了的香蕉。

细姑娘，倷大起来，要同阿星叔一样，待姆妈好，晓得吗。我点点头。只是阿婆口中的阿星叔，让人产生一种怪异的陌生感。我实在难以把孝子阿星和店里边剃头边陪客聊天的小花旦联系起来。照平常来看，阮家阿婆和小花旦并不多话。开店的时候，一个做头，一个看店。一个谈天，一个听听不响。关了店，一个出去白相①，一个就待在楼上。小花旦钓了鱼回来，阿婆就烧鱼吃。小花旦跳完舞，空了两只手回来，阿婆出去买点挂面和熟食。怎么看都是阿婆在照顾小花旦。可是听大人讲，阮家阿婆自从守寡，到死没离开过小花旦。这些年她只跟着小花旦住，小花旦结婚，也是带上姆妈一道进的新房子。

我想来想去，还是名字的问题。阿星是阮家阿婆的阿星，小花旦是

---

① 白相：玩。

大家的小花旦。这是两个人。尤其在阿婆这里，她容不下第二种叫法。人家若讲小花旦怎么样，阿婆就要动气。这个名字，阮家阿婆不喜欢听的。谁不识相，再讲，阿婆就要翻面孔，下逐客令了。

可是除了烫头的老太太称呼他巧星师傅，我们小孩子叫他剃头阿叔，小区里的大人都喊他小花旦，丝厂的人也是。这从来都不是一位耳朵不好的老太太能阻挡的事。

小花旦自己倒是不介意的。

4

小花旦这个绰号，早在缫丝车间就有了。并非喜欢唱戏，只怪生了一副太监喉咙。照理说，高大的人声音浑厚，小花旦却不是。他的声音细细尖尖，却不如小姑娘的软糯，反有一种中年妇女的锐利和响亮。激动的时候，语调一升高，像铜炉里烧开了水，涩涩的刺耳极了。动起气来，又变成木锯子拉在生锈的铁皮上，磨人心肝，好在这种时刻是少有的。小花旦更多的是放声说笑。他一开口，脏话不断，俦个赤逼、伊个赤逼的，同他的细喉咙很不般配。小时候我质问他，你怎么老是骂人。他却说，这怎么叫骂人呢，这叫口头语，懂吗。小花旦把所有不文明的词汇都称之为"口头语"。他聊起天来，一个句子里的口头语比主谓宾还多。

后来我知道了，厂里面人人都讲口头语，开心不开心都要讲的。上班了，口头语在车间里飞来飞去，下班了，口头语在小区里飞来飞去。上下班的马路上，口头语要更生脆些，才能互相听到。

小花旦，去寻死啊！赤逼，迟到了要！

更可怕的是，小花旦在小学附近也离不开口头语。老王上夜班的时候，常常叫工友送我去读书。轮到小花旦，他送我到校门口，突然大声喊，细姑娘，进去先撒泡丝①噢！值班的高年级同学和老师都笑了。这份旧账我长大后跟他翻过不下一百遍。从此我同小花旦约好，送到校门

---

① 撒泡丝：撒个尿。

口不准讲话。他仍坚持要对口型，两只细脚杆扒开，同校门外的栅栏重合在一起，栅栏尖上戳出小小的头，两片薄嘴唇放慢了速度扭来扭去，像一个滑稽演员，故意要逗笑值班的同学。

小花旦长长的腿，长长的身体，连到长长的脖子，不知怎么生出一个短小扁平的头来，头上的眉眼是细窄的，嘴巴狭长，像粘了几条被甩软的挂面。说起话来，眼皮上面，眉毛底下，都是微妙的小动作。好在他皮肤黑黄，鼻梁高挺，现在回想，小花旦四十岁以前，侧面还有一点模特的英气。

可他走起路来全无模特的利索生风，做贼似的半吊着手，两只脚软绵绵的。小区里的人讲，说难听点，女人堆待久了，翘根兰花指剥茧子，总归有点阴阳怪气。

阮家阿婆必定深谙这个道理，才大费气力帮小花旦换了工种。然而人们早已叫惯了，小花旦去了新科室，或出厂跑外勤，还是小花旦。他自己并不反驳。

只有阮家阿婆从不满意，她讲，瘦长条子么，叫秀才不是蛮好，做啥要取个娘娘腔名字，吾阿星气力不要太大，身体不要太好噢。又说，巧星年轻的辰光，往蚕种库门底一走过，多多少少小姑娘盯牢伊看。伊是眼界高，一个看不上。

但她并不提起小花旦后面的一桩婚事。

小区里的人都晓得小花旦结过婚，却不知全。只见小花旦带姆妈去新房住了三年，又带姆妈悄悄搬回来了。人们估计，是婆媳之间出了问题。而后阮家阿婆要把房子专留给小花旦，六颗行星跑过来吵过多少次，总算拗断，留下两人清静度日。人们便一口咬定，若不是当初逼得小花旦离婚，阿婆何苦千方百计保他。至于小花旦的老婆是谁，在哪里，没人问过。

直到暑假的一天，做头发的队伍里来了一个新面孔。这位客人听说城东有个蛮好的烫头师傅，就跟过来看看。到了才发现，是老熟人了。小花旦特意找出茶叶罐头，拍拍围裙上的灰尘，客客气气喊了一声，姆妈。这不大不小的一声，把树底下的阮家阿婆引过来了，两个姆妈在巧星美发屋的招牌底下碰面了。

丈母娘讲，阿星啊，还没讨好老婆啊，光杆司令准备当过去看了噢。

小花旦笑笑不响，招呼客人们一一坐下，自己上楼去泡茶了。丈母娘在店里走来走去，冷箭频发。

天天蹲在这种地方，搞这种娘娘家生活，哪个女人看得上，也是笑死人了。

阮家阿婆的耳朵不好，可是她想听什么，总是能听到的。

她讲，有种人在外头胡来来瞎搞搞，孬讲二婚头，三婚头四婚头也是省力的呀。吾阿星家教好，做不出这种事体。

丈母娘跳起来了，偌宝贝阿星稍微争气点，玲玲会得逼出去吗。阮家门不要后代，我屋里厢还是要的好吗。

哟——要后代不要面孔喽。

好嘞，孬讲了。老客人想劝一句。

要面孔，哈哈哈哈，大家听听看，娘娘腔不来事，还讲得出要面孔。

丈母娘比阮家阿婆年纪轻，块头大，喉咙响，这么一笑，店里鸦雀无声，我看呆了。只剩小花旦踢踢踏踏冲下楼来，轻轻说了一句，好嘞好嘞，孬吵了。老底子没吵够，过掉十多年还要来寻气吗。

他扶阮家阿婆上楼休息，叫丈母娘在店里等一歇，马上就来。又关照我把茶分给客人。丈母娘却讲，哼，等啥等，要晓得是伊开的店么，我绝对不会来的。转而对着客人，大家晓得吗，当初看伊一表人才，好说好话，心想有点娘娘腔也不搭界。想不着是只软脚蟹，真真苦了玲玲，不好讲出去。丈母娘推开我的茶杯，像一只憋足气的青蛙，冲着楼上提高音量，我么，这辈子见都不想见到伊，还要叫伊来帮我做头发，真笑死人。

楼上传来一阵骂，老赤逼棺材，死远点，一只嘴巴吃糠不清不爽，乌龟外孙还不晓得啥地方落的种！

我从来不知道阮家阿婆的耳朵这么好，喉咙这么响。我也从来没听过，小花旦天天讲的口头语会从阿婆的嘴巴里一个一个跳出来。小花旦却像被抢了台词一样，并不开口。

一个在楼上骂，一个边走边骂，于是那天下午的生意全都跑光了。小花旦倒不动气，他下楼收拾，把没人喝的茶都喝了，还提前给我剃了头。剃完头他提议去游泳，我们就去了旧厂边上的水池。他看起来心情不坏，游了几圈，买了棒冰，语气也比平日里温柔了一些。甚至让我觉得，结了婚又离的人是两个姆妈，而不是小花旦和什么玲玲。

晚上回到饭桌，我问，软脚蟹是啥东西。妈妈说，小囡问这种怪搭搭的问题做啥，

吃饭。老王说，哎呀，不大巧，现在不是吃蟹的季节。

我就不问了。

5

印象中，阮家阿婆到死只吵过这么一次架，可是那次之后，小区里有些人看小花旦就不一样了。阿婆恢复到往日的温和，常常坐在树底下自说自话，哎呀，人生得好看么，就会叫人家讲闲话，阿星爸爸老早也被人家欺，后来同我结婚，不是照样很好嘛。我知道，阿婆是专程讲给那些走来走去的耳朵听的，寄希望于他们的嘴巴能在菜场里、麻将室，或回到自家的饭桌上，把这些话慢慢说开去。

小花旦仍旧不响。就像从不介意自己的绰号一样，他也不介意这桩被曝光的旧婚事。小花旦的口头语骂天骂地骂工厂，偏偏在这件事上从不使用。这也愈发让一些人坐实，问题出在小花旦身上。大家都相信，理亏的人才会沉默。

小花旦的客人渐渐少下来了。并非外头的风言风语影响了妇女队伍里的口碑，她们受过巧星师傅的恩惠，绝不说半句坏话。而是阿婆病了，严格地说，是阿婆老了。她生了七颗行星，末一颗都转了四十多圈，阿婆自己就转不动了，她的轨道上沾满了往事的灰尘，它们缠住她的手脚，要把她也变成灰烬。直到小花旦每日驮着眼神呆滞的阮家阿婆进进出出，我才懂得那位反复出现在阿婆口中的阿星的存在。他把阿婆背下楼晒太阳，又背回楼上睡觉，在大树和美发屋之间的晾衣绳上撑开了尿湿的床单和绒裤，我想起阿婆说过的那个在充满水蒸气的地方，由大人背来背去的小婴孩，车间雾蒙蒙的，蚕丝白乎乎的，他的小眼睛看到什么了吗？

后来，阿婆转不动了。和徐爷爷一样，在这个小区里，任何老人的离去都是惊不起水花的小事。人老了，人死了，不是再正常不过了吗。走来走去的耳朵们，更愿意去关心谁家新降临了小生命，这关乎着一族的延续。至于将要垂落入土的家庭的枯枝，就由它去吧，谁没有那么一天呢。

然而没有延续的小花旦却很少开店了。楼上的灯也不常在夜里亮着。他睡觉了，他去钓鱼，还是去跳舞，阿婆走了，没人知道他的动向。我读寄宿学校，我也不知道了。只是一个月剃一次头的惯例还没变。我发了短消息，上楼从他家空置的奶箱里拿了钥匙，下来开店，然后回家喊老王过来，我们家的头，在我离开家之前，从来都是一起变长、一起变短的。

小花旦收到短消息，过一会儿就回来了。赤逼，又一个月头过去了！他的细脚杆像两根高跷，从不知何处踩回来了。

这些事是近来才想起的。我在上海住了八年，地铁站走了无数回，早已不觉得地下广场像小区。香樟树，阮家阿婆，巧星美发屋，连同整个小区，都成了昨日的世界。

火车票里，年份久远的，字迹都褪去了，只剩下一片片浅蓝色，或者更早些，粉红色的纸。写着我名字的，叠起来有四五副扑克牌那么高，还有薄薄的一沓，是别人留下的。这时我才发现，头几年来上海找我最多的，不是家人，也不是中学好友，也许是这个叫阮巧星的人。他的身份证号码还模模糊糊地印在上面，1967，他和我一样，属羊。

阮巧星，小花旦，小花旦，阮巧星。小花旦是老山羊，我是小山羊。可是这只老山羊从不喜欢蓄胡子，他的下巴总是亮光光的，和他的头发一样，精心打理过，如同公园里那些跳交谊舞的人。

老山羊同我去本地的人民公园玩，总是我先陪他看小树林里的人跳舞，然后他才答应请我去淘气堡玩。我又问那个奇怪的问题了，你说，人民公园里下棋也有，遛鸟也有，吃茶也有，为啥每个地方都不会缺人呢。

小花旦还是那个经典的回答，各人各欢喜，有人来白相么，就有人过去看呀。

那你为啥不去看下棋。

细姑娘，你看看下棋的人，啥样子。我看了一眼坐在树墩上的老头子。

你看看跳舞的朋友，哪一个不是头面清爽，衣裳挺括。你再看看我。

我点点头。那你为啥不去跳舞，要同我一起白相。

你看我是啥。小花旦假装捋胡子。你是啥。

我们是老山羊和小山羊。小花旦教会了我这个道理，我却在很久以后才懂了"物以类聚，人以群分"这个成语。那个时候，他已经在上海的人民公园跳舞了。

6

和小花旦打赌坐板疮的那一年，是我离开家的头一年。家里忙，没人送，小花旦关了店，自愿陪我去了。

我们穿过长长的地下广场，坐上轻轨，换了公交，两个钟头后总算挨到了学校宿舍。我惊呆了，原来从上海的这一处到另一处，比从我们那儿到上海远得多。好在一路上有的看，并不无聊，只是辛苦。小花旦拖着我的行李箱，夹克衫甩在肩上，汗出得快要融化他黑亮的油头。他把蛤蟆镜推到前额，在即将开口"赤逼，这只天热死人"之前，我先和他讲定，进了宿舍绝对不能讲口头语，绝对不能。

不要紧，这什么地方啦，大学呀，天南地北的人都有，人家又听不懂的喽。他讲，细姑娘，进去孛忘记先撒泡——我打断他，听不懂也不能说！小学校门口那种事，再也不能重演了。何况我早已不是喜欢憋尿的小朋友了。

不过很快的，就像服侍店里的老太太一样，小花旦趁我上厕所的工夫，已经和一楼的宿管阿姨攀谈上了。他并不说自己是谁，只管用一种假装客观的语气评点人家的打扮，暗暗戳中对方的心意。只听他说，这条裙子噢，面料服帖，也好，也不好。腰身稍微粗一点的人，穿上就不好看了。阿姨笑了。他转而又讲，美中不足是发根同烫过的颜色不搭，要补一补，两只手一摆弄，我就知道他又在习惯性地捞客人了。

我走过去，阿姨问，你女儿住几楼呀。我脱口而出，他不是我爸爸，是……我一下子不知道怎么介绍小花旦。他是老山羊？他和我爸爸下岗以前在同一爿厂？他家和我家住同一个小区？他是从小帮我剃头剃到大的……师傅？他给我买过几十个鸡蛋煎饼、上百只奶油棒冰？我突然发现一个很熟悉的人，如果没有血缘关系，是很难形容彼此之间的关系的。而这种无法形容的关系，我后来才发现，是很容易断掉的，无论是被时空扯远了，还是故意疏远了。

小花旦见我答不上，宿管阿姨又面露异色，就主动模仿上海口音，阿拉侬囡儿呀。看。又不得不承认，小花旦做起后妈来，有条不紊，正如小区里人说的那样，女人家的味道十足。他细长的手指一遍一遍拧着擦桌子的毛巾，脱了尖头皮鞋爬上去帮我铺好床具。我感到很惊奇，一个熟悉的人面对另一个人，在不同的环境里竟然能表现出一个天一个地。对我来说，那个时刻，我的那位走在路上和熟面孔互甩口头语的小花旦朋友完全不见了。

各位妈妈整理完，陆续走了。小花旦作为男眷不能久待，他也下楼了。临走前关照了十几句日常起居的话。我真吃不准，是我妈教他说的，还是他自己想出来的。总之和我妈能想到的一样周全。我没心思弄明白，忙着和我的新朋友们去办饭卡，买二手脚踏车，然后相约食堂，每件事都新鲜而急迫。一回头，却发现小花旦还在楼下，他正和傍晚新调班的宿管阿姨攀谈。攀谈是小花旦的专用语，他总是说，不认得嘛，攀谈攀谈就认得了。攀的意思其实是拍马屁。小花旦一个劲地夸人家头发灵光，又讲究，又不显得刻意。他夸得很到位，确实，我所见到的大多数宿管阿姨都和我们小区里的妇女不一样，她们看起来像是刚从巧星美发屋里走出来的人，要去参加亲家的寿宴，或是老同学聚会。尽管她们只不过是来查房和收信的。而我们小区里的阿姨，烫得再挺括，第二天还是会变回鸡窝头。我和小花旦打了招呼，匆匆走过传达室，如同以往路过巧星美发屋，接着拐出小区一样自然。学校里天快黑了。我突然意识到，自己完全没有要带他一起去食堂的意思，而他也似乎并没有买好返程的车票。

我回头看，小花旦把夹克衫搭在肩上，朝我挥挥手。

我就走了。也许小花旦不仅仅是来帮忙送我开学的，他的心思大了，要和各式各样的人攀谈。他和我一样，想在小区之外的地方看一看，多停留一会儿。

7

小花旦在上海的时候，去过哪儿，我并不全知。有时他会发一张带照片的彩信给我，起初里面永远是一个地标性的建筑加一个叉腰的人，他从不买票进去，只在门口作80年代风范的合影留念，两条细长的腿摆出一个工整的"八"字。彩信里不写字，我懂他的意思，这里很好玩，你也去一下。确实，几幅眼熟的背景，我在头半年的周末也一一去过了，只不过没舍得花钱发彩信给他看而已，可我却舍得花那些门票钱。唯一发过的，是一张中国馆的照片，因为小花旦一直没有去。后来世博会结束了，很多展馆随意开放，我一下收到了好几张小花旦的照片。大大的房子，小小的人。我懂他的意思，看，我也去过了。

后来，小花旦叉腰留念的地点变得陌生，或说普通了，有时是一个公园，有时是一个商场，它们可能会出现在这座城市的任何一个角落，我猜不出是哪里，我也不感兴趣了。年轻人总是这样喜新厌旧，我飞快接受了现代都市的一切并融入其中。小花旦并不是，老山羊年纪大了，消化时间比小山羊长久些。每次来学校找我，他必定要打开手机相册，一张张翻过去，这是什么，那是哪里，下趟预备做点啥。而我则不再细听，只顾着打开他的行李。

小花旦大概隔三四周来一趟学校。每次碰面，我妈会托他带些吃食和衣物给我，再叫他回来讲讲我的近况。要知道刚读书的半年，我就像个出了笼的小鸡，从没想过回家。大人上班忙，巧星美发屋可有可无，于是小花旦主动充当跑腿的，十二块五，说来就来了，通常乘的是周末的早班车。我刚起床打水，他已经在楼下和阿姨攀谈了，脚边堆着大包小包。一看便知，我妈又塞了些我早就不想穿的旧衣服。而小花旦呢，他好像从不担心自己的一身行头会过时，永远衣裳挺括，头路清爽，阴天晴天，蛤蟆镜架在前额。

细姑娘，长远不见！

我上大学之后，小花旦开始用大人的语言和我打招呼了，放在从前，见我经过巧星美发屋，他向来说的是，细姑娘，到啥地方去野啊？后来我想，也许是出于牢记我们关于不说口头语的约定，他要在阿姨面前格外表示出对我的文明礼貌。要知道，他停停歇歇跑过来，我们从不是长远不见的人。

我和小花旦长不长远，看我的头发就知道了。从小就是这样。头上鸡毛乱窜，不用家里大人关照，小花旦见我回来，就会捉我进他店里修理一下。走出来，又是一只清清爽爽的短毛小鸡。小花旦就像放自家刚洗完澡的宠物出去溜达一样，苦心叮咛，细姑娘，下趟自觉点过来！

小鸡去外地了，小花旦仍然任务在身。分享完他要分享的，关照好我妈要他关照的，小花旦还要完成常规动作，给我剃个头。游泳头剃起来很省力，洗不洗都无所谓。他带一把推子，我搬一个凳子，我们找块宿舍后面的空地，再披上一条围裙，就开始了。几条我从小所熟知的路线，从头颈一直往头顶走，从耳根一直往太阳穴走，像小区里定期会来的割草机，匀速而连贯地在耳边呼喊着前进，嗞——嗞——嗞，留下坦荡的表面。再修一修刘海，刮一下汗毛，半包洋葱圈还没吃完，围裙已经取下来了。按小花旦的话来说，你这个头，老子眼乌珠闭牢也能剃出一式一样的来！却每次都要骂几句，小棺材，头发生得这许快！又毛又兴，野狗草也比不过你！然后数落我的身高，头发生得快，个子倒上不去了，哪里像个大学生样子！

我要还嘴，可是剃头不能乱动，这是从小教过的事，只好干忍着。

剃完他又要苦心劝谏，人到了上海么，行头也要洋气起来，啥辰光肯变一下啦。

我说不要。心里却暗暗想着，如果我也有微卷的短发，或者大波浪的长发，不知会是什么样子。可我又总害怕洋气到了我身上，会变得半人半马，不土不洋。

小花旦剃头手脚快，嘴巴也快，尖细喉咙一出来，宿舍楼里很多人都站到窗前看了。长头发的看两眼就走开了。几个外地的同学，和我一样剃短头发的，围着站了好久，终于派了个代表过来问话。

代表用北方口音说，师傅，铰头发不。小花旦愣了一下。

噢——铰呀，铰呀。来来来，三一五学雷锋，剃学生头不出钞票了哦。小花旦师傅反应过来，将围裙一抖，示意我走开，立刻邀请下一位客人入座了。

于是三四个长短不一的游泳头就站在草地上边看边等。小花旦和她们聊天，你家在哪里呀，今年几岁呀，学什么专业呀。小花旦和年轻人说话并不用原来那套攀谈法，而是换一副女亲眷的口气，细细过问，认真点头。最不正经，也无非是模仿一句对方的家乡话，引人发笑，还要问，标准吗，以博得三五寸的亲近。然后全身心投入我的叔叔这个角色中，打听大家的生活，关照大家好好相处，不要打相打——他想不出吵架用普通话怎么讲。我心想，这楼里住的又不是你店里的客人，哪来这么多口角。后来才发现我错了，不管什么年纪的人，聚到一起总会吵架的，幼儿园里、养老院里，吵架的理由总是比相安无事的多。等到不吵了，就分崩离析了。

小花旦给别的同学剃头要稍微慢一点，以示认真。剃完了，围裙利落一甩，引导人走到窗户前看个正面，再看个侧影。

焐心①吗，焐心下趟再来！

我听呆了。这句经典的收尾词竟然被他从小区门口照搬到了我宿舍楼后面的草坪上。我突然发现，这也许是离开小城后为数不多的还留在我身边的东西。

游泳头，喜欢的书，睡觉要抱的熊，小花旦，以及小花旦的一部分。余下的，都没有随我来到上海。一切都是新的。

有了第一次学雷锋，就有第二、第三次，往后楼里几个人听到传达室有小花旦的声音，隔一会儿就往草地走过来了。他的生意一度拓展到隔壁几栋男生楼。毕竟寸头比游泳头更好剃。虽说省力，有时一开工就是半天，客流不断，小花旦的嘴巴也停不下来。老板拒不收钱，客气的同学就送一点家乡特产来。小花旦激动得不得了，话更多了。有时竟然同别人讲我小时候的事，我很生气。本来自己剃完就犹豫着要不

---

① 焐心：窝心，满意。

要先走，这下挪不开脚了，天晓得我不在他会瞎说些什么。只好留下来当一路陪客。

小花旦很来劲，索性问我能不能去更闹猛的地方摆摊，反正不扒分①，不会被赶走的。我讲，你不扒分，人家学校里的剃头店还要挣钱的，到时候你生意好了，人家倒要上门朝我寻仇来了。

小花旦只好继续打快闪。他多了一个来上海的由头，听大人说，小花旦那几趟出门前总对小区里的人大喊，走咯，去给名牌大学生剃头嘞！他得意极了，好像巧星美发屋在上海开了个分店似的。而我被指定为店里的接客小妹，负责提前一一通知各位回头客，以免有需要的朋友错过这个难得的机会。

那个冬天，小花旦的推子、剪刀、木梳、乱七八糟的喷雾、围裙，整日放在我书架的最上层，和床板顶在一起。同学过来借书见到了，也会顺口问一句，你叔叔什么时候来呀。大家都晓得我有个剃头阿叔。有时夜里翻身动静大了，某样东西就会哐当一声掉下来，抖落些细碎的头发在桌面上，还得爬下来收拾。我很纳闷，小花旦的吃饭工具都交代在此了，小区里的店还要开吗，老阿姨生意不要做了吗。

我甚至做过一个可怕的梦。小花旦在给老客人做头，白发一簇一簇剪下来，掉在地上却是噼噼啪啪地响，踩上去像瓜子壳一样，又脆又硬。再回头，后排几个熟悉的女人面孔，正围坐着边聊天边吃白头发，嘴里发出嗍粉丝的声音。

后来我讲给小花旦听，他站在宿舍后面的草地上，笑得死去活来，腰都快折断了。好不容易缓过来，他说，细姑娘，你晓得吗，年轻人嘴巴挑，到了老太婆嘴里，吃头发同吃瓜子是一样味道的呀。说着自己又笑起来，并不提店里的生意。我想他的客人要是知道了，恐怕气得再也不会来了。

再后来，有同学过来借书，发现剃头物什不见了，就问，你叔叔很久没来了呀。

我说，他不来了，回家做大生意去了。

---

① 扒分：赚钱。

8

若不是我的缘故，小花旦的生意也许会在宿舍后面的草地上长久地做下去。可是他带我去了那个奇怪的地方，我就再也不要他来剃头了。

一月是我的生日。小花旦不知从谁那里听说我有个很要好的男同学，千方百计要帮我促成约会。他不给我剃头，反叫我留长一点，到时候改个样子，变漂亮点。我坚决不肯。小花旦的本事我有数，做惯了老阿姨生意，他给所有人烫头都会烫出老阿姨的风采。我绝不想把自己送去巧星美发屋那只脏罩子底下蒸两个钟头，端出一个又香又臭的钢丝球来。那种小孩面孔戴一顶假发套的滑稽感，几乎就在眼前。为难的是，我更舍不得花钱到外面的美发店去，只好一路拖延，头发越来越长。

直到小花旦再怂恿我，我冲他喊，我不想叫你弄呀，你弄得太老气了！

小花旦沉默了一会儿，他不生气，好像承认自己手艺老气似的，转而安慰我，细姑娘，我又没叫你回家弄咯，我们在上海弄，洋气一点，好吗。

小花旦伸手去掏皮夹克，我以为他要给我钱，结果是在翻手机，他讲，这种事情么，要找熟人呀。我不来塞①，人家来塞呀。

于是小花旦带我去了一个我从来没去过的叫定海桥的地方。它比学校更偏僻，这地方一点都不像上海，电视里没有这样的上海，世博会海报里也没有。

那天下着雨，有些阴冷。我们坐了很久的公交，最后在一条狭窄的旧马路下了车。街上除了全国各地的小吃，什么商店都没有，小吃摊又因为天气而各自收进了。两边的矮棚棚掉落着檐头水，敲打在支起帐篷的石砖上，大大小小的盆罐张着脸迎向顶上密集的漏缝。风一起，雨水依旧能打湿关不拢的香烟玻璃板，手推车上的毛笔字菜单，还有靠墙竖

---

① 来塞：可以。

立的折叠餐桌。我们走过一条卖水产的小马路，腥臭飘满前后，装着鱼虾贝壳的水缸、浴盆和塑料板侵占了大半的过道，脚底下不是泡沫，就是闪着彩虹的油光。生意受阻的人们自顾自关起门来吃饭，打牌，说闲话。马路像一条小溪缓缓流向各条支弄，流出不大不小的声响。

我们就在其中穿来穿去，绕过几个看上去差不多的公共厕所和出来倒马桶的睡衣阿姨，在一个三岔口拐进那条弄堂。我有些眼花，如果不是墙上残留的海宝贴图，我大概会以为自己回到了从前放学必经的那个有美容店的地方。而小花旦看来是很熟悉这里了，就像熟悉我们小区一样。他快步走在前面，雨声大得我们无法说上半句话，我只好心虚地追随着他伞底下两条微湿的细脚杆，它们掀起的泥水不时淋溅到我的裤子上。

终于收了伞，小花旦引我进一栋稍许高些的、没有招牌的房子。鞋都湿完了，我有一种想回学校的冲动。

越走进去，室内的音乐显得愈发清晰，脚步声也密集起来了。黑暗中挂着一个闪动的迪厅灯光球，底下是年轻的面孔，各种发色，各种方言。小花旦叫我站着别动，他钻进人群，从里面带出一个年轻的男人。小花旦说，细姑娘，这是小彭。伊比我洋气多啦，懂门道。叫小彭来弄，肯定没问题。

还没从舞池缓过神的小彭说了几句被周围杂声淹没的自我介绍，我隐约听出了四川话的气味。他的刘海遮住了半只眼睛。

我不知道怎么回应。也许小彭已经知道我了，一个想变好看又没钱又不要剃头阿叔帮忙的小姑娘。他带我们走出房子，周围的人好像都认识小花旦，他们经过，喊他巧叔。我和巧叔、小彭拐进另一条弄堂，几番透迤，已经身处另一个有点像巧星美发屋的房间了。潮湿，杂乱，周围因为雨天而显得昏沉。沙发上散落着一些衣服，我隐约觉得那是小花旦的。

那是一个比此前的噩梦还恐怖的下午。我不明白小花旦为什么要把我交到一个陌生的小彭——也许是小鹏——的手里。小花旦一定也感受到我的紧张了，他宽慰我，不要紧的，有我在，怕啥呀。还让我和小彭讲，想要什么样的发型，直接说。我哪里开得了口。小彭问了一些，我不记得自己答了没有。

我们洗了头，涂了一些药膏，然后僵硬地坐下来。陌生质感的围裙把我牢牢压制在皮椅中，我感觉自己倒不如店里的老阿姨，她们至少可以热烈地讲话嗑瓜子，我却什么都不敢，只听到自己的头发咔嚓咔嚓被剪下来，闻到一些温热又刺鼻的气味。房间太暗了，我看不清镜子，也看不清沙发上的小花旦。我终于还是不可避免地戴上了那个半透明的头罩。和我预想的差不多，那里面闷热，叫人晕眩，就像过年前的公共澡堂。多年后我才发现，与它的窒息感更为接近的，竟然是上午八点半的地铁一号线。

结果是可想而知的。我就像墙上贴着的很夸张的非主流青少年一样，变成了一个看起来丝毫不是我的人。小花旦对小彭说，蛮好，蛮好。

可他一定也感觉到情况不妙了，匆匆和小彭打过声招呼，拉着我走出去了。雨停，天色亮起来，他看着我，面色十分尴尬，小声说，过几天，过几天长长就好了，头发么，总归要慢慢顺起来的。这话太耳熟了，从前在他和老阿姨的对话里，我听过多少遍呢，大约就是我所见证过的生意的总数减去听过的另一句"焐心吗，焐心下趟再来"，所剩下的时候了。

小花旦要请我吃饭，他说附近有一家定海炸猪排很好吃。我推说晚上有课，压着伞冲回去了。

那一路是怎么回去的，回去之后有多少同学带着惊讶或忍笑的语气向我打招呼，由于过分恐怖而全部忘却了。只记得我没去上课，守着浴室开门就冲，拼命洗头吹头，却怎么也弄不回去。小彭的手艺，比我想象中的小花旦的手艺更糟糕、更顽固。好心的本地室友问我发生了什么。听我说到定海桥时，她的梅花色指甲油都涂歪了。

你去那么偏的地方做什么！那里很乱的，都是外地人呀。这种事情，怎么不找你叔叔呢？

我解释不清，那个房间所带来的压抑和阴影还没消散，小花旦成了除口头语大王和做作后妈之外的第三个角色，一个我不明白的人。

我第一次主动给小花旦发了短消息，下趟你别来了。然后把书架上的工具都收了起来，扔进放鞋的抽屉。

第二天我拿着几乎半月的生活费，跟着室友去理发了。那里的店不叫店，叫沙龙。也不开在马路上，而是商场的顶层，紧挨着在玻璃橱窗内跑步的人群。洗头和剃头的小哥是分开的。我再也不用靠热水瓶里的水来冲洗泡沫了。一个小时，长胡子的理发师和室友聊着天，把卷过的和染过的痕迹差不多去除了。定海桥的迷乱终于离开了我，可我还是认不清我自己。

后来头发长到脖子了，贴着耳朵和下巴，我看起来竟然有点像小姑娘了。生日到了，和要好的男同学出去玩，他说，听人讲你换了很夸张的发型，我做了好久心理准备呢，这样很好呀，很可爱。他摸摸我的头发，于是我开始了第一次恋爱。带着这个被解构、被重构，又自然生长的自己的头，渐渐地，走在学校里，坐在图书馆，有人会给我递小纸条。这是很不可思议的事，小花旦给我剃了十几年的头，我当了十几年的学生子，从来没有人这样说过。我想不明白，只好把问题归结于我那个模糊性别的头，现在，我把它抛下了。

同时也把小花旦抛下了。

然而小花旦并不抛下我，那天他照例发了彩信，是在麦当劳的窗外拍了别人的生日气球。他还是没打字，我懂他的意思，细姑娘，又大一岁啦。他没忘记，他没忘记。

9

读大学的头一个寒假，我终于回家了。家里和从前没有一丝一毫的变化。也许在这个收藏了你全部的过去，又难以随着你前行的空间，别说三四个月，即便是三四年不回，一旦进入旧地，它也能在一瞬间把你拉回无比熟悉的气氛与情境中，变回原来的那个人。

比方说当我听到楼上楼下照旧为了浇花而饭前一吵，爸妈照旧因为家庭开支而争嘴，而我默不作声地待在房间里假装看书时，我清楚地意识到，自己仍是那个一无用处的游泳头。如果这时我走出去，说个理，大人会说，小孩瞎管啥！走开！

小花旦也还是原来的样子。小花旦回到小区里，仍然是那个在妇女队伍里出了名的嘴里灌了蜜糖的烫头师傅。

年底了，巧星美发屋里闹猛得很。一个老阿姨静候小花旦打理拨弄，三四个阿姨坐在后排细细观赏，诺基亚铃声不时响起，新生意又来了。门敞开，招牌歪斜，大树底下晾着几块湿搭搭的洗头毛巾，那只阮家阿婆坐过几十年的骨牌凳还在旁边，只是上面坐了另一位常住小区的阿婆，或许她也是当年的湖丝阿姐之一。这个位子不好坐，人们从不敢乱坐。常坐的老人，没有谁能熬得到来年开春。而敢于上去的，多半也知道自己日脚不长了。这一位，恐怕也是铁了心的。天越来越冷，她的眼神愈发渺远，而店里的生意愈发兴旺。这些熟悉的场景叫我感到安定，又莫名袭来一阵心慌。那两个从舞厅灯光球底下钻出来的男人，时不时地浮现在我眼前。

我和小花旦快一个月没见了。我的头发第一次斗胆冲出了他的管辖范围，却没有惨遭他的训斥。路过店门口，小花旦朝我眨了眨眼睛，细姑娘，样子好来！大家看呀，上海回来的就是不一样。他好像完全忘了那天从定海桥落荒而逃的我，头上是什么样子。

老阿姨们一齐转过脸来。我走进去，踩着软绵绵的头发丛，把那包弃置已久的工具放到他桌上。

早晓得你有好几副吃饭家生^①，我就直接扔掉了。我好像还很记仇似的，讲话硬邦邦。哪好扔掉呢，那副是配给二十岁美女用的，这副么，我是专门给十八岁美女用的呀。此话一出，店里的十八岁美女们发出了哄笑。我知道，小花旦又戳中她们心怀了。她们的心荡漾的时候，身体也会跟着前俯后仰起来，像一排种在河边的柳树，重心不稳，风一吹就扭啊，扭啊。而小花旦坐在岸边树下钓鱼，从来不为所动。他只关心他的鱼。

腊月里的巧星美发屋日日开张，高朋满座。人家都讲，剃头匠一年就靠两趟黄金生意，一趟在腊月里，一趟在二月里。这和浴室老板的生意经是一样的。靠近年关，每个人都要从头到脚弄得清清爽爽，好像除夕一过，好坏清零，大家又是全新的自己了。年复一年，小区里每个人

---

① 家生：工具。

都这样想，阮家阿婆也这样说过。

她讲，我一觉醒过来，一看，吾阿星又大一岁啦，享清福辰光又近一点啦，多少开心呀。于是她撑过了一年又一年。

可是正月十五一过，人们发现隔年的坏事并没有停止堆积，就像持续长长的头发一样，越来越密，越来越乱，于是大家又急着来剃掉烦恼丝了。

唯有正月不剃头，正月成了剃头匠的白相日脚。巧星美发屋大门紧闭。小区里另外两家呢，眼镜早就搬走了，阿胖的店还开着，她说刮脸生意不分日脚都可以做，别的女人却说她掉进铜钿窟窿出不来了，也有人说她勾引男人成瘾，一年到头还不肯松手。剩下的小花旦师傅，人们从不晓得他去了哪儿，也不挂心他的归期，一来他毕竟是神龙尾巴，二来，开春的生意，任谁都不会错过。可是谁也没想到，我也没有，巧星美发屋居然同店门口的老太婆一样，还没熬到开春，就永远停在了辛卯年的正月里。

没有社区改造，也没有工商局查岗，而是阮家阿婆生下的六颗行星不让他做了。

六颗星忍了几年，不能忍了。他们找来律师，说阮家阿婆的遗嘱没经过正规的公证，是立不住脚的。照理，这套房还得交给七颗星平分，绝不可由小花旦独占，哪怕他是唯一一颗没有卫星环绕的孤星。

小年夜，老五阮巧木跨过大半座城，站在店门口讲给大家听，巧星不要老婆，我儿子还等着出钱讨老婆嘞。

可是不到六十平方米的两室一厅，在这样的小城，卖了又能分到多少呢。老大阮巧水就说，巧星想住，不是不可以，要么出钞票买下来，要么交房租，楼上和楼下都要交，当作补贴。

小花旦两样都不肯，没几天，六颗星就派人把他踢出轨道了。

这是一桩相当省力的事情。年初五迎财神，小花旦放过零点的鞭炮，自管作夜游神去了。天未亮，路灯也还没暗下去，楼上已经悄悄地换了锁。车棚全数被清空，那个多年前用红油漆手写的巧星美发屋的招牌也摘了下来，拗成错误的两段，一半巧星美，一半发屋，像个被打成残废的人平躺在地上，身下沾满了血迹似的火红的炮仗屑。环卫工还没来清场，假营业执照的玻璃碴子碎了一地，楼道散发出一股烫头药膏的气味，那只脏到不透明的蒸头罩子就堆在杂物的最上面，底下也许藏着我刚还不久的剃头工具。这一夜，小花旦的地盘上，唯独树下的骨牌凳毫无变化。和死亡沾边的家生，人们不敢触碰。

我路过的时候，六颗星早就走了。这天上午，小区里所有早起的鸟儿几乎都在大树底下集合了，没人敢坐下来。大家望望楼上，又望望楼下，不敢说话，干等着小花旦回来。我看到那块木头牌匾，想起九月里，我们在上海南站的地下广场，他拿给我对比的那张手机照片。油头，红字，顶上悬着人家晾出的短裤和胸罩。我心中仿佛有个人伸过一只粗暴的手，把照片撕碎了。

小花旦迟迟不来，早起的鸟儿便各自飞散开去了。我走过去，把巧星美发屋捡起来，一手一片，像在机场迎接贵宾一样，站在小区门口，等牌子上的名字回来。初春的清晨，路上人影零落。小花旦吃着鲜肉大包，跨着两条细长的腿从雾里走来，整个人单薄得如同被三夹板压过一样。他看到我手里的牌子，却好像早就料到了似的，吊着细长喉咙说，细姑娘，下趟阿拉上海见啦！

小花旦什么也没带走。也许他有了照片，再无需什么身外之物了。我从他的遗产中捡了几样工具，连同那块招牌，一起藏进了自家的车棚里。

还有那只蒸头罩，原来当它被拆离机器的时候，单独戴上去是很美的，仿佛一个宇航员戴上他的吸氧头盔，就同时拥有了里外两个世界。小花旦摘下它，从此不在原来的世界。

10

小花旦去哪儿了、住什么地方，小区里没人知道，也不关心。人们感兴趣的是那套房子，会怎么分，会卖给谁，新来的住户是什么样的人，至于那些走了的，就像死去的一样，人们概不闻问。也许只有阿胖会对小花旦的离开产生一点反应，她很得意，谁笑到最后，谁笑得顶开心，被女人们指指戳戳十来年，阿胖终于做起了一家独大的剃头生意。阮家阿婆的房子，在小区唯一一家中介店的黑板上挂了好久，名字惹人发笑——202（含美发屋），好像小花旦的车棚不是车棚，只能作店面用的。人们走过看一眼，又看一眼，202（含美发屋）从第一档划到第三档，划到最低档的时候，总算被擦掉了。新房东说，六颗星的老大关照他，要以各种方式转达小区里的人，他们一旦联系到小花旦，就把七分之一的钞票还给他，也算手足情深，互不亏欠了。然而房东只采用了最僵硬的方式，他每认识一个新邻居，就迫不及待地讲起这件事。这反而引起大家的厌恶，他们说阮巧水太贪心，又要做坏事，又要当好人，不作兴。大家也不喜欢新房东。他姓赖，人们叫他赖屁股，因为他一同人聊天，就赖在人家门口不肯走了。而赖屁股说这些话的时候，拍拍胸脯，十分自豪，意思是，我这房子没什么纠纷，买来放心，住得舒坦。

可是他不晓得，有一件事，六颗星欺骗了他。他们告诉赖屁股，家中老人是死在医院里的。实际上，阿婆正是在赖屁股和他老婆每天躺着的大房间里，一个十分闷热的夜里，悄悄睡过去了。这才是房子长久卖不出去的原因。老话说，死人最喜欢去他死前最后一个地方白相。这话在小区的嘴巴之间传来传去，最终还是传到了赖屁股老婆的耳朵里。他们睡不着了。赖屁股扬言要找六颗星算账，甚至不惜打官司。

他对邻居讲，想骗人，骗人嘎①好骗的啊！六颗星上门好几趟。最后的退路是，赖屁股收到一笔赔偿金，不再说话了。好像收了钱，就换了个叫人安心的房间似的。他很自豪，对大家讲，蛮好蛮好，楼下车棚白送我啦！

人们背地里说，赖屁股骗骗自家倒是省力来分呀。

那笔赔偿金，据赖屁股称，刚好是房钱的七分之一。

大概半年以后，我把这些后话讲给小花旦听，他对于小区里的烂污事体，总是能笑得死去活来。可那次他非但没笑，反而皱着眉，抿紧两片扁扁的嘴唇，对赖屁股表示出极大的同情。他说，这个老赖倒是蛮惨古②的噢，姆妈天天捉牢伊。

---

① 嘎：这么。
② 惨古：可怜。

老赖，听起来好像赖屁股是他的要好熟人似的。

有啥惨古，无非自家吓自家。

真的呀，老早我在屋里困觉，姆妈常朝①来寻我的。小花旦的脸上闪现出难得一见的正经，或许这个天大的秘密，他从没和人透露过。

可我作了大学生，是毫不相信这些的。我说，你讲讲看，梦到阿婆做啥了。

没啥，就是两个人一道吃吃饭，看看电视。姆妈洗衣裳，晾出去，再收进来，铺好被头，喊，阿星啊，好困觉了，同平常一式一样的。

戆蠹②。这是因为你想阿婆了，不是伊来寻你。

小花旦立刻露出凶相，他变得很警惕，像一只被踩了尾巴的草狗，眼睛一拎，不是的噢！我小辰光，姆妈讲过的，上半夜梦着谁，是你想伊了，伊就过来。后半夜梦着谁，就是伊想你了，要来看看你。姆妈老早就专门在后半夜碰到爸爸。唉，走得太早的人，心里恨啊，只好常朝回来看看。讲到这儿，小花旦的脸色又衰暗下去。

好比我，搬到外头去了，还是会碰到姆妈，不用讲，肯定是伊想我呀。

我一时说不出话，做梦的道理，我听过不少，却从没有人这样解释过。

老赖就不一样了，伊肯定是心里虚，越怕，姆妈晓得了，就越要作上去。不相信你回去问问看，两个人是不是上半夜见面的。

我才不会去问，这样的说法，赖屁股如果晓得了，恐怕更加寝食难安，要闹天闹地了。何况我对这话半信半疑，很快也就忘了。这个世界上的人死了，会去哪儿，会不会回来看看，大部分人是不会去细想的，我们没有这样的机会。一旦有了，就会像小花旦一样，长远地、笃信地想下去。

直到几年后，我总是梦到老王，梦到我坐在他的电瓶车后面，我们去菜场里买菜，到小区后门吃早饭，在巧星美发屋轮流剃头。然后就醒了。我终于又想起来小花旦说过的这番话，想起他当时一本正经的样子。我有点明白了，是老王想我了。先走的人在那边想着谁，就回来看

---

① 常朝：经常。
② 戆蠹：笨蛋。

看。小花旦的爸爸想阮家阿婆，阿婆想着小花旦，老王过去了，老王就想着我。他们在那边的生活大概有些寂寞，只好每天想一想，哭一哭，笑一笑，同这边的人一样。

小花旦告诉我这个道理的时候，我们正在闸北区的一爿小店里吃鳝丝面。那是他被赶出小区以后，我们头一次见面。而我快要升大二了。

前一天晚上我刚考完试，回到宿舍，收到小花旦的彩信。他已经很久没联系我了，我也没联系过他。小花旦离开之后，我开始学会两地生活。十二块五，说回就回了，和高中同学见面，去长辈家吃饭，听大人日常吵架，那半年，我渐渐适应周末通勤的节奏，尽管心里仍然更偏爱新地方的一切。巧或不巧，家中无需小花旦来跑腿了，我也找到了固定的理发店来维持自己的形状，那根曾经十分紧密的绳索，一下就被松开了。在小区里，我们走来走去，不过相隔五百米，而在上海，我无从想象小花旦流落在何处，何况每日新鲜的大学日常让我渐渐疏忽他，淡忘他。小山羊和老山羊，好像并没有谁缺不来谁。

久违的彩信，是一张小学生放学的照片。我懂他的意思，细姑娘，放假了吗。

我回他，明天放假。

明朝会，好伐。小花旦难得打字，打出来都是口语的味道。

哪里见？

哪里人在哪里见。

这是小花旦的暗语。第二天上午，我们在虹口区的嘉兴路碰头了。

11

在小区以外的地方见面是一件很放松的事情，我和小花旦是小区里的两个人，却先后跳出了小区的围墙，现在我们说什么、做什么，不再收揽于小区人的眼皮底下，这是一种奇怪的自由。

而我们来到嘉兴路，这又是一种奇怪的亲切，好像重新回到小区里，站在自己的地盘上。所以当小花旦大笑着向我打招呼，细姑娘，长远不见哎！我丝毫没有感到被时间拉长的陌生。尽管他的样貌发生了一些变化，头发长了，人瘦了，打扮时髦一些，发亮的衬衫拢在紧身裤里面，底下配一双底很厚的球鞋，看上去脚杆更长，却并没有使他显得更后生。老山羊到了年纪，总归变老了。我冲向他，就像小时候冲向他手里的棒冰。

嘉兴路是一条又小又破的老马路，在上海这么多马路里，它恐怕是不值一提的。你问南京路，人人都晓得，你问嘉兴路，人家就要把问号甩还给你了，有这样一条路？

这就对了，一条马路和一座小城一样，在这么广阔的地方，不值一提。

可我们走在嘉兴路上的每一步都劲头十足。出于阳光，或出于它的名字，我比参观任何沪上景点都要兴奋。而小花旦来过很多趟了，他的眼睛望来望去，自然而坚定。什么地方平常会有些什么，一一讲给我听。我们仔细看每一片店面，每一扇二楼窗户里探出来的衣服和拖把头，好像这一切都仅仅因为门牌而与两个路人产生了深邃的联系。如果说电视广告与海报中的上海是一类，这里（后来加上定海桥）是另一类的话，我情愿走在另一类中，它让人平心静气，借由自己的记忆仓库对陌生的事物投射出莫名的信任感。我们再一次玩起在上海南站的地下广场玩过的寻找对应游戏，闵珠的杂货店、阿宝的修鞋摊、老蔡的粮油米店，这里都有，连同马路外的一条河，也和长水塘取得了表面的一致，细缓，闪银光，有人在岸边淘米洗脸盆，唰——唰——唰。

支弄的拐角有一间剃头店，小花旦停了下来，他说，你猜是我的还是阿胖的。

我说，阿胖的。你还在困觉。

我们探头进去，我猜对了。一个女人正在给一个男人剃头，她手上的推子发出再熟悉不过的嗞嗞声，与天花板上的吊扇节奏类似。

小花旦说，气煞人啦，到处都是阿胖的市面。

不不不，你去钓鱼啦。我安慰他，目光转向河边，堤上有个鸭舌帽。他坐得很高，白线拉得老长，深深垂入水里，毫无动静。我们走上去，不说话。小花旦讲过，钓鱼等于在练功，不好打扰的。围观的人，望望天，望望树，望对岸的高房子，都可以。若看一眼水里，看一眼钓鱼的人，就要看坏了。人和鱼的对峙，哪一方都承受不起多余的分量。小花旦晓得我吵，从不肯带我去。

我们在鸭舌帽旁边站了一会儿，悄悄走了，就像从没来过一样。我问小花旦，钓鱼好白相在哪里呀，不许说话不许动，像个木头人一样。

好就好在，不用动嘴巴呀。你不是顶欢喜讲闲话吗。

我哪里欢喜，讲话么，都是做戏呀。

什么不做戏。

钓鱼不动嘴巴，不做戏。跳舞也不做戏，懂吗。

我不懂，可我突然发现，小花旦并不适合小花旦这种唱戏的绰号。

那天阳光正好，梅雨过完，天气清爽起来。我们在嘉兴路上来来回回走了两遍，看奶箱，看报箱，看路边的盆栽，有老人或空着的藤椅子。中途我问小花旦，要不要帮你拍张照留念。

不要不要，自家门前有啥好留念的呀。你不要我要的。我站到嘉兴路225号的米店门口，叫小花旦帮我按了一张照片。米店的招牌，和巧星美发屋一式一样，粗糙不平的白漆木板，上面是红油漆手写的两个大字，米店，笔势细软，挂起来有点歪斜。我的头也跟着歪斜了一下。

小花旦说，细姑娘，下趟我们就在这爿米店门口碰头。

我说好。米店外面有条长板凳，先到的人可以坐着等。

后来我在那条长凳上坐过好几趟，从没有碰到过小花旦。再后来，米店拆了。

小花旦说，走，我们到小区外头去白相相。于是我们走上吴淞路，穿过海宁路，又借道乍浦路和昆山路，去看苏州河。小花旦告诉我，过了河，对岸还有无锡路、宁波路。只是看上去近，走起来还要费点工夫。我们干巴巴望了一会儿，继续朝前走，终于转进了浙江路。小花旦不时拿出手机来拍，我不清楚他在拍什么，也跟着乱拍。我很后悔，当时为什么不拍一张他的照片，再不至于往后常常想不起他细长的身体上，到底生出了一个怎样的脑袋。也许我被新鲜的困惑包裹了，比如为什么海宁路看起来比浙江路还宽阔，比如我们明明游走在南方小城之间，怎么老会不小心撞上哈尔滨、山西、天津、四川这些遥远的地方。小花旦也不知道，他像在赶路一样，只说，快点跑①，快点跑。这些并不影响我的心情。边走边看，我高兴得全然不觉得累，也全然忘了要问他，这半年住在哪里，做什么生活，过得怎么样。我就像丧失了对过去的知觉，只顾眼前的乐趣。

在浙江路桥上，小花旦说，他听人家讲，上海还有一条嘉善路。我们不愿错过，继续往前走，可这一路上，远方的地名愈发密集地出现了，嘉善路还是没影。直到在地铁站的露天标识牌上，我发现嘉善路竟然在另一个方向。小花旦气极了，赤逼，上海人会不会取名字啊。嘉兴到嘉善，还没有嘉兴路到嘉善路远呢。他愤怒地拐进路边一片小店，老板，两碗鳝丝面。

我太饿了，只顾着吃。坐下来，还是没问小花旦这半年的情况。

那天我们最终没能去成嘉善路。小花旦问了老板，老板讲，嘉善路啊，哈远，走过去一个多钟头嘞。正午过后，太阳毒辣得叫人吃不消，我们只好作罢，转而进西藏路，往人民广场的方向去了。这一路像是预演过的，小花旦消化掉嘉善路的遗憾，边走边介绍，对附近了如指掌。我问，到哪里去。

这个地方嘛，我们有，上海也有，全国都有的。

什么地方？

于是他带我去了人民公园，这个他最常去的地方。

12

每座城市都有一个人民公园，如同每座城市都有一条中山路、一所光明小学和若干间便民理发店一样，它们是自己城市里的基本元素，就像人缺不来肝肺心脾肾一样。人民公园就是一个肺。所有人都可以走进来，在公园里畅快地呼气、吸气，把阳光和四季轮换的花的香味吞进去，吐出口香糖、塑料垃圾袋、狗粪和隔夜老痰。人民多的地方，人们

---

① 跑：走。

的吞吐量大，人民公园就要相应地大。上海的人民公园，按小花旦的话讲，是全世界顶大的人民公园。

这么大的地方，小花旦却表现得熟门熟路。从花展、儿童乐园，到野餐和放风筝的大草地，哪块地上不干净，哪片人少好走，他都有数。小花旦的厚底球鞋在前面啪嗒啪嗒地响，隔几步，响声换作拉警报，当心脚底板！我就晓得腻腥①的物什又要来了。而传说中的人民公园相亲角，小花旦头也不抬，带我远远地绕过了。我依稀看到站着的人托举牌子，向走过的人招呼着，女人多，男人少，像菜场，也像房产中介，只不过他们不卖货，卖的是人头。小花旦灵活地在冷清与热闹之间穿梭，中途逗留了一个吃茶的走廊，不知从何处取回自己的茶杯，又在另一个打牌的地方得了包香烟，我没留意是谁给的，公园大得我来不及看。一歇工夫，我们就走到了假山后面。朦胧的乐声袭来，角落里有一团密集的人头正在上上下下地轻微颤动，像是没风的时候，一簇簇平稳的火苗。

和定海桥不一样，这里的舞蹈舒缓一些，大概是交谊舞的某种，人们的面孔也更老，有人在跳，有人在学。没有迪斯科灯光球洒下的碎屑魅影，这里太阳照耀，每张脸上泛起大片小片的炽烈的亮斑，更显得头路清爽，油光满面，正是小花旦从前和我说过的，跳舞的人该有的样子。而树荫下的脸则为树叶的影子所遮挡，透露出一种毫不黏腻的快乐感。夏天的颜色是鲜亮的，人们穿得再红再绿也绝不显得笨重，反有一种适时的轻盈。即便是女人的花裙子、花头巾和图案繁复的紧身裤，也是分明的、好看的。

音乐停滞，几秒后换成稍轻快些的舞曲，火苗就像起了风，忽然间参差不齐地蹿动起来。花衣花裤忽飘忽停，酿成更多的花，晃了眼睛。我走近看，花丛中以男人居多。再看，发现穿紧身裤和裙子的，好像也是男人。

小花旦带我走入其中，火苗们胡乱跃动着同他打招呼，他们喊他阿巧。在小区里，我从没听过谁这样称呼他，可是没错，一连几个走过来

---

① 腻腥：脏。

的人都喊，阿巧啊，阿巧。阿巧则回以对方的昵称。一个用红头巾蒙住眼睛的男人跳到我们身边，他停下，阿巧来了啊！结果抓到的是我。他摘下头巾，一双大小眼瞪着我。没办法，放在剃游泳头的过去，我或许能浑水摸鱼，可那时候不行了，及肩短发，细长的脖颈，我是个实打实的小姑娘，人群中唯一的女性。

小花旦对红头巾说，阿拉侪囡儿，名牌大学读书的噢。

红头巾转而笑了，频频点头，结棍①，结棍。他拿头巾擦了擦脸上的汗，又扎回额头，转向不远处大声招呼。又有几个人围拢过来了，有木墩模样的，也有像吊长丝瓜的，他们说话的时候并不停下自己来回的脚步，高兴中显得有些喘。最后出现了一个纤细的葫芦，身材凹凸有致，皮肤保养得很好，叫人猜不出他的年纪。他走过来，身上飘散着香味，一双细长眼睛望向我，像两盏灯闪着流转的光，照得我暖融融的。我突然觉得，跟他一比，小花旦实在有点愧对他的名字了。真小花旦拉着我的手，用与我平时听到的完全不同的，像汤圆里流出来的细豆沙一样温润甜糯的上海话，不知是朝着小花旦还是朝我讲，侪囡儿会得跳舞吗，来，一道白相相。

真小花旦教我跳起慢三步，我却总是抢拍了。一低头，二错步，三就撞到了他身上。葫芦上身的凸处被我撞瘪了一半，显得异常尴尬，我努力忍住不笑。他反倒毫不动气，也不紧张，像发现头上停了只苍蝇一样稀松平常，慢慢走到树下弄好，挺着胸回来，仍是那种温婉的语气，小姑娘，覅急呀，一步一步一步，哎对了，一步，一步，一步……他的口令细细地渗入我的毛孔，害我出了很多汗。真小花旦又说，眼睛呢，覅盯牢脚，脚板上寻不着舞伴，要到眼睛里厢去寻。于是我抬头去迎那两盏发亮的灯，看到他白净的脸上也印出汗珠来，透明的，细细的，像荷叶上的水滴，轻轻晃动却不落，毫不显得油腻。我想，电视广告里的人不就是这样的吗。

几曲慢歌告终，坐着的换了一拨站着的，风一起，火苗又烧旺起来。这么热的天，三步舞也是费气力的。我坐下喝水，小花旦走过来，

---

① 结棍：厉害。

他讲，细姑娘，今朝运道好啊，人民公园的华尔兹女王亲自来教你哎，下趟毕业了，上班了，绝对要去出出风头，晓得吗？名师出高徒，腔势不要太好噢。他刻意的上海话带着还没褪色的口音。

真小花旦在旁边擦汗，拿的是一块方格纹素净的布手帕，他忍不住笑了。阿巧啊，人家是舞池里厢跳，地方大，衣裳漂亮，阿拉水泥地皮里瞎踏两脚，有啥面孔讲出去噢。

真小花旦讲起道理来，假小花旦接不上话。

我转而问小花旦，你平时就在此地白相吗。

哦哟，白相的地方多唻。和平公园，曹阳公园，徐汇那边植物园，啥地方有场子，阿拉就到啥地方去呀。他讲得大声，掀起后排休息的人的笑。

上趟的地方呢？

你讲爱国路啊，我难得——

这时，那张熟悉的，实际上又很陌生的面孔走过来了。它理应拖着一个挥之不去的潮湿、灰暗和不愉快的长长的影子，再次与我相见，可是它并没有。

小花旦说，细姑娘，还认得吗。

阳光下的小彭和那个雨天里很不一样。他看起来要老很多，寸头，黑色紧身短袖，有一点胡茬，更显出沉稳。他大概有三十岁，或许不到一点，总之绝不是携带杀马特气质的我的同龄人。太阳照下来，他的影子是很短促的。站在细长的真假小花旦旁边，他的身体也成了一个短促的倭瓜，敦实有力。

小彭讲，小姑娘，好久不见嗫，越长越漂亮喽。他的四川口音送进我耳朵，我发现自己毫无恐惧。那个昏暗的屋子我忘了，这一年，头发长了，剪了，长了，剪了，定海桥的一切早就烟消云散了。我像一个全新的人，和他展开自然的对话。

小彭讲，他和小花旦准备在上海开一家舞厅，位置就选在虹口或杨浦，再往里就租不起了。他说到时候开张了定要喊我来捧场。我推说不会跳舞，去了很尴尬，小彭说，怕啥子，叫巧叔教你嗫。

小花旦说，什么话，华尔兹女王在此地，还轮得到我来教什么教。真小花旦听了，直拿手帕捂着嘴笑。小彭也笑了。小彭笑起来，嘴角两边不断晕开小括号形状的褶皱，一对，两对，三对，这让我相信，他超过三十岁了。

于是真小花旦又带着我跳了一轮，他的汗迹被风干了，留下那张毫无瑕疵的荷叶面孔迎向我的眼睛，五官始终透露出无懈可击的端庄神态。原来比起乐声，我更容易从他翻动的睫毛中找到一种微弱的节奏，一步，两步，三步，走。小花旦和小彭也跳了起来。比起我和华尔兹女王的笨拙，他们看起来老练而默契，似乎故意在我的四周游走、打转，带着一种展示而非挑衅的得意。任何东西，风、日光、树叶，都无法拨乱他们稳固的发型和笑容。小花旦跳舞的时候，长久地持有一副标准到僵硬的笑容。这看上去很假，谁灵活的身体上会生出这样一个半开半闭的固定表情呢？可是看久了，又会觉得他是真的在笑。也许整个舞池里，在人们标准的笑容背后，都有另一个真的嘴巴在开怀大笑。它们高兴死了，笑得停不下来。而标准正是出于对大笑缘由的敬重。乐声四溢，盖过蝉鸣，盖过四下其他角落的吵嚷。这个角落不说话，显得单一而齐整。火苗窜动，移步，转身，晃头，每个人搭着舞伴的腰肢和肩膀，安静地离开了燥热的地面，正在缓缓上升，上升。

我有点明白不做戏的好玩了。

我也有点明白，小花旦刚来上海时，那些叉腰的照片是谁拍的了。

13

后来几年，上海的各个公园里，我再没见过那样一个安静得只剩音乐在响动的角落。人们跳舞的时候，往往交混着谈天、吵架、打电话、随音乐大声哼唱，像任何一个聚众晨练或打牌的地方，唯恐不够闹猛。再后来，广场舞席卷了所有可见的地盘。而人民公园的假山秘地，我再也没有找到过。也许那个地方根本就不存在，也许它需要信使的引领。而我一旦离开了小花旦，就永远无法获得那条曲折的路线，进入其中。这件事的神秘，就像小花旦本人一样，如果他不来找我，我就永远找不到他。

那天傍晚别过，我又失去了小花旦的消息。给他发过几次短消息，没有回音，打电话也是。我去公园，怎么也找不到那个地方。天渐冷，他和夏天一起消失了。几个月之后，我穿过黄兴公园，在一个男女混杂的集会中望见一个眼熟的身影。我本记不住他，不过那块在人群中甫动的红头巾，让我立刻想起来了。

可是他并不记得我。他没有蒙住眼睛，而是将之扎在头上，气质大变，像一个唱山歌的人。当我问起小花旦的消息时，他立刻弹出那双大小不同的眼睛，像一头被触怒的野牛。

迭只宗桑①，侬寻着伊，叫伊拿老子五千大洋还出来！

红头巾并不说小花旦去了哪儿，也不说人民公园的场子，只留下这大为光火的一句。我无法再问下去。也许当他回忆起我是小花旦佽囡儿的那一瞬间，他就决定好要把怒气撒我身上了。我甚至觉得，如果我看起来不那么穷酸干瘪，他恨不得让我代为把钱交出来。

他像是晓得自己因为红头巾而被认出来了一样，奋力将红头巾解下来，塞进裤袋，自顾自跳舞去了，留我在他愤怒的残云里。

吃了闭门羹，我脑海里那个跳舞的烈日少许黯淡下来。原来舞者的情谊，和小区里的人没什么两样，一旦关乎钱，说断就断了。钱最伤感情，这个道理是小花旦教给我的。即便上了大学，小花旦也不准我付吃面的钱。他讲，细姑娘记牢，万事覅讲钞票，钞票一讲出来，人就尴尬了。小花旦怎么会去做这种尴尬的事呢。然而，红头巾绝没有说谎，这一点我敢肯定。那个冬天，小花旦唯一一次来学校找我，也是为了借钱。

那时我已搬到大二的宿舍，离原来的住处挺远。而我正巧骑车经过老宿舍的时候，在大门口看到了小花旦。湿冷入骨的阴天，一个穿得如此单薄的人，太容易被注意了。宿舍换了一拨学生，也换了宿管阿姨，没人为他开门。小花旦几乎成了一根剥皮的白甘蔗，在外面荡来荡去，我远远地感受到了他的瑟瑟发抖。

他也看到我了。

① 迭只宗桑：这个畜生。

细姑娘，长远不见！搬家了啊！

我生气地直接发问，跑到啥地方去了，消息也不回。

他并不讲，只问我，一个月生活费有多少，这个月还用剩多少。这种单刀直入的聊天方式，在我和小花旦身上可能是头一次出现——在老山羊所能开启的无数种话头里，钱是最少出现的一个。我立刻感到他的窘迫，于是我们向校园里最近的取款机走去。

我取出仅有的五百块。太单薄了，五张纸的厚度，和一张纸有什么差别呢。小花旦的脸上写着失望，手插在干瘪的裤袋里不肯伸出来。我坚持让他拿着。

五百块省一点，也可以撑一段日脚噢，我讲。那时我竟以为他和我一样，这点钱只是用来吃饭和坐地铁的。

小花旦收下了。他摸摸我的头，细姑娘，样子越来越好喽，身边飞来飞去的屎苍蝇肯定交交关①呀。找男朋友，眼乌珠要亮一点，晓得吗。他冷得跺了跺脚，后半句话伴着嘴里的白气一同呼出来，人大了，自家要当心，老山羊帮不来你啦。

我想知道的事，他什么都不说，偏偏无关紧要地来了这样一句，却几乎要逼出我的眼泪来。我感到一种告别，老山羊对小山羊的最后关照。他踩着两只细长的高跷往回走，我什么都没问到。

我突然反应过来，大喊，房子！七分之一的钞票，要不要讨回来！

小花旦甩了甩手，走远了。就像上一个冬天，他甩手走出小区大门一样，他走过了我宿舍区的保安亭。我懂他的意思，这种钞票，不稀奇！似乎又回到从前那种轻蔑的语气。

返回室内，我才看到一个多钟头前的彩信，旧宿舍楼的照片。也许太冷，小花旦拍得急了，半个手指印还留在左下角。在我经过之前，小花旦站了多久呢，他有没有企图和新的阿姨攀谈，有没有去后面那块剃过头的草坪上看看，为什么不打电话呢，这些我猜不出，也不敢猜。人一旦进入室内，就无法体会外面的温度了。我只是很后悔没有追上去多问几句，没有带他去食堂，坐下来好好说一说。我所后悔的事情太多了。大人们没有把我当大人看待的时候，我也忘了要主动去做一个

---

① 交关：很多。

大人。

后来人们开始用飞信，然后用微信，发照片不要钱了。拍一张，点一下，就送出去了。好几次走在路上看到什么，我想送给小花旦，他的电话已经成了空号。

<h1 style="text-align:center">14</h1>

小花旦剃的游泳头，在我十九岁的时候离开了我。他的剃头家生在我二十岁的时候，被六颗星当作垃圾掩埋了。如果说前二十年，小花旦是一只同我形影不离的，持续发出叫声和臭气的老山羊，那么后来，老山羊所留给我的，只剩下一个渐趋想不起的身影，和某个微小的器官——他在我身上留了一只眼睛，带我去看上海的另一个部分，电视新闻和海报里并不常有的部分。

没课的时候，我养成了在外面乱走的习惯。每一条路的地名，让人错以为走在其中，是走在某种比例尺下的城市模型里，尽管明知它们之间并没有直接的相干。嘉善路我去走过了，它比嘉善新得多，洋气得多，体面或不体面的店铺总是相互夹杂着出现。我拍给小花旦看，并没得到回复。宁波路和无锡路，我也到过了，那里人多路小，闹猛得很，若是雨天，地上的垃圾就像生了发亮的眼睛似的，牢牢跟着来去的脚底板走动。苏州河南北两岸的各个街道，我一一去过了，站在低处望高处，或是登上高楼看对面低矮的棚户，竟是天差地别。再去些更远方的马路，或是与地名无关的马路，走得越多，越发现很多地方是去一次少一次的。旧马路上的建筑，就像它们各自的路名所代表的城市，正进行着新一轮景观更替的建设，矮房子下去，高楼起来，隔几周去看，脚手架严密包裹着旧房，像白绷带包裹着一个重度烧伤的病人，再隔几个月，病人植了皮，变成面目全非的样子了，也许能参加选美，跻身第一种上海的名录。我开始跟上小花旦的脚步，快点跑，快点跑，为了看到更多即将消失的地方。

奇特的是，定海桥成了最让我放心的一处。也许因为它的偏僻和干瘪，还没有人相中它的价值，给它改头换面的机会，连旧主人也弃之而去了。只有鱼货市场和全国小吃仍持续涌进来，扎根，聚集，只有通往复兴岛的小路仍散发着废工业的金属气息。新人们接管了漏风漏雨的店面，维持着与这座城市不太相称的物价水平。油盐门市里，狗还是狗，小孩仍是小孩，一切来不及进化为城市的宝贝。我好几次路过那栋高房子，大门紧闭，里面安静极了，透不出任何声与光。窗户太高，我看不见，只听人说拿来作仓库用了。也许入了夜，对侧的卷帘门一拉，送货卡车就进来装箱了。那是另一种不眠不休的灯火通明。这就对了，定海桥从不是一成不变的，这里的人来来往往，只是不被留意罢了。几年前蹦迪的年轻人，必定和小花旦一样，继续逗留在上海的某些角落。

嘉兴路没有拆，但也经历了修整。后来的嘉兴路为人所知，多半是因为星梦剧院。

每周固定几天的夜晚，宅男洗过澡，带着钱、欢脱的心和应援棒从家里出来，在此地甩下两个钟头的汗水和呼叫，又带着浓重的体臭和不肯洗掉的手心满意足地归去。嘉兴路成了少女的象征。地上的垃圾从空瓶硬纸变成了抠去照片的唱片壳子和海报。而那个碰头的米店，后来拆掉了。牌子没了，我和小花旦像两个单线特务失去了联络地点，再见不到了。

和消失的旧马路一样，有些人若不常去看看，也快要见不到了。老王的身体越来越差，像上海的老房子，叫人一边高兴地看，一边心酸地扳手指头，不知还能来几趟。我的火车票越攒越多，去昆明、去广州、去海口的，我都乘过了，第一站下来直奔家里，或者医院。病房里的人一拨换一拨，小区里却没有太大的变化。它老了，新陈代谢慢下来，少量的人搬进去，少量的人老死去，余下的一切照旧蠕动着。

赖屁股也住成老面孔了。他退了休，在巧星美发屋的原地开了一爿杂货店，这是堂而皇之地要和闵珠抢生意做。他地段好，进门头一家，多少不缺客人，却被一些古旧的居民骂得抬不起头。他们讲，人家闵珠一个寡妇带了儿子，就靠一爿小店度日脚，这样轧道抢生意，不作兴噢。赖屁股却说，这叫市场竞争，越竞争，生意越好，晓得吗。他搬出一套一套的大道理，什么双赢呀、客流量呀，要秀一秀从前在办公室的厉害，可是小区里谁听得进，大家只晓得，先来的总比后到的正义。

赖屁股在小区各处侃侃而谈，他总是有分享不完的道理。唯独那件事，人家戳他，他只能笑笑了事。时间无法改变这种无端的心慌，也许对赖屁股来说，鬼是没有新旧之分的。每到清明、冬至和七月半的夜里，夫妻二人就亮起楼上所有房间的灯，裹着被子缩在楼下店里，天亮了再扛着被子回去。被邻居笑惯了，赖屁股索性把这种季节性的避难叫作开宾馆。他说，宾馆里回来啦！老太婆，这趟旅游适意吗！当他拿自己开玩笑的时候，别人便不再去笑他了。然而大家知道，赖屁股害怕夜里，是永远不可改变的了。

曾经有好事者告诉赖屁股那只骨牌凳上的定理，吓得他当天就举起来扔河里了。从此再没有老人可以坐在树下乘凉。可人们又说，阮家阿婆在树下坐久了，树上的知了都听她的，赖屁股便恨极了那棵树。每次小区里有卫生检查，赖屁股就引人到家门口，以声音太吵或遮挡太阳为由，要求工人把树砍了。可是这棵树实在太老了，老到进入了文物保护的范畴。人们打赌说，就算赖屁股死了，这棵树也死不了。

时间就是这样硬气，无需阮家阿婆或环保部门的庇佑，这棵树足以牢牢站在大门第一栋楼的左边。哪一天它不见了，必定会有很多居民以为自己走错了小区，绕道重来。地标的消失是需要适应的。我曾以为巧星美发屋也有这样的本事，可是当我看多了赖明生超市的招牌，我才意识到自己和小区里的人一样，渐渐忘了那个白底红字招牌下的面孔。一个小小的脑袋，油亮的头发，可是脸，我想不起。从小灵通换到诺基亚，再到智能手机，我发现自己竟然没有他的照片，一张也没有。

最为接近的，只能是那些跟在他屁股后面拍的视角类似的上海。很久以后我才发现，小花旦从来不是乱拍，他的每张照片里，都有一个共同的主角。

15

再碰到小花旦的时候，我快要大学毕业了。那是在舟山路的一个舞厅里，确切地说，是集舞厅、卡拉OK和洗浴中心于一身的综合服务场所。定海是舟山的一个区，舟山路自然与定海路相隔不远，小过道，旧店面，气质多有类似。当我抬头看到那个招牌少许褪色的天天见舞厅和它门口的艺术字海报，我确有那么一秒想过，如果小花旦和小彭开了店，会不会就是这样的呢。然而我并非进去找人，只是走到半路尿急了，找个厕所解决一下。

如果说公园是城市的肺，那么厕所是马路上一个微妙的器官。对某个地方的认识，无论如何不能漏掉对它的拜访。这和与一个人交心必要同他吃酒是一个道理。例如经过陆家嘴的写字楼、静安寺的商场，我会跑去上个厕所，豪华的、温暖的，或看似豪华温暖实则简陋的。若是普通的马路，就去网吧、酒店或行政部门找，实在没有，只能去公共厕所了。看看里面有没有值班的，收不收钱，卖不卖五毛钱一包的卫生纸。可我在舟山路上，甚至连公厕都没找到。依靠杂货店老板娘的指点，才走到了天天见舞厅门口，据她说，这里有整条街上唯一的排泄口。

没想到排泄口里人多得几乎要倒灌出来。洗脸的，补妆的，穿衣服的，个个人高马大，堵住狭小的通道。没有灯，黑暗中亮着几根烟芯，我闷头往里挤，耳边充斥着粗细不一的喉咙，练唱，或是对着手机骂娘。在一路香粉味和屎尿味的混杂中，我蹲下，手抵着关不住的门，总算迎来了放松。

走出来看，柳暗花明，大厅里灯光闪烁，一副90年代的舞美效果。台上有人唱歌，台下悠悠地跳。歌手一身暗红拖地长裙，胸脯雪白，头发盘起，仍是90年代婚纱照风格，唱的是《女人花》。她声音低沉，和梅艳芳有七八分相似。

若是你／闻过了花香浓／别问我／花儿是为谁红……女人如花花似梦。

曲终，后排几位白衣伴舞甩着水袖撒下塑料花瓣，落入前台，观众起哄。灯光聚焦，歌手用温柔而低沉的上海话讲，嘎冷的天，谢谢大家来捧场，接下来有请阿拉咪咪演唱，

《爱你在心口难开》，大家白相来开心。我忽然感到耳熟，感到自己曾经紧张地盯着鞋子发呆，而这个声音叫我抬起头来。我在人群中踮脚，抬头，仔细望去，正是人民广场的华尔兹女王。我忽然明白了刚才

厕所里的身影为什么这么高大。

光线转亮，伴奏响起，台上华尔兹女王变成了穿露脐装和皮短裤的咪咪，台下的人也匆匆换过一拨舞伴。节奏加快，咪咪踩着粗高跟，唱起上海话味道的英文。

Oh Yeah Yeah···I love you more than I can say.

舞池里黏腻的人们忽然像活虾倒入了油锅，伸手伸脚，纷纷弹动起来。场子沸了，噪声四溢，我往外围走去。只听前面有人喊，快点呀！阿巧！上去了呀！才看到门口有个抽烟的人，他一回头，脱下刚才的白衣，露出黑西装，拼命往人群中挤，像一条洄游的鱼。阿巧跳上台，和咪咪对跳起来。底下一片呼声。两个人像两块同极的吸铁石，靠近了，又弹开去，靠近了，又往后移。那身笔挺但布料劣质的黑西装配上白袜子，细长的四肢随太空步晃动起来，有点 MJ 的意思。舞台灯照下来，他满脸堆笑，抖着肩膀，肩膀抖落下细密的光亮。

我挤到前排入口，等着一曲结束。灯光连续强闪，他下来了。

阿叔。我叫不出剃头阿叔，我太久没有找小花旦剃头了。

他看到我，愣了一下。许久才说，细姑娘，长远不见嘞。这话我听不清，周围太吵了，可我看懂了他的口型，分明感到他稍显激动的嘴角。很多人涌上来了，要签名，要挂历。阿巧被围堵在台边，他忙起来了。

舞池里有人喊安可，华尔兹女王返场，唱了一首叶倩文的粤语歌，深情而怀旧。后面屏幕放着盗版的音乐录影带，池中仿佛长起了一片细软的水草，随着忽高忽低的声音摇摆。我走出来，四面墙上贴着台柱的新年海报，红艺人咪咪，萧人，华尔兹女王叫白玉兰，还有一个阿巧。海报里的他梳大背头，叉着腰，半身金色西装马甲，端正地笑，像酒店里的大堂经理。他胖了，脸上肉多起来，我窥探到一丝衰老的痕迹，带着一种接近阮家阿婆的神情，安静，温和，眼里饱含着要同你说话的意思。回头望去，阿巧仍在人群中，签着自己的年历纸，他本人比照片里更圆润一些。

阿巧卸了妆，换好衣服，变回小花旦。羽绒服加窄脚裤，粗毛线围巾，显得愈发臃肿。再仔细看，他确实老了，胶布一样细长的五官，走到边缘就往下垂了。小花旦说实在对不住，叫我等这么久，要请我吃饭。这天风不大，我们一路走到提篮桥。在一家他常去的店里，小花旦叫了一碗菌菇面、一碗大排面。我说，我也要吃肉。

他讲，就是给你的呀，我吃素。我吓了一跳，你信佛了？

小花旦摇摇手，老来肉头松了，再不减肥，紧身衣裳就穿不进去啦。

我说，相当有职业精神嘛。

肯定的，我现在也算个明星了，多少要注意点。

我对着如此自律的小花旦竟说不出话来。

小花旦先问我，侬哪能①，屋里厢哪能了。他的上海话很自然了。我说自己在找生活，还没头绪，又说了老王的情况。他沉默了，点了一支烟，回头招呼，老板，再来一碟现切牛肉。

我说，你怎么破戒了。

给你的呀。跑来跑去交关辛苦，多补一点。

我有点要哭。尽管早就习惯了这种提着心两头跑的日子，可毕竟还没有谁这样说穿过。大排和牛肉，我飞快吃完了。小花旦只咬了几口面，又点一支烟。我劝，少抽点。

我这种命，不搭界的，无牵无挂。倒是老王，伊等了享清福的，香烟觑碰。话说到此，他大概也发现自己说坏了，老王哪里还有时间呢。他沉默了，转而问我，在哪个医院。

我们加了微信。小花旦换了号码和手机，壳子带钻，时髦得很。他的微信名叫巧巧美神仙，头像是在台上跳舞时一回头的特写，眼里有光。

我讲，舞厅开来蛮好嘛，还做大咪，一条龙。你不睬我，我只当你到啥地方讨饭去了。小花旦讲，我哪开得起舞厅，打打工的呀。

我未料到。又问，小彭呢。

伊啊，伊前年子就回老家去，开剃头店了。小花旦讲，也好。大家侪出来打工，老家倒反缺人才了，这辰光回转去开店，生意正好。

---

① 哪能：怎么样。

我竟接不上话。这些年借的钱，怎么借的，去了哪里，被他这么一讲，我半句都不用问了。

小花旦像是看出了我的尴尬，又说，啊呀，我又不要紧的咯。现在这爿店么，大家侪是来看我的呀，等于是我开的呀，呶，外国人特为跑过来同阿拉拍照片的，覅太出名气噢。

小花旦打开手机相册给我看。几个白皮肤的客人同穿着粉色西装的小花旦、一身白裙的白玉兰站在一道，白玉兰穿了高跟鞋，比外国人还要高，还要显白，像一个走红毯的电影明星。小花旦立在当中，凭借一只鸡冠头勉强和周围人站齐，保持着当年舞池里的标准微笑。

我看了看照片，又看了看餐桌前的小花旦，皱皮耷眼的，不像，不像。小花旦生气了，大叫，赤逼，侬看电视里的明星，不化妆走出来，个个吓死人噢！还是这个磨人心肝的高音喇叭，只是长久不磨，稍钝了些。

我说，明星还可以讲口头语啊。

啥口头语，这叫地方文化。阿拉要发扬光大，传到外国去的，晓得吗。于是又把手机相册翻出来，一张一张细讲，自己去过哪里哪里演出，受到谁人谁人的欢喜。

怎么不回去演。

这种小地方，只晓得吵相骂，有啥去头。伊拉不懂，伊拉懂个卵。小花旦显得忿忿，又说，细姑娘，侬也千万覅回去，回去没出山[①]日脚，晓得吗。

下趟再不回去了？去做啥。不去。

我就没由头再讲小区里的事给他听了。

那天送我回学校的路上，小花旦像个导游似的，到处问我这个要不要吃，那个要不要买，我说又不是来旅游的，不要不要。他看上去有些急躁。要进站了，他忽然提起这个月演出费还没到账，只好先还我两百块钱。我才明白他的不安。

我说，谁人开了店，做了生意，叫谁来还呀。他摇头，同小彭不联

---

① 出山：出息。

系了。我又问，红头巾的还了吗。他说钱攒不够，没面孔还。于是我们约定好，一笔一笔攒，按数目大小来还。我是最后一个。

小花旦很高兴，他讲，有道理，钞票还清爽么，朋友就回转来了，对吗。他夸我脑筋灵光，像个大人了。

地铁上，我给巧巧美神仙发了两张拍他跳舞的图。他回了我中老年专用的谢谢表情。我总算有小花旦的照片了，也能传给他看了。只是这样的照片，若是给别人看，小区里的人、六颗星、宿舍阿姨，他们还会认得出吗。

我不知道。我倒是希望红头巾能忘了他，也忘了那令他大为光火的五千块钱。

16

一个多礼拜之后，我去医院，小花旦已经在了。他正要收拢一张护工用来睡觉的折叠椅，预备给老王剃头。术后的老王取掉一块头骨，脑袋再没有平坦的路线了，推子走上去，就像割草机从平地忽然陷进了沼泽，每一步都是危险动作。剃头的担不起这个责任，老王的头发也越蓄越长了。可巧这关头小花旦来了。隔出几年，他的手仍然这样熟悉老客人的头。小花旦的围裙甩出去，一把兜住了老王极为瘦小的身体，手上的推子发出令人安心的平稳的叫声。我坐在旁边，老王望着我，对小花旦讲我的近况。我只对他讲好消息，他能讲给小花旦的也尽是好消息。小花旦连连点头，结棍，结棍。这一切让我感觉回到了那间小小的美发屋里，老阿姨的生意做完了，小花旦空下来，剃掉一大一小两个游泳头。

老王讲，细姑娘又考头一名啦！

小花旦就讲，结棍，结棍，下趟要读名牌大学啦！

我坐在旁边，嘴里含着一粒阮家阿婆给的话梅糖。

只不过病房里的小花旦戴上了一副老花眼镜，他要把脖子伸得远远的，才能看清楚头上移动的推子。那副椭圆的黑框眼镜架在他椭圆的脸上，显得脸更加长了，长到和他的眉眼、嘴角一样，正在垂落下来。羽绒服，窄脚裤，一双看不出真假的带N的球鞋，这些都无法遮盖，小花旦变成中老年的事实了。

老王很高兴，许久没有这样适意地剃过一次头了。小花旦说，焐心吗，焐心再来刮只面孔。于是拿出小刀，端整好毛巾、面油和热水来刮脸。老王的脸很瘦，两颊深深凹陷，和少了骨头的脑袋一样，时常让小刀刮在空气里。老王憋足一口气，鼓起脸，努力让自己的皮碰到刀片，胡渣成屑，热毛巾一敷，他快活地翻动着两片浑浊的眼白，大喊，适意，适意！他放松下来，转而问我，细姑娘，这腔①小区里有啥事体呀，讲给我和阿叔听听看。此前一个月，因为回不了家，老王拒绝收听任何小区新闻。

我看了一眼小花旦，他并没露出抵触的神情。我就讲，禁了烟火，赖屁股的炮仗生意做不下去了。春光关了店，天天在外面帮人家修冻住的水管。后面一幢有个老人，昨天——我没说出来。

老王被赖屁股的惨状逗笑了，小花旦却说，迭个老赖啊，真是作孽，自从搬到姆妈房子里，一路触霉头没停过。

老王讲，管伊哪，要是剃头店一路开下来，多少好呀。小花旦现在店开来啥地方？他似乎认定了，这些年小花旦手里的推子没有闲过。

我啊，开来杨浦区，侬下趟过来白相，到上海来剃头。

小花旦说得自信极了。他晓得老王不会来了，这个谎话永远不会被戳穿。他没听到，此后老王同这里的人反复提起，我有个朋友，手艺相当不错，剃头店开到上海去啦。老山羊和小山羊都在上海，这是一桩令老王骄傲的事。

那天走的时候，我问小花旦，要不要回小区看一眼。

有啥看头，还不是同老早一式一样，没劲道。

又补了一句，看到老赖帮我同伊讲，心里夯吓，姆妈不会做害人事体。

他先乘火车回去了。住在哪里，我没问。

就这样，在老王的最后一个冬天，我和小花旦又开始一道乘绿皮车

---

① 这腔：最近。

来回了。他大概两周来一次，下了车直奔医院，给老王刮个脸，也渐渐在这一层做起了剃头生意。轻松和气，永远都是那一身羽绒服，一包剃头家生。这些东西，是他撒了谎以后特地重新收集来的。

小花旦一到，隔壁几个病人就醒转来了，他们头发乱乱的，倚在门口等。小花旦在走道尽头的半封闭阳台上摆了摊，一个一个剃。此后几趟，愈多人涌过来，连护工也排上队了。他们有手有脚，却难得出门。小花旦一进门就响起了高音喇叭，今朝剃头不出钞票了哦！各层便顶着杂乱的头发出动了。

上海的剃头师傅来嘞！大家奔走相告。小花旦讲，侬这帮人啊，有气力的，自家先去汰①个头，没气力的，寻护工帮忙汰个头，汰到精光滑溜再过来，阿拉清清爽爽剃，好吗。

于是一只只耷毛老鸡在走廊上排起长队。小花旦挨个问，老底子是啥样子呀，牢监头、三七分，还是艺术家腔调呀。前排围拢聊天，后面就竖起耳朵听，彼此间说的，莫不是当年的形象，入院前的威风。

这一层的人，住进来了，都是出不去的。肿瘤把大家绑架在这里。手，脚，头脑，等到五脏六腑都被绑架了，就要叫一部特别的车来接出去了。轮替勤快，床位总是满的。上周走了几个，下周又有来补位的了，进来的无不是面色蜡黄，浑身精瘦。稍住上几天，就能看清楚自己的将来了。而小花旦却能为大家讲出一个更远的未来，这些年，他边剃头边聊天的本事从没生疏过。

他讲，下趟出去了，阿拉到咖啡店里吃咖啡去，好伐。要顶苦的咖啡，放交交关关白糖，吃回本来。

他讲，等到出去了，钞票千万勿省，自家吃吃用用，留给后代做啥。儿子养孙子，孙子养儿子，啥辰光是个头啊，对吗。

他讲，马云弄的网购会吗，学会了网购，勿讲一辈子蹲医院里厢，跑进山洞做人也好买衣裳、买小菜呀。

听者认真点头。

剃完头，耳朵好的人，听小花旦讲上海是啥样子，南京是啥样子，广州是啥样子。记性好的人也回几句，广州我老早出差去过的，男人女

---

① 汰：洗。

人时髦来。小花旦讲，香港衣裳么，肯定是时髦的。一群人就讨论起距离此时的病房万分遥远的事情来。

眼睛好的人，等小花旦拿出手机，点相册来看。明明是城市风景，小花旦却叫他们看出一惊一乍的哄笑来。评论的声音忽有忽停，引得护工也围过来了。

一阵沉默之后，有人大喊，啊！这搭这搭！

紧接着又有高呼，噢哟，还是伊眼睛尖。一阵沉默，有人大喊，寻着嘞！

又有高呼，啊呀，叫伊寻去啦。

一阵沉默，小花旦伸手一点，大家发出哎唷、哎唷的恍然。

我才明白，一群人眯着眼睛在找什么，而小花旦从前在拍什么。

路边杂货店的冷饮柜上，茶室里面的立式空调上，摆在弄堂口的椅子背上，怎么也擦不掉印记的社区宣传墙上，某户人家的玻璃窗上，电线杆上，小汽车的雨刷底下，垃圾桶里，城市规划馆旁边，每张照片里都有一个蓝色的身影，它伸开双手，保持绅士的笑容，一会儿大，一会儿小，忽隐忽现，小花旦叫大家一道来寻。

世博会过去快十年了，海宝长到十岁，人们渐渐把它忘了，小花旦却从没有过。从繁闹的市区到落魄的周边，有些地方面目全非，有些还是老样子。这个曾经被高挂在大街小巷里的过气的明星，如今隐藏在被人忽视的各个角落，而小花旦把它一一找出来了。他又带着一群寸步难行的朋友，眯起眼睛，在被人遗忘的医院里，满世界找着另一位被遗忘的知心老朋友。城市是万分陌生的，大家努力搜索某个熟悉的身影。他们看到了海宝，发出惊喜的呼叫，海宝朝他们笑，他们也便笑了。

这是周末必玩的游戏。玩久了，小花旦成了病房里的熟面孔。人人都晓得，老王有个剃头朋友，也时常托他从上海带点东西来。香烟也好，糕饼也好，一切从外面进来的，都和小花旦一样受到欢迎。隔壁病房有个安徽来的护工，年纪不大，他说自己曾在上海当过护工。因为照顾一个老头子，没能及时安排子女见上最后一面，被投诉了，才辗转调到此地。两个人对上海都有些熟悉，便常常坐在一道说话，小花旦邀请他再回去。护工看了小花旦剃几趟头，说也想要试试看。于是小花旦教了几次，又把东西放下，让他有空自己练练。再来的时候，几层楼的生意已都给这位护工做去了。

小花旦有点不开心，要把剃头家生拿回来，没想到那位护工抓起包裹就扔到地上，他喊给大家听，不正经的人的东西，白送我都不要。

护工剃头的时候，把小花旦同他讲过的事情都讲出去了。他也在护工之间骂，他算什么剃头店老板，娘娘腔，变态。护工们听了，把控着各自手里的病患，渐渐没有人去找他说话了。

小花旦坐在老王的床头，我们三个聊聊天，讲讲厂里的事、我小时的事，不讲小区。老王的身体越来越差了，讲一会儿，嘴巴干了，就讲不动了。他睡着了，我去办公室找医生，只留小花旦悄悄坐着，独自翻看手机里的海宝。他还没醒，小花旦就悄悄地回去了，留下一点舟山路买来的糕饼。

后来，小花旦再也没来过。发微信也没有回音。我特意去了一趟舟山路，很多人正要大包小包回家过年。天天见舞厅也关门了。没说停业，也没说搬迁，只是不开了，一条龙服务落得不剩只毛片羽。我问杂货店的老板娘，她说不清楚，语气里却透露出对这个地方的讨厌。她讲，伊拉这种生意么，老里八早①好关门了！

冬天到春天的拐弯口，忽冷忽热，头发像草一样飞长，人却渐渐熬不住了。楼层里走了一个、两个，又补进来一个、两个，哪一间病房都没有常胜将军。黏稠的雨季过去了，天气总算回暖，趋于稳定，老王说，差不多了，我也要回去了。

17

在老王的灵堂里，我给小花旦发了一张照片，小区相邻过来折纸元宝。这次小花旦回我了。一条语音，细姑娘，自家当心点，老王来寻我白相了，侬放心。

———————————

① 老里八早：老早。

这以后，小花旦常常给我发语音，一讲就是好几条六十秒的。有时他离话筒太近，录下的全是粗重的喘息，有时又充满四周的杂音。我隐约听明白了他的一些事情。

他说他在广州了。那里也有人民公园。广州的人民公园不大，但他很喜欢。南方没有冬天，三月份也可以穿短袖子到露天来跳舞，这好极了。因为短袖子买起来便宜，一件羽绒服的钱可以买很多短袖子，每天都换不一样的行头。

他说他经常出国演出，南边那几个小地方，他都去过了，还发了照片给我。有一张穿着半透明的白细纱长衫，隐约露出两只细脚杆，头发留长一把扎，像个道士，脸稍微有些晒黑了，他和几位台柱站在一群矮小的客人旁边，神气极了。小花旦问我，我这件演出服，挺括吗，漂亮吗。他说南方人长得粗糙，过得也粗糙，他们选不来料作，而他作为丝厂里出来的人，眼光是很独到的。后来这张照片就成了他的新头像。

小花旦有了新的艺名，他不叫阿巧了，到了广州，他叫上海宝贝。我知道，他是希望人家简称他为海宝。白玉兰也改名了，因为南方的观众觉得他像王祖贤，干脆就叫作王祖贤，咪咪还是咪咪，也有人叫他夏威夷辣妹，他的裤子越来越短了。他们和东南亚人合照，显然他们更美一些。照片总是带来一种距离，隔着屏幕，我感受不到小花旦的衰老。白玉兰更是不老神话。也许南方湿热的空气能叫人老得慢一点，看起来轻盈一些，就像很多年前，上海的人民公园里那个燥热的下午，人们怎么穿红花绿叶都不为过。

小花旦并不提上海的事，我问他，舟山路还来不来。他说，下辈子吧。

每次说完一堆话，末了他总会补一句，细姑娘，有空过来白相。阿叔带侬白相。

我有些羞愧，老山羊的心这样野，去了更远的地方，小山羊却还困在原地。那时我开始工作了，每天朝九晚九，挤地铁，吃外卖，加班，昏睡整个周末。这样也好，没有时间去细尝生活中没有老王的味道了。然而我还是会在夜里梦到他，几乎每一个夜里。老王下了夜班，跑进门喊，懒虫，一只冰冷的手指伸到我被子里来。他在厨房里杀鱼，洗鱼泡泡。他在楼下晒太阳，脚边躺着别人家的狗。我也常常梦回到小区里，我们在巧星美发屋等小花旦回来剃头，镜子里是两个年轻的游泳头。

在一个异常闷热的雨夜里，我梦到自己坐在车上，一路经过小区，那是一种我从未体验过的视角。每栋房子的窗户都成了乌黑的方洞，每个门牌上都写着××之墓，赖明生，沈春光，我看到了一排排熟悉的名字，河水倒流，知了叫得发疯，我吓醒了。小区死了吗，小区里的人死了吗，是哪个弥留之际的老人给我发射这样的信号，我不知道。我想讲给小花旦听，不过他是不会感兴趣的，在他心里，小区早就和阿婆一起埋进了她的坟墓里。

小花旦从不回去看，他只在梦里和阿婆碰面。如今我也变成这样了。

阿婆会跟着你去南方吗？我在微信里问他。

他回我，我吃饭，伊也吃饭，我在啥地方，伊就跟到啥地方呀。我忽然觉得阿婆就在小花旦的背上了。

我问他，阿婆欢喜看你跳舞吗。小花旦就不回我了。

毕业前搬家，我整理了所有的火车票，粉色的、蓝色的，许多都褪了色。其中一张皱皮的，上面残留着一点圆珠笔画过的痕迹。三九皮炎平，一个箭头。这像是一个魔法，我把这张纸藏起来，再找到它的时候，画箭头的人已经在这趟列车的终点了。

下个假期是"五一"，我准备买一张火车票，上海南到广州，从头坐到尾。我上车之后，一定会很快听到，亲爱的旅客朋友们，嘉兴到了，请在嘉兴下车的旅客朋友们提前做好准备……而我和我的行李将安坐在原位不动，静静望着在这一站上下车的人们，企图分辨出，哪些长久住在古旧的小区里，哪些将要走进小区里的廉租房。这一路上，我会吃好几碗泡面，泡面会因为急刹车而溅到我的衣服上、头发上。我会很多次地生发尿意，但我不会忍着，耐心地在厕所门口排队，等那个不锈钢的蹲坑，被细小的水流一趟一趟冲刷。我会反复听到列车销售员的高声推销，一包蓝莓干果、日用品，或是列车模型。如果是吃的，我就买两包，吃一包，留一包。如果是玩具，我就买一个，塞进包里。我还会拍很多照片，沿途的田野、房子，还有数不清的电线杆。尽管我知道，离开始发站后，就再难看到十年前那个蓝色的过气明星了。他正在人们所想不到的这座城市的各个角落里，笑着迎向每一个将会忽视它的路人。你若是正眼看了他，他就要哭了，太久没人看过他了。可我一定要离开，一定要坐到最后一站，带着我生了一屁股的坐板疮、油腻的头发、疲乏的眼睛，走出人满为患的火车站，打个电话，给我的老山羊，我的上海宝贝。我会跟他说，南方真热，给我剃一个游泳头吧。

《山西文学》2018 年第 6 期

平凡琐屑却耐人寻味的"小花旦"

——评《小花旦的故事》

颜 敏

  王占黑作为90后的作家，小说创作从数量上讲还算不上丰硕，但却以明显的特质引人注目，并获2018年琥珀·理想国文学奖。她的创作特质主要在于，以较为独特的审美视野和叙事方式，讲述都市中父辈们平凡琐屑却坚韧的人生故事，透露出当代中国沉重的历史转型与沉实的现实本相，超越当代文坛"审父"叙事的激越和片面。应该说，中篇小说《小花旦的故事》就是其中的代表作品。

  小说描述了下岗工人阮巧星的都市漂泊人生。阮巧星原是上海附近某个城市的丝厂工人，绰号小花旦，因为他身上拥有明显的女性化特征。也许，这是他与母亲相依为命，在以女性为主体的丝厂长大和工作的缘故。小说主要通过他的晚辈朋友"我"的叙事视角，截取了小花旦的两段人生：一是小花旦下岗后在住宅小区开剃头店的人生，二是小花旦离开小区后在上海漂泊的人生。

  小花旦是20世纪60年代生人，自小失怙，长大后顶替母亲的职业在丝厂工作，可是人到中年工厂倒闭，他也成为一个下岗工人。他曾结婚成家，但数年后离婚，依然是个与母亲相依为命的单身汉。然而，无论是职业人生还是家庭人生的挫折，都没能击败小花旦，他在住宅小区开办了一个剃头店，主要为中年以上的女性剃头、烫头和焗油，声誉颇佳。业余时间他跳舞、钓鱼，怡然自得地生活在社会的边缘。然而，他母亲的逝世再次改变了他的人生形态。他的兄长姐姐找上门来，以遗嘱未曾公证为由争夺这套小区居室，小花旦无可奈何地逃离了这个生活旋涡，默默地离开了小区去上海漂泊。或许是个性原因，小花旦酷爱跳舞，进入上海后他逐渐成为一个颇为专业的舞者，从公园中的业余舞者跳进民间社会的艺人圈子，再从上海跳到广东，间或还出国演出。尽管小花旦的经济人生从未富裕，有时还陷入窘迫的情境，但他依然沿着自己的人生轨道坚忍前行。

其实，小花旦从一个丝厂工人到都市里的波希米亚人，从某个侧面折射出改革开放后中国社会的历史变迁与现实本相。在整个社会向市场经济转型的过程中，计划经济体制下城市中庞大的产业工人阶层分崩离析，他们无可奈何地成为整个社会转型的利益损抑群体。与此同时，经济社会的实用主义和功利主义严重地侵蚀社会的道德体系，不仅是人与人之间的道德关系遭受扭曲，就连温情脉脉的家庭伦理面具也被利益之矛无情戳破。因此，诚实的劳动者相对被剥夺，社会的不公由此产生，社会戾气与价值观的普遍沦落也由此而生。在这种社会情境中，"小花旦几乎成了一根剥皮的白甘蔗，在外面荡来荡去，我远远地感受到了他的瑟瑟发抖"。固然，社会转型后的小花旦获得一种人生自由，特别是母亲离世后他作为一个无牵无挂的舞者在城市里漂泊，但这却是一种被抛弃的自由，一种失去生存保障的自由。

不过，作为小说叙事者的"我"是位90后生人，她深切关注现代都市中父辈小花旦他们，并试图超越抽象的概念与社会性评价，透过自己的眼睛审视他们平凡、苦痛和坚忍的人生。在"我"与小花旦的人生交往叙事中，着力表现他温和、通脱和善良的品性。无论是下岗、离婚，还是家人的挤对，小花旦都无力抗争，无奈承受所有强加他身上的社会不公与人性不义；他重友情承然诺，颇有民间社会推崇的江湖义气，因而对于朋友的债务耿耿于怀，心存愧疚。当然，"我"也不回避他身上种种人性的弱点，譬如他的软弱、要面子和善意的说谎，等等。特别是每当面临社会不公和家人不义时，他总是选择逆来顺受的逃避方式，把所有的不幸和伤痛深藏内心，并用自我的外壳重重包裹，对外刻意呈现光鲜、乐观和平静的自我。因此，小花旦就是我们这个时代的善良弱者。

在"我"与小花旦的人生交往过程中，"我"的成长和小花旦们的衰老是同时存在的。"我"作为一个名牌大学的毕业生，忙碌地生活在一个充满诱惑的大都市却心存诗意，个体生活经验无法应对急剧变化的时代，因而如此年轻便不由自主地回忆自己的成长人生。她常常梦回小城的住宅小区，在巧星美发屋等待小花旦回来剃头："老王讲，细姑娘又考头一名啦！小花旦就讲，结棍，结棍，下趟要读名牌大学啦！我坐在旁边，嘴里含着一粒阮家阿婆给的话梅糖。"而且，"我"作为一个叙事者，无法自信地把握自己能否进入现实的深处与时代的前沿，只能专注地审视和细察父辈小花旦他们具体的人生样式，思考对象本身固有的分层生活与异质性现象。"我"在社会现象描述与情感价值体验中发掘这个时代的深层机制，并在认同和维护自我世界的同时表达个体的生命体验。

小说的文本形态较为独特。首先是小说的时间意识。它将过去和现实拢在一起，过去小城住宅区的宁静和温馨与现在上海的变迁和嘈杂，相得益彰地突显出来。在这个不知所终的快速生活节奏下，不用说年轻的"我"，就连中老年的小花旦的人生经验也无法应付，因而他只知过去回不去，懵懂地沿着未知的命运轨道走下去，从而不经意地流露出一种现代主义的生命体验。其次是小说的空间意识。这里的空间意识，既指小说注重场面和场景描述，也指小说关注时光流转中的都市描述。作家在这种空间意识中展开了她同城市及其市民的关系，表现她自我认同的连续性和整体性的困惑。也许，诚如本雅明所说："大城市并不在那些由它造就的人群中的人身上得到表现，相反，却是在那些穿过城市，迷失在自己的思绪中的人那里被揭示出来。"（本雅明：《发达资本主义时代的抒情诗人》第6页，三联书店1989年）最后是小说的叙事语言。最为明显的是小花旦的吴侬软语，它往往携带民间社会低俗痕迹的语气词，这些词语生动地表现出他的社会地位、生活经验和独特体验。同样，"我"的叙事语言也蕴含方言的思维痕迹，在有限视野的第一人称叙事中展开关于父辈的过去回忆与现实观察，不经意地透露出感伤和忧郁的价值情感。

总之，这篇小说以90后作家的审美视角讲述现代都市中父辈的人生故事，刻画小花旦这个生动的善良弱者形象，表达有关当代都市与自我成长的个人体验；喃喃细语的日常生活表述中揭示出耐人寻味的历史与现实、人生和命运问题。当然，父辈、城市和自我的书写，是永远展开的故事，只要进入这些话题，人们都有言说的欲望。王占黑作为浮出文学水面的90后代表作家，摆脱权威或者前辈作家建构的秩序世界，使自己成为观察、思考和讲述的主体，因而无论你是否认同她的情感价值，这都是一件令人欣慰的事情。

长篇小说（书评）

现象级的写作

——评《牵风记》

李国平

在瑞典学院的演讲中，莫言向世界说，徐怀中是我的恩师。他当然是在文学意义上说的。徐怀中纠正说："要说恩师，他的恩师应该是中国的改革开放。"莫言在特定的场合作的是感情陈述，徐怀中的跟进则是具有历史感的陈述。徐怀中说，中国作家要感谢上世纪七八十年代中国蓬勃兴起的思想解放浪潮。新时期的中国文学打破禁锢，迎来世界文学的八面来风，各种文学信息、各种风格的文学作品让莫言等一批作家开阔了视野、激活了灵感。徐怀中说的是"莫言等一批作家"，也说的是他自己。

在中国当代军旅作家中，徐怀中具有标识性。当然不是因为他曾经是解放军艺术学院文学系第一任主任，从他手下成长起了一批军旅的和非军旅的作家，构成了当代文学的主力。而在于他的创作实践和文学思考。新中国的军事文学创作在一个历史段落里借助于强烈的单一的话语表达，建构起了崇高、壮美的文学风格和英雄主义、理想主义的审美范式。其中难掩一个如何广阔的问题。如果说有所突破，军事题材创作也应该关注作为生命存在的个人命运。在历史层面，在血与火的战争背景下探寻更为广阔、更为丰富的人性空间，恐怕徐怀中的《西线轶事》具有开拓性和标志性的意义。将空洞的历史化为真切鲜活的生命遭遇，情感、心理、人性的叙事呈现具有感染力和震撼力的人性之美和人之高贵，恐怕应从创作于20世纪80年代的《西线轶事》开始，如果我们回到现场，复原氛围，《西线轶事》引起的反响、带来的启迪、拓开的空间是现象级的。现象级，事情就是这样的，只是我们当时不用这个词罢了。从《西线轶事》和可以被看成《西线轶事》姐妹篇的《阮氏丁香》，到90年代末的《来也匆匆，去也匆匆》，到本世纪初的《底色》，再到这部《牵风记》，徐怀中的创作，在保持着统一的美学追求的同时，不断进行着探索，不懈地追求着创造。我完全认同首刊《牵风记》的《人民文学》对作品的评价："《牵风记》是一部具有深沉的现实主义质地和清朗的浪漫主义气息的长篇小说，也是一部具有探索精神、人们阅读之后注定会长久谈论的别样的艺术作品"；当然，我相信人们也会认同《人民文学》对徐怀中作的评价："作为以里程碑般的《西线轶事》开启了当代军旅文学新时期，以《底色》对非虚构创作做出突出贡献的著名作家，徐怀中为中国当代文学已经留下了足够深刻的印记，而《牵风记》将是这些属于他自己更属于文学史的印记之后的一次新的镌刻。"

我所说的现象级还有某种现实性，近年来人们谈论较多的是，军旅作家队伍的散落、电视剧等诸种具有商业意味的行为的诱惑，更重要的是，军事题材创作似乎陷入了停滞，人们已经读不出前进和新质，打开的道路有重新封闭之虞，作家的创作和思考有倒退之象，在这种态势下，《牵风记》的出现是否意味着新的层面上更好的出发，是否意味着创作的新局和思考的开启？在历史和文学的坐标中，《牵风记》给当代军事题材创作、给当代文学创作树立了高标，提出了命题。

说来令人不可置信，一部并不是百万数的大部头的长篇小说，而是一部精致而大格局的长篇小说，用去了作者多少时间？将近六十年时间，作者遭遇的问题，并不是文学上的精雕细刻、结构上的精巧完美等技术问题，而是如何把握描写对象的创作方法问题、思考方法问题、文学观念问题，这些问题又连接着时代的变革，人们对文学的认识和递进、深化与提升。

徐怀中创作《牵风记》，历时将近六十年，经历了三次否定。第一次发生于上世纪60年代初期，因为社会运动，而被动地否定；第二次否定则发生于上世纪80年代初期，他创作《西线轶事》之前，改革开放之后，徐怀中又重新开始《牵风记》的创作，"几次动笔又几次辍笔，写不下去"，发生了否定。这一次否定则是主动的，源于整个社会精神认知的促动、个人文学认识的变化，这个变化又是整个新时期文学认识深化的结果。"整个读者界对社会的认识深入得了，对于文学作品需求不同了，欣赏兴趣也不是停留在某些方面，一般的一个有头有尾的故事，恐怕难以满足读者的需要了，生活在前进，反映生活的艺术也必然要求摆脱多年来束缚它发展的桎梏，为与现实生活相适应，在内容和形式上面临着一场突破，这一突破是文学艺术发展的必然历程和本身规律所决定的。"徐怀中对于自己创作的思考和上世纪80年代文学现象同步发生，既有着浓重的时代印记，又有着个人的深切体验，他一定意识到了诸如公式化、模式化、脸谱化，甚至空泛空洞的弊病，已经开始思考、重启自己的生活经验，重新审视自己构筑的艺术世界的时候，如何打开空间，如何注入更多的元素，如何给现实主义底色注入人道主义和共通的人性内容。不能说《西线轶事》就是他创作《牵风记》的前奏，但可以说，《西线轶事》的探索和尝试，可以看作徐怀中一个阶段的思考成果。第三次否定则发生于《牵风记》文本的完成过程中，贯穿于徐怀中后期写作的整个过程中，是一个历史进程，也是一个逻辑过程。这方面徐怀中也有表述："我是老一辈作者，最大的挑战在于把头脑中那些受到局限束缚的东西彻底解放，挣脱精神看不见的链锁和概念的捆绑，抛开过往创作的窠臼，完全回到文学自身规律上来。""我决心回到小说创作规律上来，跟过去那种概念化政治化的方法划清界限。有人说，写小说当然要按照写小说的规律，但是在我们这一代人身上，这个观念就像是曲水流觞一样，只能在规定的河道里流淌，多少年才找到了出口。"这一次否定，我称之为否定之否定，否定之后的升华，徐怀中三次否定是自己创作实践的经验结论，又应和着当代中国文学的思潮，映照着当代文学之探索前进的轨迹，凝结着当代文学的珍贵经验，坚守和巩固着改革开放以来中国文学形成的优质传统。

徐怀中创作《牵风记》的时候，还有一个标记，他已年届九十，名副其实的高龄创作。中国上世纪五六十年代起笔，甚至新世纪开始创作的作家大都经历了创作的若干阶段，现在的创作某种意义上说都有着晚期的意味。但是如果我们谈论徐怀中的《牵风记》引入晚期作品、晚期创作、晚期风格的概念，恐怕更为典型、更为合适。萨义德在他的著作《论晚期风格》中讨论经典作家、艺术家的创作，有过多向度的描述和考察，有的呈现出和世界剧烈的冲突，从无神走向有神，世界不能满足我的思考，我的灵魂也无法安顿，作品走向难以解读的复杂和晦涩，有的趋向于一种智慧和平静，智慧和平静再往下去，再往负面走，则会变成一个庸俗的老人。成熟意味着圆满，也意味着止步，意味着和解、安宁。另外一种，我觉着正可以用来解读徐怀中的创作，这一种晚期创作，意味着不妥协，和自己不妥协，不安宁，对世界的思考不安宁，仍处于活跃状态、激烈状态。他并不想要假想的平静和成熟，也不向世俗或者一时的倡导讨好，作品并不以圆润平庸的风格出现，而是努力创造瑰丽开阔的世界，赋予作品深刻的光泽，徐怀中的《牵风记》应该是这样的作品，他融注着创作者一生的阅历，贯彻着创作者经过否定之否定而获得的文学观念，呈现出对世界、对人的更深入的理解，完成着关于文学创作规律，抵达通彻的觉醒。

《牵风记》写的是什么？我无以言说。作品叙写女主人公汪可逾的命运，说她"如同一个揉皱的纸团，被丢进盛满清水的玻璃杯，她用去整整十九个冬春，才在清水浸泡中，渐渐展开来，直至回变为本来的一张白纸"。极具洁净的寓言性。一千个读者就有一千个哈姆雷特。《牵风记》2018年《人民文学》第12期首发，不长时间里已有许多评价解读，作品在写实与写意、情和理、轻与重、工具理性和价值理性、宏大叙事和生命哲学，诸多方面都提供了解读的空间。而一进入解读，难见拆分支解。许多评论都表达了难以究尽其意的余绪。它以历史为载体，突显人性的光辉，赋予人的礼赞，咏叹源自战争又独立于战争，源于人类又超越人类的生灵感应和生命奇观。相信读者会有多方面的感应和共鸣。

现代知识分子的精神裂变及其他

——从李洱长篇小说《应物兄》的开篇方式说开去

王春林

我们都知道，一部长篇小说的开篇方式，对于作品思想艺术的最终成功与否，有着特别重要的作用。对此，曾经有学者以《红楼梦》为例发表过很好的意见："开头之重要于此可见一斑也。尤其在《红楼梦》这样优秀的作品中，开头不仅是全篇的有机组成部分，而且能起到确定基调并营造笼罩性氛围的作用。至少，如以色列作家奥兹用戏谑的方式所说：'几乎每一个故事的开头都是一根骨头，用这根骨头逗引女人的狗，而那条狗又使你接近那个女人。'""假如《红楼梦》没有第一回，假如曹雪芹没有如此这般告诉我们进入故事的路径，假如所有优秀文学作品都不是由作者选择了自己最为属意的开始方式，或许，我们也就无须寻找任何解释作品的规定性起点。"①更进一步说，一个恰如其分的开篇方式，还有着足以涵盖统领全篇的象征性作用。正如同《收获》的编辑在《编者的话》中所说："小说各篇章撷取首句的二三字作为标题，尔后，或叙或议，或赞或讽，或歌或哭，从容自若地展开。"②不仅全书的总标题为"应物兄"，而且小说的第1节也叫"应物兄"，所以一开始就从应物兄这一人物形象落笔写起："应物兄问：'想好了吗？来还是不来？'"什么想好了吗？谁来还是不来？一落笔，李洱即直指小说核心事件——济州大学儒学研究院的成立。却原来，济州大学校长葛道宏在获知大名鼎鼎的儒学大师，时任哈佛大学东亚系教授的程济世先

---

① 张辉：《假如〈红楼梦〉没有第一回》，载《读书》杂志2014年第9期。
② 《收获》编辑《编者的话》，载《收获》2018年长篇专号秋卷。

生即将回国讲学的消息之后，便试图利用应物兄与程济世先生之间的特殊关系（应物兄在哈佛大学访学时，程济世是他的导师），把籍贯为济州的程济世先生延请至济州大学任教。为此，葛道宏准备专门成立一个后来被命名为"太和"的儒学研究院。一方面，应物兄本人是儒学研究的知名学者；另一方面，他与程济世先生之间又有着如此一种师生渊源，所以他自然被校长委以重任，成为儒学研究院最主要的筹备人员之一。与此同时，他的同门师弟，原先一直在校长办公室写材料的费鸣，则被葛道宏校长专门委派来给他做助手。小说开篇处，应物兄的那句"想好了吗？来还是不来？"就是针对这件事而言的。

关键的问题在于，当应物兄讲出这句话的时候，只有他自己一个人正在洗澡的过程中。这样一来，"也就是说，无论从哪方面看，应物兄的话都是说给他自己听的。"实际上，如此一种自言自语，一直伴随着他洗澡过程的始终："虽然旁边没有人，但他还是没有把这句话说出来。也就是说，他的自言自语只有他自己能听到。你就是把耳朵贴到他嘴巴上，也别想听见一个字。谁都别想听到，包括他肚子里的蛔虫，有时甚至也包括他自己。"依我所见，小说第一节的使命，固然是要给出儒学研究院的成立这样一个核心事件的发生缘起，但相比较来说，写出应物兄一贯自言自语的习性，恐怕才是这一节更重要的使命之所在。首先需要澄清的一点是，应物兄到底为什么会形成如此一种与众不同的习性。对此，李洱在接下来的第2节"许多年来"中，就给出了明确的答案："许多年来，每当回首往事，应物兄觉得对他影响最大的就是乔木先生。这种影响表现在各个方面，其中最重要的方面就是让他改掉了多嘴多舌的毛病。二十世纪九十年代来临的时候，他因为发表了几场不合时宜的演讲，还替别人修改润色了几篇更加不合时宜的演讲稿，差点被学校开除。是乔木先生保护了他，后来又招他做了博士。"虽然说在小说叙事过程中的故事时间也曾经回到过二十世纪的八十年代，乃至于更为遥远的五六十年代，但从叙事时间的角度严格来说，整部《应物兄》的叙事是从二十世纪九十年代初，从中国的社会已经开始进入所谓市场经济时代开始的。请一定不能忽视"二十世纪九十年代来临的时候"这个时间节点。什么时候才是"二十世纪九十年代来临的时候"？在我的理解中，叙述者这一时间节点的给出，其实非常明显地指向了业已消失的二十世纪八十年代，指向了一个非常重要的历史事件。只要明确了这一点，自然也就会明白应物兄在那个时候为什么总是要"多嘴多舌"，为什么总是会"不合时宜"。关于这一点，我们不妨把它与第8节"那两个月"中的一个细节联系起来加以理解。第8节曾经写到过应物兄回家上网搜索别人对自己的评价。在发现了自己二十多年前一篇评价李泽厚《美的历程》的文章被贴出的同时，他更发现："把文章贴到网上的这个人认为，他如今从事儒学研究，高度赞美儒家文化，岂不是对八十年代的背叛，对自我的背叛？背叛？哪有的事。我没有背叛自己。再说了，在八十年代又有谁拥有一个真正的自我呢？那并不是真正的自我，那只是不管不顾的一种情绪，就像裸奔。"请注意，这里的一个语焉不详处，乃在于对八十年代时应物兄所从事专业或学科的具体介绍。但毫无疑问的一点却是，在人们普遍的印象中，八十年代可以被看作是一个"新启蒙"的时代。如果说启蒙思想来自于西方，那么，应物兄后来所从事的儒学研究，则很显然来自于中国传统。由此可见，从八十年代到后来的九十年代，知识分子应物兄，的确存在着一个由启蒙向儒学研究转型的问题。即使关于应物兄是否背叛了八十年代、背叛了自我的问题，我们可以暂且置而不论，但在中国学界，一种无法否认的现实却是，在进入了市场经济也即所谓"后改革时代"后，知识分子群体中的一大部分，的确存在着由启蒙向儒学或者说传统文化的转型现象。这一方面，一个标志性的人物，就是那位大名鼎鼎的刘小枫。曾经以积极倡导所谓"诗化哲学"而一时名声大噪的刘小枫，八十年代特别醉心于西方文化神学的引进、介绍与阐释。因为这方面成绩的突出，他几乎变成了文化神学的代名词。但任谁都难以预料，就是如此一位沉浸于西方文化神学很多年的知识分子，进入九十年代后，竟然发生了简直就是令人瞠目结舌的转型，竟然由西方神学转向了儒学研究。尽管无法确证李洱的相关描写是否与刘小枫他们有关，但我在读到小说中关于应物兄的相关描写时，却马上就联想到了刘小枫他们。尽管说应物兄曾经为自己的转型进行过相应的辩解，但在我看来，他的如此一种辩解却显得有点苍白，并不具备充分的说服力。然而，从小说的叙事逻辑来说，有了第8节应物兄转型这一细节的存在，第2节中关于应物兄在"九十年代来临的时候"曾经"多嘴多舌"与"不合时宜"的描写，也就获得了相应的事理支撑。毫无疑问，应物兄在当年的"多嘴多舌"与"不合时宜"，不仅指向了他曾经坚持的启蒙思想立场，而且也更进一步地指向了那个非常重要的历史事件。

事实上，正是因为"不合时宜"的"多嘴多舌"曾经给他招来过祸端，所以，乔木先生才会借用孔夫子的看法来告诫应物兄一定要学会少说话："起身告别的时候，乔木先生又对他说了一番话：'记住，除了上课，要少说话。能讲不算什么本事。善讲也不算什么功夫。孔夫子最讨厌哪些人？讨厌的就是那些话多的人。孔子最喜欢哪些人？半天放不出一个屁来的闷葫芦……君子讷于言而敏于行。要管住自己的嘴巴。日发千言，不损自伤。'"紧接着，乔木先生又以俄语为例做了进一步的告诫："俄语的'语言'和'舌头'是同一个词。管住了舌头，就管住了语言，舌头都管不住，割了喂狗算了。"一方面固然是因为有导师乔木先生的谆谆告诫，另一方面却更是因为有来自于现实的深刻教训，应物兄决心尽可能做到"讷于言而敏于行"。但一个无法否认的问题却是，他的心里面是有那么多话想说。没想到，应物兄再三自我克制的一种结果，却是一件奇怪事情不期然间的发生："但是随后，一件奇怪的事在他身上发生了：不说话的时候，他的脑子好像就停止转动了；少说一半，脑子好像也就少转了半圈。"怎么办呢？难道就这样眼睁睁地看着自己的脑子失去思考能力吗？经过了一番肯定不无艰巨的努力之后，一种语言的奇迹竟然在应物兄身上不期然间发生了："他慢慢弄明白了，自己好像无师自通地找到了一个妥协的办法：我可以把一句话说出来，但又不让别人听到；舌头痛快了，脑子也飞快地转起来了；说话思考两不误。有话就说，边想边说，不亦乐乎？"常言说，上帝在关上一道门的时候，也往往会给你打开一扇窗。我想，应物兄自言自语行为的生成情形，可以说庶几近之也。就这样，伴随着应物兄表面上的日渐沉默寡言，"他还进一步发现，那些原来把他当成刺头的人，慢慢地认为他不仅慎言，而且慎思。但只有他自己知道，他一句也没有少说。睡觉的时候，如果他在梦中思考了什么问题，那么到了第二天早上，他肯定是口干舌燥，嗓子眼冒火。"这样一来，应物兄也就奇迹般地成为了一个特异功能的具备者，尽管说这种特异功能并不为人所知。从一种象征的意义上说，应物兄的由"多嘴多舌"而沉默寡言，其实隐喻表达着身为高级知识分子的应物兄某种思想功能的被强行阉割。与此同时，假如我们把应物兄"自言自语"习性的生成与时代背景联系起来，那么，作家所真切写出的，恐怕也正是一个时代的社会政治形态究竟会在这样的一种程度上深刻地影响到知识分子精神世界的构建。更进一步说，借助于如此具有原创性的艺术构想，李洱不动声色地写出了知识分子自我精神世界一种巨大的撕裂感。由于在我个人的理解中，鸿篇巨制《应物兄》最不容轻易忽视的思想主旨之一，就是对现代知识分子精神世界的深度勘探与书写，所以从这个角度来说，李洱所精心设计的小说开篇方式，自然也就拥有了足以涵盖全篇的象征隐喻意味。

真爱黄冈

——评《黄冈秘卷》

朱小如

读刘醒龙的长篇新作《黄冈秘卷》有如猜谜语一样，不到谜底最终揭晓，你不敢妄自判断小说的发展和结局会如何。

在这部小说里，叙述者（区别于作者）接到来自北京一位女性文友少川，和她女儿北童关于黄冈高考试卷的一通电话。叙述者和这女性文友少川的友谊和友情颇有些"暧昧"，当然，这"暧昧"不仅仅因为她听得懂黄冈方言，也不仅仅因为她和叙述者的大姐长得像，似乎是叙述者有意让读者有所期待。而她女儿北童在电话里一开口说要充当"杀手"，杀来黄冈谋刺《黄冈秘卷》的出题人，不免让叙述者和读者都觉得有些"惊奇"。当年黄冈的高考成绩斐然，于是，《黄冈秘卷》这样的高考复习资料就成了全国高考生人手一册的稀缺宝典。但，一个准备高考的女生竟然从一入高中就被《黄冈秘卷》中的每一道"变态"试题搞得发疯了一般。如她在电话里讲的一道题目："有一只熊掉到一个陷阱里，陷阱深 19.617 米，下落时间正好 2 秒。求熊是什么颜色的？备选答案分别是：'白色''棕色''黑色''黑棕色''灰色'。"如此脑筋急转弯的试题，不仅仅是叙述者"被这道怪题折磨了好久"，更让叙述者吃惊的是《黄冈秘卷》的写作素材里不仅收入了叙述者的一篇《世上最贵的一双皮鞋》，另外，还有一篇有关叙述者的父亲和当地一位富家女海棠相爱，却又被祖父决意拆散的故事，照理这样的私事，只有内情人才知晓的情节，怎么也会出现在《黄冈秘卷》里，难怪北童听了母亲的讲述后，立刻怀疑叙述者就是《黄冈秘卷》的出题人了。这样的"误会"向北童解释一下也就可以释怀。但，叙述者自己不能释怀，必须找到出题人才好。而叙述者的怀疑方向也自然只能是在对父辈历史的知情者的范围内寻找。于是小说的故事情节也自然地走向"刘家大垸"，牵扯出"伯"（黄冈方言称父亲为伯）已离休且拿不到离休工资，只能由子女们秘密分担的和母亲的晚年窘境生活；同时也牵扯出了为撰写《刘氏家志》和重建家族故居，而奔忙而已不相往来的"老十哥"和"老十一"之间的"老十八"；牵扯出了当年有出卖"伯"之嫌疑，如今开公司后发了大财并娶了少妻紫貂的"老十一"；而紫貂因为没考上大学，怨愤加"心理扭曲"则成了《黄冈秘卷》"变态"难题的真正出题人；以及最后牵扯出北京女性文友少川就是当年"伯"的恋人海棠的女儿，海棠至今也还健在等人物；牵扯出如此种种曲折复杂的历史和现实中的"甜酸苦辣"人生故事。

故事情节引人入胜、设计精巧，是这部长篇小说的艺术特色，也是长篇小说字数多，篇幅长，但读起来却又显得不烦闷，节奏紧凑，高潮起伏得当的"秘诀"。纵观作者已经创作了数十部长篇小说，似乎是这部小说比他上一部长篇小说《蟠虺》将这一艺术特色发挥得更淋漓尽致一些。

比如，小说里有一段关于"老十哥"和"老十一"两人，在"文革"中分别前后，且又不约而同将祖传《刘氏家志》埋藏在同一处，而到了最后取出时，先取出的自然拿出的是后一位埋藏的。于是，"老十一"拿出的《刘氏家志》上写着"老十哥"的名字，"老十一"抢先急于报功的心理，得到的却是相反的效果，真可谓出乎意料又在情理之中，读来"饶有趣味"。

又如：上述那道关于掉入陷阱的熊，答案究竟为何？作者也不忘借紫貂之口给出的答案是"黑色"，理由很充分，且是物理学、地理学、动物学的轮番应用："根据题目给出的条件，陷阱的长度和熊的下落时间，计算出重力加速度为g=9.8085，陷阱所在地区的纬度大概是四十四度左右。根据熊的地理分布，南半球没有熊，那就可以断定是在北半球的北纬四十四度。其次，既然是陆地上的陷阱，一定是对付陆栖熊，这一路排除下来，可选答案就只剩下棕熊和美洲黑熊、亚洲黑熊。既然陷阱深达19.617米，土质一定是由经常性的流水搬运堆积而成的冲击母质。冲击母质中的砂层和黏层等层位的高低、厚薄及其组合特点对土壤肥力影响较大。一般在冲击母质上形成的土壤质地较轻，易于耕作，这样的土也容易挖掘。棕熊虽然有地理分布，但多为高海拔地区，而且凶悍，捕杀的危险系数大，价值没有黑熊高，在高原上挖一座深度近二十米的陷阱，只为捕捉一只棕熊，既不可能，也不可取。况且一般的熊掌、熊胆均取自黑熊。又因为黑熊的地理分布在人们出入行进相对方便的农牧地区，而且与棕熊的栖息地基本不重合。所以，该题的正确答案为，掉进陷阱里的熊是黑色的。"如此一般的一环套一环且丝丝入扣的缜密逻辑推理，足见作者之"匠心独具"。

当然，以《分享艰难》《凤凰琴》《圣天门口》《天行者》等作品享誉文坛的刘醒龙自然是一位相当"严肃"的纯文学作家，一贯的小说创作，最大特点就是爱憎分明的人生立场，咄咄逼人且正义凛然的思想情感的真实表达。仔细分析，在《黄冈秘卷》这部新作里这些人生立场、真实的情感表达也都在，但似乎和他以往的作品还是有很大差别，这差别究竟何在？

我以为差别就在这部小说的叙述对象的不同，以往他小说的叙述对象是"社会"是"公众"，这次他小说叙述对象是"家庭"是"小众"。虽然，其中的离休干部拿不到离休工资、名人故居被政府强拆等内容也不是不可以将之"社会"和"公众"化，但为了避嫌于替"家庭"说话，避嫌于替"小众"鸣冤，于是不得不一改"正义凛然"的"姿态"。这就好比同样是朱自清，写《荷塘月色》和写《背影》却采用不同的笔法一样。越是亲情，越是真情实意，越是不能"煽情"，越是需要还原于"朴素无华"的情感语言表达，可想可知，刘醒龙是真爱"黄冈"啊！

"黄冈"是刘醒龙的家乡，也是他文学创作的精神故园，由此，这部新作，在我读来，就像是在读作者的一次灵魂皈依式的"精神返乡"。不由自主地让我想起他早年写《大别山之谜》时期的文学创作"初心"。之所以我们常常要求对于小说文本作"细读分析"，也就是不仅仅要对《黄冈秘卷》这样的小说文本内，作者提供的"父辈们"今昔对比的传奇爱情故事情节，以及子孙血脉传统精神的历史延续和文化流传作细致的分析研究，另一方面也是要对作者在作品中的人物身上赋予什么样的感情温度、色彩作细致的分析研究，以及对作品中所发生的事件赋予什么样的立场、观点和态度，作细致的分析研究。

所以，这部新作对于研究刘醒龙的文学创作的完整历程格外重要，应当也是解读刘醒龙文学整体创作精神不仅仅具有"精神性叛逆"的鲜明色彩，同时也还具有灵魂皈依式的人间大温暖的"奥秘"之所在。

现代"革命"反思之一种

——评《山本》

王春林

　　贾平凹的长篇小说《山本》，毫无疑问是一部厚重的史诗性长篇小说。这部厚重长篇小说思想内涵上一个突出特点，就是多义性的具备，这里，我们所集中探讨的，乃是《山本》对中国现代革命的批判性反思这一部分。实际上，只要我们把《山本》所主要书写的内容纳入到贾平凹的小说创作谱系里，你就不难发现，这部历史长篇小说其实与作家此前那部时间跨度极大的长篇小说《老生》之间存在着某种内在关联。《老生》一共讲述了发生在四个不同的历史关节点的故事。其中第一个历史关节点，就是上世纪二三十年代秦岭游击队的故事。具体来说，这个历史关节点所主要讲述的，是以老黑、雷布、匡三司令以及李得胜等人如何通过组织成立秦岭游击队的方式走上所谓革命道路的故事。换言之，也即是革命的起源故事。到了这部《山本》中，同样也在讲述着当年秦岭游击队的故事。只不过，第一，秦岭游击队代表性人物的命名方式被转换，由当年的老黑、雷布、匡三司令、李得胜而变成了《山本》里的蔡一风、李得旺、井宗丞他们，当然，也还有后来加入其中的阮天保。第二，更重要的一点是，如果说在《老生》中，秦岭游击队的故事只是发生在第一个历史关节点，那么，到了这部《山本》中，秦岭游击队的故事就变成了活跃于上世纪二三十年代历史舞台上的众多武装力量之中的一种。这里，一个特别重要的问题，恐怕就是所谓叙事聚焦点根本上的一种转换与迁移。事实上，贾平凹在后记中所一再感叹着的"它的内容，和我在课本里学的，在影视上见的，是那样不同"，只要联系一下中国当代文学史，我们就可以知道作家所具体指称的，乃是在"十七年"期间曾经一度蔚为大观的所谓"革命历史小说"。"革命历史小说""是'在意识形态的规限内，讲述既定的历史题材，以达成既定的意识形态目的'，它主要讲述'革命'的起源的故事，讲述革命在经历了曲折的过程之后，如何最终走向胜利"。更进一步说，"关于'革命历史'题材写作的文学史上的和现实政治上的意义，当时的批评家曾指出：对于这些斗争，'在反动统治时期的国民党统治区域，几乎是不可能被反映到文学作品中间来的。现在我们却需要补足文学史上的这段空白，使我们人民能够历史地去认识革命过程和当前现实的联系，从那些可歌可泣的斗争感召中获得对社会主义建设的更大信心和热情'。以对历史'本质'的规范化叙述，为新的社会的真理性作出证明，以具象的方式，推动对历史的既定叙述的合法化，也为处于社会转折期的民众，提供生活准则和思想依据——是这些小说的主要目的"。质言之，贾平凹所谓"在课本里学的，在影视上见的"，其具体所指也就是以《红旗谱》《红岩》《青春之歌》等一批作品为代表的"革命历史小说"。贾平凹之所以要特别强调自己所看到的内容，与这批"革命历史小说"存在着很多不同，就在于他所具体观察思考着的上世纪二三十年代这个阶段的历史，实际上也正是寻常所谓"革命历史小说"所表现的那段历史。认真追究起来，这里的一个关键问题，就是因为这批"革命历史小说"的写作者，在创作过程中自觉地接受了来自主流政治意识形态的规训与控制。而贾平凹，正因为他在创作《山本》这部历史长篇小说时所竭力追求的一点，乃是对于某种先验的政治意识形态立场的挣脱，所以他才会感到某种空前的困惑与迷茫。

但贾平凹毕竟是贾平凹，只有在意识到写作难题存在的前提下，想方设法破局的人，方才称得上真正的大勇者。唯其因为如此，贾平凹才会在后记中接着写道："我还是试着先写吧，意识形态有意识形态的规范和要求，写作有写作的责任和智慧，至于写得好写得不好，是建了一座庙，还是盖个农家院，那是下一步的事，鸡有了蛋就要下，不下那也憋得慌么。初草完成到2016年年底，修改已是2017年。"具体来说，贾平凹的艺术智慧，就突出地表现在叙事聚焦点的选择上。如果说那些"革命历史小说"的聚焦点都落脚到了类似于秦岭游击队所谓革命力量的一边，那么，贾平凹《山本》的聚焦点却落脚到了以井宗秀为代表的似乎更带有民国正统性的地方利益守护者的一边。这样一来，整部长篇小说的思想艺术格局也就自然而然地发生了根本性的变化。正如同小说的叙事话语中所描述的，故事发生的那个时代，是一个"有枪便是草头王"的战乱频仍的动荡年代。从大的角度来说，"先是蒋介石和阎锡山是结拜兄弟，蒋又和冯玉祥是结拜兄弟，他们各都联合打张作霖，打吴佩孚。蒋介石势力大了，这天下就是蒋的，可冯玉祥、阎锡山又合起来打蒋介石"。正所谓一时枭雄并起，乱哄哄你方唱罢我登场者是也。具体到《山本》所集中表现着的秦岭地区，既有秦岭游击队，也有一会儿属蒋、一会儿又属冯的国军69旅（后改编整合为6军），有井宗秀隶属于69旅（后为6军）的涡镇预备团（后为预备旅），还有保安队，以及身为土匪的逛山与刀客，以及如同五雷那样可以说还不成其为气候的小股乱匪，端的是"城头变幻大王旗"者是也。实际上，大就是小，小也是大。真正的明眼人，既可以在大中看出小来，也可以从小中看出大来。从某种意义上说，小说是细节的艺术，作为优秀的小说家，贾平凹只能以小见大，见微知著地在"小"上做大文章，通过井宗秀、阮天保、井宗丞这样一些那个时候活跃于秦岭地区的历史人物故事，把当时那样一种大的历史境况，以小说艺术的方式细致深入地表现出来。这其中，贾平凹一个了不得的创举，就是没有如同既往的"革命历史小说"那样把聚焦点落在革命者身上，而是以一种类似于庄子式的"齐物"姿态把它与其他各种社会武装力量平等地并置在一起。正是凭借着如此一种艺术处置方式，贾平凹方才比较有效地摆脱了来自政治意识形态的困扰与影响。这样一来，一种直接的艺术效果，就是"革命历史小说"中革命者一贯主体性地位的被剥夺。

然而，必须注意到的一点是，虽然革命者的主体地位已然被剥夺，但这却并不就意味着这一种力量在历史过程中的缺失。事实上，从艺术结构上说，整部《山本》共由两条时有交叉的故事线索编织而成。其中，不仅作为通篇的聚焦点，而且也作为小说主线存在的，乃是井宗秀与陆菊人他们这一条涡镇的故事。与这一条主线相比较，相对次要但却不可或缺的另外一条线索，就是有出身于涡镇的井宗丞介入其中的秦岭游击队亦即革命者的故事。在关于贾平凹《老生》的一篇批评文章中，笔者曾经写道：“诸如老黑、匡山、雷布之类秦岭游击队的核心成员，其人性深处不仅潜藏着恶的基因，而且生性无赖，他们参加革命的动机，或者为了满足更高的私欲，或者为了达到借刀杀人公报私仇的目的。更进一步，从秦岭游击队的革命过程来看，他们虽然打着革命的幌子，但究其实质，却也无非不过是打劫富户或者冤冤相报而已，其间充满着极度背离人性的血腥和暴力。如果说当年的那些‘革命历史小说’的确是在以文学的方式‘为新的社会的真理性作出证明，以具象的方式，推动对历史的既定叙述的合法化’的话，那么，贾平凹的《老生》也就完全可以被看作是对于这些‘革命历史小说’的解构与颠覆之作。”如果说贾平凹在《老生》中的第一个历史关节点上已然对所谓的中国现代革命进行着相当深入的批判性反思，那么，到了这部《山本》之中，贾平凹很显然就在《老生》的基础之上继续推进着他对于所谓“革命”的理解与思考。具体来说，作家这种进一步的深入反思，乃集中不过地体现在井宗秀的兄长井宗丞这一人物形象身上。首先，井宗丞最早参加革命的行为本身，就带有非常明显的反人性的特点。小说开头不久，就浓墨重彩地写到了井宗秀父亲井掌柜不幸死亡的情形。身处乱世，为了应付有可能发生的特殊情况，秉持着“一方有难，八方支援”的基本原则，井掌柜他们共计联络了百多户人家集资，搞了一个带有互助性质的互济会。互济会第一批共集资一千多块大洋，全部由身为会长的井掌柜保管。但不知道为什么却不慎走漏了风声，结果井掌柜在去收购烟叶时被绑架，惨遭勒索。虽然从表面上看井掌柜是不慎坠入粪窑子溺亡，但实际上他的死亡却与惨遭无端勒索之后的精神恍惚紧密相关。事后，人们才从消息灵通的阮天保那里了解到，却原来，井掌柜的被绑架，与自己在县城读书的儿子井宗丞存在着脱不开的干系：“阮天保就说共产党早都渗透进来了，县城西关的杜鹏举便是共产党派来平川县秘密发展势力的，第一个发展的就是井宗丞。为了筹措活动经费，井宗丞出主意让人绑票他爹，保安队围捕时，他们正商量用绑票来的钱要去省城买枪呀，当场打死了五人，逃走了七人，后来搜山，又打死了三人，活捉了三人，其中就有杜鹏举，但漏网了井宗丞。”“绑票井掌柜的竟然是井掌柜的儿子井宗丞，镇上的人先都不肯相信，接着就感叹，没世事了，这没世事了。"人都说虎毒不食子，父子感情，乃是人伦亲情中最重要的一个部分。所谓革命，一旦不惜对父子伦理亲情的破坏，那么，如此一种革命的合理性，恐怕就显得可疑了。

然而，以大义灭亲的方式而积极投身于革命之中的井宗丞，却无论如何都不可能预料到，这革命竟然会有一天不无吊诡地反过来革到自己的头上。这个时候的井宗丞，由于在历次战斗中的勇敢表现，已然升职为红十五军团的一个团长。这一年，井宗丞率领他的部下，来到秦岭东南处的山阴县马王镇，准备与驻扎在这里的红十五军团会合。没想到，尚未抵达马王镇，就有人迎上来，要求井宗丞单人独骑先去崇村报到参加会议。就在井宗丞刚刚抵达崇村的时候，叙述者以不小的篇幅描写了一种叫作水晶兰的花："这簇水晶兰可能是下午才长出来，茎秆是白的，叶子更是半透明的白色鳞片，如一层薄若蝉翼的纱包裹着，蕾包低垂。他刚一走近，就有两三只蜂落在蕾包上，蕾包竟然昂起了头，花便开了，是玫瑰一样的红。蜂在上面爬动，柔软细滑的花瓣开始往下掉，不是纷纷脱落，而是掉下来一瓣了，再掉下来一瓣，显得从容优雅。井宗丞伸手去赶那蜂，庙前有三个小兵喊了声：井团长来了！跑下来，说：你不要掐！井宗丞当然知道这花是不能掐的，一掐，沾在手上的露珠一样的水很快变黑。但蜂仍在花上蠕动，花瓣就全脱落了，眼看着水晶兰的整个茎秆变成了一根灰黑的柴棍。井宗丞说：这儿还有娇气的水晶兰？小兵说：我们叫它是冥花。"这里看似斜逸横出的一段文字，细细想来，最起码有三种作用。其一，毫无疑问属于麻县长一直在努力的秦岭植物志的一个有机组成部分。其二，正所谓"文武之道，一张一弛"，眼看着被蒙在鼓里的井宗丞步步惊心地走向自己的悲剧终端，叙述者忽然跳身而出不无细致地描述介绍生来品性娇贵的水晶兰，很明显是在调节过于紧张的叙事节奏。其三，所谓"冥花"者，自然就是地狱之花的意思。就此而言，叙述者对水晶兰的这一番精描细绘，其实有着无可否认的象征与暗示意味。明显暗示着井宗丞即将踏上不归之途。果然，井宗丞一踏入山神庙，就被早已潜伏在这里的阮天保他们擒获了。阮天保给出的，是军团长宋斌下达的秘密命令："阮天保团长，鉴于井宗丞犯有严重的右倾主义罪行，命令你在他一到崇村，立即逮捕。"虽然井宗丞拼命挣扎，但怎奈自己已然是一只被缚之虎，终有百般能耐却也回天无力了。按照阮天保给出的说法，并不只是井宗丞一人被抓捕，同样被关起来的，还有比井宗丞级别官位更高的红十五军团政委蔡一风："宗丞，有些话我不愿意给你说，你逼着我说，蔡一风在马王镇也被关起来了。"对此，井宗丞自然大感不解："啊蔡政委也被关了?!这是要干啥，这是要干啥? 蔡政委和我闹了这么多年革命，没有秦岭游击队哪里会有红十五军团，倒把我抓了连蔡政委也抓了!"对此，阮天保给出的更进一步接近事实真相的解释是："这是军团长说的，我再给你说吧，在留仙坪整顿的时候，是继续留在秦岭西北还是往东南建立新的根据地，两种意见不统一，宋斌和蔡一风的矛盾公开，蔡一风认为去东南太冒险，弄得不好会葬送红十五军团，宋斌指责蔡一风表面上是胆小谨慎，实质是西北一带是他的老窝，他可以继续为所欲为。宋斌他是军团长，他还代表着省委和秦岭专委的意见啊!"到这里，井宗丞意外被捕事件背后的全部真相，就已经被全部揭露出来了。却原来，井宗丞在某种意义上变成了蔡一风的牺牲品或者说替罪羊。枭雄一世的井宗丞根本预想不到，到最后，自己竟然会莫名其妙地冤死在阮天保的警卫邢瞎子之手："邢瞎子说：崇字是一座山压你宗啊! 你先下，手抓牢，脚登实了再慢慢松手。井宗丞便先下去，说：山压宗? 头正好就在了邢瞎子的身下，邢瞎子把枪头顶着井宗丞的头扣了扳机，井宗丞一声没吭就掉下去了。"不能不强调的一点是，一方面，井宗丞的被抓捕，当然是军团长宋斌的旨意，但在另一方面，我们却必须注意到，井宗丞之死，却是阮天保借机公报私仇的结果。这一点，从他叮嘱邢瞎子"明天军团长来了，让他也看看井宗丞逃脱现场"的话语中，即已明显露出端倪。究其实，宋斌只是要抓捕并关押井宗丞，真正一心一意要借机致他于死地的，是阮天保。联系实际的历史状况，细细推想中国的现代革命，除了革命本身的合理性一面之外，从负面的角度来看，一方面，革命的起源，就带有不容忽视的反人性本质，这一点，早在《老生》中就已经引起过贾平凹的高度关注。另一方面，在革命的过程中，也同样存在着很多严重问题。其中，无论如何都必须注意的一点，就是在其背后很明显隐藏着个人私欲与权欲的所谓宗派斗争。宋斌与蔡一风之争，表面上看是部队下一步的行动方向问题，但实际上，却简直就是一种你死我活的权力与山头之争。类似的故事，在我们的一部现代革命史上不知道上演过多少幕。井宗丞真正的悲剧在于，不幸卷入其中并成为了这种毫无真理性可言的宗派斗争的牺牲品。能够将这一点不无犀利地揭示出来，正说明贾平凹《山本》对革命的反思较之于《老生》又深刻地向前推进了一步。

写作者是天地万物之间孤独的捎话人

——评《捎话》

何 平

好像大家都憋着一股心劲，2018 年上半年长篇小说的发表和出版相对平静。除了年初贾平凹的《山本》，被热烈讨论的作品并不很多，但这样的平静下半年肯定会打破，从各家刊物了解到的情况，2018 年下半年将会是名家长篇小说集中发力的半年，有的作品甚至集作家十数年之功，比如李洱的新长篇。刘亮程的《捎话》是 2018 年下半年集中发力开始的第一部。可以预见，《捎话》将会是本年度长篇小说的重要收获。

《捎话》之前，刘亮程有过长篇小说《虚土》和《凿空》，这两部小说至今并没有在中国现代长篇小说谱系中得到恰当的辨识和肯定。中国现代长篇小说谱系肯定是一个想象性的建构，这种建构在作家、批评家、出版人、文学研究者和读者的共同推动下，会形成一个或者几个中国现代长篇小说的结构原型。中国现代长篇小说的起点是在二十世纪二三十年代。也就是在三四十年代，几种重要的中国现代长篇小说结构原型差不多全部成型，比如《子夜》那样的社会分析小说，"激流三部曲"《四世同堂》那样的家族小说，《骆驼祥子》那样的性格成长小说。此后中国现代长篇小说几乎是沿着这三条路各自琢磨。同时代的长篇小说当然不是没有意外，比如《桥》《长河》《死水微澜》《呼兰河传》等，但都没有形成特别强大的传统和谱系。以至于，我们今天谈论长篇小说几乎不证自明地就是那几种经典化的结构原型。因此，要充分认识刘亮程长篇小说写作的意义，首先要解决的问题是，如何尊重经典结构谱系之外的意外？进而勘探这些意外对文学可能性的拓殖。

其实，许多时候，不是"意外"，而是因袭的文学教条使得我们自设藩篱。长篇小说写作是特别讲究"文学血统"是否纯正的文体。如果你是一个诗人，一个散文家，一个哲学家，甚至你是一个以短篇小说见长的写作者，当你写一部长篇小说又不是规训到长篇正典的结构谱系，而是任性地按照自己心意想象和结构，你等来的评价将会是"不像长篇小说"，或者"不会写长篇小说"。因此，如果你要在长篇小说被识别和关注，写作者需要对经典结构作出妥协，比如格非的"江南三部曲"和苏童的《河岸》，但我认为《敌人》和《黄雀记》是更有格非和苏童个人味道的长篇小说。确实，研究者和批评家很少去想，诗人、散文家、哲学家，甚至短篇小说家，可能给长篇小说带来的开拓精神和新意，比如诗人对世界的命名能力、散文家对日常的发现、哲学家的洞悉力和对文体的敏锐，以及短篇小说在处理细节和结构的精确，等等，他们加入到长篇小说可以使得长篇小说文体更丰富丰盈丰沛。刘亮程的长篇小说没有被我们充分研究，某种程度上是因为他作为散文家，是因为他的《一个人的村庄》影响太大，而刘亮程的长篇小说又以更庞大的篇幅扩张和放大了他对于万物细小微弱声音的谛听和澄清。那么，我们理所当然地就把刘亮程的长篇小说归属到散文。而现在看，刘亮程在中国当代长篇小说的独异性恰恰是我们认为的"不像"那些部分。所以，研究《捎话》，包括再认刘亮程的《虚土》《凿空》对于确立刘亮程在中国当代长篇小说创作的位置，进而丰富当代长篇小说审美有着样本意义。因为，在中国当代文学中，类似于刘亮程这样的"不像"长篇小说的长篇小说还有许多。

　　回到《捎话》，其意义不只是对长篇小说文体边界的拓殖。几乎所有的长篇小说，都有历史和现实的文献或者田野调查做母本。《捎话》不是像现在很多网络文学的架空、穿越，凭空向壁虚造。刘亮程自己说，写《捎话》时，唯一的参考书是成书于十一世纪的《突厥语大辞典》，跟《捎话》故事背景相近。"我从那些没写成句子的词语中，感知到那个时代的温度。每个词都在说话，她们不是镶嵌在句子里，而是单独在表达，一个个词摆脱句子，一部辞书超越时间，成为我能够看懂那个时代唯一文字。"指出《捎话》所本所缘由，不是为了在《捎话》阐释的文本建构过程中复现十一世纪某朝某代某一个地域的历史场景。相信随着《捎话》被更多的读者和批评家的关注，历史考据——某种程度上我们文学研究的历史维度并不是专业的考据，只能算一种似是而非的历史猜测——肯定会成为一个批评向度，但我恰恰要提醒的，中国当代文学批评中，忽视小说的想象和虚构，过于依赖历史考据或者猜测，将某一部小说想象成对某一个阶段历史的重写，这种重写一般被描述为"小历史"或者"稗史"，其实是窄化、庸俗化文学对世界的独到把握和创造性。《捎话》并不以复现过去某一时刻的历史场景为己任，如果真要计较和某一个时代的关涉，那就是"时代的温度"，这应该成为解读《捎话》的起点。

《捎话》不是《一个人的村庄》，但《捎话》有《一个人的村庄》《虚土》《凿空》一脉相承的世界观。蒋子丹认为刘亮程的文学是"一种哲学，一种发现的哲学"。如果觉得说"哲学"过于玄虚，换一个说法就是刘亮程常说的万物有灵，甚至他也想过把这部小说的题目就叫"万物有灵"。从《一个人的村庄》到《捎话》，文体不同，但他仍是在"万物有灵"之上建立对世界的理解和想象。那么，所谓的哲学其实是对万物灵性的发现，所谓"捎话"亦即我们常说的"通灵"。

极端地说，《捎话》是一部声音（语言）之书，是一部关于"捎话"这个词的"大辞典"。小说中的捎话人库，是毗沙国著名的翻译家，通数十种语言，他受毗沙昆寺委托，捎一头小毛驴到敌对国黑勒的桃花天寺。毛驴谢，她的皮毛下刻满库不知道的黑勒语经文，她能听见鬼魂说话，能看见所有声音的形状和颜色，她一路试图跟库交流。可是，这个懂几十种语言的翻译家，在谢死后才真正地听懂驴叫，由此打通人和驴间的物种障碍，最终成为人驴之间孤独的捎话者。

小说家李锐曾经说过，刘亮程在"黄沙滚滚的狂野里，同时获得对生命和语言如此深刻的体验"。生命和语言（声音）在刘亮程是一体的。《捎话》最后写在能"看到声音颜色和形状的驴眼睛里"。注意，是声音颜色和形状，刘亮程说"声音"不是说"响动"，而是"颜色"和"形状"。世界是万物众生的世界，不同的声音（语言）在大地开辟道路，建立各自的声音的村落和城池，亦如同众生相处，众声合唱成为一个世界。

作为一部声音之书，《捎话》思考的即是有灵之万物的隔与无间——人与人、人与驴、人与鬼魂、鬼魂妥与觉之间的隔与无间。刘亮程是生命和声音的双重解放者。库最后既听懂驴叫，也在不同语言的覆盖中聆听到自己三岁失去的初语。小说也因此成为一部灵魂还乡之书，语言（声音）是众生大地上的故乡。因而可以说，《捎话》又是一部不同声音的理解之书。"捎话人库、毛驴谢，以及鬼魂妥和觉"在天地间阴阳界旅行，在行旅中谛听，最后通向的是敞开。隔与无间相关的则是声音或者语言的隐失和澄明、征服和抵抗、遗忘和记忆。所有的声音都以各自的方式抵抗、记忆和澄明，它们被诵读、转译，被复刻在驴皮，但最终声音的栖居之所，是众生之生命本身。声音像生命唯一的行李，被记忆和唤起。声音在此生隐失，会被彼生唱响，就像驴高亢的嘶鸣，驴驴相传。顺便提及的是，驴在刘亮程的作品里从来都是性灵之物。

而众声即众生。众声或者众生成为小说的叙述者和叙事声音。捎话人库、毛驴谢，以及鬼魂妥和觉，以及万村千庄的鸡鸣狗吠，《捎话》从小说结构上是一部众声回响之书，虽然刘亮程只是让捎话人库、毛驴谢，以及鬼魂妥和觉等可数的"数生"作为小说的叙述人，但如果你需要，刘亮程是可以让万物众生成为一个个沛然涌动生命活力的叙述人，一个个捎话人。而芸芸众生，写作者理所当然应该成为最敏感的捎话人。我不说小说家，而说写作者，因为刘亮程既是书写者，也是一个植根大地的农人、日常生活行家、博物学家、行吟诗人、哲者，当然在《捎话》中首先是一个出色的捎话人，一个众生之声的翻译家和故事讲述者。

一座神秘战争的历史纪念碑

——评《外苏河之战》

公 仲

  战争题材的小说，在世界文学之中，一直是个热门话题。俄国作家托尔斯泰的《战争与和平》，当是写战争题材的代表性的不朽巨著，还有法国雨果的《九三年》、美国海明威的《永别了！武器》、德国雷马克的《西线无战事》、苏联肖洛霍夫的《一个人的遭遇》等，这些作品的一个共同的题旨，就是写战争而反对战争，所表达出来的深刻思想，就是深切的人性关怀、伟大的人道主义。战争是野蛮的、残酷的，战争是要攻城略地、血腥杀人的。凡有起码人性的人，都会本能地反对战争，极力倡导人道主义的。那些宣扬武力、散布仇恨、穷兵黩武、崇尚暴力的主张，是反人类反文明的。人类的发展，是要从野蛮走向文明，世界的潮流是要从战争走向和平的。正如雨果在《九三年》中所说："在绝对正确的革命之上，还有绝对正确的人道主义。"我以为，《外苏河之战》的思想倾向，正与他们有着不约而同的吻合。

  读陈河的小说，我会自然而然地联想到法国的大仲马，美国的马克·吐温，俄国的果戈理，中国的施耐庵、冯梦龙。那题材的新奇怪异，那情节的巧夺天工，令人叹为观止。《外苏河之战》首先就在题材上开辟了新领域，故事情节也叫人震惊、感叹！

  尽管我个人以为，今日来写这场"抗美援越"战争的题材，似乎为时尚早，但陈河不避争议，义无反顾地率先写了出来。哪怕有些不同看法，只要本着良知，忠于事实，就是应该充分鼓励赞扬的。这场战争，从二十世纪六十年代初，陆陆续续打到七十年代初。十年鏖战，耗资二百多亿美元，前后调动了三十多万大军，牺牲了好几千中国战士。这可谓规模不小，战斗惨烈。但是在当时，却是绝对保密，讳莫如深，成了国家的最高机密。它不同于五十年代的抗美援朝，抗美援朝硬是正大光明地打着中国人民志愿军的旗号，雄赳赳，气昂昂，跨过鸭绿江。而这次却是秘而不宣，不声不响、静悄悄地穿过友谊关，将中国人民解放军的军服换成了越南人民军的服装，还戴上了越南式的大檐凉帽。前前后后三十多万人马，陆陆续续"冒名顶替"地跑到越南去打空战，连家属亲人都不能告诉到哪里去了。不准通信，就是牺牲了，也不能报丧，不能回国归葬，只能就地掩埋。这是一场什么战争呀？就是在中外古今战争史上也是绝无仅有、骇人听闻的呢！现在，已过去了整整四十年了，这场战争已成为了公开的秘密，民间传闻已有不少。然而，在文学史上，正面全景式的真实详尽地记叙这场战争的作品，陈河可算是首创，《外苏河之战》应该是首部，这当属于文学题材填补空白之壮举，也可以说是为这场奇特的战争立下了一座历史的纪念碑。这在中国当代文学史上也当留下了不可抹去的一页。

陈河的小说不仅在选材上有他独到之处，而且，在叙述方式和语言方面，也有他一贯的与时下流行的时空交错、颠三倒四所不同的风格。他坚持着中国传统的平铺直叙，娓娓道来，有头有尾，明白流畅，读者喜闻乐见的手法。《外苏河之战》就是从外甥替母亲去越南寻找和探望舅舅坟墓起始，讲述了整个的见闻经过，从中引导出了这场战争的全过程。陈河可说是写战争的老手、高手，不愧为当了五年的老兵。这场战争在他手上写得得心应手，活灵活现，真叫读者如身临其境，感同身受。1966 年初秋，选调部队，穿越友谊关，昼夜兼程，来到越南外苏河畔。从总指挥龙长春的运筹帷幄，到士兵班长马金朝辛苦操持，辎重运输，修路架桥，高炮定位，布火力网，打伪装修工事，备炮弹军火。事无巨细，有条不紊。还有战地医院、炊事班食堂，一应俱有。可战事一打起来，一切都乱套了。作者笔下没有回避战争的残酷无情、恐惧惨烈。他写了敌机一波一波的扫射轰炸，愈演愈烈，我军的损失牺牲也越来越严重。不过，我军也打下了数以千计的敌机，甚至还俘虏了美军飞行员。这洋俘虏还生发出一些故事来呢！作者后又巧妙地安排了小说主角赵淮海作为助手，陪同八一厂记者朱复兴，专门到越南南方 D 战区，去采访拍摄南方战区热带丛林的战况，用十天时间穿过胡志明小道，又用了十天实地参与了大南山战役。他们一个月的南方经历，填补了记述抗美援越战争南方战区的缺失。陈河就是这样有声有色、有血有肉地完成了这场战争的全记录。

陈河说，"战争无非是小说的背景"，"从一个年轻人成长的角度去写，战争就不那么重要了"。这话我完全赞同。小说的重点还在于塑造人物形象，《外苏河之战》虽是写战争，而其最成功之处仍是塑造了两个栩栩如生、意蕴深刻的典型人物形象。然而，这场抗美援越的战争几乎是和国内"文化大革命"同步而行的。在这特定的时代背景下，年轻人的成长不能不受其影响，因而，他们的人生成长道路，也不能不留下了这场战争的历史印记，甚至他们生命的最后终结也是殊途同归于这场战争了。他们的理想信仰，他们的个性志趣，他们的爱情生活，都给我们留下了难以忘怀的印象，同时，也给我们带来了无法回避的反省和思考。

"我舅舅"赵淮海，是北京军区大院出来的干部子弟。在"文化大革命"的"极度的狂欢之中"，"内心的理想烈火被点燃，熊熊燃烧着"。他凭着要解放全人类的"世界革命的胸怀"，作出了个大胆的决定，邀集了几个志同道合的老红卫兵，去越南参加抗美援越战争。他们费心机，吃苦头，懵懂地擅自偷越国境，甚至闯荡到河内来了。后被越南警察送到了中国大使馆。他们在大使馆也不消停，闹着要上前线，参加战斗。大使批评他们乱弹琴，无组织纪律性，可"我舅舅"却理直气壮地搬出最高指示："中国人民将采取一切必要措施，甚至不惜承担最大的民族牺牲，全力支援越南的抗美救国战争。"还抬出列宁的话语："工人阶级没有祖国，革命是没有边界的。"大使无可奈何，只好向北京请示。也许是这几个红卫兵来头很不一般，北京竟然同意了他们"下部队锻炼一段时间，然后随部队轮换时回国。下不为例"。就这样他们被送到了外苏河前线去了。为避免他们抱团滋事，把他们分别下到不同部队。"我舅舅"先后在炊事班看管过几头肥猪，当过炊事员，参加过残骸组，还当过高炮测高机操纵手。后来，他又主动争取到做八一厂记者朱复兴的助手，跋涉胡志明小道，到越南南方丛林游击战区实地考察见识了一个月。他从南方回来后，即"作为一个正式的战士，迎来了第一次真正的战斗"。也是他第一次亲身感受到战争的血腥罪恶，残酷无情。

经受了一段时间的战斗洗礼，他成了一位成熟的老战士了。二连测高机班全部牺牲了，就派他去支援。他的精准技术受到战友们的信任和夸奖。可不久，在一次空前激烈的空战中，他负伤了，气浪弹的气浪把他吹到二十米开外土沟里，重重掉下来，昏迷了，没了呼吸，送到医院抢救才缓过气来。在医院里，他得到护士库小媛的精心护理，很快复原了。可就在"我舅舅"与库小媛初萌爱恋之情，首次约会于被服室时，被政工组长带人抓了个正着。"我舅舅"并不当回事，心境坦然。他以为又没做什么坏事，他可以独揽约会的责任。但政工组长却认为是"阶级斗争新动向"，监禁了"我舅舅"，要开批斗大会，要把两个年轻人批倒斗臭。所幸部队老总龙大爷发话了，"我舅舅"解除了监禁，上了前线，可库小媛失踪了，还带走了冲锋枪。于是，一个意想不到的极其悲惨、无比痛心的事件出现了！库小媛饮弹自杀于郊外丛林里，而"我舅舅"在敌机大轰炸中被钢珠击中大脑而牺牲了。这时，"我舅舅"刚满二十，库小媛年方十九。天造地设的一对"金童玉女"，就这样在人世间消失得无影无踪了！"我舅舅"赵淮海，可说是显示了"那一代的中国热血青年的精神面貌：他们的天真、他们的勇气、他们的理想、他们的牺牲"。甚至，还被称为"他是一个爱思想、执着于探求真理真相的小哲人"。但同时，也表现出了他们的单纯、幼稚、无知、鲁莽和轻信。他们的解放全人类的世界革命的胸怀，他们遵循领袖的"不惜承担最大的民族牺牲"的信念，今日看来，简直有些荒唐可笑了。事实上，不出三五年，我们新一代的"舅舅们"又杀出友谊关，"自卫反击"地向越南开火了。"我舅舅"是否死得有些冤呢？尽管成了烈士，在越南的烈士陵园里保存得完好无损。可他只能是个当之无愧的乌托邦理想的殉道者。

而护士库小媛，就成为了完全另一种人物的典型。库小媛与赵淮海相识也是在北京军区大院，但小媛不是干部子弟，她出身在一个知识分子家庭，在大院就受到冷眼歧视。后来，她随家庭下放到了边远地区的个旧，几乎与外界隔绝。她酷爱艺术，拉得一手好提琴。一次难得的机会，被招考录取到了部队，做了文艺兵。抗美援越战争开始，她就应征入越，在战地医院当了一名护士。她忠于职守，任劳任怨，救死扶伤，舍己忘我，深得战友们的关心爱护。她在医院意外地遇见了伤员赵淮海，他俩虽不算是青梅竹马，可在这越南相遇，也是他乡遇故知，分外亲切。赵淮海是在当年大院里少有对她没有歧视甚至还有好感的人，这次经过受伤的精心护理，他俩相互爱慕之心，油然而生。而这一切，被政工组长看在眼里，记在心上。他对知识分子出身的美貌的小媛，本来就看不惯，加之还拉什么资产阶级的洋提琴，更是反感。他对他俩的恋爱之情，十分警惕，甚至还与叛逃苏修联系起来。于是，就在他俩约会被服室之时，设局抓个现行。政工组长这样还不善罢甘休，硬要大肆宣扬，公开举行批斗大会。作为义重情深而又感情脆弱的小媛，她是绝对受不了这种羞辱，更何况还牵连到她所心爱的赵淮海。她毅然决绝，为了人格的尊严，为了至亲至爱，选择了自我毁灭，舍命来保全她的真情所爱的赵淮海。她的结局异常悲惨，失踪二十天后，"她的遗体惨不忍睹，已经被鸟类和兽类啃齿啄食得只剩一副骨架子，没办法辨认"。她的那副骷髅，不能进入烈士陵园，只能埋在公路边的一个小山坡上，"只有一个小小隆起的土坟包，没有墓碑，没有标志"。她真可谓是为了爱的梦想的大无畏的殉情者！单纯可爱的库小媛啊！人无葬身之地，魂无安息之所！魂兮何所依？魂系何所之？小说中这两位典型人物，一个是殉道者，一个是殉情者，为这场战争付出了最宝贵的青春年华、鲜活生命！这历史的惨痛教训怎可让人忘记！

完稿于南昌大学青山湖校区18斋

（2018年11月11日—2019年1月20日）

图书在版编目（CIP）数据

2018中国小说学会排行榜／中国小说学会主编. -- 北京：作家出版社，2020.6

ISBN 978-7-5212-0902-0

Ⅰ. ①2… Ⅱ. ①中… Ⅲ. ①小说集 – 中国 – 当代 Ⅳ. ①I247

中国版本图书馆CIP数据核字（2020）第047971号

2018中国小说学会排行榜

主　　编：中国小说学会

责任编辑：兴　安

装帧设计：意匠文化·丁奔亮

出版发行：作家出版社有限公司

社　　址：北京农展馆南里10号　　邮　　编：100125

电话传真：86-10-65067186（发行中心及邮购部）

　　　　　86-10-65004079（总编室）

E-mail:zuojia@zuojia.net.cn

http://www.zuojiachubanshe.com

印　　刷：天津中印联印务有限公司

成品尺寸：152×230

字　　数：650千

印　　张：47.5

版　　次：2020年6月第1版

印　　次：2020年6月第1次印刷

ISBN　978-7-5212-0902-0

定　　价：88.00元（上下册）